霍松林选集

第五卷 论文集

霍松林 著

HUO SONGLIN XUANJI

陕西师范大学出版总社有限公司

目 录

试论形象思维/001

重谈形象思维
　　——与郑季翘商榷/012

诗的"直说"及其他
　　——对《毛主席给陈毅同志谈诗的一封信》的理解/039

诗的形象与诗人/064

论嵇康/080

诗述民志
　　——孔颖达诗歌理论初探/091

王若虚的文学批评/105

叶燮的诗歌理论及其影响/116

论赵翼的《瓯北诗话》/132

西昆派与王禹偁/138

论苏舜钦的文学创作/151

论梅尧臣诗歌题材、风格的多样性/164

唐诗与长安/178

历代咏陕诗述评/186

从杜甫的《北征》看"以文为诗"/215

纪行诸赋的启迪，五言古风的开拓
　　——杜诗杂论之一/224

相与情义厚，赠别拓诗疆
　　——杜诗杂论之二/233

杜甫《秦州杂诗》的格律特点/257

杜甫卒年新说质疑
　　——给刘人寿评委的复信/260

尺幅万里
　　——杜诗艺术漫谈/264

杜甫与偃师/276

　　［附少作七篇］

　　　　杜甫论诗/280

　　　　论杜甫的创体诗/291

　　　　论杜诗中的诙诡之趣/298

　　　　杜甫与李白/307

　　　　杜甫与严武/317

　　　　杜甫与郑虔（附苏源明）/328

　　　　杜甫在秦州/337

关于白居易的创作方法/343

论白居易的田园诗/357

白居易诗歌理论的再认识/379

韩文阐释献疑/390

从《雁门太守行》看李贺诗的艺术独创性/402

论唐人小赋/411

驳关于李商隐《夜雨寄北》的臆说
　　——答丘汝腾先生/428

司马迁的家学与《史记》体现的王道观、士道观
　　——《史记注释》序/432

《燕丹子》成书时代及在我国小说发展史上的地位/444

略谈《三国演义》/458

略谈《西游记》/471

略谈《儒林外史》/482

试论《红楼梦》的人民性/500

元杂剧漫议/513

论《西厢记》的戏剧冲突/522
评新版《西厢记》的版本和注释/533
论莫泊桑短篇小说的艺术特色/540

评王锺陵著《中国中古诗歌史》/549
评吴功正著《六朝美学史》/555
评吴功正著《唐代美学史》/562
评陈文新主编十八卷本《中国文学编年史》/568
评徐宗文著《三馀论草》/573

试论形象思维

形象思维和逻辑思维是认识现实的不同形式。形象思维是艺术的思维，艺术家通过形象思维认识现实，用具体的形象表现认识现实的结果。逻辑思维是科学的思维，科学家通过逻辑思维认识现实，用抽象的概念表述认识现实的结果。形象思维和逻辑思维各有其特殊性，因而不应该把它们等量齐观；但它们又有其共同性，因而也不应该把它们对立起来。把形象思维和逻辑思维对立起来或者等量齐观，都是不妥当的。

一、形象思维和逻辑思维的共同性

形象思维和逻辑思维的共同性，首先表现在思维对存在的关系上。

思维对存在的关系问题，是哲学上的根本问题，也是美学上的根本问题。和哲学上的唯心主义一样，美学上的唯心主义的表现乃是宣扬艺术和形象思维先于现实生活，从而取消形象思维的客观基础，断言艺术的内容或者是神秘的"绝对观念"，或者是我们的"我"的"纯自我活动"的产物，使艺术脱离生活、脱离人民，走上为反动阶级服务的反现实主义道路。

马克思主义经典著作家在捍卫哲学上的唯物主义的同时，也捍卫了美学上的现实主义，为正确地阐释形象思维问题提供了坚实的理论基础。他们反复地指出，"决不可把思维与思维着的物质隔开"，因为"物质是一切变化底主体"，因为"自然界、存在、物质世界是第一性的现象，而意识、思维是第二性的现象，从生的现象"①。所以艺术和形象思维，也是第二性的现象，是客观现实的反映。

既然现实生活是第一性的现象，艺术和形象思维是第二性的现象，是现实

---

① 《联共（布）党史简明教程》，莫斯科中文版，第143、146页。

的反映,那么离开现实,离开现实中的具体形象,就不可能进行形象思维,就不可能创造出反映现实的艺术作品。所以生活实践问题是形象思维的根本问题。马克思主义的经典著作家都是从"艺术是现实的反映"这个彻底的唯物主义观点出发,号召作家向生活学习的。

其次,形象思维在能够真实地揭示生活的本质及其规律性这一点上,也表现了它和逻辑思维的共同性。

事实证明,不管是形象思维或逻辑思维,都是以人在实践中所获得的"感觉材料"为依据的。"感觉材料"是思维的感性基础。思维的实质是:它以"感觉材料"为依据,同时又是事物和现象的本质的、必然的联系和关系的概括反映。毛主席指出:"感觉材料固然是客观外界某些真实性的反映……但它们仅是片面的和表面的东西,这种反映是不完全的,是没有反映事物本质的。要完全地反映整个的事物,反映事物的本质,反映事物的内部规律性,就必须经过思考作用,将丰富的感觉材料加以去粗取精、去伪存真、由此及彼、由表及里的改造制作功夫,造成概念和理论的系统……"①艺术形象和逻辑概念当然各有特点,但决不能把它们绝对对立起来。艺术形象并不是"感觉材料"的复写,它也是"经过思考作用,将丰富的感觉材料加以去粗取精、去伪存真、由此及彼、由表及里的改造制作功夫"创造出来的,它同样能够"反映事物的本质,反映事物的内部规律性"。

一部现实主义的艺术史雄辩地驳斥了资产阶级唯心主义美学家企图歪曲形象思维、取消艺术的认识作用的胡说。作为认识现实的特殊形式,形象思维和逻辑思维一样,可以提供关于世界的可靠知识,帮助人们认识现实,并从而改造现实。

形象思维和逻辑思维的共同性,决定了它们彼此之间的密切关系。

逻辑思维并不排斥形象思维。形象思维,也就是"心理学"上所说的"创造性的想象"。这种想象,虽然如高尔基所说,"它特别是凭借形象的思维,是'艺术的'思维"②,但"科学的"即逻辑的思维,也需要它的帮助。不需要想象的科学是没有的。列宁在着重地说明想象甚至在数学这种最抽象的科学当中的必要性时指出:如果没有想象的话,那种数学上的伟大发明也是不可能的。

---

① 《毛泽东选集》第1卷,人民出版社1951年版,第290页。
② 《马克思主义与文艺》,解放社版,第76页。

如果说形象思维有助于逻辑思维,那么,逻辑思维对于形象思维就有其更重大的指导意义。早在人类发展的初期,我们就看到思维有形象的和逻辑的两种形式。而逻辑思维的发展,不仅没有取消形象思维的作用,反而相应地促进了它的发展。在前面说过,形象思维也需要"反映事物的本质,反映事物的内部规律性",而逻辑思维正可以帮助艺术家在研究生活的时候,正确地理解事物的本质及其内部规律性。

二、形象思维的特殊性

只了解形象思维和逻辑思维的共同性,还不可能全面地了解形象思维的实质。因为共同性总是和特殊性相联结,并存在于特殊性之中的。要全面地了解形象思维的实质,必须着重地研究它的特殊性。

形象思维的特殊性是和艺术对象的特殊性相关联的。

笼统地说,艺术的对象和科学的对象同是客观世界,但严格地说,艺术的对象和科学的对象是有区别的。如果说科学的对象是某一物质运动形式的规律性,是某一社会生活方面的规律性,那么,艺术的基本对象就是人,人的生活、活动和斗争。亚里士多德指出作家主要是"描写行动的人们";车尔尼雪夫斯基认为"艺术的真正内容不是自然,而是人生";巴尔扎克称艺术为"人心史";高尔基称艺术为"人学";斯大林称艺术家为"人类灵魂的工程师"。这都说明艺术的对象是和科学的对象有区别的。但是有些作家却忽视了这个区别。例如在写以工农业生产为题材的作品的时候,不去通过工农群众所进行的改造客观世界和主观世界的英勇斗争的描写,展现他们的精神世界,却去着力地描写生产过程甚至生产工具。当然,在艺术作品中,是可以写生产过程、生产工具、乃至其他各种事物、各种现象的,但对于它们的描写,只有从属于、服务于对人物的描写的时候,才是必要的。恩格斯把现实主义定义为"正确地表现出典型环境中的典型性格"[①],正说明了这一真理。艺术之所以要描写各种各样的社会现象和自然现象,是因为人和它们有机地联系着,它们构成人的社会环境和自然环境。环境影响着人,而人又影响着环境。从人和环境的辩证关系中描写人的典型性格,对艺术具有特殊的意义。

当然,有许多科学,例如道德学、伦理学、心理学、生理学等等,也是以人为

---

① 《马克思、恩格斯、列宁、斯大林论文艺》,人民文学出版社版,第20页。

其研究对象的,但它们只从某一方面来研究人。艺术所描写的则是活的整体的人,这种人通过他们的思想、感情、行为等等,体现着"社会关系的总和"。现实主义艺术的任务,就是通过一定的典型人物,表现一定的社会力量的本质;通过各个人物形象的逻辑发展及其相互关系,揭示社会历史现象的相互联系、相互作用及其发展的规律性,用以教育人民,帮助人民推动历史的前进。

正因为艺术的基本对象是作为"社会关系的总和"的活的整体的人,所以形象思维的特点之一是凭借具体的形象,主要是凭借处于特定环境中的人的形象(外在形象和内在形象)进行思维的。

文学家的材料是人,而"人的复杂性的原因"、"人的性质之多样性及矛盾",又是那么"难解",所以高尔基要求作家"必须学习像阅读书本、研究书本那样地来阅读、研究人"①。毛主席把"了解人熟悉人的工作"确定为文艺工作者的"第一位的工作",并号召革命的文艺工作者"必须长期地无条件地全心全意地到工农兵群众中去,到火热的斗争中去,到惟一的最广大最丰富的源泉中去,观察、体验、研究、分析一切人,一切阶级,一切群众,一切生动的生活形式和斗争形式……"②。

艺术家只有像高尔基和毛主席所说的那样深刻、那样全面地研究人,才有可能"创造出各种各样的人物",用具体的、感性的形象形式体现认识生活的结果,即通过个别的、具体的东西,反映一般的、本质的东西。而用具体的感性的形象形式体现认识生活的结果,即通过个别的、具体的东西,反映一般的、本质的东西,乃是形象思维的根本特点。

形象思维和逻辑思维的主要区别,在于后者通过概念的形式表述认识现实的结果,前者通过形象的形式体现认识现实的结果。逻辑思维是经由具体而走向抽象,形象思维则并不离开具体,而正是通过具体来显示抽象;逻辑思维是舍弃个性以建立普遍性的公式、规律、定理或社会理论,形象思维则并不舍弃个性,而正是通过个性鲜明的典型形象,揭示一定社会力量的本质及其规律性。

具体地说,逻辑思维是从一切具体感性的因素中理出事物的本质,舍弃一切具体感性的因素,用概念的形式表述事物的本质;形象思维则不但保留、而

---

① 《马克思主义与文艺》,解放社版,第105页。
② 《毛泽东选集》第3卷,人民出版社1953年版,第882—883页。

且选择那些明显地表现出某种社会历史现象的一般本质的感性因素,并把它们集中起来,创造典型的艺术形象。

有些人认为不论是逻辑思维或形象思维,在将"丰富的感觉材料"进行"改造制作"的方法上并没有什么区别,那就是:逻辑思维是从具体到抽象,"造成概念和理论的系统",形象思维也是从具体到抽象,形成抽象的主题思想。在他们看来,形象思维不同于逻辑思维的只是它在形成抽象的主题思想之后,还需要给这种抽象的主题思想制造形象的外衣。显而易见,这种说法是错误的,是有很大的危害性的。按照这种说法,必然会在创作的一定阶段上用逻辑思维代替形象思维,其结果是产生公式化概念化的作品。逻辑思维有助于形象思维,但不能代替形象思维。艺术家如果和科学家一样,只限于领会生活现象的本质及其规律性,而忽略尖锐地表现这种本质及其规律性的典型的、特征的感性因素,特别是人的心灵的最复杂的活动,就不会创造出生动的、光辉灿烂的形象,只会干瘪地体现一些抽象的思想。同时,有些人是喜欢走捷径的。既然认为形象思维和逻辑思维一样,也是由具体到抽象,形成主题思想,那么,干脆用现成的科学理论、政治观点或政策条文作主题好了,又何必浪费精力,深入生活呢?对于他们,"第一位的工作"不是"了解人、熟悉人",而是使现成的、抽象的主题思想"形象化"。

上述说法的危害性,还不仅在于它给公式化概念化作品的"创作"提供了理论根据,而且在于它实质上是在艺术领域中宣传了唯心主义。众所周知,唯心主义的美学家也是承认艺术的形象性的,但他们却抽掉了艺术形象的客观内容。在他们那里,艺术形象并不是现实生活的反映,而是作者的观念世界的客观化。例如黑格尔,就公然宣布:"观念是艺术的内容,而感性的、形象的外观是观念的形式。"①

形象思维的过程并不是先抽象化,再把抽象的结果具体化,而是抽象化和具体化的统一。科学家在将丰富的"感觉材料""改造制作"的过程中,一面理出事物的本质,一面即抛弃"感觉材料";艺术家则不然,他一面理出事物的本质,一面选择并集中具体事物中的那些表现某种现象的一般本质的感性因素,顺着这样的途径,逐渐地形成了形形色色的形象,也逐渐地形成了主题思想。所以,在艺术中,思想并不是抽象地存在的,而是作为形象,作为由全部形象的

---

① 转引自《苏联文学艺术论文集》,学习杂志社版,第111页。

逻辑发展及其相互关系所交织成的生活图画而存在的。一部作品所描绘的生活图画既体现着生活的一般规律性，同时又是独特的、个性的生活景象。

总之，形象思维是用形象来思维的。艺术家在生活实践中密切地注意处于特定环境中的各种人物的典型特征，注意他们的行动表现和内心活动，注意他们做什么、怎样做以及为什么这样做……为自己积蓄生动具体的印象，并根据这些印象进行"思维"，从而孕育人物，形成主题。主题思想本来就不是人物形象以外的东西，而是人物形象的思想意义。在现实主义的艺术作品中，主题思想总是跟着人物形象及其相互关系的逐步发展而逐步展开、逐步深化的。

在形象思维的整个过程中，抽象化和具体化是统一的，不应该先抽象出赤裸裸的"主题思想"然后再将它具体化。普列汉诺夫尖锐地指出："倘若著作者不藉形象而藉理论的证明来写，或者那形象是为了显示一定的主题而想出来的，那末即使他并不写研究或论文，依然写着小说或戏曲，他也同样不是艺术家，而是评论家。"①

就个别形象的塑造来说，情形也是一样。有些人把在艺术思维中塑造形象的过程也形而上学地分为两个阶段：第一个阶段——概括化（抽象化），只抽取并概括"阶级的共同特征"；第二个阶段——个性化（具体化），只寻找"个人的独特的性格"，再将已经概括好了的"阶级的共同特征"贴到这种"个人的独特的性格"上面。按照这种方法"创造"出来的形象，自然是概念化、类型化的。属于同一阶级的人们具有那个"阶级的共同特征"，例如地主有地主的共同特征，这是不用说的。但如果把这种共同特征简单化，认为所有地主的面貌、心理、习惯、嗜好、作风、言谈等等都完全相同，那是好笑的。地主阶级的阶级共性是存在于他们的个性之中，并通过他们的个性表现出来的。所以，离开个性化而单独进行的概括化，实质上是抽象化，所概括的只能是抽象的阶级特征，这是违反形象思维的特殊规律的。把这种抽象的阶级特征贴到"个人的独特的性格"上，只能产生类型。高尔基早就说过："不应该把'阶级的特征'从外面粘贴到一个人的脸上去……阶级的特征不是疣子，这是一种非常内部的、神经——脑髓的、生物学的东西。"②

在形象思维中，典型的艺术形象并不是通过先概括抽象的"阶级的共同特

---

① 《马克思主义与文艺》，解放社版，第75页。着重点是作者所加——编者。
② 高尔基：《论剧本》，《剧本》，1955年9月号。

征",再将它贴在"个人的独特的性格"上面去的过程创造出来的,而是通过选择、概括、有意识地夸张和突出地刻画最充分、最尖锐地表现一定社会力量本质的典型特征的过程创造出来的。

通过具体的、个别的东西揭示本质的、一般的东西,这是形象思维的特殊规律。这个规律,导源于个别和一般相联系的辩证法。如列宁所说:"一般的东西只在个别的东西之中、通过个别的东西才能存在。任何个别的东西都是(这样或那样地)一般的东西。任何一般的东西都是个别的东西(底一部分、一方面、或本质)。"①所以,一般和个别的统一,乃是逻辑思维和形象思维的共同属性。但由于科学的对象和艺术的对象不同,逻辑思维通过一般的东西表现一般和个别的统一(逻辑的概念虽然是抽象的一般的东西,但它本身仍潜在地包含着具体的个别的东西的属性),形象思维则通过个别的东西表现一般和个别的统一。科学所要把握的只是整体的某些方面(现象的个别方面的本质或整个现象的本质),因而逻辑思维并不需要完整地反映现象,依照巴甫洛夫的说法,科学给予我们的是"生活的骨骼";艺术所要把握的始终是具体的整体(活的整体的人以及与人相联系的各种整体的现象),而整体,总是作为个别和一般、现象和本质的统一体而存在的,所以形象思维的特点就不能不是通过具体的个别的东西,揭示本质的一般的东西,不能不是用形象的形式,即车尔尼雪夫斯基所说的"用生活本身的形式"反映生活。

形象思维的特殊性制约着艺术的特殊职能。

不论形象思维或逻辑思维,都是认识现实的形式;而认识乃是从社会实践发生,而又服务于社会实践的。在为社会实践服务这一点上,艺术和科学是相同的。艺术和科学都能够揭示现实的本质及其发展规律,教导人们认识现实并从而改造现实。但是,科学是以概念的形式揭示现实的本质及其发展规律的,它主要从"理论上"丰富人们的知识,读者如果对它所阐明的问题缺乏直接经验,接受起来往往是比较困难的,或者带片面性的;艺术是以形象的形式揭示现实的本质及其发展规律的,它具有直接现实性的品格,读者在读完一部艺术作品的时候,仿佛亲身经历了一种新的生活,经历了一种类似在实践中所经历的从感性认识到理性认识的完整的认识过程,因而可以获得比较深刻的感受。

---

① 《黑格尔〈逻辑学〉一书摘要》,人民出版社 1954 年版,第 216 页。

同时，艺术不仅具有认识职能，可以教导人们认识现实，而且具有教育职能，可以培养人的思想感情、道德品质。当然，伟大的科学著作也能够培养人的思想感情、道德品质，但这究竟不是它的主要职能。艺术则不然，斯大林把艺术家称为"人类灵魂的工程师"，正说明了艺术的主要职能是教育人。艺术不是直接地为社会实践服务的，而是通过对于人的思想感情的熏陶和道德品质的培养为社会实践服务的。伟大的现实主义的艺术作品以栩栩如生的典型形象真实地反映着现实生活中的美与丑、新与旧、进步与反动之间的矛盾斗争。那些充分而尖锐地表现着进步的社会力量本质的正面形象，以其优美的思想感情、崇高的道德品质和为实现美好的理想而斗争到底的伟大精神，吸引并感染读者（观众、听众），使读者热爱他们、学习他们。那些充分而尖锐地表现着反动的社会力量本质的反面形象，则使读者嫌恶他们、谴责他们。艺术的教育职能是异常强大的。

艺术的特殊性既然是被形象思维的特殊规律所决定的，那么更进一步地研究并掌握形象思维的特殊规律，对于我们的以艺术创作服务于社会主义建设的艺术工作者来说，是有其重大的政治意义的。

三、世界观在形象思维中的作用

思维并不等于世界观，但不论形象思维或逻辑思维，都必须通过世界观的棱镜。

思维是和人的自觉的、有目的的活动相联系的。在阶级社会中，不同的阶级根据不同的阶级利益、斗争目的创立不同的思维理论——认识论。认识论是有阶级性的，它是阶级和政党的世界观。一定阶级的艺术家总是根据一定阶级的世界观进行形象思维的。

形象思维是一个观察、研究、评价、选择、概括生活事实，创造典型形象的复杂过程。在这个过程的各个阶段上，艺术家的世界观起着决定性的作用。

首先，艺术家关心、注意什么样的生活，把什么样的生活作为观察的主要对象，是被他的世界观决定的。我们的革命文艺如毛泽东同志所指出，"是服从党在一定革命时期内所规定的革命任务的"[①]。在各个革命时期，革命的文艺家是自觉地、主动地投身于为完成当时的革命任务而进行的尖锐斗争之中，

---

① 《毛泽东选集》第3卷，人民出版社1953年版，第887—888页。

并首先以这种斗争生活为题材的。作为革命主力的工农兵群众,乃是我们描写的主要对象。资产阶级和小资产阶级的文艺家则与此相反。毛泽东同志在延安文艺座谈会上的讲话中谈到文艺"为什么人服务"的问题时,就曾指出某些小资产阶级出身的文艺家,"只在知识分子的队伍中找朋友,把自己的注意力放在研究和描写知识分子上面",而"对于工农兵群众,则缺乏接近,缺乏了解,缺乏研究,缺乏知心朋友,不善于描写他们"①。

其次,艺术家在研究、评价生活事实的时候,世界观所起的作用更加明显。具有反动的立场观点的艺术家是不可能、甚至不愿意正确地认识生活、评价生活的,为了维护他们的反动的阶级利益,他们的任务倒是掩盖、歪曲生活的真相,如毛泽东同志所指出,"反动时期的资产阶级文艺家把革命群众写成暴徒,把他们自己写成神圣"②,而小资产阶级的文艺家,则"对于小资产阶级出身的知识分子寄予满腔的同情,连他们的缺点也给以同情甚至鼓吹",而"对于工农兵群众",则"不爱他们的感情,不爱他们的姿态……",甚至"公开地鄙弃他们"③。

在选择、概括生活事实的时候,也是一样。把什么看成典型的东西,把什么看成非典型的东西;选择什么,抛弃什么;削弱什么,有意识地夸张和突出地表现什么;把什么看成肯定的东西,概括成正面典型;把什么看成否定的东西,概括成反面典型:都是被艺术家的世界观所决定的。

由此可见,世界观制约着形象思维的全部过程。反动阶级的艺术家是在他们的反动的世界观指导之下进行形象思维的,因而他们只能掩盖、歪曲生活的真实,不可能创造出充分尖锐地表现一定社会力量本质的典型。与此相反,进步的世界观、特别是唯一科学的马克思主义的世界观,能够指导艺术家正确地认识生活,能够帮助艺术家选择、概括典型的、特征的生活事实,用栩栩如生的艺术形象,表现生活的本质及其规律性。世界进步艺术、特别是苏联和中国的社会主义现实主义艺术的创作实践已经雄辩地证明了这一真理。

反动的资产阶级的艺术家虽然也是在他们的反动的世界观指导之下进行形象思维的,但为了反对马克思主义,为了瓦解无产阶级的文艺事业,却百般

---

① 同上书,第878—879页。

② 同上书,第893页。

③ 同上书,第879页。

地否认世界观对于形象思维的指导意义。例如克罗齐主张艺术创作是直觉的、非理性的。被瞿秋白同志批判过的"第二国际的理论家",更公然宣布:"艺术家的创作过程是下意识的,直觉的,不受自觉的宇宙观的监督的。"①

这种谬论经不起反驳。巴尔扎克本人的主张就反驳了"作家的思维活动不能超脱感性机能"的谬说。在《人间喜剧》的"总序"中,巴尔扎克指出:"艺术的使命并不是摹仿自然,而是表现自然……我们必须抓住事物的精神、灵魂和特征。"如果没有理性活动而仅凭"感性活动"是不可能"抓住事物的精神、灵魂和特征"的。托尔斯泰的创作也驳斥了这种谬论。在《战争与和平》的最后一部分,他明确地用政论的形式,表达了这部作品的基本思想。硬说在写这部作品的时候,托尔斯泰的"思维活动"并没有"超脱感性机能",当然也是有意的歪曲。巴尔扎克并不是凭他的"感性活动"创造了伟大的现实主义作品的。由于受工人运动的影响,他的世界观发生了变化,产生了进步的因素。而他的"独创和伟大的地方,就是在于他的创作中最足以表现他的世界观和天才的好的方面——首先是在于他对资本主义的批判;巴尔扎克的创作正是以此来服务于人民,服务于社会的先进力量"②。托尔斯泰也不是凭他的"感性活动"创造了伟大的现实主义作品的,如列宁所分析,"农村俄国的一切'旧基础'之尖锐地破裂,加强了他的注意力,加深了他对于四周所发生的事情的兴趣,使他的整个世界观发生了一个转变。就出身和教育讲来,托尔斯泰是属于俄国高等地主贵族,——但是他与这个阶层的一切传统的观点决裂了……""站在家长制的天真的农民的观点上",因而"在他的后期作品里,他以剧烈的批判攻击了现代的各种国家的、教会的、社会的、经济的制度,这些制度都是建立在对群众的奴役上,在群众的贫穷上,在农民和一般小农的破产上,在从头到底把整个现代生活渗透的暴力和伪善上"③。

当然,巴尔扎克和托尔斯泰的世界观中是有落后的一面的;他们的世界观中的进步的一面,也是有历史的局限性的。而这也相应地损害了、限制了他们的现实主义的力量和规模。旧现实主义者由于他们的世界观有其历史的、阶

---

① 《瞿秋白文集》(2),人民文学出版社版,第1023页。
② 叶戈洛夫:《反对艺术理论中的主观主义》,《论作家的劳动本领》,新文艺出版社版,第69页。
③ 《马克思、恩格斯、列宁、斯大林论文艺》,人民文学出版社版,第104—105页。着重点是引者所加——编者。

级的局限性,不可能像社会主义现实主义者那样写出"从现实的革命发展中真实地、历史地、具体地反映现实"的作品。杜勃罗留波夫在指出艺术家"如果要不堕入褊狭的倾向,就必须尽可能地扩大他的世界观"之后,感慨系之地说:"他最最高尚的哲学观念,自由地转化成为活生生的形象,同时也对于人生之中每一桩事实(即使是最最特殊的和最最偶然的)的较高的、普遍的意义获得深刻的了解——这就是科学和诗之间完全融合的最高理想,直到现在还没有人能够达到这个境界。"①旧现实主义者不能够达到"科学和诗之间完全融合的最高理想",与其说是他们的弱点,毋宁说是他们的不幸,因为他们受历史的局限,不可能掌握唯一科学的世界观。从这一点上说,社会主义现实主义的艺术家是多么幸运啊!唯一科学的马克思主义的世界观给他们开辟了无限广阔的视野,他们不仅能从各个现象的相互联系和相互制约方面去观察现象,而且能够从它们的运动、它们的变化、它们的发展、它们的产生和死亡方面去观察现象,从而创造出从现实的革命发展中真实地、历史地、具体地反映现实,用社会主义思想教育人民的优秀作品。

正如阿·托尔斯泰的创作实践所证明:"从艺术上掌握的马克思主义是'活命的水'。"②为了使我们的文艺更有效地服务于社会主义建设的伟大事业,我们必须彻底地肃清世界观与形象思维无关的种种谬论及其影响,在创造性地掌握马克思主义的基础上深入地研究现实,创造出更多、更好的作品。

(原刊《新建设》1956年5月号)

---

① 杜勃罗留波夫:《论艺术家和他的世界观》,《文艺报》,第2卷第10期。
② 转引自苏联《哲学问题》杂志专论《作家的世界观和创作》,《学习译丛》,1955年第2期。

重谈形象思维
——与郑季翘商榷

郑季翘在《文艺研究》(1979年第1期)上发表了一篇洋洋洒洒的论文：《必须用马克思主义认识论解释文艺创作》(以下简称《解释》)。这个题目当然是无可争辩的，但这篇论文的内容，则有很多离题、背题乃至骂题的地方，值得商榷。

怎样还历史的本来面目

这篇论文的第一个小标题是《还历史的本来面目》。在这个小标题下，郑季翘做了不少文章，其中心意思是要为他1966年4月在《红旗》上发表的讨伐"形象思维论"的檄文恢复"荣誉"，从而对"形象思维论"继续开展批判。文章一开头就指责道：在毛主席的信发表后，有的同志"曲解毛主席关于形象思维的论述，为自己过去宣扬的错误理论'形象思维论'进行辩解，并进一步发挥其错误思想，甚至歪曲我在文化大革命前写作和发表的《在文艺领域里必须坚持马克思主义的认识论——对形象思维论的批判》一文的事实真象，硬把它和'四人帮'拉在一起来批判，这是很不应该的"。"这种蓄意违反事实，陷人以罪的做法也是很不正常的。"……诸如此类，不一而足。为了证明自己的上述指责，他援引了《诗刊》记者以及其他许多同志批判他的部分原文，如说他的那篇檄文是"陈伯达、江青之流……强行发表的"，"实际上和林彪、江青制造的所谓'黑八论'一起，都成了'文艺黑线专政'论的支柱，理论工作者和广大文艺工作者被压得不能动弹"，"完全是为'四人帮'反革命野心和其篡党夺权的阴谋服务的"等等。接下去，他还摆了一些"事实真相"，似乎这样一来，就还了历史的本来面目了！就为他那篇檄文恢复"荣誉"了！

郑季翘所说的那段"历史"距今并不遥远，它的"本来面目"，亿万人民特别是文艺界的人们无不记忆犹新。如果有人故意加以歪曲和掩盖的话,那么只要坚信实践是检验真理的唯一标准,只要有那么一点辩证唯物主义的观点和实事求是的作风,要"还"起来也不太困难。

在读到郑季翘的这篇新作之前,我根据《诗刊》记者在《学习〈毛主席给陈毅同志谈诗的一封信〉座谈会纪要》中提供的事实,对郑季翘有些谅解,误以为他那篇文章真如《诗刊》记者所说,原是对形象思维问题作学术讨论的,只是被江青、陈伯达之流所利用和篡改,把学术问题搞成政治问题,层层加码,无限上纲,陷人以罪,为其篡党夺权的阴谋服务罢了。现在经过郑季翘"澄清事实",才知道那篇讨伐"形象思维论"的檄文是他自己"写作和发表"的,与林彪、"四人帮"无关,这就使我对郑季翘有了新的看法。

郑季翘在他的新作《解释》一文中,虽然曾说"毛主席历来提倡'艺术科学中的是非问题,当通过艺术界科学界的自由讨论去解决,通过艺术和科学的实践去解决,而不应采取简单的方法去解决'",并且表示"愿意参加关于形象思维的讨论";但不仅没有接触他以前在"批判形象思维论"的文章中是怎样对待艺术中的是非问题的,而且在他的《解释》一文中,仍对他轻蔑地称之为"形象思维论者"的同志们极尽冷嘲热讽乃至漫骂之能事。这"也是很不正常"的。

让我们先谈谈他1966年4月发表在《红旗》的那篇《在文艺领域里必须坚持马克思主义认识论——对形象思维论的批判》(以下简称《坚持》)究竟是什么样的文章?它在"四害"横行时期,究竟起了什么作用?

在我国,从50年代中期开始的关于形象思维问题的讨论,是在批判胡风把文艺的特点,把形象思维绝对化、神秘化的基础上开展起来的。有些同志在批判胡风文艺观点的文章中,就批判过对形象思维的曲解。然而文艺毕竟是有自己的特点的,丢掉了文艺的特点,也就丢掉了文艺。因此,当时党在文艺界的领导者之一周扬同志在《建设社会主义文学的任务》的报告(见1956年3月25日《人民日报》)中,首先批判了胡风"把艺术认识和科学认识、形象思维和逻辑思维完全割裂开来,借以证明作家的创作同他们的世界观毫无关系"之后,又从克服作品中公式化、概念化倾向的目的出发,要求重视艺术地反映现实的特殊规律。此后,关于形象思维的讨论,就开展起来了。直到郑季翘的《坚持》发表前夕,都是真正贯彻了"百家争鸣"精神的"自由讨论"。在讨论中,有个别同志不承认有形象思维,绝大多数同志则认为形象思维是文艺反映现实的特点或特点之一,但对形象思维的理解又不尽相同。因此,有时争论得很热烈,但都是心平气和地各抒己见,互相商讨,没有谁动用过棍子或帽子之类的武器。这些事实,只要翻阅一下上海文艺出版社1978年出版的《形象思维问题参考资料》第一辑,就会看得一清二楚。

这里还应该特别提出:周总理《在文艺工作座谈会和故事片创作会议上的讲话》中,在反复强调发扬艺术民主的同时,还反复强调了文艺的特殊规律,明确谈到"文艺的特点是通过形象思维反映生活","文艺为政治服务,要通过形象,通过形象思维"。据郑季翘在《解释》一文中的"解释":他的《坚持》初稿"写于1962年底、63年初",当时不知道毛主席给陈毅同志的信中三次地肯定了形象思维,因而谈不到把矛头指向毛主席。而周总理上述讲话的时间是1961年6月19日,即在郑季翘写《坚持》初稿的半年以前。周总理的上述讲话,既是在较大规模的会议上发表的,又立即在各省市传达、落实。郑季翘作为一个省的文教工作的负责人,总不能说在《坚持》一文中把形象思维论打成"反马克思主义的认识论体系"的时候,还不知道周总理在那篇讲话中两次地肯定了形象思维吧!对于这一点,郑季翘又如何解释呢?

话又说回来,我在前面之所以讲到形象思维问题的讨论是在批判胡风文艺观点的基础上开展起来的,其目的是探讨文艺如何通过它的特点更好地为无产阶级政治服务,又特别提到敬爱的周总理也早已肯定过形象思维,只不过是"还历史的本来面目",说明从50年代中期开始直到郑季翘《坚持》一文发表前夕为止的关于形象思维问题的讨论,是人民内部的学术讨论,不是政治问题,不是敌我矛盾性质的问题。

作为一个学术问题,尽管周总理、毛主席都先后多次肯定过形象思维,郑季翘仍然可以提出他个人的独创性的见解。问题是郑季翘在《坚持》一文中,压根儿没有把形象思维看做学术问题,按照"双百"方针进行"自由讨论";而是把它作为严重的政治问题、作为敌我矛盾性质的问题,棍、帽交加,对所有主张形象思维的同志(包括周总理在内)乃至整个文艺界、教育界,进行了全盘否定的"批判"与声讨。

郑季翘无视或者说"歪曲"(这是他最喜欢强加于人的字眼)形象思维问题的讨论正是在批判胡风的基础上开展起来的历史事实,在《坚持》一文的第五节《从形象思维论的演变看它到底为什么人服务》中耸人听闻地说:

> 形象思维这个观点传入我国后,曾被胡风拿来进行反对马克思主义

的活动。……后来，胡风的反党阴谋被粉碎了，但是他的形象思维的论点并没有得到批判。……文艺界一些别有用心的人就来继续以形象思维论为武器，向马克思主义的世界观开火了。

把讨论形象思维问题指斥为传胡风之衣钵，"继续以形象思维论为武器，向马克思主义的世界观开火"，这纲上得非常高，高到"吓煞人也"的地步！当然，郑季翘还是有分寸的，他在这里指的是"文艺界一些别有用心的人"，而没有指全体。那么，并非"别有用心的人"又怎么样呢？郑季翘说，这些人认为"只有形象思维才能说明文艺的特点"，因此，"人们的出发点不同，而结果都是一个：都肯定了形象思维论"。

"都肯定了形象思维论"中的那个"都"所包含的规模究竟有多大呢？请看郑季翘的如下一段描绘：

近年来，在我国文学艺术领域中流行着一个特殊的理论，这就是形象思维论。这个理论很有势力：一些文艺理论家在倡导着它，大学的文学课程在讲述着它，文艺工作者在谈论着它。一句话，这是我国文学艺术领域中普遍流行的、用以说明作家进行文艺创作时思维过程的基本理论。

这就是说，在郑季翘的《坚持》一文发表之前，我国整个文学艺术领域都被形象思维这种"特殊的理论"占领了、统治了。

面对这种现实，郑季翘提出了一个十分尖锐的问题："形象思维论为什么会成为某些人进行反党、反马克思主义活动的理论武器呢？"他于是亲自下手，"经过研究"做出了如下判决：

所谓形象思维论，不是别的，正是一个反马克思主义的认识论体系，正是现代修正主义文艺思潮的一个认识论的基础。近年以来，文艺领域中不断发生这样那样的问题，这反映了这个战线上复杂尖锐的阶级斗争，而形象思维论，却正给一些否定马克思主义和党的领导的人提供了认识论的"根据"，起了很坏的作用。

郑季翘在作了如上判决之后，合乎逻辑地提出了如下的战斗任务：

当前,我们的社会主义文化革命正在深入发展。在文艺领域中,我们正在对一些反社会主义的作品和理论进行斗争,这是完全必要的。但是,如果不彻底破除形象思维论这个反马克思主义的体系,那就等于还给反社会主义的文艺在认识论的根本问题上留下一个掩蔽的堡垒。所以,为了保卫马克思主义的认识论,捍卫毛泽东文艺思想和坚持党的文艺路线,对形象思维进行彻底的批判,扫清形象思维论者撒播的迷雾,应该是思想战线和文艺战线上一个重大的战斗任务。

我在这里引了这么多郑季翘的原文,未免浪费纸笔。然而为了"还历史的本来面目",不得不这样做。郑季翘的《坚持》一文的初稿,写于周总理在文艺工作座谈会和故事片创作会议上讲话半年之后,发表于叛徒江青勾结卖国贼林彪炮制出来的《纪要》正式出笼的两个月之后。郑季翘如果真的像他要求别人那样"在学术讨论中坚持实事求是的作风","用马克思主义认识论"看问题,那就不妨把自己的《坚持》一文放在那个特定的历史环境里,从内容上、从总的倾向上,跟总理的讲话相对照,也跟江青和林彪之流的《纪要》相对照,下一番分析、研究的工夫,看看会得出什么结论?何妨把《坚持》发表以后所产生的社会效果做一些哪怕是非常粗略的调查,看看会有什么感想?还应该指出,郑季翘曾经在《坚持》一文中高喊过一系列相当"革命"的口号,诸如"某些文艺工作者拒绝党的领导、向党进攻"呀!"我们正在对一些反社会主义的作品和理论进行斗争"呀!"以形象思维论为武器","进行反党、反马克思主义活动"呀!"扫清文艺领域里一切封建的、资产阶级的、修正主义的妖氛迷雾"呀!试把这些"革命"口号跟党中央粉碎"四人帮"以来在文艺界拨乱反正,发扬艺术民主,贯彻"双百"方针,打碎文字狱,为作家作品落实政策,昭雪、平反了无数冤案、错案、假案的一系列英明措施联系起来,加以考虑,看看会不会产生不同于《解释》一文的新看法?

众所周知,江青勾结林彪炮制的《纪要》,是他们篡党夺权阴谋的一个步骤。在《纪要》中抛出的"文艺黑线专政论",则是他们在文艺界夺权,推行极左路线,实行法西斯专政,打击迫害文艺工作者,给古今中外优秀的文艺作品贴上封、资、修的标签、进行"彻底扫荡"的合法理论根据,使我国文艺事业遭到了空前的浩劫。粉碎"四人帮"以后,党中央撤销了《纪要》,挽救了社会主义文艺事业。但它的流毒,还远远没有肃清。郑季翘在他的《解释》一文中,不是也说要"彻底地肃清其流毒影响"吗?如果真心要"彻底地肃清其流毒影响",就首先要考虑自己受过流毒影响没有。倘若受过的话,现在是否已经"彻底地肃清"了。《纪要》诬蔑建国以来文艺界被"反党反社会主义的黑线专了我们的政",而"这条黑线,就是资产阶级的文艺思想,现代修正主义的文艺思想和所谓30年代文艺的结合"。郑季翘在《坚持》一文中则说形象思维论在"我国文学艺术领域中普遍流行","很有势力",而这个"特殊的理论","正是一个反马克思主义的认识论体系,正是现代修正主义文艺思潮的一个认识论基础"。这不是给"文艺黑线专政论"作了一个绝妙的注脚吗?从社会效果上说,有不少同志已经指出《坚持》一文提出的"反形象思维论"是"文艺黑线专政论"的有力支柱,这是完全符合历史真实的。奇怪的是郑季翘在写《解释》一文时不仅回避了这一历史真实,而且连自己把学术问题搞成敌我矛盾性质的政治问题都一字不提,却谩骂批评过他的同志"歪曲事实","陷人以罪",这难道是一个以马克思主义者自居的人应有的态度吗?

相当有趣的是,郑季翘驳斥别人对他的"歪曲"和"诬蔑"时,引了姚文元1964年说过的一句话,用以证明"四人帮""是主张形象思维论的"。这真是一箭双雕!把他这位反形象思维论的英雄和被他批判过的遍布全国的"形象思维论"者都摆到他希望摆的位置上去了。然而这不过是枉费心机而已!众所周知,"四人帮"是一伙翻手为云、覆手为雨的政治骗子。举例来说,1957年春天,张春桥、姚文元不是一再鼓吹在题材上要有"完全自由","不受任何限制","祖国大地,海阔天空,任君选择"吗?而在后来的《纪要》中,却转了一百八十度,把"反题材决定论"打成了"黑八论"之一。再说,如果"四人帮"是真心地、始终一贯地"主张形象思维论"的,那么,在"四人帮"大搞顺我者昌、逆我者亡的法西斯专政时期,"反形象思维论"的郑季翘并未因此而受到非难,倒是被郑季翘在《坚持》中点名批判过的"形象思维论"者以及无数未被点名、但也"主张形象思维论"的同志却都受到了不同程度的打击、迫害,有的甚至株连全家,弄得妻离子散。请问郑季翘:这该如何解释呢?事实上,郑季翘的"反形象思维论"正适应了"四人帮"挥舞"文艺黑线专政论"的大棒,推行封建法西斯文化专制主义的需要。"四害"横行时期,不仅大批特批所谓"黑八论"以及一切所谓"反党反社会主义的毒草作品",而且直接接过了郑季翘在《坚持》一文中提出的"战斗任务",在"思想战线和文艺战线"上投入了不少力量,"彻底破除形象思维论这个反马克思主义的体系",以便从根本上摧毁"黑八论"和一切"反党反社会主义毒草作品"赖以产生的"认识论基础"。而郑季翘在批判"形象思维论"时创立的"主题先行论",却被"四人帮"奉为金科玉律,成了炮制阴谋文艺的理论根据。郑季翘在一笔抹倒从别林斯基以来包括高尔基在内的所有"形象思维论"者的基础上提出的"扫清文艺领域里一切封建的、资产阶级的、修正主义的妖氛迷雾"的战斗口号,也为"四人帮"在"扫荡封、资、修黑货"的叫嚣中灭绝古今中外的一切优秀文化开了极其恶劣的先例。

马克思主义者是辩证唯物主义的动机和效果的统一论者。郑季翘的动机在《坚持》一文中表现得十分明确,其社会效果也有目共睹,不容掩饰。郑季翘如果要如实地"还历史的本来面目",恐怕应该正视这些事实才行。像在《解释》一文中那样企图用"歪曲"、"诬蔑"之类的词儿压倒对方,其结果只能是事与愿违。看起来,郑季翘是过分看重个人的得失了。在举国上下欢欣鼓舞,为实现新时期的总任务而忘我奋斗的时候,一个曾经做过省委文教书记、并曾参加过中央文革小组的人,难道不应该考虑怎样做,才有利于彻底肃清"四人帮"疯狂推行法西斯文化专制主义的流毒,充分发扬艺术民主,以繁荣社会主义文艺的研究和创作,更好地为实现四个现代化的宏伟目标服务吗?

根本的分歧究竟在哪里

郑季翘的新作《解释》一文的第二个小标题是《根本的分歧在哪里》,在这个小标题下面,他概括了《坚持》一文的基本内容,并对近两年来许多同志对《坚持》一文的批评进行了反驳,然后做出了结论:"这种分歧的实质,就在于是否用马克思主义的认识论来解释文艺创作。"(着重点是原有的——引者)

郑季翘提出的这个"根本分歧"是从若干"分歧"中归纳出来的。我们也不妨就这若干"分歧"进行商榷。

(一)究竟有没有形象思维

郑季翘断言根本没有形象思维,只有逻辑思维。"所谓形象思维","不过是一种违反常识,背离实际的胡编乱造"。他进一步上纲:"认为形象思维是与抽象思维相对称的特殊的思维规律,就是在认识真理的途径上制造了二元论。"

把对方打成"二元论"的"制造"者,当然对自己很有利,但首先应该弄懂什么叫"二元论"。看来动不动以马列主义者的口吻训人的郑季翘,连什么是"二元论"还处于望文生义的阶段,岂不令人惋惜!多少有一些哲学常识的人都知道,认为万物只有一个本原的哲学学说叫"一元论"。认为物质是世界的本原,这是唯物主义的"一元论";认为精神是世界的本原,这是唯心主义的"一元论"。与此相反,认为世界的本原不是一个,而是两个——物质与精神,企图调和并结合唯物主义与唯心主义的,叫做"二元论"。郑季翘所批判的"形象思维论者"并不曾谈论世界的本原问题,只不过认为人类具有反映物质世界的两种思维形式,这又与"二元论"有什么相干?

我个人承蒙郑季翘不弃,在《坚持》一文中被多次点名批判,因而很受了一些教育与锤炼。但截至目前,几经思考,仍认为人类具有形象思维和逻辑思维两种既有共同性,又有特殊性,相互促进,相辅相成的反映客观世界的思维形式。而文艺创作,虽然离不开逻辑思维,但主要要用形象思维,正像科学研究虽然也需要形象思维,但主要用逻辑思维一样。

马克思在《〈政治经济学批判〉导言》中指出:"整体,当它在头脑中作为被思维的整体而出现时,是思维着的头脑的产物,这个头脑用它所专有的方式掌握世界,而这种方式是不同于对世界的艺术的、宗教的、实践——精神的掌握的。"这说明从艺术上掌握世界的思维方式和从科学上掌握世界的思维方式各有特点。我曾经在郑季翘批判形象思维时作为靶子之一的《文艺学概论》中引用过这段经典性的论述,但郑季翘不屑一顾,大概是认为那也是"制造二元论"吧!

《在延安文艺座谈会上的讲话》(以下简称《讲话》)这篇光辉著作中,毛主席虽然没有用"形象思维"这个术语,但在阐述文艺的特殊规律的许多地方,实际上都谈到了形象思维。他强调指出:"学习马克思主义,是要我们用辩证唯物论的观点去观察世界,观察社会,观察文学艺术,并不是要我们在文学艺术作品中写哲学讲义。"谁都知道,"写哲学讲义",主要用的是逻辑思维。"并不是要我们在文学艺术作品中写哲学讲义",这就清楚地指出,文艺创作,要用形象思维。毛主席正是由于充分地估计到文艺的这一特点,所以又明确地告诉我们:"马克思主义只能包括而不能代替文艺创作中的现实主义。"这短短的一句话,讲得多么精辟、多么全面!第一是"只能包括",我们所说的现实主义是包括于马克思主义之内的革命现实主义,而不是违反马克思主义的其他"现实主义";第二是"不能代替",一"代替",就取消了文艺创作的特殊规律,从而抹杀了文艺的特殊职能。

马克思主义"包括"的现实主义,其创作过程是受辩证唯物主义指导的,毛主席正是从这一点出发,既指出社会生活是文艺的唯一源泉,又强调"文艺作品中反映出来的生活却可以而且应该比普通的实际生活更高,更强烈,更有集中性,更典型,更理想,因此就更带普遍性"。文艺创作从客观生活出发而达到了六个"更",正说明从感性认识上升到了理性认识,其创作过程,是"包括"在马克思主义的认识论之内的。但是,这个过程,马克思主义的认识论又"不能代替"。毛主席是这样说明这个过程的:

> 革命的文艺,应当根据实际生活创造出各种各样的人物来,帮助群众推动历史的前进。例如一方面是人们受饿、受冻、受压迫,一方面是人剥削人、人压迫人,这个事实到处存在着,人们也看得很平淡;文艺就把这种日常的现象集中起来,把其中的矛盾和斗争典型化,造成文学作品或艺术作品,就能使人民群众惊醒起来,感奋起来,推动人民群众走向团结和斗争,实行改革自己的环境。

毛主席在这里所说的"根据实际生活创造出各种各样的人物来","把这种日常的现象集中起来,把其中的矛盾和斗争典型化"等等,难道不是最深刻、最准确地揭示了形象思维的特质吗?

毛主席在给陈毅同志谈诗的一封信里三次地肯定了形象思维,并借用我国古代诗论家从包括大量民歌在内的《诗经》的创作实际中总结出来的赋、比、兴"三法",说明了形象思维的特点,其精神跟《讲话》中的上述论述一脉相承,并无二致。毛主席引用朱熹的话对赋、比、兴作了解释:"赋者,敷陈其事而直言之也";"比者,以彼物比此物也";"兴者,先言他物以引起所咏之辞也"。此外,我国古代诗论家对赋、比、兴还作过许多解释。如说:"赋之言铺,直铺陈今之政教善恶"。"比者,附也;兴者,起也。附理者切类以指事,起情者依微以拟议"。"取象曰比","叙物以言情,谓之赋","触物以起情,谓之兴"。总括起来看,兴指现实生活激起的诗情诗意,比指创作过程中的联想与想象,赋指对客观事物的叙述和描写。兴、比、赋并用,正说明艺术构思自始至终都是凭借客观事物的感性形象进行的。

郑季翘为了替他的"反形象思维论"辩护,只引了毛主席所说的"诗要用形象思维,不能如散文那样直说,所以比、兴两法是不能不用的"几句话,公然把"赋也可以用,如杜甫之《北征》,可谓'敷陈其事而直言之也',然其中亦有比兴"这几句与上文紧密联系、十分重要的话砍掉了！他如此这般地把毛主席的完整论述根据自己的需要加以肢解之后，即"理直气壮"地教训"形象思维论"者说：

> 如果我们完整地加以理解，当能体会到，毛主席所说的形象思维，是指诗要通过形象来表现思想（着重点是原有的——引者），与散文直接说出自己的思想不同，而比、兴则是用形象表现思想的艺术方法，所以不能不用。……某些同志企图以曲解毛主席给陈毅同志的信来为"形象思维论"辩护，是徒劳的。

在这里，郑季翘把毛主席所说的"诗要用形象思维"做了一个真正够得上"荒谬"的解释："诗要通过形象来表现思想。"还"老王卖瓜，自卖自夸"，说这是对毛泽东思想"完整地加以理解"，而把"形象思维论"者对毛主席三次肯定形象思维的解释说成"曲解"。魔术师的魔术棒这样一挥，就轻而易举地把毛主席的形象思维理论纳入他的反形象思维论体系中去了。应该指出，这才真正"是徒劳的"。

毛主席指出的马克思主义包括的现实主义文艺创作，是要从社会生活中汲取源泉，用形象的形式、即生活本身的形式，在更高的程度上反映生活真实。我们在前面引用的《讲话》中的那些精辟的论述，不是讲得十分清楚吗？毛主席反复指出的是"应当根据实际生活创造出各种各样的人物来"；"把这种日常的现象集中起来，把其中的矛盾和斗争典型化"；要表现"新的人物，新的世界"；毛主席给陈毅同志谈诗的信中又指出："要做今诗，则要用形象思维方法，反映阶级斗争与生产斗争……。"什么时候讲过文艺要"通过形象来表现思想"这样的话、或者表达过这样的意思？"通过形象来表现思想"，这决不是辩证唯物主义者对文艺所下的定义，因为它和唯心主义划不清界限。黑格尔给文艺下过一个相当著名的唯心主义的定义，与郑季翘的定义，先后辉映，堪称"双璧"。那就是："观念是艺术的内容，而感性的、形象的外观是观念的形式。""四人帮"的御用文人遵照"主题先行"和"三突出"之类的钦定模式，由"领导出思想"，然后根据"领导"所出的"斗走资派"之类的思想编造人物，从而炮制出来的歪曲现实生活、颠倒敌我关系的大量阴谋文艺作品，不是也完全符合郑季翘所下的"通过形象来表现思想"的定义吗？

还应该指出，毛主席借赋、比、兴的传统术语论述形象思维，只用了几句话，但郑季翘同志连这几句话的意思都没有弄懂，就"完整地"加以解释了。毛主席说"诗要用形象思维，不能如散文那样直说……"把前后联系起来加以理解，就可以看出这里的"散文"指的是不用形象思维的、非文艺性的散文。这一点，我认为很重要。因为第一，诗也是可以"直说"的，毛主席紧接着就以杜甫的不朽名作《北征》为例，指出"敷陈其事而直言之"的赋"也可以用"。"直言"与"直说"，究竟有多大差别呢？学过一点语法的人都会看出毛主席特意用了"如散文那样"的状语对"直说"加以限制。诗"不能如散文那样直说"，并不等于诗"不能直说"。比如说"我们不能如'四人帮'那样搞文艺创作"，难道就等于"我们不能搞文艺创作"吗？第二，用形象思维的文艺性的散文，也不一定"直说"，往往是"曲说"的。（我的这些理解也许是"曲解"，在《陕西师大学报》1979 年第 3 期发表的《诗的"直说"及其他》一文和在《语文学习》1979 年第 2、3 期连载的《柳宗元〈永州八记〉选讲》一文中作了较充分的说明，请参阅、赐教）而郑季翘的理解却与此不同，说什么"毛主席所说的形象思维，是指诗要通过形象来表现思想，与散文直接说出自己的思想不同，而比、兴则是用形象表现思想的艺术方法，所以不能不用"。请问郑季翘，难道博览群书、从实际出发的毛主席，会认为像司马迁的《项羽本纪》那样的史传文学作品和柳宗元的《黔之驴》、《永州八记》之类的文艺性散文，都是"直接说出自己的思想"的吗？

在《解释》一文的另一个地方，郑季翘更进一步指斥他所谓的"形象思维论"者"不是完整地、准确地去理解马列主义、毛主席的思想，而是断章取义、片言立论、任意地加以曲解"。骂得的确很痛快，也值得被骂者认真检查，有则改之，无则加勉。但郑季翘却为我们树立了这样一个"完整地、准确地去理解马列主义、毛主席的思想"的"样板"，怎能不使人感到遗憾！

理论是从实践中概括出来的，又需要经过实践的检验，在反复实践中得到完善和发展。因此，卓越的、有丰富的文艺创作经验的革命作家关于形象思维的论述是值得重视的。在列宁直接关怀和指导下从事文艺工作的高尔基，具有无产阶级的革命立场和马克思主义的思想武装，是已有定评的伟大的社会主义现实主义作家。他在小说、戏剧、诗歌、童话以及各种文艺性的散文等几乎所有的文艺样式的创作中，都取得了辉煌的成就，积累了异常丰富、异常宝贵的实践经验。他在总结自己的创作经验的基础上批判地继承了前人关于形象思维的理论而加以革命性的改造,发表了许多精湛的见解。1933年,他在《论短视与远见》一文中,把他阐述的形象思维,作为社会主义文学艺术创作的思维方式,认为作家只要正确地反映社会主义现实生活及其发展趋势,"这就是社会主义现实主义,是那些改变和改造世界的人的现实主义,是以社会主义经验为基础的现实主义的形象思维"。而郑季翘却对高尔基的形象思维理论嗤之以鼻,随便引了几句,即以"含糊语句"四字判处死刑。时隔十余年,郑季翘似乎认识到革命作家的创作经验也有些用处了,他引了姚雪垠同志谈《李自成》创作经验的一段文字。引来干什么呢?引来为他的反形象思维论撑腰,用以证明形象思维论"是完全违背实际的一种臆造,是十分荒谬的"。

《李自成》是目前深受广大读者欢迎的小说。引《李自成》作者的创作经验否定形象思维,是有说服力的。问题是郑季翘只引了似乎对他有利的几句话,犯了"断章取义、片言立论"的老毛病。其实,姚雪垠同志的最主要的创作经验对郑季翘的"反形象思维论"很不利。郑季翘大约是个忙人,写论文时,无暇占有材料,所以不妨多引几句姚雪垠同志《〈李自成〉创作余墨》(《红旗》1978年第1期)中的话,以供参阅:

在历史小说作家的劳动中,关于历史事变的科学研究,题材的形成,主题思想的逐渐明确和深化,由简略到比较细密的艺术构思,原是互相伴随着进展的,是辩证统一的。过去有人将逻辑思维与形象思维绝对分开,从而只承认逻辑思维,否定形象思维,这个论断不符合众多文学艺术家的创作实践,是一种形而上学的观点。逻辑思维只能指导形象思维,不能代替形象思维。形象来源于生活,来源于客观世界在头脑中能动的反映,决不是来源于逻辑思维。没有形象思维,连最简单最原始的艺术也不会产生。……

企图用逻辑思维代替形象思维,其结果必然不利于艺术创作,而只会促使作品流于简单化、概念化、干巴巴的、千篇一律、以图解主题思想为完成任务。如果逻辑思维可以代替艺术形象,那么所有的理论家都可以创作出优秀的文学艺术作品,用不着提倡独特的艺术修养了。另外,我们也必须看到,不仅逻辑思维能够指导形象思维,而且伴随着创作实践过程的形象思维也能够反过来影响逻辑思维。……

郑季翘本来是企图用姚雪垠同志的创作经验为自己的"反形象思维论"辩护的,却没看到姚雪垠同志还讲了这么多,"否定形象思维,这个论断不符合众多文学艺术家的创作实践,是一种形而上学的观点"等等的创作经验。看了这些经验之谈,不知郑季翘有何感想?打算怎样处理?是不是又要像对待毛主席给陈毅同志的信那样"完整地加以理解",然后纳入自己的"反形象思维论"体系呢?如果采取这种手法,那只能弄巧成拙。因为姚雪垠同志从他的创作实践中概括出来的关于形象思维及其与逻辑思维的辩证关系的论述,是和50年代中期以来多数主张形象思维的同志的见解完全一致的。

(二)主张形象思维,是不是等于"不用抽象,不用概念",传播"反科学的直觉主义、神秘主义理论"

郑季翘在《坚持》一文中引了我在《文艺学概论》(陕西人民出版社1957年版)中所说的"形象思维是用形象来思维的"一句话(在《解释》一文中又被引用)以及其他几位同志所讲的类似的话,然后斥之为"不用抽象、不用概念,不依逻辑规律",传播了"反科学的直觉主义、神秘主义理论"。

必须郑重声明:这些帽子,扣在我的头上,并不那么合适。我在《批判阿垄的诗歌理论》(发表于《人民文学》1955年8月号,同年10月号《新华月报》转载,同年9月天津文联编入《批判胡风集团反动文艺思想》第三辑)一文中,用了近两千字的篇幅批判了阿垄的"形象思维"论,谈了我自己对形象思维的看法。其中的着重点是,引用毛主席《实践论》中"从感性认识跃进到理性认识"的有关论述,批判了阿垄鼓吹直觉主义、神秘主义的理论;引用列宁《黑格尔〈逻辑学〉一书摘要》中"一切科学的(正确的、郑重的、非瞎说的)抽象,都更深刻、更正确、更完全地反映着自然"的有关论述,批驳了阿垄在形象思维过程中排斥抽象和概念的臆说。

至于说"不依逻辑规律",这也跟我对形象思维的论述颇有出入。我在《试论形象思维》(《新建设》1956年5月号发表,收入长江文艺出版社1958年版拙著论文集《诗的形象及其他》和上海文艺出版社1978年版《形象思维问题参考资料》第一辑)一文中用了将近三千字的篇幅,谈了"形象思维和逻辑思维的共同性",并在这一节的结尾部分说:

> 如果说形象思维有助于逻辑思维,那么,逻辑思维对于形象思维就有其更重大的指导意义。早在人类发展的初期,我们就看到思维有形象的

和逻辑的两种形式。而逻辑思维的发展,不仅没有取消形象思维的作用,反而相应地促进了它的发展。在前面说过,形象思维也需要"反映事物的本质,反映事物的内部规律性",而逻辑思维,正可以帮助艺术家在研究生活的时候,正确地理解事物的本质及其内部规律性。

总之,在我关于形象思维的全部论述中,既谈了形象思维的特殊性,也强调了它与逻辑思维的共同性以及二者之间的辩证关系。其结论是:文学艺术的创作不等于"写哲学讲义",必须运用形象思维,而不能只用逻辑思维。但在文艺创作中进行形象思维的时候,这种形象思维不是孤立的,不是和逻辑思维对立的。我曾在《文艺学概论》中强调说明:

> 在文学创作中,形象思维有赖于逻辑思维的帮助,它们往往互相启发、互相渗透、互相转化,形成一种复杂的思考过程。

不难看出,我在谈文艺创作的特点的时候,曾几次谈到"逻辑思维可以帮助形象思维,却不应该代替形象思维",却从来没有讲过在文艺创作中只要形象思维,不要逻辑思维。我探讨形象思维问题,正是从1955年初批判阿垄"把形象思维归结为'感觉'而和逻辑思维对立起来,从而反对对于生活的理性认识"开始的。

郑季翘只引了"形象思维是用形象来思维的"一句话,就作出了"不用抽象、不用概念、不依逻辑规律"等一系列判断,实在令人费解。"用形象来思维",我在其他地方,也借用高尔基的说法,写作"凭借形象来思维"。其用意在于强调在文艺创作中,形象是思维的对象,而这形象又主要是人物形象。"革命的文艺,应当根据实际生活创造出各种各样的人物来"。不凭借实际生活中的各种各样的人物形象进行思维,能行吗?要知道,这正是文艺创作的特点。把几麻袋数字和公式视为珍宝搞数学研究,写出了名震中外的数学论文的陈景润同志,就不必下这番功夫。但对搞文艺创作的人来说,如毛主席所指出:"了解人、熟悉人的工作却是第一位的工作。"

"形象思维是用形象来思维的"这一句话,是我从前面的几大段论述中概括出来的,这里不妨引几句:

> 因为艺术的基本对象是作为"社会关系的总和"的活的整体的人,所以形象思维的特点之一是凭借具体的形象、主要是凭借处于特定环境中的人的形象(外在形象和内在形象)进行思维的。

很清楚,我始终没有说不要"思维",而是说要凭借处于特定环境的各种人物的外在形象和内在形象来"进行思维"。"思维"这个哲学术语,难道不正是包含了"抽象"、"概念"等内容、而倒是跟这些内容水火不相容的吗?在《文艺学概论》中,我还讲过这样一段话:"有些人把形象思维和逻辑思维对立起来,甚至反对在谈形象思维问题时接触'抽象'、'思想'一类的术语。在他们看来,仿佛在形象思维中只有感受、没有认识,只有形象、没有概念。果真这样,那么形象思维就不是'思维'了。"不知道郑季翘是有意忽略,还是没有看见。

(三)"主题先行",是不是现实主义的创作规律

在《坚持》一文中,郑季翘先后引了我谈主题思想形成过程的两段话。一段是:"有些人认为不论是逻辑思维或形象思维,在将'丰富的感觉材料''进行改造制作'的方法上并没有什么区别。那就是:逻辑思维是从具体到抽象,'造成概念和理论的系统';形象思维也是从具体到抽象,形成抽象的主题思想。在他们看来,形象思维不同于逻辑思维的只是在它形成抽象的主题思想之后,还需要给这种抽象的主题思想制造形象的外衣。显而易见,这种说法是错误的,有很大的危害性的。按照这种说法,必然会在创作的一定阶段上用逻辑思维代替形象思维,其结果是产生公式化概念化的作品。"引到这里,紧接着就扣了一顶大帽子:"形象思维论者反对在文艺领域中运用《实践论》中所阐述的普遍的认识规律,竟然达到如此狂妄的地步!"很显然,这帽子也是凭空飞来,强加于人的,虽然大得吓人,长期内也发生过很大的压力;但其实是"大而无当"。我倒要请教郑季翘:难道"普遍的认识规律"运用于各种自然科学领域和社会意识形态领域去研究各自的特殊本质特殊规律的时候,只能表现为同样的模式,而不会显示出各自的特点吗?如果只能表现为同样的模式的话,那么对毛主席在《矛盾论》中阐明的矛盾的普遍性与矛盾的特殊性的辩证关系,究竟应该怎样理解?对毛主席在《讲话》中指出的"一般的宇宙观也并不等于艺术创作和艺术批评的方法","马克思主义只能包括而不能代替文艺创作中的现实主义,正如它只能包括而不能代替物理科学中的原子论、电子论一样",又该如何解释?

我在谈形象思维的时候，多次引用《实践论》中所阐述的普遍的认识规律，强调在马克思主义世界观指导下进行的与逻辑思维互相渗透相辅相成的形象思维，必须从感性认识上升到理性认识。郑季翘同志节引的那一段话，只不过是试图在普遍的认识规律指导下说明文艺创作"在将'丰富的感觉材料'进行'改造制作'的方法上"有什么特点罢了，怎么能扣上"狂妄"地"反对在文艺领域中运用《实践论》所阐述的普遍的认识规律"的帽子呢？

郑季翘在《坚持》一文中还引用了我的另一段话："霍松林同志说：'在形象思维的整个过程中，抽象化和具体化是统一的，不应该先抽象出赤裸裸的主题思想，然后再将它具体化。'"紧接着就用嘲笑的口吻说：

这种不要先有主题思想的文艺创作论，在不久以前，在不少文艺工作者当中，还是一种时髦的理论哩！

图穷匕首现，看来郑季翘费了不少笔墨，把形象思维论打成"反党"、"反马克思主义"、"反社会主义"的"现代修正主义的一个认识论基础"，其目的之一，就是要创立一种"先有主题思想的文艺创作论"——"主题先行论"。

在《试论形象思维》和《文艺学概论》中，我是这样探索主题思想的形成过程的："科学家在将'丰富的感觉材料''改造制作'的过程中，一面理出事物的本质，一面即抛弃'感觉材料'；艺术家则不然，他一面理出事物的本质，一面选择并集中具体事物中的那些表现某种现象的一般本质的感性因素，顺着这样的途径，逐渐地形成了形形色色的形象，也逐渐地形成了主题思想。所以，在艺术中，思想并不是抽象地存在的，而是作为形象，作为由全部形象的逻辑发展及其相互关系所交织成的生活图画而存在的。一部作品所描绘的生活图画既体现着生活的一般规律性，同时又是独特的、个体的生活景象。"这就是我对被郑季翘节引的两段话——关于主题思想形成过程的部分解释。在被郑季翘从上下文中孤立出来的"形象思维是用形象来思维的"那句话后面，我还进一步解释说：

艺术家在生活实践中密切地注意处于特定环境中的各种人物的典型特征，注意他们的行动表现和内心活动，注意他们在做什么、怎样做以及为什么这样做……为自己积蓄生动具体的印象，并根据这些印象进行"思维",从而孕育人物,形成主题。主题思想本来就不是人物形象以外的东西,而是人物形象的思想意义。在现实主义的艺术作品中,主题思想总是跟着人物形象及其相互关系的逐步发展而逐步展开、逐步深化的。

概括起来说,我认为现实主义文学艺术家把"感觉材料"经过"改革制作",形成主题思想的过程、方法,与社会科学家把"感觉材料"经过"改革制作",形成"概念和理论的系统"的过程、方法,是有所区别的。前者的特点是:当文学艺术家深入现实生活,"观察、体验、研究、分析一切人,一切阶级,一切群众,一切生动的生活形式和斗争形式"的时候,主题的形成和深化,是伴随着人物的孕育和发展进行的。这里特意用了"孕育"两字,是在说明要创造出真正有强大生命力的人物形象、艺术典型,比女人十月怀胎还难,作者得把自己的全部心血、全部思想感情倾注进去,进行长时期的"孕育"。许多堪称"伟大"、"卓越"的文学艺术家,都有这方面的经验。巴尔扎克说:他过着他的人物的生活。他在写到高里奥老爹的死的时候,自己也觉得不舒服起来,甚至想叫医生。屠格涅夫在对奥斯特洛夫斯基谈到写《父与子》的时候说:"巴扎洛夫这个人折磨我到了极点。就是当我坐下来用餐时,他也往往在我面前出现。我在和人谈话的时候,就会想:要是我的巴扎洛夫在,他会讲些什么?"福楼拜说他写到波娃利夫人服毒的痛苦时,他自己也尝到了"真正的砒霜的味道",因而也病倒了。我国明代大戏曲家汤显祖在创作《牡丹亭》的时候,有一天忽然不见了。这急坏了全家人,寻遍了他可能去的所有地方,最后才发现他躺在柴堆上,"掩袂痛哭"。家里人很吃惊,问他为什么这样悲伤。他说:写杜丽娘的唱词,写到"赏春香还是旧罗裙"的地方了!我国现代和当代的著名作家,也谈过类似的经验。姚雪垠同志在《〈李自成〉创作余墨》中就曾经说过:"伴随着对历史的初步认识进行着形象思维,愈来愈多的故事情节和生活画面在我的心中出现,而且很生动。"在谈《〈李自成〉的创作》中又说他孕育《李自成》的人物时,"对李自成及其将领、士兵群众,包括孩儿兵、女兵和女将在内,怀着深厚的感情……与农民起义的大小英雄同呼吸,共脉搏,时常为他们痛洒激动之泪"。梁斌在谈他写《红旗谱》的过程时也说:"当我写这本书时,为了悼念我的朋友及战友们,曾经无数次的掉下眼泪,是流着眼泪写这本书的。"

高尔基所说的"凭借形象来思维"和法捷耶夫所说的"用形象来思考"中的"形象",都是指实际生活中的形象,主要指人物形象。人物形象来自现实生活,主题思想也来自现实生活。在一个坚持用真实地反映现实生活的现实主义原则从事创作的作家那里,主题思想伴随着人物形象的孕育、成长而形成、深化的过程,是一个复杂的过程。尔柴诺夫在关于托尔斯泰的回忆中记述的一段话很能说明问题。尔柴诺夫问托尔斯泰道:

"人家说,您对安娜·卡列尼娜非常残酷,您叫她在火车底下碾死;他们说,她不能一辈子同这一'枯燥无味的人'亚历克赛·亚历克赛特罗维奇耽在一起啊。"

托尔斯泰笑了一笑,提起了普希金的一件事:"普希金有一次对自己的一位朋友说:'你想想看,塔吉雅娜同我耍的什么把戏!她结婚去了!我从来也没有想到她会这样的。'关于安娜·卡列尼娜,我能说的也就是这样。一般说,我的男女主角们有时做一些我不会希望他们做的玩意儿,他们做的是在现实生活中必须做的和像在现实生活中常有的一样,而不是我所希望他们做的。"

这就是列宁所称赞的"不仅创作了无与伦比的俄国生活的图画,而且创作了世界文学中第一流的作品"的"伟大艺术家"托尔斯泰"孕育"人物的一种情况。当他的男女主角们"做的是在现实生活中必须做的和像在现实生活中常有的一样",而不是做他"希望他们做的"这种情况出现的时候,他就放弃了他的"希望",服从于生活的真实。而和他的"希望"相一致的主题思想,也就不得不跟着改变。

与此相反,郑季翘创立的"主题先行论"却不准作家根据实际生活长期地孕育人物,硬要作家"越过具体事物的感性形象"先形成主题思想,然后再根据表现主题思想的需要去创造人物。这样做,怎能创造出有血有肉有生命的足以激动亿万人心灵的人物来?就算那主题思想是正确的吧!也只能写出概念化的东西。普列汉诺夫曾经一针见血地指出:

倘若著作者不借形象而借理论的证明来写,或者那形象是为了显示一定的主题而想出来的,那么,即使他并不写研究或论文,依然写着小说或戏曲,他也同样不是艺术家,而是评论家。

我在郑季翘作为"狂妄"地"反对在文艺领域中运用《实践论》中所阐述的普遍的认识规律"而加以节引的那一段话之后还继续写道：

> 艺术家如果和科学家一样，只限于领会生活现象的本质及其规律性，而忽略尖锐地表现这种本质及其规律性的、特征的感性因素，特别是人的心灵的最复杂的活动，就不会创造出生动的、光辉灿烂的形象，只会干瘪地体现一些抽象的思想。同时，有些人是喜欢走捷径的。既然认为形象思维和逻辑思维一样，也是由具体到抽象，形成主题思想，那么，干脆用现成的科学理论、政治观点或政策条文作主题好了，又何必浪费精力，深入生活呢？对于他们，"第一位的工作"不是"了解人，熟悉人"，而是使现成的、抽象的主题思想"形象化"。
>
> 上述说法的危害性，还不仅在于它给公式化概念化作品的"创作"提供了理论根据，而且在于它实质上是在艺术领域中宣传了唯心主义。众所周知，唯心主义的美学家也是承认艺术的形象性的，但他们却抽掉了艺术形象的客观内容。在他们那里，艺术形象并不是现实生活的反映，而是作者的观念世界的客观化。……

用一句老话说，这真可谓"不幸而言中"了。"四人帮"的御用文人们，不正是远离工农兵群众的斗争生活，身居广厦、饱饫粱肉，根据他们的"首长"所提出的"主题思想"来编造人物形象、炮制违反生活真实的阴谋文艺的吗？奇怪的是：郑季翘对于他创立的"主题先行论"结出的如此"丰硕"的成果似乎还感到不够过瘾；正当我们肃清阴谋文艺的流毒，争取形象地高度真实地反映现实生活，更好地为四化服务的时候，他却在《解释》一文中不仅坚决维护《坚持》一文的全部内容，而且打出"完整地"解释毛主席给陈毅同志的信的旗帜，创立了（其实是从过去的唯心主义者那里接过了）一个"新"的公式：文艺创作是"通过形象来表现思想"！在阶级社会里，"思想"是有阶级性的，我们已经吃够"春桥思想"的苦头了！"形象"这东西，也是可以违反生活，任意编造的，谁能说《春苗》、《盛大的节日》中没有"形象"？那么，在乾坤转正，日月重光的社会主义新时期，郑季翘连毛主席早已提出的"革命的文艺，则是人民生活在革命作家头脑中的反映的产物"这一经典定义都抛在脑后，继"主题先行论"之后，又创立了一个换汤不换药的"通过形象来表现思想"的新公式，究竟要把我们的社会主义文艺引到哪里去呢?

怎样用马克思主义的认识论解释文艺创作

郑季翘在《坚持》和《解释》两篇论文中,有一个一贯的提法:如果用形象思维、而不用逻辑思维进行文艺创作,就是反对马克思主义的认识论。很清楚,这是把马克思主义认识论和逻辑思维等同起来了。按照这个提法,人类在马克思主义的认识论产生以前的漫长岁月里,一直是没有思维能力、不会运用逻辑思维来认识世界的。事实难道是这样的吗?

事实上,人类在很早的时候,就在社会实践中掌握了认识世界的两种思维形式:形象思维和逻辑思维。

马克思在《〈政治经济学批判〉导言》里,谈到古希腊的神话时曾说:"任何神话都是用想象和借助想象以征服自然力,支配自然力,把自然力加以形象化。"而"想象",按高尔基的解释,就是"关于世界的思维","特别是凭借形象的思维"。那么,人类早在自己的童年时期,就已经有了关于世界的形象思维。毛主席运用从《诗经》的创作实际中概括出来的赋、比、兴解释形象思维,这说明早在遥远的周代,我国诗人就已经用形象思维的方法进行诗歌创作。至于逻辑思维,在我国先秦诸子,特别是墨家的著作中,已概括出相当完整的逻辑理论;在古希腊,早从亚里士多德的时代起,形式逻辑学已经形成。形式逻辑的规律和规则,是最普遍的、全人类共有的,它没有阶级性,正像语言没有阶级性一样。不然,属于不同阶级的人们就无法互相了解。我们通常所说的"逻辑",就指的是"形式逻辑"。列宁曾说:"任何科学都是应用逻辑。"历史上许多著名的科学家当然都还没有掌握辩证唯物主义,所以这里所说的"逻辑"也指的是形式逻辑。毛主席要我们"学一点逻辑",当然也指的是形式逻辑;如果指的是辩证唯物主义,那么只"学一点",怎么行呢?

郑季翘同志把逻辑思维和马克思主义的认识论等同起来,把马克思主义的认识论降低到形式逻辑的水平;还以此为根据,给主张文艺创作要用形象思维的同志加上"向马克思主义世界观开火"的罪名,真令人啼笑皆非。

我在《试论形象思维》一文中,用了近五千字的篇幅,专门写了《世界观在形象思维中的作用》一节。开头是这样的:

思维并不等于世界观,但不论形象思维或逻辑思维,都必须通过世界观的棱镜。

思维是和人的自觉的、有目的的社会实践相联系的。在阶级社会中,不同的阶级根据不同的阶级利益、斗争目的,创立不同的思维理论——认识论。认识论是有阶级性的,它是阶级和政党的世界观。一定阶级的艺术家总是根据一定的世界观进行形象思维的。

形象思维是一个观察、研究、评价、选择、概括生活事实,创造表现某些社会力量本质的典型形象的复杂过程。在这个过程的各个阶段上,艺术家的世界观都起着决定性的作用。

接下去,我即依次论述了在这个过程的每个阶段上世界观所起的指导作用,归结到"在创造性地掌握马克思主义的基础上深入地研究现实,创造出更多、更好的作品"。

显而易见,我是把形象思维、逻辑思维和世界观加以区分的。我的整个构思是:在革命作家的创作过程中,形象思维有赖于逻辑思维的帮助,更需要马克思主义世界观的指导。我也是力图说明怎样在马克思主义世界观指导下进行形象思维和逻辑思维的。这一点,跟郑季翘把马克思主义的世界观与一般的逻辑思维混为一谈的做法是大不相同的。

思维是存在的反映,是第二性的现象,它随着社会实践的发展而发展。毛主席在《实践论》中指出:"在很长的历史时期内,大家对于社会的历史只能限于片面的了解,这一方面是由于剥削阶级的偏见经常歪曲社会的历史,另一方面,则由于生产规模的狭小,限制了人们的眼界。人们能够对于社会历史的发展作全面的历史的了解,把对于社会的认识变成了科学,这只是到了伴随巨大生产力——大工业而出现近代无产阶级的时候,这就是马克思主义的科学。"不同历史阶段的不同阶级,都在各自的世界观指导下进行逻辑思维和形象思维。我们所要求的,则是受马克思主义世界观指导的逻辑思维和形象思维。郑季翘同志在1966年高喊"文艺领域必须坚持马克思主义的认识论",在十馀年后的今天又高喊"必须用马克思主义认识论解释文艺创作",仿佛是"最最"坚持马克思主义的认识论了,但在《坚持》、《解释》两篇论文里,却把人类历史上最正确、最科学、最先进的马克思主义世界观等同于一般的逻辑思维,这究竟应该得出什么结论呢?

不仅如此。从郑季翘的两篇论文看,他实际上背离了马克思主义认识论的若干基本观点和基本原理。这里只谈两点,和郑季翘商榷。

第一,背离了"生活、实践的观点,应该是认识论首先的和基本的观点",从而背离了"只有人们的社会实践,才是人们对于外界认识的真理性的标准"的基本原理。

郑季翘在《坚持》一文中,为了证明在文艺创作中不用形象思维而用逻辑思维,就是坚持了马克思主义的认识论,引了列宁的一句话:"逻辑形式和逻辑规律不是空洞的外壳,而是客观世界的反映。"列宁的这句话坚持了存在第一性、思维第二性的唯物主义观点,是完全正确的。但郑季翘在引了这句话之后,却紧接着说:"正因为这样,依照逻辑进行思维,就可以对于客观世界的本质取得正确的理解。"这显然是偷换了命题。辩证唯物主义的认识论教导我们:要"对于客观世界的本质取得正确的理解",必须通过社会实践,通过"实践、认识、再实践、再认识"的"循环往复"。而郑季翘却用列宁关于逻辑形式和逻辑规律的客观性论断,偷换了人的正确认识来源于社会实践和实践是检验真理的唯一标准的辩证唯物主义认识论原理。在他看来,"对于客观世界的本质取得正确的理解",不必依靠社会实践,只要住在高楼深院里"依照逻辑进行思维","就可以"了。这实在轻松得很!但这决不是在文艺领域里坚持了马克思主义的认识论,而是坚持了马赫主义。马赫主义者正是把逻辑形式或思想形式当作真理的标准,从而抹杀客观真理的。列宁在揭露马赫主义时一针见血地指出:"如果真理只是思想形式,那就是说……不能有客观真理了。"

郑季翘的"表象——概念——表象"的公式,据他自己说,是"从思想和存在的辩证同一性即由物质到精神,由精神到物质的辩证转化的原理出发"创立出来的。但按他自己的解释,这个公式中的第一个"表象"只是"事物的直接映象",明显地排除了社会实践,也就排除了在"社会实践的多次反复"中"综合感觉的材料加以整理和改造",又怎么能产生他的公式中的中间环节"概念"呢?他的公式中的第二个"表象",据他自己的解释,是按照"概念""新创造的形象",这就更加奇妙了!就算他公式中的那个"概念"是由感性认识上升到理性认识的东西、即由物质变出的精神吧,但毛主席讲得很清楚:"这时候的精神、思想(包括理论、政策、计划、办法)是否正确地反映了客观外界的规律,还是没有证明的,还不能确定是否正确,然后又有认识过程的第二个阶段,即由精神到物质的阶段,由思想到存在的阶段,这就是把第一个阶段得到的认识放到社会实践中去,看这些理论、政策、计划、办法等等是否能得到预期的成功。……此外再无别的检验真理的办法。"由此可见,"由精神到物质",指的是把第一阶段得到的认识放到社会实践中去检验,看它是否反映了客观外界的规律性,与郑季翘公式中的"概念——表象",即根据"概念"创造艺术形象完全是两码事。郑季翘的荒谬之处还不止此。他那个未经实践检验的"概念"是否正确地反映了客观外界的规律,这对他并不重要。这只要看他怎样把那"概念"转化为"新创造的形象",就十分清楚了。他说:"在思想到物质的过程中,又正因为表象材料可以经过抽象而变成思想,人们就可以把表象材料经过抽象而同自己的思想意图彼此比较,反复衡量,然后用它们在头脑中建立和自己思想意图相一致的形象。"不是"把表象材料经过抽象",然后把抽象出的"概念"放到社会实践中去检验,而是"同自己的思想意图彼此比较";不是创造和生活真实相一致的形象,而是"建立和自己思想意图相一致的形象"。这哪里有一点辩证唯物主义者的气味!

把思维看成第一性的,把存在看成第二性的,否定认识来源于实践、又必须经过实践的检验,这究竟该算哪一种"主义"的认识论?看起来,郑季翘创立了一个"红"极一时的"主题先行论",决非偶然。这个"主题先行论","四人帮"如获至宝,在大量阴谋文艺的"创作"实践中,经过了足够的检验。时至今日,它在亿万人民群众中早已成了过街老鼠,而郑季翘对这个"发明创造"却仍然洋洋自得,抱住不放。对于"实践是检验真理的唯一标准"这个马克思主义认识论的基本原理抱什么态度,不是又一次得到了生动的说明吗?

第二,背离了"由特殊到一般","由一般到特殊",循环往复、使认识不断深化的基本原理。

郑季翘把他的"表象——概念——表象"的公式,也写作:"个别(众多的)——一般——典型。"在提出这个公式之前,有这样的说明:"文艺作家头脑中新的表象的创造,必须是一个抽象和具体,一般和特殊循环往复的思维过程。"(着重号是原有的——引者)很清楚,他在这里讲的"一般和特殊循环往复的思维过程",是"作家头脑中的新的表象的创造"过程。这实际上是完全脱离社会实践的纯意识活动,用的是《矛盾论》中的词句,表现出的是与辩证唯物主义相对立的观点。在《矛盾论》中,毛主席所说的"由特殊到一般",是指人们在社会实践中,"首先认识了许多不同事物的特殊的本质,然后才有可能更进一步地进行概括工作,认识诸种事物的共同的本质"。毛主席所说的"由一般到特殊",是指"当人们已经认识了这种共同的本质以后,就以这种共同的认识为指导,继续地向着尚未研究过的或者尚未深入地研究过的各种具体的事物进行研究,找出其特殊的本质,这样才可以补充、丰富和发展这种共同的本质的认识。"这两个认识过程"循环往复地进行",就"使人类的认识不断地深化"。请问郑季翘,这怎么能和"个别——一般——典型"的公式挂上钩?老实不客气地说,这个公式,是违反辩证唯物主义、违反文艺创作的实践经验的。

"个别——一般——典型",其目的在于说明如何"按照马克思主义的认识论"创造文学艺术的典型。那么,按照马克思主义的观点,什么是文学艺术中的典型呢?恩格斯总结了大量关于典型创造的经验,明确指出:"每个人都是典型,但同时又是一定的单个人,正如老黑格尔所说的,是一个'这个'。"这就是说,文学艺术中的典型,在反映社会生活的本质规律方面不同于科学:它不是通过"一般"的形式来说明"个别",而是通过"个别"的形式来反映"一般"。正因为这样,恩格斯反对把人物加以抽象的"理想化",反对把个性"消融到原则里去"。相反,他认为"倾向应当从场面和情节中自然而然地流露出来"。

要创造出这样的典型,恐怕还是"形象思维论"者所说的在"熟悉人,了解人"的过程中,既认识人物的共性,又选择、积累许多最突出、最鲜明地体现那共性的个性特征——具体的感性材料,加以概括,才能办到。比如阿Q这个典型所表现的"精神胜利法",其共性(一般)多么大!但那是通过被人打了,却说那是儿子打老子,自以为胜利;钱被人抢了,自己打自己的耳光,却说打人的是自己,被打的是别人,也自以为胜利之类的许多非常独特的个性特征表现出来的。又如阿Q这个典型所表现的讳疾忌医、不敢面对现实的劣根性,其共性也不算小,但那是通过千方百计地保护头上的癞疮疤的许多细节描写表现出来的。鲁迅如果不是从生活中选择、积累这许多感性材料,拿什么去塑造出阿Q这个独一无二的不朽典型呢?共性寓于个性之中,又通过个性表现出来。而当同一共性通过不同的个性表现出来的时候,就具有不同的特点。所以在古今中外文学艺术的人物画廊里,同一阶级的共性基本相同的人物,"每个人都是典型,但同时又是……一个'这个'"。鲁迅创造了许多农民的典型,不都是独一无二的"这个"吗?而这,正是形象思维的特点。而郑季翘的"个别——一般——典型"的公式,却要从"众多的""个别"中抽出脱离个性特征的"一般",再把"一般"变成"典型",那所谓"典型"就不可能是恩格斯所说的典型,而只能是类型。按那样搞,一个阶级,就只能有一个"典型"。而从"众多的""个别"中抽出"一般"的工作,作家也不必亲自去做,因为每个阶级的最本质的共性(一般)、即阶级性,革命导师们不是已经科学地抽象出来了吗?

郑季翘背离"由特殊到一般","由一般到特殊"的基本原理,还表现在把形象思维的讨论划为"禁区"上。

毛主席在《矛盾论》里针对"矛盾的普遍性已经被很多人所承认","而关于矛盾的特殊性问题,则还有很多同志,特别是教条主义者,弄不清楚"的实际情况,着重地分析了矛盾的特殊性问题。他强调指出:"科学研究的区分,就是根据科学对象所具有的特殊的矛盾性。……如果不研究矛盾的特殊性,就无从确定一事物不同于他事物的特殊的本质,就无从发现事物运动发展的特殊原因,或特殊的根据,也就无从辨别事物,无从区分科学研究的领域。"文艺理论,也是一门科学,它研究的对象,就是文艺创作及其发展的历史。这一对象,是有其"特殊的矛盾性"的,有许多"尚未研究过的或者尚未深入地研究过的"问题需要研究。形象思维问题,就是其中之一。仅就这个问题说,从50年代中期以来,讨论正待深入和扩展。比如在革命现实主义的创作和在革命浪漫主义的创作中,形象思维各有什么特点;在"两结合"的创作中,形象思维如何运用;在叙事类作品的创作和抒情类作品的创作中,形象思维有什么差异;在诗歌、小说、戏剧、电影、童话、寓言、报告文学等各种文艺样式的创作中,形象思维有什么不同。更细致一点说,即使在小说这一文学样式中,短篇小说、长篇小说、科学幻想小说,在各自的创作过程中所进行的形象思维,也不可能没有区别。还有,历史悠久的中华民族,在长达三千年的艺术创作实践中,逐步形成了一套为中国老百姓所喜闻乐见的民族形式和民族风格;那么,这在形象思维上,是否也有与此相联系的民族特色呢?可是,开始不久的形象思维问题的讨论,还没来得及接触这些方面,就被郑季翘在《坚持》一文中加上"反马克思主义认识论"的罪名,划为"禁区"了。直到扫除"四害",玉宇澄清,《毛主席给陈毅同志谈诗的一封信》发表之后,形象思维问题的讨论才又开展起来。在讨论中,由于毛主席用我国古代诗论的术语赋、比、兴说明形象思维,因而解放了人们的思想,有些从事古典文学教学和研究工作的同志,开始从我国古代文艺理论和文艺创作中探讨形象思维的民族特色了。可是,就在这时候,郑季翘又发表了《解释》一文,尖锐地提出:他那个"反形象思维论"者和"形象思维论"者之间的"根本分歧","就在于是否用马克思主义的认识论来解释文艺创作"。就是说,他是坚持"必须用马克思主义认识论解释文艺创作"的,而肯定和讨论形象思维的同志们,则是反对用马克思主义认识论解释文艺创作的。这个纲还是上得相当高!我们虽然提倡"百家争鸣",但对于"反马克思主义"的东西,总不应该任其"自由讨论"下去吧!所以对于形象思维的讨论,仍应一棍子打死。

且不说郑季翘所讲的马克思主义认识论,实际上并不是马克思主义的认识论;就算是马克思主义的认识论吧,它也"只能包括而不能代替"文艺创作和文艺理论,正像它"只能包括而不能代替"数学、机械学、化学、物理学等各种科学中的基本理论、基本知识一样。如果可以"代替"的话,那么,所有科学家就不必去劳神苦思地研究他们所从事的那门科学对象所具有的特殊的矛盾性,而马克思主义的认识论,也就再无法得到"补充、丰富和发展"了。

毛主席在《矛盾论》中精辟地阐述了"由特殊到一般"、"由一般到特殊"这两个认识过程循环往复地进行,使人类的认识不断提高、不断深化之后,尖锐地指出:

> 我们的教条主义者在这个问题上的错误就是,一方面,不懂得必须研究矛盾的特殊性,认识个别事物的特殊的本质,才有可能充分地认识矛盾的普遍性,充分地认识诸种事物的共同的本质;另一方面,不懂得在我们认识了事物的共同的本质以后,还必须继续研究那些尚未深入地研究过的或者新冒出来的具体的事物。我们的教条主义者是懒汉,他们拒绝对于具体事物做任何艰苦的研究工作,他们把一般真理看成是凭空出现的东西,把它变成为人们所不能够捉摸的纯粹抽象的公式,完全否认了并且颠倒了这个人类认识真理的正常秩序。他们也不懂得人类认识的两个过程的互相联结——由特殊到一般,又由一般到特殊,他们完全不懂得马克思主义的认识论。

在党中央的英明领导下,全国九亿人民同心同德,向着实现四个现代化的宏伟目标进行新长征的伟大转折时期,"尚未深入地研究过的或者新冒出来的具体的事物"是很多很多的,亟待我们在马克思主义认识论的指导下进行艰苦的研究工作,为新长征贡献力量。那种自以为最懂得马克思主义的认识论,但在实际上却"把一般真理看成是凭空出现的东西,把它变成为人们所不能够捉摸的纯粹抽象的公式",并企图以此代替、乃至反对对许多尚未深入地研究过的和新冒出来的具体事物的特殊本质进行艰苦研究工作的人,还是越少越好。质诸郑季翘,不知以为如何?

最后,必须郑重声明:在马列主义、毛泽东思想的科学体系面前,我确实还是一个小学生,因而尽管力图用马克思主义的认识论解释文艺创作,连自己也深感力不从心。在这篇文章中,自然也难免有不少谬误,欢迎郑季翘及其他同志批评、指正。但归纳全文的主导思想,还想向郑季翘进一言:文艺创作,是有它的特殊规律的。既然一再强调必须用马克思主义的认识论解释文艺创作,就应该允许别人探讨文艺创作的特殊规律。至于形象思维,究竟是否属于文艺创作的特殊规律,那在文艺界的自由讨论中、特别是在社会主义文艺创作的实践中,自然会得到解决,不必一再地扣帽子、打棍子。质诸郑季翘,不知又以为如何? 还有,这篇文章中的有些词句,由于是基于郑季翘在两篇论文中所表现的对待"双百"方针的那么一种"很不正常"的态度而发的,所以未能较好地控制自己的感情,希望能够得到谅解。

(原刊《陕西师大学报》1979年第4期)

诗的"直说"及其他
——对《毛主席给陈毅同志谈诗的一封信》的理解

自从《毛主席给陈毅同志谈诗的一封信》发表以来,出现了许多学习这封信、根据这封信的精神探讨形象思维的文章,其中不乏很好的意见,这是令人鼓舞的;但也有一些提法,还值得进一步讨论。现在谈谈个人对这封信的一些理解,以就教于文艺界的同志们。

一、诗不能"直说"吗?形象思维等于比、兴吗?

对于毛主席的这封信的精神实质,应该结合文艺创作的实践,从全篇文字的有机联系出发来理解,应该作为整个毛泽东文艺思想的组成部分来理解,而不应只抓住其中的个别字句来理解。有些同志只抓住了"诗要用形象思维,不能如散文那样直说,所以比、兴两法是不能不用的"这几句加以发挥,从而得出两个结论:一、诗不能"直说",二、形象思维就是比、兴两法。我觉得,这是既不符合文艺创作的实际,也不符合毛主席的原意的。为了同大家一起领会毛主席的原意,不妨多引几句原文:

> 又诗要用形象思维,不能如散文那样直说,所以比、兴两法是不能不用的。赋也可以用,如杜甫之《北征》,可谓"敷陈其事而直言之也",然其中亦有比、兴。"比者,以彼物比此物也","兴者,先言他物以引起所咏之词也"。

在这里,毛主席既说诗"不能如散文那样直说",又以杜甫的名作《北征》为例,指出"敷陈其事而直言之"的赋也可以用。从这一段文字的前后联系看,是不能得出诗不能"直说",形象思维等于比、兴的结论的。

毛主席举杜甫的代表作《北征》为例,说明他是从诗歌创作的实践出发论述诗歌的特点的,我们也应该从诗歌创作的实践出发来理解毛主席的论述。

一切有价值的、可以用来指导实践的理论,都是实践经验的总结。赋、比、兴"三义",这是我国古代的诗歌理论家从包括大量民间歌谣在内的《诗经》的创作实践中总结出来的。对于赋、比、兴的解释,特别是对于兴的解释,从汉代以来,众说纷纭。朱熹《诗集传》中的解释较后出,也较简明扼要。毛主席引用的,就是朱熹的原文。按照毛主席引用的朱熹对赋、比、兴的解释来读《诗经》,就可以看出,比、兴所占的比重是很小的,占极大比重的则是赋。

就兴来说,"先言他物以引起所咏之词",这就明白地告诉我们:兴,一般只用于一首诗的开头或一首诗中每一章诗的开头,而不能用于全篇。试想,写一篇诗,从头到尾都是"先言他物",而没有他物引起的"所咏之词",那恐怕是不大好办的。即使写出这样的诗,读者也很难了解作者的真意。以《诗经》的第一篇《关雎》为例:第一章开头的"关关雎鸠,在河之洲",这是兴。据说"雎鸠"这种鸟儿雌雄相爱,情意专一,所以诗人因为看见河洲上成对成双的"雎鸠""关关"和鸣,就起了"兴",联想到"淑女"是"君子"的好配偶,从而引起了"所咏之词":"窈窕淑女,君子好逑。"第二章也是一样,不过"先言他物"的兴只有"参差荇菜,左右流之"两句,而由它引起的"所咏之词"——"窈窕淑女,寤寐求之。求之不得,寤寐思服。悠哉悠哉,辗转反侧",则占更大的比重罢了。而这些"所咏之词",看来是"敷陈其事而直言之"的,应该算是赋吧!

纵览《诗经》中的三百多篇诗,有些篇章,只在开头用兴;更多的篇章,压根儿不用兴,从头到尾都是"敷陈其事而直言之"。《诗经》的《毛传》不标比、赋,只标兴。它标出的兴统计起来,只有一百一十六条。明代的谢榛曾说他对《诗经》中的赋、比、兴作过一番仔细的考查,结果是:"赋,七百二十;比,三百七十;兴,一百一十。"① 这些数字不一定十分精确,但也足以说明在《诗经》中究竟占什么比重了。

就比来说,"以彼物比此物",实际上就是我们现在作为修辞手法之一使用的比喻。《礼记·学记》里曾说:"不学博依,不能安诗。"所谓"博依",按照郑玄的解释,就是"广譬喻"。在《诗经》里,比喻这种手法的确用得很广泛。例如《邶风》中的《柏舟》,连用"我心匪石,不可转也。我心匪席,不可卷也"两个

---

① 《四溟诗话》卷二。

比喻来表示"我心"的坚贞不渝;《小雅》中的《斯干》,连用"如跂斯翼,如矢斯棘,如鸟斯革,如翚斯飞"四个比喻,来刻画建筑物线条的整齐挺拔,都收到了很好的艺术效果。然而正像任何一个人说话不大可能从头到尾都用比喻一样,在一篇诗里,比喻一般只用于某些部分。在一部《诗经》里,只有一篇《小雅·鹤鸣》,王夫之认为它"全用比体",是"创调"①。而在王夫之以前,一般学者则认为其中的"鹤鸣于九皋,声闻于野"和"鹤鸣于九皋,声闻于天",是兴不是比,可见那个"创调"之说也不见得能成立。那么,"全用比体"的诗,在《诗经》里就连一篇也没有。《豳风》里有一篇《鸱鸮》,通篇以一只失去小鸟、但仍努力筑巢的母鸟的哀怨口吻,诉说她的辛勤劳瘁,算是寓言诗。如果从它比喻人事这一点着眼,说它全篇用比,也未尝不可;但即使把寓言诗看做全篇用比,这种寓言诗也不过诗中一体而已。

至于赋,则情况大不相同。如果说在抒情小诗中,比、兴还可以与赋平分秋色的话,那么,在叙事的、记行的、广泛地反映现实生活的长诗中,赋的比重就远远不是比、兴所能比拟、所能取代的了。《诗经》里像记述周民族历史的《绵》、《生民》、《公刘》以及反映农民一年到头的生产劳动和困苦生活的《七月》等长诗,都是赋体。汉魏六朝乐府民歌中许多"感于哀乐,缘事而发",深刻地反映社会矛盾的现实主义诗篇如《东门行》、《妇病行》、《战城南》,特别是长篇叙事诗《陌上桑》、《孔雀东南飞》、《木兰辞》等等,也基本上是赋体②。建安文学中最能表现"建安风骨"的现实主义诗篇,如曹操的被称为"汉末实录,真诗史也"③的《蒿里行》之类,也是赋体。唐宋时代,赋体诗有了进一步的发展,宋人项安世就曾经指出:"自唐以后,文士之才力,尽用于诗。如李杜之歌行,元白之唱和,序事丛蔚,写物雄丽,小者十余韵,大者百余韵,皆用赋体作诗。"(《项氏家说》卷八)毛主席特别指出:"如杜甫之《北征》,可谓'敷陈其事而直言之也'",这是很有典型意义的。像《北征》这样在令人惊叹的广度和深度上反映一个历史时代的真实面貌的宏伟"诗史",如果不用赋而只用比、兴,怎么能创造出来呢?《新唐书》的作者就中肯地指出,杜甫"善陈时事,律切精深,至千言不少衰,世号'诗史'"。"善陈时事"的"陈",不就是"敷陈其事而直

---

① 《姜斋诗话》卷二:"《小雅·鹤鸣》之诗,全用比体,不道破一句,《三百篇》中创调也。"

② 谢榛就曾指出:"《孔雀东南飞》,一句兴起,余皆赋也。"《四溟诗话》卷二。

③ 钟惺:《古诗归》。

言之"的"陈"吗？明白了这一点，再来读唐诗，就可以看出：所有在较大的广度和深度上反映了社会矛盾的优秀诗篇，都主要用赋或全用赋。李白的《丁都护歌》和《古风》中的《大车扬飞尘》等篇，杜甫的著名组诗《三吏》、《三别》和《北征》、《自京赴奉先县咏怀五百字》，白居易的著名组诗《秦中吟》、《新乐府》中的许多篇章如《轻肥》、《歌舞》、《买花》、《缭绫》、《卖炭翁》、《杜陵叟》等等，不都是这样的吗？最能说明问题的是：李商隐用七绝、七律的短篇形式所写的表现爱情和难言之隐的"无题诗"，大量运用了比、兴手法，而为我们展现了农民痛苦生活的巨幅图画的长诗《行次西郊一百韵》，却像杜甫的《北征》一样"敷陈其事而直言之"。此中消息，是很值得我们认真思考的。

既然纯用比、兴，不可能写出篇幅稍长的、广泛反映社会生活的诗歌，那么，纯用比、兴，又怎么能够写出几十出的长篇戏曲和上百回的长篇小说呢？然而有些同志却不曾考虑这些文艺创作的实际情况，只抓住"诗要用形象思维，不能如散文那样直说，所以比、兴两法是不能不用的"这几句而加以引申，从而丢掉了赋而只谈比、兴，一则把形象思维等同于比、兴，再则把等同于比、兴的形象思维说成一切文学艺术创作的共同规律。当然，这些同志的文章，在对于比、兴的深入探讨方面是做出了贡献的；但我总觉得，把比、兴等同于形象思维，从而认为诗不能"直说"，又把等同于比、兴的"形象思维"说成一切文学艺术创作的共同规律，从而在一切文学艺术的创作中排斥了"直说"，这是既不符合文艺创作的实践，又不符合毛主席的原意的。

有的同志也许要问：毛主席不是明明说"诗……不能如散文那样直说"吗？对于毛主席的这些话，究竟应该怎样理解呢？

首先，毛主席在这里谈的是诗，而且是用散文来和诗歌相对照，突出地说明诗歌的特点的。正因为谈的是诗，所以在谈诗的特点的时候，用了我国古代诗论家论诗的传统术语——赋、比、兴。

在诗里，用比、兴两法，即"以彼物比此物"、"先言他物以引起所咏之词"，这不是"直说"，而是"曲说"。

在诗里，用赋的手法，即"敷陈其事而直言之"，这和比、兴相比较，不是"曲说"，而是"直说"。

毛主席指出"诗……不能如散文那样直说"，这是完全正确的。因为"如散文那样直说"，那就不是诗，而是散文了。但在这里，毛主席又明确指出"敷陈其事而直言之"的"赋也可以用"，那就是说诗也可以"直说"；只是"不能如散文那样直说"罢了。毛主席特意用了"如散文那样"这个状语对"直说"加以限制,这是不应忽略的。"不能如散文那样直说",其含意并不等于"不能直说",这大概不会有什么争论吧!

那么,诗的"直说"与散文的"直说"又有什么区别呢?

这个问题,毛主席已经在主要之点上为我们作了说明。这说明就是:"如杜甫之《北征》,可谓'敷陈其事而直言之也',然其中亦有比、兴。"不是单纯用赋,而是赋、比、兴相结合,此其一。

即使单纯用赋,但诗里面的赋必须同诗的抒情特点和辞彩、节奏、韵律、章法等形式上的特点相结合,此其二。

《诗经》及其以后的诗歌创作实践雄辩地说明:在诗歌创作中,赋、比、兴最好并用。关于这一点,钟嵘在《诗品·序》里有过说明。他把赋、比、兴"三义",作为创作"指事造形,穷情写物,最为详切"的优秀诗篇的必要条件,从而指出:"宏斯'三义',酌而用之,干之以风力,润之以丹彩,使味之者无极,闻之者动心,是诗之至也。若专用比兴,患在意深,意深则词踬。若但用赋体,患在意浮,意浮则文散,嬉成流移,文无止泊,有芜漫之累矣。"

《诗经》的《毛传》,不注比、赋,只注兴。这是什么原因呢?刘勰在《文心雕龙》的《比兴》篇中解释说:"毛公述传,独标兴体,岂不以风通而赋同,比显而兴隐哉!"孔颖达在《毛诗正义》里也认为那是因为"赋直而兴微,比显而兴隐"。看看毛公对于他标明的那一百一十六处"兴也"的解释,就使人感到有些兴,的确是太隐晦曲折了,如果没有《毛传》,谁也想不了那么"深"。当然,毛公在有些地方不免从特定的政治目的出发,穿凿附会,故弄玄虚,然而和比、赋相较,兴显得"微""隐",还是符合事实的。这因为"他物"与"所引起之词"之间的关系很复杂,如果作者不能使读者清楚地看出二者之间的明确关系,自然就难于理解了。

"比"虽然比"兴"显,但也有明喻、隐喻、借喻等等的不同,在古典诗歌里,又常常与用典相结合。所以,有些比,也是相当费解的。

因此,钟嵘指出的"若专用比、兴,患在意深,意深则词踬"的弊病很值得注意。我们不妨看看李商隐的《锦瑟》:

锦瑟无端五十弦,一弦一柱思华年。
庄生晓梦迷蝴蝶,望帝春心托杜鹃。

沧海月明珠有泪,蓝田日暖玉生烟。
此情可待成追忆,只是当时已惘然。

这首诗,连金代大诗人元好问都感到不知所云,发出过"无人作郑笺"的慨叹①;就因为除尾联而外,前六句"专用比兴",还结合了用典,显得十分隐晦曲折。元氏以后,试图为它"作郑笺"的人很不少,然而仁者见仁,智者见智,直到现在还没有比较一致、令人满意的解释。让我们举几个例子。朱彝尊说:"此悼亡诗也。意亡者喜弹此,故睹物思人,因而托物起兴也。瑟本二十五弦,弦断而为五十弦矣,故曰'无端'也,取断弦之意也。'一弦一柱'而接'思华年',二十五岁而殁也。'蝴蝶'、'杜鹃',言已化去也。'珠有泪',哭之也;'玉生烟',已葬也,犹言埋香瘗玉也……"②何焯说:"此篇乃自伤之词,骚人所谓美人迟暮也。'庄生'句言付之梦寐,'望帝'句言待之来世。'沧海'、'蓝田',言埋而不得自见;'月明'、'日暖',则清时而独为不遇之人,尤可悲也。"③汪师韩说:"'锦瑟',乃是以古瑟自况。……世所用者,二十五弦之瑟,而此乃五十弦之古制,不为时尚,成此才学,有此文章,即已亦不解其故,故曰'无端',犹言无谓也。自顾头颅老大,'一弦一柱',盖已半百之年矣。'晓梦',喻少年时事。义山早负才名,登第入仕,都如一梦。'春心'者,壮心也。壮志消歇,如望帝之化杜鹃,已成隔世。'珠'、'玉'皆宝货,珠在'沧海',则有遗珠之叹,惟见月照而泪。'生烟'者,玉之精气。玉虽不为人采,而日中之精气,自在蓝田……"④薛雪说:"玉溪《锦瑟》一篇,解者纷纷,总属臆见。余幼时好读之,确有悟入,觅解人甚少。此诗全在起句'无端'二字,通体妙处,俱从此出。意云:锦瑟一弦一柱,已足令人怅望年华,不知何故有此许多弦柱,令人怅望不尽;全似埋怨锦瑟无端有此弦柱,遂致无端有此怅望。即达若庄生,亦迷晓梦;魂为杜宇,犹托春心。沧海珠光,无非是泪;蓝田玉气,恍若生烟。触此情怀,垂垂追溯,当时种种,尽付惘然。对锦瑟而兴悲,叹无端而感切。如此体会,则诗神诗旨,跃

---

① 元好问:《论诗绝句》:"'望帝春心托杜鹃',佳人锦瑟怨华年,诗家总爱'西昆'好,独恨无人作郑笺。"
② 见《李义山诗集辑评》。
③ 见《李义山诗集辑评》。
④ 《诗学纂闻》。

然纸上。"①张采田说:"此全集压卷之作,解者纷纷,或谓寓意青衣,或谓悼亡,迄不得其真象;惟何义门云:'此篇乃自伤之词,骚人所谓美人迟暮也。'其说近似。盖首句谓行年无端将近五十。'庄生晓梦',状时局之变迁;'望帝春心',叹文章之空托;而悼亡、斥外之痛,皆于言外包之。'沧海'、'蓝田'二句,则谓卫公(按:指李德裕)毅魄久已与珠海同枯,令狐(按:指令狐绹)相业方且如玉田不冷。卫公贬珠崖而卒,而令狐秉钧赫赫,用'蓝田'喻之,即'节彼南山'意也。结言此种遭际,思之真为可痛,而当日则为人颠倒,实惘然若堕五里雾也,所谓'一弦一柱思华年'也……"②请看看,只有八句诗,解释就如此分歧,有如猜谜!这样的作品,古代的笺注家是欢迎的,因为这可以各抒己见,大做文章。但对于把文艺作品作为"团结人民、教育人民、打击敌人、消灭敌人"的有力武器的无产阶级和革命人民来说,恐怕是不值得效法的。

  这里需要作一些补充。钟嵘讲的是"患在意深",要注意那个"患"字,而不能片面地抠那个"深"字。诗歌,不论是风格婉约的,风格豪放的,还是具有其他任何好的风格的,都要求意深味厚,发人深省,引人深思,切忌"浅露"、"质直"。比、兴两法如果用得好,对于把诗歌写得言有尽而意无穷,是十分必要的。但如果用得不太好,像《文心雕龙·隐秀》所批评的"晦塞为深",写出来的诗隐晦曲折,难索解人,那就不是我们所应提倡的了。

  古代诗人的有些诗写得隐晦曲折,是有不得已的苦衷的。例如李商隐的部分近体诗,兼用比、兴、典故,很难测其旨趣,就由于"遭时之变,不得不隐"③。"在给革命的文艺家以充分民主自由、仅仅不给反革命分子以民主自由"的社会主义时期,"不得不隐"的历史条件已经消失,因而在如何运用比、兴两法的问题上,也就不能不考虑我们的时代特点了。

  钟嵘所说的"若但用赋体,患在意浮……",也只是说明:第一,赋、比、兴三法,要"酌而用之",应该避免专用赋而排斥比、兴;第二,如果专用赋,就可能出现"意浮"、"芜漫"等等的缺点。可能不等于必然。专用赋,也完全可以写出并不"意浮"、"芜漫"的好诗。

---

  ① 《一瓢诗话》。
  ② 《玉溪生年谱会笺》。
  ③ 沈德潜《说诗晬语》(卷上):"义山近体,襞绩重重,长于讽谕,中多借题摅抱,遭时之变。不得不隐也。"

这里需要对"敷陈其事而直言之"中的"直言"做些解释。很清楚,这个"直言",是就既不须"以彼物比此物"、又不须"先言他物以引起所咏之词"而言的,其含意并不等于"浮浅"、"粗浅"、"平直"、"质直"或"直遂"。总之,它不是个贬义词。在前面已经谈到,古典诗歌中许多广泛而又深刻地反映社会生活的优秀篇章,多数是主要用赋,也有些是专用赋。这些主要用赋、甚至专用赋的优秀篇章,虽然风格是各种各样的,但都没有"浮浅"、"粗浅"、"平直"、"质直"或"直遂"的缺点。

风格深婉蕴藉的抒情小诗,是适于用比、兴的。但专用赋体,也未尝不可以写得深婉蕴藉。例如李商隐的七绝《夜雨寄北》:

君问归期未有期,巴山夜雨涨秋池。
何当共剪西窗烛,却话巴山夜雨时。

四句诗明白如话,一口气说完,没有用比、兴,全是"直说",然而又是何等深婉!何等含蓄不露!诗人接到妻子的信,问他何时回家,他慨叹道:"那还遥遥无期啊!"其羁旅之苦和思家之切,已跃然纸上。接下去,写了此时的眼前景"巴山夜雨涨秋池",却不说这眼前景引起了什么感触,而说"何当共剪西窗烛,却话巴山夜雨时"——什么时候能够回到家里,同你一块儿剪亮西窗的蜡烛,向你追述在"巴山夜雨涨秋池"的时候,我一个人借着西窗的烛光,阅读你询问归期的信的心情呢!徐德泓在《李义山诗疏》中说:"翻从他日而话今宵,则此际羁情,不写而自深矣。"桂馥在《札朴》(卷六)中说:"眼前景反作后日怀想,此意更深。"姚培谦在《李义山诗集》中说:"'料得闺中夜深坐,多应说着远行人',是魂飞到家里去。此诗则又预飞到归家后也。奇绝!"都说明这首专用赋体的小诗语浅而情深,"直说"而不"平直"。

归结以上所谈,可以看出在赋、比、兴三法中,赋的地位相当重要。如果要用这些传统术语说明"诗要用形象思维"的特点的话,应该赋、比、兴并用,而不应只谈比、兴,丢掉赋。

二、对于"以文为诗"和"宋人多数不懂诗是要用形象思维的",究竟应该怎样理解

"诗要用形象思维,不能如散文那样直说",从前后的关联上看,其中的

"散文"显然指的是不用形象思维的散文,而不是一切散文,包括文艺性的散文。毛主席早在《在延安文艺座谈会上的讲话》中就曾经反对过"在文艺作品中写哲学讲义"。"哲学讲义"可以说是不用(也可以局部地用)形象思维的散文。在我国文学史上,以哲学讲义之文为诗的所谓"诗人",是古已有之的。钟嵘在《诗品·序》里就曾尖锐地指出:

> 永嘉时,贵黄老,稍尚虚谈,于时篇什,理过其辞,淡乎寡味,爰及江表,微波尚传。孙绰、许询、桓、庾诸公诗,皆平典似《道德论》,建安风力尽矣!

《世说新语注》所引的《续晋阳秋》,更跨越永嘉而上溯到正始时期。它说:

> 正始中,王弼、何晏好庄、老玄胜之谈,而世遂贵焉。至过江,佛理尤盛,故郭璞五言,始会合道家之言而韵之。(许)询及太原孙绰,转相祖尚,又加以三世之辞,而《诗》、《骚》之体尽矣。

到了宋代,道学(又称"理学")作为官方哲学,风靡一时。道学家劝人"勿学唐人李杜痴"。他们把那些情景交融,符合形象思维特点的好诗骂为"害道"的"闲言语",反其道而行之,用诗歌形式来讲道学。于是,连"一阳初动处,万物未生时","太极圈儿大,先生帽子高"之类的"诗"都写出来了!偶尔写自然景物,也要和"闲言语"区别开来。例如陈傅良的《游鼓山》,根据《周礼》来肯定山水;① 魏了翁的《中秋有感》,援引《易经》来否定月亮。② 正如南宋的刘克庄所批评:"近世贵理学而贱诗,间有篇咏,率是语录讲义之押韵者。"③ 这种"语录讲义之押韵者",不仅在道学家的诗集里俯拾即是,而且在不同程度上影响道学家以外的许多诗人。

《诗品·序》所说的"平典似《道德论》"的所谓"诗",《续晋阳秋》所说的

---

① 陈傅良:《止斋先生文集》卷一。
② 魏了翁:《鹤山先生文全集》卷六。
③ 刘克庄:《后村文全集》卷一一一《吴恕斋诗稿跋》。

会合佛理和道家之言而韵之的所谓"诗",以及宋代道学家所写的那许多"语录讲义之押韵者",都可以说是"如散文那样直说"的玩意儿。换句话说,那是用诗歌"写哲学讲义",是以哲学讲义之类的不用形象思维的散文为诗。

"以文为诗",如果是以哲学讲义之类的不用形象思维的散文为诗,那真可以斥之为"完全不知诗"。

毛主席在《在延安文艺座谈会上的讲话》中精辟地指出:人类的社会生活是文学艺术的唯一源泉,而过去的文艺作品,则是流而不是源;那种把流当成源,毫无批判地硬搬和模仿古人作品的文艺教条主义,是非常有害的。在我国文学史上,把流当成源的"诗人"也古已有之。钟嵘在他的《诗品》里,就批判过"殆同书钞"的诗歌,并指出颜延之"喜用古事,弥见拘束",任昉"动辄用事,所以诗不得奇"。当然,恰当地"用事"(运用典故)和吸取古人语言中有生命的东西来为反映现实生活服务,那是完全必要的。但如果离开文艺的唯一源泉,"误把抄书当作诗",那就走进了死胡同。宋代的许多诗人,是在不同程度上带有"误把抄书当作诗"倾向的。例如宋初的西昆派,就由于"多窃取义山诗句",致遭优人"挦扯"之讥①。西昆派的诗人们还不仅"挦扯"李义山。他们的律诗,完全是靠摭拾典故写成的,例如杨亿的《泪》,不过是用"泪"作谜底的谜语罢了。

在宋代,比西昆诗派势力更大、影响更大的是江西诗派,这两个诗派各有特点,但在堆积典故,"资书以为诗"这一点上却有共同性。金代的诗文评论家王若虚在《滹南诗话》里说:

> 朱少章论江西诗律,以为"用昆体功夫而造老杜浑全之地"。予谓用"昆体"功夫,必不能造老杜之浑全;而至老杜之地者,亦无事乎"昆体"功夫。盖二者不能相兼耳。

朱少章认为江西诗派"用昆体功夫",这是不错的。江西诗派的开创者黄庭坚说:"自作语最难。老杜作诗,退之作文,无一字无来处;盖后人读书少,故谓韩杜自作此语耳。古之能为文章者,真能陶冶万物,虽取古人之陈言入于翰

---

① 《古今诗话》:"杨大年、钱文僖、晏元献、刘子仪为诗,皆宗李义山,号西昆体,后进效之,多窃取义山诗句。尝内宴,优人有为义山者,衣服败裂,告人曰:'吾为诸馆职挦扯至此!'闻者大噱。"

墨,如灵丹一粒,点铁成金也。"①和"点铁成金"并提的还有所谓"夺胎换骨"。黄庭坚又说:"诗意无穷而人才有限;以有限之才追无穷之意,虽渊明少陵而不得工也。不易其意而造其语,谓之换骨法;规摹其意形容之,谓之夺胎法。"②黄庭坚提出的"无一字无来处"和"点铁成金"、"夺胎换骨",算得上江西诗派的纲领,影响相当深远。当然,如果把这作为锤炼语言的方法之一,也未尝没有好处。但如果完全按照这个纲领作诗,那自然就跟西昆派一样,在"流"上下功夫,"误把抄书当作诗"了。王若虚批评按这种办法作诗的人不过是"剽窃之黠者"③,并不算过分。

江西诗派自称以杜甫为"祖",但并没有很好地继承杜甫"善陈时事"、深刻地反映社会生活的现实主义精神,而主要是学他的"无一字无来处",拼命堆砌典故成语。当然,杜甫的部分律诗里,的确典故不少,但那是为抒情达意、反映现实服务的;至于有"诗史"价值的五七言古诗,则极少用典故。受杜甫批判现实、"即事名篇,无复依傍"的启发而和白居易等人开展了一个轰轰烈烈的新乐府运动的元稹,就不是赏识杜甫的"无一字无来处",而是"怜渠(爱他)直道当时语,不著心源傍古人"④,这实在比江西诗派高明得多。

王若虚认为江西诗派既"用昆体功夫",就"必不能造老杜之浑全",这是相当中肯的。当然,江西诗派是一个较大的重要流派,属于这个流派的诗人,情况不尽相同,不能一概而论。总的来说,这一流派的诗歌中也有不少好的和比较好的,应该充分肯定;但毫无诗情诗意、毫无生活内容,一味堆砌典故、雕琢辞句,类似"俗子谜"的作品⑤,也的确不算少。

所谓形象思维,是指凭借来自社会生活的具体形象进行思维,以生动的艺术形象反映生活。宋代的道学家用诗歌形式写"语录讲义",西昆派和江西派以"流"代"源","资书以为诗",都排除了来自生活的具体形象。毛主席所说的"宋人多数不懂诗是要用形象思维的"中的"多数",正是指道学家和西昆

---

① 《豫章黄先生文集》卷一九《答洪驹父书》。
② 惠洪:《冷斋夜话》。
③ 《滹南诗话》卷下。
④ 《元氏长庆集》卷一八《酬孝甫见赠十首》。
⑤ 黄庭坚《和答钱穆父咏猩猩毛笔》诗:"爱酒醉魂在,能言机事疏,平生几两屐,身后五车书。物色看王会,勋劳在石渠。拔毛能济世,端为谢杨朱。"王若虚说:"此乃俗子谜也,何足为诗哉!"(《滹南诗话》卷下)。

派、江西派的一些诗人。

但是,对于毛主席所说的"宋人多数不懂诗是要用形象思维的,一反唐人规律,所以味同嚼蜡"这几句话,也应该联系整个宋诗的创作实际来作全面的理解。看看陈思的《两宋名贤小集》、陈起的《南宋群贤小集》、吴之振等的《宋诗钞》、厉鹗等的《宋诗纪事》、管庭芬的《〈宋诗钞〉补》、陆心源的《〈宋诗纪事〉补遗》、曹庭栋的《宋百家诗存》等书,就知道宋代诗人的总数,数量很大。毛主席所说的"多数",就算指那个总数中的百分之六七十,剩下的百分之三四十,其数量还相当可观。何况,说那个"多数"不懂诗要用形象思维,也只是就其主要倾向而言,具体到"多数"中的每一个诗人,则要作具体分析,一分为二。西昆派诗人的一些怀古诗,如杨亿的《汉武》之类,也不错。江西诗派中的许多人,都有好的或比较好的作品传世。道学家中的有些人,也不全是用诗歌写"语录讲义"。例如朱熹的老师刘子翚,就有不少反映现实、愤慨国事、风格明朗豪爽的好诗。连朱熹这个宋代最大的道学家,有些诗也写得清新活泼,虽讲哲理而颇有生活气息。例如他那首《观书有感》——"半亩方塘一鉴开,天光云影共徘徊。问渠那得清如许,为有源头活水来。"不是一直为人们所传诵吗?

所以,引用毛主席的这几句话来否定宋诗,是很不妥当的。

对于宋诗的评价,从来存在着针锋相对的争论,而争论的焦点,则在于"以文为诗"。同时,因为多数评论家认为"以文为诗"是由韩愈开创,而为宋人继承的,所以争论的内容又常常涉及对韩愈诗歌的评价问题。陈师道在《后山诗话》里说:"退之(韩愈字)以文为诗,子瞻(苏轼字)以词为诗,如教坊雷大使之舞,虽极天下之工,要非本色。"这是全面否定的意见。魏泰在《临汉隐居诗话》里记述沈括与吕惠卿等谈诗,沈说:"韩退之诗乃押韵之文耳,虽健美富赡,而格不近诗。"吕反驳说:"诗正当如是,我谓诗人以来,未有如退之者。"①这是全面肯定的意见。张戒在《岁寒堂诗话》(卷上)里针对这一争论提出了他自己的看法:

> 韩退之诗,爱憎相半。爱者以为虽杜子美亦不及;不爱者以为退之于诗本无所得,自陈无己(陈师道字)辈,皆有此论。然二家之论俱过矣!以为子美亦不及者固非;以为退之于诗本无所得者,谈何容易耶?退之诗,

---

① 此条见魏庆之《诗人玉屑》卷一五。

大抵才气有余,故能擒能纵,颠倒崛奇,无施不可。放之则如长江大河,澜翻汹涌,滚滚不穷;收之则藏形匿影,乍出乍没,姿态横生,变怪百出,可喜可愕,可畏可服也。苏黄门子由有云:"唐人诗当推韩杜。韩诗豪,杜诗雄。然杜之雄亦可以兼韩之豪也。"此论得之。

以上是从北宋到南宋初年对韩愈"以文为诗"的争论。相对而言,张戒对韩诗的评价比较公允。他称赞韩诗的那一段话,可以说是对韩愈"以文为诗"的特点的具体描绘。

在前面已经谈到,对"以文为诗",要作具体分析,如果以不用形象思维的"语录讲义"之类的散文为诗的话,那真可以说"完全不知诗"。相反,如果以用形象思维的散文为诗,那就是另一回事。韩愈有些诗,如《丰陵行》、特别是《谢自然诗》,前人已指出"篇末直与《原道》中一样说话","乃有韵之文"①。像这样以《原道》之文为诗,当然只能写出"味同嚼蜡"的东西。正是这一类作品,对宋人"以文为诗"产生了消极影响,道学家所写的那些"语录讲义之押韵者",可以说是《丰陵行》、《谢自然诗》的恶性发展。但韩愈也的确有不少像张戒所描绘的那样显示了"以文为诗"的优点的好作品。毛主席就明确指出:

> 韩愈以文为诗,有些人说他完全不知诗,则未免太过,如《山石》、《衡岳》、《八月十五酬张功曹》之类,还是可以的。据此可以知为诗之不易。

很清楚,毛主席既认为韩愈是"以文为诗"的,又批驳了"韩愈完全不知诗"的说法。这就是说,"以文为诗",还是"知诗"的。可见毛主席并没有不加分析地全盘否定"以文为诗"。毛主席认为"还是可以的"那几篇韩诗,都是"以文为诗"的代表作。例如《山石》,如方东树在《昭昧詹言》中所指出:"只是一篇游记,而叙写简妙,犹是古文手笔。"元好问在《论诗绝句》里,就对这篇诗作了很高的评价。

清代的叶燮在他的论诗专著《原诗》中,对韩愈"以文为诗"的贡献及其对宋诗的积极影响,作过比较中肯的论述。他说:

---

① 《韩昌黎诗系年集释》卷一引程学洢《韩诗臆说》。

> 唐诗为八代以来一大变,韩愈为唐诗之一大变,其力大,其思雄,崛起特为鼻祖。宋之苏、梅、欧、苏、王、黄,皆愈为之发其端,可谓极盛。

各种文艺样式,是各有特点,也有共同性的。不是各自孤立,而是互相影响、互相渗透的。南宋人陈善说得好:

> 韩以文为诗,杜以诗为文,世传以为戏。然文中要自有诗,诗中要自有文,亦相生法也。文中有诗,则句语精确;诗中有文,则词调流畅。……前代作者皆知此法;吾谓无出韩、杜。①

谢榛在《四溟诗话》(卷二)里补充说:"李斯《上秦皇帝书》(按:即《谏逐客书》),文中之诗也;子美《北征篇》,诗中之文也。"

陈善认为"文中有诗","诗中有文",诗文互相影响,互相吸收优点,"前代作者皆知此法"。这是符合诗、文发展的实际情况的。所以"以文为诗",由来已久,不自韩愈始,更不自宋人始,不过这个特点在韩愈、特别是宋人的诗歌中显得比较突出罢了。

"以文为诗"的特点为什么在宋诗中显得比以前突出呢?这首先是跟宋代特定的历史条件以及某些诗人的生活实践分不开的。北宋王朝建立以后,就受契丹(辽)和西夏的威胁、侵略,民族矛盾日益尖锐。统治集团对外妥协纳贡,对内剥削、镇压,阶级矛盾也日益尖锐。当那些西昆派的馆阁诗人用"缀风月,弄花草,淫巧侈丽,浮华纂组"②的诗歌粉饰升平的时候,"都城外不数里,饥寒而死者甚众"③。于是一些忧心国事、关怀人民、要求政治改革的诗人,以苏舜钦、梅尧臣、欧阳修为代表,开展了一个反西昆的诗歌革新运动,从诗歌便于抒情达意,反映现实,进行"美"、"刺"的目的出发,革新、发展了"以文为诗"的传统,为苏轼、王安石等人的诗歌创作奠定了基础。金人南侵,北中国人民沦于金奴隶主贵族的铁蹄之下,痛苦不堪,而南宋统治集团不但不发奋图强,反而变本加厉地压榨人民,以称臣纳币的屈辱投降政策,换取荒淫享乐的"偏

---

① 《扪虱新话》上集卷一。
② 这是石介在《怪说》中抨击西昆派的话。
③ 《宋史·吕蒙正传》。

安"之局,直至灭亡。在这种特殊的历史条件之下,"以文为诗",就成了许多爱国诗人大声疾呼地反映抗战要求、激昂慷慨地发表政治主张、尖锐激烈地揭露政治黑暗、无微不至地反映人民痛苦的有效形式。总的说来,宋诗的成就次于唐诗,但也仅次于唐诗。而从苏舜钦开始,到陆游达到高峰的大量激动人心的爱国诗篇,是宋诗特有的瑰宝;而反映阶级矛盾、同情人民疾苦的大量诗篇,也有超越前人的新特点,其价值不容低估。

宋人"以文为诗"的特点表现在许多方面,否定宋诗的人也是从这些方面入手的。

一曰多用赋。

明代否定宋诗的"前七子",就认为"古诗妙在形容,所谓水月镜花,言外之言。宋以后,则直陈之矣"①。所谓"直陈",是指"敷陈其事而直言之"。早于"前七子"的李东阳在解释《诗品·序》中的"直书其事,寓言写物,赋也"时说:"正言直述,则易于穷尽而难以感发。惟有所寓托,形容摹写,反复讽咏,以俟人之自得,言有尽而意无穷,则神爽飞动,手舞足蹈而不自觉,此诗之所以贵情思而轻事实也。"②这都是重比兴而轻赋、乃至否定赋的论调。诗,是应该"贵情思"的,但怎么能"轻事实"呢?从诗歌"轻事实"的论点出发否定了"铺陈善恶"、"直陈时事"的赋,就取消了诗歌反映现实、批判现实的职能,又怎能产生史诗、叙事诗一类的作品呢?宋诗多用赋,正表现了反映现实、批判现实的优点。

关于在较大的广度和深度上反映现实的长诗不能不用赋,这在前面已作过说明。这里再就"以文为诗"和多用赋的关系谈一点意见。

《周礼·春官》说:"大师教六诗,曰风、曰赋、曰比、曰兴、曰雅、曰颂。"既然叫"六诗",就应该是六种诗体。贾公彦在《周礼正义》里就是这样解释的。章太炎在《六诗说》里也认为"六诗"是六种诗体,其区别在于风雅颂入乐,赋比兴不入乐。这跟一般学者根据孔颖达《毛诗正义》对"六义"的解释,认为风雅颂是诗的体裁、赋比兴是诗的表现手法不同,但也有相通之处。例如赋,说它既是一种诗体,又是这种诗体的表现手法,原是合情合理的。前面已经谈到,《诗经》中周民族的史诗,汉魏六朝乐府民歌中的叙事诗,以及杜甫的被称

---

① 《四溟诗话》卷二引李梦阳语。

② 转引自古直《诗品笺》。

为"诗史"的《北征》等等，都是赋体，也都是散文化的特点。即如《北征》，叶梦得说它"如太史公纪传"①，谢榛说它是"诗中之文"，施补华说它是"有韵古文"②，不都说明了散文化的特点吗？郭绍虞先生在其新著《六义说考辨》③里认为"六诗"中的赋作为诗体之一，"与现代的散文诗性质正同"，是很有道理的。

二曰真、切。

谢榛在《四溟诗话》里说："诗不可太切，太切则流于宋矣。"又说："凡作诗不宜逼真，如朝行远望，青山佳色，隐然可爱，其烟霞变幻，难于名状；及登临非复奇观，惟片石数树而已。远近所见不同，妙在含糊，方见作手。"谢氏的这些话，与严羽的"盛唐诸人，惟在兴趣，羚羊挂角，无迹可求"的论调相类似。这如果指王维、孟浩然等人的写景抒情小诗而言，也未尝不可；但对于深刻地反映历史真实的诗篇来说，就很不适用。杜甫的《石壕吏》，写"有吏夜捉人"的情景，就不得不切，不得不逼真；而切与逼真，正是这篇诗的生命。如果写"有吏夜捉人"而要"妙在含糊"，"羚羊挂角，无迹可求"，那将是什么样子呢？《北征》中从"妻子衣百结"到"问事竞挽须"那一段关于描写生活细节和人物形象的文字，不是正以真切见长吗？而这些表现手法，正是从真切地反映现实的需要出发，从优秀的传记文学传统中吸收过来的。宋诗对这一点作了进一步的发展，不仅从文艺性的散文中，还可能从小说以及其他文艺形式中吸取了确切逼真地反映现实、刻画形象、揭示人物内心世界的艺术技巧。例如梅尧臣的《村豪》：

日击收田鼓，时称大有年。
烂倾新酿酒，包载下江船。
女髻银钗满，童袍毳氍鲜。
里胥休借问，不信有官权！

---

① 《石林诗话》卷上。
② 《岘佣说诗》："《奉先咏怀》及《北征》是两篇有韵古文，从文姬《悲愤诗》扩而大之者也。后人无此才气，无此学问，无此境遇，无此襟抱，断断不能作。然细绎其中阳开阴合，波澜顿挫，殊足增长笔力。百回读之，随有所得。"
③ 载《中华文史论丛》第七辑。

用五律的形式,惟妙惟肖地刻画了一个与官府串通一气、横行乡里、鱼肉百姓的恶霸地主的典型形象,而揭露批判之意,即饱和于形象之中。又如范成大的《催租行》:

输租得钞(收据)官更催,踉跄里正敲门来。手持文书(即前面的"钞")杂嗔喜:"我亦来营醉归耳!"床头悭囊大如拳,扑破正有三百钱。"不堪与君成一醉,聊复偿君草鞋费。"

寥寥几句,活画出一个假公济私,以流氓无赖手段敲诈勒索的地保形象;被敲榨的劳动人民无可奈何的表情和心理活动,也历历如见;情节的戏剧性和生动性,更引人注目。

反映社会生活如此。描绘山水景物,也从山水记之类的散文传统中吸取了艺术技巧,善于摹写细节、刻画个性,给人以新鲜活泼、真切有味的感受。例如:

黑云翻墨未遮山,白雨跳珠乱入船。
卷地风来忽吹散,望湖楼下水如天。
——苏轼《六月二十七日望湖楼醉书》

泉眼无声惜细流,树阴照水爱晴柔。
小荷才露尖尖角,早有蜻蜓立上头。
——杨万里《小池》

新筑场泥镜面平,家家打稻趁霜晴。
笑歌声里轻雷动,一夜连枷响到明。
——范成大《四时田园杂兴》

这一类诗,实在比那些"妙在含糊"、陈陈相因的模棱皮相之语高明得多。关于宋诗的这个新特点,叶燮从反对因袭,强调革新、发展的角度作了很好的概括。他说:

宋人之心手,日益以启,纵横钩致,发挥无馀蕴,非故好为穿凿也。譬之石中有宝,不穿之凿之,则宝不出;且未穿未凿以前,人人皆作模棱皮相之语,何如穿之凿之之实有得也?如苏轼之诗,其境界皆开辟古今之所未有,天地万物,嬉笑怒骂,无不鼓舞于笔端,而适如其意之所欲出,此韩愈后之一大变也,而盛极矣。①

三曰尽情抒写。

主张"诗贵温柔敦厚、不可说尽"的人总是批评宋诗不含蓄、无余味。这种批评,从宋代就开始了。《临汉隐居诗话》认为欧阳修的诗"才力敏迈,句亦清健,但恨其少余味"。《石林诗话》称学欧阳修的人"倾囷倒廪,无复余地"。《朱子语类》说"苏(轼)才豪,然一滚说尽无馀意"。清人吴乔更进一步说:"子瞻、鲁直、放翁,一泻千里,不堪咀嚼,文也,非诗矣。"②沈德潜不像吴乔那样激烈,但意见是一致的。他说:"宋初台阁倡和,多宗义山,名'西昆体'。梅圣俞、苏子美起而矫之,尽翻窠臼,蹈厉发扬,才力体制,非不高于前人,而渊涵淳渟之趣,无复存矣。"③诸如此类的批评,都是有根据的,但并不全面、并不确切。诗人的思想感情、创作个性各不相同,诗歌反映的对象也丰富多彩、千差万别,怎么能要求诗歌只有一种风格呢?含蓄深婉、一唱三叹,这只是诗歌的一种风格。在宋诗里,也是有这类作品的,陆游写爱情悲剧的七绝《沈园》,就可以作为例证。但陆游以及其他爱国诗人抒发报国杀敌、收复中原的壮志豪情的诗作,就往往蹈厉发扬,淋漓酣纵,其风格是豪放的,或者悲壮的。例如陆游的《长歌行》:

人生不作安期生,醉入东海骑长鲸;犹当出作李西平,手枭逆贼清旧京。金印煌煌未入手,白发种种来无情;成都古寺卧秋晚,落日偏傍僧窗明。岂其马上破贼手,哦诗长作寒螀鸣?兴来买尽市桥酒,大车磊磊堆长瓶;哀丝豪竹助剧饮,如巨野受黄河倾。平时一滴不入口,意气顿使千人惊。国仇未报壮士老,匣中宝剑夜有声;何当凯旋宴将士,三更雪压飞

---

① 《原诗》卷一《内篇(上)》。
② 《答万季野诗问》。
③ 《说诗晬语》卷下。

孤城!

试问含蓄深婉的艺术风格,怎能表现这种波涛汹涌般的爱国激情呢?

在宋诗中,有许多描写人民痛苦生活、揭露政治黑暗、鞭笞统治集团罪恶的作品,如王禹偁的《感流亡》,梅尧臣的《田家语》、《汝愤贫女》,苏舜钦的《庆州败》、《城南感怀呈永叔》,文同的《织妇怨》,王安石的《河北民》,苏轼的《荔支叹》,陆游的《农家叹》等等,都有"一滚说尽"、"不留馀地"的特点,表现了强烈的批判现实的精神。对于社会的阴暗面,对于统治者残酷剥削压榨人民的罪行,对于诸如此类的一切丑恶现象,如果采取温柔敦厚的态度和含而不吐的表现方法,那就不是我们所欢迎的优秀诗人了①。

上述两类诗,应该说是宋诗中的精华所在。这两类诗中的优秀作品,尽管有尽情抒写的特点,但还是有余味的,耐咀嚼的;不过和那种含蓄深婉的作品风格不同罢了。例如前面举出的梅尧臣的《村豪》,对恶霸地主是尽情揭露,不留余地的,但并不是"无余意"。从"不信有官权"一句,不是可以联想到地主与官府狼狈为奸的种种罪恶,认识到封建政权就是地主阶级的政权吗?从对那个"村豪"骄奢豪横的描绘中,不是可以联想到村民们所受的剥削压迫吗?读陆游的《长歌行》,不是可以联想到历史上"爱国欲死无战场"、乃至"爱国有罪"的黑暗现实,从而激起我们对秦桧之流的无比憎恨和对爱国人民、爱国志士的无限同情吗?

四曰涉理路、多议论。

早在南宋末年,严羽就在《沧浪诗话》中提出"不涉理路,不落言筌……"的正面主张之后,对宋代诗人"以议论为诗"进行了激烈的批评。明代"前七子"的领袖李梦阳看来是同意严羽的意见的,他在《缶音序》里说:"宋人主理,作理语。诗何尝无理!若专作理语,何不作文而诗为耶?"属于"后七子"支流

---

① 封建社会的许多诗论家囿于"温柔敦厚,诗教也"之说,认为《诗经》中的诗都是含蓄深婉的,事实却恰恰相反。王夫之在《姜斋诗话》卷二里就曾指出:《诗经》"有所指斥,则皇父、尹氏、暴公,不惮直斥其名,历数其愿,而且自显其为家父、为寺人孟子,无所规避。诗教虽云温厚,然光昭之志,无畏于天,无恤于人,揭日月而行,岂女子小人半含不吐之态乎?"袁枚也针对沈德潜贬低宋诗、强调"诗贵温柔,不可说尽"的论点提出了不同意见。他认为孔子对于《诗经》的看法,"惟《论语》为足据。子曰:'可以兴','可以群',此指含蓄者言之。如《柏舟》、《中谷》是也。曰:'可以观','可以怨',此指说尽者言之,如'艳妻煽方处'、'投畀豺虎'之类是也。"(《小仓山房文集》卷一七《答沈大宗伯论诗书》)

的屠隆在《文论》里也说:"宋人多好以诗议论,夫以诗议论,即奚不为文而为诗哉?"前、后"七子"都是"文必秦汉,诗必盛唐",全盘否定宋诗的。在这里,李、屠两人都笼而统之、不加分析地斥责"宋人主理","宋人多好以诗议论",因而断定宋诗不是诗,而是文。反对前、后"七子"复古主张的公安派首领袁宏道与此不同,他从"文之不能不古而今也,时使之也"的观点出发,对宋诗作了一些分析,高度评价了它的成就,也尖锐地指出了它的流弊。他在《雪涛阁集序》里说:

  ……故诗之道,至晚唐而益小。有宋欧、苏辈出,大变晚习,于物无所不收,于法无所不有,于情无所不畅,于境无所不取,滔滔莽莽,有若江河。今之人徒见宋之不唐法,而不知宋因唐而有法者也。如淡非浓,而浓实因于淡。然其弊至以文为诗,流而为理学,流而为歌诀,流而为偈诵,诗之弊,又有不可胜言者矣。

前面已经说过宋代道学家所搞的那些"语录讲义之押韵者",不是诗。把那些道学家的所谓创作概括为"作理语"、"以议论为诗"、"以文为诗"而加以否定,是完全应该的;但如果以偏概全,用以否定整个宋诗,并从而得出做诗不能"涉理路"、不能"发议论"的结论,就从一个极端走到另一个极端去了。关于这个问题,叶燮在《原诗》中的意见很值得注意。他说:

  从来论诗者,大约申唐而绌宋。有谓:"唐人以诗为诗,主性情,于《三百篇》为近;宋人以文为诗,主议论,于《三百篇》为远。"何言之谬也!唐人诗有议论者,杜甫是也。杜五言古议论尤多,长篇如《赴奉先县咏怀》、《北征》及《八哀》等作,何首无议论?而独以议论归宋人,何欤?彼先不知何者是议论,何者为非议论,而妄分时代耶?且《三百篇》中,《二雅》为议论者正自不少,彼先不知《三百篇》,安能知后人之诗也?如言宋人以文为诗,则李白乐府长短句,何尝非文?杜甫前、后《出塞》及《潼关吏》等篇,其中岂无似文之句?为此言者,不但未见宋诗,并未见唐诗。村学究道听耳食,窃一言以诧新奇,此等之论是也。

叶氏根据《诗经》以来的诗歌创作实践驳斥了"独以议论归宋人"的谬论,

很有说服力。这里需要解决的问题是:同样"以议论为诗",何以杜甫等伟大诗人写出了像《自京赴奉先县咏怀五百字》、《北征》那样的不朽之作,而宋代的道学家却搞出了像《濂洛风雅》①那样的"语录讲义之押韵者"?

曾受业于叶燮的沈德潜在《说诗晬语》里接触到这个问题。他说:

> 人谓诗主性情,不主议论。似也,而亦不尽然。试思《二雅》中何处无议论?杜老古诗中,《奉先咏怀》、《北征》、《八哀》诸作,近体中《蜀相》、《咏怀》(当指《咏怀古迹五首》——引者)、《诸葛》(当指《诸将五首》,"葛"字疑误。——引者)诸作,纯乎议论。但议论须带情韵以行,勿近伧父面目耳。

沈氏指出诗里面的议论"须带情韵以行",即必须具有抒情性和音乐性,这是很有见地的。但应该进一步说明:这种"带情韵"的诗的议论,只能来自生活实践,来自形象思维,而不可能来自"先行"的"主题",来自单纯的逻辑推理;应该饱和着生活的血肉,而不应离开生活,抽象地说理。

所谓形象思维,并不是如严羽所说的"惟在兴趣",而是要从感性认识上升到理性认识,所以,有些精美的诗句,往往既是景语、情语,也是理语。杜甫的"水深鱼极乐,林茂鸟知归"、"江山如有待,花柳自无私"、陆游的"山重水复疑无路,柳暗花明又一村"等等,就是很好的例证。就整首诗说,例如杜甫的绝句:"迟日江山丽,春风花草香,泥融飞燕子,沙暖睡鸳鸯。"情景交融,自不待言。它是不是还通过诗的形象体现了什么理性认识呢?罗大经在《鹤林玉露》(卷八)里是这样理解的:"上二句见两间(天地之间)莫非生意,下二句见万物莫不适性。"这可以说是诗人通过形象发了一些议论,不过议论的色彩不大明显罢了。至于《北征》、《自京赴奉先县咏怀五百字》等篇,议论的色彩就比较明显。《咏怀五百字》,这是诗人已到奉先、经历了饿死孩子的痛苦之后,写这次旅行中所见所感的作品,题曰"咏怀",当然要发议论。例如第二大段,诗人写他于"岁暮百草零,疾风高冈裂"之时独自跋涉旅途,"霜严衣带断,指直不能结",冻得够呛;然而当"凌晨过骊山"的时候,皇帝和他的宠妃、宠臣以及皇亲国戚等等,却在温泉所在的华清宫"避寒",穷奢极欲,大量挥霍人民的血汗。

---

① 《濂洛风雅》,是南宋人金履祥所编的一部道学诗选。

诗人愤慨地写道:"瑶池气郁律,羽林相摩戛。君臣留欢娱,乐动殷胶葛。赐浴皆长缨,与宴非短褐。彤庭所分帛,本自寒女出。鞭挞其夫家,聚敛贡城阙。圣人筐篚恩,实欲邦国活。臣如忽至理,君岂弃此物?多士盈朝廷,仁者宜战栗!况闻内金盘,尽在卫霍室。中堂舞神仙,烟雾蒙玉质。暖客貂鼠裘,悲管逐清瑟。劝客驼蹄羹,霜橙压金橘。朱门酒肉臭,路有冻死骨。荣枯咫尺异,惆怅难再述!"在这里,诗人愤慨地大发议论,简直像是跟最高统治阶层进行说理斗争,然而并不是抽象地说理、空洞地发议论,而是对身历目睹的生活现象进行形象思维,从感性认识跃进到理性认识,所以议论既"带情韵以行",又饱和着生活的血肉。宋诗就其主流来说,正继承、发展了这个传统。让我们举几个例子:

> 江上往来人,但爱鲈鱼美。
> 君看一叶舟,出没风波里。
>
> ——范仲淹《江上渔者》

> 陶尽门前土,屋上无片瓦。
> 十指不沾泥,鳞鳞居大厦。
>
> ——梅尧臣《陶者》

> 昨日入城市,归来泪满巾。
> 遍身罗绮者,不是养蚕人!
>
> ——张俞《蚕妇》

> 蜀道如天夜雨淫,乱铃声里倍沾襟。
> 当时更有军中死,自是君王不动心。
>
> ——李觏《读长恨辞》

> 横看成岭侧成峰,远近高低各不同。
> 不识庐山真面目,只缘身在此山中。
>
> ——苏轼《题西林壁》

> 山外青山楼外楼，西湖歌舞几时休？
> 暖风熏得游人醉，直把杭州作汴州！
> ——林升《题临安邸》

让我们再看看长篇宋诗中的议论。

王安石先后写了两篇《明妃曲》，欧阳修和了两篇，其中都有议论。王安石的前篇先写了六句："明妃初出汉宫时，泪湿春风鬓脚垂。低徊顾影无颜色，尚得君王不自持。归来却怪丹青手，入眼平生几曾有？"然后评论道："意态由来画不成，当时枉杀毛延寿……"据《西京杂记》记载：汉元帝因后宫佳丽太多，不得常见，乃使画工图其形，按图召幸。其他宫人都贿赂画工，叫把自己画美些，唯独王昭君自恃貌美，不肯行贿，画工毛延寿便把她画得很丑，因而得不到召幸的机会。当匈奴入朝求美人的时候，元帝按图挑了个丑的，恰恰就是王昭君。昭君临行，发现她不仅美丽为后宫第一，而且"善应对，举止娴雅"，于是追究原因，杀了画工。这个故事本身就很有讽刺意义，可以入诗。王安石的独创性在于不是把批判的矛头指向画工，而是指向汉元帝，通过个别体现一般，阐发了一个具有普遍意义的大道理。"意态由来画不成"，对于一个人的精神实质、美丑好坏，是要通过亲自接触才能辨认清楚的，仅凭第二手材料、完全借助个别人的间接描绘，怎能做出正确的判断呢？毛延寿作弊，固然有罪，但汉元帝如果亲自进行了解，压根儿不依靠画工的描绘，不就杜绝了毛延寿作弊的根源了吗？所以如果从根本上追究责任，毛延寿的被杀也是冤枉的。很清楚，这篇诗如果只复述那个故事，而没有从形象描写中迸发出来的这两句新颖、精辟、发人深省的议论，其艺术质量必将大大减低。形象思维的特点之一是："坐驰可以役万象，片言可以明百意。"在优秀诗篇里，那种"可以明百意"、使整个艺术形象大放思想光辉的"片言"，常常是体现生活真理的议论。笼统地反对以议论入诗，是不利于诗歌创作的健康发展的。

欧阳修的《再和明妃曲》，一开始也只是就故事内容进行概括："汉宫有佳人，天子初未识。一朝随汉使，远嫁单于国。绝色天下无，一失难再得。"接着发议论："虽能杀画工，于事竟何益！耳目所及尚如此，万里安能制夷狄……"对于"耳目所及"两句，王士禛（渔洋）在《香祖笔记》里斥为"议论近腐"，翁方纲在《七言诗三昧举隅》里反驳说："正是唱叹节族耳，何尝是'议论'乎？此乃真所谓'不着一字'之妙，而何以云'近腐'耶？"说这是"唱叹节族"，是看出了它的抒情性的,不算错;但它同时也是议论。王安石的"意态由来"两句和欧阳修的"耳目所及"两句,立意不同,但都是从昭君故事里概括出来的带有普遍性的大道理。这普遍性,直普遍到包括了王安石、欧阳修感慨甚深的现实,因而那议论就不是抽象的干巴巴的教条,而是洋溢着既来自历史、又来自现实的激情。一切诗的议论,都带有这样的叙事、说理和抒情浑然一体的特点。欧阳修的《食糟民》、苏轼的《荔支叹》、尤袤的《淮民谣》和陆游的《绵州录事参军厅观姜楚公画鹰少陵为作诗者》等诗,议论更多一些,但都具有这一特点,不失为优秀之作。至于像王安石的《兼并》那样的政论诗,当然是受了政论文的影响,与上述各诗有区别。但由于是从现实出发的,也有情韵,似乎仍可以作为诗中一体而享有生存权。

除以上几点而外,"以文为诗",当然还表现为吸取散文在章法、句法等形式方面的优点,以加强诗歌的表现力。近体诗篇幅短小(排律除外),不一定吸取散文的章法。至于长篇古风,如果不从散文创作长期积累的艺术经验中吸收有益的东西,就难免写得平直板滞。杜甫、韩愈乃至宋代杰出诗人的长篇名作,在章法上"以文为诗"的特点都十分突出。这一点,前人已有作为优点加以肯定的。例如吴汝纶评杜甫的五言长诗《述怀》云:"……其顿挫层折行气之处,与《史记》、韩文如出一手,此外不可复得矣。"①方东树谈到七言长诗的时候也曾指出:"观韩、欧、苏三家,章法剪裁,纯以古文之法行之,所以独有千古。"②就句法说,《诗经》中的史诗、屈原的《离骚》、汉魏六朝乐府民歌中的"杂言诗"以及此后杰出诗人如鲍照、李白、杜甫等的"杂言"歌行,一篇之中,句子忽长忽短,短则一言、两言、三言,长到七言、九言、乃至十一言以上,与全篇或四言、或五言、或七言的"齐言诗"相较,具有明显的散文化特点。就每一句的音节说,五言的常规是上二下三,七言的常规是上四下三(或者说,二、二、三),当诗人感到这个格式不便于表现特定内容的时候,究竟是削足适履呢,还是吸收散文的句式,以便更好地表现内容?宋人选择了后一条道路。例如梅尧臣的《田家语》,在揭露统治者不顾农民死活、"互搜民口"的罪恶之前,先写了这样两句:"水既害我菽,蝗又食我粟。""既"、"又"呼应,突出了"天灾"之惨,为下文揭露"人祸"作了有力的铺垫。黄庭坚写给苏轼的"我诗如曹郐,浅

---

① 转引自《唐宋诗举要》卷一。
② 《昭昧詹言》卷十一。

陋不成邦。公如大国楚,吞五湖三江……"的第四句,以"五湖、三江"作动词"吞"的宾语,从而形象地表现了苏诗豪迈壮阔的气势。这几个句子,都突破了上二下三的格式,因适当的散文化而加强了表现力。就七言句说,例子更多。欧阳修《戏答元珍》中"春风疑不到天涯,二月山城未见花"的上句,陆游《长歌行》中"哀丝豪竹助剧饮,如巨野受黄河倾"的下句,都由于吸收散文句子的优点而变得富于弹性,更好地表现了诗人特定的思想情感。至于以散文中常用的虚词入诗,只要用得恰切,往往会起到"传神阿堵"的妙用。例如前面提到的范成大《催租行》中的"我亦来营醉归耳",由于用了一个表示限止语气的"耳"跟"亦"相呼应,就把那个"里正"的无赖神态活画出来了。

当然,散文化的句子必须为更有力地反映生活、表达诗情诗意服务;它应该是着意锤炼出来的,而不是随意拼凑的。同时,在一篇诗中,即使经过锤炼的散文化句子也不宜用得太多;太多了,就有损于诗的音乐性。例如欧阳修的《答杨子静祈雨长句》:"……军国赋敛急星火,兼并奉养过王公;终年之耕幸一熟,聚而耗者多于蜂。是以比岁屡登稔,然而民室常虚空。……"虽然思想内容进步,但用一连串过分散文化的句子发议论,缺乏形象,缺乏情韵,因而削弱了艺术感染力。

归结以上所谈,对于宋人"以文为诗",要作具体分析,一分为二,不能以流弊代主流。就宋诗的主流看,"以文为诗"起了积极作用。同时,"以文为诗",当然是在"以诗为诗"的基础上进行的,而不是丢掉诗歌传统,舍己之田而耘人之田。宋代的优秀诗人为了更有效地抒情达意,反映不同于前代的社会生活,不仅创造性地吸取前代诗人的创作经验、艺术手法,而且创造性地吸取前代散文家的创作经验、艺术手法,从而提高了诗歌这一艺术形式的表现力。这一点,值得我们重视和肯定,对于我们创作新诗歌,也很有借鉴意义。

用古代诗论中的术语谈论形象思维而只强调比、兴,忽略了甚至排斥了赋,不加分析地否定"直说"、否定"以文为诗"、并从而否定整个宋诗,这是不符合诗歌创作的实践、不符合《毛主席给陈毅同志谈诗的一封信》的原意、不利于创造无愧于社会主义新时期的宏伟"诗史"的。当然,这只是个人的一些粗浅看法,未必妥当,谬误之处,诚恳地希望得到同志们的批评和指正。

(原刊《陕西师大学报》1979年第3期)

诗的形象与诗人

一

近些年来,各种报刊上发表了许多关于诗歌的论文,解决了不少问题;但关于诗的形象及其与诗人的关系问题,还留下一大片需要继续探讨的余地。

诗的形象,我国过去的文艺批评家管它叫"诗境"、诗的"境界"或"意境"。现实生活以及与之相关的自然界,都是诗境的源泉,但还不是诗境。现实生活中的某些事物(包括人)或自然界中的某些现象激起诗人的情感,唤起诗人的生活经验,引起诗人的联想和想象,从而进行诗的构思,把激动他的事物和与之相关的生活经验以及他对它们的感受、体验、理解等等予以艺术的概括、艺术的表现,形成一种饱和着思想情感的极富感染力的具体境界,能够使读者沉浸其中,不由自主地喜爱它,反复不已地欣赏它,从而获得美感,获得精神上的滋养,这才是诗境。关于这一点,我国过去的文艺批评家曾作过很精辟的解释。陆机在《文赋》中说:"遵四时以叹逝,瞻万物而思纷;悲落叶于劲秋,喜柔条于芳春;心懔懔以怀霜,志眇眇而临云。……收视反听,耽思傍讯;精骛八极,心游万仞。……情曈昽而弥鲜,物昭晰而互进。……罄澄心以凝思,眇众虑而为言;笼天地于形内,挫万物于笔端。"刘勰在《文心雕龙》的《物色》篇中说:"物色之动,心亦摇焉。……岁有其物,物有其容;情以物迁,辞以情发。……是以诗人感物,联类不穷。流连万象之际,沉吟视听之区。写气图貌,既随物以宛转;属采附声,亦与心而徘徊。……皎日嘒星,一言穷理;参差沃若,两字穷形,并以少总多,情貌无遗矣。"这些从丰富的艺术实践中概括出来的原则,至少告诉我们两点不应该忽视的事实:一、诗的形象导源于现实生活(和自然界),诗人在"感物"的基础上才能进行诗的构思;二、客观的物还不是诗的形象,诗人在感物的同时和以后,还要进行复杂的精神劳动,"联类"、"凝思"、"流连万象之际,沉吟视听之区",以创造"穷形"、"穷理"、"情貌无遗"的诗的境界。

二

在有些诗人看来,诗,特别是抒情诗的形象不是客观世界的艺术反映,而是情感、观念等等的形象化。或者说:"抒情诗是诗人真实的思想感情的形象的抒发",或者说:"诗人以形象使抽象的变成具体",或者干脆说:"诗是情感世界的再现。"尽管这些诗人都没有忘记生活,有的还特意强调了生活,但仍然弥补不了这种论点的缺陷。

优秀的诗人,总是沉浸在对生活的思索中,总是要抒发他对生活的激情。没有激情,就写不出足以"动人之情"的好诗。所以,强调感情是完全必要的。但尽管如此,却不能说诗的形象就是情感的再现或形象化。叙事诗更不必说,就是抒情诗,它也不光是抒发诗人的情感,同时还反映生活,甚至反映生活中巨大的矛盾与斗争。诗人不可能有先验的情感,他的情感总是被客观事物引起的。同时,诗人的情感也不便于赤裸裸地拿出来,空喊"我很高兴","我很悲伤",是塑造不出动人的形象的。所以,赤裸地倾吐情感的诗是比较少见的;在更多的情况下,抒情主人公不是带着被客观事物激起的情感诉说激起他的情感的客观事物,就是在抒发他的情感的时候提到激起他的情感的客观事物。这样,构成诗的形象的素材仍然是现实生活(和自然界)。比如王南山的《日行千里》①,它充满着激动人心的情感,但那种情感不是赤裸裸地拿出来的,而是从作为抒情主人公的那个学徒对自己的悲惨遭遇的诉说中、对老板全家的控诉中以及对无产阶级及其革命胜利的歌颂中流露出来的。这篇诗的形象是以抒情主人公为中心的饱和着思想感情的一幅惊心动魄的生活图画。

由于把诗仅仅看成诗人情感的抒发,因而便容易把情感的是否真实作为评价诗的标准。但这个标准同样是有缺陷的。因为第一,情感的是否真实,还需要一个评价它的标准;第二,不同立场的诗人都有真实的情感,而他们的真实的情感又是各不相同的。是不是表现任何真实情感的都是好诗呢?其实,评价诗的标准与其说是表现的情感是否真实,毋宁说是反映的生活是否真实,即是否符合生活的客观规律,是否反映了生活的本质。《日行千里》这样的优秀诗篇所流露的情感的真实性是和所反映的生活的真实性一致的,而生活的真实性也正是情感的真实性的源泉。此外,也有并未反映出生活的真实而空喊口号的诗,它的情感是虚伪的、浮夸的,概念化的作品可以作为例子。还有

---

① 见中国作家协会编《诗选》,人民文学出版社 1956 年版。

歪曲生活的真实而表现了"真实"的情感的诗，它的情感对它的作者来说是真实的，但却是反人民的。

由于把诗仅仅看成诗人情感的抒发，因而也就按逻辑把抒情诗的形象确定为诗人自己的形象。这种忽视诗的源泉的广阔性和诗的形象的多样性的看法是有害的。它不但不符合复杂的艺术事实，而且也缩小了诗的艺术性能。当然，有些同志在确认抒情诗的形象就是诗人自己的同时，也强调"抒人民之情"。只要诗人和人民在生活和思想感情上打成一片，则通过自己的形象也可以"抒人民之情"。但应该强调指出，为了更广泛地"抒人民之情"，抒情诗人可以创造各种各样的形象。还应该指出，任何一篇诗的形象，总是这样或那样地反映了生活的，因而就不能单纯地看做诗人自己的形象或其他什么人物的形象。

有些抒情诗的形象被看做诗人自己的形象，好像没有问题。例如杜甫的《春望》：

国破山河在，城春草木深。感时花溅泪，恨别鸟惊心。
烽火连三月，家书抵万金。白头搔更短，浑欲不胜簪。

但是仔细玩味，我们只能说它的形象的主体是诗人自己（"诗人自己"的说法也还是片面的，更正确地说，他是个典型）。诗人是处在山河破碎，城郭荒凉，骨肉流离，烽火弥漫的社会环境中的，而他的"情"也正是从这里产生、从这里表现出来的。我们不仅从这首诗中看见了一个抒情人物，而且也看见了这个人物为之"溅泪"、为之"惊心"的时代。

优秀的抒情诗人固然可以创造以自己为主体的形象反映生活，表达情感，但他们为了更便于反映各种生活、表达各种情感，往往创造出以各种人物为主体的各种形象。例如白居易的《重税》：

……国家定两税，本意在爱人。厥初防其淫，明敕内外臣：税外加一物，皆以枉法论。奈何岁月久，贪吏得因循！浚我以求宠，敛索无冬春。织绢未成匹，缫丝未盈斤，里胥迫我纳，不许暂逡巡。岁暮天地闭，阴风生破村，夜深烟火尽，霰雪白纷纷。幼者形不蔽，老者体无温，悲喘与寒气，并入鼻中辛。昨日输残税，因窥官库门：缯帛如山积，丝絮似云屯。号为美余物，随月献至尊。夺我身上暖，买尔眼前恩。进入琼林库，岁久化为尘！

面对读者，控诉贪官污吏的罪恶的，不是诗人，而是农民。张俞的《蚕妇》：

昨日入城市，归来泪满巾。遍身罗绮者，不是养蚕人！

面对读者倾吐情感的不是诗人，而是蚕妇。李白的《春思》：

燕草如碧丝，秦桑低绿枝。
当君怀归日，是妾断肠时。
春风不相识，何事入罗帷！

面对读者倾吐情感的不是诗人，而是思妇。其他如杜甫的《捣衣》，温庭筠的《遐方怨》，牛峤的《望江怨》，陆游的《农家叹》等等，都是这样的。至于海涅的《西利西亚的纺织工人》和《中国皇帝》①，前者中的"我们"是西利西亚的纺织工人的集体形象，后者中的"我"则是被讽刺的那个皇帝的形象。

在我们的新诗人所写的抒情诗中，也很有一些创造了工人、农民、战士或其他人物形象的作品。

另外一些抒情诗，其中的人物虽然不是面对读者，直接"抒"他的"情"，但也不便于说他就是诗人自己。例如李白的《赠孟浩然》出现在作品中的形象是"红颜弃轩冕"的孟浩然，杜甫的《春日怀李白》，出现在作品中的形象是"飘然思不群"的李白，王安石的《杜甫画像》，出现在作品中的形象是"宁令吾庐独破受冻死，不忍四海赤子寒飕飕"的杜甫，陆游的《送辛幼安殿造朝》，出现在诗中的形象是"但令小试出绪馀，青史英豪可雄夸"的辛弃疾，林景熙的《题陆放翁诗卷后》，出现在诗中的形象是"诗墨淋漓不负酒，但恨未饮月低首，床头孤剑空有声，坐看中原落人手"的陆游。在我们目前的抒情诗中，这样的作品更是不胜枚举的。

也许有人说：像《春日怀李白》之类的诗，直接抒情的还是诗人自己，因而

---

① 见《海涅诗选》，人民文学出版社1956年版。

诗的形象也还是诗人的形象。不错,诗人的形象的确是依稀可见的;但是诗篇所刻画的形象却实在是李白等等。比如小说,作者给我们介绍人物、叙述事件,还往往表示他对人物和事件的态度,因而作者的形象也是依稀可见的,我们也承认小说中有叙述人的形象,但我们难道就把小说的全部形象归结为作者的形象吗?又如山水、花卉、鸟兽虫鱼之类的绘画(更具体地说,如齐白石的牵牛花和各种小动物),只要是成功的作品,就不能不表现出作家的思想感情,但我们难道就把这些绘画的形象归结为画家的形象吗?我们知道,抒情诗中是有许多类似这些绘画的作品的(这可以说是抒情诗的特点之一)。王维的《渭川田家》、孟浩然的《春晓》、李白的《独坐敬亭山》和《望庐山瀑布》、杜甫的《画鹰》和《房兵曹胡马》,就是证明。古人说:"诗是无形画,画是有形诗",并不是没有道理的。

有些抒情诗的形象是更其特殊的,例如曹植的《七步诗》:

煮豆持作羹,漉豉以为汁。萁在釜下燃,豆在釜中泣。本是同根生,相煎何太急!

作为这首诗的主要形象的是"萁豆相煎",如果硬说"萁豆相煎"与诗的形象无关,是不能令人信服的。"萁豆相煎"这一形象的本身就具有深刻的社会意义。诗人通过"萁豆相煎"的形象表现了封建社会中上自朝廷、下至乡间,为了争夺皇位和家产而引起的骨肉残杀的悲剧。又如白居易的《有木诗》八首,作为主要形象的是八种植物。其中的一首是这样的:

有木名凌霄,擢秀非孤标。偶依一株树,遂抽百尺条。托根附树身,开花寄树梢。自谓得其势,无因有动摇。一旦树摧倒,独立暂飘飖。疾风从东起,吹折不终朝:朝为拂云花,暮为委地樵。寄言立身者,勿学柔弱苗。

这里面的不能自立、依靠大树,还自以为得势,而终于遭到失败的凌霄的形象,不仅对于类似的人,而且对于类似的国家、民族等等,也是具有典型意义的;但出现在这首诗中的还是植物的形象。不承认这一点,就抹杀了这首诗的艺术特点。

类似这样的作品是很多的。韩愈的《双鸟诗》，是写他和孟郊的，但直接出现在作品中的是双鸟的形象；陆游的《卜算子》，是写他自己的遭遇和品格的，但直接出现在作品中的是梅花的形象；高尔基的《海燕之歌》表现了对那即将到来的革命高潮的预感和欢乐，但直接出现在作品中的是暴风雨中雄飞的海燕和吓得无处藏身的企鹅等等的形象；郭沫若的《炉中煤》表现了高度的爱国热情，但直接出现在作品中的是炉中煤的形象……

　　抒情诗的形象的源泉是激动诗人的客观事物，客观事物是各种各样的，因而抒情诗的形象也是各种各样的。把抒情诗的形象归结为诗人自己或其他人物，这不仅在理论上不能说明丰富的艺术事实，而且会在实践上把抒情诗的创作带向贫乏化、简单化的道路。

　　同时，既然抒情诗的形象的源泉是激动诗人的客观事物，那么，客观事物是复杂的，抒情诗的形象也就有其不可忽视的复杂性。优秀的抒情诗，往往反映出客观世界中各种现象相互制约、相互联系的关系。上面提到的《蚕妇》，表现了"遍身罗绮者"和"养蚕人"的剥削与被剥削的关系，它的思想感情也正是从那种关系中流露出来的。《七步诗》表现了"骨肉残杀"的关系，它的思想感情也是从那种关系中流露出来的。因而认为抒情诗负担不起反映社会矛盾的任务是不公允的。像杜甫的《自京赴奉先县咏怀五百字》那样有分量的作品且不必说，就是用五七绝这样短小的形式写成的抒情诗，也未尝不可以深刻地反映重大的社会矛盾。例如李绅的《悯农》：

　　　　春种一粒粟，秋收万颗子。
　　　　四海无闲田，农夫犹饿死！

李商隐的《隋宫》：

　　　　乘兴南游不戒严，九重谁省谏书函。
　　　　春风举国裁宫锦，半作障泥半作帆！

张碧的《农夫》：

　　　　运锄耕劚侵晨起，陇畔丰盈满家喜。

> 到头禾黍属他人，不知何处抛妻子！

杜荀鹤的《再经胡城县》：

> 去岁曾经此县城，县民无口不冤声。
> 今来县宰加朱绂，便是生灵血染成！

梅尧臣的《陶者》：

> 陶尽门前土，屋上无片瓦。
> 十指不沾泥，鳞鳞居大厦。

陆游的《秋夜将晓出篱门迎凉有感》：

> 三万里河东入海，五千仞岳上摩天。
> 遗民泪尽胡尘里，南望王师又一年！

我们能说这些诗没有反映重大的社会矛盾吗？而这一类的诗在我们的古典诗歌和"五四"以来的新诗中是占有一定比重的。

有些抒情诗仿佛没有写什么矛盾，例如李白的《玉阶怨》：

> 玉阶生白露，夜久侵罗袜。却下水晶帘，玲珑望秋月。

好像只表现了一个女人的"怨"。但她怨谁呢？怨什么呢？没有被怨的一方，她决不会在玉阶上伫立到深夜，以至白露浸透了罗袜还不愿回到屋里去；回到屋里以后还望着玲珑的秋月，不愿去睡觉。在分析这首诗的形象的时候，如果不把那个被怨的人及其与那个女人的关系估计进去，未免是个损失。

有些抒情诗的确没有表现矛盾的双方，诗人径直地歌颂了什么或者批判了什么，但从歌颂的一面或批判的一面中，仍然可以看出这一面和与之对立的另一面的关系。例如梅尧臣的《村豪》：

> 日击收田鼓，时称大有年。烂倾新酿酒，包载下江船。

女鬓银钗满,童袍氍毹鲜。里胥休借问,不信有官权。

这里只刻画了一个乡村大地主的形象,然而他和农民的关系如何,不是也透露出来了吗?

当然,也有些并没有反映社会矛盾却不失为好诗的抒情诗篇,这是事实;但是抒情诗也能够反映社会矛盾,这也是事实。

把抒情诗的形象归结为诗人的或者其他什么人的形象,对于理解反映社会矛盾的诗篇是有妨害的。这一类抒情诗的形象实际上比抒情人物的形象大得多,在分析它们的形象的时候,如果不理睬构成矛盾的各个方面,只孤立地注意单个人物形象,那就不可能抓住作品的总的思想意义。

自从反对庸俗社会学以后,有些文学教师和理论批评家不像以前那样热衷于仅仅分析文学作品的思想,而偏重于分析人物形象了。当然,空谈思想是不对的。但是任何文学作品总有它的思想,而这种思想总是表现于由人物和环境(包括其他人物)所构成的或大或小的一整幅生活图画(境界)之中的,因而分析人物形象就不能不分析思想。作品的总的思想意义,比个别人物(如果一篇作品只有一个人物,当然这个人物的思想意义就是作品的思想意义)的思想意义丰富得多,所以分析人物形象的结果,也还应该概括出作品的总的思想意义。对于诗人来说,情形也是一样。刘勰指出诗人不仅要"穷形",而且要"穷理",那是非常中肯的。"形"是客观事物的形态,"理"是客观事物的规律,因而"穷形"和"穷理"实际上是一回事情。韩非子在《解老》中说:"道者万物之所以然也,万理之所以稽也。理者,成物之文也;道者,万物之所以成也。故曰:道,理之者也……圣人得之以成文章。"正因为这样,诗才"可以兴、可以观、可以群、可以怨"。抛开"穷理"的任务而大谈"穷形",则所"穷"的"形"不过是浮光掠影而已。

所以,即使谈抒情诗,也不应该忽视它的思想。创作中的概念化、公式化倾向,并不是"思想"带来的,却往往是"无思想"带来的。因为客观事物本身就有它的"理",有它的思想意义,诗人之所以被客观事物感动,是和他发现那事物的"理"分不开的;在对客观事物完全不理解的情况下,很难被激起强烈的感情,因而也很难写出动人的诗章。前面提到的《农夫》、《悯农》等几篇诗之所以具有那么强的感染力,就由于它们以抒情揭示了生活的真理。它们充满着情感,同时也充满着思想。

谈到这里,有必要接触到抒情诗中的说理问题。一般地说,抒情诗中的"理"不是直接"说"出来的,而是通过全部形象表现出来的;但也并不是没有例外。全篇"说理"的"哲理诗"自然有他的价值,这里且不谈它。就是在优秀的抒情诗中,也不乏或多或少地带有"说理"成分的作品。普希金的《自由颂》①和惠特曼的《给一个遭到挫败的欧洲革命者》②,就是这样的。在我国的古典诗歌(特别是宋诗)中,类似的作品更多。例如杜甫的《写怀》:"劳生共乾坤,何处异风俗!冉冉自趋竞,行行见羁束。无贵贱不悲,无富贫亦足。万古一骸骨,邻家递歌哭。……达士如弦直,小人似钩曲。曲直吾不知,负喧候樵牧。"通过"说理",真挚地表现了诗人对封建剥削压迫的反感和由此而产生的对无富无贵(无阶级)的社会的向往。再看看欧阳修的《食糟民》:"田家种糯官酿酒,榷利秋毫升与斗;酒沽得钱糟弃物,大屋经年堆欲朽。酒醅浅潾如沸汤,东风来吹酒瓮香;累累罂与瓶,惟恐不得尝。官沽味浓村酒薄,日饮官酒诚可乐。不见田中种糯人,釜无糜粥度冬春;还来就官买糟食,官吏散糟以为德!嗟彼官吏者,其职称长民。衣食不蚕耕,所学义与仁;仁当养人义适宜,言可闻达力可施。上不能宽国之利,下不能饱民之饥!我饮酒,尔食糟;尔虽不我责,我责何由逃!"王安石的《收盐》,也具有同样的特点:

州家飞符来比栉,海中收盐今复密,穷囚破屋正嗟欷,吏兵操舟去复出。海中诸岛古不毛,岛夷为生今独劳,不煎海水饿死耳,谁肯坐守无亡逃!尔来盗贼往往有,劫杀贾客沉其艘。一民之生重天下,君子忍与争秋毫!

这些诗的"说理"成分这样重,但仍然能够强烈地感动人。因为诗人所说的不是来自书本的抽象的大道理,而是亲身感受到、体验到的生活真理。诗人是带着压抑不住的情感诉说生活的真理的,所以"说理"也就是"抒情"。试想,假如把农民在土地改革中和地主"说理"的那些话予以艺术的加工,将会产生出多少很好的抒情诗!

我们应该发展诗的多样性,写各种各样的题材,创造各种各样的形象;但

---

① 见《普希金抒情诗》,平明出版社版。
② 见《草叶集选》,人民文学出版社版。

同时也应该强调诗的思想性和战斗性,更多的写与人民生活密切结合的、具有深刻社会意义的诗。像从前人写"美人足"和"美人指甲"的作品①和现代人写"吻"的作品,也许可以说是多样中的"一样",但究竟能有什么积极的意义呢?

三

客观事物是构成"诗境"的素材,所以写什么事物,对"诗境"不能没有关系,这是一个方面。客观事物必须经过诗人的构思,才能变成诗境,所以诗人是怎样的人,对"诗境"也不能没有关系,这是和前一个方面相联系的另一个方面。

我们的古典批评家总是把"文"和"行",把"诗格"和"人格"相提并论的。不同的诗人甚至对同样的事物也有不同的感受、不同的理解和不同的态度,因而从他们的诗境中,也就可以看出他们的人格、他们的思想感情等等。《文心雕龙》的《知音》篇中所说的:"缀文者情动而辞发,观文者披文以入情……世远莫见其面,觇文辄见其心。"正就是这个意思。因此,我们虽然不赞成抒情诗的形象就是诗人自己的说法,但也反对诗的形象是纯客观的、和诗人本身没有关系的说法。实际上,诗的整个形象(境界)中,总是或多或少的表现着诗人自己的东西的。就拿杜甫的《虢国夫人》来说:"虢国夫人承主恩,平明骑马入宫门,却嫌脂粉污颜色,淡扫蛾眉朝至尊。"这个虢国夫人的形象并不是"客观地勾出"来的,在这个形象中,虽然不是直接的,但也表现着诗人的意见和态度。从这一意义上说,"抒情诗不能取消诗人自己的形象……也决不能伪造诗人自己的形象"的说法是很有道理的。抒情诗如果不表现诗人自己的感受和思想感情等等,就会产生概念化的、公式化的、重复别人议论的作品,如果伪造诗人自己的感受和思想感情等等,就会产生口是心非的、光在最高形容词上打主意,用表面的虚伪的热情装饰起来的作品。

像《春望》一类的以诗人自己为其形象的主体的抒情诗且不必说,就是在以别人为其形象的主体的抒情诗中,也总是这样那样地表现着诗人自己的东西的。例如张俞的《蚕妇》,其抒情人物是那个蚕妇,然而那首诗毕竟是张俞写的,所以实际上还是张俞代蚕妇抒情。张俞如果不痛恨"遍身罗绮者,不是养蚕人"的那种不合理的现象,如果不理解、不同情蚕妇的处境和心境,是抒不好

---

① 南宋词人刘过有咏"美人足"和"美人指甲"的两首《沁园春》,见《词综》。

她的情的。所以那首诗所抒的是蚕妇的情,也是诗人自己的情。那些创造了许多以兵士、妇女、农民为抒情主人公的优秀诗篇的古典诗人,他们的思想感情是和那些抒情主人公的思想情感打成一片的,我们可以说他们代那些抒情主人公抒了情,也可以说他们通过那些抒情主人公抒了自己的情。

如果出现在诗中的是被讽刺、被鞭挞的人物,像杜甫的《虢国夫人》、范成大的《催租行》那样,那么诗人就是讽刺者、鞭挞者;如果出现在诗中的是一连串的问题,像屈原的《天问》、裴多菲的《你吃的是什么,大地……》那样,那么诗人就是提问题的人:他们的形象当然是存在的,这几乎是"自明之理"。

抒情诗如此,叙事诗也是一样。奇怪的是有些人那样强调抒情诗创作中的诗人自己的地位,以至认为抒情诗的形象只是诗人的形象,但在谈叙事诗的时候,却很少谈诗人的形象问题。其实,如果在叙事诗中取消诗人自己的形象,其结果是同样错误的。

在像杜甫的《壮游》那样的自传性的叙事诗中,诗人当然是诗的形象的主体,这是不用说的。在非自传性的叙事诗中,诗人虽不是构成诗的形象的主体,但决不能说他不是构成诗的形象的一部分。名符其实的诗人不是纯客观地而是带着强烈的感情、本着一定的立场观点叙述事件、描写人物的,在他压制不住沸腾的激情的时候,甚至出面讲话,表示他对某一人物、某一事件的态度和意见。例如在杜甫的《新安吏》中,当诗人写到"肥男有母送,瘦男独伶俜,白水暮东流,青山犹哭声"的时候,就自己出面劝慰他的人物:"莫自使眼枯,收汝泪纵横。眼枯即见骨,天地终无情……"在希克梅特的《索亚》中,当叙述到法西斯匪徒拷问索亚(卓娅),索亚坚决不肯说出她的真名字而说她叫丹娘的时候,诗人连带地谈他自己:

> 丹娘!我爱自己的祖国呀,正好像你。我——土耳其人,你——俄罗斯人。我们——都是共产党员。丹娘!正因为你的爱把你绞死,正因为我的爱把我系入监狱。但是我还活着,而你却死了,你活在尘世上是多么短啊,你看见的阳光是多么少啊,共总十八岁啊!丹娘!你——被敌人绞杀的女游击队员,我——被监禁在狱中的诗人,但是我们中间没有隔阂!你——是我的女儿,你——是我的同志,我在你面前低着头啊!…………丹娘,丹娘,我感觉羞愧,请容许我向你承认:在监狱中我七年没有战斗了,七年没有作为了,可是还在活着。

有些叙事诗是比较特殊的:诗人为了某种方便,不直接叙事,却创造一个人物作为故事的叙述人。例如元人睢景臣的套曲《高祖还乡》,是由一个农民叙述高祖还乡的经过的,因而很自然地讽刺了作为皇帝爪牙的社长、乡老和皇帝的仪仗、车驾、扈从以及皇帝本人。但从整个的诗境中,我们也能够看出作者的观点、态度和憎恨最高统治者的激情。

正因为这样,所以叙事诗和抒情诗之间并没有不可逾越的鸿沟。优秀的叙事诗常常带有浓厚的抒情色彩,甚至包涵若干抒情诗的片断,以至使我们不知道究竟管它叫叙事诗好呢,还是管它叫抒情诗好?马雅可夫斯基的长诗《列宁》和《好啊》就是这样的。

所以除了公式化、概念化的作品而外,诗的形象中总不免包涵着诗人自己的东西。王国维把诗境分为"有我"的和"无我"的两种,而且强调指出只有"能自树立"的"豪杰之士"才能写"无我之境"①,这是不正确的。事实上并没有"无我"的"诗境"。就拿他作为"无我之境"的范例而提出的"采菊东篱下,悠然见南山"、"寒波淡淡起,白鸟悠悠下"来说,前者中有一个"采菊"的、"悠然见南山"的人,后者中也有一个看那"寒波"、"白鸟"的人。何况它们都不是一首完整的诗,前者只是构成陶潜的那首《饮酒》②诗的境界的一部分,后者也只是构成元好问的那首《颍亭留别》③诗的境界的一部分。陶潜在那首诗里并不是单纯地写客观的"境",同时是写他的"心远",写他从那个客观的"境"中感受到、领会到的"真意。"元好问呢,他正在辞别送他的朋友,踏上"尘土足悲咤"的征途,因而看见"寒波"的"淡淡"和"白鸟"的"悠悠",就涌上了无端的感慨,所以接着说:"怀归人自急,物态本闲暇。"写"物态"的"闲暇",不过是反衬他的"行色匆匆"、"风尘仆仆"而已。

不表现诗人的思想感情,单纯地、客观地描写景物的诗也可能有,但那不

---

① 见《人间词话》卷上。原文是:"有有我之境,有无我之境,'泪眼问花花不语,乱红飞过秋千去'……有我之境也,'采菊东篱下,悠然见南山','寒波淡淡起,白鸟悠悠下',无我之境也。……古人为词,写有我之境者为多,然未始不能写无我之境。此在豪杰之士能自树立耳。"

② 陶潜《饮酒》第五首:"结庐在人境,而无车马喧,问君何能尔,心远地自偏。采菊东篱下,悠然见南山。山气日夕佳,飞鸟相与还。此中有真意,欲辨已忘言。"

③ 元好问《颍亭留别》:"故人重分携,临流驻归驾;乾坤展清眺,万景若相借。北风三日雪,太素秉元化,九山郁峥嵘,了不受凌跨。寒波淡淡起,白鸟悠悠下。怀归人自急,物态本闲暇。壶觞负吟啸,尘土足悲咤,回首亭中人,平林淡如画。"

会是好诗,因为它没有"诗情"、"诗意"。有的同志要求诗人写"只描绘景物",只描绘"祖国的大好河山"的诗,这在反对某些人只准诗人"直接写人"的庸俗论调和强调"诗的典型化方法的多样性"上说,当然是有意义的,但却不自觉地蹈了王国维希望"豪杰之士"写"无我之境"的覆辙。单纯地描写景物,诗人就只能起照相机的作用。虽然单纯写景的诗和风景照片一样,也能让我们看到"祖国的大好河山",因而也不无价值,但优秀的诗人毕竟不甘于写这样的作品。"登山则情满于山,观海则意溢于海"①,这正是诗人的头脑不同于照相机的地方。举几个例子看看吧:元人张养浩有一首题作《潼关怀古》的小令《山坡羊》,开头是这样的:"峰峦如聚,波涛如怒,山河表里潼关路。"这已经写出了"祖国的大好河山",但诗人还不满足,接着说:"望西都,意踟蹰。伤心秦汉经行处,宫阙万间都作了土。兴,百姓苦!亡,百姓苦!"诗人从"兵家必争"的潼关的自然形势想到了历代的兴亡,想到了兴亡交替之际百姓所受的苦难,这就反映了生活,表现了深刻的思想情感;而那个在潼关路上"望西都"的诗人,其意态、其情怀,也是可以感到、可以想见的。又如马致远写"秋思"的《天净沙》:"枯藤老树昏鸦,小桥流水人家,古道西风瘦马,夕阳西下,断肠人在天涯。"这的确是"写景如在目前";但它之所以被读者激赏,甚至被推为元曲小令的压卷之作,是由于通过这样的写景表现了一种深沉的、悲凉的"秋思"。在秋天的"夕阳西下"的时候,一个流落在"天涯"的"断肠人"骑着一匹"瘦马",冒着凉飕飕的"西风",在荒凉的"古道"上奔波,"枯藤老树"上已栖满"昏鸦"(黄昏时候的乌鸦),"小桥流水"旁边的"人家"不用说是骨肉团聚,而他自己呢,却还在奔波,究不知投向何处!他能不"断肠"吗?读者能不替他"断肠"吗?如果单纯描写秋景,是不可能具有这样强的艺术魅力的。请看白朴的同一曲牌的作品:"孤村落日残霞,轻烟老树寒鸦,一点飞鸿影下,青山绿水,白草红叶黄花。"尽管写了更多的秋景,但读起来却味同嚼蜡。郑振铎先生说它"殊不下于马致远的'枯藤老树昏鸦,'"②,恐怕有些皮相。

我国的古典诗人把"情景交融"看成写景诗的最高境界,我们现代的文艺理论家把这一类型的诗叫做"风景抒情诗",都是很有道理的。宋人范晞文中

---

① 《文心雕龙·神思》。
② 郑振铎《中国俗文学史》下册,第175页。

肯地指出杜甫诗歌创作的特点是"景无情不发,情无景不生"[1],其实,这不仅是杜诗的特点,而且是一切好诗都有的特点。不管抒情诗的直接对象是山是水是花卉是鸟兽……它的感染力都在于它所体现的"情"、"意"。"情"、"意"是诗人的,也是社会的,因而同一诗人在不同时期所写的以同样景物为对象的诗会出现不同的诗境。杜甫的《曲江三章章五句》和《九日曲江》是天宝十一、十二年献赋不遇以后写的,所以充满着失意的、对统治者不满的情绪;《哀江头》是至德二年长安沦陷时写的,因而充满着哀时念乱、忧国忧民的情绪。同一时代或不同时代的不同诗人所写的以同样景物为对象的诗,其不同的诗境更其明显。杜甫和岑参、高适、储光羲等在同登慈恩寺塔以后所写的诗都不愧名作,却迥乎不同。李白的《蜀道难》、杜甫的《剑门》、陆游的《过剑门》也是一样。这都说明优秀的写景诗总是这样或那样地反映着一定时代、一定阶层的人的思想感情以及他对世界的审美态度。

四

　　诗的形象不能不表现诗人的思想情感,而诗人又是社会的人,他的思想感情是他自己的,同时也是有社会性、典型性的,从这一点上说,认为某些诗的形象就是诗人自己,也是不妥当的。其次,就诗的构思的实质来说,即使写最单纯的抒情诗,也不妨碍想象力的飞跃和艺术的概括。诗人可以依靠想象的帮助,虚构某种境况;也可以改造、概括自己的和旁人的生活事实、此处的和别处的自然景物,使其更便于表现某种思想感情;这样创造出来的诗境,当然是典型化了的。因而说抒情人物是诗人自己或别的什么个别的人,也是不正确的。即如《春望》吧,认为其中的抒情人物就是杜甫,当然没有人反对,但是更准确地说,那是个典型;他的环境也是典型化了的。如果把这首诗完全看成杜甫的传记材料,未免太老实了。比如"城春草木深",不过是写城郭寥落、人迹稀少,事实上,长安的春天,草木是不会很深的;"白头搔更短",不过是表现忧时念乱的情感,事实上,当时杜甫才四十多岁,头发即使白而且稀,但不管怎么"搔",未必就稀到"不胜簪"的地步(他在两年以后写的《同谷七歌》中还有"白头乱发垂过耳"的句子)。至于《石龛》中的"熊罴咆我东,虎豹号我西,我后鬼长啸,我前狨又啼。天寒昏无日,山远道路迷……"更不应该作自然主义的理解,

---

[1] 见《对床夜语》卷二。

不然,有十个杜甫,也被野兽吃掉了。

把《春望》之类的诗完全看成诗人的传记,不过失之于"老实",但把另一些诗看成诗人的传记,就要闹笑话了。例如莱蒙托夫的诗:

> 在日午的炎热下,在达吉斯坦的幽谷里胸膛里中了子弹,我躺着,静止地……

胸膛里中了子弹,躺在幽谷里的是另外一个人,但是诗人却把那个人的生活经历概括在自己身上了。

抒情诗的艺术魅力在于诗人通过艺术概括,表现了具有典型性的某种情况下某种人的感情。对于读者,其中的某些细节是否和抒情主人公实际的生活事实完全相同,并不重要。事实上,读者也是不理会这些的。比如陆游的《示儿》:"死去原知万事空,但悲不见九州同。王师北定中原日,家祭无忘告乃翁。"其中的抒情主人公是作为一个处于民族压迫时期的典型的爱国志士的形象感动读者的。同样,未央的《祖国,我回来了》,其中的那个"我"是一个战士的典型形象。诗人通过"我"表达了由朝鲜战场刚刚回到祖国怀抱的志愿军战士的典型情绪。又如柯仲平的《杀贼去》:

> 抢我粮,烧我门窗,鸡猪牛羊都杀光,奸淫我妇女,拉走我儿郎,蒋胡贼! 不杀你贼,我无脸活在世上!

这个"我"的形象对于解放战争时期的千百万农民来说,固然是典型的,对于千百万革命战士和革命干部来说,也是典型的。

所以,把抒情诗的形象不看成典型的意境,而只看成诗人自己或其他个别人物的形象,除了前述的许多错误而外,在创作上,还可能取消艺术的概括作用,从而妨碍在更深更广的程度上写真实。

五

概括地说,诗的形象是生活的客观和诗人的主观的统一体,把任何一方面绝对化都是错误的。在李煜词的讨论中,有些人不去分析李煜词所反映的生活,却把全部力量用在考证李煜的事迹上。或者考证出李煜有人民性、有爱国思想,从而确定他的词也有人民性,有爱国思想;或者考证出李煜没有人民性、没有爱国思想,从而确定他的词也没有人民性、没有爱国思想。甚至在谈《菩萨蛮》那首词的时候,也纠缠到李煜与小周后的爱情是否纯洁上去,好像这首词百分之百的是李煜的传记材料。其实呢,在那首词中,是看不出李煜和小周后的关系来的。不妨看看那首词:

  花明月暗笼轻雾,今宵好向郎边去。划袜步香阶,手提金缕鞋。　画堂南畔见,一晌偎人颤。奴为出来难,教郎恣意怜。

这首词除《花草粹编》题作"与周后妹"而外,其他如《词的》、《续选草堂诗馀》、《古今诗馀醉》等,都题作《闺思》,《古今诗统》则题作《幽欢》。实际上,这里正刻画了一双男女"幽欢"的形象,作为艺术形象看,这在严酷的礼教禁止男女自由结合的封建社会里,是有典型意义的。

我们不同意把诗人和他的作品之间的关系一刀两断的做法(如前所述),诗的形象中总是表现了诗人自己的东西的,因而"诵其诗",就可以"知其人"、"论其世"。但是诗的形象本身又具有典型性和客观意义,因而用对诗人的评价代替对他的作品的评价,也不是实事求是的办法。如何把作品和诗人及其时代背景联系起来,而又不犯用对诗人和时代背景的分析代替对作品本身的分析的错误,这正是我们应该继续研究的问题。

(原刊《延河》1957 年第 5 期)

论嵇康

一翻开《嵇康集》,就是这么一首赠给公穆(嵇康的哥哥嵇喜)的《五言古意》:

> 双鸾匿景曜,戢翼太山崖。抗首嗽朝露,晞阳振羽仪。长鸣戏云中,时下息兰池。自谓绝尘埃,终始永不亏。何意世多艰,虞人来我维!云网塞四区,高罗正参差。奋迅势不便,六翮无所施。隐姿就长缨,卒为时所羁。单雄翩独逝,哀吟伤生离。徘徊恋俦侣,慷慨高山陂。鸟尽良弓藏,谋极身必危。吉凶虽在己,世路多险巇。安得反初服,抱玉宝六奇。逍遥游太清,携手相追随!

他和他哥哥本来是"自谓绝尘埃"的"双鸾",然而被猎人捕捉,纳入遮天盖地的网罗之中,"哀鸣"、"徘徊",饱经世路的艰险,还有更大的艰险横在前面。怎么能够冲决网罗,自由自在地飞翔呢?

这首诗反映了嵇康的极大苦闷。

比这首诗更深刻地反映了嵇康的苦闷的,是那篇类似楚辞《卜居》的文章——《卜疑》。在《卜疑》中,嵇康假托有一位"交不苟合,仕不期达"的弘达先生,"常以为忠信笃敬,直道而行",就可以"居九夷,游八蛮,浮沧海,践河源"。然而残酷的现实,嘲弄了他的这种天真的想法和做法:因为"大道既隐,智巧滋繁,世俗胶加,人情万端,利之所在,若鸟之逐鸾",所以"动者多累"。他越来越深切地感到"忠信笃敬",不仅不能像孔圣人所说的"虽蛮貊之邦行矣",而且在当时的"华夏"也行不通。大约在碰了不少钉子之后,这位弘达先生的思想中产生了越来越尖锐的矛盾,简直无法克服,于是跑到太史贞父那里,提出了一连串问题。在那一连串问题中,包括了当时可能有的各种各样的生活态度、政治态度。面对那么多不同的生活态度和政治态度,究竟何去何从呢?他自己不能解答,太史贞父又如何能够替他解答?"方将观大鹏于南溟,又何忧于人间之委曲。"这不过是聊以自慰而已。南溟既不可到,人间的委曲也就没法子摆脱。

弘达先生的思想矛盾,是嵇康的思想矛盾,也是当时一切类似嵇康的人(如阮籍)所共有的思想矛盾。而这种思想矛盾,乃是魏晋易代之际的社会矛盾在嵇康一流人头脑中的反映。

嵇康生于魏文帝(曹丕)黄初四年(223),被杀于魏元帝(曹奂)景元四年(263)。在他生活的后二十多年中,司马氏正在竭力实现其篡魏的阴谋,政治斗争异常激烈。作为封建社会的没有多大权势的文人,历史注定了必须依附封建政权的命运,要"遗世独立"是不现实的。嵇康尽管"仕不期达",毕竟还是"仕"了:他"与魏宗室婚,拜中散大夫"。我们固然不能因此说他是曹魏的死党,但不论在情感上或者道义上,总是比较接近曹魏的。当然,如果是"利之所在,若鸟之逐鸾"的人,那么,即使原来依附曹魏,在看到司马氏大权在握、必将取曹氏而代之的时候,就会转到司马氏方面去,无所谓苦闷,无所谓思想矛盾。事实上,当时正不乏这样的文人。而嵇康却相信"言忠信,行笃敬,虽蛮貊之邦行矣"的儒家教条,不愿意这样做。相反,倒是采取了激烈的行动,反对司马氏:司马氏想拉拢他作官,他避之河东;又写信给山涛,毅然拒绝了他的荐引;对司马氏的帮凶文人钟会,更深恶痛绝;毌丘俭举起反司马氏的大旗,曾打算起兵响应;毌丘俭被镇压,又写《管蔡论》为他辩护……但是,司马氏诛锄异己的手段是异常卑劣、异常残暴毒辣的:嘉平元年(249),诛曹爽、何晏等八族;三年,诛王凌;正元元年(254),诛夏侯玄、李丰、楚王彪,废齐王芳;次年,诛毌丘俭;甘露三年(258)诛诸葛诞;五年(260),弑高贵乡公……这一系列的杀戮,甚至使司马氏的后代晋明帝在听到王导的追述之后,都"覆面箸床",为之震惊①。面对这种残酷的杀戮,嵇康不能不考虑他反抗司马氏会得到怎样的结局。因此,思想矛盾便尖锐化了,他在行动上反抗黑暗的现实(特别是反对司马氏)是那样激烈,但在作品中却流露了远祸全身、消极退隐的情绪,这种现象正是他的尖锐的思想矛盾的具体表现:既要反抗,又怕取祸,因而竭力控制自

---

① 《世说新语·尤悔》篇:"王导、温峤俱见明帝,帝问温前世所以得天下之由,温未答。顷,王曰:'温峤年少未谙,臣为陛下陈之。'王乃具叙宣王(司马懿)创业之始,诛夷名族,宠树同己,及文王(司马昭)之末,高贵乡公事。明帝闻之,覆面箸床曰:'若如公言,祚安得长?'"

己,说服自己。但他的反抗性十分强烈,无法控制,因而终于遭到司马氏的杀害①。他的反抗和被杀害,充分表明了统治者的残暴和他的不肯同流合污、坚决反抗到底的高尚品质。

有人说嵇康仅仅是站在曹魏立场反对司马氏的,狗咬狗的斗争没有什么积极意义。另一些人则认为嵇康并没有站在曹魏立场。我认为这两种看法都不够全面。嵇康在其开始不能不说在一定程度上是从曹魏的立场出发反对司马氏的。首先,他和魏宗室通婚,做的是曹魏的官;其次,司马氏从孤儿寡妇手中夺取政权,手段既卑鄙又毒辣,像他那样比较正直的人自然会把同情倾注到曹魏方面。不过到了黑暗的现实迫使他思考了许多重大的社会问题之后,他反对的就不仅是司马氏,而他的出发点,也就不再是曹魏的立场所能范围的了。过去的封建文人从忠于曹魏肯定他②,今天的研究者又从忠于曹魏否定他③,都是不合实际的。

现在,我们根据嵇康的作品,结合他所处的历史环境和他的政治态度,看

---

① 《世说新语·雅量》篇:"嵇中散临刑东市,神气不变。索琴弹之,奏《广陵散》。曲终,曰:'袁孝尼尝请学此《散》,吾靳固未与,《广陵散》于今绝矣。'太学生三千人上书,请以为师,不许。"刘孝标注引《文士传》曰:"吕安罹事,康诣狱以明之。钟会廷论康曰:'今皇道开明,四海风靡,边鄙无诡随之民,街巷无异口之议;而康上不臣天子,下不事王侯,轻时傲世,不为物用。无益于今,有败于俗。昔太公诛华士,孔子戮少正卯,以其负才乱群惑众也。今不诛康,无以清洁王道。'于是录康闭狱。"又引王隐《晋书》曰:"康之下狱,太学生数千人请之,于是豪俊皆随康入狱"。从这些材料中,可以看出嵇康的反抗性之强和司马氏对他的恐惧,(《嵇康传》中也说,钟会告诉司马昭:"公无忧天下,顾以康为虑耳。")可以看出他的社会影响之大和比较正直的人们对他的同情。

② 封建文人从忠君观念出发,肯定嵇康,有的还相对地否定了阮籍。如宋人叶梦得在《石林诗话》(卷下)中说:"嵇康《幽愤诗》云:'性不伤物,频致怨憎,昔惭柳惠,今愧孙登。'盖志钟会之事也。吾尝读《世说》,知康乃魏宗室婿。审如此,虽不忤钟会,亦安能免死耶!康尝称阮籍口不臧否人物,以为可师。殊不然。籍虽口不臧否,而作青白眼,亦何以异? 籍得全于晋,是早附司马师,阴托其庇耳。史言礼法士,嫉之如仇,赖司马景王全之。以此而言,籍非附司马氏,未必能脱祸也。今《文选》载蒋济《劝进表》一篇,乃籍所作。籍忍至此,何所不可! 籍著论鄙俗之士,以为犹虱处乎裈中,籍非委节于司马裈中乎! 余观康尚不屈于钟会,肯卖魏而附晋乎! 世俗但以迹之近似者取之,概以为'嵇阮',吾每为之太息也。"其他如王应麟(见《困学纪闻》卷十三)、王夫之(见《读通鉴论》卷十一)等,也都歌颂嵇康的忠于魏室。

③ 如马圣贵、姚国华在《也谈如何评价嵇康》一文(见1959年4月17日《文汇报》)中说嵇康忠于曹魏,"是为一个腐朽的统治阶级服务而反对另一腐朽的统治阶级的人物"。

看他究竟反对什么,追求什么,有什么意义。

过去和现代的不少评论家,同样认为嵇康是激烈地反对封建礼教的,不同的是:前者因此而不满他,后者则因此而赞美他。其实,这个问题也相当复杂。作为一个封建文人,平白地反对封建礼教,这是很难理解的。因而在这个问题上,还需要进一步探讨:嵇康为什么反对礼教?他反对礼教的实质是什么?

在前面已经提到,嵇康本来的生活态度是"忠信笃敬,直道而行",可见他不但是相信、而且是遵行封建礼教的。后来为什么又反对礼教呢?那是因为他发现了"世俗胶交,人情万端",真正的礼教在现实生活中是不存在的,存在的只是假礼教之名,行争权夺利之实的人们。最突出的就是司马氏。干宝在《晋纪》的《总论》中说得好:"宣(司马懿)景(司马师)遭多难之时,务伐英雄、诛庶杰以便事,不及修公刘太王之仁也……"由于司马氏争夺政权的激烈、诛锄异己的残酷,造成的结果是:"朝寡纯德之臣,乡乏不贰之老。"也就是说,真正的礼教实际上扫地以尽了。然而正是"不及修公刘太王之仁",逼得"朝寡纯德之臣,乡乏不贰之老"的司马氏,却公然利用封建礼教作为争夺政权、诛锄异己的武器。例如废齐王芳,是"矫太后令以召群臣"、并使太后的从父郭芝"入胁太后"的,分明是利用了一个"孝"字。杀高贵乡公也是一样。据《汉晋春秋》:曹髦"不能坐受废辱",自讨司马。出宫前曾"入白太后",显然是得到太后同意的。而他被杀之后,司马昭偏偏要逼太后下诏,给他一个不孝的罪名。"刚肠疾恶"、"显明臧否"的嵇康,对这种现象和其他类似的现象是不能容忍的,因而公然提出:"人伦有礼,朝廷有法,自惟至熟,有必不堪者七,甚不可者二。"把封建礼教一笔扫荡了。然而应该进一步说明的是:他并不是压根儿不要礼教,只是反对虚伪的封建礼教。对这一点,鲁迅先生的分析是异常深刻的。他说:

> 魏晋时代,崇奉礼教的看来似乎很不错,而实在是毁坏礼教,不信礼教的。表面上毁坏礼教者,实则倒是承认礼教,太相信礼教。因为魏晋时所谓崇奉礼教,是用以自利,那崇奉也不过偶然崇奉,如曹操杀孔融,司马懿(按应为司马昭)杀嵇康,都是因为他们和不孝有关,但实在曹操、司马懿何尝是著名的孝子,不过将这个名义,加罪于反对自己的人罢了。于是老实人以为如此利用,亵渎了礼教,不平之极,无计可施,激而变成不谈礼教,不信礼教,甚至于反对礼教。——但其实不过是态度,至于他们的本

心,恐怕倒是相信礼教,当作宝贝,比曹操、司马懿要迂执得多。①

鲁迅先生的这个论断的正确性,可以从嵇康的许多作品中得到证明。例如在《释私论》中,嵇康歌颂了"言无苟讳,而行无苟隐……忠感明天子,而信笃乎万民"的贤人君子,鞭挞了"匿情"、"矫饰"以"成其私"的小人;主张判断善恶是非,不能只看行为,必须"论其用心"。而凡事要"论其用心",这无异于向一切假礼教之名,行争权夺利之实的人们投出犀利的匕首。不妨设想一下:如果只看到高贵乡公被弑后太后所下的手诏②,就会觉得高贵乡公实在罪不容诛,而杀高贵乡公的司马昭,倒的确是"以孝治天下"③的,然而"论其用心",那就糟了。"司马昭之心",还经得起一"论"吗?

嵇康不但撕毁了封建统治阶级的遮羞布——虚伪的礼教,暴露了人吃人的血淋淋的现实;而且找出了人吃人的根源,乃是一个"私"字。他坚决反对一切"宰割天下以奉其私"的罪恶统治,追求一个以"公"为特征的乌托邦。他设想唐虞及其以前是公天下,那时候的"王者",并不是为了"割天下以自私,以富贵为崇高"而做万民之主的,相反,倒是"愍世忧时","不得已而临天下"的。如唐尧虞舜,就都"不以天下私亲……宁济四海蒸民"。因此,"统之者劳,仰之者逸",不但没有人去争夺那个位子,而且像许由一类的人,让天下给他,他也不肯接受。唐虞以后,由于"渐私其亲",就越来越糟了:

……季世陵迟,继体承资,凭尊恃势,不友不师。宰割天下,以奉其私。故君位益侈,臣路生心,竭智谋国,不吝灰沈,赏罚虽存,莫劝莫禁。若乃骄盈肆志,阻兵擅权,矜威纵虐,祸崇丘山,刑本惩暴,今以胁贤,昔为天下,今为一身。下疾其上,君猜其臣,丧乱弘多,国乃陨颠。故殷辛不道,首缀素旗;周朝败度,豗人是谋;楚灵极暴,乾溪溃叛;晋方残虐,栾书作难;主父弃礼,毂胎不宰;秦皇荼毒,祸流四海。是以亡国继踵,古今相

---

① 《鲁迅全集·魏晋风度及文章与药及酒之关系》,人民文学出版社1956年版,第三卷,第391—392页。
② 见《三国志·魏志(卷四)》甘露五年。
③ 何曾谓司马昭语见《晋书·何曾传》。

承,丑彼权灭,而袭其亡征……①

嵇康在这里可以说概括地叙述了私有社会里争夺天下的相斫史,并通过这部相斫史告诉人们:不改变"宰割天下以奉其私"的统治,一切都是白费。他尖锐地指出:"渐私其亲"之后,统治者之所以"攘物立仁",乃由于"惧物乖离";之所以"繁礼屡陈","刑教争施",乃由于"名利愈竞"。然而礼教也好,法律也好,都不能制止人与人之间的争夺残杀,相反,倒做了巧取豪夺、诛锄异己的工具。

由于当时的恐怖政治、黑暗现实的强烈刺激,嵇康的这种否定"私"、追求"公"的思想是十分强烈的。他认为"公私者,成败之途,而吉凶之门也",所以谈许多问题,都以"公成而私败"为主旨。把握了这一点,则许多问题都可以迎刃而解。例如,有人认为嵇康是根本否定礼教的。其实呢?如前所说,他否定的只是虚伪的礼教。他了解到不去掉一个"私"字,什么仁呀,孝呀,忠呀,信呀,都只能是骗人的鬼把戏。否定虚伪的礼教,归根结蒂乃是反对"宰割天下以奉其私"的罪恶统治。又如有人因为嵇康反驳过"移风易俗,莫大于乐"的说法,便认为他否定音乐的教育作用,应该批判;其实呢,这也并不那么简单。在《琴赋》中,他就分明提到"可以导养神气,宣和情志,处穷独而不闷者,莫近于音声也"。他之所以反驳"移风易俗,莫大于乐"的论调,是因为他认识到诈伪百出,风俗败坏的根源是一个"私"字;不去掉那"私"字,则礼教、法律尚不能阻止人与人之间的争夺残杀,音乐又有什么力量能够移易那样的风俗呢?《声无哀乐论》结尾的一段话是耐人寻味的。他认为在他设想的唐虞以前的理想社会里,"君静于上,臣顺于下……群生安逸,自求多福",人们都是"默然从道,怀忠抱义","不期而信,不谋而诚",彼此和平相处,"穆然相爱",没有任何猜忌和争夺。由于"和心足于内,和气现于外",所以发为声音,反转来又能"宣和情志"。非常明显,他在这里把音乐和道德联系起来,指出在"公"天下里才有真道德,而反映真道德的音乐才能真的"宣和情志",发挥教育作用。

又如有人认为嵇康是全面地否定文化教育的,其实呢,他否定的也只是为"宰割天下以奉其私"的罪恶统治服务的文化教育。他说:

---

① 《太师箴》。

及至人不存,大道陵迟,乃始作文墨,以传其意。区别群物,使有族类;造立仁义,以婴其心;制为名分,以检其外;劝学讲文,以神其教。故六经纷纭,百家繁炽,开荣利之途,故奔骛而不觉。是以贪生之禽,食园池之梁菽,求安之士,乃诡志以从俗。操笔执觚,足容苏息,积学明经,以代稼穑。①

在嵇康看来,"立仁义"、"制名分",既不能阻止人与人之间争名夺利的倾轧和残杀,而"劝学讲义"、"积学明经",又给封建文人开辟了一条不稼不穑、奔骛荣利的道路。这究竟有什么好处呢?因此,他得出的结论是:"不学未必为长夜,六经未必为太阳。"他反对的是什么样的文化教育,原是非常明显的。"博览无不该通"的嵇康,绝不会主张什么都"不学"。

最后还有一个"养生"问题。嵇康在好几篇文章中都大谈"养生",这是什么原因呢?从东汉以来,统治阶级镇压黄巾的大屠杀以及在镇压黄巾的战争中壮大起来的无数军阀之间的连年混战,造成了"出门无所见,白骨蔽平原"的惨象。曹魏统治的地区,如蒋济所说:"虽有十二州,至于民数,不过汉时一大郡。"②在嵇康的时代,三国之间的战争没有停止,而曹氏篡汉之后,曾几何时,司马氏又为篡魏诛锄异己,"名士少有全者"。在这样的历史环境中,生命是毫无保障的。阮籍"有忧生之嗟",嵇康也是一样。"养生"的主题,正是这样的现实生活孕育出来的。有些人把嵇康所谈的"养生"问题,简单地归结为"贵身"、"遁世"而加以否定,恐怕是并没有分析它的社会根源的缘故。

嵇康提出的"养生"条件是:"善养生者……清虚静泰,少私寡欲。知名位之伤德,故忽而不营;非欲而强禁也。识厚味之害性,故弃而弗顾;非贪而后抑也。……旷世无忧患,寂然无思虑。……"③归结起来,不外两点:一、摒忧患;二、绝私欲。在那个时代里,忧患那么多,自然不利于"养生"。而忧患之多,又是和"私欲"有关的。私欲主要表现在互相联系的两方面:一是奔骛富贵荣华;

---

① 《难自然好学论》。

② 蒋济:《谏外勤征役,内务宫室疏》,见严可均校辑《全上古三代秦汉三国六朝文·全三国文》卷三十三。又《全三国文》卷四十一载杜恕《请令刺史专民事勿典兵疏》中说:"今大魏奄有十州之地,而承丧乱之弊,计其户口,不如征昔一郡之民。"

③ 《答难养生论》。

一是贪图生活享受。由于有这两方面的追求,所以"欲之患其得,得之惧其失。苟患失之,无所不至矣。在上何得不骄?持满何得不溢!求之何得不苟!得之何得不失耶!"所以他反对奔骛富贵荣华,反对贪图生活享受。他认为所谓"圣人",是不贪富贵、不求享受的。他说:

> 圣人不得已而临天下,以万物之心,在宥群生,由身以道,与天下同于自得。穆然以无事为业,坦尔以天下为公。虽居君位、飨万国,恬若素士接宾客也。虽建龙旗、服华衮,忽若布衣之在身。故君臣相忘于上,蒸民家足于下。岂劝百姓之尊己,割天下以自私,以富贵为崇高,心欲之而不已哉!①

又认为所谓"君子",也是不贪富贵、不求享受的。他说:

> 君子出其言善,则千里之外应之,岂在于多欲以贵得哉!奉法循理,不缨世网,以无罪自尊,以不仕为逸,游心乎道义,偃息乎卑室,恬愉无遌,而神气条达,岂须荣华然后乃贵哉!耕而为食,蚕而为衣;衣食周身,则馀天下之财。犹渴者饮河,快然以足,不美洪流,岂待积敛,然后乃富哉!君子之用心若此,盖将以名位为赘瘤,资财为尘垢也,安用富贵乎?②

抬出这样的"圣人"、"君子"(尽管实际上不存在),这就把当时的和历史上的一切"割天下以自私,以富贵为崇高"的君主和一切"以荣华为贵,以积敛为富"的官僚、地主和封建文人统统否定了。当然,不求享受,但不能不吃饭。而为了吃饭,又不免要营五谷,争田畴,于是忧患又接踵而至。这实在是个很伤脑筋的问题。为了解决这个问题,嵇康天真地幻想不吃饭而服药。他说:

> 狄食米而生癥,疮得谷而血浮;马秣粟而足重,雁食粒而身留,以此言之,鸟兽不足报功于五谷,生民不足受德于田畴也。而人竭力以营之,杀身以争之。养亲献尊,则唯菰菽粱稻;聘享嘉会,则唯肴馔旨酒。而不知

---

① 《答难养生论》。

② 《答难养生论》。

皆淖溺筋液，易糜速腐；初虽甘香，入身臭处；竭辱精神，染污六府，郁秽气蒸，自生灾蠹；饕淫所阶，百疾所附；味之者口爽，服之者短祚。岂若流泉甘醴，琼蕊玉英，金丹石菌，紫芝黄精，皆众灵含英，独发其生，贞香难歇，和气充盈，澡雪五藏，疏散开明，吮之者体轻。又练骸易气，染骨柔筋，涤垢泽秽，志凌青云。若此已往，何五谷之养哉！①

由此可见，嵇康谈"养生"，不同于秦皇汉武之流的统治者求"长生"，而实际上是谈政治问题、社会问题。他从当时的黑暗现实中，体察到忧患之不能排除，生命之没有保障，乃在于从最高统治者到官僚、地主以及"积学明经，以代稼穑"的文人，都为了满足私欲而你争我夺，互相倾轧，互相残杀；因而否定这一切，追求一个与之相反的"坦尔以天下为公"的理想社会。在他看来，只有那样的理想社会，才是具备他所提的那些"养生"的条件的。

在考查了嵇康究竟反对什么、追求什么的问题之后，就可以看出过去和现在的许多研究者，认为他是老庄的信徒、甚至断定他"充分发挥了老庄思想的消极方面"②，这其实是不恰当的。他的思想，首先是当时残酷的政治斗争和尖锐的社会矛盾的产物，而不是任何一种传统思想的翻版。当然，他也接受了传统思想的影响；但那些影响，也是在他探索和解答当时的政治问题、社会问题的过程中接受的，具有新的现实内容。

嵇康早年，毋宁说是更多地接受了儒家思想的。从汉武帝罢黜百家，独尊儒术，设立五经博士以后，儒家思想是统治思想，一般封建文人，大抵是儒家的信徒。嵇康的哥哥嵇喜在给嵇康作的传记中就分明提到"家世儒学"；嵇康自己也"常以为忠信笃敬，直道而行之，可以居九夷，游八蛮"，也分明是接受儒家思想影响的表现。不过，如前所述，残酷的现实迫使他思考了许多问题，发现儒家所宣扬的礼呀，乐呀，名分呀，仁义忠信孝悌等等的伦理道德呀……听起来很不错，然而实际上都不过是最高统治者、官僚、地主以及封建文人等等争名夺利的幌子。根本原因何在呢？在于君主"宰割天下以奉其私"。因此，他把唐虞以后——也就是"渐私其亲"以后的所有"宰割天下以奉其私"的罪恶

---

① 《答难养生论》。

② 北京大学编《中国文学史》上册第144页。

统治统统否定了,而向往唐虞及其以前的公天下①。他否定"渐私其亲"以后的社会,因而也菲薄儒家所推崇的维护那种社会的"圣人"——汤、武、周、孔,这是和儒家不同的地方。他赞美"不以天下私亲,宁济四海蒸民"的"圣人",向往唐虞及其以前的公天下,并认为在那样的公天下里,才有真正美好的道德、音乐等等,这又和主张"绝圣弃智"、连唐虞都加以否定的老庄不尽相同。当然,嵇康追求的那个理想社会在当时是虚无缥缈的,他既不可能设计出一幅细致的、具体的蓝图,又找不到通向那个社会的道路。因此,在许多地方,不免又陷入老庄思想的窠臼(如主清静、尚自然、返朴还淳等等);在另一些地方,则又乞灵于儒家的仁政主义(这在《太师箴》的结尾表现得很清楚)。这一切,都有其明显的历史局限性。但是,不管有怎样的局限性,就其主要倾向说,究竟反映了一种勇敢地冲出黑暗社会、寻求美好前途的政治要求,这无疑是有进步性的。

　　嵇康作品中反映的冲出黑暗社会,寻求美好前途的政治要求,在魏晋时期有一定的普遍性。和嵇康同时的阮籍在《大人先生传》中指出:"上下相残"、"亡国戮君溃散之祸"的根源,在于"争势以相君,宠贵以相加,驱天下以趋之……竭天地万物之至,以奉声色无穷之欲"。于是,"坐制礼法,束缚下民……强者睽眠而凌暴,弱者憔悴而事人,假廉而成贪,内险而外仁",天下就没有太平的时候。那么怎么办呢?他认为"无贵则贱者不悲,无富则贫者不争";因此,他追求一个没有贵贱贫富对立的平等社会。这和嵇康的政治思想本质上是一致的。嵇阮以后,如鲍敬言提出的"无君论"②,陶渊明梦想的"桃花源",也同样反映了一种否定黑暗现实,追求美好未来的善良愿望。

　　恩格斯曾经提到:一部作品,只要它能够"粉碎资产阶级世界的乐观主义,引起对于现存秩序的永久性的怀疑",那么,"纵然作者没有提供任何明确的解

---

　　①　有人根据"轻贱唐虞而笑大禹"这句话,断定嵇康不仅非汤武而薄周孔,而且是否定唐虞的。这其实是误解。嵇康在《六言诗》、《太师箴》等作品中,都赞美过"不以天下私亲"的唐尧虞舜。《卜疑》中的"将如箕山之夫,颖水之父,轻贱唐虞而笑大禹乎",只是他提出的许多问题中的一个问题,不能算作嵇康的看法。

　　②　鲍敬言的《无君论》已失传,其基本内容可以从晋人葛洪所著《抱朴子·诘鲍篇》的引述中看得出来。

决,甚至没有显明地站在那一边……也是完全完成了自己的使命的"①。嵇康的作品不是很能够粉碎封建统治阶级的乐观主义,引起对于封建秩序的永久性的怀疑吗?优秀的古典作家,一般都思考了重大的社会问题,揭露了社会黑暗,反映了广大人民反对剥削压迫、追求美好生活的要求和斗争;而人民斗争的每一次胜利,都打击了私有制度,打击了统治阶级的意识形态,使得优秀的古典作家更有可能用自己的作品粉碎统治阶级的乐观主义,"引起对于现存秩序的永久性的怀疑",反转来鼓舞人民群众反对剥削、压迫的要求和斗争。这强有力地证明了伴随私有制度而来的阶级剥削、阶级压迫是反人民的。人民终究消灭这些反人民的现象,用自己的手建设美好的社会主义,乃是历史发展的规律。已经消灭了私有制度,正以排山倒海之势建设社会主义的中国人民,回过头看看我们的祖先所受的苦难和为摆脱苦难而进行的无数次英勇斗争,看看反映了这一切的古典作品,看看魏晋交替之际的黑暗社会给嵇康带来的思想苦闷和他所进行的痛苦的追求,难道不会更感到今天的幸福,更增强奔赴共产主义乐园的信心吗?

(原刊《人文杂志》1959 年第 3 期)

---

① 恩格斯:《给明娜·考茨基的信》,人民文学出版社 1953 年版《马克思恩格斯列宁斯大林论文艺》第 27 页。

诗述民志

——孔颖达诗歌理论初探

孔颖达的诗歌理论，见于《毛诗正义》。

唐太宗李世民于贞观十四年（640）"命孔颖达与诸儒撰写《五经》疏，谓之《正义》，令学者习之"①。《五经正义》中的《毛诗正义》四十卷，汇集了魏、晋、南北朝学者研究《诗经》的成果，用以疏解《毛传》和《郑笺》，至今仍有较大的参考价值。

《毛传》、《郑笺》在阐释《诗经》中的具体作品的时候，往往用牵强附会的手法曲解诗意，因而作为我们研究《诗经》的重要文献，必须有所抉择。但把其中涉及诗歌规律性的东西作为诗歌理论看，尽管仍应批判地对待，其价值却超过了对于具体作品的解释。

《毛诗正义》由于受"疏不破注"的局限，在解释具体作品的时候，未能摆脱《毛传》、《郑笺》牵强附会手法的束缚。但它毕竟是新的历史条件的产物。孔颖达汇集了魏、晋、南北朝学者研究《诗经》的成果，从新的历史条件出发解释《毛传》、《郑笺》，因而把其中涉及诗歌规律性的东西作为诗歌理论看，又超过了《毛传》、《郑笺》的水平。所谓"疏不破注"，只是大体的说法。事实上，"疏"只要不是"注"的翻译，就不免有所补充，有所发挥，有所突破。《正义》之于《毛传》、《郑笺》，其情况正是这样。

"新的历史条件"是什么呢？

初唐统治者有鉴于农民大起义推翻了隋朝残暴统治的历史教训，对人民的力量有着比较清醒的认识，因而很注意改善统治方法。《贞观政要》一书，就是唐太宗君臣商讨如何改善封建统治的主要记录。隋炀帝"甲兵强锐"，"威

---

① 《通鉴》卷一九五。

动殊俗",为什么会一旦覆亡呢?唐太宗君臣的回答是:"徭役无时,干戈不戢","驱天下以从欲,罄万物而自奉"。他们由此得出结论:"君,舟也;人(民),水也。水能载舟,亦能覆舟。"为了避免"覆舟",他们力求废除隋朝的弊政,在政治、经济、文化等方面采取了一系列革新措施,形成了历代史家交口赞誉的"贞观之治",促成了初唐一百多年的经济高涨和文化繁荣。

和在政治、经济、文化等各方面采取革新措施相联系的是注意用人和纳谏。"兼听则明,偏信则暗","以人为镜,可以明得失"。唐太宗早年虚心纳谏和以魏徵为代表的群臣敢于犯颜直谏,对于促成"贞观之治"所起的作用,是不容低估的。

在唐太宗的群臣中,孔颖达也以直言敢谏著称。贞观三年,唐太宗问孔颖达:"《论语》'以能问于不能,以多问于寡,有若无,实若虚',何谓也?"孔颖达在对《论语》中的这几句话作了解释之后说:

非独匹夫如是,帝王亦然。帝王内蕴神明,外当玄默,故《易》称"以蒙养正,以明夷莅众"。若位居尊极,炫耀聪明,以才陵人,饰非拒谏,则下情不通,取亡之道也。①

把"下情"的"通"与"不通"看做决定政权"兴"、"亡"的关键,这是抓住了要害的。作为一个最高统治者,如果倚仗自己的"尊极"地位,"炫耀"自己的绝顶"聪明",盛气凌人,掩盖自己的错误,拒绝别人的意见,其必然结果是民情不能上达,只好自取灭亡。这些话,讲得很中肯,也很尖锐。而作为皇帝的李世民不但没有发怒,还"深善其言",这也是难能可贵的。

正由于孔颖达既有这样的历史条件,又有这样的思想认识,所以他体现在《毛诗正义》里的诗歌理论,具有强调表达民情、揭露弊政、批判现实等许多可贵的特点,值得重视。

我国古代的诗歌理论,一开始就抓住了诗歌抒人之情、以情动人的最本质的特点。《尚书·尧典》里就说:"诗言志,歌永言。""志"与"情"本来是二而一的东西,所以班固解释说:"《书》曰:'诗言志,歌永言。'故哀乐之心感,而歌咏

---

① 《通鉴》卷一九三。

之声发。"①所谓"哀乐之心感,而歌咏之声发",不正指出了诗歌的抒情特点吗?《毛诗序》也讲得很清楚:"诗者,志之所之也。在心为志,发言为诗。情动于中而形于言,言之不足,故嗟叹之,嗟叹之不足,故永歌之,永歌之不足,不知手之舞之,足之蹈之也。"先说"志之所之",接着又说"情动于中",显然是把"志"和"情"作为二而一的东西看待的。"情"之所以"动于中而形于言",当然有客观原因。对于这个问题,孔颖达综合上述各家之说,作了很好的说明:

> 诗者,人志意之所之适也。虽有所适,犹未发口,蕴藏在心,谓之为志。发见于言,乃名为诗。言作诗者所以舒心志愤懑,而卒成于歌咏。故《虞书》谓之"诗言志"也。包管万虑,其名曰心;感物而动,乃呼为志。志之所适,外物感焉。言悦豫之志,则和乐兴而颂声作,(言)忧愁之志,则哀伤起而怨刺生。《艺文志》云:"哀乐之情感,歌咏之声发。"此之谓也。②

"诗言志",这是给"诗"下的定义。"感物而动,乃呼为志",这是给"志"下的定义。从"志之所适,外物感焉,言悦豫之志,则和乐兴而颂声作,(言)忧愁之志,则哀伤起而怨刺生"几句话看,他所说的"志"也就是"悦豫"、"哀伤"之类的"情",而他所说的"外物",则是激起"悦豫"、"哀伤"之情的客观事物,包括自然景物和社会生活。他所说的"颂声作"显然是指《诗经》中的"美"诗;他所说的"怨刺生",显然是指《诗经》中的"刺"诗。由此可见,他所说的"外物"主要指社会生活,特别是与"政教善恶"相联系的社会生活中的重大问题。既然如此,那么"诗言志"的"志"就不是纯主观的东西,也不是纯客观的东西,而是"情"与"物"的结合、主观与客观的结合。诗人被使人"悦豫"的"外物"所"感",就以"悦豫"的激情歌颂那使人"悦豫"的"外物";诗人被使人"忧愁"的"外物"所"感",就以"忧愁"的激情"怨刺"那使人"忧愁"的"外物"。这就不仅中肯地解释了"作诗所由",而且把诗歌的真实性、倾向性以及通过歌颂和批判改造现实的社会作用,都阐发得相当清楚了。

孔颖达兼顾了"外物"激起的"悦豫之志"和"忧愁之志",从而也兼顾了"颂声作"和"怨刺生"。这是全面的论述。但他又明确地指出:"作诗者,所以

---

① 《汉书·艺文志》。
② 《毛诗正义》卷一。以下引孔颖达的话,俱见《毛诗正义》卷一,不再注。

舒心志愤懑,而卒成于歌咏,故《虞书》谓之'诗言志'也。"这分明是在照顾全面的同时又突出重点,即突出"舒心志愤懑"的"怨刺"之作。孔颖达之所以要突出这个重点,既有社会原因,又有认识因素。就社会原因说,在剥削阶级掌权的阶级社会里,使人"悦豫"的美好事物常常受压抑,而使人"愤懑"的丑恶事物则普遍存在。因此,"诗言志"就和"作诗者所以舒心志愤懑"几乎成了一回事。在《诗经》所收的三百多篇诗歌中,明确地讲到"作诗所由"的共十一篇,而其中八篇都表明是为讽谏、怨刺而作的,其余三篇,也不是单纯的"美"诗,而含有怨刺的意味。① 正因为这样,司马迁指出《诗》三百篇"是"发愤"之作②,刘勰认为《诗经》中的《风》、《雅》是诗人"志思蓄愤"的表现③。

就认识因素说,如在前面所提到,孔颖达是主张了解"下情"的,他把统治者"饰非拒谏"、致使"下情不通"看作"取亡之道"。因此,他在阐发"作诗所由"之时特意强调"舒心志愤懑",希望统治者能够从那些"舒心志愤懑"的诗歌中了解"下情",也就不难理解了。

孔颖达所说的"志之所适,外物感焉"的"志"当然是真情实感。"诗言志",就是要表现这种真情实感。那么,是不是有不真实的情感呢?有的。孔颖达着重指出了这一点。他说:"设(假如)有言而非志,谓之矫情。""言而非志",这是"诗言志"的对立面。孔颖达举了一个"言而非志"的例子:"身为桀纣之行,口出尧舜之言。"表现在诗歌创作方面,那就是"辞是而意非"。作诗而"言而非志",出于"矫情",就不可能真实地表现"外物"。就这样,孔颖达把"诗言志"的定义从正反两方面作了深刻的论述,从而强调了诗歌必须表现真情实感,必须真实地表现"外物",来不得半点"矫情"。

孔颖达对"诗言志"的解释并没有到此为止。有一点,更值得我们特别注意:

诗述民志,乐歌民诗,故时政善恶,见于音也。

把"诗言志"中的"志"解释成"民志",这是孔颖达诗歌理论的基点。由于

---

① 见郭绍虞、王文生主编《中国历代文论选》第一册7—8页。
② 见《史记·太史公自序》。
③ 见《文心雕龙·情采》。

《诗经》中的诗是合乐的,所以他明确地指出了"诗"和"乐"的实质及其相互关系:"诗述民志,乐歌民诗。"这就是说,就其内容而言,"诗"和"乐"是一回事。"志之所适,外物感焉",而"时政善恶",乃是与"民"息息相关、生死攸关的"外物",随时可"感",随处可"感"。那么,"诗"所"述"的是"感"于"时政善恶"的"民志",而"乐"所"歌"的,又恰恰是这种"述民志"的"民诗","故时政善恶,见于音也"。

论述至此,孔颖达在汲取前人成果的基础上,对"诗言志"这个关于诗的传统定义,可以说作了相当深刻、相当周详、而且具有相当创造性的解释。归结起来,这个解释的主要之点是:诗要表现"民"之真情实感,而"时政善恶",乃是激发民之真情实感的"外物",因而表现了"民"之真情实感,也就是真实地表现了"时政善恶";所以,不论是读"述民志"的"诗",还是听"歌民诗"的"乐",都可以了解到"时政善恶"的真实情况。

孔颖达从"诗述民志,乐歌民诗,故时政善恶见于音"这个基本论点出发,对《毛诗序》中的"治世之音安以乐……"一段作了很好的解释:

> 序(《毛诗序》)既云情见于声,又言声随世变,治世之音既安又以欢乐者,由其政教和睦故也。乱世之音既怨又以恚怒者,由其政教乖戾故也。亡国之音既哀又以愁思者,由其民之困苦故也。……
>
> 乱世之政教,与民心乖戾,民怨其政教,所以怨怒。述其怨怒之心而作歌,故乱世之音,亦怨以怒也。《蓼莪》云:"民莫不穀,我独何害?"怨之至也。《巷伯》云:"取彼谮人,投畀豺虎!"怨之甚也。《十月》云:"彻我墙屋,田卒汙莱。"是其政乖也。国将灭亡,民遭困厄,哀伤己身,思慕明世,述其哀思之心而作歌,故亡国之音,亦哀以思也。《苕之华》云:"知我如此,不如无生。"哀之甚也。《大东》云:"睠言顾之,潸焉出涕。"思之笃也。《正月》云:"民今之无禄,天夭是椓。"是其民困也。……
>
> 乱世谓世乱而国存,故以世言之。亡国则国亡而世绝,故不言世也。乱世言政,亡国不言政者,民困必政暴,举其民困为甚辞,故不言政也。

这些解释,这些议论,贯串着这样一些论点:世之治乱、国之兴亡,取决于政教如何;政教的和睦、乖戾或暴虐,视其得民心、失民心的程度如何("政教和睦",指的是"和顺民心","政教乖戾",指的是"与民心乖戾","政教暴虐",指的是"民遭困厄")。而诗歌,则是"民"对"政教"的态度、情感的反映。"乱世之政教与民心乖戾,民怨其政教,所以怨怒。述其怨怒之心而作歌,故乱世之音,亦怨以怒也。""国将灭亡,民遭困厄,哀伤己身,思慕明世,述其哀思之心而作歌,故亡国之音,亦哀以思也。"应该说,这里体现着朴素的反映论的观点,具有现实主义诗歌理论的主要特征。

孔颖达的诗歌理论,始终不脱离"诗述民志,乐歌民诗"这个基点。比如他讲"治世之音安以乐",就区别了两种情况:

> 治世之政教和顺民心,民安其化,所以喜乐。述其安乐之心而作歌,故治世之音,亦安以乐也。《良耜》云:"百室盈止,妇子宁止。"安之极也。《湛露》云:"厌厌夜饮,不醉无归。"乐之至也。《天保》云:"民之质矣,日用饮食。"是其政和也。

这就是说,因为"治世之政教和顺民心",民心喜乐,因而"述民志"的诗和"歌民诗"的乐,就具有"安以乐"的特点。很清楚,所谓"治世之音安以乐",指的是表现了"民心"的喜悦。还有一种与此相反的情况:

> 淫恣之人肆于民上,满志纵欲,甘酒嗜音,作为新声,以自娱乐。其音皆乐而为之,无哀怨也。《乐记》云:"乐者,乐也。"君子乐得其道,小人乐得其欲。彼乐得其欲,所以谓之"淫乐"。为此乐者,必乱必亡,故亦谓之乱世之音、亡国之音耳。

这里讲的是表现了"肆于民上"的统治者荒淫享乐之心的"音"。这种"音",也"安以乐",但算不算"治世之音"呢?孔颖达的回答是否定的,他把这斥为"淫乐",叫做"乱世之音,亡国之音"。

孔颖达自己说得很清楚,衡量"治世之音"、"乱世之音"、"亡国之音"的标准是"哀乐出于民情"。

那么,诗怎样才能肩负起"述民志"的使命呢?对于这个问题,孔颖达通过对《毛诗序》"一国之事,系一人之本,谓之风;言天下之事、形四方之风,谓之雅"的疏解,做出了值得称赞的回答。他说:

> 一国之政事善恶,皆系属于一人之本意,如此而作诗者,谓之风。言道天下之政事,发见四方之风俗,如是而作诗者,谓之雅。……"一人"者,作诗之人。其作诗者,道己一人之心耳。要所言一人心,乃是一国之心。诗人览一国之意以为己心,故一国之事,系此一人使言之也。但所言者,直是诸侯之政,行风化于一国,故谓之风,以其狭故也。言天下之事,亦谓一人言之。诗人总天下之心、四方风俗以为己意,而咏歌王政,故作诗道说天下之事,发见四方之风,所言者乃是天子之政,施齐正于天下,故谓之雅,以其广故也。……风雅之作,皆是一人之言耳。一人美,则一国皆美之;一人刺,则天下皆刺之。《谷风》、《黄鸟》,妻怨其夫,未必一国之妻皆怨夫耳;《北门》、《北山》,下怨其上,未必一朝之臣皆怨上也。但举其夫妇离绝,则知风俗败矣;言己独劳从事,则知政教偏矣。莫不取众之意以为己辞,一人言之,一国皆悦。假使圣哲之君,功齐区宇,设有一人独言其恶,如卞随务光之羞见殷汤,伯夷叔齐之耻事周武,海内之心,不同之也。无道之主,恶加万民,设有一人独称其善,如张竦之美王莽,蔡邕之惜董卓,天下之意不与之也。必是言当举世之心,动合一国之意,然后得为风雅,载在乐章。不然,则国史不录其文也。

这是讲"风"诗和"雅"诗的区别的。仅就讲"风"诗和"雅"诗的区别这一点上看,他的讲法当然不尽符合实际。但如果作为一种诗歌理论看,那价值就高得多。

第一,他说"一国之政事善恶皆系属于一人之本意"而作的诗叫做"风","言道天下之政事,发见四方之风俗"而作的诗叫做"雅"。这就相当明确地提出了主观反映客观的问题、诗歌反映现实的问题。他把反映现实的"狭"与"广"作为区分"风"与"雅"的标准,也表现出他对反映现实的广度多么重视。

第二,就诗人的主观方面说,他强调"风"诗作者的"一人心","乃是一国心","雅"诗作者的"一人心",乃"总天下之心"。"诗人览一国之意以为己心,故一国之事,系此一人使言之也。"——这就是"风"。"诗人总天下之心、四方风俗以为己意","作诗道说天下之事,发见四方之风。"——这就是"雅"。正因为"风"诗和"雅"诗都是"取众之意以为己辞",所以尽管是"一人言之",但"一国皆悦",天下皆悦。相反,如果作者的"一人心"违反了"一国心"、"天下心"而去歌颂"恶加万民"的"无道之主",必然要遭到万民的唾弃。这些议论的实质是：诗人的"一人心"要代表"众意"，要代表"一国心"乃至"天下心"，代表性越大，作品的价值越高。当然，孔颖达讲"一国心"、"天下心"，是没有作阶级分析的，但我们怎么能要求一千三百几十年前的学者作阶级分析呢？如果批判地汲取其积极因素的话，那么孔颖达通过反复论证得出的"必是言当举世之心，动合一国之意，然后得为风雅"的结论，对于我们怎样才能创作出"一国皆悦"、"天下皆悦"的社会主义新风雅，也不无启发意义。

第三，孔颖达认为，"诗人览一国之意以为己心"而言"一国之事"，"故谓之风，以其狭故也"，"诗人总天下之心、四方风俗以为己意"而"道说天下之事"，"故谓之雅，以其广故也。"那么，是不是在一篇作品中要把"一国之事"、"天下之事"都写出来呢？这当然不可能，也不需要。对于这个问题，孔颖达分别举了《风》、《雅》中的作品作了说明。《谷风》、《黄鸟》，写了"妻怨其夫"，这并不是说"一国之妻皆怨夫"，而是意在通过"夫妇离绝"的描写，让人们从中看出风俗败坏的现实。《北门》、《北山》，写的是"下怨其上"，这并不是说"一朝之臣皆怨上"，而是通过诗中主人公诉说唯独他自己任事繁重，而其他大夫们则逍遥享乐，以揭露政教之偏。这些议论，可以说已经接触到文艺作品的典型性问题了，接触到通过个别反映一般的问题了。

再谈孔颖达对赋、比、兴的解释。

《周礼》把风、赋、比、兴、雅、颂称为"六诗"，《毛诗序》则称为"六义"。"六诗"或"六义"，究竟是指六种诗体，还是有的指诗体，有的指方法，汉代的经学家和六朝的诗论家都没有作过明确的说明，但从他们对于赋、比、兴的解释看，是把赋、比、兴看作方法的。到了孔颖达，就明确指出：

> 风、雅、颂者，诗篇之异体，赋、比、兴者，诗文之异辞耳。大小不同，而得并为"六义"者，赋、比、兴是诗之所用，风、雅、颂是诗之成形。用彼三事，成此三事，是故同称为"义"，非别有篇卷也……《毛传》于诸篇之中每言"兴也"，以兴在篇中，明比、赋亦在篇中，故以兴显比、赋也。若然，比、赋、兴元来不分，则惟有风、雅、颂三诗而已。

这就是说，赋、比、兴不是三种诗体，而是用以"成"诗的方法，也就是表现方法。孔颖达认为没有这三种方法，就不能"成"诗，所以他又强调指出："比、赋、兴之义,有诗则有之。"从《诗经》以来的创作实践看,从前人的有关解释看,赋、比、兴的方法,实质上是形象思维的方法。作诗必须要用形象思维的方法,不然,就流于概念化,"淡乎寡味"。孔颖达明确地指出"赋、比、兴是诗之所用","有诗则有之",这说明他是懂得诗之所以为诗的艺术特点的。

《毛诗序》在提出"六义"之后,只对风、雅、颂作了评论,而没有对赋、比、兴作出解释。在汉代经学家中,解释赋、比、兴有代表性的要数郑众和郑玄。郑众说:"比者,比方于物;兴者,托事于物。"郑玄说:"赋之言铺,直铺陈今之政教善恶;比见今之失,不敢斥言,取比类以言之;兴见今之美,嫌于媚谀,取善事以喻劝之。"郑众指出比、兴都离不开物象。郑玄不仅指出了赋、比、兴作为表现方法的特点,还着重谈了要用这些方法表现"今之政教善恶"、"今之失"和"今之美",都颇有见地。对此,孔颖达又作了进一步的发挥和补充。他说:

> "赋"云"铺陈今之政教善恶",其言通正变、兼美刺也。"比"云"见今之失,取比类以言之",谓"刺"诗之比也;"兴"云"见今之美,取善事以劝之",谓"美"诗之兴也。其实,"美"、"刺"俱有比、兴者也。

这一段话的要点是:赋、比、兴三种方法,既适用于"美"诗,又适用于"刺"诗,纠正了郑玄"比见今之失"、"兴见今之美"的偏颇说法。

郑玄既说诗人用"赋"的方法"直铺陈今之政教善恶",无所避讳;又说因为要"见今之失"而"不敢斥言",故用"比",要"见今之美"而"嫌于媚谀",故用"兴",这显然是自相矛盾。孔颖达也指出了这一点。他说:

> 言之者无罪。"赋"则直陈其事,于"比"、"兴"云"不敢斥言"、"嫌于媚谀"者,据其辞不指斥,若有嫌惧之意。其实,作文之体,理自当然,非有所嫌惧也。

大意是:"赋"的特点是"直陈其事","比"、"兴"的特点是"比方于物"、"托事于物"而"不指斥",不"直陈",是"作文之体,理自当然",并不是因为"不敢斥言"、"嫌于媚谀",才运用"比"、"兴"方法的。把赋、比、兴提到"作文"的"当然"之"理"的高度加以肯定,表明孔颖达对于诗歌反映现实的特殊性的认识是相当深刻的。

郑玄把表现方法和表现内容结合起来,强调了表现现实生活中的重大问题,无疑有其不可忽视的积极意义。但认为赋、比、兴的方法只能用来对"今之政教善恶"、"今之失"、"今之得"进行"美"、"刺",就未免有点简单化、绝对化。对此,孔颖达作了必要的补充:

> 郑(指郑玄)以"赋之言铺也,铺陈善恶",则诗文直陈其事,不譬喻者,皆"赋"辞也。郑司农(指郑众)云:"比者,比方于物。"诸言"如"者,皆"比"辞也。司农又云:"兴者,托事于物。"则"兴"者,起也。取譬引类,起发己心,诗文诸举草木鸟兽以见意者,皆"兴"辞也。

这样,既把赋、比、兴三法和"美"、"刺"联系起来,以突出诗歌"顺美匡恶"的积极作用,又把二者区别开来,指出赋、比、兴三法既可用于表现"政教善恶"之类的重大题材,也可用于表现其他一切题材。其议论是相当通达的。

按照孔颖达对赋、比、兴的解释,则诗的构思和表达,都离不开"事"和"物"。"物"有具体的形状容貌,"比方于物"、"托事于物",作品就有了形象性。那么"事"是不是也有形状容貌呢?孔颖达的回答是肯定的。比如"政教"的"善恶",这似乎很抽象,但孔颖达则认为这也有具体的形状容貌。他在疏解"颂者美盛德之形容"时说:

> 《易》称"圣人拟诸形容,象其物宜",则"形容"者,谓形状容貌也。作"颂"者,"美盛德之形容",则天子政教,有"形容"也。

说"政教"也有"形状容貌",这自然指的是"政教"的"善"或"恶"在现实生活中的具体表现。诗人不论是"颂""政教"之"善",还是"刺""政教"之"恶",都要用赋、比、兴的方法写出"政教"的"善"或"恶"在现实生活中的具体表现,而不是抽象地赞美"政教"多么"善",咒骂"政教"多么"恶"。这不是已经接触到形象思维的问题和用形象的形式反映现实的问题了吗?

孔颖达在《毛诗正义·序》里说:

> 夫诗者,论功颂德之歌,止僻防邪之训,虽无为而自发,乃有益于生灵。六情静于中,百物荡于外。情缘物动,物感情迁。若政遇醇和,则欢

愉被于朝野;时当惨黩,亦怨刺形于咏歌。作之者所以畅怀舒愤,闻之者足以塞违从正。发诸性情,谐于律吕,故曰"感天地,动鬼神,莫近于诗"。此乃诗之为用,其利大矣!……

这里谈了诗歌与现实的关系、与政治的关系,谈了诗歌"发诸性情"的抒情性特点和"谐于律吕"的音乐性特点,最后强调了诗歌的积极作用。孔颖达的诗歌理论,正是以发挥诗歌的积极作用为目的的。

初唐之时,梁陈"宫体"之风未息。唐太宗就作"宫体"诗,为虞世南所谏阻。孔颖达在解释"治世之音安以乐"的时候特意把"淫恣之人肆于民上,满志纵欲,甘酒嗜音,作为新声,以自娱乐"斥为"淫乐",以愤慨的感情、坚决的语气,提出了这样的警告:"为此乐者,必乱必亡!"不难看出,他的以发挥诗歌的积极作用为目的的诗歌理论,是有明确的针对性的。让我们看看他有关诗歌作用的论述:

诗者志之所歌,歌者人之精诚。精诚之至,以类相感。诗人陈得失之事以为劝诫,令人行善不行恶,使失者皆得。是诗能"正得失"也。普正人之得失,非独正人君也。……人君诚能用诗人之美道,听嘉乐之正音,使赏善伐恶之道,举无不当,则可使天地效灵、鬼神降福也。

诗人见善则美,见恶则刺之。……变风、变雅之作,皆王道始衰,政教初失,尚可匡而革之,追而复之,故执彼旧章,绳此新失,觊望自悔其心,更遵正道。

礼义废则人伦乱,政教失则法令酷。国史伤此人伦之废弃,哀此刑政之苛虐,哀伤之志,郁积于内,乃吟咏己之性情以风刺其上,觊其改恶为善。

诗人之所陈者皆乱状淫形,时政之疾病也,所言者皆忠规切谏,救世之针药也。《尚书》之"三风十愆",疾病也,诗人之"四始"、"六义",救药也。若夫疾病尚轻,有可生之道,则医之治也,用心锐——扁鹊之疗太子,知其必可生也。疾病已重,有将死之势,则医之治也,用心缓——秦和之视平公,知其不可为也。诗人救世,亦犹是矣。

孔颖达在疏解郑玄《诗谱·序》中的"论功颂德,所以将顺其美,刺过讥失,所以匡救其恶"时曾说:"风、雅之诗,止有论功颂德、刺过讥失之二事耳。""论功颂德",就是所谓"美","刺过讥失",就是所谓"刺"。作为一般原则,孔颖达是"美"、"刺"并提的,"诗人见善则'美'、见恶则'刺'之",原是当然之理。但从当时可"美"者少而可"刺"者多这个实际情况出发,孔颖达与强调"舒心志愤懑"相一致,反复地强调"刺"。他把"时政"的缺失比做"疾病",而把诗人比做良"医",把诗歌比做治病救人的"针药"。并且指出:当"疾病尚轻,有可生之道"的时候,良"医"治"病"就"用心锐",巴不得一下子治好病;而当"疾病已重,有将死之势","针药"不进,"莫之能救"的时候,就"用心缓",只好听其"亡灭"了。

孔颖达尽管也说诗歌能够"普正人之得失,非独正人君",但由于在封建专制时代,"人君"的好坏,在很大程度上决定着"时政善恶",而"时政善恶",又直接影响着"民之忧乐"、"国之治乱",所以孔颖达一直是把"正人君"放在第一位的。而这,可以说是我国封建社会里的儒家和有儒家思想的人论诗的一个特点。孔颖达之前,《毛传》《郑笺》具有这个特点。孔颖达之后,杜甫所说的"致君尧舜上,再使风俗淳",元结所说的"极帝王理乱之道,系古人规讽之流",白居易所说的"惟歌生民病,愿得天子知","欲开壅蔽达人情,先向歌诗求讽刺",以及皮日休所说的"诗之刺也,闻之足以戒乎政"等等,也都体现了这个特点。把诗歌的作用局限于"正人君",明显地表现了历史的、阶级的局限性。更何况,"人君"作为地主阶级利益的代表,所推行的"时政"只能在不同程度上"与民心乖戾",而不可能"和顺民心";要从"和顺民心"的高度上去"正人君",不但达不到目的,还会遭受打击。以唐太宗为例,他早年为了避免"覆舟"的危险,颇能纳谏,从而降低了"时政""与民心乖戾"的程度,促成了"贞观之治"。但过了一段时间,"旋以海内无虞,渐加骄奢自溢","喜闻顺旨之说",而"不悦逆耳之言"。当下层官吏上书批评他"修洛阳宫,劳人;收地租,厚敛","即日徭役,似不下隋时"的时候,他就大动肝火,要治其"讪谤之罪"①。以"从谏如流"著称的唐太宗尚且如此,其他"人君"就更不待言。白居易"惟歌生民病,愿得天子知"的"讽谕诗"惹得"执政柄者扼腕","握军要者切齿","号为诋讦,号为讪谤",是很能说明问题的。

有些专家把这种以"歌民病"、"刺时政"为手段,以"正人君"、"美教化"为

---

① 本文所引唐太宗与其臣子的言论,俱见《贞观政要》。

目的的诗歌理论称为"为政治服务"的诗歌理论,从而把像白居易的"讽谕诗"那样"歌民病"、"刺时政"的诗歌创作称为"为政治服务"的诗歌创作,并从"为政治服务"这一点上高度评价了它们的进步性、人民性。这是值得商榷的。

第一,从孔颖达等诗论家的主观方面说,他们要求诗歌为改善封建统治服务,而不是要求为"疾病"沉重的"时政"服务。按照我们多年来的理解和做法,所谓"为政治服务",指的是为当前的政治(即孔颖达等人所说的"时政")评功摆好,鸣锣开道,而不是"刺过讥失",揭露它给人民造成了什么痛苦。孔颖达明确地指出"乱世"的政教"与民心乖戾","民怨其政教",并从"诗述民志"的角度肯定了反映"民怨其政教"的"怨怒之心"的诗歌。这种诗歌,怎能说是为那种"与民心乖戾"的"政教"服务的呢?孔颖达明确地指出"民困必政暴",并从"诗述民志"的角度肯定了"民遭困厄,哀伤己身,思慕明世,述其哀思之心"而作的诗歌。"思慕明世",这简直是"变天"的思想。这种反映"变天"思想的诗歌,怎能说是为那种"暴政"服务的呢?孔颖达坚决主张诗歌要揭露"时政之疾病"——"乱状淫形",尽管其目的是为了引起"人君"的注意,去疗救"疾病",但这也不能说是为那种"时政"服务。"人君"常常不用这种"针药",甚至要治其"讪谤之罪",就是很好的说明。

第二,在阶级社会里,政治总是阶级的政治。封建地主阶级的政治,即使像偶尔出现的"贞观之治"那样受到了历代史家的好评,但归根到底还是为地主阶级的利益服务的,对于人民,只能从"载舟"的目的出发采取一些"轻徭薄赋"之类的措施。至于经常出现的"乱政"和"暴政",就只能使"民遭困厄"。因此,把某种诗歌理论和诗歌创作说成为地主阶级的政治服务的东西,又从"为政治服务"这一点上给予高度评价,赞扬其进步性、人民性,这未必是十分妥当的。

第三,当贞观十八年魏徵死后,唐太宗半真半假地让群臣列举"过失"的时候,有不少人阿谀逢迎,说什么"陛下圣化道,致太平,以臣观之,不见其失",他听了很舒服。到了白居易的时代,"郊庙登歌赞君美,乐府艳词悦君意,若求兴谕规刺言,万句千章无一字","人君"也很高兴。在那些封建帝王看来,只有像这样讳言过失、"矫情"地歌功颂德的东西,才是为"时政"服务的。由此可见,真正为"与民心乖戾",使"民遭困厄"的封建政治服务的诗歌理论和诗歌创作,只能是虚假的、反动的,不可能有什么进步性、人民性。

孔颖达主张"诗述民志",强调"怨刺上政"、"匡救其恶"的诗歌理论,是为要求改革弊政、实行仁政的政治理想服务的。这种政治理想尽管是从缓和阶级矛盾,维护地主阶级的长远利益出发的,但毕竟有其进步性。此其一。第二,"觊望""人君""自悔其心"、"改恶为善"的理想虽然常常落空,但符合这种诗歌理论或实践了这种诗歌理论的诗歌创作,由于"怨刺上政",同情人民,大胆地暴露了政治黑暗,真实地反映了民间疾苦,在客观上有利于人民群众反封建统治的斗争,而不利于封建统治,其进步性、人民性是值得高度评价的。

(原刊《古代文学理论研究》1981 年第 1 期)

王若虚的文学批评

王若虚(1177—1246),字从之,号慵夫,藁城人。金章宗(完颜景)承安二年(1197)经义进士。历任鄜州录事,国史院编修官,著作佐郎,平凉府判官,左司谏,延州刺史……又曾出使夏国。金亡,微服北归镇阳,隐居不仕。《金史》本传说他"历管城、门山二县令,皆有惠政。秩满,老幼攀送,数日乃得行"。元好问在《中州集》卷六中也说:"从之……滑稽多智,而以雅重自持。谋事详审,出人意表。人谓从之于中外繁剧,无不堪任。直以投闲置散,故百不一试耳。"可见他不同于一般的书生,而是一位很有济世之志和济世之才的政治家①。

他虽有济世之志和济世之才,但由于"投闲置散",在政治上并没有多大建树,其成就主要在经史考据和文学批评方面。在他的《滹南遗老集》②中,关于文学批评的著作,《有诗话》三卷、《文辨》四卷。这些著作尽管是片断的,没有严密的系统,却有一个突出的特点,那就是反对形式主义。

在金代文坛上,形式主义和反形式主义的斗争是相当尖锐的。李之纯、雷希颜、李天英、赵衍等人,都推尊晚唐的卢仝、李贺和北宋的黄庭坚,忽视内容而追求字句的奇险新巧,在不同程度上走向形式主义。赵秉文、周昂、王若虚、元好问等,则与之对抗。而在对抗这种形式主义的斗争中,表现得最坚决、最

---

① 王若虚《答张仲杰书》,表现了对民间疾苦的关怀:"……州郡之职,古称劳人,况此多虞,亦必有道。颇闻吾子一以和缓处之,所望正如此。民之憔悴久矣,纵弗能救,又忍加暴乎!君子有德政而无异政,史不传能吏而传循吏。若夫趋上而虐下,借众命以易一身,流血刻骨,而求干济之誉,今之所谓能吏,古之所谓民贼也。诚不愿吾子效之。……"(《滹南遗老集》卷四四)在这里,他指斥那些迎合上意而虐害下民的"今之所谓'能吏'",实际上是些"民贼",表现了对人民的同情和政治上的勇敢,是难能可贵的。

② 《滹南遗老集》,通行的有《四部丛刊本》、商务印书馆《国学基本丛书》本、《丛书集成》本等。

勇敢的,要算王若虚。元好问说:"李屏山杯酒间谈辩锋起,时人莫能抗。从之能以三数语室之,使噤不得语。"①他和李之纯(屏山)争辩的焦点是什么呢?刘祁在《归潜志》中作了回答:

> 王从之则议论文字有体致,不喜出奇,下字止欲如家人语言,尤以助辞为首,与屏山之纯学大不同。尝曰:"之纯虽才高,好作险句怪语,无意味。"

可见他对当时影响很大的李之纯的形式主义理论和作风,进行了不调和的斗争。他和另一位影响很大的作家雷希颜之间,更发生过激烈的冲突。金哀宗(完颜守绪)正大(1224—1232)年间,他与雷希颜同修《宣宗实录》,"由文体不同,多纷争"。他主张"平淡纪实",理由是:"《实录》止文其当时事,贵不失真。"雷希颜则反是,首先强调的是"奇峭造语"。因此,"雷所作,王多改革"。于是他们之间的矛盾尖锐化了。"雷大愤不平,语人曰:'请将吾二人所作,令天下文士定其是非!'王亦不屑,尝曰:'希颜作文,好用恶硬字,何以为奇!'……"②

了解了王若虚对当时文坛的形式主义进行过如此坚决的斗争,就知道他在《诗话》和《文辨》等著作中尽管很少直接批判当时的作家,但他对文学史上的形式主义或有形式主义倾向的作家的批判,是与反对当时的形式主义文风相联系的。

王若虚早年从其舅周昂学习,周昂教导他说:

> 文章工于外而拙于内者,可以惊四筵而不可以适独坐,可以取口称而不可以得首肯。

又说:

> 文章以意为主,以言语为役。主强而役弱,则无令不从。今人往往骄

---

① 元好问《中州集》卷六。
② 刘祁《归潜志》。

其所役,至跋扈难制,甚者反役其主,虽极辞语之工,而岂文之正哉!①

王若虚在《文辨》中,引了前一段话,并且赞美说:"至哉,其名言也!"在《诗话》中,又引了后一段话,并且赞美说:"可谓深中其病矣!"不难看出,周昂传给他的这种重视思想内容,反对片面地追求形式的文学理论,他是接受了的,而且以这种理论为基础,建立了自己的文学批评。他在《文辨》中说:

凡文章须是典实过于浮华,平易多于奇险,始为知本末。世之作者,往往致力于其末,而终身不返,其颠倒亦甚矣。

由于他重视"本"——主张"工于内",提倡"以意为主,以语言为役",所以强调作者的思想修养。他说:

东坡《南行唱和诗序》云:"昔人之文,非能为之为工,乃不能不为之为工也。山川之有云,草木之有华,充满郁勃而见于外,虽欲无有,其可得耶!故予为文至多,而未尝敢有作文之意。"时公年始冠耳,而所有如此!其肯与江西诸子终身争句律哉!

又说:

东坡自言其文"如万斛源泉,不择地而出,滔滔汩汩,一日千里无难。及其与山石曲折,随物赋形,而不自知所之者,常行于所当行,而止于不可不止"。论者或讥其太夸,予谓唯坡可以当之。

他既认为作者只要有过人的思想修养,就自然会发为文章,如山川之有云,草木之有华,如万斛源泉,不择地而出,所以他论文提倡"真",反对"伪"。他说:

山谷之诗,有奇而无妙,有斩绝而无横放,铺张学问以为富,点化陈腐

---

① 这两段话,见《金史·文艺传·周昂传》。

以为新,而浑然天成,如肺肝中流出者不足也。……善乎,吾舅周君之论也。曰:宋之文章至鲁直,已是偏仄处,陈后山而后,不胜其弊矣。人能中道而立,以巨眼观之,是非真伪,望而可见也。

他所谓的"真",于抒情作品,首先指性情之真。他说:"哀乐之真,发乎性情,此诗正理也。"于叙事写景的作品,不但要求性情之真,而且要求反映客观事物之真。他说:

东坡云:"论画以形似,见与儿童邻;赋诗必此诗,定非知诗人。"夫所贵于画者,为其似耳;画而不似,不如勿画。命题而赋诗,不必此诗,果为何语! 然则,坡之论非欤? 曰:论妙在形似之外,而非遗其形似;不窘于题,而要不失其题,如是而已耳。世之人不本其实无得于心,而借此论以为高。画山水者,未能正作一木一石,而诧云烟杳霭,谓之气象;赋诗者,茫昧僻远,按题而索之,不知所谓,乃曰格律贵尔。一有不然,则必相嗤点以为浅易而寻常。不求是而求奇,真伪未知,而先论高下,亦自欺而已矣! 岂坡公之本意也哉!

从上述的这些观点出发,他坚决地反对形式主义者对现实主义诗人杜甫、白居易等的攻击。西昆派诗人菲薄杜甫,他指斥道:"杨大年不爱老杜诗,谓之村夫之语……呜乎! 为诗而不取老杜……其识见可知矣。"对于白居易的"不务文字奇,惟歌生民病"的现实主义诗作,不少人企图用"俗"、"浅易"一类的棍子打杀它,王若虚驳斥道:

乐天之诗,情致曲尽,入人肝脾,随物赋形,所在充满,殆与元气相侔,至长韵大篇,动数百千言,而顺适惬当,句句如一,无争张牵强之态。此岂撚断吟须,悲鸣口吻者之所能至哉! 而世或以浅易轻之,盖不足与言矣。

片面地追求形式的人有的攻击现实主义者,有的却假借现实主义者的旗号。例如黄庭坚,自称学习杜甫,但他着眼的主要是形式,他认为"老杜作诗……无一字无来处",于是便堆积典故;他认为"拾遗句中有眼",于是便片面地讲究"诗律"、"句法"。这样,就走上形式主义的歧路去了。虽说是学习杜

甫,实质上是和杜甫的现实主义精神背道而驰的。王若虚援引其舅的话,尖锐地指出了这一点:

> 吾舅儿时便学工部,而终身不喜山谷也。若虚尝乘间问之,则曰:"鲁直雄豪奇险,善为新样,固有过人者;然于少陵初无关涉。前辈以为得法者,皆未能深见耳。"

现实主义和形式主义之间存在着根本分歧,不容混淆,但古人由于受认识水平的局限,往往把二者混淆起来。黄庭坚开创的江西诗派,就其主要倾向说,是一种形式主义的流派,但却攀认现实主义诗人杜甫为"祖",并在杜甫的旗帜掩盖下泛滥了多少年,很少有人指出它不是杜甫的嫡"孙"。王若虚则敏锐地揭露了这种鱼目混珠的现象。他说:

> 朱少章论江西诗律,以为"用昆体功夫而造老杜浑全之地"。予谓用"昆体"功夫,必不能造老杜之浑全,而至老杜之地者,亦无事乎"昆体"功夫。盖二者不能相兼耳。

这一段话很重要。因为第一、江西诗派自称以杜甫为祖,这里却指出那是从形式上学习杜甫的,所用的实质上是"昆体功夫"。第二、这里指出"昆体功夫"与"老杜之浑全"不能相兼,已意识到形式主义和现实主义是文学创作上相互排斥的两种流派。

王若虚从创作应表现性情之真和客观事物之真的观点出发,划分了形式主义和现实主义的界限,反击了形式主义者对现实主义者的攻击,同时也批判了形式主义的创作。罗可咏雪的诗句"斜侵潘岳鬓,横上马良眉",有人很赞赏,王若虚却说那是"假雪"。黄庭坚用"新妇矶边眉黛愁,女儿浦口眼波秋"的词句咏渔父,自谓"以山色水光替却玉肌花貌,真得渔父家风",王若虚却指出"渔父身上不宜及此事"。士大夫有以《墨梅诗》两首传于时者,王若虚尝诵之于人,"而问其咏何物,莫有得其仿佛者,告以其题,犹惑也。"他很感慨地说:"尚不知为花,况知其为梅,又知其为画哉!自'赋诗不必此诗'之论兴,作者误认而过求之,其弊遂至于此!"狄青带面具事,范镇只云"带铜面具"而已,《渑水燕谈》则曰"面铜具",《邵氏闻见录》又曰"带铜铸人面"。王若虚评论道:"邵氏语颇重浊;《燕谈》似简而文,然安知其为何具? 俱不若蜀公(按即范镇)之真。盖面具二字,自有成言也。"

咏雪而写"假雪"(潘岳的白头发、马良的白眉毛),咏渔父而不合渔父身份,题墨梅画、记带铜面具而读者看不出究竟是什么东西! 这就失掉了反映客观事物之真。失掉事物之真,又算什么文学创作呢?

不能反映客观事物之真的根本原因是对客观事物没有深切的感受和深刻的认识,而对客观事物没有深切的感受和深刻的认识,自然就不可能有被客观事物激起的不能已于言的情感。在这种情况下写作,那就既谈不到反映客观事物之真,相反地,无病而呻吟,自不免于矫揉造作,雕琢辞句,写出的作品,顶多只能"巧于外"。但既然"巧于外",目光不够锐敏的读者就很容易受那漂亮外衣的蒙蔽,而忽略了它的"拙于内"。王若虚却偏偏通过许多实例,揭掉形式主义创作的"外"衣,让人们看看"内"面是什么货色。他批评黄庭坚的《题扇》诗"语徒雕刻,而殊无意味",又批评黄庭坚的《猩毛笔诗》"乃俗子谜也,何足为诗哉"。黄庭坚有一首《雨丝》诗:"烟云杳霭合中稀,雾雨空濛落更微。园客茧丝抽万绪,蛛蟊网面罩群飞。风光错综天经纬,草木文章帝杼机。愿染朝霞成五色,为君王补坐朝衣。"乍一看真是富丽精工,王若虚却一针见血地指出:"夫雨丝云者,但谓其状如丝而已,今直说出如许用度,予所不晓也。"黄庭坚的《牧牛图诗》自谓平生极至语,王若虚却发问道:"有何意味?"并且作了这样的结论:"黄诗大率如此。谓之奇峭,而畏人说破,元无一事。"一经说破,元无一事,这正是一切形式主义创作的悲剧。

形式是被内容决定,并为内容服务的。形式主义者既然缺乏"如万斛源泉,随地涌出"的思想感情和对现实生活的体验、认识等作为作品的内容,那在形式上也就不可能有什么创造性,其结果往往是专向古人伸手,不是模拟,就是剽窃,或者兼而有之。王若虚也触及这一点。"山谷自谓得法于少陵",王若虚指出他并没有得什么法,不过像杨雄的《法言》从形式上模仿《论语》那样,只从形式上模仿杜诗而已。黄庭坚作诗,有所谓"夺胎换骨"、"点铁成金"之法,王若虚指出他是"剽窃之黠者"。

脱离生活,一味向古人伸手的人,自不免于拜倒在古人脚下。王若虚既以反映客观事物之真和表现性情之真为评价文学创作的标准,那自然就不会赞成简单地以古今分优劣。他在《诗话》中说:

> 近岁诸公以作诗自名者甚众,然往往持论太高。开口辄以《三百篇》、《十九首》为准;六朝而下,渐不满意;至宋人,殆不齿矣。此固知本之说,然世间万变,皆与古不同,何独文章,而可以一律限之乎!就使后人所作,可到《三百篇》,亦不肯悉安于是矣。

在《文辨》中说得更坚定有力:"夫文章唯求真是而已,须存古意何为哉?"

黄庭坚本着"字字有来历"的教条写作,往往弄得文法不通,修辞不当,用典不切。王若虚指出,如"东海得无冤死妇"、"何况人间父子情"、"婷婷袅袅,恰近十三余"等句,都有文法上的毛病;如"青州从事斩关来"、"残暑已促装"、"升堂与入室,只在一挥斤"等句,都有修辞上的毛病;如"人乞祭余骄妾妇"、"湘东一目诚甘死"、"待而成人吾木拱"、"身后五车书"、"拔毛济世事"等句,又都用典不切,牵强可笑。当然,在文法、修辞、用典等方面,非形式主义者也未必不出毛病,王若虚也毫不含糊地指摘了包括司马迁在内的许多著名作家在这方面所犯的错误。然而特意讲究"句法"、"诗律"的黄庭坚反而在这些方面闹了很多笑话,又是什么原因呢?关于这,王若虚也有所认识。他认为作诗若"出于自得",则"辞达理顺",又认为"善为文者,因事出奇,江河之行,顺下而已",这意思是:搞创作首先要明乎"事""理","事""理"既明,则"顺理""因事",如"江河之顺下",自然容易做到"辞达"。反是,不顺其理,不因其事,不管在形式上用多少苦功,仍然连一个"达"字都做不到。因为所谓"辞达",正是"达"其"事""理","理"不"顺","辞"如何能"达"?没有"事",又"达"些什么?

王若虚既主张"因事出奇"、"理顺辞达",如江河之顺下,所以认为文无定法,"唯适其宜","唯求真是"。例如:文章要简练,语言要清新,这是对的,但也不能片面理解。《湘山野录》上有一段记载:"谢希深、尹师鲁、欧阳永叔,各为钱思公作《河南驿记》。希深仅七百字,欧阳五百字,师鲁止三百八十馀字。欧公不伏在师鲁之下,别撰一记,更减十二字,尤完粹有法。师鲁曰:'欧九真一日千里也。'"这是一味求简的例子,好像越简越好。王若虚评论道:"若以文章正理论之,亦惟适其宜而已,岂专以是为贵哉!盖简而不已,其弊将至于俭陋而不足观矣。"李翱《与王载书》论文云:"义虽深,理虽当,辞不工,不成为文。陆机曰:'怵他人之我先。'退之曰:'惟陈言之务去。'假令述笑哂之状,曰'莞尔'则《论语》言之矣,曰'哑哑'则《易》言之矣,曰'粲然'则谷梁子言之矣,曰'遌尔',则班固言之矣,曰'翩然',则左思言之矣,吾复言之,与前文何以异?"这是一味求新的例子,好像越新越好。王若虚评论道:"文不袭陈言,亦其大体耳。何至字字求异,如翱之说!且天下安得许多新语耶?"在批评黄庭坚时说得更清楚:"物有同然之理,人有同然之见,语意之间,岂容全不见犯哉!盖昔之作者,初不校此。同者不以为嫌,异者不以为夸,随其所自得,而尽其所当然而已。至于妙处,不专在于是也。"

又如文章的各种体裁,固然各有特点,但也不能绝对化。陈师道说:"退之作记,记其事耳;今之记乃论也。"他是主张"记"只应"记其事",而不能发议论的。王若虚批评说:"议论虽多,何害为记!盖文之大体,固有不同,而其理则一。殆后山妄为分别,正犹评东坡以诗为词也。且宋文视汉唐百体皆异,其开廓横放,自一代之变,而后山独怪其一二,何耶?"

这些见解,都是很精辟的。尤其可贵的是他对攻击苏轼"以诗为词"的批评。北宋文人,大都受"花间派"的影响,认为词不同于诗的特点是内容上的表现男女艳情和与此相关的风格上的婉约。这显然是有片面性的。苏轼在词方面的贡献,正在于他大胆地突破了这种人为的限制,"一洗绮罗香泽之态,摆脱绸缪宛转之度",表现各种各样的题材,为南宋爱国词人开辟了广阔的天地。然而有些人却认为他不是词家正宗。例如陈师道,就说什么"子瞻以诗为词,虽工非本色"。王若虚批评道:

陈后山谓子瞻以诗为词,大是妄论,而世皆信之,独茆荆产辨其不然,谓公词为古今第一。今翰林赵公亦云:"此与人意暗同。"盖诗词只是一理,不容异观。自世之末作,习为纤艳柔脆,以投流俗之好,高人胜士,亦或以是相胜,而日趋于委靡,遂谓其体当然,而不知流弊之至此也。

又如晁补之,说什么"眉山公之词短于情,盖不更此境耳"。他所说的"情",显然只是"男女艳情"。东坡既然"一洗绮罗香泽之态",他就认为"短于情"。王若虚批评道:"呜呼,风韵如东坡,而谓不及于情,可乎?……若乃纤艳淫媟,入人骨髓,如田中行、柳耆卿辈,岂公之雅趣也哉!"

王若虚在这里从"诗词只是一理,不容异观"的观点出发,批判了以"纤艳柔脆"为词之正体的片面看法,肯定了苏轼打破"男女艳情"的圈子,多方面反映生活的"横放杰出"的词作,其识见是很卓越的。当然,柳永(耆卿)是有成就的词人,不能只抓住"纤艳淫媟"一点就全面否定他。

王若虚在创作方面主张"以意为主",反对片面地追求形式,特别反对由于追求"字字有来处"而弄得文法不通,修辞不当,用典不切,和这相一致,在阅读和研究方面,主张掌握作品的精神,反对字字找出处,反对繁琐的、特别是穿凿附会的考证。如苏轼的诗句:"文章岂在多,一《颂》了伯伦。""一《颂》"是指最能代表刘伶(伯伦)的《酒德颂》,意思是明明白白的。然而朱弁却考证起来了,他说:"唐《艺文志》有刘伶文集三卷,则非无他文章也,坡岂偶忘于落笔之时乎?抑别有所闻也?"王若虚解释说:"公意本谓只此一篇足以道尽平生,传名后世,则他文有无,亦不必论也。"又如苏轼诗句:"白衣送酒舞渊明。"有人认为其中的"舞"字不妥,黄彻却援引庾信"未能扶毕卓,犹足舞王戎"句,证明"舞"字"有所本"。王若虚评论道:"疑者但谓渊明身上不宜用耳,何论其所本哉!"最值得注意的是:杜甫《饮中八仙歌》写李白"天子呼来不上船",有些论客便从李白传记中找根据,弄得牵强附会,一无是处。王若虚评论道:"大抵一时之事,不尽可考。不知太白凡几醉,明皇凡几召,而千载之后,必于传记求其证耶?且此等不知,亦何害也!"

在王若虚的文学批评中,强调"以意为主",反对形式主义的这个特点是十分突出的。有人说他尊苏抑黄,不无门户之见。在我们看来,黄庭坚尽管也有一些比较健康的、甚至反映民间疾苦的作品,但他创作的主要倾向则是偏于形式主义的,比起黄庭坚来,苏轼尽管也有形式主义的作品,但他创作的主要倾向,则是偏于现实主义的。王若虚尊苏抑黄,正是从提倡"以意为主",反对形式主义的观点出发的。当然,他尊苏的时候,不无"溢美"之言,然而值得称道的是他对苏轼的某些形式主义倾向,同样进行了严厉的批评。如:

> 东坡酷爱《归去来辞》,既次其韵,又衍为长短句,又裂为集字诗,破碎甚矣!陶文信美,亦何必尔!是亦未免近俗也。
>
> 次韵实作诗之大病也。诗道至宋人已自衰敝,而又专以此相尚。才识如东坡,亦不免波荡而从之,集中次韵者几三之一,虽穷极技巧,倾动一时,而害于天全多矣。使苏公而无此,其去古人何远哉!

是其是而非其非,不犯"说好就一切皆好"的错误,这也是难能可贵的。

王若虚反对形式主义,同时又非常重视形式。他在文法、修辞、用典,乃至文章体例等方面的要求是十分严格的。前面已经提到他对许多著名作家在这些方面所犯的错误,都提出了认真的批评,这里不妨再举几个例子。宋玉形容邻女之美曰:"增之一分则太长,减之一分则太短。着粉则太白,施朱则太赤。"王若虚认为前两个"太"字"不可下"。他说:"夫其红白适中,故著粉太白,施朱太赤。乃若长短,则相形者也,增一分既已太长,则先固长矣,而减一分乃复太短,却是原短,岂不相窒乎?"苏轼《题阳关图》云:"龙眠独识殷勤处,画出阳关意外声。"王若虚指出不能说"意外声",只能说"声外意"。《史记屈贾列传》云:"每出一令,平伐其功曰:以为非我莫能为也。"王若虚指出"曰"与"以为"重复。苏轼《潮州韩文公庙碑》云:"其不眷恋于潮也审矣。"王若虚批评道:"'审'字当作'必'。盖'必'者料度之词,'审'者证验之语,差之毫厘而实若黑白也。"黄庭坚《闵雨诗》:"南阳应有卧云龙。"王若虚批评道:"卧云龙,真龙耶,则岂必南阳!指孔明耶,则何关雨事!若曰遗贤所以致旱,则迂阔甚矣。"像这样准确地批评文法、修辞、用典方面的错误的例子是不胜枚举的。对文章体例方面的毛病,他也不肯放过。如:

退之《盘谷序》云:"友人李愿居之。"称"友人",则便知为己之友,其后但当云"予闻而壮之",何必用"昌黎韩愈"字?柳子厚《凌准墓志》既称"孤某以先人善予,以志为请",而终云"河东柳宗元哭以为志"……其病亦同。盖予我者自述,而姓名则从旁言之耳。

王若虚既反对形式主义,又这样重视形式,这并没有费解之处。他是主张"以意为主,言语为之役"的,反对形式主义,是反对"骄其所役,至跋扈难制,甚者反役其主",重视形式,是强调"役"为"主"用,即形式很好地为内容服务。他说得很明白:"一文一质,道之中也。"质与文,内容与形式,原是不能偏废的。

他既主张"文无定法",为什么又那样重视文章体例呢?这道理也很浅显。主张"文无定法",是反对形式主义者的死法,重视文章体例,是强调创作的基本规律。他说得很清楚:"或问文章有体乎?曰:无。又问无体乎?曰:有。然则,果何如?曰:定体则无,大体须有。""定体则无,大体须有",这见解是很通达的。他强调创作"唯适其宜","唯求真是",所以既不应该受"定体"的束缚,又不能不有"大体"。"大体"就是包含在"适其宜"、"求真是"里面的。

王若虚在十二世纪末、十三世纪初的历史条件下,在文学理论批评方面提出的这许多见解,无疑有进步的一面。对明代的公安派和清代的叶燮、袁枚等反对拟古主义的斗争,可能发生过积极的影响;对我们也不无参考价值。当然,王若虚对形式主义文学创作的批评,也是不彻底的。他自己的文学批评,有时也带有形式主义的倾向。如对于司马迁,指出其文法、修辞等方面的纰缪,当然很必要,但竟因此而压低《史记》的卓越成就,就不免有所偏颇了①。

(1959年12月脱稿,人民文学出版社1962年版《〈滹南诗话〉校注·前言》)

---

① 《文辨》中说:"司马迁之法最疏,开卷令人不乐。"又说:"唐子西云:'《六经》以后,便有司马迁,《三百篇》以后,便有杜子美。故作文当学司马迁,作诗当学杜子美。'其论杜子美,吾不敢知。至谓《六经》以后便有司马迁,谈何容易哉!自古文士过于迁者何限,而独及此人乎?迁虽气质近古,以绳准律之,殆百孔千疮,而谓专当取法,过矣。"仅仅抓住文法、修辞上的某些纰缪,就据以贬低《史记》的伟大成就,显然是错误的。

叶燮的诗歌理论及其影响

清初叶燮①的《原诗》,是一部推究诗歌创作本原、以反对复古主义为主要内容的诗歌理论批评著作。

在我国古代文学发展史上,"复古"的口号有时含有进步因素,有时则是落后的。例如韩愈、欧阳修等人提倡古文,名义上是"复古",实际上有反对当时形式主义文风、进行文体革新的一面,因而有一定的进步因素(他们在阐扬"文"与"道"的关系时,当然散播了许多封建糟粕)。和这相对立的是"今不如古"论者的"复古"。历来的"今不如古"论者,如葛洪所批评,叨叨不休地说什么"今山不及古山之高,今海不及古海之深,今日不及古日之热,今月不及古月之朗"②!于是乎在政治上要"复古",在文学创作上也跟着要"复古"。他们不是以"复古"为革新,而是企图拖着历史的尾巴向后拉。这自然是落后的。

在明初大官僚阶层的"台阁体"诗文风行,统治者又用八股取士的时候,以李梦阳、何景明为首的"前七子"提出"文必秦汉,诗五言古必建安、黄初,其余各体必初盛唐"的口号,从而打击了形式主义的"台阁体"及八股文,这是应该肯定的。他们的艺术见解和文艺创作,其中也有可取的东西,不能全盘否定。但他们提倡的"复古"却是名副其实的"复古",更准确地说,是"拟古"。李梦

---

① 叶燮(1627—1703),字星期,浙江嘉兴人。康熙十四年,选江苏宝应县知县,因耿直不合上官意,借故落职,于是纵游名山大川。晚年定居吴县的横山,人称横山先生。《清史列传》卷七十有传,所著有《已畦文集》十卷,《已畦诗集》十卷,《原诗》四卷。他的同时代人对《原诗》评价很高,如林云铭说:"《原诗》内外篇四卷,直抉古今作诗本领,而痛扫后世各持所见以论诗流弊。娓娓雄辩,靡不高踞绝顶,颠扑不破。"(《已畦集》本《原诗叙》)沈懋悳说:"自有诗以来,求其尽一代之人,取古人之诗之气体声辞篇章字句,节节摩仿而不容纤毫自致其性情,盖未有如前明者。国初诸老,尚多沿袭。独横山起而力破之,作《原诗》内外篇,尽扫古今盛衰正变之肤说,而极论不可明言之理与不可明言之情与事,必欲自具胸襟,不徒求诸诗之中而止。"(《昭代丛书》本《原诗跋》)

② 葛洪:《抱朴子·外篇·尚传》。

阳就公然说:"夫文与字一也。今人摹临古帖,即太似不嫌,反曰能书;何独至于文而欲自立门户耶?"①于是便教人像小学生临帖似地临摹秦汉散文,临摹建安、黄初及初盛唐的诗。以李攀龙、王世贞为首的"后七子"更发展了这种倾向,复古主义的文风风靡一代。公安派、竟陵派及其他作家,虽进行了激烈的斗争,但一直没有取得根本性的胜利,而他们(特别是竟陵派)反复古主义的理论及实践,也包含着不少错误的东西。叶燮的《原诗》,主要是针对这些情况而写的。

一开始,叶燮即提出前后七子"五言必建安、黄初,其余诸体必唐之初盛而后可",并劝人"不读唐以后书"的复古谬论及其恶劣影响,树立了对立面,然后进行批判。

复古派的主要作家都知"正"而不知"变",甚至反对"变"。叶燮则肯定诗的"变"乃是正常的发展。诗不能不"变",这是公安派说过的,更早的某些理论家也说过的。追随"后七子"的胡应麟,甚至在"变"的理论上建立他的复古论②。因此,仅仅肯定"变"还不能攻破复古派的顽固堡垒。叶燮的贡献在于他进一步接触到"变"的某些内容,即比较正确地阐述了"沿"和"革"、"因"和"创"的关系,从而否定了复古派只要"正"、不准"变",只许沿袭、不容创造的谬论。他指出:如果没有创造,沿袭既久,则"正"必流于衰;有了创造,就可以变衰为盛。因此,他肯定地说:"诗之为道,未尝一日不相续相禅而或息者也。"而"相续相禅"的总的趋势是"踵事增华",后来居上,所以,他认为前后七子的复古理论根本不能成立。比如他们主张五言古诗学苏李,学《十九首》,学建安、黄初,然而,"苏李五言与无名氏之《十九首》,至建安、黄初,作者既已增华矣,如必取法乎初,当以苏李与十九首为宗,则亦吐弃建安、黄初之诗可也",为什么还要取法建安、黄初呢? 他们主张其余各体诗以初盛唐为典范,也同样说不通。

叶燮既然看出诗歌之所以"踵事增华,因时递变",主要由于"创",那么,他自然要反对"拟古",强调创造。但他并不是只要"创"而不要"因"。他抨击前后七子的复古谬论,也不同意某些反复古主义者的"偏畸之私说"。所谓

---

① 李梦阳:《再与何氏书》,《李空同全集》卷六十一。
② 胡应麟在《诗薮》中说:"《三百篇》降而《骚》,《骚》降而汉,汉降而魏,魏降而六朝,六朝降而唐,""变"是"变"了,"却越变越坏,所以"取法欲远"。

"偏畸之私说",即针对复古谬论"逆而反之":"推崇宋元者菲薄唐人,节取中晚者遗置汉魏。"他认为前者(复古派)是"执其源而遗其流",后者是"得其流而弃其源",其根本错误都在于不懂得"孰为沿为革,孰为创为因"。他说:"夫自《三百篇》而下,三千馀年之作者,其间节节相生,如环之不断,如四时之序,衰旺相循而生物,而成物,息息不停,无可或间也。吾前言踵事增华,因时递变,此之谓也。……夫惟前者启之,而后者承之而益之;前者'创'之,而后者'因'之而广大之。使前者未有是言,则后者亦能如前者之初有是言;前者已有是言,则后者乃能因前者之言而另为他言。总之,后人无前人,何以有其端绪,前人无后人,何以竟其引伸乎!……由是言之:诗自《三百篇》以至于今,此中终始相承相成之故,乃豁然明矣。岂可以臆划而妄断者哉!"可以看出,他强调"创",又不忽视"因"。没有"因"固然也可以"创",但有了"因","创"就可以达到更高的水平。诗歌发展的历史是"相承相成",不容"臆划妄断"的。

当然,过去的理论家,不管有多么卓越的见解,由于不可能唯物辩证地看问题,其议论总有不可避免的局限性。叶燮在谈诗歌的"正"、"变"问题时,没有(也不可能)紧紧地抓住诗歌发展的社会原因,没有(也不可能)尖锐地揭示两种倾向的斗争及其政治内容,而是主要从诗歌发展本身的"正有渐衰,变能启盛"的某些现象出发的,所以终于得出了这样的结论:"就一时而论,有盛必有衰,综千古而论,则盛而必至于衰,又必自衰而复盛。"从而掉进"诗之源流本末正变盛衰互为循环"的历史"循环论"的泥坑里去了。和这相联系,在谈诗歌的"因"和"创"——继承和创造问题时,也只能提出重视创造而又不忽视继承的一般原则,不可能进一步阐明继承什么与如何继承。但在他的议论中,毕竟含有某些发展的观点,毕竟反对了因袭,强调了创造,毕竟用"踵事增华"的事实反对了"今不如古"论,用"后人无前人,何以有其端绪,前人无后人,何以竟其引伸"的论点,批判了"执其源而遗其流"和"得其流而弃其源"的两种错误倾向,这都是值得我们重视的。

"因"和"创"的关系问题是重要的,但要解决这个问题,还必须同时解决一个根本性的问题:诗歌反映什么?如何反映?

前后七子认为"诗本性情之发",公安派、竟陵派主张"独抒性灵"。"性情"、"性灵",都是主观的东西。所以复古派与反复古派在诗歌反映什么的问题上,并没有根本分歧,分歧主要表现在如何反映的问题上:前者模拟古人,学古之法;后者反对模拟,"不拘格套"。叶燮与此不同,他认为诗不单纯是"性情之发"或"独抒性灵",而是要表现客观现实中的理、事、情。要认识和表现客观现实中的理、事、情,就得有一定的主观条件:识、才、胆、力。他说:

> 曰理、曰事、曰情,此三言者足以穷尽万有之变态。凡形形色色,音声状貌,举不能越乎此。此举在物者而为言,而无一物之或能去此者也。曰才、曰胆、曰识、曰力,此四言者所以穷尽此心之神明。凡形形色色,音声状貌,无不待于此而为之发宣昭著。此举在我者而为言,而无一不如此心以出之者也。以在我之四,衡在物之三,合而为作者之文章。大之经纬天地,细而一动一植,咏叹讴吟,俱不能离是而为言者矣。

在识、才、胆、力四者之中,他指出"识"是主要的,其余都是从属的。"识为体而才为用","识明则胆张"。相反,如果没有"识",则"三者俱无所托"。识、才、胆、力,又是用来扩充"志"的。他认为"志高则其言洁,志大则其辞宏,志远则其旨永。如是者,其诗必传,正不必斤斤争工拙于一字一句之间"。这些见解,都是比较通达的。

长期以来,"诗以道性情"的观点具有支配力量。诗当然要"道性情",但要通过反映现实"道性情"。笼统地讲"诗以道性情",就有可能导向唯心主义。南宋的严羽,就走向了唯心主义,他公然宣称"诗有别趣,非关理也",教人作诗"不涉理路,不落言筌",不发议论,只能"吟咏性情"。严羽的主张影响很大,和叶燮同时的王士祯(渔洋),就发展了严氏的唯心主义诗论而提出"神韵"说。反复古主义的公安派、竟陵派所强调的"独抒性灵",也是唯心主义的。针对这些论点,叶燮明确地提出表现客观的理、事、情,批判了诗中不能发议论及"理与事于诗之义未为切要"等谬论,指出"情必依乎理",从事诗歌创作的人首先应从"格物穷理"入手,才有可能写出好诗。

同样是唯心观点,但正统派的"诗以道性情"又与公安派、竟陵派的"独抒性灵"不同。公安派、竟陵派所说的"性灵",指诗人自己的"真性灵",即李贽所说的"童心",在当时有反封建传统的进步意义。正统派所说的"性情",其实是符合封建统治阶级要求的性情①。以前后七子为代表的复古派,也是正统派。明白这一点,则他们既主张"诗本性情之发",为什么又一字一句地摹拟古人的问题,就不难理解了。原来他们认为古代的某些诗,是表现了"温柔敦厚"、"忠厚和平"的"性情"的,因而必须以它们为典范从事摹拟,才能得"性情之正"。叶燮也驳斥了这一点。当有人以"温柔敦厚,诗教也。汉魏去古未远,此意犹存,后此者不及也"为理由替复古主义辩护时,他指出:"温柔敦厚之旨,亦在作者神而明之。如必执而泥之,则《巷伯》'投畀'之章,亦难合于斯言矣。"如果说在这里他对替封建统治阶级服务的神圣不可侵犯的"诗教"还不敢明目张胆地否定,采用了迂迴战术,那么,下面的一段话,就讲得相当大胆:

> 大抵近时诗人,其过有二:其一奉老生之常谈,袭古来所云忠厚和平、浑朴典雅、陈陈皮肤之语,以为正始在是,元音复振,动以道性情、托比兴为言。其诗也,非庸则腐,非腐则俚。其人且复鼻孔撩天,摇唇振履,面目与心胸,殆无处可以位置。此真虎豹之鞟耳!

如何反映的问题是和反映什么的问题密切联系的。在"如何反映"的问题上,叶燮批驳了"多读古人之诗而求工于诗"的说法。他认为"欲其诗之工而可传",不能"就诗以求诗",而必须从"格物"入手,使自己具有卓越的识、才、胆、力,从而去认识和反映客观世界的事、理、情。即就"读古人之诗"说,如果"无识","即历代之诗陈于前",也不知"何所抉择,何所适从","既不能知古来作者之意,并不能知何所兴感触发而为诗"。结果呢?"人言是,则是之;人言非,则非之。……有人曰:'诗必学汉魏,学盛唐。'彼亦曰:'学汉魏,学盛唐。'从而然之。而学汉魏与盛唐所以然之故,彼不能知,不能言也。……"更进一

---

① 如明末清初的黄宗羲(梨洲)在《马雪航诗序》中说:"诗以道性情,夫人而能言之。然自古以来,诗之美者多矣,而知性者何其少也! 盖有一时之性情,有万古之性情。夫吴歈越唱,怨女逐臣,触景感物,言乎其所不得不言,此一时之性情也。孔子删之以合乎'兴观群怨'、'思无邪'之旨,此万古之性情也。吾人诵法孔子,苟其言诗,亦必当以孔子之性情为性情,如徒逐逐于怨女逐臣,逮其天机之自露,则一偏一曲,其为性情亦末矣。故言诗者不可以不知性。"黄氏以前的鹿善继在《俭持堂诗序》中说:"诗之亡,亡于离纲常言性情。"这都是典型的封建正统观点。以前、后七子为代表的复古派所说的"性情",也正是"孔子之性情",不离"纲常"的"性情"。这从李梦阳的《叙九日宴集》、《与徐氏论文书》等文章中可以看得出来。

步,他批驳了复古派片面强调诗法、诗律的形式主义理论。诗既然要表现客观的理、事、情,而客观现实又是不断发展变化的,那就无所谓"定法"。"先揆乎其理;揆之于理而不谬,则理得。次徵诸事;徵之于事而不悖,则事得。终絜诸情;絜之于情而可通,则情得。……三者得,则胸中通达无阻,出而敷为辞,则夫子所云'辞达'。'达'者,通也。通乎理、通乎事、通乎情之谓。而必泥乎法,则反有所不通矣。辞且不通,法更于何有乎!"

叶燮始终从反映什么的角度谈论如何反映的问题。他强调"诗无定法",并不是否定"平平仄仄之拈",也不是压根儿不讲"句法"、"章法"(他自己就分析了杜甫《丹青引》的章法),而是反对用死硬的模式去套丰富多彩、变化万端的客观现实。为了说明这个问题,他举了个生动的例子:

> 泰山之云,起于肤寸,不崇朝而遍天下。吾尝居泰山之下者半载,熟悉云之情状:或起于肤寸,渺沧六合,或诸峰竞出,升顶即灭,或连阴数月,或食时即散,或黑如漆,或白如雪,或大如鹏翼,或乱如散鬓,或块然垂天,后无继者,或联绵纤微,相续不绝,又忽而黑云兴,土人以法占之,曰:"将雨",竟不雨,又晴云出,法占者曰:"将晴",乃竟雨。云之态以万计,无一同也。以至云之色相、云之性情,无一同也。云或有时归,或有时竟一去不归,或有时全归,或有时半归,无一同也。此天地自然之文,至工也。若以法绳天地之文,则泰山之将出云也,必先聚云族而谋之曰:吾将出云而为天地之文矣,先之以某云,继之以某云,以某云为起,以某云为伏,以某云为照应、为波澜,以某云为逆入,以某云为空翻,以某云为开,以某云为阖,以某云为掉尾。如是以出之,如是以归之,一一使无爽,而天地之文成焉。无乃天地之劳于有泰山,泰山且劳于有是云,而出云且无日矣!

在这里,叶氏以泰山出云为喻,阐明了一个接近反映论的进步观点:"天地有自然之文章,随我之所触而发宣之,必有克肖其自然者,为至文以立极。……识明则胆张,任其发宣而无所于怯,横说竖说,左宜而右宜,直造化在手,无有一之不肖乎物也。"他认为"文章者,所以表天地万物之情状也",因而必须"肖乎物",必须"克肖其自然"。而"天地万物之情状"是无限丰富多彩的,要"肖乎物"、即真实地表现无限丰富多彩的"天地万物之情状",怎能有"定法"!怎能用几个现成的框框去硬套!

叶氏不仅从唯物的观点、从文章表现天地万物的"理、事、情"的观点出发，论证了文艺创作不能"拘泥成法"，而且从发展的观点、从"古今世运气数，递变迁以相禅……无事无物不然"的观点出发，论证了文艺创作不能"沿袭摹拟"。当有人以"古帝王治天下，必曰'大经大法'"为理由来质问他的时候，他虽然不得不后退一步，作几句官样文章，但接着又坚持他的论点，明确指出："古今时会不同，即政令尚有因时而变通之，若胶固不变，则新莽之行周礼矣。奈何风雅一道，而蹈其谬戾哉！"这些议论，不仅是相当通达的，而且是相当大胆的。

叶氏反对"拘泥成法"，"效颦效步"，主张"克肖自然"，用作家的"识、才、胆、力"真实地表现万事万物的"理、事、情"，其必然的结论是肯定文艺的时代风格和作家的个人风格，肯定艺术风格的多样性。他指出：汉魏诗的风格是"浑朴古雅"，六朝诗的风格是"藻丽秾纤，澹远韶秀"，各有特点。又指出：杜甫的诗，"随所遇之人之境之事之物，无处不发其思君王、忧祸乱、悲时日、念友朋、吊古人、怀远道，凡欢愉、幽愁、离合、今昔之感，一一触类而起，因遇得题，因题达情，因情敷句，皆因甫有其胸襟以为基"，"此杜甫之面目也"；韩愈、苏轼以及"此外诸大家，虽所就各有差别，而面目无不于诗见之"。正因为不同时代的诗歌有不同的时代风格，各个诗人又有独特的个人风格，所以一部诗歌发展史，才显得"尽态极妍，争新竞异，千状万态"而不是"优孟衣冠"，"依样葫芦"，"千人一面"。对于那些"寄人篱下，窃其唾余"，甚至"全窃其面目"的所谓"诗人"，他斥之为"土偶"，表示了极大的轻蔑。

在阐发诗歌反映什么与如何反映的问题时，叶氏接触到文艺的形象思维特点。

南宋的严羽在《沧浪诗话》里涉及形象思维问题，但强调"别材""别趣"、"不涉理路"，有脱离现实、否定形象思维的理性活动的倾向。叶燮则不然。当有人针对他"以理、事二者与情同律乎诗"的主张，提出"理与事似于诗之义未为切要"的疑问时，他回答说："子但知可言可执之理之为理，而抑知名言所绝之理之为至理乎？子但知有是事之为事，而抑知无是事之为凡事之所出乎？可言之理，人人能言之，又安在诗人之言之！可征之事，人人能述之，又安在诗人之述之！必有不可言之理，不可述之事，遇之于默会意象之表，而理与事无不灿然于前者也。"他举出杜甫的"碧瓦初寒外"，"月傍九霄多"，"晨钟云外湿"，"高城秋自落"等诗句"逐字论之"，说明作者怎样做到了"虚实相成，有无互立,取之当前而自得,其理昭然,其事㲄然"。他指出杜甫的这些诗句,"若以俗儒之眼观之,以言乎理,理于何通?以言乎事,事于何有?所谓言语道断,思维路绝,然其中之理,至虚而实,至渺而近,灼然心目之间,殆如鸢飞鱼跃之昭著也。理既昭矣,尚得无其事乎?"

叶氏还举了"蜀道之难,难于上青天"、"似将海水添宫漏","春风不度玉门关","天若有情天亦老","玉颜不及寒鸦色"等唐人诗句,指出:

> 要之作诗者,实写理事情,可以言言,可以解解,即为俗儒之作。惟不可名言之理,不可施见之事,不可径达之情,则幽渺以为理,想象以为事,惝恍以为情,方为理至事至情至之语。

由于受历史条件的局限,叶燮不可能对形象思维作完全准确的论述,他所用的一些语言,也给人以神秘主义的感觉。但仔细分析,就可以看出,他的主要意思是:诗要"肖物",要反映万事万物的"理事情",但又不是机械的、照像式的反映,而是有概括,有虚构,有夸张,有想象。因此,诗歌作品里的"理事情"是"虚实相成,有无互立"的,不同于现实生活中的理、事、情。试从"似将海水添宫漏,共滴长门一夜长"两句诗来看,在现实生活中,既没有"将海水添宫漏"的事,"长门"的夜,也并不比"长门"外面的"夜"长。这就是"虚",就是"无"。然而,"水添宫漏",这是实有其事的,长门宫人听着滴不完的宫漏,嫌夜太长,这也是实有其理,实有其事,实有其情的。这就是"实",就是"有"。诗人驰骋联想和想象,用"比兴"的方法,把"虚""实""有""无"联系起来,就构成了"虚实相成,有无互立"的艺术境界,有力地表现了"宫怨"之理、"宫怨"之事、"宫怨"之情。而那两句诗,也确如叶氏所说,是"理至事至情至之语"。他所举的其他例句,也有类似的特点。由此可以看出,叶燮已经说明了形象思维的一些特点,并接触到艺术真实和生活真实的相互关系的问题。

在诗歌反映什么与如何反映的问题上,叶燮提出了不少进步的意见,批判了不少错误的论点,的确是难能可贵的。当然,他对这些问题的认识,不能不受历史的局限。比如他强调诗歌要表现"天地万物"的理、事、情,这是唯物的,然而究竟太宽泛。比他早得多的白居易,就已经提出了"惟歌生民病"的口号。他没有接过这个口号而加以发展,无论如何是个缺陷。在评价前人创作的时候,也不能始终坚持唯物观点。例如他对陶诗评价很高,但理由却是:"陶渊明胸次浩然,吐弃人间一切,故其诗俱不从人间得。"这又陷入了唯心主义的泥坑。

以上所谈的是《原诗》的主要内容。围绕主要内容,叶燮针对以前特别是当时诗歌理论、诗歌创作的实际情况,还发表了许多意见,其中有一些较有价值。例如他举了"生死"、"高卑"、"长短"、"远近"、"香臭"、"明暗"等一系列"二者于义为对待"的事物加以论证,阐明了诗的"陈熟"与"生新"的关系问题,指出"不可一偏,必二者相济,于陈中见新,生中得熟,方全其美",很有辨证观点。又如他从肉附于骨、文托于质的观点出发,论述了诗的"体格"、"声调"、"苍老"、"波澜"问题,指出:"彼诗家之体格、声调、苍老、波澜,为规则,为能事,固然矣,然必其人具有诗之性情、诗之才调、诗之胸怀、诗之见解以为其质。如赋形之有骨焉,而以诸法传而出之。""必先从事于'格物'而以识充其才,则质具而骨立,而以诸家之论优游以文之,则无不得,而免于皮相之讥矣。"这又符合内容决定形式的原则。其他如在诗歌理论方面肯定了刘勰、钟嵘等人的某些可取的见解,批判了严羽、刘辰翁、高棅等人的某些错误,在诗歌创作方面严厉地抨击了"好名"的恶劣风气,揭露了名利思想对诗歌的危害。这些意见也是值得重视的。

《原诗》的命名,标明了叶燮的著书宗旨。他不是"就诗以论诗",而是力图推究诗歌创作的本原,解决诗歌创作的根本性问题。在如何对待诗歌遗产的问题上,他反对复古摹拟,主张革新创造,要求从诗歌发展的实际出发,辨明"孰为沿为革,孰为创为因,孰为流弊而衰,孰以救衰而盛"从而吸取经验教训。在诗歌反映什么与如何反映的问题上,他反复论述了诗人应该具备的主客观条件,强调从"格物"入手,以探究万事万物的理、事、情,以扩充自己的识、才、胆、力,反对"泥于成法",要求在"表天地万物之情状"的基础上体现自己的"面目",建立自己的艺术风格。……总起来看,《原诗》尽管有不可避免的局限性,但它对许多问题的阐述都超越前人,是在复古与反复古的长期斗争中吸取和改造了前人的、特别是公安派的某些进步理论而加以发展的有较高成就的诗论专著。它的内容富有民主性、战斗性和系统性。适应内容要求的形式也比较新颖。特别是《内篇》突破了北宋以来盛行的一枝一节谈论诗歌问题的"诗话"体裁,以矫健的文笔,发表长篇大论,正反交错,波澜起伏,纵横驰骋,所向无前。真有"以文为战,进无坚城,退无横阵"的气势。《四库全书总目提要》非难它"虽极纵横博辩之致,是作论之体,非评诗之体",却正说明了它的独创性。在这一点上,叶燮也贯彻了他的"不随古人脚跟"、"自我作古"的主张。

叶燮有两个学生,一个是薛雪①,一个是沈德潜②。

薛雪的《一瓢诗话》,在许多问题上阐发了老师的见解。

叶燮以杜甫、王羲之为例,说明诗人的胸襟是"诗之基"。薛雪在复述的基础上略有发挥,认为"具得胸襟,人品必高。人品既高,其一謦一欬,一挥一洒,必有过人之处"。

叶燮指出,作诗"必先有所触以兴起",薛雪以自己"作'九秋'诗,因大有触发,遂多创获"的创作实践来证明"先生之言不虚"。又发挥说:"无所触发,摇笔便吟,村学究、幕宾之流耳,何所取裁?"又说:"非痛而呻,乃大不祥。"

叶燮主张诗人必须有自己的面目,独树一帜,反对摹拟剽窃,寄人篱下。薛雪反复发挥了这些论点。如说:"学诗须有才思,有学力,尤要有志气,方能卓然自立,与古人抗衡。若一步一趋,描写古人,已属寄人篱下。何况学汉魏,则拾汉魏之唾余;学唐宋,则啜唐宋之残膏,非无才思学力,直自无志气耳。"又说:"不落窠臼,始能一超直入。""拟古二字,误尽天下苍生。"他还讲了自己怎样在实践中贯彻这些主张。

> 范德机云:"吾平生作诗,稿成读之,不似古人,即焚去。"余则不然,作诗稿成读之,觉似古人,即焚去。

叶燮提倡艺术风格的多样化,这在《一瓢诗话》中有较多的阐发。如说:"作诗家数不必划一,但求合律,便可造进。譬如作乐,八音迭奏,原各就其所发以成之。"又说:"论诗略分体派可也,必曰某体、某派当学,某体、某派不当学,某人、某篇、某句为佳,某人、某篇、某句为不佳,此最不心服者也。人之诗犹物之鸣。莺鸣于春,蛩鸣于秋。必曰莺声佳可学,使四季万物皆作莺声,又曰蛩声佳当学,使四季万物皆作蛩声,是因人之偏嗜,而使天地四时皆废,岂不

---

① 薛雪(1681—1763?)字生白,号一瓢,苏州人。举博学鸿词,不就,工书画,精医学。著有《周易粹义》、《医经原旨》、《一瓢斋诗存》、《一瓢诗话》,编选《唐人小律花雨集》等。

② 沈德潜(1673—1769?),字确士,号归愚,长洲人。乾隆进士,官内阁学士、礼部侍郎。著有《归愚诗文钞》、《说诗晬语》,编有《古诗源》、《唐诗别裁》等。

大怪乎!"薛雪对由于某些人的"偏嗜"而提倡一种风格,抹煞其他风格十分反感,进一步指出:"从来偏嗜,最为小见。如喜清幽者,则绀痛快淋漓之作为愤激、为叫嚣;喜苍劲者,必恶宛转悠扬之音为纤巧、为卑靡。殊不知天地赋物,飞潜动植,各有一性,何莫非两间生气以成此?理有固然,无容执一。"他还从不同诗人具有不同个性的角度论证了诗歌风格的多样性:"爽快人诗必潇洒,敦厚人诗必庄重,倜傥人诗必飘逸,疏爽人诗必流丽,寒涩人诗必枯瘠,丰腴人诗必华赡,拂郁人诗必凄怨,磊落人诗必悲壮,豪迈人诗必不羁,清修人诗必峻洁,谨敕人诗必严整……"他不仅主张诗歌园地"百花齐放",而且希望每一位诗人能够抒写多种题材,具备多种笔墨,"变态百出"。他赞扬杜甫诗"如日月,无幽不烛;如大圆镜,无物不现"。又引张表臣《珊瑚钩诗话》,说明杜诗因表现多种题材而具有"含蓄"、"清旷"、"华艳"、"发扬蹈厉"、"雄深雅健"等多种风格。他肯定杜甫写重大题材的作品,也肯定他写爱情的"香雾云鬟湿,清辉玉臂寒",作诗说:"千古杜陵佳句在,'云鬟'、'玉臂'也堪师"。许彦周指摘韩愈写"银烛未销窗送曙,金钗欲醉座添春"这样的诗句,"殊不类其为人"。薛雪批驳道:"可知如来三十二相,八十种好,何所不见?大诗家正不妨如是。"

薛雪是在强调诗人必须有高尚的胸襟、人品的前提下提倡艺术风格的多样化的。他很重视诗歌的思想内容,因而一方面反对"偏嗜",一方面又自称"平生最爱随笔纳忠、触景垂戒之作"。对于"昨日到城郭,归来泪满巾。遍身绮罗者,不是养蚕人。""锄禾日当午,汗滴禾下土。谁知盘中餐,粒粒皆辛苦!""一曲清歌一束绫,美人犹自意嫌轻。不知织女寒窗下,多少工夫织得成!"一类的诗歌,"见必手录,信口闲哦,未尝忘之。"他自己所作的一首七绝,"冲泥觅叶为蚕忙,到处园林叶尽荒。今日始知蚕食苦,不应空著绮罗裳。"也流露了对民间疾苦的同情。

薛雪主张作诗要有"语不惊人死不休"的劲头,即使"具敏捷之才"也"断不可有敏捷之作"。他引用前代诗人"吟成五个字,捻断数茎须","险觅天应闷,狂搜海欲枯"等甘苦之言来说明"作诗不易"。而对于那些"摇笔便成,其一其二其三连篇累牍,不几年间,刻稿问世"的诗人,深致不满。他提出一条建议:"著作脱手,请教友朋。倘有思维不及,失于检点处,即当为其窜改涂抹,使成完璧,切不可故为谀美,任其渗漏,贻讥于世。"但对恶意诋毁,则主张不予理会。他说,有些人对他们同伙的作品"极口揄扬,美则牵合归之,疵则宛转掩之",对于他人呢,"纵有杰作,必索一瘢以訾之。后生立脚不定,无不被其所惑。吾辈定须竖起脊梁,撑开慧眼,举世誉之而不加劝,举世非之而不加沮,则魔群妖党,无所施其伎俩矣"。

上述内容,都很有可取之处。从这些地方我们可以看到叶燮诗论所产生的有益影响,也可了解到诗歌理论方面的师承关系。

薛雪有时也针对老师的意见,提出自己不同的看法,如对孟浩然的诗和高适、岑参的五七言律,即不同意叶燮所作的过低的评价。应当指出,薛雪在阐述老师的某些观点时,也有不合原意的地方。例如他讲诗歌的源流,认为"由《三百篇》而降","日趋日下,去本一步,呈尽千媸",所以主张"溯流而上,必得其源"。又如讲诗的正变,说:"温柔敦厚,缠绵悱恻,诗之正也;慷慨激昂,裁云镂月,诗之变也。"这些看法可能是受了沈德潜的影响。

沈德潜的《说诗晬语》,也时常称引和暗袭老师的诗论,而在最根本的问题上,却背离了老师的精神。他宣扬"温柔敦厚"的"诗教",赞美前后七子的领袖,代表着诗歌领域里的复古倾向。由于沈氏在当时的政治和文学方面都有相当高的地位,所以影响很大。我们把《原诗》、《一瓢诗话》和《说诗晬语》合读,不但能了解叶燮诗论的影响,同时还能了解复古与反复古的斗争,即使在师生之间,也同样表现得相当明显。

叶燮强调"识",强调"胸襟",沈德潜把这一点吸取过来了。他说:"有第一等襟抱,第一等学识,斯有第一等真诗。"又说:"作文作诗,必置身高处,放开眼界。"但他所说的"高处",实质上指为封建统治服务的立场,他所说的"第一等襟抱,第一等学识",实质上指正统儒家的思想修养。所以开宗明义,他即提出诗歌的作用问题:"诗之为道,可以理性情,善伦物,感鬼神,设教邦国,应对诸侯。"这就是说,诗歌要为封建统治者的政治服务。而为封建统治者的政治服务的"诗教",自然就成为他的诗歌理论的主要内容了。

要阐发"诗教",就离不开"复古"。他认为六朝以来,"嘲风雪,弄花草……而'诗教'远矣"。因而必须"上穷其源","仰溯风雅,诗道始尊"。"嘲风雪,弄花草"的作品我们也是否定的。但沈德潜的出发点和我们有本质的不同,他是因为"嘲风雪,弄花草"的作品不能为封建统治服务而加以反对的;而《诗经》呢,则早被许多封建学者用种种谬说曲解成进行"诗教"的"经典"了,沈氏正好从这里入手宣扬"诗教"。

"诗教"的目的,就是要用"温柔敦厚"的诗歌"教育"臣民,使他们对封建统治者"温柔敦厚",不但不应该反抗,而且不应该提尖锐的意见①。《说诗晬语》谈《诗经》的部分,正是扣紧这一点立论的。说某些诗"美文王之化"呀,某些诗"温柔敦厚,斯为极则"呀,某篇诗"怨而不怒"呀,某篇诗"何识之远而讽之婉也"呀……甚至连叶燮作为否定"温柔敦厚"的例证提出的《巷伯》"投畀"之章也加以曲解,说什么:"《巷伯》恶恶,至欲'投畀豺虎'、'投畀有北',何尝留一馀地?然想其用意,正欲激发其羞恶之本心,使之同归于善,则仍是温厚和平之旨也。"并说"《墙茨》、《相鼠》诸诗,亦须本斯意读"。他的这些见解都是应该批判的。

沈德潜论《楚辞》,论汉、魏、六朝诗,论唐、宋、元明诗,也表现了这种"精神"。如说"《楚辞》不皆是怨君","《离骚》……如赤子婉恋于父母侧而不忍去","《庐江小吏妻》……悲怆之中自足温厚","《新婚别》……发乎情,止乎礼义"等,都是或者歪曲原作用以宣传"诗教",或者专门强调符合"诗教"的因素而加以表扬的例子。

在前面评介《原诗》时已经提到明代的前后七子之所以要复古,主要原因是,在他们看来,《诗经》是"温柔敦厚"的,汉魏"去古未远",其诗歌也是"温柔敦厚"的。沈德潜的看法亦复如此。因而,他在颂扬李、何、王、李的同时,对反对复古的各派,特别是公安派和竟陵派,都作了全盘否定。

和《说诗晬语》相配合,沈德潜编选了《古诗源》、《唐诗别裁》、《明诗别裁》、《清诗别裁》等诗歌选本。选本中序言、凡例的主要论点及对某些诗的评语,或见《说诗晬语》,或与《说诗晬语》相补充,可以参看。

从基本倾向上看,沈德潜的诗论与叶燮的诗论相对立。但《说诗晬语》的内容相当丰富,从《诗经》到明末,对历代的重要诗人和代表作品,几乎都作了简要的评论。结合沈氏的几个诗歌选本看,他对于一部诗歌发展史,是下工夫研究过的,对于诗歌艺术,也是有不少独到见解的。

《说诗晬语》一开头,就强调了诗歌创作的特点:

> 事难显陈,理难言罄,每托物连类以形之。郁情欲舒,天机随触,每借物引怀以抒之。比兴互陈,反复唱叹,而中藏之欢愉惨戚,隐跃欲传。其

---

① 《礼记·经解》:"温柔敦厚,诗教也。"孔颖达解释说,"温,谓颜色温润;柔,谓性情和柔。诗,依违讽谏,不指切事情,故云温柔敦厚,是诗教也。"

言浅,其情深也。倘质直敷陈,绝无蕴蓄,以无情之语而欲动人之情,难矣。

很清楚,他反对"质直敷陈,绝无蕴蓄"、"无情之语",要求"托物连类"、"比兴互陈"、"言浅情深",实质上是主张作诗要用形象思维,主张诗歌要用艺术形象表现事、理、情。这不仅和叶燮的意见相一致,而且谈得更确切,更明晰。他之所以能够披沙拣金,把历代重要诗人的优秀作品选入《唐诗别裁》等几个选本,以及能够对历代重要诗人及其优秀作品作出某些可取的艺术分析,是和这一点分不开的。

沈德潜评诗,往往能从诗歌的艺术特点着眼。如评《庐江小吏妻》诗(即《孔雀东南飞》)云:"共一千七百四十五言,杂述十数人口中语,而各肖其声口性情,真化工笔也。"这已涉及叙事诗中的人物形象塑造问题、人物语言的个性化问题。又引"思君如流水"、"澄江净如练"、"红药当阶翻"、"芙蓉露下落"等"古今流传名句",指出它们的特点是"情景俱佳,足资吟咏"。而对"明月松间照,清泉石上流。竹喧归浣女,莲动下渔舟"这样的诗,则认为"纯乎写景"、"景象虽工",不足为"楷模"。可以看出,他强调诗歌必须通过完美的概括了现实生活的艺术形象表现思想感情,做到情景交融,主观与客观统一。有形象而无思想感情,就不是好作品;反之亦然。他反对"以理语成诗",但又不同意诗歌"不涉理路"的说法,主张"理难言罄,每托物连类以形之"。他举了杜甫的"江山如有待,花柳自无私"、"水深鱼极乐,林茂鸟知归"、"水流心不竞,云在意俱迟"等诗句作为例证,指出这类诗句"俱入理趣",而"言外有馀味"。他称赞李白的七绝"只眼前景,口头语,而有弦外音,味外味,使人神远"。类似这样的诗评,都表明他很懂得形象思维的特点。

自从严羽反对"以议论为诗"以来,诗中是否可以发议论,一直争论不休。叶燮举了《诗经》的二《雅》及杜甫的《赴奉先县咏怀》、《八哀》、《北征》等诗"何首无议论"的事实,说明诗中可以发议论。不过,他虽然批评反对以议论入诗的人"先不知何者是议论,何者为非议论",但又没有说明诗中的议论跟散文中的议论究竟应有什么区别。沈德潜则对叶燮的这一论点作了较好的发挥。他说:"老杜以宏才卓识,盛气大力胜之。读《秋兴》八首、《咏怀古迹》五首、《诸将》五首,不废议论,不弃藻绘,笼盖宇宙,铿戛韶钧,而横纵出没中,复含酝藉微远之致。"又说:"人谓诗主性情,不主议论,似也,而亦不尽然。试思二

《雅》中何处无议论？老杜古诗中，《奉先咏怀》、《北征》、《八哀》诸作，近体中《蜀相》、《咏怀》、《诸将》诸作，纯乎议论。但议论须带情韵以行，勿近伧父面目耳。"他明确指出：诗中的议论要有"含酝藉微远之致"，"须带情韵以行"，这就把问题说清了。一、他已经讲过，"质直敷陈"，就"绝无蕴蓄"。要有"含酝藉微远之致"，就必须"借物引怀以抒之"，即通过艺术形象发议论。《奉先咏怀》中的"朱门酒肉臭，路有冻死骨"，《诸将》中的"沧海未全归《禹贡》，蓟门何处尽尧封"，《咏怀古迹》中的"三分割据纡筹策，万古云霄一羽毛"一类诗句，就是这样的。二、他曾经指斥"世人结交须黄金"、"刘项原来不读书"之类像在散文中发议论的诗句为"粗派"。诗中的议论，则"须带情韵以行"，即既有浓烈的抒情色彩，又有符合抒情需要的音乐美。《北征》中的"乾坤含疮痍，忧虞何时毕"，《蜀相》中的"出师未捷身先死，长使英雄泪满巾"，《秋兴》中的"同学少年多不贱，五陵衣马自轻肥"一类诗句，就是这样的。

沈德潜和叶燮、薛雪一样，也主张诗人应有自己的"性情面目"。他说："性情面目，人人各具。读太白诗，如见其脱屣千乘。读少陵诗，如见其忧国伤时。其世不我容，爱才若渴者，昌黎之诗也。其嬉笑怒骂，风流儒雅者，东坡之诗也。即下而贾岛、李洞辈，拈其一章一句，无不有贾岛、李洞者存。倘词可馈贫，工同鏊锐，而性情面目，隐而不见，何以使尚友古人者读其书想见其人乎？"

沈德潜鼓吹"温柔敦厚"的"诗教"，这是和他的政治地位相适应的。在具体选诗、论诗的时候，眼界却比较开阔。例如对于许多揭露阶级矛盾、鞭笞统治阶级的暴政、同情民间疾苦的诗作，都并不排斥。不但录入选本，而且给予肯定（即使有所曲解）。对于艺术风格，也不限于"温柔含蓄"的一种，这可以从他对许多不同艺术风格的诗人所作的评论中看得出来。例如他评白居易说："白乐天诗，能道尽古今道理，人以率易少之，然'讽谕'一卷，使言者无罪，闻者足戒，亦风人之遗意也。"又如他评苏轼说："苏子瞻胸有洪炉，金银铅锡，皆归熔铸。其笔之超旷，等于天马脱羁，飞仙游戏，穷极变幻，而适如意中所欲出，韩文公后，又开辟一境界也。元遗山云：'只知诗到苏黄尽，沧海横流却是谁？'嫌其有破坏唐体之意，然正不必以唐人律之。"下面的这两段议论更值得注意：

司空表圣云："不著一字，尽得风流。""采采流水，蓬蓬远春。"严沧浪云："羚羊挂角，无迹可求。"苏东坡云："空山无人，水流花开。"王阮亭本此数语,定《唐贤三昧集》。

木玄虚云:"浮天无岸。"杜少陵云:"鲸鱼碧海。"韩昌黎云:"巨刃摩天。"惜无人本此定诗。

这说明沈德潜既主张诗歌题材、风格的多样化,又提倡博大宏丽、壮浪纵恣的艺术风格。这一点,也是值得我们重视的。

总之,从《说诗晬语》和《一瓢诗话》中,都可以看出叶燮诗论的积极影响。

沈德潜在《清诗别裁》中曾说:"先生(指叶燮)初寓吴,时吴中称诗者多宗范、陆,究所猎者范、陆之皮毛,几于千手雷同矣。先生著《原诗》内外篇四卷,力破其非。吴人士始多訾警之。先生殁后,人转多从其言者。"这说明叶燮反对摹拟、雷同,强调革新、独创的论诗宗旨,既非无的放矢,又在一定范围的诗歌创作实践中起了进步作用。事实上,其作用远不止此。即如"乾隆三大家"的理论和创作,就无一不受叶燮诗论的影响,特别是赵翼的《瓯北诗话》和若干首《论诗绝句》,其反对因袭、要求创新的精神,是与《原诗》一脉相承的。"必创前古所未有,而后可以传世。""预支五百年新意,到了千年又觉陈。"这就是赵翼的论诗纲领。

(1964年初稿,人民文学出版社1979年版《〈原诗〉〈一瓢诗话〉〈说诗晬语〉校注·前言》)

论赵翼的《瓯北诗话》

一

从公安派到叶燮,无数作家进行的反复古主义斗争,可以说把以"前后七子"为代表的"古人之优孟"抨击得体无完肤。但是文学领域里的"复古"是有其社会原因的。高高在上的封建文人,由于脱离文学的"唯一源泉"社会生活而进行写作,本来很容易走上摹拟古人的道路。何况清代的统治者,为了巩固其封建统治,尽可能地利用古代的一切文化"遗产",从各方面来强化它的封建的上层建筑;适应这种要求,在封建统治阶级的文人中,自然要不断出现新的优孟。康熙时主盟诗坛的王士禛,虽不赞成"前后七子"的某些论点,但仍然是"拟古",所不同的只是模仿另一些古人——王、孟、韦、柳,而且打扮得比较漂亮,所以有人管他叫"清秀李于鳞"①。乾隆时主盟诗坛的沈德潜,一反他老师叶燮的主张,公然赞扬"前后七子",提倡为统治阶级服务的"诗教"。他当然也是优孟,不过扮演的是忠臣孝子之类的角色罢了。

有人复古,也就有人反对复古。继叶燮之后,在诗歌方面进行反复古主义斗争的代表人物,首推袁枚,其次便是赵翼。

赵翼(1727—1814)是和袁枚齐名的诗人(合蒋士铨,称"乾隆三大家")。他在诗歌理论批评上的突出特点是:反对"荣古虐今",强调"争新"、"独创"。先看他的三首《论诗》绝句:

满眼生机转化钧,天工人巧日争新。
预支五百年新意,到了千年又觉陈。

李杜诗篇万口传,至今已觉不新鲜。

---

① 吴乔语,见《答万季埜诗问》。李于鳞即"后七子"的领袖之一李攀龙。

> 江山代有才人出,各领风骚数百年。

> 词客争新角短长,迭开风气递登场。
> 自身已有初中晚,安得千秋尚汉唐!

创造的机器在不停的转动,"天工"日日"争新","人巧"也日日"争新",每天都涌现出无数新事物。诗人即使"预支五百年新意",到了"五百年"以后,其作品也不免陈旧。"李杜诗篇万口传,至今已觉不新鲜",正是这个道理。所以诗歌创作的关键不是"复古",而是"争新"。不要说整个的文学发展史,即就唐代诗歌本身来看,中期不同于初期,晚期又不同于中期,怎能把汉唐诗歌奉为典范,一味摹拟呢?

这几首诗表现了一定的发展观点和追求创造的精神。这种发展观点和追求创造的精神,也反映在他的诗歌理论批评著作《瓯北诗话》中。

先就体裁看:李白、杜甫、韩愈、白居易、苏轼各一卷,陆游两卷,元好问、高启共一卷,吴伟业、查慎行各一卷。其中不但有宋元明的诗人,而且有清初的诗人。这正体现了他的发展观点,与"文必秦汉,诗必盛唐"、"劝人不读唐以后书"的复古派迥不相同。特别把只比他早几十年的查慎行和李、杜等相提并论,是相当大胆的。看看这一段话:

> 梅村后欲举一家,列唐、宋诸公之后者,实难其人。惟查初白才气开展,工力纯熟,鄙意欲以继诸贤之后,而闻者已掩口胡卢。不知诗有真本领,未可以荣古虐今之见,轻为訾议也。

这种勇于和"荣古虐今"的保守派宣战的精神,是值得称道的。

就对诸家的评论看,也多从"创造"着眼。他的论点是:"必创前古所未有,而后可以传世。"所以论李白,则突出其反对建安以来"绮丽不足珍"的诗风,"不屑束缚于格律对偶,与雕绘者争长"。论杜甫,则强调其"为前人所无"的"独创句法"等等。论韩愈,则在指出"昌黎时李、杜已在前,纵极力变化,终不能再辟一径,惟少陵奇险处尚有可推广,故一眼觑定,欲从此辟山开道,自成一家"之后,又研究了各种"创体"、"创格"和"创句"。论白居易、苏轼等,都就其"独创"之处,作了着重的分析。

也许由于过分强调各家的"独创",以至他在形式方面着眼较多,而且把有形式主义倾向、甚至完全是形式主义的东西,如韩、孟的长篇联句,元、白的长篇次韵,乃至苏轼的口吃诗,黄庭坚的二十八宿诗等,也作为"创体"、"创格",在不同程度上肯定下来了。不过从主要方面看,赵翼还是重视内容的。他评论各家,也注意了内容方面的"创";在谈形式方面的"创"时,也批判了某些形式主义倾向。如论陆游,特指出其"以一筹莫展之身,存一饭不忘之谊,举凡边关风景、敌国传闻,悉入于诗……或大声疾呼,或长言永叹。命意既有关系,出语自觉沉雄"。论元好问,特指出其"生长云朔……本多豪健英杰之气,又值金源亡国,以宗社邱墟之感,发为慷慨悲歌,有不求工而自工者"。论吴伟业,特指出"身阅鼎革,其所咏多有关于时事之大者……事本易传,则诗亦易传"。论查慎行,特指出其"少年随黔抚杨雍建南行……兵戈杀戮之惨,民苗流离之状,皆所目击,故出手即带慷慨沉雄之气,不落小家"。这都是从内容方面说明各家的"独创"性的。

正因为他的评论未脱离内容,所以对各家的评价,就与偏重形式的论客们不同。例如,过去有不少人认为韩、孟胜过元、白,而且用"轻俗"二字,贬低元、白的成就。赵翼则说:"韩、孟尚奇警,务言人所不敢言;元、白尚坦易,务言人所共欲言。试平心论之……奇警者犹第在词句间争难斗险,使人荡心骇目,不敢逼视,而意味或少焉。坦易者多触景生情,因事起意,眼前景、口头语,自能沁人心脾,耐人咀嚼。此元、白较胜于韩、孟,世徒以轻俗訾之,此不知诗者也。"自江西诗派流行后,不少人把黄庭坚捧在苏轼之上。赵翼却提出相反的意见:"东坡随物赋形,信笔挥洒,不拘一格,故虽澜翻不穷,而不见有矜心作意之处。山谷则专以拗峭避俗,不肯作一寻常语,而无从容游泳之趣。且东坡使事处,随其意之所之,自有书卷供其驱驾,故无捃摭痕迹。山谷则书卷比东坡更多数倍,几于无一字无来历;然专以选材庀料为主,宁不工而不肯不典,宁不切而不肯不奥,故往往意为词累,而性情反为所掩。"过去的不少评论家,"震于东坡之名,往往谓苏胜于陆"。赵翼则认为"陆实胜苏"。理由是:苏轼自乌台诗案后,"不复敢论天下事",所以"徒令读者见其诗外尚有事在而已"。陆游恰恰相反:当宋室南渡,统治者苟安一隅,"讳言用兵",而"士大夫新亭之泣,固未已也"的时代,他"转以诗外之事,尽入诗中"。……

正由于他较重视内容,所以对某些诗人的优缺点也看得比较清楚。如对韩愈,他既看出欲从奇险处辟山开道的特点,也指出《南山》、《征蜀》、《陆浑山火》等诗"徒聱牙辖舌,而实无意义"。并认为"昌黎自有本色,仍在文从字顺中自然雄厚博大,不可捉摸,不专以奇险见长。……若徒以奇险求昌黎,转失之矣。"对于白居易,则认为古体优于律诗,并分析说:"香山主于用意。用意,则属对排偶,转不能纵横如意;而出之以古诗,则惟意之所之,辨才无碍。……工夫又锻炼至洁,看是平易,其实精纯……此古体所以独绝也。"对于陆游,一般人只欣赏其律诗。赵翼则既肯定其律诗的卓越成就,又认为"古体之工力更胜于近体",因为其古体"才气豪健,议论开阔……看似华藻,实则雅洁;看似奔放,实则谨严……"。对元好问,则指出"修饰词句,本非所长,而专以用意为主。意之所在,上者可以惊心动魄,次亦沁人心脾"。……对许多诗人堆垛词藻、用典不当、语言晦涩难解等由于片面追求形式而产生的缺点,也都作了批判。

综合对各家的评论,可以看出他在内容和形式两方面都强调"创造",反对"拾人牙后,人云亦云",或"抱柱守株,不敢逾限一步"(卷五)。在内容和形式二者之中,又是主张以内容为主的。他所谓"争新",首先是"预支五百年新意",所以在谈形式方面的"创"时,虽然不适当地肯定了某些形式主义的东西,但在更多的地方,还是以有助于或有损于"意"的表达为标准,来衡量形式的好或坏的。不妨再引几段:

> 诗家好作奇句警语,必千锤百炼而后能成。如李长吉"石破天惊逗秋雨",虽险而无意义,只觉无理取闹。(卷一)

> 盘空硬语,须有精思结撰。若徒掯摭奇字,诘曲其词,务为不可读以骇人耳目,此非真警策也。(卷三)

> 梅村好用词藻,不免为词所累。(卷九)

赵翼是赞成"平易近人"风格的。有人由于陆游的古体诗"平易近人",便"疑其少炼",他批驳道:"所谓炼者,不在乎奇险诘曲,惊人耳目,而在乎言简意深,一语胜人千百。……放翁工夫精到,出语自然老洁。他人数言不能了者,只用一二语了之。此其炼在句前,不在句下,观者并不见其炼之迹,乃真炼之至矣。"既要"言简意深",又要"平易近人",这就是他对"炼"的要求。这样的"炼",是和"第在字句间争难斗险"的形式主义的"炼"根本不同的。

赵翼有这样一首论诗绝句:

> 只眼须凭自主张,纷纷艺苑漫雌黄。
> 矮人看戏何曾见,都是随人说短长。

从上面谈到的若干"主张"看,他确实比当时的"矮人"高一头。但也只能说比当时的"矮人"高一头。由于受历史的局限,他的"只眼"不可能洞察问题的本质。因此他那些有进步性的"主张",又往往是和封建糟粕联结在一起的。关于这一点,将在后面(第三部分)进行分析和批判。

二

赵翼长于历史考证之学(著有《廿二史札记》、《陔馀丛考》等),这表现在《瓯北诗话》中,形成几个特点:

第一,名叫"诗话",却用不少篇幅,替陆游写年谱。

第二,根据诗人经历,或多或少地联系历史环境,考查其思想和创作的发展道路。如论陆游,他指出陆游诗凡三变:"宗派本出于杜;中年以后,则益自出机杼,尽其才而后止。……自从戎巴蜀而境界又一变。及乎晚年,则又造平淡,并从前求工见好之意亦尽消除。……此又诗之一变也。"

其中对陆游思想和创作的发展道路的叙述、分析,颇有独到之处,值得参考。遗憾的是这样的叙述分析并不多。

第三,对和许多诗有关的诗人经历、历史事件等等,作了考证,并纠正了某些注本的错误,有参考价值。这一部分所占比重最大。

第四,从诗中找史料。如用杜诗证明"古人作画多在素壁",用白诗证明"今人爱陈酒,古人则爱新酒",乃至搜罗白居易记历官俸禄、品服的许多诗句,认为可抵职官志、食货志和舆服志。……这虽可资参考,但于论诗究无多大意义。

三

赵翼是封建统治阶级的文人,很受清代统治者重视,在政治和军事上都曾"效犬马之劳",他的世界观中的进步因素毕竟是有限的。因此,他的"诗话"

虽有上述可取之处,但其中的封建性糟粕却很不少。

最严重的是,论李白,对从永王璘一事,诋毁备至,对李白指斥统治者丑行的诗,竟诬为"诽谤",断为"伪作"。论皮日休,对表彰孟子,则称赞其"有功于道学甚巨",而对他参加黄巢起义,则诋为"从贼",责其"失节"。论吴伟业部分,有诬蔑李自成、张献忠、牛金星等农民起义领袖及为清代统治者张目的说法,更不一而足。……这都突出地表现了他维护封建统治的立场。

其次,论李白,称其"如富贵人,终不作寒乞语"。论白居易,竟从"出身贫寒"得出"易于知足"、"所志有限"和"贫儒骤富,露出措大本色"的荒谬结论。这又暴露了他的封建贵族老爷鄙视劳苦群众(尽管白居易并非劳苦群众)的思想感情。

由于鄙视人民,所以未提白居易反映民间疾苦、揭露政治黑暗的前期诗篇,却赞扬他描写富贵豪华生活、表现"知足保和"思想的后期作品。

也由于鄙视人民,所以尽管一再称赞"坦易"、"平易近人"、"明白如话"的风格,却又认为人民语言"俚俗"不堪入诗。不仅用"专以俚言俗语阑入诗中"的罪名一笔抹杀了杨万里,而且拈出陆游用了"俚言俗语"的某些诗句,詈为"下劣诗魔"。

他强调"争新",主张"创前古所未有",这自然比复古主义者强得多。可是为什么要"创前古所未有"呢?他的回答却是:"才人好名"。不特诗歌创作,他认为"东坡所至必有营造,斯固其利物济人之念,得为即为之;要亦好名之心,欲籍胜迹以传于后。韩魏公作相州堂,欧阳公作平山堂,均此志也"。他把"好名"说成在文学上创新和在其他方面做好事的唯一动力,当然表现了他的阶级局限性。

叶燮在《原诗》中曾尖锐地揭露过名利思想对诗歌创作的危害性,甚至发出"诗之亡也,亡于好名……亡于好利"的呼声!继叶燮之后反对复古的赵翼,却把名利看作推进诗歌发展的"动力",相形之下,便暴露了他醉心功名富贵的庸俗思想。

在吸取《瓯北诗话》中的进步内容的时候,对于这些封建性的糟粕,也应该严加批判。

(1961年春脱稿。原载《〈瓯北诗话〉校点》,

人民文学出版社1963年版)

西昆派与王禹偁

南宋严羽在其论诗专著《沧浪诗话》里说:"国初之诗,尚沿袭唐人:王黄州学白乐天;杨文公、刘中山学李商隐……"学白乐天的王黄州,即指"白体"代表诗人王禹偁;学李商隐的杨文公、刘中山,即指"昆体"代表诗人杨亿、刘筠。元人方回在《序罗寿可诗》里所说的"宋刬五代旧习,诗有白体、昆体……",其对宋初诗坛主要流派的划分,也与严氏相合。除"白体"、"昆体"而外,还有以"九僧"及魏野、寇准、林逋、潘阆、赵湘等为代表的一派,人称"晚唐派"。多用近体的形式点缀景物,题材狭窄,虽有工警之句,然总地说来,成就不高,影响不大。这里只谈谈"昆体"与"白体"的代表诗人王禹偁。

从时代上说,"白体"诗人如徐铉、王禹偁、李昉、王奇、徐锴等,都早于"昆体"作者。为了论述的方便,先谈"昆体"。

所谓"昆体",又叫"西昆体"。是以《西昆酬唱集》的问世而得名的。宋人田况在《儒林公议》卷上中说:"杨亿在两禁,变文章之体,刘筠、钱惟演辈,皆从而效之,时号杨、刘。三公以新诗更相属和,极一时之丽。亿复编叙之,题曰《西昆酬唱集》。当时佻薄者谓之西昆体。"

西昆派的领袖是杨亿、刘筠、钱惟演。杨亿字大年,建州浦城人。雍熙(宋太宗赵光义年号,984—987年)元年,年十一,召赋诗赋,授秘书省正字。淳化(赵光义年号,990—994年)中,命试翰林,赐进士第。真宗赵恒时代,历官知制诰,拜工部侍郎、翰林学士兼史馆修撰。刘筠字子仪,大名人,真宗咸平元年(998年)进士,累官御史中丞、知制诰、翰林承旨兼龙图阁直学士。钱惟演字希圣,是吴越王钱俶的儿子,归宋后累迁翰林学士、枢密使、保大节度使、同中书门下平章事;与杨、刘齐名。

杨亿、刘筠、钱惟演都是煊赫一时的馆阁大臣,很有号召力,所以附和的人很多(也多是大官僚)。真宗景德(1004—1007年)以后不久,杨亿便把他们唱和的诗结集起来,题名《西昆酬唱集》①。作者除杨、刘、钱三人外,尚有李宗谔、陈越、李维、刘骘、刁衎、任随、张咏、钱惟济、丁谓、舒雅、晁迥、崔遵度、薛映及刘秉十四人。

西昆派是一种形式主义的文学流派。它的产生有许多原因。首先是政治原因:北宋王朝建立已经四十多年,生产有一定的发展,统治者逐渐加重对于人民的剥削,以满足其骄奢淫逸的生活,阶级矛盾(还有民族矛盾)越来越尖锐化了。为了掩盖阶级矛盾、粉饰太平、宣扬圣德,每逢宫内赏花、钓鱼、宴饮,皇帝常常要大臣做诗;而馆阁大臣,也照例要献诗献赋。这种粉饰太平的作品,当然没有什么重大的、进步的现实内容(因为天下实际上并不太平),却必须讲究表面上的华赡典丽,冠冕堂皇:这就很容易走上形式主义的道路。其次是西昆派作者本身的原因:有些了解并同情民间疾苦的作者,虽然适应皇帝的要求,也要写应制之作,但同时也写了反映并批判现实的好作品(像同时稍早的王禹偁就是这样的)。西昆派的作者却是另一种情况。他们都是住在繁华的汴京,过着豪奢安逸生活,深得皇帝宠信的大官僚,完全脱离现实,脱离人民,所以创作的视野就非常狭隘,几乎没有什么要写。没有什么要写而硬要写作,就自然而然地掉进形式主义的泥坑里去了。再其次是文学史上的原因:晚唐五代,盛行着一种形式主义的卑靡诗风,西昆派正是这种诗风的继承和发展。西昆派诗人主要是学习李商隐的。杨亿甚至用李商隐抹杀杜甫,认为杜甫比起李商隐来,就显出一副村夫子面目②。但是实际上,李商隐还从杜甫那里学了有益的东西。他注重形式,讲究用典贴切,对仗精工,声律谐婉,喜欢用象征手法,其一部分诗的确有形式主义的倾向甚至完全是形式主义的③。但由于他被卷进牛李党争的漩涡,在政治上备受挫折,对现实有认识,有不满,因而也写了不少形式完美、内容较好的诗篇,成为我国文学史上有独特风格的杰出诗

---

① 杨亿在《西昆酬唱集序》中说:"取玉山策府之名,命之曰《西昆酬唱集》。"按《穆天子传》中说:穆天子到昆仑群玉之山,即"先王之所谓策府",注云:"言往古帝王以为藏书册之府。"杨亿等曾"佐修书之任",编《册府元龟》。"西昆",大约是借昆仑群玉之山以指他们修书的地方;他们正是于修书之时,"更迭唱和"的,杨亿在序中说得很清楚。

② 《中山诗话》云:"杨大年不喜杜工部,谓为村夫子。"

③ 李商隐集中,像《泪》一类的作品,可以说完全是形式主义的。《泪》是这样的:"永巷长年怨绮罗,离情终日思风波,湘江竹上痕无限,岘首碑前泪几多?人去紫台秋入塞,兵残楚帐夜闻歌,朝来灞水桥边问,未抵青袍送玉珂。"全诗只堆砌了许多有关泪的典故。西昆派着重学习的就是这一类作品。像钱惟演、刘筠、杨亿等人的几首《泪》,就是直接模仿李商隐的《泪》的。

人。西昆派诗人,却抛弃了他的健康方面,只学他的技巧,只学他的诗的形式,甚至只从他的诗作中窃取美丽的辞藻。《古今诗话》上说:"杨大年、钱文僖、晏元献、刘子仪为诗,皆宗李义山,号西昆体。后进效之,多窃取义山诗句。尝内宴,优人有为义山者,衣服败裂,告人曰:'吾为诸馆职挦扯至此!'闻者大噱。"优人的讽刺,虽不免夸张,但也是从事实出发的。

《西昆酬唱集》中的二百四十八首诗,概括起来,有这样一些特点。一、多是内容空虚的宫廷诗、宴乐诗、咏物诗,如《上巳玉津园赐宴》、《致斋太一宫》、《宣曲十二韵》、《直夜》、《劝石集贤饮》、《夜宴》、《樱桃》、《柳絮》之类。二、多是无聊的酬唱之作。一个题目,你做一首,他和一首,往往重复雷同①。三、追求对偶精工。正因为追求对偶精工,所以全集除少数七绝而外,都是五七言律诗,而且有不少是长篇排律,如《受诏修书述怀感事三十韵》之类。四、摭拾典故。差不多每句用典,而且喜用僻典,所以十分费解。五、堆砌华丽的词藻。方回在《瀛奎律髓》中曾指出"凡昆体,必于一物之上入金玉锦绣等字以实之",其实不止金玉锦绣等字,凡颜色字、香料字、宫阙字、神仙字等等丽字,都反复出现。如"帆"曰"锦帆","蕊"曰"琼蕊","月"曰"璧月","烛"曰"银烛","壶"曰"玉壶","署"曰"仙署","台"曰"丹台","闱"曰"粉闱","阙"曰"绛阙"之类,不胜枚举。

这里举一首杨亿的《泪》,看看西昆派的作风。

> 锦字梭停掩夜机,白头吟苦怨新知。
> 谁闻陇水回肠后,更听巴猿拭袂时。
> 汉殿微凉金屋闭,魏宫清晓玉壶欹。
> 多情不待悲秋意,只是伤春鬓已丝。

前述的一些特点,在这首诗里差不多都表现出来了。那么,这首诗究竟讲了些什么?第一句,用的是苏蕙的故事。相传前秦窦滔的妻子苏蕙,因为丈夫在外面别有所恋,久不回家,便织了带有迴文诗的锦寄给他,要他回来。这句诗是说当苏蕙在夜里织锦的时候,百感交集,终于停梭掩机,织不下去了,大概

---

① 如杨、刘、钱三人的《成都》:杨诗有云:"已见南阳起卧龙。"刘诗有云:"诸葛遗灵柏半烧。"钱诗有云:"武侯千载有遗灵。"都在诸葛亮身上做文章。以"泪"为题的几首七律,杨亿写了"枉是荆王疑美璞",钱惟演又写了"荆王未辨连城价,肠断南州抱璧人"。都用的是卞和抱璞而泣的典故。

会流出眼泪吧！第二句，用的是卓文君的故事。《西京杂记》上说：司马相如要娶茂陵女子做小老婆，卓文君知道了，写了一首《白头吟》，表示和他断绝关系。这句诗是说当卓文君写《白头吟》的时候，内心痛苦，大概会流出眼泪吧！第三句，用了古乐府《陇头歌》的意思。《陇头歌》是这样的："陇头流水，鸣声幽咽。遥望秦川，肝肠断绝。"第四句，用了《水经注·三峡歌》的意思。《三峡歌》云："巴东三峡巫峡长，猿鸣三声泪沾裳。"这两句诗是说听了陇水的幽咽，就已经要哭泣了；再听巴猿的悲鸣，还能不落泪吗！第五句，用的是陈皇后的故事。汉武帝儿时，大长公主把他抱在膝上，问道："你想要个媳妇儿不？"他说："想要。"又指着她的女儿阿娇问他："给你作媳妇儿好不好？"他说："若得阿娇，当以金屋贮之。"阿娇和武帝结了婚，就是陈皇后。后来武帝又爱上了卫子夫，把陈皇后禁闭在长门宫里。这句诗是说在凉风飒飒的秋天，禁闭在所谓"金屋"里的陈皇后，怎能不珠泪滚滚！第六句，用的是魏文帝宫人薛灵芸的故事。相传薛灵芸入宫时，辞别父母，用玉唾壶承泪，点点都是红色。这句诗是说薛灵芸入宫后夜里思念双亲，清早把玉唾壶一倾，里面都是血泪。最后两句比较明白，是说：多情的人不必像宋玉一样等到秋天才悲哀，就是在春天，也不免于感伤。悲哀感伤的时候，当然会流出眼泪来。

全篇的形象是支离破碎的，无法统一起来。这哪里是诗，不过是用"泪"作谜底的谜语罢了。

《西昆酬唱集》中比较像样的是怀古诗，《瀛奎律髓》卷三选了《南朝》四首、《汉武》四首、《明皇》三首、《成都》三首、《始皇》三首。但严格地说，除了杨亿的《汉武》①颇有神采而外，其余的也不过杂凑故实，敷衍成章而已。

西昆派的影响并不小。欧阳修在《六一诗话》中说："杨大年与钱、刘数公唱和；自《西昆集》出，时人争效之，诗体一变。"按当时效法西昆体的，《韵语阳秋》提到的有王鼎、王绰；《玉壶清话》提到的有朱巽、孙仅和王贻永。稍后的晏殊、宋庠、宋祁乃至文彦博、赵抃、胡宿等，其诗风亦类似西昆。但是就在西昆派的作者粉饰太平的时候，北宋的社会矛盾已经尖锐化了。《宋史·吕蒙正传》中说：宋真宗在元宵节宴赏大臣，自称由于上天赐福，国家兴盛如此。宰相

---

① 诗如后："蓬莱银阙浪漫漫，弱水回风欲到难。光照竹宫劳夜拜，露漙金掌费朝餐。力通青海求龙种，死讳文成食马肝。待诏先生齿编贝，忍令索米向长安？"此诗的确如吴汝纶所评，"字字中有顿挫，故音节浏亮"，讥讽汉武帝求仙、拓边而不重用人才，也比较有意义。但纪昀说它"逼真义山"，却不免过誉，比起李商隐的《隋宫》、《筹笔驿》、《马嵬》等诗来，还是颇有逊色的。

吕蒙正奏称:"乘舆所在,士卒走集,故繁盛如此。臣尝见都城外不数里,饥寒而死者甚众,不必尽然。"阶级矛盾的扩大,于此可见。而契丹的威胁又日益严重,民族矛盾也在加深。在这种情况下,西昆派自然要遭到一部分面对现实、关怀人民、忧心国事的进步作家的反对。学习杜甫的诗人陈从易曾进策抨击西昆派的作品"或下里如会粹,或丛脞如急就"。而抨击最力的则是石介。他在《怪说》中说:

> 反厥常则为怪矣。夫书则有尧舜典、皋陶益稷谟、禹贡、箕子之洪范,诗则有大小雅、周颂、商颂,春秋则有圣人之经,易则有文王之繇、周公之爻、夫子之十翼。今杨亿穷妍极态,缀风月,弄花草,淫巧侈丽,浮华纂组,刓镂圣人之经,破碎圣人之言,离析圣人之意,蠹伤圣人之道,使天下不为书之典、谟、禹贡、洪范,诗之雅颂,春秋之经,易之繇、爻、十翼,而为杨亿之穷妍极态,缀风月,弄花草,淫巧侈丽,浮华纂组,其为怪大矣。

他假借封建统治阶级尊奉的《诗》、《书》、《易》、《春秋》等圣人之"经"来反对西昆派,在理论上给西昆派以沉重的打击。而比杨亿等人年纪较大的王禹偁,则在创作上继承了杜甫、白居易的现实主义精神,对抗西昆派的形式主义逆流,使欧阳修、梅尧臣、苏舜卿等得以承流接响,在反西昆派及其继承者的斗争中取得胜利,为王安石、苏轼、陆游等杰出诗人铺平了纵横驰骋的现实主义道路。

王禹偁字元之,济州巨野(今山东省巨野县)人。生于周世宗柴荣显德元年(954),死于宋真宗赵恒咸平四年(1001),著有《小畜集》。他出生农家,从小苦学,九岁即能作诗作文。《西清诗话》上说:"王元之父,本磨家。毕文简士安为州从事,元之代其父输面至公宇,立庭下,文简方命诸子属句曰:'鹦鹉能言争(怎)比凤。'元之抗声曰'蜘蛛虽巧不如蚕'。……"这不但表现了他的敏捷的艺术构思,而且表现了他热爱劳动生产的农民本色。二十九岁登进士,历官右拾遗,拜左司谏。庐州妖尼诬告徐铉,他上书要求处罚妖尼,被贬为商州团练副使,后又累迁翰林学士,受人谤讪,贬知滁州。宋真宗赵恒即位,召为知制诰。后又被贬,出知黄州。关于他在政治上所受的打击,他在《三黜赋》中谈得很清楚:

> 一生几日,八年三黜。始贬商於,亲老且疾;儿未免乳,呱呱拥树。六

> 百里之穷山,唯毒蛇与赞虎。历二稔而生还,幸举族而无苦。再谪滁上,吾亲已丧。几筵未收,旅梓未葬。泣血就路,痛彼苍之安仰。移郡印于淮海,信靡盬而鞅掌……今去齐安,发白目昏。吾子有孙,始笑未言。去无骑乘,留无田园。……

最后,他得出这样的结论:"屈于身兮不屈其道,任百谪而何亏!吾当守正直兮佩仁义,期终身以行之。"从他在政治上和文学创作上的表现看,的确是这样做了的。《宋史》评他"遇事敢言,喜臧否人物,以直躬行道为己任",很合乎事实。

当西昆派的首脑人物坐享高官厚禄的时候,王禹偁为什么一再遭受打击呢?这因为前者甘于为统治者服务,歌颂"升平",而他则面向人民,为民请命,不愿像"俳优"那样"歌时颂圣"①。他出身农家,了解和同情民间疾苦;做了官,就想为人民办些好事。由于历史局限性,他不可能想到推翻封建剥削制度,只能希望统治者实行"仁政"。"致君望尧舜……功业如皋稷"(《吾志》),这就是他的政治理想。他做的既是谏官,要实现这种理想,就只有直言谏诤,使皇帝变得像传说中的尧舜那样。

封建皇帝以"天子"自居,说什么自己的统治是"顺乎天命"的,人民不应该反抗。王禹偁首先否定了这种谬论。他在《君者以百姓在为天赋》中说:"勿谓乎天之在上,能覆于人;勿谓乎人之在下,不覆于君。政或施焉,乃咈违于民意,民斯叛矣。"从施政应符合民意,若违反民意,人民就要反抗这个前提出发,他在《端拱箴》中警告统治者:

> 无侈乘舆,无奢宫宇;当念民贫,室无环堵。无崇台榭,无广陂池;当念流民,地无立锥。御服煌煌,有采有章;一裘之费,百家衣裳。御膳郁郁,有粱有肉;一食之用,千人口腹。勿谓丰财,经费不节;须知府库,聚民膏血!

然而统治者的快乐正是建筑在人民的痛苦之上的,哪里会牺牲自己的快乐,接受这样的忠告呢!"丹笔方肆直,皇情已见疑",于是遭到接二连三的斥逐。

---

① 见《对雪示嘉祐》。

他遭受到接二连三的斥逐,做了好几任州县官,对政治的黑暗和人民的痛苦有了更深刻的认识,因而在他的创作中,有很多作品能够多方面地反映和批判现实,对统治者的暴政进行抨击,对人民的痛苦表现同情。其中最出色的要算他的《吊税人场文(并序)》:

> 峡口镇多暴虎,路人过而罹害者,十有一二焉。行役者目其地曰:税人场。言虎之抟人,犹官之税人。因为文以吊之。其辞曰:
>
> 虎之生兮,亦禀亭毒。文采蔚以锦烂,睛眸赫其电烛。爪利锋起,牙张雪蠢。岩乎尔游,溪乎尔育。匪隐雾以泽毛,惟哇人而嗜肉。豺伴貙邻,林潜草伏。啸生习之风,视转眈眈之目。始有霜径晨征,阴村暮宿,尔必抟以疗饥,啗而充腹。骨委沟壑,血膏林麓,恨魄长往,悲魂不复。旅人无东海之勇,嫠妇起泰山之哭。致使贾说商谈,飞川走陆;职彼兽之攸暴,示斯场之所酷。骑者为之鞭蹄,车者为之膏轴,铍者为之发刃,弧者为之挟镞。来之者有备,过之者在速。鲜不魄骇魂惊,而神翻思复者哉!
>
> 于戏!虎之抟人也,止于充肠;官之税人也,几于败俗。则有泉涌鹿台之钱,山积巨桥之粟,周幽、厉之不恤,汉桓、灵之肆欲:是皆收太半以充国,用三夷而祸族;牙以五刑,爪以三木;抟之以吏,哇之在狱。马不得而驰其蹄,车不得而走其毂;铍在匣以谁引,矢在弦而莫属。斯场也,大于六合;斯虎也,害于比屋。虽有黄公之力,莫得而戮;虽有卞庄之戟,岂得而逐……

人们把老虎吃人的地方叫做"税人场"。意思是:老虎吃人,就像统治者向人民抽税。作者从这里出发,先写老虎多么残酷的吃人,然后笔锋一转,刺向统治者:荒淫纵欲的统治者为了"泉涌鹿台之钱,山积巨桥之粟",以牢狱为口,以刑具为爪牙,到处抟人,吞食民脂民膏。这不像老虎一样,只在个别地方"税人",六合之内,都是"税人"的场所,这不像老虎一样可以制伏,虽有黄公、卞庄一样的勇士,也无能为力。比屋皆受其害,无法逃避。这是多么黑暗的社会啊!

王禹偁所反映的这种情况,对封建社会的各个历史时期说,都是典型的;对北宋说,更是典型的。只要翻一下历史,就知道北宋实行的包括"人头税"在内的"两税法"("人头税"是五类"正税"中的一类),曾经使多少人倾家荡产!

然而在那个社会里,给人民带来灾难的岂止赋税!比如盐酒等的官卖政策,就是一种变相的残酷剥削。王禹偁对这也没有沉默,他在《官酝》中抨击道:"彝酒书垂诫,众饮圣所戮;汉文亦禁酒,患在縻人谷。自从孝武来,用度常不足,榷酤夺人利,取钱入官屋!"王禹偁抨击的这种不合理的现象后来更变本加厉,欧阳修、王安石等都用他们的政论诗进行了更深刻的揭发与批判。

和这种阶级矛盾扭结一起的还有民族矛盾(契丹的侵略),和这些人祸扭结一起的还有各种天灾。他在多方面地反映人民的无穷无尽的苦难的时候,心情是异常沉痛的。在《十月二十日作》中,他写"路旁饥冻者,颜色颇悲辛。饱暖我不觉,羞见黄州民"。作为黄州的地方官,他因为无法使人民饱暖而感到羞愧。在《自嘲》中,他写"三月降霜花木死,九秋飞雪麦禾灾,虫蝗水旱霖淫雨,尽逐商山副使来"。作为商州的地方官,他因为无法帮人民消除天灾而感到伤心。在许多描写民间疾苦的诗里,他由于"民瘝无术瘳"①而引咎自责。在《感流亡》中,看到流亡者的惨相:

……门临商於路,有客憩檐前:老翁与病妪,头鬓皆皤然。呱呱三儿泣,茕茕一夫鳏。道粮无斗粟,路费无百钱。聚头未有食,颜色颇饥寒。

他忍不住和他们谈起来了:

试问何许人,答云家长安。去年关辅旱,逐熟入穰川。妇死埋异乡,客贫思故园。故园虽孔迩,秦岭隔蓝关。山深号六里,路峻名七盘。襁负且乞丐,冻馁复险艰。惟愁大雨雪,僵死山谷间……

听到这里,就责备自己:

因思筮仕来,倏忽过十年,峨冠蠹黔首,旅进常素餐……

在《对雪》中,写到他和家里人在大雪天不但免于饥寒,而且还能备办酒肴的时候,就想到夫役和塞兵的痛苦:

因思河朔民,输挽供边鄙。车重数十斛,路遥几百里。羸蹄冻不行,

---

① 《月波楼咏怀》。

死辙冰难曳。夜来何处宿,阒寂荒陂里。又思边塞兵,荷戈御胡骑。城上卓旌旗,楼中望烽燧。弓劲添气力,甲寒侵骨髓。今日何处行,牢落穷沙际。

想到这里,又责备自己:

自念亦何人,偷安得如是!深为苍生蠹,仍尸谏官位。謇谔无一言,岂得为直士?褒贬无一词,岂得为良史?不耕一亩田,不持一只矢。多惭富人术,且乏安边议。空作对雪吟,勤勤谢知己。

在《对雪示嘉祐》中写道:

秋来连澍百日雨,禾黍漂溺多不收。如今行潦占南亩,农夫失望无来辞。尔看门外饥饿者,往往僵殣填渠沟!

又一度责备自己:

峨冠旅进又旅退,曾无一事裨皇猷。俸钱一月数家赋,朝衣一袭几人裘!安边不学赵充国,富民不作田千秋。胡为碌碌事文笔,歌时颂圣如俳优!一家衣食仰在我,纵得饱暖如狗偷……

这种严酷的自责是鞭挞自己,也是鞭挞统治者。在有名的《待漏院记》中,他提出做宰相(卿大夫也一样)的人应该经常考虑:"兆民未安,思所泰之;四夷未附,思所来之;兵革未息,何以弭之;田畴多芜,何以辟之;贤人在野,我将进之;佞臣立朝,我将斥之……"而不应该经常考虑:"私仇未复,思所逐之;旧恩未报,思所荣之;子女玉帛,何以致之;车马器玩,何以取之;奸人附势,我将陟之;直士抗言,我将黜之;三时告灾,上有忧色,构巧词以悦之;群吏弄法,君闻怨言,进谄容以媚之"。也不应该"无毁无誉,旅进旅退,窃位而苟禄,备员而全身"。他的言行证明他自己是经常考虑他认为应该考虑的那些问题的,而且一再向统治者提出"富人术"和"安边议";但得到的却是打击。当时的政权,是掌握在他所诅咒的那一类人手中的。在《竹鸡》一诗中,他愤怒地写道:"吁嗟狡小人,乘时窃君禄。贵依社树神,俸盗太仓粟。笙簧佞舌鸣,药石嘉言伏"。在这种人掌握的政权下,敢于"抗言"的"直士"自然要遭到"斥逐",而缺乏斗争性的官员,就自然"旅进旅退,窃位而苟禄,备员而全身"了。王禹偁自己虽然一再地进行斗争,但他的建议既被拒绝,做不出"富人"、"安边"的成绩;而在斥逐之后,仍然做着官儿,享受俸禄,这就使他时常感到"峨冠蠹黔首,旅进常素餐"的痛苦。在无法排除这种痛苦的情况之下,他常想弃官归农,自食其力。"何当解印绶,归田谢膏粱,教儿勤稼穑,与妻甘糟糠。"①这是他在许多诗篇的结尾都表现过的情感。

做官不能"安边"、"富人",反而要老百姓供养,就不如弃官种田,自食其力。这是王禹偁的人生观。在《休粮道士传》中,这种人生观表达得很明确。他通过一个能够"累月不食"(即所谓"休粮")的道士的口告诉人们:"衣食为民天,何可休也!但有用于时,则可食矣。是以君子运其智,有功德及于人也,然后食之;小人运其力,有利益及于世也,然后食之。吾既不仕,则无功德矣;又不为农工商贾,则无利益矣。苟窃其食,则人之蠹矣。吾是以弗食。"在这里,尽管还没有突破"君子劳心,小人劳力"的封建思想,但认为"有用于时则可食",无用于时而窃其食,就是"人之蠹"——人类的害虫,还是有进步意义的;对当时吞食民脂民膏而不干好事的那些统治者和整个寄生阶级来说,尤其是有力的鞭挞。而他对自己的严酷的责备,也是从这种人生观出发的。

从这种人生观出发,他也反对不参加劳动生产的佛教徒。而且,他反对佛教,不是批判信佛的人民,而是鞭挞逼迫人民信佛的统治阶级。他在《酬处才上人》中写道:

我闻三代淳且质,华人熙熙谁信佛?茹蔬剃发在西戎,胡法不敢干华风。周家子孙何不肖,奢淫昏乱黩王道;秦皇汉帝又杂霸,只以威刑取天下;苍生哀苦不自知,从此中国思蛮夷。无端更作金人梦,万里迎来万民重。为君为相犹归依,嗤嗤聋俗谁敢非;若教却似周公时,生民岂肯须披缁!可怜嗷嗷避征役,半入金田不耕织……

作者相当准确地揭露了人民信佛的政治原因:在奢淫、昏乱、杂霸的统治者统治之下,处于水深火热之中的人民容易信佛,在精神上寻找安慰;大多数人民,则由于逃避赋税、力役而剃发为僧。至于统治者有意用宗教麻醉人民的

---

① 《闻鸦》。

斗争意志这个重要原因虽没有指出来,但这已经比韩愈的辟佛进步得多。因为作者更多地从人民的角度出发,反映了"可怜嗷嗷避征役,半入金田不耕织"的严重的社会问题。

一个有进步的人生观、世界观的作者,绝不会为暴露黑暗而暴露黑暗,他暴露黑暗的目的是为了追求光明。古典作家由于生在黑暗王国里,不得不把主要的艺术力量用在暴露黑暗方面;但只要在黑暗王国里看到一线光明,他们就会写出歌颂光明的作品。王禹偁就是这样的。他不仅写了许多暴露统治阶级的黑暗的作品,也写了些歌颂光明的作品。在《唐河店妪传》中,他描写了一个把跋扈的异族侵略者推入井中的老妪,歌颂了边塞人民机智、勇敢,不畏强敌的英雄气概。在《畲田词》中,他描写了农民的劳动生产,歌颂了农民互助合作的道德品质,他在《畲田词》的序中说:"上雒郡南六百里,属邑有丰阳上津,皆深山穷谷,不通辙迹。其民刀耕火种。大底先斫山田,虽悬崖绝岭,树木尽仆,俟其乾且燥,乃行火焉。火尚炽,即以种播之。然后酿黍稷,烹鸡豚,先约曰:某家某日有事于畲田。虽数百里如期而集,锄斧随焉。至则行酒啗炙,鼓噪而作,盖断而掩其土也。掩毕则生,不复耘矣。援桴者有勉励督课之语,若歌曲然。且其俗更互力田,人人自勉。仆爱其有义,作《畲田词》五首以侑其气⋯⋯"五首词的前四首是:

大家齐力剧孱颜,耳听田歌手莫闲。
各愿种成千百索①,豆萁禾穗满青山。

杀尽鸡豚唤劚畲,由来递互作生涯。
莫言火种无多利,林树明年似乱麻。②

鼓声猎猎酒醺醺,斫土高山入乱云。
自种自收还自足,不知尧舜是吾君。

北山种了种南山,相助力耕岂有偏。
愿得人间皆似我,也应四海少荒田。

---

① 作者自注云:"山田不知畎亩,但以百尺绳量之,曰:'某家今年种得若干索'。"
② 作者自注云:"种谷之明年,自然生木,山民获济。"

在热情洋溢地歌颂农民"相助力耕"的同时,也表达了农民对生产和生活的理想。

出身农家,同情人民,了解人民的生活和思想感情;为了解除人民的痛苦而直言谏诤,以致政治上屡受打击,和统治者之间发生矛盾……这一切,促使王禹偁在创作上走上了现实主义的道路。在继承文学传统上,也自然与西昆派不同。叶燮在《原诗》里说:"宋初袭唐人之旧,如徐铉、王禹偁辈,纯是唐音。"这只是笼统的说法。在唐代诗人中,他主要学习、继承了杜甫、白居易的现实主义诗风。他在《示子诗》里说:"本与乐天为后进,敢期子美是前身。"表现了对杜甫、白居易的无限向往之情。但从他的《小畜集》看,他虽学杜、白而不为杜、白所囿,力求在继承的基础上有所革新。他在《日长简仲咸》诗里,就用"子美集开诗世界"这样新警的诗句赞美了杜甫为诗歌创作开辟了新天地的不巧功绩;他自己,也正是从这方面努力的。

对于王禹偁诗的风格特点,前人多有论及。《彦周诗话》云:"本朝王元之诗可重,大氐语迫切而意雍容。"《载酒园诗话》云:"王禹偁秀韵天成,虽学白乐天,得其清不得其俗。"《宋诗啜醨集》雪帆云:"元之诗,长篇于欧、苏间似伯仲,其七律则清深警秀,神韵在元和、大历间,非元祐诸人所能及也。"《艺概》云:"王元之诗,五代以来,未有其安雅。"雍容、安雅、清秀、深警,这更接近白居易的风格。由于创作个性的不同,杜甫诗沉郁顿挫、海涵地负的一面,是王禹偁所缺少的。他的有些诗,也显得平弱。

王禹偁有些风景抒情诗,写得很不错。例如:

> 马穿山径菊初黄,信马悠悠野兴长。
> 万壑有声含晚籁,数峰无语立斜阳。
> 棠梨叶落胭脂色,荞麦花开白雪香。
> 何事吟馀忽惆怅,村桥原树似吾乡。
>
> ——《村行》

> 今年寒食在商山,山里风光亦可怜。
> 稚子就花拈蛱蝶,人家依树系秋千。
> 郊原晓绿初经雨,巷陌春阴乍禁烟。
> 副使官闲莫惆怅,酒钱犹有撰碑钱。
>
> ——《寒食》

宦途流落似长沙,赖有诗情遣岁华。
吟弄浅波临钓渚,醉披残照入僧家。
石挨苦竹旁抽笋,雨打戎葵卧放花。
安得君恩许归去,东陵闲种一园瓜。

——《新秋即事》

两株桃杏映篱斜,妆点商山副使家。
何事春风容不得?和莺吹折数枝花。

——《春居杂兴》

这类诗都称得上"清深警秀"。不仅写景如画,而且有怀抱,有寄托,曲折地表现了他的身世之感。如果结合作者的政治理想、政治遭遇,并和前面提到的那许多社会诗联系起来读,就更可以体会出这些诗并非"味同嚼蜡",而是馀味无穷。

解放以来,古典诗歌研究者大都伸唐而绌宋,甚至全盘否定宋诗,这是不符合实际情况的。宋代的诗坛上,一开始就出现了像王禹偁这样发扬杜甫、白居易现实主义优良传统的优秀诗人,对宋诗健康发展发生过深远的影响,很值得我们重视。

(原刊《人文杂志》1958年第5期)

论苏舜钦的文学创作

一

在西昆派脱离现实、片面追求形式的浮艳文风风靡一世之时,以欧阳修为中心,形成了一个诗文革新运动。苏舜钦(1008—1048)便是这一运动中的重要作家之一。舜钦字子美,开封人,与梅尧臣齐名,时称梅苏。著有《苏学士文集》十六卷。

以欧阳修为中心的诗文革新运动,是和以范仲淹为中心的政治改革运动相联系的。诗文革新运动中的重要作家,在政治上都站在以范仲淹为首的政治集团方面,与以吕夷简、夏竦、王拱辰等为骨干的代表大官僚地主利益的"邪党"进行斗争。苏舜钦也是这样的。在几次上书中,他曾为范仲淹等受"邪党"排挤而提出抗议,并抨击御史中丞张观、司谏高若讷,指出他们是因"温和软懦,无刚鲠敢言之气"而被执政者"引拔建置"的私人,从而进一步要求皇帝另择辅臣及御史谏官。这当然触怒了那些权贵。庆历四年(1044),范仲淹、杜衍、富弼等在政府,延揽人才,企图实行所谓"庆历新法",苏舜钦也由于范仲淹的推荐,被召为集贤校理、监进奏院。御史中丞王拱辰等蓄意反对政治改革。恰好进奏院祠神,苏舜钦按照惯例,用出卖废纸的钱办酒食邀友好饮宴。因为他是范仲淹推荐的,又是杜衍的女婿,王拱辰便唆使党羽诬奏,企图借此动摇范仲淹、杜衍等的政治地位。结果,苏舜钦以监主自盗论罪,削籍为民;参加宴会的名士,也因缘得罪,被放逐者十馀人。苏舜钦在《上集贤文相书》、《与欧阳修书》①及许多诗篇中叙述了事件的经过,并且愤怒地揭露了邪党的阴谋。

苏舜钦被废以后,离开数世居住的开封,于苏州买水石作沧浪亭,隐居不出。友人韩维责以离去京师、隔绝亲友,他在回信中说:"昨在京师,不敢犯人颜色,不敢议论时事,随众上下,心志蟠屈不开,固亦极矣!不幸适在嫌疑之

---

① 此书苏氏文集未收,见宋人费衮所著《梁谿漫志》,丁传靖辑入《宋人轶事汇编》卷四。

地,不能决然早自引去,致不测之祸,摔去下吏,人无敢言,友仇一波,共起谤议。被废之后,喧然未已,更欲置之死地,然后为快。来者往往钩赜言语,欲以传播,好意相恤者几希矣。故闭户不敢与相见,如避兵寇。偷俗如此,安可久居其间!遂超然远举,羁泊于江湖之上……实亦少避机阱也。"①这真把封建社会里官场的黑暗、世态的炎凉暴露无遗了。

在诗文革新方面,苏舜钦和梅尧臣一样,对同时的许多作家起过启蒙作用。欧阳修说:"子美之齿少于予,而予学古文,反在其后。"②《宋史》本传说:"当天圣中,学者为文多病偶对,独舜钦与河南穆修好为古文歌诗,一时豪杰多从之游。"他自己在《哭师鲁》诗中也说:"忆初定交时,后前穆与欧(即穆修和欧阳修)……予年又甚少,学古众所羞。君欲举拔萃,声偶日抉搜,不鄙吾学异,推尊谓前修。"能在形式主义文风猖獗的时代独树一帜,是需要坚强的毅力,也需要明确的认识的。从他的《石曼卿诗集后叙》中可以看出,他和白居易等现实主义诗人一样,认为诗歌应该表达民情,针砭时弊,因而采诗制度的存废,关乎国家的治乱。他说:"诗之作,与人生偕者也。人函愉乐悲郁之气,必舒于言……古之有天下者,欲知风教之感,气俗之变,乃设官采掇而监听之,由是弛张其务,以足其所思,故……弊乱无由而生。厥后官废,诗不传,在上者不复知民志之所向,故政化烦悖,治道亡矣。"在阶级社会里,剥削阶级的利益和人民的利益是矛盾的,要求统治者通过诗歌了解人民的愿望和要求,据以采纳民意,改革政治,这是极不现实的。但认为诗歌应该表达民情,毕竟有其进步的一面。

二

苏舜钦的文学创作,可以进奏院事件为界,分为前后两期。

在前期,他的文学活动是他的政治活动的一部分。他的许多上皇帝书和上执政大臣书,打破了骈四俪六的枷锁,文笔犀利,议论激烈,抨击了当时的弊政,反映了阶级矛盾和民族矛盾的真实情况,提出了改革政治的具体措施,都是有战斗性的政论文。和其散文创作相一致,他的诗歌创作的突出特点亦是具有强烈的政论性和战斗性。不少诗,是就当时发生的政治事件发表意见的。

---

① 文集卷十《答韩持国书》文字,与《宋史》本传所引略有不同,此段引文参照本传。

② 《苏氏文集序》。

如《感兴》第三首,就林书生上书获罪的事件,对统治者压制批评、堵塞言路的残暴手段,进行了无情的揭露。他在提出"瞽说圣所择,愚谋帝不罪"的论点之后,愤慨地写道:

> 前日林书生,自谓胸臆大。潜心摭世病,策成谓可卖。投颡触谏函,献言何耿介……一封朝飞入,群目已眦睚。力夫暮塞门,执缚不容喟。十手捽其胡,如负杀人债。幽诸死牢中,系灼若龟蔡。亦既下凤指,黥而播诸海。长途万馀里,一钱不得带。必令朝夕间,渴饥死于械。从前有口者,踏胝气如鞴……

反动统治阶级,害怕揭露矛盾,不惜用一切残酷手段来压制批评。苏舜钦的这篇诗,正反映了封建统治者的反动本质。

又如《庆州败》,就一次丧师辱国的战役,对当权者提出了尖锐的批评:

> 无战王者师,有备军之志。天下承平数十年,此语虽存人所弃。今岁西戎背世盟,直随秋风寇边城。屠杀熟户烧障堡,十万驰骋山岳倾。国家防塞今有谁?官为承制乳臭儿。酣觞大嚼乃事业,何尝识会兵之机!移符火急搜卒乘,意谓就戮如缚尸。未成一军已出战,驱逐急使缘险巇。马肥甲重士饱喘,虽有弓剑何所施!连颠自欲堕深谷,虏骑指笑声嘻嘻。一麾发伏雁行出,山下奄截成重围。我军免胄乞死所,承制面缚交涕洟。逡巡下令艺者全,争献小技歌且吹。其馀剿馘放之去,东走矢液皆淋漓。首无耳准若怪兽,不自愧耻犹生归!守者沮气陷者苦,尽由主将之所为。地机不见欲幸胜,羞辱中国堪伤悲!

庆州之败,时当仁宗景祐元年(1034)的秋天。当时西夏的统治者元昊领兵侵犯庆州,宋边缘都巡检杨遵等以骑兵七百战于龙马岭,失败。环庆路都监齐宗矩、走马承受赵德宣等领兵驰援,行至节义烽,通事蕃官指出蕃部多伏兵,不可过壕,宗矩不听。伏兵发,宗矩被俘(后又放还)①。此诗所写的就是这一战役。作者不仅揭露了敌人的暴行,而且通过对宋军轻率出战、狼狈战败的叙

---

① 见《续资治通鉴》卷三十九。

述,指斥了只知"酣觞大嚼"、不懂军事、毫无民族气节的主将,并通过对主将的指斥批评朝廷。"国家防塞今有谁?官为承制乳臭儿"。这不是分明在批评执政者用人不当吗?

在《己卯冬大寒有感》中,还揭发了军中赏罚不明的现象及其原因:"近闻边方奏,中覆多沉没。罪者既稽诛,功者不见阅。虽使颇牧生,勇智当坐竭。或去庙堂上,与彼势相戛。恐其立异勋,歘然自超拔。"边疆统帅奏请赏罚将士的文书被朝廷的权贵压下了,以致有罪者不得罚,有功者不得赏。权贵们只怕统帅立功升官,影响自己的地位;却毫不考虑给广大军民带来多么深重的苦难:"不知百万师,寒刮肤革裂;关中困诛敛,农产半匮竭。"为了个人权位,不惜牺牲国家民族的利益。这多么深刻地暴露了那些权贵的卑污的灵魂!

怕边帅立功,也说明了为什么要用"乳臭儿"防塞。中国之大,并不是没有将才,而是有才略、有爱国思想的人不被重用。在《蜀士》中,诗人进一步揭露了妒贤嫉能的权贵们排挤人才的真相:

蜀国天下险,奇怪生中间。有士贾其姓,抱材东入关,献册叩谏鼓,其言蔚可观。愿以微贱躯,一得至上前。掉舌灭西寇,画地收幽燕。且云太平久,兵战无人言。臣尝学其法,自集数百篇。治乱与成败,密然不可删。三献辄罢去,志屈心悲酸。将相门户深,欲往复见拦。负贩冒日热,引重冲雪寒。羁苦辇毂下,以图晨夕餐。如此三岁馀,夜夜抱膝叹。……

蜀士的遭遇,在当时是有普遍性的。作者自己的遭遇,也与此相类似。请看这篇《吾闻》:

吾闻壮士怀,耻与岁时没。出必凿凶门,死必填塞窟。风生玉帐上,令下厚地裂。百万呼吸间,胜势一言决。马跃践胡肠,士渴饮胡血。腥膻屏除尽,定不存种孽。予生虽儒家,气欲吞逆羯。斯时不见用,感叹肠胃热。昼卧书册中,梦过玉关北。

读这篇诗,我们仿佛听到了岳飞踏破贺兰的呼声,看到了陆游报国无门的悲愤①。

宋代统治者从"澶渊之盟"以后,对外日益懦怯无能,对内则日益加重其剥削压榨,民族矛盾和阶级矛盾交织起来,使人民陷于水深火热之中。和腐朽的统治者相反,苏舜钦一方面壮怀激烈,要求平息外患,一方面满腔热情,希望解除人民的痛苦。在《城南感怀呈永叔》中,他描绘了耳闻眼见的可悲可骇的现象——水旱频仍,广大人民用野草充饥,中毒而死,"犬豨咋其骨,乌鸢啄其皮";而那些高高在上的执政者呢,却依旧山珍海味,畅饮大嚼。《吴越大旱》一诗,更对吴越人民的悲惨生活,作了惊人的描绘:

> 吴越龙蛇年,大旱千里赤。寻常秔稼地,烂漫长荆棘。蛟龙久遁藏,鱼鳖尽枯腊。炎暑发厉气,死者道路积,城市接田野,恸哭去如织。是时西羌贼,凶焰日炽剧。军须出东南,暴敛不暂息。复闻籍兵民,驱以教战力。吴侬水为命,舟楫乃其职。金革戈盾矛,生眼未尝识。鞭笞血涂地,惶惑宇宙窄。三丁二丁死,存者亦乏食。冤怼结不宣,冲迫气候逆。二年春乃夏,不雨但赫日。安得凉冷云,四散飞霹雳。滂沱消祲疠,甘润起稻稷。江波开旧涨,淮岭发新碧。使我扬孤帆,浩荡入秋色!胡为泥滓中,视此久戚戚!长风卷云阴,倚桅泪横臆。

这是一篇具有高度历史真实性的优秀作品,深刻地反映了天灾人祸交加、阶级矛盾民族矛盾交织的社会本质,而把全部同情倾注在受难的人民方面。诗的艺术结构,充分地体现了诗人的思想倾向。第一段写天灾:吴越大旱,赤地千里,人民生活已失去依靠;而大旱又引起瘟疫,人民逃避不及,死者积满道路。第二段写人祸:西夏侵犯,统治者把战争的灾难转嫁给吴越人民,用血腥手段勒索军需,强抽壮丁。第二段的结尾又与第一段呼应,把天灾归因于人

---

① 钱钟书在《宋诗选注》苏舜钦小传中说:"陆游诗的一个主题——愤慨国势削弱、异族侵凌而愿'破敌立功'那种英雄抱负,在宋诗里恐怕最早见于苏舜钦的作品。"这是合乎事实的。

祸:"冤怼结不宣,冲迫气候逆。"①第三段表达了作者的也是吴越人民的愿望。这一段孤立地看,只是希望消灭天灾,但从全诗的结构看,由于在前面已把天灾归因于人祸,因而要消灭天灾也就首先得消灭人祸。在"滂沱消裛疠,甘润起稻稷"中,是包含了涤除虐政的愿望的。

可以这样说,苏舜钦是一位不折不扣的政治诗人。对于任何场合的任何现象,几乎都能激起他忧民忧国的情感,因而不仅当他写前面提到的重大事件,就是写似乎并不重要的题材时,也差不多都会触及当时的政治、社会问题。如《升阳殿故址》,由唐明皇的荒淫写到唐王朝的覆亡,犀利的笔锋直指当时的皇帝:"髑髅今成堆,皆昔燕赵面,每因锄耰时,数得宝玉片……不有失德君,焉为稿夫佃!"这分明是向宋朝的最高统治者敲警钟。《览含元殿基,因想昔时朝会之盛,且感其兴废之故》一诗也是一样,由前朝的"只知营国用,不畏屈民财"写到"翠辇移幸",然后说:"虽念陵为谷,遥知祸有胎。"其矛头所指,也显而易见。又如《送李冀州》、《寄富彦国》、《送杜密学赴并州》、《送安素处士高文悦》等,都极力描写了外患严重,鼓励他们效命疆场,为苍生造福。甚至在和朋友谈话的时候,也不忘"蛮夷杀郡将,蝗螟食民田",发出"何人同国耻"②的感慨。在山寺里游玩,也因山的名称联想到人事,写出"寺里山因花得名,繁英不见草纵横,栽培剪伐须勤力,花易凋零草易生"③这样意味深长的诗篇。看见大雾塞空,则"思得壮士翻白日,光照万里销我之沉忧"④,表现他对清明政

---

① 把天灾归因于人祸,这是苏舜钦思想的一个重要部分。他的许多上皇帝书都是在发生水、火、地震等灾害之后写的,立论的根据都是:小人专权、政治腐败、人民痛苦不堪,上天因此降灾,向统治者提出警告。不少的诗篇也反映了这种观点,例如前面提到的《感兴》第三首,就在林书生惨遭迫害之后写道:"奈何上帝明,非德不可盖,倏忽未十旬,炎官下其怪;乙夜紫禁中,一燎不存芥,天王下床走,仓促畏挂碍,连延旧寝廷,顿失若空寨。"同在《火疏》中一样,作者把仁宗天圣七年(1029)玉清昭应宫的大火灾(见《续资治通鉴》卷三十七)看成上帝降罚。为了宣传这个观点,他还写了一篇题为《符瑞》的论文。在这篇论文中说:"至治之世,则日星清明,各用其行,及夫政化荡堕,虐戎下民,刑罚炽张,颂声寥寂,则次躔告凶,门蚀陵昏,水溢旱蝗,眚妖出焉……是天以吉凶之符付王者,王者奉之不敢坠厥命,故曰:天难谌,命靡常,常厥德,保厥位。唯圣人见异竦然,引道德仁惠以合之,则瑞物可保而有也……天人相交,气应混并,密然相关为表里,其可诬哉!"肯定冥冥之中有所谓"天",而且肯定"王者受命于天",这是唯心主义观点。但认为"命靡常","天意"以"民意"为转移,又是有利于人民的。

② 《有客》。
③ 《题花山寺壁》。
④ 《大雾》。

治的向往。《大风》一诗,是因大风拔树抨击虐政的。"露坐不免念禾黍,必已刮刷无完根。六事不和暴风作,尝闻洪范有此言……是何此风乃震作,吹尽秋实伤元元。"诗人对人民生活是多么关怀!《扬子江观风浪》,则由扬子江的风浪写到朝廷礼度败坏,以致"凶邪得骋志,物命遭摧残"。《猎狐篇》则通过对妖狐被歼的描写,向朝廷中的奸邪小人提出警告……

　　诗人在政治上和文学创作上所采取的敢于向黑暗势力勇猛冲击的激烈态度,是和当时的政治环境不相容的。在进奏院事件发生以前,他已觉察到这一点,因而在《舟中感怀寄馆中诸君》中,也曾流露过壮志难酬,不如退隐的消极情绪。然而在出处未决以前,他并没有和当时的政治环境妥协。在《城南归值大风雪》中写道:"既以脂粉傅我面,又以珠玉缀我腮。天公似怜我貌古,巧意装点使莫偕。欲令学此儿女态,免使埋没随灰埃……不知胸中肝胆挂铁石,安能柔软随良媒!世人饰诈我尚笑,今乃复见天公乖。应时降雪故大好,慎勿改易吾形骸!"这强有力地表现了诗人的坚贞品质。

三

　　进奏院事件以后,苏舜钦对官场的黑暗、政治斗争的残酷有了更深刻的认识,但他并没有因此而完全消沉下去。在《上集贤文相书》中,他希望"湔涤冤滞",恢复政治地位,以期施展他的政治抱负。这种希望当然是无法实现的。他终于被削籍为民,而且连亲戚朋友也"加酿恶言、喧播上下"。为了避免更大的风险,只好隐居苏州。

　　他后期的文学创作和前期有区别,也有联系。由于隐居生活限制了他的政治视野,因而反映重大政治事件和社会问题的作品减少了,寄情山水的作品增加了。但他前期创作的基本倾向并没有完全消失。散文方面,像前面提到的《答韩持国书》,在思想和艺术上都差不多可以和司马迁的《报任少卿书》、杨恽的《报孙会宗书》相提并论。《沧浪亭记》和《浩然堂记》等寄情山水之作,也表现了对官场的厌恶。诗歌创作,仍有不少作品具有充实的政治内容,表现了诗人对生活的执著、对理想的坚持、对国家和人民命运的关怀、对腐朽的统治者及上层社会中浇薄的人情世态的愤慨。

　　　　低摧朝市间,所向触谤怒。

　　　　　　　　　　　　——《答梅圣俞见赠》

> 余少在仕宦,接纳多交游。失足落坑阱,所向逢戈矛。
> ——《舟至崔桥,士人张生抱琴携酒见访》

> 交道今莫言,难以古义责。锱铢较利害,便有太行隔。余生性疏阔,逢人出胸膈。一旦触骇机,所向尽戈戟。平生朋游面,化为虎狼额。谤气惨不开,中之若病瘦。
> ——《过濠梁别王原叔》

这些诗句,写出了在当时腐朽恶浊的政治环境里,关怀人民、敢于仗义执言的人不但孤立无援,而且惨遭打击,从而反衬出充斥于朝廷的是一批多么势利、卑劣的角色。而这些人,又正是最高统治者的宠儿,政治焉得不糟!在这样的环境里,诗人的遭遇也正是所有和他抱有同样理想,具有同样风格的人们的共同遭遇。想想自己的遭遇,又看看朋友们的遭遇,诗人的认识提高了。他以前是相信有所谓"天理"的,他抨击最高统治者和朝廷中的权奸,是由于他们违背了"天理"。现在呢,他连"天理"也怀疑起来了。他悼念政治上和文学上的朋友尹源(子渐)及其弟尹洙(师鲁)的两首诗,情感沉痛,社会意义也很深刻。如《哭师鲁》:"寡生无根芽,众言起怨尤……法官巧槌拍,刺骨不肯抽……君性本刚峭,安可小屈柔!暴罹此冤辱,苟活何所求!人间不见容,不若地下游。又疑天憎善,专与恶报仇……生平经纬才,萧瑟掩一丘……"这很有力地揭露了封建社会的某些本质。封建统治者为了维护反动统治和掠夺更多的财富,自然要想尽办法剥削压迫人民群众。因此,甘愿为统治者充当剥削压迫人民的工具的恶人必然得到重用,关心人民的善人必然遭受打击。憎恨善人,"与恶报仇"的不是"天",正是反动统治者。

有些诗,用传统的比兴手法,反映了政治的黑暗:

> 春风如怒虎,掀浪沃斜晖。天阔云相乱,汀遥鹭共飞。
> 冥冥走阴气,凛凛挫阳威。难息人间险,临流涕一挥。
> ——《淮中风浪》

> 阴风搅林壑,骤雨到江湖。白日不觉没,繁云何处无!
> 楼吟凉笔砚,溪梦乱荇蒲。闻说京华甚,污泥入敝庐。
> ——《秋雨》

> 隆冬雪跨月,度日关门庐。乘昏气惨烈,悲风吹江湖。
> 白鹄翅翼伤,塌然困泥涂。不入鸱鹠群,哀鸣忆云衢。
> 夕饥乏粒食,浩荡天地俱。何时辟重阴,得见白日舒。
>
> ——《遣闷》

在秋冬,阴风惨惨,乌云滚滚,污泥塞路,大雪连月。春天呢,狂风怒吼,浊浪滔天,阴风凛冽,阳威受挫……这是写天气,更是写政治。那个伤翼的白鹄,正是遭受打击的诗人自己。而希望"息人间险","辟重阴"、"见白日",也正表现了诗人对政治理想的坚持。

在封建社会里,有不少抱有进步政治理想的诗人在屡遭打击之后消沉了,甚至妥协了,苏舜钦却不是这样。他的不可磨灭的坚强意志是十分可贵的。在赴苏州的旅途中,他以"休使壮心摧"勉励自己。从此后的许多诗篇中,的确可以看出他"壮心不已"。如在《寒夜十六韵答子履见寄》中写道:"剑埋犹有气,蠖屈尚能伸。"在《秋夜》中写道:"老蛟蛰汙泥,寂默不自惊。一旦走霹雳,飞雨洗八纮。幽蟠孰可闻,自有济物诚。"而那首题为《夏热昼寝感咏》的五言长诗,更在历叙少年壮志、中年受辱及被废后有志难展的困境之后,大声疾呼:

> 北窗无纤风,反见赤日痕。流光何辉赫,独不照覆盆!会当破氛祲,血吻叫帝阍。烂尔正国典,旷然涤群冤。奸谀囚大幽,上压九昆仑。贤路自肃爽,朝政不复浑。万物宇宙间,共被阳和恩!

四

欧阳修在评论梅苏二家诗体时说:"子美笔力豪隽,以超迈横绝为奇。"又说:"子美气犹雄,万窍号一噫。有时肆颠狂,醉墨洒滂霈。譬如千里马,已发不可杀。"这对苏舜钦诗的豪放风格概括得相当准确。但如果进一步分析,那么,这种豪放风格在不同内容、不同体裁的诗中也有不同的表现。

一是反映重大的政治事件、社会问题的五七言古诗,如《庆州败》、《吴越大旱》、《城南感怀呈永叔》等等。由于对人民的苦难异常同情,因而极力描绘其目不忍睹的惨相,并且大声疾呼,为他们请命。由于对统治者的罪恶异常愤慨,因而尽情揭露,不留馀地,就是这一类诗的豪放风格的实质。

再是表现他自己的雄心壮志和其他正面人物的豪迈气概的诗。

《宋史》本传说:"舜钦少慷慨有大志,状貌怪伟。"这种慷慨大志和怪伟的状貌反映在他的诗中,就构成了雄伟的形象。这形象,我们在他前期的《吾闻》、《舟中感怀寄馆中诸君》等诗中看见过,在他后期的许多诗中也同样可以看见。例如:

……念昔年少时,奋迅期孤骞。笔下驱古风,直趣圣所存。山子(马名,八骏之一——引者)逐雷电,安肯服短辕!便将决渤澥,出手洗乾坤。……

——《夏热昼寝感咏》

铁面苍髯目有棱,世间儿女见须惊。
心曾许国终平虏,命未逢时合退耕。
不称好文亲翰墨,自嗟多病足风情。
一生肝胆如星斗,嗟尔顽铜岂见明!

——《览照》

作者在《和叔杜二》一诗中愤激地说:"柔软众所佳,佞面谁可借!"统治者是喜欢"佞面"的,在当时的官场中,也不乏"媚态的猫"。那些"柔软"的"佞面",正是黑暗政治的簇拥者。而要改变现实,就需要雄健豪迈,敢作敢为的人物。因此,作者在不少诗篇里,不仅抒写了自己的壮志雄心、豪情胜慨,而且把他心目中的正面人物也写得英姿飒爽,肝胆照人。如写李冀州:"冀州绿发三十一,趯趯千骑居上头。眼如坚冰面珂月,气劲健鹘横清秋。不为膏粱所汩没,直与忠义相沉浮。"①写范仲淹:"伊人秉直节,许国有深谋。大议摇岩石,危言犯采旒。"②写古烈士:"予闻古烈士,自誓立壮节。丸泥封函关,长缨系南越。本为朝廷羞,宁计身命活。功名非与期,册书岂磨灭!"③写劳动人民采玉石:"山前森列战白浪,犹似百万铁马群。"④这一类诗,由于塑造了这样一些虎

---

① 《送李冀州》。
② 《闻京尹范希文谪鄱阳……》。
③ 《己卯冬大寒有感》。
④ 《和凌溪石歌》。

虎有生气的人物形象而形成了雄健豪迈的风格，读之令人精神振奋。

另一类是山水诗。

面对祖国的大好河山，不同的诗人有不同的感受。苏舜钦既是个"慷慨""豪迈"、要求改变现实的诗人，那他的描绘风景、寄情山水的诗作，也就不可能没有相应的艺术特色。可以看出，他的这类诗，一般都写得境界阔大，气象峥嵘。其前后期的不同点是：前期的往往在游山玩水时也忧心国事，感慨兴亡；后期则借游山玩水来排遣愤懑不平之气。前期的如《宿华严寺与友生会话》：

> 危构岩峣出太虚，坐看斜日堕平芜。
> 白烟覆地澄江阔，皓月当天尺璧孤。
> 疏磬悲吟来竹阁，青灯寂寞照吟躯。
> 老僧怪我何为者，说尽兴亡涕泪俱。

后期的如《奉酬公素学士见招之作》：

> ……秋风八月天地肃，千里明回草木焦。夕霜惨烈气节劲，激起壮思冲斗杓。岂如儿女但悲感，唧唧吟叹随螳蜩！拟攀飞云抱明月，欲踏海门观怒涛……

他愤世嫉俗，因而要"飏然远举"，这是他后期许多山水诗的共同思想倾向。尤其突出的是《天平山》。诗人在极力描绘了天平山的雄胜之后写道："予方弃尘中，严鼙素自许。盘桓择雄胜，至此快心膂。庶得耳目清，终甘死于虎。"结句活用了"苛政猛于虎"的典故，写他为了"耳目清"，宁愿在深山里被虎吃掉，这多么强烈地表现了他对当时黑暗政治和炎凉世态的厌恶。

有些小诗，也很豪放，如有名的《淮中晚泊犊头》：

> 春阴垂野草青青，时有幽花一树明。
> 晚泊孤舟古祠下，满川风雨看潮生。

其第四句和另一首小诗的结尾"好约长吟处，霜天看怒潮"一样，不也表现了诗人的阔大的胸襟和激昂的情感吗？

所有这些诗篇之所以雄健豪放,还有一个共同的因素,那就是:大声镗鞳,响彻天外。作者不是那种"口欲言而嗫嚅"的小人,在政治上如此,在创作上亦如此。他在被废后所写的《维舟野步呈子履》中说:"四顾不见人,高歌免惊众。"实际上,就在"柔软众所佳"的京城人海中,他也是慷慨高歌,不怕惊众的。

就体裁说,五言、特别是七言古风,由于可以写得长,格律的限制又比较小,所以便于从更广阔的幅度上揭露社会矛盾,也便于驱驾气势,抒发激昂慷慨的情感。李白、杜甫、韩愈等的雄放诗篇,大多数是五七言古诗,也是这个道理。苏舜钦的五七言古风特别多,也特别雄放。除极少数作品学卢仝(如《永叔月石砚屏歌》)、孟郊(如《长安春日效东野》)而外,大部分是受了杜甫,特别是李白、韩愈的影响的。李白、杜甫、韩愈的古风,在不同程度上都有散文化的倾向。苏舜钦本人善于写古文,而他所要倾诉的情感又是那样激昂,那样波澜壮阔,一打开闸门,就奔腾澎湃,不可阻遏,所以散文化的趋势也就更加强烈。当他以古文家的健笔抒写不可遏止的情感时,往往涛翻浪涌,一泻千里,挟泥沙而俱下。欧阳所说的"譬如千里马,已发不可杀",也正是指这种情况。这里有优点,也有缺点。缺点是缺乏剪裁,缺乏回旋转折、含蓄淳泓之妙;字句的推敲、锻炼也不很够(有少数例外)。一句话,不免粗糙一些,过于散文化一些。但是这些缺点无论如何也不能掩盖其优点。晚唐五代以来,我们很少看到这样雄放、这样勇猛地冲击黑暗势力的诗作了。一个思想健康的读者,是宁愿读这样的还嫌粗糙的诗,却不愿看西昆派精致得像"小摆设"一样的作品。而苏舜钦的这种雄健豪迈的诗作,对于西昆派的形式主义营垒,也正起了摧陷廓清的作用。

苏舜钦不大填词,也很少有人提到他的词作,但像咏沧浪亭的《水调歌头》,却是不应忽视的。

潇洒太湖岸,淡泞洞庭山。鱼龙隐处烟雾,深锁渺弥间。方念陶朱张翰,忽有扁舟急桨,撇浪载鲈还。落日暴风雨,归路绕汀湾。 丈夫志,当景盛,耻疏闲。壮年何事憔悴,华发改朱颜。拟借寒潭垂钓,又恐鸥猜鹭忌,不肯傍青纶。刺棹穿芦荻,无语看波澜。[①]

[①] 文集不载,见宋人黄升《花庵词选》卷三,清人张思岩辑《词林纪事》卷四,文字略有不同。此据《词林记事》。

从来认为豪放的词境是苏轼开辟的,可是苏舜钦早在苏轼从事文学活动以前写的这首词①,不是已经"一洗绮罗香泽之态,摆脱绸缪宛转之度"了吗?

(1959年四月脱稿。原刊《文学遗产增刊》第12辑)

---

① 苏舜钦死时苏轼十二岁,此词大约是他死前数年写的。

谈梅尧臣诗歌题材、风格的多样性

一

梅尧臣踏上北宋诗坛的时候,现实主义诗人王禹偁早已下世,西昆派的形式主义逆流正泛滥成灾。他不但没有随波逐流,而且以自己的创作显示了诗歌革新的实绩,并影响其他诗人,使其诗歌在反映现实的道路上奋勇前进。龚啸称赞他"去浮靡之习,超然于昆体极弊之际,存古淡之道,卓然于诸大家未起之先",是相当中肯的。

和脱离现实的西昆派不同,梅尧臣诗歌的突出特点之一是其题材风格的多样化。

他所处的时代,政治腐败,阶级矛盾和民族矛盾日益尖锐;而民族矛盾的发展加重了人民的负担,又加深了阶级矛盾。对于这一切,他没有袖手旁观。他一方面和范仲淹、欧阳修站在一起,要求实行政治改革;另一方面并"因事激风成小篇"①,用他劲健的诗笔,饱和着对于人民的同情,从各个方面反映了当时的社会生活,对当时各种不合理的现象进行了揭露和抨击。

在《挟弹篇》中,诗人描写了王孙公子们的荒淫生活,"手持柘弹灞陵边,岂惜金弹射飞鸟……醉倒银瓶方肯去,去卧红楼歌吹中。"在《村豪》中,又刻绘了地主的奢豪和气焰:

日击收田鼓,时称大有年。烂倾新酿酒,饱载下江船。
女髻银钗满,童袍毳毼鲜。里胥休借问,不信有官权。

地主们"不信有官权",原是很自然的事情,因为官府所代表的正是这些剥削者

---

① 《答裴送序意》。

的利益。

梅尧臣用相当多的篇章,反映了民间疾苦。他在《田家四时》里,写农民辛苦劳动了三季,到冬天还是"鹑衣着更穿"。在《观理稼》里,写农民"一腹馁犹甚",还不得不起早贪黑地从事生产,"来时露沾屐,归去月侵锄"。在《田家》里写道:"南山尝种豆,碎荚落风雨,空收一束萁,无物充煎釜。"辛勤耕作,却又遭了天灾。在《伐桑》里写道:"二月起蚕事,伐桑人阻饥。已伤持斧缺,不作负薪非。聊给终朝食,宁虞卒岁衣!月光无隔碍,直照破荆扉。"正当养蚕的时节,由于饥饿煎迫,却把桑树砍了来换粮食。在《啼禽》里写道:"盆茧未成丝,破裤劝可脱,安知增羞颜,赤胫衣短褐!"听到鸟儿叫"脱却破裤",就感到羞愧,因为连破裤也没得穿,短褐下露着两条光腿。《岸贫》一诗,展示了一幅水边贫民的生活图画:

无能事耕获,亦不有鸡豚。烧蚌晒槎沫,织蓑依树根。
野芦编作室,青蔓与为门。稚子将荷叶,还充犊鼻裈。

又如《小村》:

淮阔洲多忽有村,棘篱疏败漫为门。
寒鸡得食自呼伴,老叟无衣犹抱孙。
野艇鸟翘惟断缆,枯桑水啮只危根。
嗟哉生计一如此,谬入王民版籍论!

结尾这两句,是对贫民的深切同情,也是对统治者的有力鞭挞。像这样生活赤贫的穷苦人民,真是"民不聊生",统治者还把他们算作治下的百姓,还要向他们征敛课税,真可说无耻、残酷到无以复加了。

在那个外患深重时期,穷苦人民既要负担更苛重的赋税,又要服兵役。而这种兵役制度又极端的残暴和腐朽。梅尧臣在《田家语》中揭露道:

谁道田家乐?春税秋未足!里胥叩我门,日夕苦煎促。盛夏流潦多,白水高于屋。水既害我菽,蝗又食我粟。前月诏书来,生齿复板录。三丁籍一壮,恶使操弓韣。州符今又严,老吏持鞭扑。搜索稚与艾,惟存跛无目。田间敢怨嗟,父子各悲哭。南亩焉可事?买箭卖牛犊。愁气变久雨,铛釜空无粥。盲跛不能耕,死亡在迟速……

统治者不管人民遭受了多么严重的水灾和蝗灾,一面急如星火地勒索赋税,一面又强抓壮丁,竟连老弱稚幼都不能幸免。诗人在序言中揭露了这一事实的内情,即是"主司欲以多媚上,急责郡吏;郡吏畏不敢辩,遂以属县令。互搜民口,虽老幼不得免"。当时政治之黑暗就可想而知了。

《田家语》是对征兵情况概括地叙述,《汝坟贫女》则对此作了更具体集中的描写。诗人在序中说:"时再点弓手,老幼俱集。大雨甚寒,道死者百余人;自壤河至昆阳老牛陂,僵尸相继。"他于是通过一个贫女的控诉,集中突出地反映了这种惨象:

汝坟贫家女,行哭音凄怆。自言有老父,孤独无丁壮。郡吏来何暴!县官不敢抗。督遣勿稽留,龙钟去携杖。勤勤嘱四邻,幸愿相依傍。适闻闾里归,问讯疑犹强。果然寒雨中,僵死壤河上。弱质无以托,横尸无以葬。生女不如男,虽存何所当!拊膺呼苍天,生死将奈何?

在这里诗人抒写了对在残暴的征兵中死难者及其家属的同情,紧接着在他的《昆阳城》、《老牛陂》、《故原战》、《故原有战卒,死而复苏,来说当时事》及《董著作尝为参谋,归话西事》等诗篇中,或揭露主将昏庸、赏罚不公,或慨叹士兵们因指挥失宜而白白牺牲,在读者面前,展开一幅幅惨痛的战败图景,令人目不忍睹。通过这一系列的篇章,全面的揭露了统治阶级在民族灾难深重之际所表现的残暴腐朽与昏庸无能。

当然,诗人写这些诗,并不等于他对抗击民族侵略怀有消极情绪。相反,他对卫国御敌是十分积极的,他不但亲注《孙子》献给统治者,而且在《依韵和李君读余注孙子》的结尾表示要亲赴战场。对如何克敌制胜,他也有一套切实可行的办法。在他代人作的《寄永兴招讨夏太尉》这篇长诗中,历叙几次战役失败的原因,指出在缺乏雄兵猛将的情况下,应坚守城壁,训练士卒,待条件成熟,才可像摧枯拉朽一样击溃敌人(后范仲淹防御西夏,用的也正是此法)。在《送河北转运使陈修撰学士》中,还提出了改善军需供应的建议。在《蔡君谟示古大弩牙》中,更希望能精制兵器——"愿侯拟之起新法,勿使边兵死似麻。"可见诗人对反侵略战争的态度是十分积极的。

　　梅尧臣在从各个方面反映人民疾苦,揭露阶级矛盾和民族矛盾的同时,还写了不少反映政治斗争的诗。景祐三年,范仲淹上书批评时政,要求选贤任能,被奸相吕夷简陷害,贬到饶州,梅尧臣写了《彼鸳吟》和《啄木》,对腐朽的统治者进行了猛烈的抨击,对范仲淹表现了热烈的同情。对因替范仲淹抱不平而相继被贬的欧阳修和尹洙,也都赠以诗章(《闻欧阳永叔谪夷陵》、《闻尹师鲁谪富水》),给予安慰和支持,并勉励他们"宁作沉泥玉,无为媚渚兰",必须要和奸邪势力斗争到底。

　　诗人对于人民的苦难是十分同情的,他幻想通过政治力量,解除人民痛苦。这反映在他的诗歌创作里,就使得不仅直接反映政治斗争的诗(如《书窜》等)带有政论性,即其他一些诗也往往有这些特点。例如他在许多赠友出仕的诗作中,均勉励他们要为人民办些好事,或是希望他们不要过分地剥取民脂。《送制置发运唐子方学士》、《送王介甫之毗陵》等,即是比较突出的例子。

　　梅尧臣诗歌题材的范围是相当广阔的,以上所谈,只是其中比较重要的一部分。然而仅就这一部分来看,也可说已是"多样化"的了。

二

　　题材的多样化,会有助于创造多样的艺术风格。

　　梅尧臣在《读邵不疑学士诗卷……》中说:"作诗无古今,惟造平淡难。"这"平淡",只是他提出的反对西昆派"浮艳"诗风的一个口号,并不能概括他的全部诗歌的风格。有些评论家却把他全部诗作的艺术风格归结为"平淡",这是有片面性的。例如他学韩愈、卢仝的那些诗[①],就不"平淡",而是"怪巧"。又如《送赵谏议知徐州》:

　　　　鹿车几两马几匹,轸建朱幡骑彀弓。
　　　　雨过短亭云断续,莺啼高柳路西东。
　　　　吕梁水注千寻险,大泽龙归万古空。
　　　　莫问前朝张仆射,毬场细草绿蒙蒙。

[①] 如《余居御桥南,夜闻袄鸟鸣,效昌黎体》、《观博阳山火》、《月蚀》、《日蚀》、《梦登河汉》、《秋雨篇》等。

则又很"雄浑"。陆游就曾看出了这个特点,说梅尧臣的诗中不乏雄浑之作①。

同"平淡"说相反,有的评论家认为梅尧臣的诗"蹈厉发扬"、"腾踔六合"。如清初的叶燮在《原诗》中说:"自梅、苏(苏舜钦)尽变昆体,独倡生新,必辞尽于言,言尽于意,发挥铺写,曲折层累以赴之,竭尽乃止。才人伎俩,腾踔六合之内,纵其所如,无不可者;然含蓄渟泓之意,亦少衰矣。"叶燮的学生沈德潜在《说诗晬语》中也说:"宋初台阁倡和,多宗义山,名西昆体。梅尧臣、苏子美起而矫之,尽翻窠臼,蹈厉发扬。才力体制,非不高于前人,而渊涵渟滀之趣,无复存矣。"这种评论,也不全面。在梅尧臣的诗歌中,固然有不少既不"平淡"、也不"含蓄"的"发扬蹈厉"的作品,但也有"平淡"的、"含蓄"的作品。

事实上,诗人是从多方面反映生活、多方面学习传统的,这就形成了他的诗歌风格的多样化。欧阳修指出"其初喜为清丽闲肆平淡,久则涵演深远,间亦琢刻以出怪巧"②,又说"其体长于本人情、壮风物,英华雅正,变态百出"③,这大致是不差的。

梅尧臣固然提出了"平淡"的主张,但他也提出过更高的标准。他对欧阳修说:"诗家虽主意,而造语亦难。若意新语工,得前人所未道者,斯为善也。必能状难写之景如在目前,含不尽之意见于言外,然后为至矣。"④"虽主意而造语亦难",作诗要以思想内容为主,但也要重视语言形式。要求诗歌"意新语工,得前人所未道",有独创性;要求诗歌"状难写之景如在目前",有鲜明的形象性;要求诗歌做到"含不尽之意见于言外",有巨大的概括力。就诗人现存的两千八百多首诗来看,其中的部分优秀篇章,有的达到了这些要求,有的基本上符合这些要求。

所谓基本上符合这些要求,是指做到"意新语工",形象鲜明,具有较深的思想意义,但不一定能"含不尽之意见于言外"。叶燮、沈德潜的评论,正道出了这些诗的特点。

"含不尽之意见于言外",这当然是很高的艺术境界,但这种蕴藉含蓄的风

---

① 陆游《读宛陵先生诗》:"欧尹追还六籍醇,先生诗律擅雄浑。导河积石源流正,维岳嵩高气象尊。玉磬濛濛非俗好,霜松郁郁有春温……"。
② 《梅圣俞墓志铭并序》,见《欧阳文忠公文集》卷三十三。
③ 《书梅圣俞诗稿后》,见《欧阳文忠公文集》卷七十三。
④ 《欧阳文忠公文集》卷一百三十八《诗话》。

格也只是诗歌风格之一种。有些题材,有些思想情感,是很难写得含蓄的。例如《诗经》的《巷伯》,它写一个被迫害者愤怒地诅咒陷害他的恶人:"取彼谮人,投畀豺虎!豺虎不食,投畀有北!有北不受,投畀有昊!"这当然不含蓄。但那种怒不可遏的情感,又如何能够表现得含蓄呢?像这样的不含蓄的诗,却也仍然是好诗。梅尧臣的诗,有些的确不够含蓄:其一是一部分揭露统治者的罪恶、同情人民疾苦的作品,如《田家语》、《汝坟贫女》等;其二是一部分直接批评时政、发表政见之作,如《寄永兴招讨夏太尉》、《书窜》等。其中最有代表性的是《书窜》:

> 皇祐辛卯冬,十月十九日,御史唐子方,危言初造膝。日朝有巨奸,臣介所愤疾,愿条一二事,臣职敢妄率!宰相文彦博,邪行世莫匹。囊时守成都,委曲媚贵睡。银珰插左貂,穷腊使驰驲。邦媛将夸侈,中金贵十镒,为我寄使君,奇纹织纤密。遂倾西蜀巧,日夜急鞭挟!红经纬金缕,排科斗八七,比比双莲华,篝灯戴星出。几日成一端,持行如鬼疾。明年观上元,被服稳称质,璨然惊上目,遽尔有薄诘。既闻所从来,佞对似未失,且云奉至尊,于妾岂能必!遂回天子颜,百事容巧乞。臣今得粗陈,狡猾彼非一,偷威与卖利,次第推甲乙。是惟阴猾雄,仁断宜勇黜。必欲致太平,在列无如弼。弼亦昧平生,况臣不阿屈;臣言天下公,奚以身自恤!君旁有侧目,喑哑横诋叱,指言为罔上,废汝还蓬荜。是时白此心,尚不避斧锧,虽令御魑魅,甘且同饴蜜。既知弗可惧,复以强词窒。帝声亦大厉,论奏不容毕。介也容甚闲,猛士胆为慄,立贬岭外春,速欲为异物。内外官恟恟,陛下何未悉!即敢救者谁?裹执左右笔。谓此倘不容,盛美有所咈。平明中执法,怀疏又坚述:介言或似狂,百岂无一实!恐伤四海和,幸勿苦仓卒。亟许迁英山,衢路犹嗟咄。翊日宣白麻,称快口盈溢,阿附连谏官,去若怀絮虱。其间囚获利,窃笑等蚌鹬。英州五千里,瘦马行骇骇,……莫作楚大夫,怀沙自沉汨……①

这诗反映了当时一场激烈的政治斗争。据《东轩笔录》记载:"张尧佐,以进士

---

① 此诗因激烈地批评统治者,欧阳修为梅尧臣编集子时未敢收入。这是据《苕溪渔隐丛话》前集卷三十一引《东轩笔录》移录的。

擢第,累官至屯田员外郎,知开州。会其侄女有宠于仁宗,册为修媛,尧佐遂骤迁擢,一日中,除宣徽、节度、景灵、群牧四使。是时,御史唐介上疏,引天宝杨国忠为戒,不报。又与谏官包拯、吴奎等七人论列殿上;既而御史中丞留百官班,欲以廷诤。卒夺尧佐宣徽、景灵两使;特加介五品服,以旌敢言。未几,尧佐复除宣徽使,知河阳。唐谓同列曰:'是欲与宣徽而假河阳为名耳,我曹岂可中已邪?'同列依违不前;唐独争之,不能夺。仁宗谕曰:'差除自是中书。'介遂极言宰相文彦博以灯笼锦媚贵妃而致位宰相,今又以宣徽使结尧佐;请逐彦博而相富弼。又言谏官观望挟奸;而言涉宫掖,语甚切直。仁宗怒,趣召两府,以疏示之;介诤不已。枢密副使梁适叱介使下殿;介诤愈切。仁宗大怒,玉音甚厉。众恐祸出不测。是时蔡襄修起居注,立殿陛,即进曰:'介诚狂直;然纳谏容言,人主之美德,必望全贷。'遂贬春州别驾。翌日,御史中丞王举正救解之,改为英州别驾。……"《书窜》着重写了唐介对奸相文彦博的斗争。通过唐介的口,无情地揭露了文彦博为了奉承贵妃,以达到升官发财的目的,"日夜急鞭挞",穷凶极恶地敲剥人民的丑行。

梅尧臣主张"平淡"、主张"含蓄",为什么又会写出像《田家语》、《书窜》这样一些既不"平淡"、又不"含蓄"的诗呢?这因为他对人民的深重灾难感同身受,对政治腐败、小人专权、正直之士受迫害等一切罪恶事实不能容忍,由于强烈的爱和憎要求尽情的表达,便形成"辞尽于言,言尽于意,发挥铺写,曲折层累以赴之,竭尽乃止"的艺术特点。

梅尧臣的一些优秀诗篇,往往"意新语工",形象鲜明,且又有言外之意。这里我们不妨探讨一下他表现"言外之意"的艺术手法。

梅尧臣对《诗经》很有研究,著有《毛诗小传》二十卷。在他的创作中,对《诗经》的"比兴"、特别是"比"这种手法,采用得很多,且富有创造性。

在生活中,有些现象是与另一些现象相对立的,诗人往往即以对比的手法,尖锐地揭露其矛盾。例如《陶者》:

陶尽门前土,屋上无片瓦。十指不沾泥,鳞鳞居大厦!

寥寥二十字,就把剥削与被剥削的阶级对立关系赤裸裸地揭露出来了。

在各种生活现象中,有些是彼此有类似之处的,诗人因之往往运用了类比的手法,把他要反映的事物烘托得更为突出。例如《牵船人》:

  沙洲折脚雁,疑人铺翅行。奈何暮雨来,复值寒风生!
  湿毛染泥滓,缩颈无鸣声。尔辈正若此,犹胜被坚兵!

  诗人要刻画的是牵船人的形象,但他不正面写牵船人,却用六句诗描绘了一只冒着暮雨寒风,缩头铺翅,挣扎在沙洲之上的折脚雁,然后用"尔辈正若此"一句转过来,对雁的描写便变成了对人的刻画,使读者很自然地由折脚雁的形象想到牵船人的形象。而当你正在想象牵船人的形象时,诗人又用了一"比"——"犹胜被坚兵",立刻把你引入另一种意境。像折脚雁一样冒着暮雨寒风,缩颈弯腰,挣扎在荒凉的沙洲之上的牵船人,其遭遇已经很悲惨了,但究竟还比那些被统治者抓去当兵,在刀枪下惨死的人强一些!于是,《田家语》、《汝坟贫女》、《故原战》等作品中所描绘的残酷悲惨景象,又立刻会展现在你的面前。

  诗人不仅藉折脚雁写出了牵船人的形象,而且也烘托出一种气氛:在寒风暮雨吹打的沙洲之上,牵船人的伴侣,就只有那只和自己遭遇相似的折脚雁;环境之荒凉,心情之孤凄,也就可想而知了。

  用折脚雁比牵船人,突现劳动者的悲惨处境,已可以激起读者的同情;再用被迫而在刀下送死的兵丁比牵船人,就更使读者由同情人民进而痛恨统治者。逼得人民"被坚兵"的是统治者,逼得人民处于折脚雁一样的悲惨境地的,不也是统治者吗?

  看到某种现象而联想到其他现象,这需要熟悉生活。梅尧臣由于同情人民、了解民间疾苦,因而即使看到微不足道的某些禽鸟昆虫之类的东西,也能使他联想到人民,采用"比"的手法来揭露出社会现实的某些方面。《牵船人》是这样的。与之类似的作品还有不少,如《依韵吴冲卿秋虫》:

  梧桐叶未老,露滴玉井床。秋虫如里胥,促织何苦忙!苒苒机上丝,入夜为鼠伤。织妇中夕起,投梭重徊徨。那闻草根声,膏入然肝肠。天子固明圣,措意如陶唐。下民惟力穑,不见田畴荒。岂知哀敛人,督责矜健强!所以机中女,心斗日月光。年年租税在,聒耳信已常。哀哉四海人,无不由此戕!吴侯当厅时,静坐爱初凉。方将同佳人,欢乐举杯觞。繁鸣杂蟏蛸,感怆情不皇。况蒙朝家恩,兄弟登俊良。意虑宜恤物,以慰众所望。今者秋虫篇,不异《七月》章。

由秋虫中的促织联想到统治者的爪牙里胥。里胥为了完成横征暴敛的"任务",凶狠地督责织妇。促织却也来彻夜鸣叫,简直是里胥的帮凶!

诗人有时用对比,有时用类比,有时又把二者结合起来。如《食荠》:

> 世羞食荠贫,食荠我所甘。适见采荠人,自出国门南。土蠹瘦铁刀,霜乱青竹篮。携持入冻池,挑以根叶参。手龟不自饱,食此尚可惭。肥羔朱尾鱼,腥膻徒尔贪!

一般人以食荠为羞,因为那太穷酸了;诗人自己,却甘于食荠。这是对比。接着,诗人刻画了采荠人的形象:拿着破旧、简陋的刀子和篮子,冒着风霜,在冻池里采荠,双手冻裂;好容易采了一些,却顾不得自己吃,饿着肚子卖给别人。看看这一切,诗人连食荠也感到惭愧了。食荠与采荠,都是穷,但也有差别。这是类比,同时含有对比的意味。与采荠人相比,食荠已觉惭愧;那么,那些吃肥羊羔、朱尾鱼的阔人又该作何感想呢?这又是对比。食荠是一件小事,然而诗人巧妙地运用对比与类比相结合的手法,在寥寥数十字的篇幅中,对现实的揭露是多么深刻!

如果说上述这些诗由于诗人用对比类比的手法揭露了复杂的社会矛盾,发人深思,那么以下要谈的一些诗,由于诗人采用了另外一些手法却显得更有"言外之意"。

现实中的各种现象是互相联系、互相制约、互相影响的。因此,诗人可以写出此一现象与其他现象的关系,从而揭露生活的本质;也可以只写出此一现象,给读者以驰骋想象的广阔的天地,让他们推想与之联系的其他现象。前面谈到的《村豪》,尽管诗人只写村豪,但当你看到那个"日击收田鼓,时称大有年"的地主的形象时,难道不会联想到备受剥削的农民吗?前面谈到的《田家》、《伐桑》、《啼禽》、《岸贫》等等,尽管诗人只写农民,但当你看到那愁吃愁穿的贫苦的农民的形象时,难道不会联想到敲剥民脂民膏的地主和官吏吗?

在生活中许多相类似的现象中,诗人有时却只集中突出地描写某一现象,来启发读者的联想。如《聚蚊》:

> 日落月复昏,飞蚊稍离隙。聚空雷殷殷,舞庭烟幂幂。蛛网徒尔施,螗斧讵能磔!猛蝎亦助恶,腹毒将肆螫。不能有两翅,索索缘暗壁。贵人

居大第,蛟绡围枕席。嗟尔于其中,宁夸嘴如戟! 忍哉傍穷困,曾未哀癃瘴。利吻竟相侵,饮血自求益。蝙蝠空翱翔,何尝为屏获。鸣蝉饱风露,亦不惭喙息。薨薨勿久恃,会有东方白。

光天化日之下不敢活动,只在黑夜里行凶;没有能耐去侵扰达官贵人,而只来吮吸穷人的血,这是蚊子。然而仅仅是蚊子吗? 还有替蚊子帮凶的蝎子。难道也仅仅是蝎子吗? 还有不起作用的蛛网、螳斧,袖手旁观的蝙蝠、鸣蝉呢。从这一些现象中不也可以更使你联想到与之相似的社会现象吗? 诗人希望天亮,不也意味着希望政治清明吗?

《聚蚊》的言内之意是很深刻的,它通过蚊子不咬贵人、只吸贫民膏血的现象,揭露了富贵与贫贱的对立。所以,即使不去玩味它的言外之意,也已经是一篇好诗了。另一些诗则与此不同,如果只停留在言内,是看不出什么社会意义的,因为它"言在此而意在彼"。如《清池》:

冷冷清水池,藻荇何参差! 美人留采掇,玉鲔自扬鬐。波澜日已浅,龟鳖日复滋。蛤蟆纵跳梁,得以缘其涯。竟此长科斗,凌乱满澄漪。空有文字质,非无简策施。仙鲤勿苦美,宁将庐蛤卑。徒剖腹中书,悠悠谁尔知! 聊保性命理,远潜江海湄,泚泚曷足道,任彼蛙龟为!

这首诗的意旨全在言外。那个波澜日浅的水池,大约是暗指当时封建朝廷里的文化机关,即所谓"馆阁"。龟呀,鳖呀,蛤蟆呀……大约是暗指那些"文学儒臣"。腹中有书,而无人赏识,只好远潜江海之滨的仙鲤,大约是暗指被拒于"馆阁"之外的真有学问、真有文才的人。欧阳修在《梅圣俞墓志铭并序》中说:"大臣屡荐,宜在馆阁;尝一召试,赐进士出身,馀辄不报。"这篇诗,显然是有所感而作的。

再看《彼鴂吟》:

啄木喙虫长,不啄柏与松。松柏本坚直,中心无蠹虫。广庭木云美,不与松柏比。臃肿质性虚,朽蝎招猛嘴。主人赫然怒,我爱尔何毁! 弹射出穷山,群鸟亦相喜。啁啾弄好音,自谓得天理。哀哉彼鴂禽,吻血徒为尔! 鹰鹯不搏击,狐兔纵横起;况兹树腹恳,力去宜滨死。

前面提到,这首诗是为范仲淹上书批评时政被贬而作的。明白这一点,则它的言外之意也就容易领会了。如果说《清池》只抨击了封建朝廷的文化机关,那么,这篇《彼䴭吟》则鞭挞了整个封建朝廷。蠹虫、朽蝎,指危害国家的奸邪小人;"主人"指最高统治者;因啄食蠹虫、朽蝎而被"弹射出穷山"的䴭(即啄木鸟)指正直的谏官。䴭禽被逐之后,群鸟皆喜,高歌庆贺,天下事也就不复可问了。

梅尧臣写过一篇《古意》:"月缺不改光,剑折不改刚。月缺魄易满,剑折铸复良。势利厌山岳,难屈志士肠。男儿自有守,可杀不可苟。"这表现了他的刚正不屈的高贵品质。正因为有这种品质,所以在当时激烈的政治斗争中,他敢于写出像《闻尹师鲁谪富水》、特别像《书窜》那样激烈地批评时政的政论诗。然而老写那样的诗,毕竟是危险的,石介、苏舜钦、王益柔等就都因为写诗指斥奸党而遭受打击,因此,他为了坚持斗争,有时也需要采取一种比较曲折隐蔽的表现形式,像《彼䴭吟》那样言在此而意在彼的政治诗,也就跟着产生了。

葛立方在《韵语阳秋》(卷一)里谈梅尧臣的诗,举出"状难写之景如在目前"的例子是:"沙鸟看来没,云山爱后移。""秋雨生陂水,高风落庙梧。""含不尽之意见于言外"的例子是:"危帆淮上去,古木海边秋。""江水几经岁,鉴中无壮颜。"就是把"景"只看作自然景物,又把"景"和"意"分开来谈的。其实,"景"不止是自然景物,所谓"状难写之景如在目前",就是要求诗的形象的鲜明性。前面谈到的批评时政、揭露社会矛盾的许多好诗,其形象都十分鲜明,而"不尽之意",也正是通过那种鲜明的形象表现或暗示出来的。此外,梅尧臣也写了许多偏重描写自然景物的诗,而其中的优秀篇什,也不仅"状难写之景如在目前",而且"含不尽之意见于言外"。如《田家》:

> 高树荫柴扉,青苔照落晖。荷锄山月上,寻径野烟微。老叟扶童望,羸牛带犊归。灯前饭何有?白薤露中肥。

写田家景物如在目前。高树啊,落晖啊,山月啊,野烟啊,牛啊,犊啊,白薤啊……乍看起来,田家生活也真有诗情画意,令人神往。然而仔细一读,就发现诗人并不是唱牧歌式的田园赞美诗,而是抒写民间疾苦。柴扉,羸牛,青苔:生事之萧条可以想见。而辛苦地劳动一天,直到月上,才"荷锄"、"寻径",回到家里,当然疲乏而又饥饿;然而用以充饥的,却只有白薤。葱、蒜一类的白薤,即使很"肥"也不是很理想的晚餐啊!

又如《献甫过》:

> 几树桃花夹竹开,阮家闾巷长春苔。
> 启扉索马送客出,忽觉青红入眼来。

前两句是写主人门外之景。"几树桃花夹竹开",也是可以欣赏的;然而闾巷长满春苔,可见"门前冷落",没有什么客人来拜访主人,也就没有什么客人来欣赏桃竹。主人是不是偶然出来瞧瞧呢?且看下两句:在送李献甫这位朋友出门的时候,"忽觉青红入眼来",可见他好久不曾外出,夹竹的桃花何时开的,满巷的青苔何时长的,全不知道。虽然只用了寥寥二十八字,而世态之炎凉、主人之落落寡合、献甫这位朋友之不忘故人、由朋友之来而引起的"空谷足音"之感……不都透露出来了吗?

又如《秋日家居》:

> 移榻爱晴晖,翛然世虑微。蚁虫低复上,斗雀堕还飞。
> 相趁入寒竹,自收当晚闱。无人知静景,苔色照人衣。

第二联真可谓状难写之景如在目前,但这也不是单纯写景;通过写景,表现了闲适、宁静的心境。

再看这首有名的《鲁山山行》:

> 适与野情惬,千山高复低。好峰随处改,幽径独行迷。
> 霜落熊升树,林空鹿饮溪。人家在何许?云外一声鸡。

写景之妙,自不待言,更重要的是通过写景,表现了诗人与自然美融合无间的淳朴感情。

三

在梅尧臣的将近三千首诗中,艺术成就较高的也只是一小部分。欧阳修因他未"得用于朝廷,作为雅颂以咏歌大宋之功德"而替他惋惜,其实,他还是写了一些为统治者歌功颂德的作品,并得到了统治者的夸奖。和欧阳修的看法不同,我们认为这些诗的内容是平庸的,也谈不上什么艺术性,统治者并没有值得歌颂的功德而硬要歌颂,必然会走上形式主义的道路。此外,他以"平淡"来反对西昆派的浮艳,这是有进步意义的,他那些以"平淡"为工的诗,像《苕溪渔隐丛话》所举的"野凫眠岸有闲意,老树著花无丑枝","鸠鸣桑叶吐,村暗杏花残","月树啼方急,山房人未眠"等,正如朱弦疏越,淡而有味;但有不少作品,也确如钱锺书先生所说,是"淡"得没有味,"平"得没有劲的。钱先生分析说:"他要矫正华而不实、大而无当的习气,就每每一本正经的用些笨重干燥得不很像诗的词句来写琐碎丑恶得不大入诗的事物,例如上茅房看见粪蛆、喝了茶肚子里打咕噜之类。可以说是从坑里跳出来,不小心又恰恰掉在井里去了。"①这些看法也是符合实际的。我还想补充一点:苏轼曾说梅尧臣"日课一诗",他自己也说"人间诗癖胜钱癖,搜索肝脾过几春"(《诗癖》)。看起来,他的生活圈子并不十分广阔,在具有深刻社会意义的生活现象激发他不得不写诗的时候,"因事激风成小篇",他可以写出好诗;但这种情况并不是经常的,在没有具有深刻社会意义的生活现象激动他的时候硬要"日课一诗",就只好"搜索肝脾",甚至"用些笨重干燥得不很像诗的词句来写琐碎丑恶得不大入诗的事物"了。如在他的集子中的某些送人诗,相当多的和韵、次韵诗,还有不少的拟古之作,就是这样。

当然,这许多缺点并不能掩盖他创作中的进步倾向。他在反西昆的诗文革新运动中所起的积极作用和他的不少反映并同情民间疾苦的诗作,是应该得到重视的。陈振孙在《直斋书录解题》(卷十七)中说:"圣俞为诗,古淡深远,有盛名于一时。近世少有喜者,或加毁訾;惟陆务观重之,此可为知者道也。自世人竞宗江西,已看不入眼;况晚唐卑格方锢之时乎!杜少陵犹有窃议妄论者,其于宛陵何有!"江西诗派包括的诗人很多,情况也较复杂,不能一概而论,但作为一种诗派,其主要倾向可以说是偏重形式而缺乏深广的社会内容。这里的"晚唐卑格方锢",指江湖派而言。江湖派的代表即是排斥杜甫而推尊晚唐的姚合、贾岛,其基本倾向也是脱离现实的。在北宋的反西昆运动中发生很大影响,"有盛名于一时"的梅尧臣,在"自世人竞宗江西"以至江湖派

---

① 见钱锺书《宋诗选注》16 页,人民文学出版社版。

风靡一时的南宋受到"訾毁",只有爱国诗人陆游(还有稍后的文天祥等)非常重视他①,这也反映了文学史上两种倾向的斗争。

(1959年元月脱稿。原刊《文学遗产增刊》第11辑)

---

① 陆游(务观)对梅尧臣的确推崇备至。如在《书宛陵集后》里说:"突过元和作,巍然独主盟,诸家义皆堕,此老话方行。赵璧连城价,隋珠照夜明………"在《梅圣俞别集序》里,评价更高。

唐诗与长安

长安作为大唐帝国的首都,城阙壮丽,人物奇杰,周原秦川沃野千里,终南太华雄奇峭异,黄河清渭波澜壮阔。自开国至覆亡,近三百年间,一直是全国政治、经济、文化中心。唐都长安作为世界名城,万国衣冠,翘首仰慕,通过丝绸之路进行频繁的国际交往,又是中外经济、文化交流中心。全国诗人由于应试、入仕和其他原因,大都要到长安居住、游历、任职,与云集京城的众多诗人交流思想、切磋诗艺,参与诗歌创作活动。而当他们来到长安以后,视野之开阔、思路之开展、艺术境界之提高,出现空前的飞跃。因而可以这样说:唐诗是我国诗歌发展的高峰,唐都长安,则是唐诗发展的主要基地。

第一,全国诗人云集长安,南北诗风交融互补,逐渐形成以雄阔健举为基调的"唐诗"风格,近体诗的各种体制,也逐渐形成。

在唐朝建国以前,长安曾是西周、秦、西汉、前赵、前秦、后秦、西魏、北周、隋等九个王朝的首都。山川雄奇壮阔,民风淳朴刚强,文化积淀深厚。就诗歌传统而言,《诗经》里《大雅》中的周人创业史诗,《小雅》中的政治讽刺诗,《豳风》、《秦风》中的农事诗、战争诗,以及汉乐府民歌中有关篇章,其共同特点是现实性强,内容充实,风格雄阔健举。南方诗人来到这里,其诗风即发生变化。庾信在南朝,诗风清绮、浮艳,出使北朝被留,在长安一带生活多年,一变而为杜甫所说的"凌云健笔意纵横"、"暮年诗赋动江关"。

在南北朝长期分裂之后,隋朝统一全国,许多南朝诗人来到长安,诗风即出现南北交融的趋势。魏徵在《隋书·文学传序》里曾赞许隋文帝《冬至受朝诗》、《拟饮马长城窟》"并存雅体,归于典型","故当时缀文之士遂得依而取正",并由此展望唐诗发展的前景:

江左宫商发越,贵于清绮。河朔词义贞刚,重乎气质。气质则理胜其词,清绮则文过其意。理深者便于时用,文华者宜于咏歌。此其南北词人得失之大较也。若能掇彼清音,简兹累句,各去所短,合其两长,则文质彬彬,尽善尽美矣。

初唐诗歌,正是朝着这种前景发展,为盛唐诗的高度完美奠定了基础。《全唐诗》编者称唐太宗,"初建秦邸,即开文学馆,召名儒十八人为学士。既即位,殿左置宏文馆,悉引内学士,番宿更休,听朝之间,则与论典籍,杂以文咏。……有唐三百年风雅之盛,帝实有以启之焉"。太宗与学士们"听朝之间",杂以吟咏,当然产生了宫廷诗;但绝不只是"沿江左馀风"。首先,他们于写宫廷诗之外,还写征戍诗、登临述怀诗、对景咏物诗等等,题材较广。其次,就宫廷诗看,其讴歌升平、颂扬善政之作,乃是全国统一,政教昌明,环境宽松,经济、文化日趋繁荣的反映,与虚伪的歌颂不同。艺术风格,则趋向清新雅健而不排斥齐梁清音与丽藻。当然也有少数艳情诗,但就总体而言,初唐宫廷诗与南朝宫体绝非同一范畴。饶有意味的是:太宗曾说他"戏作艳诗",受到虞世南的谏阻,因赐绢表扬①。虞世南青年时期是南朝诗人,受到宫体诗名家徐陵、江总的器重,如今却批评太宗"圣作虽工,体制非雅",说明他已自觉地转变诗风。太宗属关陇集团,而"戏作艳诗",说明他以北人而受南朝诗风濡染。自隋至初唐,南北诗风在京城长安交融互补的趋向于此可见。太宗《帝京篇》十首,更是这种趋向的具体表现。"秦川雄帝宅,函关壮皇居。绮殿千寻起,离宫百雉馀。连甍遥接汉,飞观迥凌虚。……"取南朝清音丽藻而运以雄健之气,把作为国家象征的帝京长安写得如此壮阔辉煌,而雄伟恢宏的开国气象亦跃然纸上。至于"望古茅茨约,瞻今兰殿广。人道恶高危,虚心戒淫荡。奉天竭诚敬,临民思惠养。纳善察忠谏,明科慎刑赏"诸句,若出于他人,则嫌说教意味太浓;而出于促成贞观治世的太宗,则是直摅胸臆,读其诗如见其人。这十首诗,有八首押仄韵,或八句,或十六句,其体制上承汉魏五古;但对偶句和平仄协调的句子占极大比重,显然深受南朝"新体诗"影响,实际上是五古、五律之间的过渡形式。其第一首共八句,押平韵,"粘"、"对"俱谐,已是完全合格的五律。第九首也押平韵,共八句,如不是三联、四联之间"失粘",也是合格的五律。第四首结句"去兹郑卫声,雅音方可悦",与《序》配合,以开国君主身份高悬作诗正鹄,对唐诗发展有极大影响。

---

① 《大唐新语·公直》。

唐诗的重要组成部分五七言律诗,主要是在京城诗人的创作,特别是宫廷诗创作中形成、定型的。南朝后期至唐初,已有合格的五律,但不自觉,更未定型。太宗时任弘文馆学士的上官仪归纳六朝以来的对仗法创"六对"、"八对"说,并体现于创作,形成"上官体"。太宗做诗,也命他订正,其影响可知。中宗于修文馆置大学士、学士、直学士二十四人,当时诗人多在其中。"春幸梨园,并渭水被除","夏宴葡萄园","秋登慈恩寺浮图","冬幸新丰,历白鹿原,上骊山","帝有所感即赋诗,学士皆属和"①。"学士"中的宋之问、沈佺期等,"研揣声病,浮切不差,而号'律诗',竞相沿袭"②。从南齐"永明体"开始的律化至此已告完成,"律诗"之名随之流行。沈、宋合格的五律极多(如《春日芙蓉园侍宴应制》等);合格的七律也不少,如沈佺期《奉和春日幸望春宫应制》、《古意呈乔补阙知之》等,后者且有"高振唐音"之誉。与沈、宋同入修文馆的其他"学士"杜审言等和"初唐四杰",也都有不少完全合律的五、七言律诗,有些已相当完美。表明沈、宋等宫廷诗人"研揣声病,浮切不差"的"律诗"由于"竞相沿袭"而普遍流行,成为诗人喜欢运用的重要诗体,显示出强大的艺术生命力,为此后五、七言律诗创作园地里百花盛开,争奇斗丽创造了必要条件。五、七言律诗定型,五、七言近体绝句也同时定型,这是不言而喻的。还有,在五、七言律诗定型为八句四联之后,超出八句的律诗也不断出现。宋之问的名篇《秦和晦日幸昆明池应制》,共六联;《和姚给事寓直之作》,共八联。这就是排律,也称长律。排律至杜甫而得到创造性的发展,鸿篇巨制,雄伟神奇,开阖跌宕,纵横变化,而又首尾一线,脉络分明。如《行次昭陵》、《重经昭陵》、《大历三年春白帝城放船出瞿塘峡久居夔府将适江陵漂泊有诗凡四十韵》、《秋日夔府咏怀奉寄郑监审李宾客之芳一百韵》等,都是研究杜诗的人不可忽视的。元稹做《故唐工部员外郎杜君墓志铭并序》,特别推崇杜甫排律,未免偏颇;然元好问讥评元稹"识碔砆",也欠公允。元、白长篇排律追踪杜甫,也有佳作,不应一概否定。

五、七言律诗,五、七言绝句,再加上五、七言排律,这就是唐人所说的近体诗或今体诗。在唐代,近体诗与古体诗异彩纷呈,形成众体咸备,各擅其美的盛况。不难设想,如果没有近体诗所包含的各种诗体,唐诗百花园将大为减

---

① 《新唐书·李适传》。
② 《新唐书·杜甫传赞》。

色。而近体诗中的五、七言律诗,五、七言绝句,五、七言排律,正是在初唐诗人云集长安,在融合南北诗风的过程中逐渐形成、乃至完全定型的。

第二,唐代诗人云集长安,瞻仰城阙的巍峨壮丽,接触京都生活的五光十色,游览京郊一带的山水田园、名胜古迹,即景抒情,触物起兴,写了数千篇歌咏长安的诗作,多是唐诗中的精品。有些篇章,更对某种体裁作了创造性的开拓和发展。

初唐的宫廷诗,当然是歌咏长安的。越出宫廷诗范围的作品,其题材也多取自长安。这里要特别提到卢照邻的《长安古意》、骆宾王的《帝京篇》和王勃的《临高台》。三诗同写京城的壮丽繁华和贵族生活的骄奢淫逸。题材宏大、诗情充沛,非已有诗体所能表达而又急于表达,乃在汉魏以来七言古风的基础上吸取《西都赋》、《西京赋》、汉乐府民歌和南朝鲍照《拟行路难》诸作的创作经验和艺术手法而自运炉锤,创造性地将七言歌行发展到崭新的高度,开高岑李杜歌行先河。

唐人歌咏长安一带名胜古迹、山川田园的诗不胜枚举。其特点之一是文化积淀深厚,自然景观与人文景观结合,故能激发诗人的现实感与历史感,产生无数佳作。特点之二是每一景观,都同时或先后有多人吟咏,争奇竞异,各显特长。这里略举数例,以见一斑。

唐人咏慈恩寺浮图(大雁塔)的诗今存五十多首,时间跨度极大。从所反映的时代氛围看,初唐上官婉儿、宋之问等人的"应制"诗于"颂圣"中显现升平气象。天宝末年杜甫等登塔,于自然景象的描写中已寓社会危机。中唐前期,欧阳詹的登塔诗则以"因高欲有赋,远意惨生悲"收尾,安史之乱后满目萧条的景象依稀可想。经过黄巢起义,军阀混战,唐末诗人扬玢以《登慈恩寺塔》为题的诗却劝人"莫上慈恩最高处",原因是"不堪看又不堪听"!从前后咏塔诗还可看出此塔本身的变化。盛唐诗人岑参说它"七层摩苍穹",大历诗人章八元说它"十层突兀在虚空",晚唐诗人李洞说它"九级耸莲宫",现在看到的则是七层。从比较文学的角度看,以杜甫、高适、岑参、储光羲同登此塔的四首五古最出色,杜诗尤压倒群贤,雄视千古,至今传诵不衰。

骊山有温泉,由来已久。贞观十八年(644)建温泉宫,太宗政暇来此沐浴,从臣多有"应制"诗。玄宗早年励精图治,开元之治比隆贞观。做了几十年太平天子,渐趋腐化,天宝六载(747)扩建温泉宫,改名华清宫,每年冬季携贵妃宠臣来此避寒达数月之久,歌舞宴乐,终于导致安史之乱。因而在诗人眼中,骊山温泉的变迁反映了唐王朝由盛到衰的变迁,正是抒写治乱之源、盛衰之感的好题材。仅就安史乱后专以华清宫为题材的唐诗而言,流传至今的不下六十首,而且包括了杜牧《华清宫三十韵》、赵嘏《华清宫和杜舍人》、贾岛《纪温汤》、温庭筠《过华清宫二十二韵》、徐夤《依御史温飞卿华清宫二十二韵》和郑嵎《津阳门诗》等五、七言长篇。如果算上局部写华清宫的诗,像《长恨歌》等等,数量就更多。至于七绝名篇,如王建《华清宫》、杜牧《华清宫》及《过华清宫三首》、李商隐《华清宫》、李约《过华清宫》、李涉《题温泉》、崔橹《华清宫四首》、吴融《华清宫二首》等,至今仍脍炙人口。

唐代诗人把陶渊明、谢灵运以来的田园山水诗推进到情景交融、意境深远的新领域。在这方面,长安一带的山水田园和云集长安的诗人也发挥了重要作用。比如巍峨壮丽的终南山,自《诗经·秦风·终南》以来,屡入诗人吟咏。唐人咏终南山的诗,尤指不胜屈,举其著者,短到二十字的有祖咏的《终南望馀雪》,稍长的有王维的《终南山》、贾岛的《望山》、孟郊的《游终南山》等,长达一千零二十字的,则是韩愈的《南山》。真是争奇竞异,各擅胜场。祖咏写望终南馀雪而说"城中增暮寒",出人意表。贾岛写雨后望终南:"阴霾一以扫,浩翠泻国门。长安百万家,家家张屏新。"何等生动!孟郊"南山塞天地,日月石上生,高峰夜留景,深谷昼未明",硬语盘空,奇险惊人。王维"白云回望合,青霭入看无,分野中峰变,阴晴众壑殊",状难状之景如在目前。从山水诗的角度看,谢灵运作五言短篇,务求清新精丽。韩愈的《南山》诗独辟蹊径,取杜甫五言长篇之体,摄汉赋铺张雕绘之工,造奇句,押险韵,遂为山水诗别开门径。如"晴明出棱角,缕脉碎分绣。……横云时平凝,点点露数岫。天空浮修眉,浓绿画新就"一段,写雾雨阴晴中南山的千姿百态,极其逼真,十分生动。

王维的田园山水诗,既是辋川田园山水孕育出来的,又是辋川一带田园山水的独特写照。唐人写辋川一带田园山水的,并不只王维。初唐宋之问建辋川山庄,在这里写了不少诗。其中的《别之望后独宿蓝田山庄》、《蓝田山庄》、《春日山家》等都是田园山水诗。如"泉晚更幽咽,云秋尚嵯峨","药栏听蝉噪,山晚见禽过","辋川朝伐木,蓝水暮浇田","鱼乐偏寻藻,人闲屡采薇"诸联,都写出了辋川田园山水的风神。王维的田园山水诗远承陶、谢,自不待言;但指出他近承宋之问,也并不违背事实。王维买宋之问山庄建辋川别业,与裴迪一起创作了一系列"诗中有画"的田园山水名篇,为唐诗增添了异样光彩。但在王维之后,以零星篇章或大量篇章写蓝田一带田园山水的还大有人在。

如大历诗人钱起曾任蓝田尉,又在玉山、蓝水之间建别墅,创作了《蓝田溪杂咏二十二首》、《玉山东溪题李叟屋壁》、《晚归蓝田旧居》等几十首诗,在写蓝田山水田园方面,可与王维、裴迪的同类作品既对照,又互补。钱起是王维的晚辈,曾相互酬唱。他的《蓝田溪杂咏》组诗,在艺术风格上分明受王维《辋川集》组诗影响。至于他的《中书王舍人辋川旧居》、《故王维右丞堂前芍药花开凄然感怀》,则是王维逝世后凭吊其辋川故居之作,物是人非,可与王维辋川诗共读。

举此数例,说明唐京长安一带的名胜古迹和山水田园以其特异的自然风貌和人文内涵激发诗人们的吟兴,写出了无数出奇创新、别开生面的优秀诗篇,促进了唐诗的繁荣和发展。纵向比较,三百年间的历史变迁和初、盛、中、晚的诗风差异,也明晰可见。

第三,长安是唐王朝的神经中枢。全国诗人满怀金榜题名、立登要路、实现政治理想的渴望来到京城,朝政隆污与其仕途通塞息息相关,因而政治敏感性极强,能够迅速而深切地从这里触摸到时代脉搏。初唐至盛唐,总的趋势是政治开明,思想自由,经济繁荣,国威强盛。这一切,集中表现于长安。当然,光明背后的黑暗与豪华底层的腐化,也集中表现于长安。这自然在京都诗人们的诗歌创作中得到充分反映。开元二十五年(737),开元贤相兼诗坛领袖张九龄被挤出京城,贬为荆州长史,李林甫等权奸掌握朝廷大权,开元盛世遂逐渐消逝,乃至爆发了安史之乱。这一关键性的政治逆转反映于诗坛,入京求仕的孟浩然首先在"北阙休上书,南山归敝庐"的低吟中决意归隐,去写他的田园山水诗。王维半官半隐,躲到辋川"苍茫对落晖",在田园山水诗的创作中寻求心理平衡。李白于天宝元年(742)奉诏入京,供奉翰林,曾有君臣遇合的错觉。不久便发现"青蝇易相点,《白雪》难同调",对朝政昏暗的认识日益加深,使其诗歌创作跃入新天地。从《古风》组诗中"燕昭延郭隗"、"大车扬飞尘"等篇开始,在此后的诗歌中越来越炽烈地闪现批判现实的光焰。杜甫从天宝五载(746)旅食京华,在追求与失望、困顿与屈辱的煎熬中消磨了十年光阴。他出于对朝政黑暗的体认和国家前途的忧虑,创作了《兵车行》、《丽人行》等乐府体佳什,"即事名篇,无复倚傍",开元、白新乐府先声。《自京赴奉先县咏怀五百字》,则是十年困处长安的生活体验和艺术思考的总结,抒发理想无由实现的愤懑,谴责朝政昏暗和统治者的荒淫,倾吐对人民苦难和国家危机的焦虑,肝肠如火,涕泪纵横。其强大的艺术力量,百世之后犹足以震撼读者的心灵。

这篇杰作是用汉魏以来早已成熟的五古形式写成的。而前人五古,多以质厚、清远取胜,篇幅较短,蕴含不广;此篇则体制宏伟,章法奇变,沉郁顿挫,波澜壮阔,在反映现实的广阔、深刻和艺术力量的惊心动魄等方面,都前无古人。其原因在于原有体制不足以"咏"汪洋浩瀚之"怀",作者不甘削足适履而勇于创新,乃兼取诗歌、散文之长而自运机杼,夹叙夹议夹抒情,创"以文为诗"、'以议论入诗'范例。因通篇激情喷涌,叙事、议论皆融于抒情,故以文为诗而无散文化之失,以议论入诗而无概念化之弊,遂为五言诗创作开拓新领域。不论就杜甫的创作生涯说,还是就我国五言古诗的发展历史说,都有划时代意义。

安史之乱后,兵连祸结的局面暂告结束。钱起、郎士元等一大批诗人同在长安,互相唱和,因有"大历十才子"之目。以他们为代表的"大历诗风",是在极度繁华的长安惨遭破坏,贫困荒凉,元气未复,而统治者却苟且偷安,粉饰升平的政治氛围中形成的。

"永贞革新"及其失败,对刘禹锡、柳宗元等人的诗歌创作发生多么巨大的影响,人所共知。"元和中兴",力图改革,白居易"擢在翰林,身是谏官……有可以救济人病,裨补时阙而难于指言者辄歌咏之"(《与元九书》)。因而在此前后,他不仅写了《宿紫阁山北村》、《秦中吟十首》等大量讽谕诗,还创作《新乐府五十首》,以他为中心形成了"新乐府"诗派。

总之,居住长安的诗人由于首先感受到政治气候的温凉,触摸到时代脉搏的强弱而影响诗歌创作,乃是普遍现象,中、晚唐也不例外。这只要提及元稹《代曲江老人一百韵》、韩愈《赴江陵途中寄赠王十二补阙李十一拾遗李二十六员外翰林三学士》、李商隐《行次西郊作一百韵》和韦庄的《秦妇吟》等长篇,就足以说明问题了。

还有一点值得一提:京城长安是全国政治、经济、文化中心,文人入京应试登进士第,长时期做京官,致君泽民,这就是成功。相反,落第出京,贬官出京,因出使、外放等种种原因而离开京城,都在不同程度上有失落感,甚或意味着失败。这就使得长安的青门、灞桥、渭城等处成为凄凉的送别场所,从而产生了无数动人心魄的留别、送别佳作。略举数例,如王勃《送杜少府之任蜀川》、宋之问《送别杜审言》、孟浩然《留别王维》、王维《送元二使安西》、李白《送友人入蜀》、杜甫《送郑十八虔贬台州司户伤其临老陷贼之故阙为面别情见于诗》等等,都声情并茂,极富感染力。至于王维的《送秘书晁监还日本国》和李白的《哭晁卿衡》,更为这类诗增添一些国际内容。

与此相联系，由于京城长安的盛衰、安危和种种政治动向，迅速地波及全国，因而对国家前途和人民命运有强烈责任感的诗人，在远离长安之后，无不"身在江湖，心存魏阙"，情不自禁地眷恋长安，关心长安，歌咏长安。以杜甫为例，直到晚年流寓夔州，仍神驰长安，不能自抑。因"闻道长安似弈棋"而追忆长安往事，关注朝政得失，又创作了《往在》、《宿昔》等大量反映长安的作品，其中包括代表杜甫七律最高水平的《秋兴八首》和《诸将五首》的第一首。当你读"回首可怜歌舞地，秦中自古帝王州"诸句时，不难想象，《忆昔二首》中所写的"忆昔开元全盛日，小邑犹藏万家室……岂闻一绢值万钱，有田种谷今流血？……周宣中兴望我皇，洒泪江汉身衰疾"一类的情感波涛，如何在他胸中翻滚。

唐诗与长安的血肉联系可以从两方面探究：一方面，长安是唐诗发展的主要基地，对唐诗在融合南北诗风的基础上不断开拓、不断创新有其特殊贡献。另一方面，有唐三百年间，全国无数诗人络绎来到长安。长安及京畿一带的历史、现状、山水、田园、名胜、古迹、城郭、人民，乃至一花一木，尽入吟咏；离开长安之后，犹通过回忆和传闻歌咏长安。粗略地统计，唐代诗人为我们留下了约四千首咏陕佳作，其中包括许多著名诗人的代表作。这些歌咏长安的唐诗，有很高的审美价值和史料价值，可以帮助我们从多学科的角度研究唐京长安的政治、经济、文化，研究科举史、教育史、诗歌史和心灵变迁史、审美变迁史。同时，正由于有这四千来首唐诗传世，遂使唐京长安驰誉万国、扬名百代。当全国乃至全世界的唐诗研究者、爱好者，陶醉于唐诗中的长安胜景之时，谁不心驰神往，亟思一游呢？今日西安之所以成为中外旅游胜地，唐诗所起的作用，也是不容低估的。

（原刊《文史知识》1992年第6期）

历代咏陕诗述评

我曾受托编撰《陕西省志·诗歌志》,搜辑、阅读了一万数千首歌咏陕西的诗歌,据此撰写了这篇《历代咏陕诗述评》。

一

陕西是中华民族的摇篮之一,也是中华诗歌的摇篮之一。上古时期,周秦两个强大王朝都创业于此,建都于此。在我国第一部诗歌总集《诗经》里,《大雅》、《小雅》、《周颂》、《秦风》、《豳风》中的大量周秦诗歌,都作于陕西、歌咏陕西。举其著者,《大雅》中的《绵》、《生民》、《公刘》、《皇矣》、《大明》等篇,产生于西周初期,距今三千多年,是叙述周人在今陕西武功、彬县、扶风、岐山一带发展农业、开疆建国的著名史诗,也是我国上古仅有的长篇史诗。《豳风》中的《七月》,按季节顺序和农事特点,详述豳地(今陕西郇邑、彬县)劳动人民全年忙生产、服杂役、受剥削的详情细节,是周代奴隶痛苦生活的剪影,也是现存我国农业生产情况最古老的文字实录。《秦风》中的《无衣》写西戎入侵,秦地人民同仇敌忾,奋起卫国,是我国第一首《从军行》,在此后历代保卫祖国的战斗中起号角作用。《秦风》中的《蒹葭》,是我国第一首怀人诗,景真情深,风神摇曳,此后写怀人诗者往往吸取其词采和意境。其他许多诗歌,或描写自然风物,或记述贵族活动,或反映政治状况,或从爱情、婚姻、劳动、反奴役、刺暴政等各个方面表现周秦时代这一地区的人民生活和精神状态。由于这是最早的一批诗歌,其史料价值与文学价值又很高;还由于收录它们的这部诗歌总集被儒家尊为"经"而为封建时代的知识分子所必读,故其影响十分深远。

西汉建都长安,大汉天声,远播四海。这一时期的主要文学形式是辞赋和散文,而五、七言诗尚在初创阶段,故咏陕之作不多。汉武帝大宴群臣于柏梁台,联句记盛,可算古都长安的第一次诗会。诗虽不佳,且有人怀疑是"后人拟作";但每人作一句七言诗、句句押韵、连缀成篇的《柏梁台联句》,被视为"柏梁体",对此后的联句和句句押韵的诗歌创作有极大影响;有些诗论家,还认为"七言诗起于《柏梁》"。

《汉书·礼乐志》称武帝"立乐府,采诗夜诵,有赵、代、秦、楚之讴"。汉乐府民歌中的"秦讴",就是陕西民歌。如《平陵东》、《长安有狭斜行》、《郑白渠歌》等,都是咏陕诗。

汉魏文人咏陕诗,虽数量不多,但如张衡的《四愁诗》之三,曹植的《平陵东行》和《三良诗》,王粲的《七哀诗》等,都是名篇。

两晋诗歌中的咏陕之作,如傅玄的《西长安行》、《秦女休行》,挚虞的《雍州诗》,潘岳的《关中诗》,潘尼的《游西岳诗》,陶渊明的《咏三良》、《咏荆轲》等,都是佳作。

南北朝时期的咏陕诗数量不少,其中特别突出的是王褒、庾信的作品。王褒、庾信本来都是南朝梁代的宫廷诗人,诗风绮艳浮靡。梁元帝承圣三年(554),庾信出使西魏;紧接着,梁被西魏所灭,王褒亦被俘入西魏。二人均被重用,历仕西魏、北周。长安是西魏、北周的京城,王褒、庾信在长安生活多年,到过关中的许多地方。亡国之痛,羁留之苦,特别是山川之雄奇苍莽、民风之刚健质朴、民歌之豪放清新以及周秦西汉以来深厚的文化积淀,浸润熏染,潜移默化,使其文学创作发生了根本性的转变,"所作皆华实相扶,情文兼至,抽黄对白之中浩气舒卷、变化自如"(《四库全书总目提要》卷一四八)。庾信尤其如此,故杜甫评论道:"庾信文章老更成","暮年诗赋动江关"。南北文风,本来各有优缺点,魏徵《隋书·文学传序》指出:"江左宫商发越,贵于清绮;河朔词义贞刚,重乎气质。气质则理胜其词,清绮则文过其意。……若能掇彼清音,简兹累句,各去所短,合其两长,则文质彬彬,尽善尽美矣。"这种融合南北、尽善尽美的诗,至唐代而蔚为伟观;但庾信、王褒入长安后的创作,则是一个不容忽视的光辉的起点。杨慎指出庾信"启唐之先鞭"(《升庵诗话》卷九),可谓卓识。

隋朝建都长安,历时虽短,但结束了长期南北分裂的局面,全国统一,南朝的著名诗人纷纷来到长安,与北方诗人交流诗艺,优势互补,其咏陕之作文质兼顾,自具特色。

二

长安作为大唐帝国的京城,是全国政治、经济、文化中心。唐长安作为世界名都,通过丝绸之路进行频繁的国际交往,又是中外经济、文化交流中心。全国诗人由于入京应试、求官及其他种种原因,大都要到长安及附近各地居住、游历。而在他们中进士、应制科之后,或在京畿周围各地做地方官,或长期做京官,从而写出无数歌咏陕西的诗章。而且,他们来到长安这个全国政治、经济、文化中心和中外经济、文化交流中心,视野开阔、思路开展,其诗歌创作随之出现飞跃,进入更高境界。通读《全唐诗》,就会发现唐代杰出诗人的大量名篇佳作,都作于陕西,歌咏陕西。有些不出名、或不甚出名的诗人,却因其咏陕诗写得好而出名。例如刘象,因其《咏仙掌》诗独出心裁而被呼为"刘仙掌";赵嘏因《长安秋望》中"残星数点雁横塞,长笛一声人倚楼"一联见赏于杜牧,而被称为"赵倚楼";韦庄因其长篇叙事诗《秦妇吟》一脱稿即广泛流传而被誉为"《秦妇吟》秀才"。因此,可以毫不夸张地说,唐代的咏陕诗是整个唐诗的重要组成部分,在很大程度上体现了唐诗的光辉成就。唐诗是中华诗歌的高峰,唐代咏陕诗是历代咏陕诗的高峰。下面谈谈唐代咏陕诗的几个显著特点:

一、唐代咏陕诗的发展与整个唐诗的发展同步。就初唐而言,在政治上开创"贞观之治"的唐太宗对唐诗的发展也起过重要作用,而他的诗歌多数是咏陕诗。读他的《帝京篇十首》、《幸武功庆善宫》、《入潼关》、《登三台言志》、《赐魏徵》、《赋"秋日悬清光"赐房玄龄》等诗,既可以看出开国气象,也可以看出他对诗歌的倡导。加上魏徵、虞世南、李百药诸人的咏陕诗,贞观诗坛的概貌,已约略可见。卢照邻的《长安古意》、杨炯的《从军行》、王勃的《送杜少府之任蜀川》、骆宾王的《帝京篇》和沈佺期、宋之问、杜审言、陈子昂的有关诗章,既反映长安风貌,又体现五七言古体诗的完善和五七言近体诗的形成。

从玄宗即位到代宗登基(712—762)的半个世纪,是诗人艳称的盛唐时期。如果说唐诗是中华诗歌的高峰,那么盛唐诗歌便是这座高峰的顶点。而高踞这座高峰顶点的著名诗人,无一不在长安和陕西的许多地方写出大量光辉诗篇。王维是盛唐田园山水诗派的代表诗人。他长期居住在长安和蓝田,可以说长安和蓝田是他的主要生活基地和创作基地。他的咏陕诗不下一百篇,包括他的大量田园山水诗和《观猎》、《过香积寺》、《敕赐百官樱桃》、《奉和圣制从蓬莱向兴庆阁道中留春雨中春望之作应制》、《春日与裴迪过新昌里访吕逸人不遇》等传世名作。李白有咏陕诗六十多首,其中的《长相思》、《清平调》、《子夜四时歌》、《塞下曲》、《西岳云台歌送丹丘子》、《下终南山过斛斯山人宿置酒》和著名组诗《古风》中的好几首,都见于多种唐诗选本,家传户诵。王昌龄的三十来篇咏陕诗中包括久享盛名的若干首宫怨诗。其他如高适、岑参、孟浩然、储光羲、崔颢、李颀等杰出诗人,其传世之作中也包括了一定数量的咏陕诗。

　　杜甫从天宝五载(746)来到长安,直到乾元二年(759)秋后西去秦州,中间经历旅食京华、献赋待制、授官前后、流亡白水、寄家鄜州、陷身长安、投奔凤翔、北归羌村、重返长安、贬谪华州、弃官西行的困顿生活,创作了一百三十多首咏陕诗,包括《兵车行》、《丽人行》、《醉时歌》、《自京赴奉先县咏怀五百字》、《月夜》、《悲陈陶》、《春望》、《哀江头》、《喜达行在所三首》、《北征》、《羌村三首》、《曲江二首》、《曲江对酒》、《九日蓝田崔氏庄》、《潼关吏》等几十首不朽杰作,关心人民疾苦、揭露朝政缺失、反对黩武战争、抒发爱国情感,把他的诗歌创作推向现实主义高峰。他晚年流寓夔州,时常回忆困处长安时期的个人遭遇和朝政得失,又写出一系列咏陕诗歌,包括《诸将五首》、《秋兴八首》等代表杜律最高水平的名篇。

　　大历时期的重要诗人韦应物有咏陕诗约百首,《寄李儋元锡》、《寒食寄京师诸弟》、《长安遇冯著》等都很有名。应该着重提到的是:韦应物以田园山水诗著称,而他的田园山水诗的大量篇章正是咏陕诗。他于大历十四年(779)自鄠县令除栎阳令,以疾辞官,卜居于鄠县沣水西岸的善福精舍,过了近两年田园生活,创作了《观田家》、《种瓜》、《晚观沣水涨》、《晚归沣川》、《闲居赠友》、《九日沣上作……》、《沣上寄幼遐》、《春日郊居》、《授衣还田里》、《晚出沣上赠崔都水》等大量田园山水诗,曾编为《沣上西斋吟稿》数卷流传于世。

　　"大历十才子"及同时诗人都有咏陕诗,钱起多达八十馀首,卢纶多达五十馀首,李端也不下三十首。李益以写边塞诗著名,其咏陕诗不满二十首,却有《过马嵬》等名作。所谓"十才子",乃是由于这一批诗人于大历初期同在长安互相唱和而得名。当时经过安史之乱的大破坏,物质生活和精神生活都比较贫乏,因而这批诗人或流连光景、或哀时悯乱,未写重大题材。其诗清空疏秀,造语雅洁,长于五律五绝。这就是大历诗风的主要特点。如果说盛唐咏陕诗相当充分地体现了盛唐诗歌的主要特点——盛唐气象的话,那么大历咏陕诗也在很大程度上体现了大历诗风。

　　唐诗分期,多以代宗大历至敬宗宝历(766—826)六十年为中唐时期。其实,大历诗虽然音节流畅、理致清新,而风骨不健。除李益、韦应物等人而外,多数诗人的艺术个性不甚鲜明。从唐诗发展的总的态势看,乃是盛唐之后的衰落期,也可说是元和诗歌的准备期。直到宪宗元和(806—820),名家辈出,流派纷呈,艺术个性充分展现,始可与盛唐诗坛争奇斗丽,后先辉映。元和两大诗派一以白居易为首,以元稹、张籍、王建、李绅等为辅;一以韩愈为首,以孟郊、贾岛、卢仝、李贺等为辅。两大派之外的杰出诗人,还有柳宗元和刘禹锡。这些诗人的代表作,都包含数量可观的咏陕诗。

白居易的咏陕诗多达三百馀首,涉及长安一带和周至、临潼、渭南、华县、蓝田等广大地区。《观刈麦》、《采地黄者》、《宿紫阁山北村》、《秦中吟十首》和《新乐府五十首》中的《卖炭翁》、《杜陵叟》、《两朱阁》、《新丰折臂翁》等,真实地反映了民间疾苦,深刻地揭露了政治弊端,具有很高的认识意义和审美价值。元和六年(811),他因母亲病故而回故乡下邽(今陕西渭南)农村守丧三年,与农民来往,也亲自耕田,认识到"嗷嗷万族中,惟农最辛苦",从而创作了大量独具特色的田园诗。其独特之处在于不像以往的田园诗那样只写农村的淳朴、宁静和闲适,而是如实地展现了田家的艰辛生活,为田园诗的创作开拓了新领域。

白居易的咏陕诗还包括《长恨歌》,这是享有世界声誉的杰作,至今传诵不衰。

元稹的咏陕诗约六十馀首,涉及长安一带和咸阳、商县、临潼、褒城、汉中、华县等广大地区,且多长篇。如《代曲江老人百韵》,用五言排律的形式,通过"曲江老人"之口,追述开元时代君明臣贤、富庶康宁,慨叹天宝时代君荒臣佞,引起安史之乱,深寓历史教训,堪称诗史。《华原磬》、《立部伎》、《胡旋女》等,则指斥时弊,是和白居易的《新乐府》相配合而创作的"即事名篇"的乐府诗。

韩愈的咏陕诗近四十篇。《赴江陵途中寄赠王二十补阙李十一拾遗李二十六员外翰林三学士》长诗,反映了关中大旱、死亡相继的悲惨现实,表达了对灾民的同情和对聚敛者的愤慨。著名大篇《南山诗》,以画家之笔,描绘出终南山的千姿百态。《石鼓歌》以奇情壮彩刻画古色斑斓的文物,穿插对朝中大官的嘲讽。《华山女》写女道士炫耀姿色,借神仙灵怪诱惑众人。《丰陵行》指斥皇帝葬仪的糜费和深锁嫔妓的惨无人道。其他如《奉酬卢给事云夫四兄曲江荷花行见寄》、《左迁至蓝关示侄孙湘》、《次潼关先寄张十二阁老使君》等篇,都是韩诗中的精品。

刘禹锡的咏陕诗约七十首。《华山歌》写华山竣拔壮丽,气概非凡,用以寄寓自己的宏伟抱负。《元和十年自朗州承召至京戏赠看花诸君子》和十四年后所作的《再游玄都观绝句》，都从玄都观桃花着笔，前篇讽刺朝廷新贵，后篇则抒写屡遭贬黜而不为权奸所屈的坚贞意志，都是历来传诵名篇。《华清词》、《曲江春望》、《赏牡丹》等也深沉雅丽，各有特色。

白派诗歌的主要特点是抨击社会黑暗、反映重大现实问题，语言通俗流畅，生动感人。韩派诗歌的主要特点是在艺术表现上刻意求新，甚至追求险怪、苦涩、幽僻，语言则趋于散文化。这从两派诗人的咏陕诗中都表现出来。

晚唐前期，即从文宗到宣宗（827—859）的三十余年，诗坛的杰出代表人物是杜牧和李商隐。杜牧咏陕诗约六十首。《华清宫三十韵》通过对唐玄宗荒淫误国的追述总结历史教训。《过骊山作》既肯定秦始皇统一全国的功绩，又批判其暴虐不仁。《商山麻涧》、《商山富水驿》、《入商山》等，写商州自然风光，秀丽如画。《朱坡》、《朱坡绝句三首》、《忆游朱坡》诸诗写樊川风物，令人想见江南。《将赴吴兴登乐游原一绝》、《过华清宫绝句三首》、《华清宫》、《登乐游原》、《长安秋望》、《过勤政楼》等，都是杜牧七绝名篇。

李商隐咏陕诗约五十首。《行次西郊作一百韵》通过描述从兴元（今陕西汉中）到长安西郊的途中见闻，系统地反映了唐朝从开国到文宗二百多年的治乱兴衰。中间写安史的大破坏和西郊农村凋敝景象，惨不忍睹。其艺术风格，类似杜甫的《北征》。《华清宫》、《咸阳》、《九成宫》、《汉宫》、《四皓庙》、《骊山有感》等，于吊古伤今中寓历史教训。《乐游原》、《滞雨》、《灞岸》、《复京》、《龙池》等是李商隐五、七绝名篇。《曲池》、《马嵬》等，或伤春，或咏史，对仗精工，情思婉转，是李商隐七律的代表作。

与李商隐齐名的温庭筠共创作了五十多首咏陕诗，歌咏了关中许多名胜古迹。七律《苏武庙》、《经五丈原》吊念苏武、诸葛亮以抒怀抱，内容深厚，尤为杰出。其他如五律《商山早行》，七绝《咸阳值雨》、《过分水岭》，也是历代传诵之作。

懿宗即位以迄唐亡（860—906），战争频繁，生灵涂炭，都城长安更遭到毁灭性的摧残。这时期的咏陕诗，或以通俗语言反映社会问题，或以凄婉的风格念乱伤离。总起来看，都表现为"衰世之音"，与"盛唐气象"形成强烈的对照。

二、唐代咏陕诗共四千多首，题材广泛，涉及陕西的许多地区，许多方面。由于从唐代开国到唐亡之前，长安一直是政治、经济、文化中心，诗人毕至，遍及附近各地，辄有吟咏，这就形成唐代咏陕诗的另一个特点：每一地区，每一名胜,每一古迹,每一节日,每一习俗,每一政治问题,每一历史事件,每一社会现象,甚至一花一木,都同时、先后有多人歌咏,可以从各种角度互相印证、互相补充、互相比较,从而在历史、文学等许多方面扩大知识领域,提高认识水平。下面举几个例子:

王维以写田园山水诗著名。他的田园山水诗,既是蓝田辋川一带的田园山水孕育出来的,又是蓝田辋川一带田园山水的生动写照。然而唐代诗人写蓝田辋川一带的并非只有王维。早在初唐时代,著名诗人宋之问就在这里建有别墅,歌咏过这里的田园山水。他的《别之望后独宿蓝田山庄》、《蓝田山庄》、《春日山家》等诗,如"泉晚更幽咽,云秋尚嵯峨;药栏听蝉噪,书幌见禽过";"辋川朝伐木,蓝水暮浇田";"鱼乐偏寻藻,人闲屡采薇"诸句,都写出了辋川田园山水的风神,是王维辋川诗的先导。王维买宋之问山庄建辋川别业,与其诗友裴迪一起创作了一系列"诗中有画"的田园山水名篇,这是人所共知的。然而在王维之后以零星篇章或大量篇章写蓝田一带田园山川的还大有人在,却很少有人注意。写零星篇章的且不列举,只谈写大量篇章的。"大历十才子"的首领钱起曾任蓝田尉,又在玉山、蓝水之间建别墅,创作了《蓝田溪杂咏》二十二首和《蓝溪休沐寄赵八给事》、《浙辋川至南山寄谷口王十六》、《蓝田溪渔者宿》、《过孙员外蓝田山居》、《晚归蓝田酬王维给事》、《蓝上茅茨期王维补阙》、《玉山东溪题李叟屋壁》、《观村人牧山田》、《题玉山村叟屋壁》、《晚归蓝田旧居》等诗,在写蓝田田园山水方面,可与王维、裴迪的同类作品既对照,又互补。钱起是王维的晚辈,曾互相酬唱,他的《蓝田溪杂咏》组诗,在艺术风格上分明受王维《辋川集》组诗影响。至于他的《中书王舍人辋川旧居》、《故王维右丞堂前芍药花开凄然感怀》,则是王维逝世后凭吊其辋川故居之作,颇有物是人非之感,应与王维辋川诗共读。

如果把王维等写蓝田的诗作为一个系列而与韦应物写户县、白居易写渭南、姚合写武功、杜牧写樊川的诗对照互补,既可更完整地了解唐代关中风貌,又可更准确地把握多家艺术特色。唐人咏大雁塔(慈恩寺塔)的诗流传至今的不下五十首,时间跨度极大。从所反映的时代氛围看,初唐上官婉儿、宋之问等人所做的都是"应制"诗,于"颂圣"中流露出升平气象;到了天宝末年,杜甫登塔已预感到社会危机,两年后爆发了安史之乱;到了中唐前期,欧阳詹的登塔诗以"因高欲有赋,远意惨生悲"收尾,安史乱后的满目萧条景象依稀可想;经过黄巢起义,军阀混战,唐末人杨玢以《登慈恩寺塔》为题的诗却劝人"莫上慈恩最高处",原因是"不堪看又不堪听"!

　　从咏大雁塔诗还可看出此塔本身的变化。盛唐时期的岑参说它"七层摩苍穹",大历时期的章八元说它"十层突兀在虚空",说明于七层之上增修三层。晚唐时代的李洞又说它"九级耸莲宫",不知何时塌掉一层。后来变成七层,当然是又塌两层的结果。

　　从比较文学的角度看,这五十来首唐人咏雁塔诗可以从纵向、横向方面比较其艺术水平的高下。纵向比较,杜甫等人同登此塔的几首诗最杰出。横向比较,杜甫、高适、岑参、储光羲同登大雁塔的四首五言古诗各有特色,俱属佳作;但杜甫登高望远,将眼前景与社会现实相联系,痛惜君主荒淫,忧虑国家前途,全诗气象峥嵘,音节悲壮,自足压倒群贤、雄视千古。

　　骊山有温泉,由来已久。贞观十八年建温泉宫于此,太宗君臣,政暇来此沐浴。玄宗早年励精图治,开元之治,比隆贞观。做了几十年太平天子,渐趋腐化,天宝六载扩建温泉宫,改名华清宫,每年冬季携贵妃宠臣来此避寒达数月之久,歌舞宴乐,终于导致了安史之乱。因此,在诗人眼中,骊山温泉的变迁反映了唐王朝由盛到衰的变迁,正是抒写治乱之源、盛衰之感的好题材。仅就安史之乱后专以华清宫为题材的唐诗而言,流传至今的不下六十首,而且包括了杜牧《华清宫三十韵》、赵嘏《华清宫和杜舍人》、贾岛《纪温汤》、温庭筠《过华清宫二十二韵》、徐夤《依御史温飞卿华清宫二十二韵》和郑嵎《津阳门诗》等五、七言长篇。《津阳门诗》作于宣宗大中五年(851)冬,以华清宫外阙之名命题,前有序。全诗为七言古体,长一百韵,一千四百字,详写华清宫盛衰。虽无中心人物作主线,想象不丰,艺术性较差,然以韵语记史事,结合多条小注,华清宫各种建筑位置及明皇、贵妃、贵戚、幸臣们的种种活动,多可考见。综观这些长篇,大都以开元、天宝作对比而总结历史教训。在艺术上,杜、赵、贾、温五篇各有千秋,而以杜牧一篇最深挚感人。当然,唐人咏华清宫诗,传诵最广的还是七言绝句,如王建《华清宫》、杜牧《华清宫》及《过华清宫三首》、李商隐《华清宫》、李约《过华清宫》、李涉《题温泉》、崔橹《华清宫四首》、吴融《华清宫二首》等。

　　再就一花一木也有多人吟咏举一个例子。唐长安城安业坊横街之北有唐昌观,以玉蕊花出名。每遇花发,如琼林玉树,观者云集。元和诗人白居易、元稹、张籍、王建、杨巨源、武元衡、严休复、杨凝等都曾来此赏花,各有题咏。到了唐末,郑谷作《玉蕊》诗,却有"唐昌树已荒"的感叹,注云:"乱前唐昌观玉蕊最盛。"作者以唐昌观玉蕊之"荒",暗示乱后长安已满目荒凉(证以韦庄《秦妇吟》、《长安旧里》及子兰《悲长安》等诗的描述,便知这个"荒"字所暗示的悲惨图景),与中唐诗人纷纷描写的赏花盛况形成强烈对照。将先后各诗作纵向比较,则所写者虽小至一花一木,也可以看出社会变化、人事沧桑。

以上谈到唐人咏陕诗的两大特点,当然还可找到其他特点。唐代咏陕诗的作者约七百人,陕西籍作者约占四分之一以上。尽管大部分人只留下几首诗或只有一首诗,鲜为人知;但人数多于任何朝代,仍然值得重视。至于王昌龄、韦应物、白居易、杜牧、韦庄,则是唐代杰出诗人,在中华诗史上占有重要地位。重视这个特点,对唐代陕西诗人及其创作作全面深入的研究,并就为什么唐代陕西诗人特别多、而且有不少人取得了光辉成就这一问题做出有说服力的回答,将是很有意义的。

三

唐诗是中华诗歌的高峰。鲁迅认为"一切好诗,到唐已被做完,此后倘非能翻出如来掌心之齐天大圣,大可不必动手"。而宋代诗人却敢于翻出如来掌心,在题材和表现手法方面大力开拓,做到"取材广而命意新"。宋以后的诗人或尊唐、或尊宋,评价不同;但面对事实,没有人敢于全盘否定宋诗的独特成就。

唐亡以后,关中一带失去了全国政治、经济、文化中心的地位;但周秦汉唐文化的深厚土壤和深远影响仍在,再加上处于边防前沿的重要性,宋代不少杰出诗人都到过陕西,创作了大量高质量的咏陕诗。还有,宋代是词的黄金时代,宋词中有不少作品写到陕西。因此,从总体上看,宋代咏陕诗(包括词)的成就仅次于唐代。

宋初重文轻武,太宗常与大臣们唱和,诗坛受此影响,盛行应酬诗,无突出表现。打破诗坛沉闷局面的是王禹偁(954—1001),使宋代咏陕诗刚开头就大放异彩的也是王禹偁。王禹偁任左司谏、知制诰期间经常批评朝政,终于触怒皇帝,于太宗淳化二年(991)被贬为商州(今陕西商县)团练副使。商州当时较荒僻,居民生计艰难。他一贯关怀民间疾苦,在诗歌创作上又自觉学习杜甫、白居易,在商州的两年时间里怀着深厚的同情,创作了《感流亡》、《蔬食示舍弟禹圭并嘉祐》、《竹䉡》、《乌啄疮驴歌》、《对雪示嘉祐》、《秋霖二首》等富有人民性的诗篇。他看到山民们团结互助、刀耕火种,写了一组具有民歌风味的《畲田词》，反映并歌颂了这种淳朴民风。其借景抒情，咏物言志之作也颇有特色，如《寒食》、《村行》、《清明日独酌》、《新秋即事二首》、《杏花七首》、《春日杂兴》等，都情景交融，清新隽永。长达一百六十韵的《谪居感事》，以自传为主线而交织对于时事的感触，也值得一读。商州时期，是王禹偁一生创作力最旺盛、收获最丰富的高潮期。他的咏陕诗，实际上奠定了他作为北宋诗文革新运动前驱者的地位。

宋初到过陕西的重要诗人还有潘阆，他的《过华山》、《渭上秋夕闲望》，是"晚唐体"的代表作。

北宋中叶，欧阳修团结范仲淹、苏舜钦、梅尧臣等人实行诗文革新，开创了新局面，宋诗开始形成了自身的独特风格，卓然与唐诗比美。欧阳修、梅尧臣各有几首涉及陕西的诗，都非亲临其地之作。而苏舜钦和范仲淹的咏陕诗词，都出于亲身感受。景祐元年（1034），苏舜钦因其父苏耆调任陕西转运使，曾随父至长安小住。第二年，其父卒于任所，他来长安守丧，"百口饥饿，遂假贷苑东之田数顷"，躬耕其间，直至终丧，历时三年之久，创作了不少咏陕诗。在《己卯冬大寒有感》长诗中，他揭发驻守陕北、防御西夏的部队赏罚不行的原因："近闻边方奏，中覆多沉没。罪者既稽诛，功者不见阅。虽使颇牧生，勇智当坐竭。"边帅奏请赏罚将士的文书被朝廷权贵压下了，以致有罪者不受罚，有功者不得奖，严重挫伤士气，给军民带来深重苦难："不知百万师，寒刮肤革裂；关中困诛敛，农产半匮竭。"以议论入诗，提高了诗的批判力。其他如《望秦陵》，指出秦亡汉兴的原因是："役重倾天下，时危启圣人。"《览含元殿基因想昔时朝会之盛且感其兴废之故》批判了唐玄宗的"横赐"与"穷奢"，指出他"只知营国用，不畏屈民财"，才造成安史之乱。《昇阳殿故址》则直言"不有失德君，焉为稂夫田？"这些诗都借怀古咏史，以曲折的方式批评当朝皇帝，议论化、散文化的特色很突出，都是苏舜钦开宋诗风气的作品。

五代词风，经宋初至北宋中叶，相沿未改；提倡诗文革新的欧阳修，亦复如是。而范仲淹出任陕西经略副使兼知延州，亲临抵御西夏侵扰的最前线，才以《渔家傲·塞下秋来风景异》一词，开豪放派先声。

苏轼是继欧阳修之后更杰出的文坛领袖，他团结和影响了一大批有才气的诗人，以各呈异彩的创作为宋代的诗歌繁荣做出了贡献。他的诗代表宋诗的最高成就；他的咏陕诗，其数量与质量，都在宋代咏陕诗中占有突出地位。

苏轼从嘉祐六年（1061）十一月起，任凤翔府签判三年。他初入仕途，壮志凌云,才华横溢。西秦大地的山川人民和周秦汉唐的文物古迹,激发他的诗情,共创作了一百三十多首诗歌。《郿坞》、《骊山三绝句》揭露抨击了封建统治者奢侈虐民,自取灭亡。《李氏园》对唐末跋扈将军李茂贞为筑园而"破千家"的暴行表示了极大愤慨。《扶风天和寺》、《磻溪石》、《周公庙》、《石鼻城》、《题宝鸡县斯飞阁》、《留题仙游潭中兴寺》、《东湖》、《溪堂留题》、《题王维画》、《昭陵六马》、《与张李二君游南溪》等大量诗篇,则从各个角度描写、歌咏了宝鸡、郿县、麟游、虢县、扶风、周至等地的自然景观和人文景观。而五律《太白山下早行……》、七律《楼观》、五古《真兴寺阁》和《是日至下马碛,西临五丈原》、七古《石鼓歌》和《王维吴道子画》等篇,则都是苏轼的代表作。苏轼诗奇气纵横、浑脱浏亮的独特风格,是在咏陕诗中初步形成的。

苏轼词《渔家傲·送张元康省亲秦川》、《华清引·感旧》也歌咏陕西。这是离陕后回忆陕西之作。

苏轼做于潍州的《和文与可洋州园池三十首》,也是咏陕诗。文同(1018—1079)字与可,是苏轼的表亲、好友。熙宁八年(1075)起,任洋州(今陕西洋县)太守三年,作咏陕诗甚多。他是大画家,其诗亦善于描摹天然风景,歌咏陕南风景的许多诗,极富诗情画意。他尤擅长画墨竹,洋州筼筜谷的竹林,既是他的画材,也是他的诗料。《筼筜谷二首》、《筼筜谷一首》、《咏竹》、《此君庵》等,都是写筼筜谷竹子的。他以所画《筼筜谷偃竹》赠苏轼,并且说:"此竹数尺耳,而有万尺之势。"苏轼因而做了一篇《文与可画筼筜谷偃竹记》,其中说:"筼筜谷在洋州。与可尝令予作《洋州三十咏》,筼筜谷其一也。予诗云:'汉川修竹贱如蓬,斤斧何曾赦箨龙。料得清贫馋太守,渭滨千亩在胸中。'""渭滨千亩"指竹。晁补之"与可画竹时,胸中有成竹"诗句,即受此启发。

前述乃北宋咏陕诗重点。此外的北宋著名诗人,如王安石、黄庭坚、陈师道、苏辙、张舜民、张耒、韩驹、秦观、唐庚等也都有涉及陕西的诗作,不赘述。

南宋咏陕诗的重点是陆游和汪元量的作品。宋室南渡,金人曾攻占陕西诸地。绍兴十一年宋金议和,以淮河、散关为界,其北属金,其南属宋,于是关中、陕北全部落入金人手中,陕南复归南宋。乾道八年(1172),驻守汉中的四川宣抚使王炎,任陆游为宣抚使司的干办公事兼检法官。宣抚使是负责前敌工作的最高指挥者,干办公事是宣抚使衙门的负责人员,检法官是执法者。渴望收复失地的陆游在力主抗金的王炎部下肩负如此重要任务,他满以为实现理想的时机到了,因而频繁往返于南郑和前线之间,准备收复关中。他曾趁大雪之夜跨马冲过渭水,掠过敌人阵地。还曾参加过大散关的遭遇战,三天只啃荞麦饼子。他豪情满怀,作诗鼓吹抗敌,反对投降。然而仅仅半年之后,局势逆转,王炎被调回临安,陆游也被迫离开前线,回到成都。他在二十多年后所作的《感旧》诗自注里说:"予山南杂诗百馀篇,舟行过望云滩坠水中,至今以为恨。""山南"指汉中。幸而在那"百馀篇"之外,还保存三十首(不包括词),编为《东楼集》,序中说:"北游山南,凭高望鄠、万年诸山,思一醉曲江、渼陂之间;其势无由,往往悲歌流涕。"这可以和他在南郑所作的《秋波媚》词下阕相印证:

多情谁似南山月,特地暮云开。灞桥烟柳,曲江池馆,应待人来。

他四十八岁的半年军旅生活虽然未能实现恢复理想,然而这仍然是他一生中最快意的生活,此后数十年经常怀念,形诸吟咏。现存南郑时期所做及后来的追忆之作,共计词二十二首,诗约三百首,有不少是五、七言长篇古风。在历代咏陕诗中,其数量之多,篇幅之大,艺术质量之高,只有中唐诗人白居易可与比肩。还值得一提的是:南郑军旅生活,使陆游诗风发生了根本性的转变。请看他二十年后所做的《九月一日夜读诗稿有感走笔作歌》:

我昔学诗未有得,残馀未免从人乞,力孱气馁心自知,妄取虚名有惭色。四十从戎驻南郑,酣宴军中夜连日。打球筑场一千步,阅马列厩三万四。华灯纵情声满楼,宝钗艳舞光照席。琵琶弦急冰雹乱,羯鼓手匀风雨急。诗家三昧忽见前,屈贾在眼元历历。天机云锦用在我,剪裁妙处非刀尺。……

因受南郑军旅生活的感发而领悟到要做杰出诗人,必须从现实斗争、时代风云中吸取灵感,这就使他的诗歌创作出现了惊人的飞跃。

宋末元初,有一批抒写亡国之痛的诗人,如汪元量、真山民、许月卿等,以汪元量的成就较突出。宋亡之后,汪元量曾到过陕西,作有《潼关》、《太华峰》、《蓝田》、《秦岭》、《商山庙》、《终南山馆》、《华清池》、《阿房故基》、《马嵬坡》、《凤州歌》、《兴元府》等十多首。如《潼关》:

蔽日乌云拨不开，昏昏勒马度关来。
绿芜径路人千里，黄叶邮亭酒一杯。
事去空垂悲国泪，愁来莫上望乡台。
桃林塞外愁烟起，大漠天寒鬼哭哀。

这算是宋代咏陕诗的尾声。南宋著名诗人如杨万里、范成大、刘克庄、辛弃疾、刘辰翁等也有涉及陕西的诗词，不赘述。

四

辽诗寥寥。金代诗人多受苏轼、黄庭坚影响，其诗歌成就不如宋诗，但也很可观，其咏陕之作，也很值得重视。

金代初期，较有名望的诗人多是来自南方的汉人。吴激（1090—1142）于靖康南渡后奉命使金，因文名甚著被留，任翰林待制等官。他的《长安怀古》等诗，做于长安。施宜生（？—1160）于宋政和四年（1114）登进士，曾入仕。金兵入汴梁，他入投刘豫，后入金，为翰林学士，曾在鄜州（今陕西富县）任地方官，留下好几首写鄜州一带的诗，从中可以看出金人统治下陕北一带的苦况。

金代中期的著名诗人是蔡珪、党怀英、赵秉文、刘迎、王庭筠、赵元等，他们都有咏陕诗。作为文坛领袖的党怀英，原是冯翊（今陕西大荔）人，随其先人移居山东。他的《题张维中华山图》诗写图中的华山，以"况复秦川遥，便恐此生隔"等语作结，表现了对故乡的无限眷恋之情。党怀英之后的文坛领袖赵秉文，其诗远宗李杜，近学苏黄，清新豪放，不名一格。其《游华山寄元裕之》长篇歌行，浑灏流转，对华山的各个景点及奇险之状作了生动的描绘，是历代咏华山诗中的佳作。其《渭水桥边》七绝，则透露了人烟萧瑟的荒凉景象。赵元《钦若有商於之行……》写商州出于想象。郝俣《题五丈原武侯庙》，张公药《往鄜州》，路铎《辋川》《潼关》，师拓《曲江秋望》，郦权《慈恩寺塔》，杨云翼《大秦寺》，李纯甫《灞陵风雪》，萧贡《渭南县斋秋雨》，陈规《过骊山》，王渥《游蓝田》等，都是亲临其地，对景题诗；然从题目便可看出所写非重大题材，倒是麻九畴的《跋范宽秦川图》长篇七古通过秦川的历史抒写兴亡之感，显得有深度。

金末蒙古军南下，生灵涂炭，雷琯首先在诗歌中作出反映。雷琯是坊州（今陕西黄陵）人，曾任国史馆从事。金宣宗贞祐四年（1216）十一月，蒙古军入关中,百姓弃家东逃者数十万人。雷琯目睹惨象,做《商歌十首》纪实,读之如见哀鸿遍野,催人泪下。金元之际,大诗人元好问及当时名家辛愿、李汾、李献甫等都有咏陕诗。元好问的《范宽秦川图》、《闻钦叔在华下》、《长安少年行》、《商正叔陇山行役图二首》等都很出色,《岐阳三首》,则是他的代表作。金哀宗正大八年(1231)正月,蒙古军包围岐阳(今陕西凤翔),四月城陷。元好问自南阳闻讯,做了这三首七律,控诉了残杀无辜的暴行。"岐阳西望无来信,陇水东流闻哭声。野蔓有情萦战骨,残阳何意照空城"两联,苍凉沉痛,令人不忍卒读。这三首名作是元好问丧乱诗的先声,清人赵翼《题遗山诗集》云:"国家不幸诗家幸,赋到沧桑句便工。"就是指这一类诗而言的。李献甫曾为长安令。金哀宗大定七年(1230),蒙古军攻长安,金将望风而逃,蒙古军大肆抢掠而去。其后不久,李献甫来长安任职,怵目惊心,写了《长安行》一诗,既感叹"长安道,无人行,黄尘不起生榛荆",又对元军的残暴和金将的无能进行了鞭挞。其他如《围城》、《别春辞》、《兴庆池书所见》等,也作于长安,写破坏之惨,抒乱离之悲。李汾诗清奇磊落,尤善七古,受到元好问的赞扬。他曾到关中,避乱陈仓(今宝鸡市),其《再过长安》、《避乱陈仓南山,回望三秦……》、《磻溪》等诗,反映了金元交战之后关中一带的破败情景。

金代还有数量可观的咏陕词,仅丘处机一人,就多达数十首,值得注意。

元代的主要文学样式是戏曲和散曲,五七言诗多因袭前人,成就不高。元初的著名诗人大都是宋金遗老。杨奂,乾州奉天(今陕西乾县)人,金末曾上万言书指陈时弊。其《长安感怀》七律抒兴亡之感,悲壮苍凉。李庭本金人,金亡改姓李,居奉先(今陕西蒲城)。其《咸阳怀古》七律中的"指鹿只能欺二世,沐猴哪解定三秦。倚天楼观馀焦土,落日河山几战尘"两联,隶典工切,对仗精工,深挚沉雄,极富艺术感染力。刘因为元初杰出诗人,《其华山图》七绝颇有韵味。卢挚《寄萧征惟斗》五古,是寄赠终南隐者的,于写终南幽境中寓厌恶黑暗统治之意。

虞、杨、范、揭是元代四大家。虞集的《题南野亭》七律,所咏的"南野亭"就在韦曲、杜曲之间。杨载、范梈无咏陕诗,揭傒斯的《曹将军下槽马图》不过用了"归马华山"的典。此外著名诗人都没有直接描写陕西社会生活或自然风景的诗,如马祖常只有《送董仁甫之西台幕》、《题四皓图》,杨维桢只有咏华山传说人物的《毛女》,萨都剌只有咏天宝遗事的《华清曲题杨妃病齿》。

元代咏陕诗从数量和质量上说都逊于金代。应该说明,这里的"诗"指五七言古近体诗,不包括词、曲。元代既有咏陕词,也有咏陕曲。咏陕词的作者之一李齐贤(1287—1367,高丽人)到过陕西,其《大江东去·过华阴》《蝶恋花·汉武帝茂陵》《人月圆·马嵬效吴彦高》《水调歌头·过大散关》《水调歌头·望华山》《木兰花慢·长安怀古》等,都是触景生情之作。咏陕曲的作者之一张养浩于天历二年(1329)因关中大旱,被任为陕西行台中丞,入陕救灾,忧劳成疾而卒。他是元代著名散曲作家之一,以"[中吕]山坡羊"为曲牌的《潼关怀古》《骊山怀古二首》《未央宫怀古》《咸阳怀古》等,为元代咏陕诗歌增加了光彩。尤以《潼关怀古》脍炙人口,传诵不衰。

五

　　明初诗歌,由于作者经历了社会大变乱,阅历深、感触多,故较有思想内涵,取得了较高成就。明初代表诗人刘基、高启及较有影响的诗人袁凯、杨基、张羽等都有咏陕诗,数量也不少。他们虽未到过陕西,但都受过周秦汉唐文化的哺育,往往借助歌咏长安一带的名胜古迹和活动于关中地区的历史人物,自抒怀抱,借古讽今。刘基的《题太公钓渭图》《题明皇幸蜀图》《题渭桥图》《汉宫曲》《王昭君》,高启的《秦宫》《汉宫》《唐宫》《咏荆轲》《贾谊》《董仲舒》《李广》《马援》《王猛》,袁凯的《渭滨操》,杨基的《陈平》,张羽的《温泉宫行》《咸阳宫行》,都值得一读。汪广洋、王履、王祎、殷奎、方孝孺等虽非著名诗人,但都到过陕西,汪广洋的《宿益门镇》《宝鸡县》《过岐山古城》,王祎的《长安杂诗九首》,殷奎的《南山》《登西安府鼓楼》《杜曲》,方孝孺的《发褒城过七盘岭》,都出自阅历,与悬想虚拟者不同。王履游华山十馀日,自入山开始,每一景点都有诗,自然风光,神话传说,描绘真切,网罗无遗,可作"华山导游"读,至今仍有用。

　　成化(1465—1487)前后,"台阁体"与"茶陵派"相继统治诗坛。以馆阁大臣"三杨"(杨士奇、杨荣、杨溥)为代表的"台阁体"诗派,多应制颂圣、粉饰太平之作,平庸无生气。茶陵派首领李东阳(湖南茶陵人)欲矫其弊,强调学习杜甫,对"前七子"有影响,但他"历官馆阁,四十年不出国门",生活阅历面极窄,故其诗虽偶有佳作,终未突破"台阁体"藩篱。这两派诗风,都从这一时期的咏陕诗中反映出来。李东阳咏陕诗较多,但多属于咏史、咏古迹范畴,命意造语,亦乏新创。惟七古长篇《华山图歌为乔太常宇作》,腾挪变化,颇有气势。

　　从成化末至嘉靖前期,前后四十馀年,是明代咏陕诗的极盛期。一是马中锡、杨一清、朱应登、刘麟、杨慎、唐龙等先后入陕；二是"前七子"的领袖及骨干李梦阳、何景明、康海、王九思、王廷相在陕；三是在康海、王九思两位陕籍诗人周围，聚集了大批陕籍诗人，如张治道、许宗鲁、张凤翔、吕柟、马理、韩邦奇、韩邦靖等。如杨一清所称赞："关西才俊多如雨，奋奇挺灵先后起。"

成化末至弘治初，杨一清、马中锡先后任陕西提学副使，李梦阳与康海、王九思，或受提携，或出门下。马中锡只有《晚渡咸阳》等几首咏陕诗。杨一清则数度入陕任要职，历时二十余年，熟知陕西社会情况，见于《石淙类稿》的咏陕诗多达七十一首，涉及陕西的山川、关陇、政治、军事、文化、人物，内容较充实。如《自汧阳往宝鸡……》长篇歌行，历叙山洪暴发，汧陇受灾，因而忧心忡忡，慨叹："长安亢阳数月许，赤地茫茫极愁予。向来雨泽颇沾足，复恐秋霖败禾黍。自从关陕频告荒，白屋萧条废未耜。扶伤那忍重遭伤，哀此鳏痌置何所！"当时关中人民的苦况，于此可见一斑。

杨慎《升庵集》存咏陕诗三十一首。他于正德初经过陕西，作《咸阳》、《秦始皇陵》、《法门寺》、《兴教寺海棠》等诗。另一些诗，则并非作于陕西。如《马嵬》，乃是少年时代所作，借咏古以抒怀。以"蛾眉尚有闲丘垅，战骨如山更可怜"结尾，极警竦。《琼音篇寄康对山》，则是从云南永昌卫贬所写寄康海的，当时康海与王九思已因刘瑾之败落职，闲居故里，故有"汧东青霞想，浒西紫芳心"之句。

复古派的咏陕诗，数量多，质量亦较高，是明代咏陕诗的重点。复古派的首倡者李梦阳弘治六年（1493）举陕西乡试第一，第二年中进士，授户部主事，迁郎中。《明史·文苑传》称："梦阳才思雄鸷，卓然以复古自命。弘治时，宰相李东阳主文柄，天下翕然宗之，梦阳独讥其萎弱，倡言'文必秦汉，诗必盛唐，非是者弗道'。与何景明、徐祯卿、边贡、朱应登、顾璘、陈沂、郑善夫、康海、王九思等号'十才子'；又与景明、祯卿、贡、海、九思、王廷相号'七才子'，皆鄙视一世，而梦阳尤甚。""七才子"（后来称"前七子"）中的康海（1475—1540），字德涵，号对山，陕西武功人。弘治十五年（1502）状元及第，授翰林修撰。王九思（1468—1551）字敬夫，号渼陂，陕西户县人。弘治九年（1496）进士，任翰林院检讨、吏部郎中。正德初，刘瑾（陕西兴平人）乱政，因康海是同乡，慕其才，欲招致之，海不肯往。其后李梦阳因欲诛除刘瑾而被下狱，书片纸致康海求救，康海乃见刘瑾，梦阳以此获释。正德五年（1510），刘瑾被凌迟处死，康海坐党落职，王九思亦因此勒令致仕。二人先后归，互相酬唱，终老故乡。

"前七子"是一批"忧愤时事,尚节义而鄙荣利",敢于抨击腐朽政治的正统封建文人。他们倡言"文必秦汉,诗必盛唐",意在以秦汉散文、盛唐诗歌做榜样,纠正"台阁体"、茶陵派的萎弱文风,其实质是以复古求革新。他们的有些诗文未脱摹拟痕迹,但也颇有佳作。而且,他们的认识也是发展的,康海、王九思晚年创作戏曲和散曲,李梦阳、何景明酷喜民歌,都表现出趋新倾向。

李梦阳五古宗法曹植、谢灵运,时见雕琢,未臻自然。他的七古雄浑悲壮,纵横变化,七律开合动荡,气象雄阔,皆宗法杜甫而能自出机杼,自具面目。摘其个别字句、个别篇章中摹拟痕迹而抹杀一切,实欠公允。见于他的《空同集》的咏陕诗有三十多首,各体具备。《汉京篇》是他的七古代表作。《潼关》、《榆林城》、《过邠州有感》,都是他的七律佳作。《秋望》则是他的七律名篇:

  黄河水绕汉边墙,河上秋风雁几行。
  客子过壕追野马,将军弢箭射天狼。
  黄尘古渡迷飞挽,白月横空冷战场。
  闻道朔方多勇略,只今谁是郭汾阳?

康海见于《对山集》的咏陕诗三十五首,大半是登临览胜、酬唱赠答、感事咏怀之作。值得注意的是他虽强调寄情山水,却不能不接触社会问题。如《示习方》中说:"近日乏良吏,役赋甚纷纭。富者尚难理,贫者安可狥!"《听雨》中说:"两田俱不稔,百口常见婴。奈何赴庸调,已欲樵栋楹。"赋役繁苛,连状元之家也要拆房子了!

王九思见于《渼陂集》的咏陕诗二百八十多首,像反映赋役繁苛、民不聊生的《卖儿行》、抨击刘瑾及其恶党的《马嵬废庙行》一类的作品,只是个别的;真正的田园诗也不多;数量最多的,则是写出游、访友、饮宴、赏花、听歌等以抒怫郁之情的作品。"极知龙虎寻常事,再领莺花五百年",即是他创作心理的写照。

李梦阳以诗著名,康海、王九思则以曲著名。《明史·文苑传》称康、王"同里同官,同以瑾党废。每相聚沜东、鄠、杜间,挟声妓酣饮,制乐造歌曲,自比俳优,以寄其怫郁"。康海有杂剧《中山狼》,散曲集《沜东乐府》。王九思有杂剧《中山狼》、《杜甫游春》,散曲集《碧山乐府》。见于《沜东乐府》的咏陕散曲小令共四十多首。见于《碧山乐府》的散曲咏陕小令一百多首、套曲四套。

明代中叶,散曲复兴。其主要原因是阉宦专权、朋比为奸,尽逐异己,士大夫之正直廉洁者动辄得祸。其忧愤之情,须借文学宣泄,只有元代已经形成"避世"、"玩世"传统的散曲最合适。因而像李开先、冯惟敏、常伦、康海、王九思等一大批失意文人转向散曲创作,使沉寂百余年的散曲由复兴而掀起高潮。

明中叶的散曲创作分南、北两派,而以北派为主流。北派以刚直豪放、质重沉雄为主导倾向,其突出代表是康海、王九思、冯惟敏;李开先、常伦、陈沂等次之。王骥德《曲律·杂论》云:"近之为词(指曲——引者)者,北词则关中康状元对山,王太史渼陂。"这是当时公认的。康、王散曲,皆削职归里后作,多有咏陕内容。赠樵夫,咏田家,写山水田园,咏四时行乐,即景抒情,感时遣兴,旷放而不涉游戏,真率而不涉淫滥,在很大程度上代表了明代散曲的最高成就,为后代曲论家所称道。

以李梦阳为首的"十才子"、"前七子"中的其他成员,也多有咏陕诗。郑善夫未到陕西,其《太乙山歌》、《太白山人歌》,尽管都以"吾闻"领起,却写得有形象,有气势,有意蕴。徐祯卿、边贡也未到陕西,但徐的《拟古宫词七首》都是明代七绝佳作;边贡送友人"按秦中"、"守汉中"、"赴延绥"诸作,咏陕范围较广,亦有价值。至于何景明、王廷相、朱应登等,则都亲临陕西。朱应登于正德前期任陕西提学副使,遍历关中、陕南,并到武功探望削职为民的康海,作咏陕诗近三十首,反映了潼关、渭南、同官、武功、子午谷、褒城、汉中、洵阳等地的一些情况。王廷相于正德中巡案陕西,咏陕诗数量不多,却多七言长篇。《西京篇》以长安历史为题材,抒今昔盛衰之感;《曲江池歌赠长安诸公》则吊古伤今,以感慨时事作结。都写得苍凉豪宕,有感染力。

何景明(1483—1521)字仲默,号大复山人,河南信阳人。弘治十五年进士,授中书舍人。因言论激烈,被刘瑾免官。正德末年任陕西提学副使,作咏陕诗八十馀首。他在"前七子"中年龄最小,曾求李梦阳批改诗文。其后因作《与李空同论诗书》,与李梦阳进行过一场重要争论,因而几乎获得了与李梦阳齐名的地位。就诗歌创作言,李、何都主要学习杜甫,而各有特长。李梦阳以雄浑胜,何景明以俊朗胜,这在他们的咏陕诗中表现得很明显。何景明遍历陕西各地,写山川风物,明丽如画。如《姜子岭至三岔》中的"朱崖秀夏木,石壁映寒潭";《高桥》中的"窈窕入青霄,蜿蜒垂白虹";《过马溪田村居》中的"宛宛清河曲,团团翠竹村";《青崖阁晓霁》中的"丹崖含宿雨,青障拂归云";《草堂寺》中的"院寒留桧柏,殿古落丹青";《新开岭》中的"异花千种色,怪鸟百般啼";《武关》中的"微茫一线路,回合万重山";《过华清宫》中的"雪下汤泉树,春回绣岭花";《两河口》中的"曲栈盘林杪,危湍喷石根"等,都足为秦地山川生色。他和康海、王九思等登楼观台的一首七律,是他的代表作。"采药几时寻碧海,种桃无复问玄都"一联,就本地风光用典而暗讽朝政,兼及他与康、王的遭遇,于秀朗中见深厚,于流走中含沉郁,非凡手所能梦见。

围绕在康、王周围的一批陕籍诗人,其咏陕诗以马理为最多,见于《马溪田文集》的约一百三十多首。马理(1474—1555)是著名理学家,三原人。正德九年(1514)进士,官至光禄寺卿。致仕归,与康、王唱和。其诗时有理学语,如"一炬慢燃心理焰"、"我纶稳钓溪心月"之类,亦有通篇带理学气味者,如《黄河》:

> 雷霆轰烈泻龙门,曲曲还如礼数敦。
> 须向源头看滚滚,休于波面讶昏昏。
> 涵流端不择群小,赴海独能急至尊。
> 犹有功劳堪纪处,华夷别白在乾坤。

同是七律,同是写黄河,但与李梦阳"黄河水绕汉边墙,河上秋风雁几行。……"一篇相较,其诗与非诗的界限就十分明显了。也有清新流丽,不乏诗味的,如《蒲城道中》、《长古吊古》、《昭陵六骏图》之类。

嘉靖后期至晚明,咏陕诗的主要作者是"后七子"和"公安派"的几位诗人。

"后七子"的领袖李攀龙(1514—1570),字于鳞,号沧溟,山东历城人。嘉靖二十三年(1544)进士,授刑部主事,先后与谢榛、王世贞、宗臣、梁有誉、徐中行、吴国伦结社,以继承李梦阳遗志为己任,称"后七子"。李攀龙见于《沧溟集》的咏陕诗共十七首,大部分是任陕西提学副使时期作的。五古《王明君吟》、《送宋宇少府之蒲城》等,师法汉魏六朝,痕迹宛然。七律《杪秋登太华山绝顶四首》等,高华豪壮,自是佳作。如"苍龙半挂秦川雨,石马长嘶汉苑风"一联,即可上追李梦阳。谢榛游秦,曾到陕北。五律《登榆林城》云:"凭高望不极,天外一鸿过。众岭夕阳尽,孤城寒色多。芦笳满亭堠,羽檄度关河。遥忆龙庭士,严霜正荷戈。"雄浑稳练,连全盘否定前、后七子的钱谦益也给予好评。吴国伦《过七盘岭》五绝:"驱马度层岭,马鸣知辘轲。欲舒千里足,其奈七盘何？"既切题而有言外之意。宗臣有《二华篇》、王世贞有《答寄延绥王中丞慎微》等诗，虽未亲临其地，却写得真切、生动。

前、后七子的文学复古运动在矫正"台阁体"、茶陵派的萎弱文风方面起过积极作用，然其诗文拟古多而创新少，流弊日盛，于是出现了以袁宏道为首的反对派。袁宏道（1568—1610）字中郎，湖北公安人，万历二十年（1592）进士。与其兄宗道、其弟中道并有才名，时称"三袁"。他们反对拟古，主张"独抒性灵，不拘格套"，应者四起，形成一个文学流派——公安派。袁宏道于万历三十七年（1609）八月，入陕西主持乡试，登华山，畅游秦中。所做诗及游记，其弟中道称其"浑厚蕴藉，极一唱三叹之致。较前诸作，又一格矣"。第二年，袁宏道即病逝，按照袁中道的这种看法，他的四十七首咏陕诗，乃是他的诗歌创作进入巅峰期的作品。纵观他的秦中记游诗，其特点之一是善于写景状物，如写"雨中投兴教寺望南山"："树古积苔痕，山高昼易昏。袖中云气出，阶下水声喧……"这已经很不错；更难得的是往往于写景状物中出新意、见逸趣。如《猢狲愁》，先用"仄馆东移半尺苔，如何横度碧崔嵬"写华山这一险景连猢狲也因难于"横度"而发"愁"。接下去，不说游人更发愁，却就"猢狲"用典说："上头若有朝三叟，料得猢狲也喜来。"就是说，倘若上头有个老头儿提一筐子竽来诱惑它们，如果说早上给三个，晚上给四个还不高兴的话，那么改口说早上给四个、晚上给三个，它们肯定会高高兴兴地向上爬。诗如此作，就有点意思。又如《公超谷》，从"公超能为五里雾"着想，先说"醉里提壶荷锸还，大伸脚步即登山"——唱醉酒，下定"荷锸出游，死便埋我"的决心，大踏步冲出张超谷的大雾，也就爬上华山了。这已经有点诗味。而作者还逼进一步：这样上山固然不错，又"何如且作收云法，施得清光满世间"呢？这就更有新意。又如《苍龙岭》："瑟瑟秋涛谷底鸣，扶摇风里一毛轻"，写过苍龙岭险象极真切。但接下去不说两腿发抖，生怕掉下去，却说他有生以来才干了一件"惊人事"，这就是"撒手苍龙岭上行"！颇有逸趣。更值得一提的是《秦中杂咏二首》之二以"吊古意不禁，披榛欹断枝"开头，很担心他落入感叹昔盛今衰的老套。可是接下去，他用路旁老叟"笑我真情痴"一转，然后由老叟讲话："尔从京师来"，当今京城里的什么繁华还没见过？今天的皇宫，不就像汉代的未央宫？北京的西山，不就像长安的终南？西山下的高梁河，不就像长安的曲江池？就这样一一对比，直比到"残棺断火垄，即今金紫儿"——汉唐古墓上野火烧残的棺材，其主人不就是当今皇城里耀武扬威的"金紫儿"？直对比到这种程度，才用譬喻：

"譬彼膏烛光,前者灰已灭,旧火续新火,焰焰同一辉。"仔细玩味,确有深意,写法也很别致。应该说,袁宏道的咏陕诗是别开生面的。

公安派的先驱者汤显祖有咏陕诗十八首,多属送人游秦之作。其《榆林老将行寄万丘泽》长篇,颇有史料价值。《读张敞传》写汉宣帝时京兆尹张敞从抓偷儿头领入手,整顿得长安秩序井然,至今仍有现实意义。

这一时期,武功张炼,耀县乔世宁,朝邑王传、王三省,周至赵崡,长安冯从吾等陕籍作者的咏陕诗也值得重视。他们对关中的风土民情很熟悉,因而其咏陕诗都写得较真切。例如王三省的《逃亡民舍》:"数椽山下屋,门巷尽蒿莱。夜半狐为主,春风燕不来。诛求民力尽,漂泊旅情哀。此意凭谁诉,踟蹰野水隈。"把目光和笔锋伸向社会底层,接触到当时的主要矛盾,这是难能可贵的。明代陕西,天灾人祸频仍,激起多次民变,直至李自成的农民军推翻了明王朝;但在咏陕诗中却很少反映,因而这一类诗弥足珍贵。

冯从吾是一位理学家,他的咏陕诗充分表现了理学家的特点。在明代,陕西有不少书院,由理学家聚徒讲学,这在咏陕诗中只有部分反映。因此,王豸裕的《弘道堂上梁诗》、《弘道书院示从游》,马理的《平川书院十咏》,何景明的《弘道书院》、《东林书院》,冯从吾的《戊申暮春讲学太华书院》、《太华书院》、《关中四先生咏》、《丙申春日与同志论学因及暮春章赋十二绝》、《与同志讲学太华书院》、《寄怀关中书院允执堂诸同志》等诗,就有特殊价值,研究关学的专家们尤其会感兴趣。

六

从总体上看,清代诗歌的成就高于元明,清代咏陕诗的成就也高于元明。

顺治康熙(1644—1722)时期,诗人众多,诗作丰富,艺术质量较高。前期的杰出诗人是顾炎武、屈大均、钱谦益、吴伟业等,后期的著名诗人是施闰章、宋琬、王士禛、朱彝尊等。他们都有咏陕诗。这一时期陕籍诗人的咏陕诗,也值得重视。

顾炎武(1613—1682),字宁人,学者称亭林先生,江苏昆山人。他不仅是明清之际的著名思想家、民族志士、开一代风气的学者,而且是杰出诗人。明亡于清,他力图恢复,南北奔走。他于康熙元年(1662)初冬(时年五十岁)开始西游,经过山西,次年取道蒲州,入潼关,游华山,至西安、富平、乾州、周至等地,先后与关中俊彦王弘撰、李颙、李因笃、康乃心等订交。自后常往来于秦、晋间。至康熙十七年（1678）六十六岁时定居华阴。他在《与三侄书》中说明定居华阴的原因是："华阴绾毂关河之口，虽足不出户而能见天下之人、闻天下之事。一旦有警，入山守险，不过十里之遥；若志在四方，一出关门，亦有建瓴之便。"正因为他胸怀抗清激情，因而其咏陕诗自然别开生面。历代诗人咏华山之作不胜枚举，只有他才在描绘华山奇险之状以后如此结尾："出关收楚魏，浮水下江沱。老尚思三辅，愁仍续九歌。惟应王景略，岁晚一来过。"历代写登大雁塔的诗也指不胜屈，只有他才这样收篇："九鼎知犹重，三光信有征。沈埋随剑玺，变化待鲲鹏。树落龙池雪，风悬雁塔冰。更期他日会，拄杖许同登。"历代诗人咏骊山，一般都就周幽王、唐明皇的荒淫和秦始皇的暴虐导致乱亡总结历史教训，顾炎武的《骊山行》却只用"前有幽王后秦始，覆车在昔良难纪。华清宫殿又何人，至今流恨池中水"四句总括历史，紧接一段完全出人意外的论述："君不见天道幽且深，败亡未必皆荒淫。亦有英君御区宇，终日忧勤思下土。贤妃助内咏鸡鸣，节俭躬行迈往古。一朝大运合崩颓，三宫九市横豺虎。玄宗西幸路仍迷，宜臼东迁事还沮。我来骊山中哽咽，四顾彷徨无可语。……"这里所说的"英君"就是明思宗。他"终日忧勤"是事实，他的妃子"节俭躬行"也是事实。他既不能"西幸"，又不能"东迁"，只好"自缢"，比任何亡国之君都惨，但其"败亡"不能说是由于自身的"荒淫"。作者面对骊山，只好"哽咽"了。

清军入关，对汉族实行恐怖屠杀政治和高压奴役政策，激起了强烈反抗。从顺治元年到康熙二十二年（1644—1683），农民军和地主武装联合起来，对清征服者进行坚决斗争。因而在这一时期，反映民族矛盾的诗歌占重要地位，顾炎武的诗、包括他的咏陕诗，便是这类诗歌中的光辉篇章。

民族志士、岭南三大家之一屈大均（1630—1693），是和顾炎武抱有同样目的入陕的，其《杜曲谒杜子美先生祠》以"稷契平生空自许，谁知词客有经纶"作结，自喻自叹之意，见于言外。

钱谦益、吴伟业都未入陕，但其咏陕诗都是佳作。钱作《华山庙碑歌题华州郭胤伯所藏西岳华山庙碑》七古长篇，先表扬关中的两位金石家，然后论述华山庙碑的价值及有关历史，既是好诗，也是金石史。《九日寄华州郭胤伯》以"素浐登高安稳未？干戈犹傍国西营"作结，忧时念乱之意，跃然纸上。

稍后于顾、屈、钱、吴的重要诗人，首推王士禛。

王士禛（1634—1711），字贻上，号阮亭，别号渔洋山人，山东新城人。顺治十五年进士,官至刑部尚书。论诗以"神韵"为宗,继钱谦益主盟诗坛达数十年之久。他于康熙十一年(1672)入蜀典试,往返经过陕西;康熙三十一年奉命祭告西岳,又在关中一带游览。足迹所至,皆有吟咏,其咏陕诗多达一百三十首。五古《凤岭》、《柴关岭》、《马鞍岭》、《观音碥》、《七盘岭》、《五丁峡》诸作,学杜甫自秦州入蜀诸诗而变化之,写山川奇险之状如在目前。《定军山诸葛公墓下作》,从歌颂孔明功德写到出师未捷、抱恨而死,然后咏叹作结:"峨峨定军山,悠悠沔阳浒。郁郁冬青林,哀哀号杜宇。耕馀拾遗镞,月黑闻军鼓。谯侯宁足诛,激昂泪如雨。"徘徊凭吊,确有"神韵"。《秦镜词为袁松篱作》由秦镜写到秦始皇而以"刘兴嬴蹶何仓促,金鉴千秋如一发。秦镜虚悬照胆寒,不照长城多白骨"作结,极新奇,极深警。七律《潼关》、《雨度柴关岭》、《沔县谒诸葛忠武侯祠》诸诗,乃渔洋名篇。七绝多有神韵,如《灞桥寄内》:"太华终南万里遥,西来无处不魂销。闺中若问金钱卜,秋雨秋风过灞桥。"景中含情,馀味无穷。大量纪游纪行之作,清新明丽,足为关中山河增色。渔阳入陕之时,清朝统治渐趋巩固。本人亦无反清意识,故其笔锋仅及山川行旅、名胜古迹。作于京师的《送同官人岳大司农赈关中》,也不写灾情如何严重,而说"三辅耕耘看渐复,二陵风雨莫深忧"。至于《秦中奏凯歌》十二首,则是为康熙十五年(1676)清军镇压王辅臣之叛而作的。为统治者歌功颂德,自无足取;但作为咏陕诗,也有史料价值。

与王士禛并称的朱彝尊和"南施北宋",都有咏陕诗。朱彝尊《送曾司王孙之官汉中》,施闰章《顾宁人关中书》、《华山歌赠王山史》皆佳作。宋琬于康熙十一年(1672)授四川按察使,赴任入蜀,途经陕西,作诗多首。其《栈道平歌为贾胶侯尚书作》长篇歌行,写褒斜栈道被烧毁,弄得"三秦之人困征戍,军书蜂午如蝟毛。衔枚荷戈戟,转粟穷脂膏。估客尔何来,万里竞锥刀。须臾失足几千仞,猛虎蝮蛇恣贪饕"。然后写贾汉复铲岩开路的工程,歌颂其功绩。全诗气势雄伟,内容尤可取。被刻在观音碥上,王士禛入蜀时曾看到过,见其五古《观音碥》。

这时期的其他著名诗人如阎尔梅、陈恭尹、王铎、季振宜、曹尔堪、卓尔堪、查慎行、汪琬、毛奇龄、尤侗等都有咏陕诗,不赘述。李渔以戏曲及戏曲理论著名,但诗也写得好。康熙六年,他居西安从事戏剧活动,写了好几首咏陕诗,《华山歌寿贾大中丞胶侯》七古中写贾汉复修褒斜道一段,可与前述宋琬《栈道平歌为贾胶侯尚书作》并读。"西秦帖贵洛阳纸,十三经惟缺孟子。公补全文续圣经"数语,也可备史阙。不以诗著名的许孙荃康熙时任陕西学使,其咏陕诗中的《郑白渠》、《碑洞行》也有史料价值。

值得着重指出的是:这一时期,陕籍诗人众多,影响较大。其杰出者首推李因笃,其次是李柏、孙蔚枝、屈复、王又旦等。

"关中三李"之一的李因笃,字天生,号子德,富平人。明亡,北游雁塞,南游三楚,图谋恢复。顾炎武入狱,他奔走三千里脱其难。康熙十八年(1679)召试博学鸿儒,授检讨,以母老辞归,讲学于朝阳书院。其诗激楚凄凉,得杜甫之神,最善五言排律,足称大家,同时人曹溶论诗,推为一代之首。见于《受祺堂集》的咏陕佳作颇多,本志只录《潼关》、《织锦台》、《望岳》、《题频阳将军庙碑》、《赠华阴迟明府屏万》等二十多篇,惜未全收。"关中三李"中的另一位诗人李柏,字雪木,郿县人。明亡,隐居太白山。曾浮潇湘,吊屈原。其《南游草》序云:"嘉靖、天启以来,笃实君子在野,虚文小人满朝廷。上欺其君,下虐其民。民不堪命,聚而为盗。盗满天下,由盗满朝廷也。"这种精辟论断,顾炎武、黄宗羲等都无法企及。其《槲叶集》(共五卷,附《南游草》一卷)所收诗,险怪遹峭,多心伤故国,歌哭行吟,以寄悲愤之作。《老人》五古,写一老人自诉其子年四十尚无力娶妻,因欠租下牢,被杖杀。诗以"今日观此老,可知天下势"结束,极沉痛。《太白山樵者》"今年斩老松,明年斩小松。小松正青青,斩之如切荠。三年山如赭,斤斧何处庸!"至今仍有现实意义。本志共收他的咏陕诗一百六十首,涉及陕西的许多地方。各体诗具备,较全面地反映了他的诗风。

此外的陕籍诗人尚多。王弘撰,字山史,号待庵,华阴人。明亡,高隐不仕,与"关中三李"齐名。顾炎武入陕,他是东道主。康熙十七年(1678)被征鸿博,至都,以老病不预试放归。著《砥斋集》十二卷,《西归日札》、《待庵日札》各一卷。孙蔚枝,字豹人,三原人。明亡尝起兵,其后客居扬州,以诗文知名于世。康熙十八年举博学鸿儒,以年老赐内阁中书衔,名益重而家益贫。著《溉堂集》等。张表,字右讷,朝邑人,顺治六年(1649)进士,授国史院编修,著《张右讷漱墨轩初集》。周灿,字绀林,临潼人,顺治十六年进士,改主事,官至四川提学道。尝出使安南,声誉甚隆。著《愿学堂文集》二十卷,附《南交》四种。李楷,字叔则,朝邑人,天启四年(1624)举人。入清,官宝应知县。康乃心,字孟谋,郃阳人。康熙举人。王渔洋登大雁塔,见康乃心题《庄襄王墓诗》于壁,大加称赏。其诗云:"原庙衣冠此内藏,野花岁岁上陵香。邯郸鼓瑟应如旧,赢得佳儿毕六王。"这也是一首咏陕诗。王又旦,字幼华,郃阳人,顺治十五年(1658)进士,为官有治绩。工诗,与当时著名诗人吴嘉纪、屈大均、陈恭尹等交游,王渔洋称其诗"每变而益工,足以传世行远",又谓游太华诗尤警策。并代选其诗为《黄湄诗选》(全集名《黄湄集》)。屈复,字见心,号金粟,晚号悔翁,蒲城人。康熙十五年(1676)举博学鸿儒,不应。漫游各地,志在恢复,有《弱水集》二十二卷。这些陕籍诗人的咏陕诗各有侧重,其共同点是现实性强。如张表的《忧霖》五古和《纪岁篇》七古,写大涝大旱,民不聊生,而官府照样催租,官军更来蹂躏。"道路相逢各悴面,都说个是沟壑身","可怜余小民,剜心已无肉"诸句,凄恻不忍读。王又旦的《养豕词》、《韩城道中书所见》、《糜麦叹》等篇,皆写民间疾苦与官家暴敛,是清初社会的缩影。屈复的《过流曲川》及长篇序言,详尽地描述了顺治六年(1649)蒲城被屠,死十馀万人的惨案,可补史阙。其诗集遭禁,并非偶然。清初诗歌的两大题材是民族矛盾和人民苦难,这在陕籍诗人的咏陕诗中都得到了不同程度的反映。

清代中叶,著名诗人沈德潜、袁枚、蒋士铨、胡天游(稚威)、洪亮吉、张问陶、王昶、舒位、刘大櫆、孙星衍、王文治等都有咏陕诗。

沈德潜(1673—1769)的"格调说",继王士禛的"神韵说"在雍正至乾隆中期的诗坛上发生了很大影响。其咏陕诗虽不多,但《榆林》一首,以七律的形式反映有关边防的重大问题,值得重视。

袁枚(1716—1797)的"性灵说",来源于晚明公安派"独抒性灵,不拘格套"的诗歌创作论,但其理论更系统,故对各色各样的拟古流派起了很大的冲击作用,使他成为继王士禛之后影响最大的诗人。他任江宁知县之后,于乾隆十七年(1752)入陕任官。因与陕甘总督黄廷桂"臭味差池",故留陕不满一年,即请长假南归(或谓"甫及陕,遭父丧归",非是)。其《赴官秦中》七律二首有"传说关中多胜迹,男儿须到古长安"、"万首诗编秦楚地,半生官领帝王州"等句,表现了他有幸宦游关中的喜悦心情。其咏陕诗二十多首,大半写名胜古迹而能自出新意,不落前人窠臼。如《秦始皇墓》长篇歌行,以"生则张良之椎荆轲刀,死则黄巢掘之项羽烧"开头,便觉新警。《马嵬》"莫唱当年长恨歌,人间亦自有银河;石壕村里夫妻别,泪比长生殿上多",则从马嵬死别与石壕生别的联系、对比中暗寓因果关系,既委婉,又深刻。《再题马嵬驿》"到底君王负旧盟,江山情重美人轻;玉环领略夫妻味,从此人间不再生",不仅抛弃了"祸水亡国"的老调,而且从爱情是否坚贞的角度批判唐明皇,真可谓"独抒性灵"。《秦中杂感》七律八首,吊古伤今,其怀才不遇之感溢于言表,当是给陕甘总督上万言书而遭冷遇之后所作。

胡天游(1696—1758)以骈文著名,也工诗。客游秦中,做咏陕诗二十多首,皆纪游之作。惟《华阴漫兴》赞颂了华阴的两位历史人物,《华阴百合》写华阴出产的百合如何好看好吃,颇有特色。

洪亮吉(1746—1809)与孙星衍(1753—1818)因协助陕西巡抚毕沅编《关中金石志》等,于乾隆三十九年前后同游陕西,互相唱和。洪亮吉作咏陕诗近百首,多写景吊古之作。其《元夕看桃》长诗有"墙头月色清可怜,桃花一枝影入筵。江南无此早春景,自爱枕上看花眠"等句。《终南仙馆独游看山桃花作》有"闲寻古廊日数回,人日已见山桃开。江南驿使昨传讯,破腊尚未舒江梅"等句。不想当时关中何以正月初即有桃花开放,春天比江南还来得早?其写景诗多赞美关中美景不亚江南,这算是个特点。吊古诗也别致,如《华清宫》将秦始皇厚葬与唐明皇生前享乐相联系,嘲讽道:"人间才按羽衣曲,地下未尽鲸鱼膏。前人愚,后人巧!"孙星衍《别长安十七首》七绝,写在西安著书、交游情况,颇有风致。

张问陶(1764—1814),号船山,四川遂宁人。李文治《书船山纪年诗后》称赞他的诗"一代风骚多寄托,十分沉实见精神"。他自蜀入京,途经宝鸡所作的《戊午二月九日出栈宿宝鸡县题壁》七律十四首,描绘出一幅幅战乱灾荒、生灵涂炭的图景,并对当权者给予有力的抨击,是这一时期咏陕诗中现实性最强、艺术性最高的大型组诗。如"杀人敢恕民非盗?报国真愁将不儒","磷火飞残新战垒,骷髅吹断旧人烟","大贾随营缘我富,连村无寇是谁焚"诸联,是历代七律中少见的。

这一时期,有几位不以诗著名的作者写了大量咏陕诗,很值得重视。

张琛,字问亭,宛平人,乾隆五十七年(1792)副贡。历任紫阳、永寿、邠州,洵阳、葭州、神木、留坝等地的地方官,足迹半陕西,所到之处多有惠政。十馀年间作咏陕诗多达二百三十多首,除一部分歌咏名胜古迹而外,多纪实之作。如写永寿:"场圃久空生茂草,桑蠹失影有青山。三边络绎征车急,十室流亡纳赋艰。"写葭州:"常缺三春雨,难生百草芽。糠秕商入市,妻女鬻离家。"写留坝:"十年兵燹孤城在,万死疮痍几个生?""十年赤地农无耒,千里青磷鬼自焚。"他作为清官,也"四壁萧然长吏清,有谁深信在官贫?……衣裳典尽人星散,调剂何时及我身?"只有像他这样"官久乡村熟","抚字如何愁百结,纵教饮水亦惭颜"的地方官,才能为我们留下"乾嘉盛世"陕西社会生活的真实图画。

陆元鋐,桐乡人,乾隆五十二年(1787)进士,有咏陕诗五十首,多纪行咏古之作。《宁羌州》"驿废人栖寺,城荒虎攫门"诸句,可与张琛诗并读。《法门寺》、《茂陵行》、《唐昭陵石马歌》等诗,也值得一读。

这一时期的陕籍诗人,咏陕诗较多的要数张井。他是肤施(今延安)人,嘉庆进士,官内阁中书,著有《二竹斋文钞》。告老还乡,入潼关至陕北,沿途皆有诗。景物萧条,心绪凄凉。回到家中,"相看未敢嗤荒陋,陶穴家风二百年"。"陶穴","荒陋",虽不敢自嗤,也毫无自豪感! 与此相联系,再读李骥元的《卖女行》:"秦女饥馑时,贱同石与瓦。一斤鬻十钱,百斤价还下……"便知清朝统治,已孕育着严重的社会危机。

清代后期,帝国主义入侵,太平天国革命,清政府更加重对人民的剥削压榨。这时期的咏陕诗,既增加了反映人民苦难的篇章,又发出了御侮图强的呼声。长安诗人柏景伟《渭城题壁寄友人》诗云:"冲霄剑气犹能识,隔岸箫声不忍听。莫谓雄才无用处,东南门户未全扃。"朝邑人杨树椿《夜听更声有感》题下注云:"时海疆有洋寇。"诗云:"……将军夜半起帐中,痛饮沙场白骨舞。……我亦关西一书生,独倚青灯匣剑吐。"壮怀激烈,读之令人感发兴起。

杨树椿咏陕诗近百首,反映帝国主义入侵者除前一首而外,还有《七月十二日立秋闻洋寇逼天津……》等。更多的篇章,则将外患内忧联系起来,如《丰镐八章六句》中的"冷烟兮丐穴,斜阳兮战垒";《沙苑行》中的"干戈满天地,世路尽榛荆";《山中寄弟信甫》中的"南国豺虎正纵横,负郭蒿藜且征敛。曾欲挂席访名山,如今江湖干戈满"。

戊戌政变"六君子"之一的谭嗣同曾四度入陕,做了不少诗。《秦岭》七古由韩愈被贬经过此地而联想到自己和当前时局,写道:"便欲从军弃文事,请缨转战肠堪拖。誓向沙场为鬼雄,庶展怀抱无蹉跎。平生渴慕夔铄翁,马革一语心渐摩。非曰发肤有弗爱,涓涓求补邦之讹。"由于时代风雷的震荡,写关中山川,也饱和忧国的内容。徐坊的《樊川春望》,不是写春色明艳,而是想到杜甫的忧国与杜牧的谈兵:"旅食京华两鬓丝,江湖落魄亦堪悲。谈兵忧国人何在? 小杜坟连老杜祠。"

继北宋关学派首领张载讲学之后,关中书院渐多。仅见于清代咏陕诗者,即有鳌峚书院、灵峡书院、关中书院、同州书院、关西书院、云台书院、启文书院、泾干书院、宁陕太乙书院等。到了清代后期,书院的讲学内容也适应时代的要求,不断变化。柏景伟《泾干书院卧院口号答诸生》诗云:"天地人通始号儒,皋比浪拥愧孱躯。况当时事艰危日,忍袭词章记诵馀!……"他深感时事艰危之日,必须培养御侮图强的英才,闭门背古书、练词章的老办法不能再沿袭下去了。刘光蕡《山居述怀六首》及门人所做《注》,讲他于昭陵下办学,拟效西法办工厂、牧场、农场,让学生实习;并有射击、体操等课。比起传统的书院来,这已经面貌全新了。

这一时期,用大量诗篇反映陕西各地人民苦难的诗人是李嘉绩。他字凝叔,号云生,直隶通州(今北京市通县)人,有《代耕堂全集》。从光绪三年(1877)到光绪三十二年(1906),历任陕西各地地方官达三十年之久,足迹遍及关中、陕南、陕北。所到之处,辄有吟咏,每地编为一集,共三十二集,六百三十二首。题材极广泛,每一州县的山川道路、风土民情,无不记述,尤侧重于国计民生、吏治农事。"如何国步贫,复使民力疲?敬告士大夫,拊循先疮痍",这是他做地方官的宗旨。因而他所到之处首先关注的是人民生活状况和与此相关的各种社会问题。如写甘泉:"雕阴五百里,处处尽童山。复穴民居苦,豺狼世路艰。"写延安:"白翟延州境,春寒草未生。霜飞三月晦,田辍十年耕"。写蒲城:"鸟声群傍树,人迹半生苔。废堡民空徙,荒坟鬼聚哀。"写汧阳:"一径入古县,数家留废村。兵戈二十载,耆旧几人存。"写定边:"风剪树无叶,水生盐有根。角声千碛应,沙气一城昏。"写靖边:"千山几耕耨,百里两人家。寒燠居忘岁,高低路带沙。"仅举数例,以见其馀。他知华州,渭北饥民络绎而至,作诗云:"侧闻旱甚叹民饥,赤地无耕太惨凄。野有哀鸿清渭北,人如宿鹭华山西。贫怜失业犹携米,老逼还乡尽杖藜。我掷钱刀聊济尔,好谋生计向青齐。"他同情饥民,却无法彻底解救,只能接济路费,劝他们到山东河北一带去谋生。宁乡人谢威凤题他的《代耕堂诗集》:"悲凉代耕集,满腹少陵哀。"这是符合实际的。

清代咏陕词中,也有著名词人的佳作,如杨夔生《貂裘换酒·秦川怀古》、《台城路·南郑至沔县》,冯煦《百字令·沔县谒诸葛武侯祠》,严长明《渡江云·留别长安诸同好》,黄景仁《东风第一枝·送钱献之之西安》,王昶《三姝媚·杜曲桃花》等,皆饶情韵,不一一论述了。

历代咏陕诗,从政治、经济、文化、教育、风俗、山川、田野、城镇、村落、建筑、名胜、古迹、天灾、人祸等许多方面反映了几千年来陕西的历史沧桑和陕西人民勤劳勇敢、刚毅豪迈、崇德务实、匡时济世的精神风貌,可以说是一部用诗歌谱写的陕西通史。一万几千首咏陕诗中的很大一部分是出于历代名家之手的艺术精品,在一定程度上展现了中华诗歌发展、演变的概貌,可以说是一部粗具规模的中华诗史。同时,历代卓有成就的陕籍诗人及其咏陕诗作也为撰写陕西诗史提供了基本框架和丰富资料。总之,历代咏陕诗是一座包罗万象的宝库,我们应该发掘它、研究它,使沉埋已久的奇珍异宝大放光芒,在两个文明建设中发挥应有的作用;在宣传陕西,促进陕西与世界各国的经济、文化交流方面发挥应有的作用。

从杜甫的《北征》看"以文为诗"

毛主席《给陈毅同志谈诗的一封信》的发表,打破了林彪、"四人帮"设置的"禁区",大家又敢于就形象思维问题发表意见、展开"争鸣"了。一年多以来,在学习《一封信》的基础上,许多同志把形象思维跟我国古代文论结合起来进行探讨,写出了不少有精辟见解的好文章,这是令人鼓舞的。但总的看来,似乎有这么一种趋向:在谈形象思维问题时,只谈"比、兴两法",忽略了赋;与此相联系,认为诗只能"曲说"(即只能用比、兴),不能"直说",从而否定了"以文为诗"(包括"以议论为诗")的传统。这种趋向是应该作进一步讨论的。这里仅以杜甫的《北征》为例,谈谈"以文为诗"的问题,就教于文艺界的同志们。

对于"以文为诗"(包括"以议论为诗")的争论,从北宋以来,多数人持全面否定的态度,少数人持全面肯定的态度,相持不下①。因为韩愈及受其影响的许多宋代诗人在"以文为诗"方面表现得比较突出,所以争论的双方,往往涉及对韩诗及宋诗的评价问题,而忽略了,或者是回避了杜甫。其实,"以文为诗"、"以议论为诗",从《诗经》以来,就一直与"赋"并存,到了杜甫,更得到了突出的发展。《北征》这篇不朽之作,在"以文为诗"、"以议论为诗"方面,是很有代表性的。

同样"以文为诗"、"以议论为诗",既可以写出优秀诗篇,也可以写出毫无诗情画意的"语录讲义"、"押韵之文"。这两种情况,在韩愈的诗歌特别是宋

---

① 如陈师道《后山诗话》云:"退之(韩愈)以文为诗,子瞻(苏轼)以诗为词,如教坊雷大使之舞,虽极天下之工,要非本色。"又引黄庭坚云:"诗文各有体。韩以文为诗……故不工尔。"魏庆之《诗人玉屑》引魏泰《临汉隐居诗话》云:"沈括(存中)、吕惠卿(吉甫)、王存(正仲)、李常(公择),治平中同在馆下谈诗。存中曰:'韩退之诗,乃押韵之文耳,虽健美富赡,而格不近诗。'吉甫曰:'诗正当如是。我谓诗人以来,未有如退之者。'正仲是存中,公择是吉甫,四人者交相诘难,久而不决。"这是北宋人争论的情况。

代的诗歌中,在不同程度上是并存的。而在杜甫的诗歌中,则只有前者,而无后者。从来否定"以文为诗"、"以议论为诗"的人否定韩诗和宋诗,而回避了杜诗,大概是由于他们只着眼于韩诗和宋诗的消极方面,以偏概全的缘故吧!

现在让我们讨论杜甫的《北征》。

当杜甫于天宝十四载十一月自长安赴奉先探家,写出"朱门酒肉臭,路有冻死骨"的诗句的时候,安史之乱已经爆发了。第二年(至德元年)五月,杜甫把家小由奉先迁往白水,"依舅氏崔少府",写出了"兵气涨林峦,川光杂锋镝","三叹酒食旁,何由似平昔"等诗句,已感受到这次战乱的严重性。不久,安禄山攻破潼关,长安失陷,唐玄宗逃往四川。杜甫又携带妻子,从白水逃到鄜州城北羌村。八月,他听说唐肃宗即位灵武,便单身前往,半途中被安禄山的乱军捉住,送往长安。杜甫在长安流浪了几个月,至德二年四月,终于伺机逃到凤翔,唐肃宗让他做左拾遗。五月,因上疏营救房琯,触怒了肃宗,险遭不测。从此,肃宗很讨厌他,闰八月,便命他离开凤翔,回鄜州羌村去探望家小。《北征》这篇五言长诗,便是通过备述这次回家经过及到家景况,深刻地反映了安史之乱时期的广阔的社会生活的作品。

《北征》是以纪行、叙事为主的鸿篇巨制。而要写好以纪行、叙事为主的长诗,仅用比、兴两法而不用赋,那是不可能的。毛主席就中肯地指出:"如杜甫之《北征》,可谓'敷陈其事而直言之也',然其中亦有比、兴。"这就是说,《北征》是以赋为主的。与此相联系,以赋为主的长诗要避免平铺直叙的缺点,写得"阳开阴合,波澜顿挫",海涵地负,雄健有力,不吸收长篇散文的句法、特别是章法等方面的优点,也是不可能的。宋朝人叶梦得就曾经指出:

> 长篇最难,魏、晋以前,诗无过十韵者,盖常使人以意逆志,初不以序事倾尽为工。至老杜《述怀》、《北征》诸篇,穷极笔力,如太史公纪、传,此固古今绝唱。[①]

"如太史公纪、传",这不意味着《北征》等篇吸取了司马迁传记文学在句法、特别是章法等方面的优点吗?

从章法上看,《北征》浑灏流转,波澜起伏,"有极尊严处,有极琐细处,繁

---

① 《石林诗话》卷上。

处有千门万户之象,简处有急弦促柱之悲。"大致分析起来,全诗可分五个大段落。

从"皇帝二载秋"到"忧虞何时毕"二十句,是第一大段,写得暇探亲,临行时忧愤国事、不忍遽去的复杂心情。

全诗以准确地标明时间的句子开头,显然吸取了史传文学的写法。宋朝人黄彻曾说:"子美世号诗史。观《北征》诗云,'皇帝二载秋,闰八月初吉',……史笔森严,未易及也。"①为什么这样开头,就算"史笔森严"呢?黄彻没有解释。在我们看来,一开头就抬出皇帝,写明年月日,首先给人以严肃慎重的感觉,见得他这次"北征",不单纯是个人的事情,而与皇帝有关,与时局有关,与国家大事有关。这就为后面的叙事、描写、抒情、议论打开了广阔的天地。就章法上说,这个"以文为诗"的开头,既有效地服务于内容的需要,又决定了句法上的"以文为诗",即在一定程度上"散文化"。

"杜子将北征,苍茫问家室"紧承上文。于"问家室"前加"苍茫"一词作状语,见得诗人在这个不平常的时候去探亲,思想是矛盾的,情绪是复杂的。以下各句,即婉转曲折地表现了这种思想情绪。"维时遭艰虞,朝野少暇日",作为朝廷的官吏,在这样紧迫的情况下谁还顾得上去探亲?然而"顾惭恩私被,诏许归蓬荜",分明是皇帝讨厌他,才打发他走开,他却把这说成对自己的"恩典",自然带有讽刺意味。他只好走开,但作为一个"谏官",他还想忠于职守,向皇帝提点意见。所以又"拜辞诣阙下,怵惕久未出",终于又向皇帝开口了:"虽乏谏诤姿,恐君有遗失。君诚中兴主,经纬固密勿。东胡反未已,臣甫愤所切。"话似乎吞吞吐吐,没有说完;大概是皇帝不想听下去吧!"挥涕恋行在,道途犹恍惚",表明挥涕而出,心犹依恋皇帝,觉得要说的话还没有说完,因而虽已上路,心神还是恍惚不定。"乾坤含疮痍,忧虞何时毕!"这是他所关心的国家大事,也是他"挥涕恋行在"的主要原因。由于阶级和历史的局限,杜甫始终把希望寄托在皇帝身上,幻想着自己能在"致君尧舜上,再使风俗淳"方面发挥作用。在他看来,"东胡反未已",其根源在于皇帝"有遗失",而当前能否医治好乾坤的"疮痍",消除掉朝野的"忧虞",其关键仍在于皇帝能否做一个真正的"中兴主"。然而肃宗竟和他老子一样拒谏饰非,不承认有任何"遗失",诗人作为一个"谏官",刚提了一点意见,就得到了打发他回家的惩罚。那么,

---

① 《蛩溪诗话》卷一。

"乾坤含疮痍,忧虞何时毕"呢？读诗至此,如闻诗人叹息之声。

这一大段,以记时开头,把个人"诏许归蓬荜"的遭遇和朝政得失、社会苦难结合起来,作尽情的抒写。没有"以彼物比此物",也没有"先言他物以引起所咏之词",完全用的是赋的方法,直叙其事,直抒其情。这与比、兴相对而言,是"直说",然而它并不"平直",而是千回百折;并不"粗浅",而是沉郁顿挫;不是味同嚼蜡,而是情真意切,感人肺腑。从句法、特别是章法上看,显然是吸收了文艺性散文的长处的,但不能说这是文,不是诗。

从"靡靡逾阡陌"到"残害为异物"三十六句,是第二大段,写旅途中的经历和感受。

"靡靡逾阡陌,人烟眇萧瑟。所遇多被伤,呻吟更流血"四句,承前段"乾坤含疮痍",作进一步的具体描述。看到这些惨象,于是又想到他寄托希望的那位"中兴主",用"回首凤翔县,旌旗晚明灭"两句,形象地抒写了"挥涕恋行在"的深挚感情。这两句写得很精彩:回望皇帝所在的凤翔,日光返照,旌旗在晚风里翻动,忽明忽灭。熔写景抒情于一炉,又含有象征意味。

自"前登寒山重"至"益叹身世拙",写路经邠郊所见的自然景物,于"敷陈其事而直言之"中兼用比、兴。"屡得饮马窟",渲染出战争气氛,与前面的"所遇多被伤"、后面的"寒月照白骨"呼应。这一带在安禄山叛军攻入长安后曾一度失陷,后来又被唐军收复;一个个"饮马窟",正是战争的见证。"猛虎立我前,苍崖吼时裂"两句,是纪实也兼有比、兴。用夸张的手法写虎吼崖裂,极言环境的险恶可怖。"菊垂今秋花,石戴古车辙。……山果多琐细,罗生杂橡粟。或红如丹砂,或黑如点漆。雨露之所濡,甘苦齐结实"等句,赋、比、兴并用,于哀痛、恻怛、惊怖之时忽然见此幽景,心情稍觉舒畅。而山果能够结实,与"雨露之所濡"有关。显然,这里是有寄托的。诗人自己不是一直没有结出他所期望的果实吗？"坡陀望鄜畤"以下至"残害为异物"是写所见所感。因为所感是由所见激发出来的,又与所见紧密结合,所以,所发议论,饱和着生活血肉,又充满着生活激情。诗人从眼前的惨象联想到其他许多类似的惨象,追根溯源,对于潼关之败,异常愤慨,发出了"潼关百万师,往者散何卒"的责问。潼关一败,安禄山叛军长驱入关,"遂令半秦民,残害为异物",在这里,诗人已把批判的矛头指向最高统治者。

这一大段,从人烟萧瑟、所遇被伤、呻吟流血、山寒虎吼、鸱鸣鼠拱,直写到月照白骨,勾出了一幅乾坤疮痍、生民涂炭的图画。这幅图画,是很有感染力的。如果诗人只以勾画这幅图画为满足,而没有后面的那四句议论,其艺术效果必将大大减弱。反过来说,如果不勾画出那幅具体的图画,只发议论,那就更谈不上什么艺术效果了。所谓形象思维,既不是只有思维,离开生活形象进行逻辑推理,也不是只有形象,排除对生活的感受、认识,只作现象罗列,而是要凭借生活形象进行思维,从感性认识上升到理性认识。既然如此,为什么不准诗人在形象地反映生活的时候抒发他对于生活的感受和认识,发一些议论呢?

从章法上看,第二大段与第一大段所写,各有重点,但又有内在的联系。第一大段以"乾坤含疮痍,忧虞何时毕"结束,第二大段即具体地展示了一幅"乾坤含疮痍"的图画。诗人对这一幅生活图画,感到"忧虞",感到愤慨,从而联想到潼关之败及其政治原因,鞭挞了"遂令半秦民,残害为异物"的罪魁祸首,这又和第一大段里的"拜辞诣阙下,怵惕久未出,虽乏谏诤姿,恐君有遗失"等句前后呼应。

从"况我堕胡尘"到"生理焉得说"三十六句,是第三段,写到家以后悲喜交集的情景。

"况我堕胡尘,及归尽华发",紧承上段,把笔触从国事转向个人。诗人这时并不老,只由于饱经忧患,屡遭艰险,所以头发尽白。"经年至茅屋,妻子衣百结",写离家以来妻子也历尽千辛万苦的状况。在这里写一进家门,一个是满头白发,一个是鹑衣百结,百感交集,从何说起?作者以"恸哭松声回,悲泉共幽咽",恰当地表现了初见面时的情景。"平生所娇儿"以下,通过对家庭生活的描写,反映了时代的苦难,体现了深刻的思想内容。"平生所娇儿"本来"颜色白胜雪",如今却"垢腻脚不袜",变了样儿;"床前两小女"的穿戴呢?也是"海图坼波涛,旧绣移曲折,天吴及紫凤,颠倒在裋褐",补丁压补丁的衣服只能护住膝盖,膝盖以下赤条条的。时已深秋,该设法为孩子们御寒,可是"那无囊中帛,救汝寒凛栗",只能干着急。"老夫情怀恶"的原因很多,但这却是更直接的原因。然而诗人毕竟做了几天小小的官儿,回家时多少带了点东西,如衾裯(被头、帐子)之类,还有给老婆的"粉黛"——化妆品呢!这点东西一拿出来,就改变了家中的气氛。"瘦妻面复光,痴女头自栉。学母无不为,晓妆随手抹。移时施朱铅,狼藉画眉阔。"而且,小家伙们还争着"问事竞挽须"。这些惟妙惟肖、细致入微的描写,仅用"比、兴两法",大概是无法办到的吧!

清人张裕钊曾说"叙到家以后情事"的这一段,"酣嬉淋漓,意境非诸家所有"①。就是说,这是有独创性的。这独创性表现在:诗人既发展了《诗经》以来诗歌创作中的赋的手法,又从《史记》等史传文学中吸取了丰富的创作经验,用来描写生活细节,刻画人物形象,展示人物复杂的内心世界。换句话说,就是"以文为诗"。张氏所说的"酣嬉",只着眼于表面现象。"乾坤含疮痍,忧虞何时毕?"这是诗人写这篇诗时的基本思想。还家以后,始而"恸哭松声回",继而"老夫情怀恶",直到面对孩子们的天真活泼,也未能"破涕为笑"。"生还对童稚,似欲忘饥渴。问事竞挽须,谁能即嗔喝?翻思在贼愁,甘受杂乱聒。"有类似生活经验的人读到这里,谁能不为之掉泪?"似欲忘饥渴",实际上是忘不了饥渴。"谁能即嗔喝","甘受杂乱聒",实际上是忧国忧民忧家,心烦意乱,受不了"杂乱聒",因而很想"嗔喝"。然而对于和他们的母亲一起备受苦难,在自己回家之后才有了欢笑的无知的孩子们,"谁能即嗔喝"呢?这是以孩子们的"乐"写自己的愁,使人更感到愁。"翻思在贼愁",因而就"甘受杂乱聒",这是以"在贼"之愁衬今日之愁,以见今日虽愁,总比"在贼"时好一些。很显然,这不过是聊以自慰罢了!于是以"新归且慰意,生理焉得说"结束了关于家庭生活的描写,又回到国家大事上去。"乾坤含疮痍",又哪能说到个人的"生计"呢?

从"至尊尚蒙尘"到"皇纲未宜绝"二十八句,是第四段,结合时事,发表对实现"中兴"理想的意见。

诗人在"拜辞诣阙下"之时,本想针对着皇帝的"遗失"进行"谏诤",但皇帝不想听,没法开口。回家途中目睹的悲惨现实和回家以来的困苦生活激起了汹涌澎湃的感情波涛,倾泻而出。"阴风西北来,惨淡随回纥"至"圣心颇虚伫,时议气欲夺",对借兵回纥表示不满,认为借兵越多,后患越大,但皇帝一意孤行地依赖外援,谁又敢于坚持己见?"官军请深入"等句,是说"官军"深入敌境,自可破贼,何必借用回纥之兵。"此举开青徐,旋瞻略恒碣",对如何扫平安史之乱提出正面意见。青、徐二州,即山东、苏北;恒山、碣石,指河北一带。作者之意:"官军"收复两京,便当乘胜直取安史老巢。"祸转亡胡岁"等语,照应首段"东胡反未已,臣甫愤所切",从唐王朝的立场出发,指出天时人事都有转机,希望唐肃宗积极备战。

---

① 转引自《唐宋诗举要》卷一。

从"忆昨狼狈初"至结尾二十句,是第五段,承上段"皇纲未宜绝",申述"未宜绝"的理由,抒写对重建"太宗业"的渴望。

"忆昨狼狈初"以下,举出以往的事实说明"皇纲未宜绝"。据史书记载,安史叛军长驱入关,唐明皇逃出长安,至马嵬驿被迫缢死杨贵妃,杀杨国忠等权奸,以平民愤。杜甫举出这些事实,说明唐明皇在"狼狈"之时,还能幡然改悔,是与古代的亡国之君如夏桀王、殷纣王等等不同的,从而证明"皇纲未宜绝"。"周汉获再兴,宣光果明哲"两句,又以周宣王、汉光武比唐肃宗,照应首段的"君诚中兴主",说明有这样的皇帝,唐朝应该"中兴"。"桓桓陈将军"以下四句,热情地赞扬倡义兵变的陈元礼。把"于今国犹活"归因于陈元礼杀杨国忠兄妹及其"同恶"而给予崇高的评价,是相当大胆的,但出发点仍然是忠君。"都人望翠华,佳气向金阙"两句,更从人心、气运两方面说明"皇纲未宜绝"。最后从"园陵固有神"讲到唐太宗的"煌煌"大业,用以激励唐肃宗,希望他作一个像李世民那样"树立甚宏达"的好皇帝,早日医治好"乾坤"的"疮痍",使唐王朝得到"中兴"。

这两大段,直抒胸臆,大发议论,更表现了"以文为诗"的特点。毛主席在《给陈毅同志谈诗的一封信》里,以《北征》为例,指出"赋也可以用"。又指出"韩愈以文为诗;有些人说他完全不知诗,则未免太过,如《山石》、《衡岳》、《八月十五酬张功曹》之类,还是可以的"。很清楚,第一、毛主席是把"敷陈其事而直言之"的赋作为形象思维的内容而加以肯定的;第二、毛主席对"以文为诗"也没有不加分析地全面否定。他不是既认为韩愈"以文为诗",又不同意说韩愈"完全不知诗"的意见吗?毛主席认为韩愈的《山石》等诗"还是可以的",而《山石》这篇七言古诗,乃是用写游记的办法写成的,可以算韩愈"以文为诗"的代表作。

各种文艺样式,是既有特性,又有共性的,不是各自孤立,而是互相影响,互相渗透的。把诗歌的特点绝对化,把诗歌和其他文艺样式完全对立起来,是不符合文艺创作的实践的。吸收诗歌的优点,把散文写得富有诗意,不是很好吗?吸收文艺性散文在章法、句法以及描写生活细节、刻画人物性格、展现人物内心世界等方面的长处,用以提高诗歌抒情达意、在更高的深度和广度上反映生活的能力,又有什么不好呢?

当然,"以文为诗"(包括以议论为诗),是可以写出味同嚼蜡的东西的;但这不是"以文为诗"的过错,难道"以诗为诗",就保证能够写出好诗来吗?

有些人还把"以议论为诗"和"以文为诗"看成一码事而加以否定。明代的屠隆就说过:"宋人多好以诗议论,夫以诗议论,即奚不为文而为诗哉?"①他的意思是:只有在散文里才能发议论,在诗里,是不能发议论的。当然,如果不是抒发对于现实生活的真情实感和深刻理解,而是发表抽象的议论,那是写不出好诗的;但不能因此就说在诗歌里不能发议论。从《诗经》以来,有无数好诗都是发议论的。就是在毛主席的诗词里,不是也有"一万年太久,只争朝夕","宜将剩勇追穷寇,不可沽名学霸王。天若有情天亦老,人间正道是沧桑"等等的议论吗?

优秀诗篇中的议论与哲学论文、政治论文中的议论不同。它来自形象思维,来自对生活的强烈感受和深刻理解,常常与叙事、抒情紧密结合,不可分割。《北征》里的议论正是这样的。这不单纯是表现方式问题,而主要是深入生活问题和思想感情问题。杜甫的《北征》无愧"诗史"②,正是和他深入生活,在思想感情上接近了人民分不开的。他在十年困居长安的后期,已经接触到下层社会的生活,从长安到蒲城探望家小,旅途所见和到家后已经饿死了孩子的悲惨遭遇,扩大了他诗歌创作的视野。安史之乱爆发,在颠沛流离的生活过程中,他目睹了"遂令半秦民,残害为异物"的惨象,因而能够发出"乾坤含疮痍,忧虞何时毕"的感慨,把注意力集中到当时的政治、军事等国家大事上,考虑如何医治"乾坤"的"疮痍"。《北征》从题目上看,应该是一篇纪行叙事的诗歌。但由于诗人处处考虑着国家大事,所以表现在创作上,就不是单纯纪行、叙事,而是有抒情,有议论,时而揭露社会矛盾,时而发表政治主张,时而"忧虞"当前时局,时而展望未来美景。而这一切,都是被一条主线贯串起来的,那就是"乾坤含疮痍,忧虞何时毕"。

杜甫深入社会的生活实践和由此产生的忧国忧民的思想感情,是能够写出像《北征》这样的"诗史"的根本原因,但要写出这样的"诗史",而不用赋的手法,不吸取文艺性散文的优点,也是不可能的。

《北征》的思想内容,当然有历史和阶级的局限性,但作为"诗史",对我们仍有认识意义。诗人为了创作"诗史"而从其他文艺样式的创作经验中吸取有用的东西,也对我们有借鉴意义。把诗歌的特点绝对化,只强调比、兴,不加分

---

① 《由拳集》卷二三。
② 《新唐书》卷二〇一《杜甫传》:"甫又善陈时事,律切精深,至千言不少衰,世号'诗史'。"

析地反对"以文为诗",对于我们创作无愧于社会主义新时期的宏伟"诗史"来说,并不是有利的。

(原刊《人文杂志》1979年第1期)

纪行诸赋的启迪,五言古风的开拓
——杜诗杂论之一

汉魏以来直至杜甫困处长安期间,文人创作的五言古诗,篇幅都比较简短,内容也不够深广。《自京赴奉先县咏怀五百字》和《北征》两个长篇的出现,在五言诗史上具有划时代的意义。

杜甫能将简短的五古拓展为波澜壮阔的鸿篇巨制,当然与其社会阅历的日益深广、创作经验的日益丰富和忧民忧国的激情日益炽烈息息相关,但在纪行赋的启迪下取材谋篇,却起了决定性的作用。赋对唐诗的影响,也于此可见。

一

诗到唐代有了空前的发展,取得了突出的成就,其原因固然很多,但适应社会的发展,在善于继承传统的基础上大胆创新,而可资继承的传统又空前富饶,则是不容漠视的重要原因。中华文化、文学发展到南北一统的隋代,已形成"群山万壑赴荆门"的气势。唐代诗人崛起,席丰履厚,取精用宏,群经史传、诸子百家自不待言,仅就更直接的文学资源来看,除了先秦、建安、六朝已创辉煌的诗,还有堪称"一代之文学"的汉赋和"情韵不匮"的魏晋南北朝赋。元稹、秦观论杜甫"集大成"[1],认为所"集"者不外《风》、《骚》、乐府及先唐历代名家的诗,却根本不曾想到两汉以来的赋(还有以《史记》为代表的文,此处暂不谈)。令人遗憾的是:元、秦二人论杜甫如此,论其他唐代诗人亦如此;元稹、秦观如此,其他古今诗论家亦大抵如此。其实,唐代的杰出诗人同时是优秀的

---

[1] 见元稹《唐检校工部员外郎杜君墓系铭并序》,《元氏长庆集》卷五六;秦观《论韩愈》,《淮海集》卷二。

赋家。诗、赋传统的继承与诗、赋创作的经验交融互补，更有利于开拓创新。以杰出诗人而作赋，便逐渐减轻了"铺陈"的比重而追求赋比兴并用，逐渐淡化了简单地"体物"、"写貌"而追求借景抒情，以形传神，从而走向赋的诗化。以优秀赋家而作诗，则影响面更广。例如，初唐歌行开盛唐高、岑、李、杜先河，而初唐歌行很大程度上是在赋的创作中孕育出来的。又如，如果不借鉴两汉的京都赋，骆宾王的《帝京篇》与卢照邻的《长安古意》，也很难凭空出现。

　　杜甫自童年开始，即致力于赋的学习和创作，而且颇以善赋自负。在《奉赠韦左丞丈二十二韵》一诗中自称早在"少年日"就"赋料扬雄敌"[1]，即他创作的赋可与扬雄的《长杨》、《甘泉》、《羽猎》诸赋比美。在《壮游》一诗中又说："往昔十四五，出游翰墨场，斯文崔魏徒，以我似班扬。"[2]扬指扬雄，班指《两都赋》的作者班固。"斯文"中人崔尚、魏启心等都"以我似班扬"，说明"自料"并非自夸，而是与客观评价一致的。他初到成都，时任彭州刺史的高适以诗寄赠，问他："草《玄》今已毕，此后更何言？"[3]他在答诗中说："草《玄》吾岂敢，赋或似相如。"[4]司马相如是汉赋的代表作家，其《子虚赋》、《上林赋》是汉赋的代表作品。面对大诗人高适自称"赋或似相如"，表明了他的高度自信。

　　杜甫于天宝十载（751）四十岁时献《三大礼赋》（《朝献太清宫赋》、《朝享太庙赋》、《有事于南郊赋》），玄宗奇之，命待制集贤院，晚年诗中犹多次忆及，深以为荣，仇兆鳌《杜诗详注》卷二四收杜赋六篇，并作详注。《三大礼赋》三篇及《封西岳赋》，都是堂庑阔大，气势浩瀚的大赋，《雕赋》与《天狗赋》属咏物赋的范畴，也规模宏大。这在以小赋见长而大赋寥寥的唐代可谓异军特起，难怪他屡以汉大赋的代表作家司马相如、扬雄、班固自赞。当然，杜甫虽然上追司马、班、扬同作大赋，却自有优势。五、七言诗在建安以前远未成熟，所以正如钟嵘《诗品》卷上所指出：西汉的"王、扬、枚、马之徒辞赋竞爽，而吟咏靡闻"，东汉的班固虽有《咏史》等五言诗，却"质木无文"。杜甫则以"诗圣"而作赋，自然给汉代赋家擅长的大赋带来了崭新的审美特征。杜甫的六篇赋，其突出表现在于大气磅礴，浑浩流转，词、意兼优，虚、实并运。仇兆鳌评为"超前轶

---

[1] 《奉赠韦左丞丈二十二韵》，《杜诗详注》卷一。
[2] 《壮游》，《杜诗详注》卷一六。
[3] 《赠杜二拾遗》，孙钦善《高适集校注》，上海古籍出版社1984年版，第263页。
[4] 《酬高使君相赠》，《杜诗详注》卷九。

后",虽未免溢美,但说"少陵廓清汉人之堆垛,开辟宋世之空灵",却是相当中肯的。《朝献太清宫赋》中的"九天之云下垂,四海之水皆立"为传诵名句。苏轼七律名篇《有美堂暴雨》前两联,"游人脚底一声雷,满座顽云拨不开。天外黑风吹海立,浙东飞雨过江来",即从此化出。

杜甫的诗歌创作受惠于赋者不止一端,一个重要方面是,汉魏六朝赋是杜甫撷取、提炼奇辞丽藻的渊薮之一。例如杜集编年第一首《望岳》中的"荡胸生层云,决眦入飞鸟"两句,诗评家赞为"奇警",而"荡胸"从张衡《南都赋》中的"清水荡其胸"提炼而成,"决眦"则取自司马相如《子虚赋》中的"弓不虚发,中心决眦"。类似的例子不胜枚举。更重要的方面则是以赋助诗,在制题、布局、谋篇等艺术构思中受其启迪,引发灵感。《自京赴奉先县咏怀五百字》和《北征》在艺术构思中实受"纪行赋"的启发,便是绝好的例证。

二

唐人重《选》学,杜甫尤甚。他"续儿读《文选》"①,又要求儿子"熟精《文选》理"②,可知他自己对《文选》是反复诵读,读得很"熟"很"精"的。萧统《文选》以赋冠首,共十九卷,分京都、郊祀、畋猎等十六类。第四类为"纪行",选班彪《北征赋》、班昭《东征赋》、潘岳《西征赋》三篇。李善于《北征赋》题下注引《流别论》曰:"更始时,班彪避难凉州,发长安至安定,作《北征赋》也。"于《东征赋》题下注引《流别论》曰:"发洛阳至陈留,述所经历也。"于《西征赋》题下注引臧荣绪《晋书》曰:"岳为长安令,作《西征赋》述行历,论所经人物山水也。"从杜甫《自京赴奉先县咏怀五百字》和《北征》的全部内容看,原可各分几个题,各作几首诗,然而如果这样做,那么极富开创性的两个五言长篇就没有了!当我们认真读完这两篇五古杰作的时候,设身处地,便不难想见杜甫在构思之初,真是百忧交集,万感纷来,不知如何下笔。幸而他是"熟精《文选》"的,忽然想起《文选》中的几篇"纪行赋"和李善的题下注,立刻灵感勃发,题目确定了,整篇的章法结构也豁然开朗了。

纪行赋始于西汉刘歆的《遂初赋》。此赋开头略述此次行役的动因及作赋的缘起,结以"乱",是全篇的总括和扩展。中间以大量篇幅记述沿途所经所

---

① 见《水阁朝霁奉简云安严明府》,《杜诗详注》卷一四。

② 见《宗武生日》,《杜诗详注》卷一七。

感,而所经者只提地名,所感者则是就某地曾经出现的历史人物和历史事件发议论、抒感慨,虽有借古讽今的意味,却不直接触及现实。全篇地名屡换,历史人物、历史事件及其相关的议论、感慨层见叠出而缺少变化,从而削弱了感人的艺术力量。此后的纪行赋基本上沿袭了这个框架,潘岳的《西征赋》尤其繁缛冗长。其中稍有新变,艺术质量较高的应是班彪、蔡邕的两篇。

王莽篡汉后政治腐败,民变纷起,天下大乱。更始三年(25)赤眉军入长安,班彪自长安逃出,绕道安定(今宁夏固原)去天水避难,作《北征赋》以抒忧愤,所以尽管仍就所经之地的历史、人物发议,却抚昔慨今,往往触及当前的社会人生。例如,"乘陵冈以登降,息郇邠之邑乡。慕公刘之遗德,及行苇之不伤。彼何生之优渥,我独罹此百殃?故时会之变化兮,非天命之靡常"八句,先写途中休息于公刘故地而缅怀公刘的仁德,紧接着今昔对比,发出深沉的询问和慨叹:公刘的百姓为什么生活得那么优渥?我为什么偏要遭受这么多的磨难?寥寥数语,引人深思。"野萧条以莽荡,迥千里而无家"至"揽余涕以於邑兮,哀生民之多故"一段,触景伤情,与杜甫《北征》"靡靡逾阡陌,人烟眇萧瑟"一段异曲同工。"越安定以容与兮,遵长城之漫漫。剧蒙公之疲民兮,为强秦乎筑怨"数句尤为深警。统治者驱疲民以"筑怨"的事是多方面的,筑长城仅一端而已。

蔡邕的《述行赋》作于外戚梁冀被诛,宦官专权,"起显阳苑于城西,人徒冻饿",进谏者屡被杀害之时。这时宦官召他从陈留到洛阳去弹琴,他愤于朝政昏暗,走到偃师便托病转身回家。赋中多借怀古以讽今,有时更直面现实,例如:

> 命仆夫其就驾兮,吾将往乎京邑。皇家赫而天居兮,万方徂而星集。贵宠煽以弥炽兮,金守利而不戢。前车覆而未远兮,后乘驱而竞及。穷变巧于台榭兮,民露处而寝湿。消嘉谷于禽兽兮,下糠秕而无粒。弘宽裕于便辟兮,纠忠谏其骎急。怀伊吕而黜逐兮,道无因而获入。

读这一段,熟读杜诗的人能不联想到《自京赴奉先县咏怀五百字》中"凌晨过骊山"至"路有冻死骨"一大段文字所展现的"荣枯咫尺异"的画面吗?对于其中的"穷变巧于台榭兮,民露处而寝湿。消嘉谷于禽兽兮,下糠秕而无粒"四句,鲁迅在《且介亭杂文二集·题未定草(六)》中特就记忆录出,赞许作者蔡邕"也是一个有血性的人",说他在那黑暗的政治环境中"确有取死之道"。

三

从题目看,《自京赴奉先县咏怀五百字》中的"自京赴奉先县",分明取法《北征赋》的题下注"发长安至安定"和《东征赋》的题下注"发洛阳至陈留"。而这样的命题,便决定了全篇的布局:先从出发地落笔,次及沿途见闻,终写到达目的地后的感受。行程辽远,场景屡换,触景动情,即事兴怀,百感丛集,万念纷来,纵笔抒写,自非阮籍《咏怀》、陈子昂《感遇》那样的短篇所能容纳。

《自京赴奉先县咏怀五百字》作于天宝十四载(755)十一月,杜甫"旅食京华"已达十年之久。全诗第一大段主要写他"生逢尧舜君","自比稷与契",只因"独耻事干谒",所以一直得不到重用,尽管"穷年忧黎元",也只有"叹息肠内热"而已。全段一百六十字,无写景语,也极少叙事,着重于吐心曲,发议论,千回百折,反复慨叹,亦即题中标明的"咏怀"。再看《文选》中的三篇纪行赋:班彪《北征赋》于"北征"前只写了四句;班昭《东征赋》一开头便点明"东征"的时间;潘岳《西征赋》则以纪时发端,而以"喟然叹曰"冒下。不是只叹一两声,而是自述遭遇,自抒怀抱,千回百折,反复喟叹。杜甫诗论名篇《偶题》有云:"后贤兼旧制,历代各清规。"《自京赴奉先县咏怀五百字》的艺术成就自非潘岳的《西征赋》可比,但受益于《西征赋》,也是灼然可见的。

杜甫出发之时,安禄山已于范阳叛变,而杜甫在全诗第一大段中所说的那位"尧舜君"却正和他的"廊庙具"在骊山寻欢作乐。诗人从"岁暮百草零,疾风高冈裂。天衢阴峥嵘,客子中夜发。霜严衣带断,指直不得结"写到"凌晨过骊山"时看到"羽林相摩戛",听到"乐动殷胶葛",然后从"赐浴"、"与宴"、"分帛"等方面展现"君臣留欢娱"的骄奢荒淫情景,又回应"疾风"、"霜严",以"路有冻死骨"对照"朱门酒肉臭",给统治者以致命的鞭打。"路有冻死骨"的"路"可以理解为普天下所有的"路",但在这里却直指作者所走的"路"。作者的"衣带"冻"断"了,由于手"指"已冻得僵"直"而无法把它"结"起来,那些饿着肚子、衣衫单薄的行人,自然就冻死在路上,无人运走掩埋。作者目睹"荣枯咫尺异"的场景,只好在"惆怅难再述"的感叹中继续赶他的"路"。

诗人赴奉先,是为了看望寄居在那里的妻子和孩子,然而等着他的并不是全家欢聚,而是"入门闻号咷,幼子饿已卒"!作者于恸哭之余推己及人,想到自己"生常免租税,名不隶征伐",尚且"所愧为人父,无食致夭折",那么,平民百姓的处境如何,"失业徒"、"远戍卒"的处境如何,真是不堪设想!

再回头看,作者的出发地,是他困处十年,报国无门的京城;作者沿途感触最深的是唐明皇游幸的骊山;作者的目的地,是幼子饿死的奉先家中。"纪"这样的"行","咏"这样的"怀",便创作出在五言诗史上具有划时代意义的杰作。明乎此,则作者受纪行赋的启迪,以"自京赴奉先县"作为"咏怀"的定语具有多么重要的意义,便不难理解了。

四

杜甫的《北征》,其诗题直接取自班彪的《北征赋》。征,行也。班彪"发长安至安定",杜甫发凤翔至鄜州,其大方向都是向北行。一赋一诗,各写北行途中的见闻和感受,其布局谋篇大致相似。诗之受惠于赋,是有迹可寻的。

《自京赴奉先县咏怀五百字》以"忧端齐终南,澒洞不可掇"收尾,"忧"的是天下岌岌可危。而此时安禄山已反,挥师西进。天宝十五载(756)五月,杜甫自奉先县携家至白水依舅氏。不久,安禄山攻破潼关,长安失陷,唐明皇逃往四川,杜甫又携家迁往鄜州城北羌村。八月,他听说肃宗即位灵武,便单身前往,中途被叛军捉住,送至长安。至德二载(757)四月,杜甫伺机逃出长安,投奔凤翔,肃宗让他做左拾遗。杜甫大喜,以为"致君尧舜"的机会终于来了,立即拾遗补阙,上疏营救房琯,力求尽到"左拾遗"的职责。孰知事与愿违,这封疏竟触怒肃宗,诏付三司推问。如果没有宰相张镐、御史大夫韦陟相救,后果不堪设想。闰八月一日,杜甫奉肃宗墨制,放归鄜州省家。《北征》这首长达八百字的五古杰作,即作于鄜州家中。

全诗以"皇帝二载秋,闰八月初吉"开头。宋人黄彻指出:"子美世号诗史,观《北征》云'皇帝二载秋,闰八月初吉'……史笔森严,未易及也。"①其实,班昭的《东征赋》、潘岳的《西征赋》,都是以纪时开头的。《东征赋》的开头是:"惟永初之有七兮,余随子乎东征,孟春之吉日兮,撰良辰而将行。"《西征赋》的开头是:"岁次玄枵,月旅蕤宾,丙丁统日,乙未御辰。"比较而言,《北征》的纪时开头既简明,又有统摄全篇的思想意义。《东征赋》首句的"永初"(107—112)是汉安帝年号,《北征》不用年号而用"皇帝"肃宗,见得他这次"北征"不单纯是个人的事,而与皇帝有关,与时局有关,从而为后面的铺陈或描写、抒

---

① 黄彻《䂬溪诗话》卷一,《历代诗话续编》(上),中华书局1983年版,第348—349页。

情、议论打开了广阔的天地。从"皇帝二载秋"到"忧虞何时毕"二十句是第一大段,其中的"维时遭艰虞,朝野少暇日"是说在这国难当头之际,作为国家官吏,哪里有暇探亲!然而"顾惭恩私被,诏许归蓬荜",皇帝竟然放他回家。他当然知道他是因直言敢谏被赶出朝廷的,但在"拜辞诣阙下"时还"怵惕久未出","恐君有遗失"而想为君"拾遗"。"东胡反未已,臣甫愤所切",大概想陈述平叛之策吧,却未能说下去,"君"的态度可想而知。而他想在皇帝面前提出的平叛之策,在诗的后一部分还是写出来了。由于当面要提的意见未能提出,所以"挥涕恋行在,道途犹恍惚",老感到心神不安。"乾坤含疮痍,忧虞何时毕"!如闻叹息之声。这一段中最关键的诗句是"君诚中兴主"与"恐君有遗失"。有了"中兴主",则东胡之反可平,乾坤之疮痍也可医治,严重的问题是这位当今皇帝"有遗失"而拒绝"拾遗",将如何完成"中兴"大业?"忧虞何时毕"的浩叹发自内心,感人肺腑。

赋对《北征》的影响,还表现在大量的铺陈和描写,其创新之处在于不论是铺陈或描写,都是诗化的,抒情的,与比兴手法结合的。从"靡靡逾阡陌"到"残害为异物"一段,既有社会现象的铺陈,也有自然景观的描写。"人烟眇萧瑟","所遇多被伤,呻吟更流血"诸句的铺陈与"鸱鸟鸣黄桑,野鼠拱乱穴"、"寒月照白骨"的描写相映衬,勾出一幅乾坤疮痍,生民涂炭的图画,怵目惊心,催人泪下。其所蕴含的诗意之深、诗情之浓,非汉赋中的铺陈与描写所能比拟。"菊垂今秋花,石戴古车辙。……山果多琐细,罗生杂橡栗。或红如丹砂,或黑如点漆。雨露之所濡,甘苦齐结实"等句,可谓"体物"工细。但也不是单纯的"赋",而是赋兼比兴。各种"山果"不论红黑甘苦都能"结实",不正由于雨露的无私吗?比拟寄托之意,耐人寻味。从"况我堕胡尘"到"生理焉得说"一段叙到家以后情事,其中关于"平生所娇儿"和"床前两小女"的描写惟妙惟肖,细致入微,从中折射出这位"生还对童稚"的慈父悲喜交集的复杂心态。

最后两段,结合时事表达对实现"中兴"的意见和重建"太宗业"的渴望,直抒胸臆,大发议论。叶梦得认为《北征》"如太史公纪传",黄生认为《北征》"自是古文结构"。我在上世纪70年代发表的《从杜甫〈北征〉看"以文为诗"》中认为《北征》以大发议论收尾"表现了'以文为诗'的特点"[1]。杜甫"转益多师",认为《北征》取法"太史公纪传",认为《北征》取法"古文结构",都不错;

---

[1] 霍松林《从杜甫〈北征〉看"以文为诗"》,《人文杂志》1979年第1期。

古文中有议论文,认为《北征》大发议论表现了"以文为诗"的特点,也不算错。然而如在前面所说,《北征》的命题、布局都受纪行赋的启迪,中间写沿途见闻,也有与《北征赋》近似之处;那么以大发议论收尾,是否也直接受纪行赋影响呢?

《文选》所收三篇纪行赋,都是以议论收尾的。班彪《北征赋》的结尾是:

> 夫子固穷,游艺文兮!乐以忘忧,惟圣贤兮!达人从事,有仪则兮!行止屈申,与时息兮!君子履信,无不居兮!虽之蛮貊,何忧惧兮!

班昭《东征赋》的结尾是:

> 君子之思,必成文兮!盍各言志,慕古人兮!先君行止,则有作兮!虽其不敏,敢不法兮!贵贱贫富,不可求兮!正身履道,以俟时兮!修短之运,愚智同兮!靖恭委命,唯吉凶兮!敬慎无怠,思嗛约兮!清静少欲,师公绰兮!

潘岳《西征赋》结尾的议论很长,不必移录了。

当然,同样以议论收尾,艺术质量却有高下之分。《北征赋》和《东征赋》结尾的议论,都与写沿途见闻的文字没有必然联系,而且抽象说教,缺乏艺术感染力。《北征》结尾的议论,则是全诗的有机组成部分,结合时事,充满激情。细读全诗,便看见因进谏而受到处分的诗人是带着"东胡反未已"的忧愤、"乾坤含疮痍"的忧虞、皇帝不纳谏的苦闷,以及"拜辞诣阙下"时想提出而未能提出的"中兴"之策走出凤翔的。一路上,"人烟萧瑟",疮痍满目。到家以后,首先与"衣百结"的妻子"恸哭",接着闯入眼帘的是"垢腻脚不袜"的"娇儿"和"补绽才过膝"的"小女",家中生计正待解决而又无法解决。这一切,都促使诗人以浓烈的激情对借兵回纥问题,官军破贼问题,"开青徐"、"略恒碣"、直取叛军老巢问题等等发表议论,提出意见。结句"煌煌太宗业,树立甚宏达"照应首段的"君诚中兴主",是对肃宗的期望,也是对前景的展望,读之令人振奋。

杜甫自长安至奉先、自凤翔至鄜州,以纪行为主线反映社会问题,创作了两首五言长诗,波澜壮阔,内容深广,前无古人。此后,杜甫自秦州至同谷,自同谷至成都,以纪行为主线刻画奇山异水,创作了包括二十四首五言短篇的两大组诗,传神写照,奇险伟丽,前无古人。后者公认为纪行诗而前者则否,似已无可置疑,然而《自京赴奉先县咏怀五百字》和《北征》,从命题到以纪行为主线的结构模式都上承纪行赋,是名实相副的纪行诗。如果把这两大长篇称为纪行诗,那就可以与陇蜀纪行两大组诗相联系,相比较,既有利于研究杜甫对五言古诗的开拓和创新,更有利于总结杜甫以纪行为主线反映社会问题和以纪行为主线描写自然景观的艺术经验,供当代诗人、特别是旅游诗人参照。

相与情义厚，赠别拓诗疆
——杜诗杂论之二

由于现代传媒和现代交通的便捷，使得偌大的"地球"缩成小小的"村"，人与人之间的离别已不算什么大事，诗人们也不大写赠别诗了。古代却不然。江淹（444—505）的《别赋》以"黯然销魂者，惟别而已矣"开头，描述了各种各样的离情别绪，然后归结起来说："是以别方不定，别理千名，有别必怨，有怨必盈，使人意夺神骇，心折骨惊。虽渊云之墨妙，严乐之笔精，金闺之诸彦，兰台之群英，赋有凌云之称，辩有雕龙之声，谁能摹暂离之状，写永诀之情者乎！"①认为"别方不定，别理千名"，这是不错的，生活中的实际情况本来如此。但说"有别必怨，有怨必盈"，不管什么样的离别都"使人意夺神骇，心折骨惊"，这就颇难置信了，然而，读《别赋》，作者所写的各种各样的离别，又的确能使人"黯然销魂"，当读到"春草碧色，春水渌波，送君南浦，伤如之何"的时候，也难免引起心灵的共鸣。

我国最早的送别诗，可以上溯到《诗·邶风》中的《燕燕》。宋人许𫖮的《彦周诗话》一开头就引了《燕燕》四章的第一章："燕燕于飞，差池其羽。之子于归，远送于野。瞻望弗及，泣涕如雨！"接着说："此真可泣鬼神矣！"②此后至东汉末，送别诗不多见。萧统《文选》"祖饯"类选诗共八首，皆魏晋南朝作品。如曹植的《送应氏》、沈约的《别范安成》等，都未摆脱"黯然销魂"的基调。

"别方不定，别理千名"，而"别方"、"别理"，又受历史环境的制约，具有时代特点。比起东汉末年的动乱和三国、两晋、南北朝的分裂来，大一统的唐代是一个新的时代。当时的统治者打破了自曹魏以来由世族高门垄断政治的局

---

① 萧统《文选》卷十七，中华书局1977年版，第239页。
② 《历代诗话》，中华书局1981年版，第378页。

面,通过科举考试广泛地选拔人才,从而激发了绩学成才、经国济世的社会风尚。而从《诗经》以来不断发展的中华诗歌,到了唐代也迈向百花竞艳的黄金时期。从初唐开始,以积极乐观的态度送人赴任、送人从军、送人出使、送人赴身于利国利民以实现兼济之志的诗作不断涌现。王勃的《送杜少府之任蜀川》,以"海内存知己,天涯若比邻"扫除"儿女共沾巾"的离愁。陈子昂的《送魏大从军》,以"勿使燕然上,唯留汉将功"激发解除边患的壮志。王维的《送梓州李使君》以"万壑树参天,千山响杜鹃"开头,高调摩云,以"文翁翻教授,不敢倚先贤"收尾,勉励友人发扬文翁化蜀的优良传统。这些诗,都摆脱"黯然销魂"的阴影,为赠别诗注入了新鲜血液。

进一步为"赠别"诗开疆拓土,在思想和艺术上取得辉煌成就的是"情圣"杜甫。从数量看,就清人仇兆鳌《杜诗详注》所收一千四百三十九首诗统计,"赠别"诗多达一百一十八首,占总数的百分之十二强。从体裁看,五古、七古、五律(包括排律)、七律、绝句(只一首)众体俱备。从篇幅看,其中五古二十三首,七古四首,五排二十二首,多是几百字的长篇。这一切,已足以说明杜甫在"赠别"诗的创作方面投入了多么巨大的精力和心血,更何况,其中的大多数都有很高的艺术质量呢。

杜甫的第一首赠别诗作于天宝五载(746),时年三十五岁;最后一首赠别诗作于大历五年(770),时年五十九岁。从天宝五载至乾元元年(758)春,杜甫主要在京城长安,短期在凤翔行在;稍后则经秦州、同谷而入蜀,长期漂泊西南。这两个时期,杜甫的处境、交游、心态、创作等等都不同,因而本文也将杜甫的赠别诗,分两部分论述。

一

杜甫的第一首赠别诗题为《送孔巢父谢病归游江东兼呈李白》,这是历代传诵的名篇,全录如下:

> 巢父掉头不肯住,东将入海随烟雾。诗卷长留天地间,钓竿欲拂珊瑚树。深山大泽龙蛇远,春寒野阴风景暮。蓬莱仙女回云车,指点虚无是征路。自是君身有仙骨,世人那得知其故。惜君只欲苦死留,富贵何如草头露?蔡侯静者意有余,清夜置酒临前除。罢琴惆怅月照席,几年寄我空中书。南寻禹穴见李白,道甫问讯今何如。

此诗前十二句,押去声韵,写"孔巢父谢病归游江东"。后六句换平声韵,写"兼呈李白"。首句突如其来,直奔主题,与李白《蜀道难》的开头类似,却更见警耸,各领风骚。"掉头不肯住",要到那里去?去干什么?答曰:"东将入海随烟雾。"——入东海,做神仙。三、四句是对一、二句的发挥和补充:人入东海,诗卷却长留天地之间,手中的钓竿,则要垂拂于珊瑚之树。"深山"两句,渲染"入海"的环境。"蓬莱"两句,指点成仙的路径。"自是"四句,以"世人"反衬巢父,以"富贵"反衬求"仙"。值得一提的是:旧体诗上句一般不押韵,下句押韵,上下两句合称"一韵",吟诵时有一定的停顿,因而两韵之间,一般也不会有语法结构上的联系。但"自是"这四句(两韵)诗却有所突破:前一韵下句中的"世人",乃是后一韵上句中"惜君"的主语,大意是:世人不知你"身有仙骨"、视"富贵"如"草头露",只看见你有官不当,掉头入海,因而爱惜你,"苦死"地"留"你。如果弄不清这特殊的语法结构,不联系前一韵而孤立地吟诵后一韵,便深感费解或导致误解。后六句换押平声韵。"蔡侯"两句写"兼呈李白",并补题中省略的蔡侯设宴送行,而作者在座,自在意中。"罢琴"两句,写酒余琴罢,月照离席,惆怅惜别,而以"南寻禹穴见李白,道甫问讯今何如"收尾,烟波不尽,余意无穷。

　　此诗作于天宝五载(746),杜甫于漫游吴越,放浪齐赵,又与李白共游梁宋之后初到长安,豪情未减,逸兴犹存,因而能把诗友孔巢父的弃官归隐写得如此瑰奇壮丽,浩渺超忽。杜诗中的精品,各有独创性,这一篇,尤为突出,因为这在杜甫以写实为特征的众多作品中,最富奇情丽藻,最富浪漫主义精神。

　　以下补充三点,或有助于对此诗的理解。一、孔巢父,孔子三十七世孙,苦学成才。曾与李白等隐于徂徕山,时号"竹溪六逸"。其后入仕,又托病辞官远游,杜甫作诗送行。历任要职,那是后来的事,见《新唐书》卷一六二本传。①二、天宝三载(744)四月,杜甫与被玄宗"赐金放还"的李白初遇于洛阳,一见如故。《赠李白》云:"二年客东都,所历厌机巧。……李侯金闺彦,脱身事幽讨。亦有梁宋游,方期拾瑶草。"天宝四载(745)秋,杜甫与李白重逢于鲁郡(今山东兖州),共上东蒙山,访道于董炼师和元逸人。后来追忆其事,作《昔游》与《玄都坛歌寄元逸人》。因而此后杜甫作《赠李白》诗有"秋来相顾尚飘蓬,未就丹砂愧葛洪"之句。三、明末王嗣奭《杜臆》卷二《送孔巢父谢病归江

---

① 《二十五史》第六册,上海古籍出版社 1986 年版第 527—528 页。

东兼呈李白》条云:"孔游江东,故'东海'、'珊瑚'、'龙蛇'、'大泽''蓬莱织女',皆用江东景物,而牛、女,乃吾越分野也。'深山大泽'指江东,而'龙蛇远'以比巢父之隐。……'空中书',引蓬莱仙人寄书小儿腾空,良是。"①

送高三十五书记十五韵

崆峒小麦熟,且愿休王师。请公问主将,焉用穷荒为?饥鹰未饱肉,侧翅随人飞。高生跨鞍马,有似幽并儿。脱身簿尉中,始与捶楚辞。借问"今何官,触热向武威?"答云"一书记,所愧国士知。"人实不易知,更须慎其仪。十年出幕府,自可持旌麾。此行既特达,足以慰所思。男儿功名遂,亦在老大时。常恨结欢浅,各在天一涯。又如参与商,惨惨中肠悲。惊风吹鸿鹄,不得相追随。黄尘翳沙漠,念子何当归。边城有余力,早寄从军诗。

高三十五,即高适,"三十五"是他的排行。全诗共三十二句,自是十六韵,题中"十五韵"误。这首五古作于天宝十二载(753)夏,当时高适任陇右河西节度使哥舒翰书记,离京赴任,杜甫作此诗送行。

开元(713—741)末期以后,多有抗击侵略的正义战争,但由于玄宗日趋荒淫,相继委政于李林甫、杨国忠等权奸,因而也有为建边功而进行的不义战争。因此,杜甫在作于天宝十载(751)的《兵车行》里发出了"边庭流血成海水,武皇开边意未已"的感叹。高适是杜甫的好友,他如今去做哥舒翰的书记,有权参谋军事,临别赠诗,诗人便迫不及待地提出:"崆峒小麦熟,且愿休王师。请君问主将,焉用穷荒为?"其反对穷兵黩武、企盼保境安民之意,表现得何等殷切。"饥鹰"以下写高适:夸其"跨鞍马"的英姿;喜其摆脱"簿尉"的处境;庆其出任书记的特达;恨其"各在天一涯",难得欢聚;嘱其公务之余,"早寄从军诗"。友情之真挚深厚,感人至深。

送蔡希鲁都尉还陇右,因寄高三十五书记

蔡子勇成癖,弯弓西射胡。健儿宁斗死,壮士耻为儒。官是先锋得,才缘挑战须。身轻一鸟过,枪急万人呼。云幕随开府,春城赴上都。马头

---

① 《杜臆》,上海古籍出版社1983年版第47页。

金匼匝,驼背锦模糊。咫尺雪山路,归飞青海隅。上公犹宠锡,突将且前驱。汉使黄河远,凉州白麦枯。因君问消息,好在阮元瑜。

此诗题下有"原注":"时哥舒入奏,勒蔡子先归。"史载天宝十四载(755)春哥舒翰入朝留京师①,今人因定此诗作于天宝十四载春;但读全诗可以看出:回到京城是春天,"春城赴上都"可证;又赴陇右是秋天,"凉州白麦枯"可证。如果作于春季。"白麦枯"就很难解释。

此诗十韵二十句,字字奇警,句句飞动。开头八句写蔡都尉的壮志雄姿。英勇善射,身轻枪急,不怕挑战,愿为先锋,表现了一个边防将领应有的才略。中间四句,写蔡随节度使回京,"马头"饰金,"驼背"覆锦,气慨非凡。后面八句,以"上公犹宠锡"写哥舒留京,以"突将且前驱"写蔡回陇,以长途跋涉为"咫尺""归飞",豪气逼人。然后驰骋想象,想到当蔡抵陇之时,白麦已枯,黄河远去,不知在哥舒幕下掌书记的高适近况如何,因而托蔡都尉代问安好。建安七子之一的阮瑀字元瑜,曾为曹操掌记室,故用以指代高书记。"好在",唐人惯用之问候之词。

这首诗,遣词造句,独具匠心。例如以"一鸟过"表现"身轻",极形象,极生动。欧阳修《六一诗话》云:"陈舍人从易……偶得杜集旧本,文多脱误,至《送蔡都尉诗》云'身轻一鸟',其下脱一字。陈公因与数客各用一字补之,或云'疾',或云'起',或云'下',莫能定。其后得一善本,乃是'身轻一鸟过'。陈公叹服,以为虽一字,诸君亦不能到也。"②

送樊二十三侍御赴汉中判官

彍弧不能弦,自尔无宁岁。川原血横流,豺狼沸相噬。天子从北来,长驱振凋敝。顿兵岐梁下,却跨沙漠裔。二京陷未收,四极我得制。萧瑟汉水清,缅通淮湖税。使者纷星散,王纲尚疏缀。南伯从事贤,君行立谈际。坐知七曜历,手画三军势。冰雪净聪明,雷霆走精锐。幕府辍谏官,朝廷无此例。至尊方旰食,仗尔布嘉惠。补阙暮征入,柱史晨征憩。正当艰难时,实籍长久计。回风吹独树,白日照执袂。恸哭苍烟根,山门万重

---

① 见《资治通鉴》卷二一七,北京古籍出版社 1957 年版精装第三册,6932 页。

② 《六一诗话》,人民文学出版社 1983 年版,第 8 页。

闭。居人莽牢落,游子方超递。徘徊悲生离,局促老一世。陶唐歌遗民,后汉更列帝。我无匡复资,聊欲从此逝。

杜甫困处长安十年之久,妻子则寄居奉先(今陕西蒲城)。天宝十四载(755)十一月,安禄山在范阳发动叛乱,十二月攻陷洛阳,十五载(756)正月自立为皇帝,挥师西进,直奔长安。杜甫自长安急奔奉先,携家北上,安家于鄜州(今陕西富县)的羌村。闻肃宗即位于灵武(今属宁夏),只身投奔行在,至延安欲出芦子关时,被叛军俘获,押赴长安。至德二载(757)二月,肃宗将行在所迁到凤翔。杜甫闻讯,即冒险逃出长安,间道奔凤翔谒肃宗。当时樊侍御以补阙充监察御史,任汉中王、山南西道防御史李瑀判官,杜甫赠此诗以壮其行。

首句"威弧不能弦"用《天官书》典,喻玄宗不肯早除安禄山,养虎贻患,引起大叛乱。次句"自尔无宁岁"涵盖当时,预见未来。安史之乱是唐朝由盛转衰的分水岭,自此兵连祸接,直至唐亡。三、四句"川谷血横流,豺狼沸相噬",则是"无宁岁"的写照。"天子从北来"至"王纲尚旒缀"十句,极写肃宗振作,复兴有望。"南伯从事贤"至"实籍长久计"。十四句,写樊侍御足智多谋,英明果断,有济世之才,希望他于"艰难时"出谋划策,为平叛安民竭智尽力。"回风吹独树"以下写送别情景,凄怆动人。以"我无匡复资,聊欲从此逝"结尾,因为杜甫此时还未任职,有"匡复姿",也无法展现。

《杜诗详注》引胡夏客曰:"公《送樊侍御》、《送从弟亚》、《送韦评事》三诗,感慨悲壮,使人懦气亦奋。宜其躬遇中兴,此声音之通乎时命者也。"[1]

送韦十六评事充同谷防御判官

昔没贼中时,潜与子同游。今归行在所,王事有去留。偪侧兵马间,主忧急良筹。子虽躯干小,老气横九州。挺身艰难际,张目视寇仇。朝廷壮其节,特诏任参谋。銮舆驻凤翔,同谷为咽喉。西扼弱水道,南镇桦罕陬。此邦承平日,剽劫吏所羞。况乃胡未灭,控带莽悠悠。府中韦使君,道足示怀柔。令侄才俊茂,二美又何求?受词太白脚,走马仇池头。古色沙土裂,积阴云雪稠。羌父豪猪靴,羌儿青兕裘。吹角向月窟,苍山旌旆愁。鸟惊出死树,龙怒拔老湫。古来无人境,今代横戈矛。伤哉文儒士,

---

[1] 《杜诗详注》,中华书局1979年版第350页。

愤激驰林丘。中原正格斗,后会何缘由。百年赋命定,岂料沉与浮。且复恋良友,握手步道周。论兵远壑静,亦可纵冥搜。题诗得秀句,札翰时相投。

此诗作于至德二载(757)夏。开头四句写交情去留,而时局之艰危可见。"偪侧"以下八句,写韦勇赴国难,因而"特诏"起用。"銮舆"以下八句,写同谷为"咽喉"重地,韦任防御判官,任务艰巨。"府中"以下四句,写与长官是叔侄关系,"二美"相得益彰。"受词"以下十二句,写同谷"土裂"、"雪稠"以突出"古来无人境,今代横戈矛。""伤哉"以下十二句,写临别依依不舍情景,而以"题诗得秀句,札翰时相投"收束全篇。从"伤哉文儒士,愤激驰林丘"两句看,杜甫此时尚未授职,因而有"岂料沉与浮"、"后会何缘由"的感慨。但和前一篇一样,总的倾向是蒿目时艰,心忧国难,渴望平叛安民。

送从弟亚赴河西判官

南风作秋声,杀气薄炎炽。盛夏鹰隼击,时危异人至。令弟草中来,苍然请论事。诏书引上殿,奋舌动天意。兵法五十家,尔腹为箧笥。应对如转丸,疏通略文字。经纶皆新语,足以正神器。宗庙尚为灰,君臣俱下泪。崆峒地无轴,青海天轩轾。西极最疮痍,连山暗烽燧。帝曰大布衣,藉卿佐元帅。坐看清流沙,所以子奉使。归当再前席,适远非历试。须存武威郡,为画长久利。孤峰石戴驿,快马金缠辔。黄羊饫不膻,芦酒多还醉。踊跃常人情,惨淡苦士志。安边敌何有,反正计始遂。吾闻驾鼓车,不合用骐骥。龙吟回其头,夹辅待所致。

杜甫所送的杜亚字次公,《旧唐书》卷一四六本传说他"少颇涉学,善言物理及历代成败之事。至德初,于灵武献封章、言政事,授校书郎。其年,杜鸿渐为河西节度,辟为从事"。① 可见杜甫在这首赠别诗中称他为"异人",并非虚誉。

此诗发端四句先以"秋声"、"杀气"渲染氛围,然后以"鹰隼击"托出"异人至",警竦异常。"令弟"以下十句,写杜亚博览兵书而不拘泥字句,又多才善

---

① 《旧唐书》,《二十五史》第五册上海古籍出版社1986年版,第478页。

辩,对答如流,因而惊动皇帝,确是"异才"。"宗庙"以下六句,写叛军攻陷两京,宗庙化为灰烬,烽火遍地,疮痍满目,极言"时危",正需"异才"扶危济困,照应前面的"时危异人至"。"帝曰"以下八句,写肃宗任杜亚为河西节度使从事,"清流沙","存武威"。"孤峰"以下八句,上四预想西行途中情景,下四勉其"踊跃"前往,"惨淡"经营,"安边""反正",为国立功。结尾四句,写杜亚有如千里马,"驾鼓车"不能充分发挥作用,期待他安边后回到朝廷,更建"夹辅"之功。这仍是回应"异人",首尾呼应,章法细密。

　　据《通鉴》载:肃宗至德二载,"河西兵马使盖庭伦与武威九姓商胡安门物等杀节度使周泌,聚众六万。武威大城之中,小城有七,胡据其五,二城坚守。支度判官崔称与中使刘日新以兵攻之,旬有七日,平之。"①此诗"须存武威郡"、"安边敌何有",即由此引发。"安边",是杜甫的一贯主张,在不少诗中都有表现。

　　《杜诗详注》引卢世㴶曰:"送三判官诗(指前面的《送樊……赴汉中判官》、《送韦……充同谷防御判官》、《送弟亚赴河西判官》,绝有关系,别出机杼。于威弧振敝、制极收京,布嘉惠、藉长计,清流沙、存武威,反复重托;即愤激林丘,论兵远壑,穆然有无穷之思,与寻常赠送迥别,故特表而出之。要三判官,定自可人。于樊曰:'冰雪净聪明,雷霆走精锐'。于亚曰:'奋舌动天意','疏通略文字。'于韦曰:'老气横九州','张目视寇仇。'夫所冀安边反正,舍若人谁属乎?"②对杜甫送三判官诗的理解,可谓提要钩玄,值得参考。

奉送郭中丞兼太仆卿充陇右节度使三十韵

　　诏发山西将,秋屯陇右兵。凄凉余部曲,烜赫旧家声。雕鹗乘时去,骅骝顾主鸣。艰难须上策,容易即前程。斜日当轩盖,高风卷斾旌。松悲天水冷,沙乱雪山清。和房犹怀惠,边防讵敢惊。古来于异域,镇静示专征。燕蓟奔封豕,周秦触骇鲸。中原何惨黩,遗孽尚纵横。箭入昭阳殿,笳吹细柳营。内人红袖泣,王子白衣行。宸极妖星动,园陵杀气平。空馀金碗出,无复穗帷轻。毁庙天飞雨,焚宫火彻明。梁恩朝共落,抡楠夜同倾。三月师逾整,群胡势就烹。疮痍亲接战,勇决冠垂成。妙誉期元宰,

---

① 《资治通鉴》卷七五七,北京古籍出版社1957年版精装第三册,第7014页。
② 《杜诗详注》,中华书局1979年版,第368—369页。

殊恩且列卿。几时回节钺,戮力扫欃枪。圭窦三千士,云梯七十城。耻非齐说客,只似鲁诸生。通籍微班忝,周行独坐荣。随肩趋漏刻,短发寄簪缨。径欲依刘表,还疑厌祢衡。渐衰即此别,忍泪独含情。废邑狐狸语,空村虎豹争。人频坠涂炭,公岂忘精诚。元帅调新律,前军压旧京。安边仍扈从,莫作后功名。

此诗至德二载(757)秋八月作于凤翔,时任左拾遗。郭中丞,即郭英义。其父郭知运曾任鄯州都督、陇右节度大使,威镇西陲;英义继其父节度陇右,故开头有"凄凉馀部曲,烜赫旧家声"之句。

这是一首长达"三十韵"的五言排律。首尾两联散行,中间二十八联皆对仗工稳,却运以单行之气,横空而来,意尽而止,淋漓悲壮,惊心动魄。近人高步瀛认为"杜老五言长律开阖跌荡,纵横变化,远非他家所及",故其《唐宋诗举要》卷七于五言排律只选杜甫"十章以为模楷,他家不复预焉。"①而在他所选的可为"模楷"的"十章"中,就有这一首。

首段"镇静示专征"以上八韵,先以"诏发"扣题,点明"奉送"之意。继以"雕鹗"、"骅骝"诸句赞郭忠勇,而重点在于以"和房"四句展示防边之法不在惊扰,而在镇静之中默寓专征之意。中间"戮力扫欃枪"以上十二韵,极言禄山之乱,陷河北,破两京,焚宫殿,毁宫庙,祸国殃民,疮痍满目;因而回顾首段希望郭英义自陇右回师平叛。结尾十韵,先叙交谊及惜别之情,又与上段相应,以"人频坠涂炭,公岂忘精诚"打动郭英义,盼其为恢复大业效力。

这是一首独抒己见、因而也别开生面的送行诗。杜甫衡量时局,认为平定叛乱、维护统一是第一要务,因而表面上送郭英义节度陇右,实际上切盼他回师平叛。王嗣奭中肯地指出:"此诗本送郭节度陇右,而语意轻外而重内。其谈陇右,但云'和房犹怀惠',而以异域镇静了之。然未几而吐蕃果遣使再请讨贼,似有先见。至于中原之惨黩,余孽之纵横,亹亹言之,至有人臣所不忍言、他诗所不尽言者,独于送郭言之刺骨,正以感激中丞,而使知所最急也。故虽群胡势已就烹,而疮痍亲自接战,以完此垂成之功。而忽作转语云:'几时回节钺,戮力扫欃枪?'至末仍勖以'安边仍扈从,莫作后功名',何其属望之惓切!

---

① 《唐宋诗举要》(下),上海古籍出版社 1986 年版,第 707 页。

岂若他人赋诗必此诗而已哉?"①

留别贾严二阁老两院遗补得云字

田园须暂住,戎马惜离群。去远留诗别,愁多任酒醺。
一秋常苦雨,今日始无云。山路时吹角,那堪处处闻。

　　至德二载(757)五月十六日,杜甫拜左拾遗,忠于职守,还作了不少有意义的诗。六月一日前,因疏救房琯激怒肃宗,欲加重刑,幸有宰相张镐等力救得免。而杜甫在其《奉谢口敕放三司推问状》中并未真心认罪,还为房琯辩护,因而终于"墨制放还鄜州省家"。杜甫在《北征》的开头说:"皇帝二载秋,闰八月初吉。杜子将北征,苍茫问家室。"他出发之前,中书舍人贾至、给事中严武与两院拾遗、补阙裴荐、韦少游、魏齐聃、孟昌浩、岑参诸公设宴送行、分韵赋诗。杜甫分得"云"字韵,作了这首五律留别。

　　首联写省家的原因与离群的感伤。杜甫将妻子儿女寄寓羌村后只身投奔肃宗,至今已一年有余,很想家,能回去"暂住",应该是满心欢喜的。但这次回家却并非出于自愿,而是皇帝讨厌他,从左拾遗的岗位赶他走,所以用"田园须暂住"来表现这种复杂情境。这句诗,最关键的是那个"须"字。"须"者,必须也。为什么"必须"走,为他送行的同事们都明白。用"田园",字面上很好看,实际上,他在羌村借农民的住宅,自己无立锥之地。"戎马惜离群"一句,在形式上与上句对偶,其意义也与上句同样耐人寻味。离开凤翔行在的同事、特别是为他送行的这群好友,已经很感伤,何况不是在平时,而是在这戎马倥偬的非常时期呢!"戎马"与"离群"之间下一"惜"字,加倍感人。颔联点出"别"、"愁"。"酒"字既表现因"惜别"而借"酒"浇"愁",又双关送别的"酒席"。赠别诗包括两大类:居人送行人所作的诗叫"送别诗",行人别居人所作的诗叫"留别诗"。这联诗中的"去远留诗别",恰好可作"留别诗"的确解。颈联写久雨初晴,便于远行,有宽慰好友之意,而大家分韵时杜甫分到的是个"云"字,这里以"无云"对"苦雨",多么工稳!尾联预想从凤翔到羌村长途跋涉时的情景:处处都听到从军中传来的号角之声,在这兵荒马乱、民不聊生的国难时期不能为国效力,情何以堪!这首五律,前三联对仗,后一联散行,通篇真切自

---

① 王嗣奭《杜臆》,上海古籍出版社1983年版,第53页。

然,初读略带伤感,细读则能体会到深沉的忧愤。

送郑十八虔贬台州司户伤其临老陷贼之故缺为面别情见于诗

> 郑公樗散鬓成丝,酒后常称老画师。
> 万里伤心严谴日,百年垂死中兴时。
> 苍惶已就长途往,邂逅无端出饯迟。
> 便与先生应永诀,九重泉路尽交期。

至德二载(757)九月官军收复长安,十月又收复洛阳,肃宗回长安。十一月,杜甫自羌村携家回京任原职,此诗即作于此后不久。

郑虔不仅以诗书画"三绝"著称,更精通天文、地理、军事、医药和音律,堪称全才。道德方面,杜甫早在《醉时歌》中称赞他"道出羲皇","德尊一代"。安史叛军攻陷长安,郑虔和王维等一大批官员一起被劫到洛阳,授予伪职。郑虔伪授水部郎中,他不但假装病重,一直没有就任,还暗中给唐政府通消息,又乘间逃回长安,杜甫作诗称赞他"握节汉臣回"。出人意料的是:至德二载十二月肃宗对陷贼官定罪时,竟给郑虔也定了罪,贬为台州(今浙江临海)司户参军。因此,杜甫写了这首"情见于诗"的七律。

前人评此诗,或说"从肺腑流出","万转千回,纯是泪点",或说"一片血泪,更不辨是诗是情",都很中肯,至于说首联写郑虔"音容笑貌",中二联"清空一气",似乎不得要领。杜甫是郑虔"忘形到尔汝"的好友,对郑虔的为人以及陷贼的表现最了解,因而对郑虔的受处分当然有看法,这看法就是此诗第三句中的"严谴"。首联不单纯是写音容笑貌,主要是为"严谴"的判断提供依据。说"郑公樗散",这是依据之一,说他"鬓成丝",这是依据之二,说他"酒后常称老画师",这是依据之三。"樗"和"散",见于《庄子》。惠子对庄子说:我有一棵樗树,够大的,却不中绳墨,匠人嫌它没用处,不屑一顾。庄子告诉他:没用处,不会被砍伐,你发什么愁?这是讲"樗"的。有个姓石的木匠到齐国去,碰上一株异常高大的栎树,很多人围着它看稀奇,而石木匠却说那是"散木",一点用处都没有,如果有啥用处的话,怎么会让它长这么大呢?这是讲"散"的。杜甫把樗、散合成一个词,用来自谦或发牢骚,当然是可以的,但不能用来比朋友,如今竟用来说郑虔,这是什么意思呢?紧扣诗题来理解,首联上句意在说明郑虔不过是樗散之材,并无政治野心,何况他已经"鬓成丝"了。下一句,即用郑虔自己的话作证。人们常说"酒后见真言",郑虔酒后并无犯上作乱的话,只以"老画师"自居,足见他毫无政治野心。既然如此,就让这个别无用场的老头儿画他的画儿去,何必远贬呢?

　　颔联紧承首联,层层深入,表现了对"严谴"的愤慨,抒发了对郑虔的同情。对于郑虔这样一个有益无害的人,本来就不该"谴",如今不但"谴"了,还"谴"得这么"严",竟然贬到"万里"之遥的台州去,真使人"伤心"!这是第一层。郑虔如果还年富力强,是可以经得起这样的"严谴"的,可是他已经"鬓成丝"了,是个"垂死"的人了,却被贬到那么遥远、荒凉的地方去,不是明明要很快地弄死他吗?这是第二层。如果不明不白地死在乱世,那就没啥好说,可是两京已经收复了,唐王朝总算"中兴"了,该过好日子了,而郑虔偏偏在"中兴"之时遭到"严谴"、面临"垂死",真使人"伤心"啊!这是第三层。

　　由"严谴"和"垂死"激起的感情波涛无法控制,化为后四句,真不知是诗是情、是泪是血。"苍惶"一联,紧承"严谴",正因"谴"得极"严",所以百般凌逼,不准延缓,杜甫来不及饯行,已经"苍惶"地被赶上万里"长途"。"永诀"一联,紧承"垂死"。看样子,郑虔不可能活着回来了,因而发出了"便与先生应永诀"的感叹;然而活着时未能见到最后一面,仍然要"九重泉路尽交期"。情真意切,沉痛不忍卒读。

　　杜甫是忠于唐王朝的,但他并没有违心地为唐王朝冤屈好人的做法唱赞歌,而是实事求是地斥之为"严谴",毫不掩饰地为受害者表同情,表现了一个真正的诗人应有的人格。

　　仇兆鳌《杜诗详注》在这首诗后引顾宸曰:"供奉之从永璘、司户之污禄山伪命,皆文人败名事,使硁硁自好者处此,割席绝交,不知作几许雨云反复矣。少陵当二公贬谪时,深悲极痛,至欲与同生死,古人不以成败论人、不以急难负友,其交谊真可泣鬼神。……拾遗之诗,千秋独步,不知皆从至性绝人处激昂慷慨、悲愤淋漓而出也。"[①]以"至性绝人","交谊真可泣鬼神"解释其诗"千秋独步",深中肯綮。"供奉",指李白,"永璘",指永王璘,"司户",指郑虔。

二

　　杜甫为实现"致君尧舜上,再使风俗淳"的理想而长期困处长安,谋求入

---

① 《杜诗详注》,中华书局 1979 年版第 426 页。

仕。得任左拾遗，便以为致君泽民的机会终于盼到了，万万没有想到因疏救房琯而触怒肃宗，虽因大臣力救而免受重刑，却无法消除肃宗对他的厌恶。乾元元年(758)六月，房琯与被目为"房党"者相继被贬，杜甫被贬为华州司功参军。乾元二年(759)七月，弃官携家流寓秦州；十月，离秦州赴同谷；十二月，自同谷赴成都，从此远离长安的政治风涛。然而，杜甫忧国忧民的情怀是一以贯之的，他又善与人交，与人为善，敦友谊，厚交情，因而入蜀以后的赠别诗数量更多，艺术风格亦异彩纷呈。限于篇幅，略举数例。

奉送严公入朝十韵

鼎湖瞻望远，象阙宪章新。四海犹多难，中原忆旧臣。与时安反侧，自昔有经纶。感激张天步，从容静塞尘。南图回羽翮，北极捧星辰。漏鼓还思昼，宫莺罢啭春。空留玉帐术，愁杀锦城人。阁道开丹地，江潭隐白蘋。此生那老蜀，不死会归秦。公若登台辅，临危莫爱身。

这首五言排律，代宗宝应元年(762)七月作于成都。诗题中的"严公"指严武。

严武(726-765)字季鹰，华州华阴(今属陕西)人，中书侍郎挺之之子，新、旧《唐书》有传。武以门荫入仕，累迁至殿中侍御史。安史叛军入潼关，与房琯等随玄宗入蜀，擢谏议大夫。肃宗至德(756—758)初，宰相房琯荐武为给事中；至德二载(757)五月杜甫授左拾遗，与武同属门下省，又是世交，关系密切。肃宗乾元元年(758)六月两人因被视为"房党"，严武被贬为巴州刺史，杜甫被贬为华州司功参军，可谓荣辱与共。乾元二年(759)岁末杜甫至成都，得成都尹、剑南西川节度使裴冕资助，于浣花溪畔营建草堂，虽有住处，而生计维艰。上元元年(760)，严武任东川节度使，二年十二月，廷命武任成都尹兼剑南节度使，往往携酒馔访杜甫，竹里行厨，野亭欢宴。杜甫亦经常访严武，同登西城晚眺，共咏蜀道画图。至于经济方面，当然也得到了严武的接济。宝应元年(762)四月，肃宗病死，太子豫即位，是为代宗，改元宝应，召严武还朝。宝应元年七月严武自成都出发，杜甫一直送他至绵阳(今属四川)奉济驿，一路作诗数首，《奉济驿重送严公四韵》云：

远送从此别，青山空复情。几时杯重把，昨夜月同行。

列郡讴歌惜,三朝出入荣。江村独归处,寂寞养残生。

《杜诗详注》引黄生云:"上半叙送别,已觉声嘶喉哽;下半说到别后情事,彼此悬绝,真欲放声大哭。送别诗至此,使人不忍再读。"又引方虚谷云:"首句极酸楚,结尤彷徨无依。"①杜甫的赠别诗,确已摆脱了"黯然伤神"的基调,但也有例外,《奉送严公入朝十韵》这一首便是。

《奉送严公入朝十韵》,首句用黄帝鼎湖铸鼎,乘龙上天的典故写肃宗已死,在人们的视野中愈去愈远;次句以"象阙"指朝廷,以"宪章新"表现代宗即位,政局一新;三句"犹多难"一转,落到"中原忆旧臣"。以典雅端严的四句诗展现严武入朝的政治原因,意义重大。"与时安反侧"以下四句,紧承"中原忆旧臣",叙严武自扈从灵武、收复京城、出镇西蜀以来累建功勋,而更立新功之意,见于言外。"南图"以下四句,"回羽翮"表现自蜀回京,"捧星辰"表现皇宫在望,"漏鼓还思昼"预想侍朝之久。结尾六句,前四句抒发送别情绪,后两句则是"临别赠言"。我国有"临别赠言"的悠久传统,但像杜甫这样的临别赠言恐怕前无古人,后无来者。《杜诗详注》引卢世㴶云:"此诗十韵,气象、规模,与题雅称。末复嘱之曰:'公若登台辅,临危莫爱身。'法言忠告,令人肃然。夫奉送府主,谁敢作此语,亦谁肯作此语!"②王嗣奭《杜臆》云:"公与严公交契厚矣!十韵不及私情,而结以'临危莫爱身',道义之交如此。即'那老蜀'、'会归秦',非但身谋,所期望者不小,意在言外。"③

送路六侍御入朝

童稚情亲四十年,中间消息两茫然。
更为后会知何地?忽漫相逢是别筵。
不分桃花红似锦,生憎柳絮白于绵。
剑南春色还无赖,触忤愁人到酒边。

此诗作于代宗广德元年(763)春,杜甫因徐知道在成都叛乱而流寓梓州

---

① 《杜诗详注》,中华书局1979年版,第916页。
② 《杜诗详注》,中华书局1979年版,第913页。
③ 《杜臆》,上海古籍出版社1983年版,第149页。

(治所在今四川三台)。这年正月,唐军收复幽燕,史朝义自杀,延续八年之久的安史之乱总算平息。当时,杜甫在梓州的若干朋友相继回京,杜甫在送别诗中抒发了"飘零为客久,衰老羡君还","帝乡愁绪外,春色泪痕边"的感慨。这首《送路六侍御入朝》,情绪类似,却是另一种写法。

路侍御生平不可考。杜甫作此诗时五十一岁,从此诗首句看,可知两人是童年的玩伴。"童稚情亲",一别"四十年"彼此"茫然"不知"消息",如今"忽漫相逢",该是何等惊喜!然而这"相逢"竟"是别筵"!而且不知道"后会"在何时"何地"!真使人百感纷来。颔联用逆挽法:先有"相逢",才会想到"后会",却颠倒顺序,先写"更为后会知何地",奇峰突起,后写"忽漫相逢是别筵",摇曳生姿。后四句是对"别筵"的渲染。"桃花红似锦"、"柳絮白于绵"都是"剑南春色",本来是美好的,悦目的,但"触忤"了"别筵"上吃酒的"愁人",在"愁人"看来,"桃花"是可厌的,"柳絮"是可憎的,"春色"是"无赖"的。所谓"以乐景写哀,一倍增其悲哀"。

《送路六侍御入朝》是杜甫七律中的名篇,历代评论者甚众,而以高步瀛《唐宋诗举要》所引"吴曰"较中肯:"起四句几跌几断,第三句倒插一语尤奇,四句入题有神。五、六以下,尤为凌空倒影之笔。'桃花'、'柳絮',皆色也,'不分'、'生憎',皆写愁也。五、六、七三句转为第八句,铺写作势,而皆突兀不平。第四句一露'别筵',旋即撇开,至末始倒煞'酒边'、'愁人'等字,神光离合,极排阖纵横之妙。杜公七律所以横绝古今,专在离奇变化,如此等篇,尤宜寻讨。"①

送陵州路使君之任

王室比多难,高官皆武臣。幽燕通使者,岳牧用词人。国待贤良急,君当拔擢新。佩刀成气象,行盖出风尘。战伐乾坤破,疮痍府库贫。众僚宜洁白,万役但平均。霄汉瞻佳士,泥涂任此身。秋天正摇落,回首大江滨。

此诗作于广德元年(763)秋,杜甫流寓梓州。"路使君",不详,从诗中看出他是一位"词人",将出任陵州(治所在今四川仁寿县)刺史,杜甫作此诗

---

① 《唐宋诗举要》,上海古籍出版社1959年版,第569-570页。

送行。

首四句以起用儒者、文人为喜,评论了玄、肃、代三朝的吏治。自王室"多难"(指安史之乱)以来,"高官皆武臣",法度废弛,流弊无穷。直至代宗广德元年(763),叛将田承嗣以莫州降,李怀仙以范阳降,史朝义逃亡自杀,长达八年之久的安史之乱始告平息,原来的安史老巢"幽燕",如今也"通使者"了。因此,"岳牧"也开始"用词人"了。这里的"词人"是与"武臣"相对而言的,可以包括"儒者"、"文人"等等。紧接着的四句上承"岳牧用词人"而落实到路使君,写他因"贤良"而被"拔擢","佩刀"、"行盖",慷慨上任。下面的四句是"临别赠言"。经过长达八年的安史之乱,"战伐乾坤破,疮痍府库贫",新刺史上任,必须抓两件事,一是选拔僚属、奖惩僚属,都以"洁白"为标准,二是百姓承担的各种徭役必须"平均"摊派,不得徇私舞弊。杜甫曾以"乾坤一腐儒"自嘲,看来他并不"腐",他提出的这两条,不仅"乾坤破"、"府库贫"时是当务之急,其他任何时候也不能忽视。结尾四句,以"霄汉"、"泥途"对比彼此的处境,感慨无限。

送韦讽上阆州录事参军

国步犹艰难,兵革未衰息。万方哀嗷嗷,十载供军食。庶官务割剥,不暇忧反侧。诛求何多门,贤者贵为德。韦生富春秋,洞彻有清识。操持纲纪地,喜见朱丝直。当令豪夺吏,自此无颜色。必若救疮痍,先应去蟊贼。挥泪临大江,高天意凄恻。行行树佳政,慰我深相忆。

韦讽与杜甫多有交往,宝应元年(762)摄阆州录事参军,杜甫在绵州送行,作《东津送韦讽摄阆州录事参军》诗,有"惜别酒频添"之句。广德二年(764)春杜甫回到成都,曾在韦讽宅观画,作《韦讽录事宅观曹将军画马图歌》,这是一首与《丹青引赠曹将军霸》比美的歌行名篇。此后不久,韦讽实授阆州录事参军,杜甫作此诗送行。

此诗前两段各八句,末段四句。首段从时事叙起,自天宝十四载安史叛乱至今,已经十载,而国步犹艰,兵戈未息,百姓困于军需,万方嗷嗷,啼饥号寒,而"庶官"务"割剥",不顾百姓死活。苛捐杂税何以有那么多名堂?当官的应该都是贤者,以立德为贵啊!

第二段落实到韦讽任录事参军。录事参军是抓纲纪的官,韦讽年富力强,有胆有识,操持纲纪,像朱弦那样正直,必能制服豪夺之吏,除贪救民。"必若救疮痍,先应去蟊贼",这是至理名言。"豪夺吏"就是"蟊贼",不除去"豪夺吏",怎能疗救百姓的"疮痍"呢?

末四句以"树佳政"勖勉韦讽,期待之情,溢于言表。韦讽读诗至此,怎能不深受感动。看来杜甫十分看重韦讽这个年轻人,对他出任录事参军抱有极大的希望,因而把多年来忧国忧民、深思熟虑而无人可讲的一些心里话带着不可压抑的激情一口气讲出来了。

这首诗,前人多有佳评。王嗣奭《杜臆》云:"'必若救疮痍,先应去蟊贼',俱吃紧语,可谓公'论天下大事高而不切'哉!注谓'录事纲纪一郡,可劾刺史',则所云'当令豪夺吏,自此无颜色',亦非托之空言也。'挥泪临大江,高天意凄恻',非恤民之极,必无此言。"①《杜诗详注》引张溍云:"此诗可当一则政治宝训。"②浦起龙《读杜心解》云:"起四句,述时艰;中段,抉积弊而正告之;后四句,丁宁以送之。不独为当时药石,直说破千古病痛。"③

别唐十五诫因寄礼部贾侍郎

　　九载一相见,百年能几何?复为万里别,送子山之阿。白鹤久同林,潜鱼本同河。未知栖集期,衰老强高歌。歌罢两凄恻,六龙忽蹉跎。相视发皓白,况难驻羲和。胡星坠燕地,汉将仍横戈。萧条四海内,人少豺虎多。少人慎莫投,多虎信所过。饥有易子食,兽犹畏虞罗。子负经济才,天门郁嵯峨。飘飘适东周,来往若崩波。南宫吾故人,白马金盘陀。雄笔映千古,见贤心靡他。念子善师事,岁寒守旧柯。为我谢贾公,病肺卧江沱。

此诗作于广德二年(764),时在成都。唐诫,排行十五,并州晋阳(今山西太原)人。广德二年自成都赴洛阳,杜甫作此诗送行。新、旧《唐书·贾至传》载:贾至广德二年任礼部侍郎,九月,主持东都试举。从此诗题中《……因寄礼部贾侍郎》及诗中"南宫吾故人……念子善师事"看,唐诫"飘飘适东周(指东

---

① 《杜臆》,上海古籍出版社 1983 年版,第 199 页。
② 《杜诗详注》,中华书局 1979 年版,第 1156—1157 页。
③ 《读杜心解》,中华书局 1961 年版,第 116 页。

都洛阳)当是应举,杜甫作此诗,当是向贾推荐。

此诗前两段各十二句,末段八句。首段从"别"字切入:一别就是九年!一生就算能活百年,百年中又有多少九年!更何况,一见面就要分别,并且是遥遥万里的分别!送你直送到"山之阿",够远了!然而送得再远,还得分手!四句诗抑扬顿挫,层层转折,惜别之情,感人肺腑。紧接着的四句就"万里别"渲染:白鹤多年同林,潜鱼本来同河,分散后何时聚集,无法预料!我这个漂泊异乡的老人只好勉强高歌,为你作诗送行。末四句上承百年几何,感叹光阴易逝,白日难留,劝勉唐诚及时努力,赴洛阳应试。

第二段,写唐诚赴洛阳行路之难。"胡星坠燕地",指广德元年(763)闰正月李怀仙以范阳降,史朝义被迫自杀,安史之乱结束。"汉将仍横戈",指广德二年(764)以副元帅身份进攻史朝义的朔方节度使仆固怀恩为宦官鱼朝恩等所谮,起兵攻太原,他处也多有动乱。接写四海萧条、豺虎遍地、人烟稀少、饥民易子而食等惨象,嘱唐诚一路小心。"天门"指"君门","子负经济才"而至今未入君门,故寄希望于这次的洛阳之行。

末段八句是全诗的结穴。先向唐诚介绍贾至。"南宫(指贾至)吾故人",这是真的。至德二载(757)八月,杜甫因疏救房琯,被放还鄜州省家,贾至等分韵赋诗,为他饯行,杜甫作《留别贾严二阁老两院遗补得云字》诗,前面已讲过。乾元元年(758)春,贾至作《早朝大明宫呈两省僚友》七律,王维、岑参皆有和诗,杜甫也作《奉和贾至舍人早朝大明宫》。同年六月,因同属"房党"被贬,贾贬汝州刺史,杜贬华州司功参军,作《送贾阁老出汝州》诗。乾元二年(759),贾至贬岳州司马,杜甫流寓秦州,作《寄岳州贾司马六丈巴州严八使君两阁老五十韵》,有"故人俱不利,谪宦两茫然"之句,可见贾至、严武同是杜甫交情深厚的"故人"。正因为是"故人",所以深知贾至诗文卓绝,爱贤若渴,嘱唐诚终身师事,即遇"岁寒",亦如松柏之常青。至于其中的"白马金盘陀",不过是借"贾逵任礼部侍郎常乘白马"的典故,说贾至正任礼部侍郎,不是说他一出门便骑饰以黄金马鞍的白马。

这首诗有两点引人注目。第一,通过写道路难行,又一次展现了杜甫蒿目时艰、忧民念乱的深衷。第二,杜甫为推荐唐诚作了这样一篇足以打动贾至的送行诗,意在为国荐贤,并非"走后门"。唐代科举,本有"行卷"的风习。所谓"行卷",就是举子抄录自己的得意之作托名人向主持考试的礼部侍郎推荐。推荐有助于了解。是否徇私舞弊,关键在于是否秉持公心,不在于是否推荐。

船下夔州郭宿雨湿不得上岸别王十二判官

依沙宿舸船,石濑月娟娟。风起春灯乱,江鸣夜雨悬。
晨钟云外湿,胜地石堂烟。柔橹轻鸥外,含凄觉汝贤。

这是一首留别诗。大历元年(765)春末,杜甫将从暂居数月的云阳(今属重庆)东下夔州(今重庆奉节),王判官提供了资助。待将行李运到船上,天色已晚,遂与家属宿于船上。夜间下雨,次日江岸路滑,无法进城向王判官告别,故留此诗致谢。

很清楚,这是一种写应酬诗的题材,一般人写,大致是多说赞美和感谢王判官的话罢了。而杜甫,却独辟蹊径,创作了一首出人意外的绝妙好诗。

按题材,此诗应以叙事为主,但细读此诗,却以写景为主,而且是独创性的写景,又以景寓事。第一联上句"依沙宿舸船";"船"前加"舸",形容这是很大的客船;"宿",此处是动词,意为住宿、过夜;依沙,船傍沙岸。作者全家夜宿江边的大客船上,这是叙事,也就是点出题中的"郭宿";然而并非宿于郭外的客店里,而是宿于背岸面江的大客船上,视野开阔,为下面的写景拉开了序幕。第一联下句"石濑月娟娟":月光下澈,江水清浅,江底明净;明月映现江面,娟秀悦目。须要解释的是:作者描写的,是从"靠岸"的大船上俯视的画面;石濑,指从石上流过的水,靠岸的江水流得缓,也相当浅,江底石质,作者把这叫"石濑"。值得注意的是,作者不仅写出了美好的小景,而且通过小景展示大景:碧空如洗,明月普照……

第一联写春夜晴景,第二联则写风云突变。上句"风起"而"春灯乱",前因后果;而对句的"江鸣"与"夜雨悬",却并无任何因果关系。下雨的种种情态,人们都很熟悉。点点滴滴的猛雨打击江面,"江"便"鸣"。"夜雨悬"而未降,"江"不会"鸣"。看来诗人有意调动读者关于下雨的经验和想象,省略了下雨这个"因",只写"江鸣"这个"果",让读者由果想因。更耐人寻味的是:"江鸣",不是由于下雨吗?为什么又说"夜雨悬"?根据下雨的经验驰骋想象:雨下了一阵,停了,仰望天空,黑云密布,雨还"悬"着,说不定什么时候又会落下来。这两句,"乱"、"悬"都诉诸视觉,很生动,但又各有妙处。风起了,船上的灯"乱"摇"乱"晃,这是实景。雨停了,空中的雨还"悬"着,却不是实景,而是对雨意甚浓的夸张。

第三联"晨钟云外湿",这是有名的奇句,叶燮《原诗》云:"以晨钟为物而

'湿'乎?'云外'之物,何啻以万万计!且钟必于寺观,即寺观中,钟之外,物亦无算,何独'湿'钟乎?然为此语者,因闻钟声有触而云然也。声无形,安能'湿'?钟声入耳而有闻,闻在耳,止能辨其声,安能辨其'湿'?曰'云外',又以目始见云,不见钟,故曰'云外'。然此诗为雨湿而作,有云然后有雨,钟为雨湿,则钟在云内,不应云'外'也。斯语也,吾不知其为耳闻耶?为目见耶?为意揣耶?俗儒于此,必曰:'晨钟云外度'。又必曰:'晨钟云外发'。决无下'湿'字者。不知其于隔云见钟,声中闻湿,妙悟天开,从至理实事中领悟,乃得此境界也。"①我认为:要弄懂这句诗,还得从全诗着眼。作者开始在船上过夜,就想着明日清晨要进城向王判官告别。入夜以后,先晴后雨;雨停后还"悬"着的雨即使没有掉下来,毕竟已经下过雨了,进城的路能不又"湿"又滑吗?晨起钟鸣而侧耳倾听,那从"湿"漉漉的"云"外传来的钟声果然也"湿"漉漉的。钟声会不会"湿",自可争论,千真万确的是:作者只想"上岸",就怕"雨湿"。正是在这种心理支配下产生了错觉和通感,创作了"晨钟云外湿"的佳句。无理有情,妙不可言。更出人意料的是:作者竟然用这样的奇景妙句,点出了题中的"雨湿不得上岸!"

第三联下句"胜地石堂烟"中的"石堂",乃是云阳的胜地,王判官的住宅也许就在附近。其中的"烟"是对上句"湿"的补充,因为它并非"烟火"的"烟",而是"烟雾"的"烟",即雨后地面冒出的水蒸气。

尾联紧扣题中的"别王十二判官"赞美王,却别有深意。人在船上,船将出发东下,没有"舻"怎么行,所以他觉得"舻""贤";人在船上,船外有"鸥"作伴,所以他觉得"鸥""贤"。在"柔舻、轻鸥"以"外",就只"觉汝贤"了!前六句,主要写景,景中寓事;后两句抒情、议论。然而,这又是多么出人意料的抒情、议论。

杜甫自乾元二年(759)七月弃官,携家经秦州、同谷入蜀,至大历元年(766)春末离云阳,积累的书籍、用具、衣物当然很多,仅凭宗文、宗武等自家人从云阳城内搬到船上,谈何谈易!杜甫在云阳住了好几个月,自然结识了不少人,却未见有人帮他搬运,所以天色已晚才能上船住宿,来不及进城告别。

古代送别,一般要设酒席,所以叫饯行、饯别、祖饯。杜甫此行,连王判官也并未赶到城外饯行,杜甫还得进城致谢。

---

① 《原诗》,人民文学出版社1998年版,第31-32页。

"柔舻轻鸥外,含凄觉汝贤",看来这个"觉汝贤"只是比较而言的,实际上也"贤"得很有限。想象"含凄"的心态,令人鼻为之酸。

别崔潩因寄薛据孟云卿

志士惜妄动,知深难固辞。如何久磨砺,但取不磷缁?
夙夜听忧主,飞腾急济时。荆州遇薛孟,为报欲论诗。

大历二年(767)作于夔州,题下原注:"内弟潩赴湖南幕职。"

这是一首五言律诗。首联的大意是:崔潩是一位洁身自好的志士,只因湖南幕主深知他有才能,坚决要重用,所以不便拒绝。这不过是"原注"的复述,却写得多么委婉有风致。次联紧承首联,对崔潩出来做事给予肯定。《论语·阳货》:"不曰坚乎?磨而不磷;不曰白乎?涅而不缁。"磷,因磨而薄;缁,因染而黑。"不磷缁",极言自身坚贞洁白,不肯同流合污。而这一联诗却翻进一层,反问道:"为什么经过长久的磨砺,却只求自身的不磷缁呢?"也就是说:"为什么经过长期的修养,却只求独善其身呢?"杜甫作诗,"法自儒家有"。儒家主张"己欲立而立人,己欲达而达人","穷则独善其身,达则兼善天下"。杜甫借送内弟赴湖南任职,又一次宣扬了儒家的"兼善"精神。

次联用反诘语气,三联则正面表述。夙夜忧主,飞腾济时,这正是杜甫对内弟的殷切期望。尾联扣题,嘱崔潩路过荆州时,如遇薛据、孟云卿,便"为报欲论诗"。薛、孟都是杜甫的诗友。天宝十一载(752)秋,杜甫与薛据、高适、岑参、储光羲同登长安慈恩寺塔,各有诗,杜甫的《同诸公登慈恩寺塔》至今脍炙人口。宝应(762—763)年间薛据任水部郎中,有诗云:"省署开文苑,沧浪学钓翁。"杜甫大历二年(767)作《解闷十二首》,据"原注",第四首咏水部郎中薛据。诗云:"沈范早知何水部,曹刘不待薛郎中。独当'省署开文苑',兼泛'沧浪学钓翁'。"乾元元年(758)六月杜甫贬华州司功参军,孟云卿作诗饯行,杜甫作《酬孟云卿》云:"乐极伤白头,更长爱烛红。相逢难衮衮,告别莫匆匆。……"同年冬,二人又在湖城相遇。杜甫作《冬末以事之东都湖城东遇孟云卿复归刘颢宅宴饮散因为醉歌》七古,以"急风吹尘暗河县,行子隔手不相见"开头,以"人生会合不可长,庭树鸡鸣泪如霰"收尾。孟云卿与薛据也是诗友,大历二年(767)同在荆州,故杜甫嘱崔潩"荆州遇薛孟"时"为报欲论诗"。

无论从意境看,还是从章法句法看,《别崔潩因寄薛据孟云卿》都是一首具有独创性的五律。王嗣奭云:"起得卓荦。'如何久磨砺,但取不磷缁',何等识见! 夫子易探汤而难达道,正此意也。"①浦起龙云:"崔澞,有志节者,迫而后就,故有上二句。……六句夭矫一气。寄薛孟而'欲论诗',为其久无投赠之什也。"②

送重表侄王砅评事使南海

我之曾老姑,尔之高祖母。尔祖未显时,归为尚书妇。隋朝大业末,房杜俱交友。长者来在门,荒年自糊口。家贫无供给,客位但箕帚。俄顷羞颇珍,寂寥人散后。入怪鬓发空,呼嗟为之久。自陈剪髻鬟,鬻市充杯酒。上云天下乱,宜与英俊厚。向窃窥数公,经纶亦俱有。次问最少年,虬髯十八九。子等成大名,皆因此人手。下云风云合,龙虎一吟吼。愿展丈夫雄,得辞儿女丑。秦王时在座,真气惊户牖。及乎贞观初,尚书践台斗。夫人常肩舆,上殿称万寿。六宫师柔顺,法则化妃后。至尊均嫂叔,盛事垂不朽。凤雏无凡毛,五色非尔曹。往昔胡作逆,乾坤沸嗷嗷。吾客左冯翊,尔家同遁逃。争夺至徒步,块独委蓬蒿。逗留热尔肠,十里却呼号。自下所骑马,右持腰间刀。左牵紫游缰,飞走使我高。苟活到今日,寸心铭佩牢。乱离又聚散,宿昔恨滔滔。水花笑白首,春草随青袍。廷评近要津,节制收英髦。北驱汉阳传,南泛上泷舠。家声肯坠地? 得器当秋毫。番禺亲贤领,筹运神功操。大夫出卢宋,宝贝休脂膏。洞主降接武,海胡舶千艘。我欲就丹砂,跋涉觉身劳。安能陷粪土? 有志乘鲸鳌。或骖鸾腾天,聊作鹤鸣皋。

大历五年(770)春作于潭州(今湖南长沙),此年冬病卒,享年五十有九。

王砅,太原祁县(今属山西)人,太宗宰相王珪之玄孙。珪妻杜氏,乃杜甫之曾老姑。大历五年春,王砅以大理评事出使南海,路过潭州时与杜甫相聚,杜作此诗送行。

自"我之曾老姑,尔之高祖母"以下共十九联,押上声"有"韵,以简洁生动的语言,为王珪之妻杜氏画像。先写早在隋朝大业末年,王珪即与后来的大唐

---

① 《杜臆》,上海古籍出版社1983年版,255页。

② 《读杜心解》,中华书局1961年版,第528页。

开国君臣李世民、房玄龄、杜如晦等为友,杜氏因"家贫"而截发以供酒肴,颇似《晋书·陶侃传》中的陶母。后写杜氏"窃窥"满座高朋,识良相,赞英主,诱导丈夫风云会合,建功立业。"次问最少年,虬髯十八九","秦王时在座,真气惊户牖"诸句,写照传神,笔歌墨舞。

自"凤雏无凡毛,五色非尔曹"以下十九联,换平声"豪"韵,先写两家患难与共情景。"往者胡作逆,乾坤沸嗷嗷。吾客左冯翊,尔家同遁逃。争夺至徒步,块独委蓬蒿。逗留热尔肠,十里却呼号。自下所骑马,右持腰间刀。左牵紫游缰,飞走使我高。苟活到今日,寸心铭佩牢。"写得很真切,也饱含深情。天宝十五载(756),杜王两家同在白水(今属陕西)避乱,接着又由此北逃。《新唐书·地理志》:"同州冯翊郡,上辅。……县八:冯翊、朝邑、韩城、郃阳、夏阳、白水、澄城、奉先。"诗中的"左冯翊",即指白水。"争夺至徒步"四句的大意是:杜甫的坐骑经过激烈的"争夺",被人"夺"走,只得"徒步"赶路,却独自落伍,慌忙中掉进蓬蒿坑里,爬不上来。多亏热心肠的重表侄发现他已丢失,回过头寻找,奔走呼叫十来里才找到了。这几句。老杜给他自画像,狼狈中见个性。下面的"自下所骑马"四句,写重表侄舍马相助的高行很感人,而"左牵紫游缰,飞走使我高"也很风趣,惹人发笑。

以下写在潭州"聚散"情景,对王砅不坠家声深感欣慰。结尾"我欲就丹砂",不过因王砅赴南海而想到南海出丹砂罢了。这时的杜甫,只想回到洛阳或长安。

王嗣奭《杜臆》云:"前半叙述往事,曲折矫健,有太史公笔力。"[1]

仇兆鳌《杜诗详注》云:"此夔州以后之诗,挥洒任意而出之者。"又引钟惺云:"前段不过叙中表戚耳,忽具一部开国大掌故。"又引申涵光云:"此诗似传似记,声律中有此奇观,更足空人眼界。"[2]

浦起龙《读杜心解》云:"是诗滔滔莽莽,如云海蜃气,不得以寻常绳尺束量之。"[3]

孔子针对有人劝他避世,坚定地说:"鸟兽不可与同群,吾非斯人之徒与而

---

[1] 《杜臆》,上海古籍出版社1983年版,第364页。
[2] 《杜诗详注》,中华书局1979年版,第2048页。
[3] 《读杜心解》,中华书局1961年版,第212页。

谁与？"与，意为相与、相交。儒家的代表人物孔子、孟子不仅反对避世，而且积极入世，主张"善与人同"，"与人为善"，"己欲立而立人"，"己欲达而达人"。而这，正是中华先进文化的精华。杜甫的一百一十八首赠别诗，则是这种中华先进文化精华的艺术体现。

杜甫的许多赠别诗都结合对方的身份、地位，从利国利民的高度考虑，力图建言献策，有所促进。送高适赴陇右任哥舒翰书记，针对好边功而启边衅，赠诗一开头便大声疾呼："崆峒小麦熟，且愿休王师。请公问主将，焉用穷荒为？"送陵州路使君赴任，先以"战伐乾坤破，疮痍府库贫"动其心，继以"众僚宜洁白，万役但平均"勉其行。送韦讽赴阆州录事参军，鞭笞"庶官务割剥"，"诛求何多门"的贪腐现象，提出"必若救疮痍，先应去蟊贼"的当务之急，勉其"树佳政"。送严武入朝，既不歌功颂德，又不祝愿他官高爵显、福寿康宁，而是直言忠告："公若登台辅，临危莫爱身。"

赠别的对象不同，赠别诗的写法也各异。杜甫作诗，一贯是力避雷同，务求变化的。其赠别诗中的不少篇章，并不简单地临别赠言，而是寓赠言之意于相关的叙事、描写或抒情。例如送重表侄王砅，通过表彰"我之曾老姑，尔之高祖母"展现大唐开国掌故，好像是炫耀家世，而深层意蕴，则是希望重表侄克绍箕裘，不坠家声。船下夔州留别王判官一首主要写景，以"江鸣夜雨悬"、"晨钟云外湿"等佳句出名，然而全诗以"柔橹轻鸥外，含凄觉汝贤"收尾，既具讽世之功，亦含尚贤之意。至于送郑虔贬台州的那首七律，作于任左拾遗之时，身为朝廷命官，却不仅不与钦定的罪犯划清界限，卖友求荣，而且愿同生死，公然为之辩诬。这种实事求是，坚持真理，为了保全友人的名节而甘冒风险的精神，永远值得珍视。

（《文学遗产》2010年第3期）

杜甫《秦州杂诗》的格律特点

唐肃宗乾元二年(759)七月,伟大诗人杜甫辞去华州(今陕西华县)司功参军之职,携眷西行,客居秦州约三个月之久。当时的秦州领上邽、清水等五县,大致相当于今天水市管辖区;其治所所在的秦州城,即今天水市政府所在的秦州区。杜甫先住在州城内,后来在东柯谷暂住过。他游胜迹,览山川,访民情风俗,觅隐居之地,其足迹遍及州城周围近百里范围内的南郭寺、隗嚣宫、秦州驿亭、赤谷西崦、太平寺、麦积山等许多地方,其所见、所闻,具有迥异关中的陇右特色,为抒发忧国忧民的情怀找到了新的突破口,把他的诗歌创作推向前所未有的高峰。杜甫的秦州诗,向来是十分著名的,它是唐诗中的精华,更是天水人民的精神财富。

《秦州杂诗》是杜甫秦州诗中的代表作。这是包括二十首五律的大型组诗,题材广而命意深,对秦州的山川城郭、名胜古迹、风土物候、民情俗尚、关塞驿道、田产村落、草木鸟兽等作了生动的描绘,使得千百年来凡是读过杜诗的人都对秦州留有难忘的印象;而时局之动荡,民生之艰苦,以及诗人伤时厌乱、爱民忧国之激情,俱洋溢于字里行间,动人心魄,其艺术表现力之强,达到了惊人的高度。如第七首,首联"莽莽万重山,孤城山谷间",仅用十个字便刻画出秦州城的险要形势,读之如亲临其境。次联"无风云出塞,不夜月临关",真可谓状难状之景如在目前!"无风",写人在"孤城"中的感受;"云出塞",则写高空景象。高空云移,表明有风;而"孤城"在"莽莽万重山"的"山谷间",风被山阻,故城中"无风"。那条"山谷"乃东西走向,故西日初落,东月已升,"不夜(未入夜)月临关",五字,写秦州的独特风貌,何等传神!更值得注意的是:诗人并非单纯写景,而是以景托情。安史乱后,吐蕃乘机侵夺河西、陇右之地,秦州已接近边防前线。诗人见无风而云犹出"塞",不夜而月已临"关",其忧心"关"、"塞"安危的深情即随"云出"、"月临"喷涌而出,故后四句即写长望"烟尘"而慨叹"属国"未归、"楼兰"未斩。仅举一首为例,便可窥见《秦州杂诗》所达到的艺术境界。

《秦州杂诗》的杰出成就还表现在格律方面,其主要特点是:句式多变,音律多变。

就句式说,五言律句一般是上二下三,但如果合二十首五律组成的《秦州杂诗》全用这种句式,就很难有效地表现复杂多变的情感波涛。杜甫有鉴于此,在以上二下三为基本句式的基础上兼用二一二(如"苍鹰饥啄泥")、二二一(如"丹青野殿空")、上一下四(如"恨解邺城围")、上三下二(如"映竹水穿沙")等多种句式,增强了艺术表现力。还有,句式与"诗眼"有关,"诗眼"在各句中的位置如果基本相同,则全诗便显得平板。特别是律诗的中间两联由于须讲对仗,出句、对句的"诗眼"只能在相同位置,如果两联句式不求变化,则接连四个"诗眼"都在同一位置,读起来何等单调!《秦州杂诗》力避"诗眼"同位,只中间两联对偶的,其诗眼位置的变化固不待说(如第二首次联"苔藓山门古,丹青野殿空",眼在句尾;三联"月明垂叶露,云逐度溪风",眼在句腰),连前三联对偶的,诗眼的位置也全部错开(如第十一首"萧萧古塞冷,漠漠秋云低。黄鹄翅垂雨,苍鹰饥啄泥。蓟门谁自北?汉将独征西。……"),其精心结撰,令人叹服。

句式的变化还表现在善用各种倒装句。如"归山独鸟迟",主语后置;"高柳半天青",方位语后置;"应门亦有儿",谓语后置;等等。

就音律说,一是审情选韵,情、韵相谐。如第一首用尤韵,音调低沉,恰切地表现了"迟回度陇怯,浩荡及关愁"的悲愁心绪;第五首用阳韵,声音洪亮,恰切地表现了"哀鸣思战斗,迥立向苍苍"的悲壮情景。

二是运用特殊的平仄格式"平平仄平仄"(其正格是"平平平仄仄"),如第一首第七句"西征问烽火",第三首第一句"州图领同谷",第六首第三句"防河赴沧海"、第七句"那堪往来戍",第七首第七句"烟尘独长望",第八首第七句"东征健儿尽",第十三首第七句"船人近相报",第十四首第七句"何当一茅屋",第十五首第七句"东柯遂疏懒",第十八首第七句"西戎外甥国",都用特殊格式。

三是间用拗救。如第十一首第一句"萧萧古塞冷",第三字该用平而用仄,拗;第二句"漠漠秋云低",第三字该用仄而用平,救。其他如第十五首"未暇泛沧海,悠悠兵马间",第十七首"檐雨乱淋幔,山云低度墙"等,都同样将上下两句的第三字平仄对调。宋人范晞文在其《对床夜语》中讲得很精辟:"五言律诗固要妥帖,然妥帖太过,必流于衰。苟时能奇,于第三字中下一拗字,则妥帖中隐然有峭直之风。"《秦州杂诗》在合律的基础上间用拗救和特殊格式,形成了妥帖中见峭拔的独特风格,为中晚唐和宋代的许多诗人所效法。这是在熟练地掌握格律之后求变求新的高层次艺术追求,与因不懂格律而拗句连篇是完全不同的两码事。

四是单句句尾的仄声字上、去、入并用,力避单一化。一般地说,律诗中的单句句尾除首句入韵者外,只要用仄声,便算合律。然而如果四个单句句尾同用一声字(如都用上声字),则全诗的声调便缺乏变化。《秦州杂诗》单句句尾上、去、入俱全者共十七首(如第三首单句句尾为"谷"、"帐"、"落"、"子",即入、去、入、上)其精益求精,于此可见。

五律在初唐已基本定型,有一整套格律要求,盛唐名家的五律都是符合格律要求的。《秦州杂诗》在符合格律要求的基础上求变求新,使得五言律诗的格律更其精密而又富于弹性,更有利于抒情言志,充分发挥诗人的艺术创造力。千百年来,学律诗的人往往把《秦州杂诗》视为典范教材,并非偶然。

杜甫卒年新说质疑
——给刘人寿评委的复信

人寿先生如晤：

　　大札读悉。转述评委会决定，拙稿《杜甫江阁记》因系"特约"，特"评"二千元酬金，太客气了！

　　大札转述评委诸公意见："杜甫流寓湖南三年。《风疾舟中伏枕书怀》诗中有'十暑岷山葛，三霜楚户砧'句。又有'春草封归恨，源花费独寻'句，说明诗人作此绝笔已到大历六年春日。"对此，略谈我的看法：

　　引"春草"一联证明杜甫卒于大历六年春，始见于老友丘良任先生《杜甫之死及其生卒年考辩》。丘老曾寄此文征求意见，我细读数遍，未敢苟同；但他在此文结尾说"杜甫卒年疑案应该可以明确了"，很自信，所以我未向他表态。后来将此文收入我任主编，杜甫研究会编印的《杜甫研究论集》（中国杜甫研究会第二、三届学术研讨会论文汇编）①，想引起讨论，但至今无人提及，而现任杜甫研究会会长张忠纲教授在其新著《二十世纪杜甫研究述略》一文的《杜甫生卒行迹的考辩》一节中先讲了"大历五年夏卒于耒阳"说，又引了反驳此说的"卒于大历五年冬"说。然后结束道："杜甫的生卒年及死因也出现了几种新说，似乎都缺乏坚实有力的根据。②"这里所谓的"新说"，即包含了丘老的"卒于大历六年春"。

　　拙稿中的"杜甫自大历三年冬抵岳州至大历五年冬自潭州赴岳州病卒"一句，如果算"年头"，已可说"杜甫流寓湖南三年"；如实算，那就是我说的"辗转湖湘整两载。"冬季共三个月，假如杜甫抵岳州是初冬，作《风疾》绝笔诗是暮

---

① 香港天马图书有限公司2001年1月初版。
② 《杜甫研究论集》（世纪之交杜甫国际研讨会论文集）第16页。

冬，就有可能是"两载馀"。《风疾》首段有"故国悲寒望，群云惨岁阴"及"郁郁冬炎瘴"句，可见作此绝笔诗的时节是冬季，还很"郁"热，不好确定是暮冬。而他初抵岳州所作《岁晏行》以"岁云暮矣多北风"发端，也不足以说明当时不是冬末而是初冬。

　　从诗题因"风疾"而只能"伏枕书怀"看，从末段"葛洪尸定解"看，从此后再无诗作看，杜甫已经病得很重，要挣扎到第二年初春，不大容易。陈衍《石遗室诗话》说"耒阳阻水当在五年春夏之交，《风疾书怀》在其冬，则杜公之卒，必在大历六年"。用一"必"字，有何确证呢？丘老以"春草封归恨，源花费独寻"作为根据，断定杜甫卒于大历六年，评委诸公从之，但这如何能作根据？杜甫五排中的对偶句，大多数都用典，"春草"一联亦如此。上句用刘安《招隐》"王孙游兮不归，春草生兮萋萋"而另出新意：本来是想"即从巴峡穿巫峡，便下襄阳向洛阳"的，但出峡后辗转漂泊，归不了洛阳，这就是"归恨"，既然归不了，就只好"王孙游兮不归"，让"春草"把"归恨""封"起来，住在湖南也好；下句突转：可是湖南正兵荒马乱，东寻西寻，就是寻不到可以安居的桃花源啊！"源花"用的正是陶潜桃花源典，下一"费"字，饱含着辗转飘泊的辛酸。两句诗，抑扬顿挫，扣人心弦。若说"春草"未用典，作者是说他作《风疾》诗时遍地已生春草，那么"封归恨"又如何解释呢？与"源花费独寻"又如何呼应呢？与首段的"郁郁冬炎瘴"又如何对接呢？难道作前几句时是冬天，而且有"炎瘴"，作下几句时已经到了第二年的春天、"春草"都已十分茂密了吗？茂密的"春草"既然"封"了杜甫的"归恨"，他乐于"王孙游兮不归"，那又为什么要扶病自潭州赴岳州，急于"下襄阳向洛阳"呢？

　　大札转述评委诸公引杜甫《风疾》诗中的"十暑岷山阁（误），三霜楚户砧"证明"杜甫流寓湖南三年"，也有问题。按习惯的用法，"三霜"自可理解为"三年"，但此处的"三霜"与"十暑"对仗，而"十暑"却只能理解为十个夏季。既此如，则"三霜"也只能理解为三个秋季，细绎诗意，也正如此。"十暑岷山葛（不是"阁"）"，意为"十个夏季，穿的都是用岷山葛缝制的单衣"（不是十个夏季都住在岷山的高阁）；"三霜楚户砧"意为三个秋季，都听到楚地千家万户的"砧声"。"闺妇"每到秋季，便要为"征夫"准备寒衣，所以"捣衣"的砧声只集中于秋季，而不是一年四季。杜甫自大历三年冬抵岳州至大历五年冬病卒，在湖南只度过了两个秋季，也就是说只是"两霜"而非"三霜"。那么,难道"三霜楚户砧"错了吗?当然不是。关键在于湖南属"楚",而楚不限于湖南。杜甫于大历三年正月出峡,三月至江陵,秋季居公安。公安今属湖北,与湖南无涉,却是货真价实的"楚"地啊!湖南两霜加公安一霜,不正是"三霜"吗?

大札将"十暑岷山葛"一句中的"葛"写为"阁",我实在找不到版本根据,大概是"笔误"吧!但也误得太离奇。第一,在这句诗里,"葛"与"暑"互补,是个关键词。杜甫流寓蜀中,夏季苦热,却一贫如洗,毫无浮瓜、沉李、围冰、喷泉以及辟暑犀、招凉珠之类的降温条件,唯一可以办到的,就是穿西蜀土产的葛衣。依赖"岷山葛"熬过十个酷暑,蕴含深广,"葛"字岂能忽视!如果真的读懂了这句诗,怎会把"葛"这个关键词写成"阁"?第二,杜甫自乾元二年(759)十二月入蜀至大历三年(768)正月出峡,其间初寓成都,旋赴梓州、阆州,复返成都,又携家东下,经嘉州、戎州、渝州、忠州、云安而寓居夔州,真所谓"飘泊西南天地间",哪有安居岷山高阁"十暑"之久的福气!如果对杜甫的这段经历稍有了解,或者读过杜甫"飘泊西南天地间"这句一般人都知道的诗,当写出"十暑岷山阁"五字时,难道不感到刺目吗?

杜甫的卒年问题一直有争论,但以绝笔诗《风疾》的写作时期为根据,定为卒于大历五年冬较合理,且为古今多数学者所认同。仇兆鳌《杜诗详注》对《风疾》诗逐句详注,但只据此诗"岁阴"、"冬炎"断定杜甫"卒于五年之冬",而于"春草封归恨"句只引了《招隐》语。游国恩、王季思、萧涤非、冯至、陈贻焮、莫砺锋以及文学研究所《中国文学史》的著者和四川文史馆《杜甫年谱》的编者都据《风疾》作时定卒年,当然通读过《风疾》,但都不以"春草"句为根据延长杜甫的寿命和流寓湖南的时间,而定卒年为大历五年冬。仇兆鳌于《风疾》题下注云:"《诗谱》谓卒于夏,减却少陵半年之寿,为可恨也。"看来仇兆鳌由于为杜甫争回半年寿命而深感自豪。我也是希望杜甫长寿的,能让诗圣活到大历六年春,该多好!可惜"春草封归恨"一联并不能作有力的根据啊!

承"特约"为长沙新建杜甫江阁作记,忝为"姑老爷"(陈贻焮先生等湖南学者这样称呼我),绝不敢轻信新说闹笑话,丢舅老爷的人!至于拙稿,主要是从进行诗教方面考虑的,而非着重从促进旅游、休闲方面着笔,大约也不合时宜吧!

写得太啰唆了,就此打住。即颂

撰安并请代候评委诸公

霍松林上

2005 年 4 月 22 日

(本文发表于《文学遗产》2005 年第 6 期时,略有删节。此依原稿列如上。)

尺幅万里
——杜诗艺术漫谈

杜甫在《戏题王宰画山水图歌》中说:"尤工远势古莫比,咫尺应须论万里。"他称赞王宰的这两句诗,也适用于他自己。尺幅而有万里之势,正是杜诗的主要艺术特点之一。

站得高,才会看得远。在艺术创作的天地里,如果不能高瞻远瞩,要达到尺幅万里的境界是不可能的。杜甫在《望岳》诗中极力摹写了泰山的高大雄奇之后说出他的心愿:"会当凌绝顶,一览众山小。"这心愿并没有落空。他终于攀登日观峰顶,"矫首望八荒"——在创作思想方面:他爱国爱民,反对侵略战争,痛恨黑暗政治,抨击统治者的荒淫和对人民的残酷压榨。在创作源泉方面:他"支离东北风尘际,漂泊西南天地间",被社会剧变的激流卷入生活的底层,和劳动人民一起受苦受难,对安史之乱前后的社会现实和重大历史事件都有深刻的感受和理解。在艺术修养方面:他"别裁伪体","转益多师",从《诗经》、《楚辞》中,从乐府民歌中,从汉、魏、六朝、初唐直到同时代优秀诗人的创作中,广泛地吸收营养、摄取经验;又从前人已经达到的水平上阔步前进,高飐摩天巨刃,披荆斩棘,辟山开道,从而攀上光辉的艺术高峰。

文学艺术作品是否有价值,首先取决于它能不能帮助人们认识现实从而变革现实。而能不能帮助人们认识现实从而变革现实,又首先取决于它是否正确地、深刻地反映了现实。杜诗之所以"光掩前人",就在于它的作者站在人民之中,基本上从人民的愿望出发,用多样的、完美的艺术形式,极其广阔、极其深刻、而又极其生动地反映了安史之乱前后几十年的社会生活,无愧于"诗史",无愧于时代的镜子。所谓"尺幅万里",主要指这一点而言。

杜诗的这个艺术特点,是由许多因素凝结而成的。为了方便,姑且分为几点,试作初步的探索。

一　典型事物的艺术反映

作诗不同于画地图,不可能把万里江山缩入尺幅之内。因此,任何杰出的诗人都善于捕捉典型事物。杜甫更其如此。在《戏为六绝句》里,他曾慨叹当时的诗人"或看翡翠兰苕上,未掣鲸鱼碧海中"。他自己,不待说是以"掣鲸碧海"自勉的。事实证明,他的确实现了这种理想。他既深入于生活的"碧海",又能站在时代先进思想的高处,从朝晖夕阴,渺无际涯的生活"碧海"中辨认出最有典型意义的东西,并且用深厚的艺术修养作钓竿,把那"鲸鱼"掣入自己的作品。请看这些诗句:

朱门酒肉臭,路有冻死骨。
　　　　　　——《自京赴奉先县咏怀五百字》

乱世诛求急,黎民糠籺窄……富家厨肉臭,战地骸骨白。
　　　　　　——《驱竖子摘苍耳》

石间采蕨女,鬻市输官曹。丈夫死百役,暮返空村号。闻见事略同,刻剥及锥刀。贵人岂不仁?视汝如莠蒿!索钱多门户,丧乱纷嗷嗷。
　　　　　　——《遣遇》

北里富薰天,高楼夜吹笛。焉知南邻客,九月犹絺绤!
　　　　　　——《遣兴》五首之一

寥寥几句,就把"荣枯咫尺异"的黑暗社会和盘托出,激起我们对人民的无限同情和对剥削者、压迫者的刻骨仇恨。

以上是为了节省篇幅而举出的个别诗句。就全篇看,内容自然更深广。即如脍炙人口的《三吏》、《三别》,它们所展现的生活画面并不大,谈不上"万里",却可以使你看到、想到比"万里"更其辽阔的现实。为什么?因为社会生活中纷纭复杂的各种现象,并不是各自孤立的,而是互相联系、互相制约、互相影响的。只要善于捕捉富于典型性的事物,集中、突出地刻意描写,就可以获得"由小见大"、通过局部反映全局的艺术效果。《新安吏》中描写的只是县吏抓"中男"当兵,"肥男有母送,瘦男独伶俜"的小小镜头,然而既然因为"县小更无丁"而"次选中男行",则新安全县的情况可以想见,邻县的情况也不会好多少。《石壕吏》只集中地描写了石壕村某一家的遭遇,然而那县吏既然连"三男邺城戍……二男新战死"的"老妪"都放不过,则石壕村以及其他村子所有人民的命运如何,也就不言可知了。在《垂老别》和《无家别》中,诗人在集中地描写局部生活的时候,还巧妙地概括了当时社会生活的全局:"四郊未宁静,垂老不得安……万国尽征戍,烽火被岗峦。""寂寞天宝后,园庐但蒿藜!我里百馀家,世乱各东西。"从而将读者的视线引向"万里"之外。

当然,以上所谈,远不足以说明《三吏》、《三别》所含蕴的深广的社会内容。十分难能可贵的是:诗人通过具体的生活图画、声态并作的人物形象,在尺幅之内揭示了安史之乱时期的社会本质。诗人和当时的人民群众一样,是反对侵略战争、反对统治阶级的残酷的剥削压迫的。但是,安史之乱以前和以后的情况却不很相同。在以前,唐王朝的对外侵略战争给人民带来了严重的灾难。在《兵车行》、《前出塞》中,诗人便对统治者像驱赶鸡犬一样驱赶人民为他们开边扩土,以致无人从事生产、千村万落遍生荆杞,而又急如星火地勒索租赋的罪行,进行了无情的揭露。在以后,社会矛盾却更加复杂。安史之乱,实质上是外族的统治阶层侵略中原的战争,而这种战争,又是唐王朝的腐朽所引起的。战乱起来之后,腐朽的唐王朝不但不能有效地扫平战乱,反而更其残酷地剥削压迫人民。在这民族矛盾与阶级矛盾交织的社会里,形成了人民群众的矛盾性格:既痛恨统治者对敌人的无能和对老百姓的残酷压榨,又希望迅速地驱逐敌人,收复失地,因而不惜将自己的生命财产乃至妻子儿女全部献给反对侵略的正义战争。诗人杜甫呢,他既爱国,又爱民,而在那个腐朽的封建统治阶级把持朝政、掌握军权的时代,爱国和爱民之间本来就存在着矛盾,他的思想感情也就不可能没有矛盾。在这些光照千古的诗篇中,他以矛盾痛苦的心情,从民族矛盾和阶级矛盾交织的历史环境里入木三分地刻画了人民群众的矛盾性格;通过这种矛盾性格的刻画,揭露了统治阶级的腐朽,抨击了敌人的残暴,表扬了人民群众的崇高的爱国思想。请看看:"吏呼一何怒!妇啼一何苦!"仅仅十个字,不是已经把统治阶级和人民的矛盾概括无遗了吗?但还不光是个别字句。诗人对老妪、中男以及《三别》中的主人公的悲惨遭遇所作的充满同情的全部描写,都可以说是对腐朽的统治者的鞭挞。当然,还不止是对腐朽的统治者的鞭挞,也包括着对侵略者的无比憎恨。"二男新战死","子孙阵亡尽","积尸草木腥,流血川原丹","哀哉桃林战,百万化为鱼"……

这既反映了唐王朝的昏聩无能，也反映了民族敌人的残暴凶恶。也正因为民族敌人的如此残暴凶恶，那个老妪才"请从吏夜归，急赴河阳役"，那个少妇才勉励丈夫"勿为新婚念，努力事戎行"，那个老翁才以"何乡为乐土，安敢尚盘桓"的理由说服了自己，"投杖出门去……长揖别上官"，毅然走上杀敌的最前线。诗人杜甫，是怀着崇高的敬意表现了人民的爱国思想的。自然，他的无法克服的内心矛盾，也给作品带来了某些不够真实的描写：为了安慰"短小"的"中男"及其送行的老母亲，他说了这么几句："况乃王师顺，抚养甚分明。送行勿泣血，仆射如父兄。"这显然不合实际。如果"王师"真有那么"顺"、"仆射"真有那么好，"送行"之时也就不会"泣血"了。这一点，诗人并不是不了解，然而在那种场合，他还能说什么呢？

二 适当的夸张和以少胜多的艺术语言

适当的夸张、特别是以少胜多的艺术语言，也是构成杜诗"尺幅万里"特点的重要因素。

杜甫不常用夸张手法，但只要用起来，就能获得很好的艺术效果。例如写孔明庙前的古柏："霜皮溜雨四十围，黛色参天二千尺。……云来气接巫峡长，月出寒通雪山白。"真可谓"大胆的"夸张，却丝毫没有浮夸叫嚣的毛病。因为一直写下去，正好突出了"古来材大难为用"的主题思想。

"语不惊人死不休"的杜甫，在诗歌语言上的成就是"惊人"的。这成就表现在许多方面。这里只谈谈"以少少许胜人多多许"。

为什么能够以少胜多？消极方面，在于删去了一切可有可无的东西；积极方面，在于字锻句炼。而炼字与炼句，又统一于炼意之中。

杜甫在炼字方面的总的特点是：务去陈言，戛戛独造，用字力求准确、生动、富有表现力，而又平易近人，不涉险怪。

所谓"务去陈言，戛戛独造"，并不是要杜撰出除自己之外谁也不懂的词汇。同样一个字，用不好，就可能是"陈言"，用得好，就可能很精彩。比如"凉"、"冷"之类，人们已用了千百年，自然不算"新"，可是杜甫一用，就显得很新颖。在浙江，阴历五月已经相当热，杜甫却在《壮游》中说："鉴湖五月凉。"意思是：在其他地方热不可耐的季节，鉴湖仍然是一片清凉世界。没有这个"凉"字，就显不出鉴湖的可爱，也显不出"壮游"之乐。成都的八月天，即使"风怒号"，也不至于很"冷"，杜甫却在《茅屋为秋风所破歌》里说："布衾多年冷似铁。"在不很"冷"的季节里杜甫独"冷",就生动地写出了"寒士"的苦况,并为后文的"安得广厦千万间……"埋下了根子。有些人在诗歌里写"九月凉"、"腊月冷",显然远不及杜甫高明。

杜甫和后来修《新唐书》的宋祁不同,他删减字句,并不是一味求简。他在不很必要的地方惜墨如金,正是为了突出重要的地方,为了留出篇幅,以便在最重要的地方用墨如泼。《石壕吏》一诗,将老妪"前致辞"的内容写得多么感慨淋漓;而开头和结尾,却都着墨不多。在开头,用"逾墙走"三字将老翁推出诗篇之外,专写老妪。在结尾,用"独与老翁别"一句写自己离开石壕村,却将老妪终于被"捉"走以及老翁事后回家的情景,也透露出来了。如果是不善剪裁的人,光老妪的终于被"捉"走以及老翁的事后归来,不知要费多少笔墨才能交代清楚;而在交代清楚之后,又必然分散重点,失掉含蓄之美。

我们读《赠卫八处士》,读到"问我来何方?"的时候,总以为下边有一长串答辞。不料诗人却用"问答未及已"承上启下,着力去写"儿女罗酒浆"等等的殷勤招待,逼出"感子故意长"一句,从而突出地表现了乱离时代"别易会难"的典型情况。

用字准确,意味着十分恰切地反映现实。所以,如果某个字用得真正准确,不可移易,那它就很可能既生动、富有表现力,而又平易近人。即如"疏"字,本来很平常,可是一旦被诗人采用,就立刻光彩焕发。"即防远客虽多事,便插疏篱却甚真"中的"即"、"虽"、"便"、"却"固然极传神,那个"疏"字也不简单。诗人极其婉转地对吴郎说:"即便你稀稀拉拉地插了几条竹棍儿,算不得什么正经的篱笆,但这已经足以给人造成这么一种印象:仿佛你真的要防止人家扑枣呢!这就难怪那妇人多疑了。"可以看出,倘若不用"疏"字,这两句诗的深厚内容就会受到削弱。

杜诗中"涕泪"之类的字眼很多。有些"为赋新诗强说愁"的诗人动不动就"涕泪滂沱",难免使人有虚浮之感。"穷年忧黎元,叹息肠内热"的杜甫则不然。如《又呈吴郎》:

堂前扑枣任西邻,无食无儿一妇人。
不为困穷宁有此!只缘恐惧转须亲。
即防远客虽多事,便插疏篱却甚真。
已诉征求贫到骨,正思戎马泪盈巾。

只要细读全诗，就会感到在结尾非用"泪盈巾"不可。前六句，诗人沉痛地写出那位"西邻"除自身外一无所有，前来扑枣，实出于不得已，从而开导吴郎不要阻止她。第七句点出这"一妇人"无食、无儿、无夫，不得不来扑枣的原因。结句转进一层：已诉其因"征求"而"贫到骨"，更想想战乱相寻，"征求"有加无已，则这个已经"贫到骨"的妇人，即便许其扑枣，还能活几天呢？而普天下老百姓的命运又与这个妇人的命运有何不同？（诗人在《白帝》中写过"千家今有百家存"，在《虎牙行》中写过"征戍诛求寡妇哭"）。想到这里，写到这里，能不热泪盈巾吗？这个"泪"字的内容是异常充实的。

又如"星垂平野阔，月涌大江流"：不用"垂"和"涌"，就不可能如此准确生动地表现出平野的辽阔和水月交辉、大江滚滚东流的声势。"江山有巴蜀，栋宇自齐梁"亦然。一个"有"字，涵盖几千里；一个"自"字，包容数百年；而诗人吞吐山水之气，俯仰古今之情，都可于言外得之。其他如"瞿塘争一门"的"争"字、"妻孥怪我在"的"怪"字、"孤月浪中翻"的"翻"字、"归云拥树失山村"的"失"字、"群山万壑赴荆门"的"赴"字……都用得非常好。有些诗话中记载"身轻一鸟过"的"过"字和"元气淋漓障犹湿"的"湿"字，不少名诗人曾拟数字，都不如原作，这也说明了杜甫的字法何等精严！①

个别字不能独立地发挥作用，因而必须炼句。要求"新诗句句好"的杜甫，的确写出不少"好句"。他的"好句"的好处之一，就是容量大。

为什么容量大？第一，写景、叙事、抒情、议论往往合而为一。例如"所亲惊老瘦，辛苦贼中来"：这是叙他"自京窜至凤翔喜达行在所"的事；而他的"老瘦"的形状，亲友因见他忽然变得"老瘦"而吃"惊"的神态也都跃然纸上，这又是写景（广义的"景"）；而从他的忽然"老瘦"和亲友的吃"惊"中，又透露出在"贼中"备受折磨的无限情事，表现出颠沛流离之感和希望"中兴"、迅速扫平战乱的思想倾向，是抒情，也是议论。又如"勋业频看镜，行藏独倚楼"；白发已生，欲"正乾坤"的"勋业"却毫无着落，而又时时希望能够建立"勋业"。他的至死不衰的"济世之志"、阻碍他不得实现"济世之志"的社会原因以及由此产

---

① 欧阳修《六一诗话》："陈舍人从易……偶得杜集旧本。文多脱误，至《送蔡都尉》诗云：'身轻一鸟□'，其下脱一字。陈公因与数客各用一字补之，或云'疾'，或云'落'，或云'起'，或云'下'，莫能定。后得一善本，乃是'身轻一鸟过'。陈公叹服，以为虽一字，诸君亦不能到也。"苏轼用此事，有"如观老杜飞鸟句，脱字欲补知无缘"之句，参见真曾《能改斋漫录》卷八。

生的复杂的思想情感,都从这两句诗里流露出来。"频看镜"、"独倚楼",是景,是事,是活动着的形象。频频看镜而独自倚楼!在这个活动着的形象里,含蕴着多少情感和议论!诗贵含蓄。所谓含蓄,主要是指将无限丰富的情、意含于事、景之中,即含于形象之中。离开这一点,就不容易达到"言有尽而意无穷"的艺术境界。优秀的古典诗人和诗论家都很强调"情景交融",不大主张抽象的言情和单纯的写景,这是很有道理的。

第二,正反(大小、高低、今昔……)相形,从其复杂的关系中表现事物。例如"国破山河在,城春草木深",每一句都有正有反。国家已破,尚留山河;春风又起,只长草木。敌人破坏之惨,城中人烟之少,以及诗人忧时念乱、希望收复失地的重重心事,都从正反相形中表现出来。又如"江碧鸟逾白,山青花欲燃":鸟已很白,飞翔于碧绿的江水之上,就更加显得洁白可爱;花已很红,再衬上青山作背景,就更加显得红,红得简直像火一样燃烧起来了。碧水、白鸟、青山红花,互相辉映,在读者面前展开了一幅多么鲜艳夺目的图画!("两个黄鹂鸣翠柳,一行白鹭上青天",可参看。)其他如"乾坤一腐儒"、"乾坤一草亭"等等,都因大小相形而扩大了诗句的容量,耐人寻味。

刘勰在《文心雕龙·丽辞》中说:"反对为优,正对为劣。"的确有见地。正对容易"合掌",致使内容单薄;反对则便于反映事物的复杂关系(或者揭露事物的矛盾),从而提高诗句的表现力。杜诗中反对最多,而且往往一气贯注,两个在形式上对偶的句子构成一个完整的意义单位。例如"新松恨不高千尺,恶竹应须斩万竿",正反相形,有力地表现了诗人的爱憎。又如《得舍弟消息》在"近有平阴信,遥怜舍弟存"("怜""存"二字用得好)之后写道:"侧身千里道,寄食一家村。""千里道",道路多么遥远!"一家村",村子多么荒凉!"侧身"(因怕被敌人捉住,不敢正行)于千里长途,又只能在一家村"寄食",虽还活("存")着,也实在活得不容易啊!而在千里之内只能找到仅留一家的村子,则广大人民惨遭杀戮的凄厉情况,也就不难想见了。其他如"圣朝无弃物,衰病已成翁"、"杂虏横戈数,功臣甲第高"、"天地日流血,朝廷谁请缨"等等,其例甚多,不胜缕述。

第三,或层层递进,或一波三折,一两句中包含无限情意。例如"无食无儿一妇人",一句包含三四层怜惜之意。"万里悲秋常作客,百年多病独登台",

两句包含八九层可悲之情①，又如《宿府》中的"永夜角声悲自语，中天月色好谁看"：每句读起来都至少要有三个停顿。翻译一下，就是："长夜的角声啊，多悲凉！但只是自言自语地倾吐乱世的悲凉，没有人听；中天的明月啊，多美好！但尽管美好，在这漫漫长夜里，又有谁看她呢？！"诗人就这样化百炼钢为绕指柔，以顿挫的句法，吞吐的语气，恰切地表达了沉郁悲抑的心情。

三　穷极变化的章法

炼字炼句很重要，但必须服从于炼意、服从于谋篇。"有句无篇"，绝不是好作品。所以，作诗或论诗，都要统观全局，注意章法。

杜甫极讲究章法，过去的诗论家谈得很多。比如说他如何起、如何接、如何收尾。又如何将叙、议、写三者"颠倒顺逆，变化迷离而用之"："一叙也，而有逆叙、倒叙、补叙、插叙，必不肯用顺用正；一议也，或夹叙夹议，或用于起最妙，或用于后，或用于中腹；一写也，或夹于议中，或夹于叙中，或用于起尤妙，或随手触处生姿。"②这都可以参考。在这里，为了说明"尺幅万里"的特点，准备从另一角度探索杜诗的章法。

杜诗中的优秀篇章，就全篇说，都是天衣无缝的整体，但又绝不孤零零地写一件事物，而是忽物忽人，忽正忽反，忽上忽下，忽纵忽横，忽大忽小，忽近忽远、忽过去、忽现在、忽未来……变化万端，不可方物。没有这种变化，就不大可能使尺幅而有万里之势。要做到这一点，自然需要高度的艺术技巧，却又不完全是技巧问题。事实上，这种虚实相生、正反相形等等的写法本身，就导源于生活的辩证法，如果对生活没有足够的理解，就不可能充分地掌握和运用。诗人杜甫除了有深厚的艺术修养之处，更重要的是他对安史之乱前后的社会生活感受深切、认识深刻，又洋溢着爱国爱民的热情。因此，任何场合的任何事物，几乎都足以激起他的汹涌的思潮，使他感慨无限、浮想联翩，联想到上下数千年、纵横数万里，联想到祖国和人民的命运。例如自己的"茅屋为秋风所破"，就由自己的"寒"想到普天下的"寒士"，从而写出"安得广厦千万间，大庇

---

① 罗大经《鹤林玉露》卷十一："杜陵诗云：'万里悲秋常作客。百年多病独登台。'盖'万里'，地之远也；'秋'，时之凄惨也；'作客'，羁旅也；'常作客'，久旅也；'百年'，齿暮也；'多病'，衰疾也；'台'，高迥处也；'独登台'无亲朋也。十四字之间含八意，而对偶又精确。"

② 方东树《昭昧詹言》卷十一。

天下寒士俱欢颜,风雨不动安如山……"的崇高理想。看到生病的橘树,就由"群橘少生意"想到当时的最高统治者逼迫人民从遥遥数千里之外贡橘,并以"忆昔南海使,奔腾献荔枝,百马死山谷,到今耆旧悲"的历史教训,向统治者敲起警钟。看到因被"割剥"太甚而枯死的棕树,就想到和它一样被"割剥"的广大人民:"伤时苦军乏,一物官尽取,嗟尔江汉人,生成复何有?有同枯棕木,使我沉叹久。死者即已休,生者何自守?"从而揭露了尖锐的社会矛盾。"花近高楼",岂不是更堪赏玩!而他却百感交集,写出了《登楼》这篇杰作:

> 花近高楼伤客心,万方多难此登临,
> 锦江春色来天地,玉垒浮云变古今。
> 北极朝廷终不改,西山寇盗莫相侵,
> 可怜后主还祠庙,日暮聊为梁甫吟。

因为有同一思想感情作基础,所以上述的这个特点,在此较大的篇幅中固然表现得更充分,就是在短短几句的篇幅中,也程度不同地表现出来了。看看《历历》:"历历开元事,分明在眼前,无端盗贼起,忽已岁时迁!"二十个字,从所谓"开元全盛日"写到安史乱起,写到安史乱后十来年而犹"战伐未定"的当时。伤今念昔,寻因究果:玄宗因骄奢淫逸、穷兵黩武而致乱,肃宗以来的统治者因昏庸无能而使战乱相寻,以及自己的辗转流离、"无力正乾坤"……都从跌宕的文势中曲曲传出。接下去:"巫峡西江外,秦城北斗边。为郎从白首,卧病数秋天。"卧病巫峡,心怀长安;然而欲归未能,以稷契自许的诗人,难道就任其"白首为郎",终于老死异乡吗?在这深沉的感慨中,包含着"老骥伏枥"的悲哀,也包含着无穷的社会灾难。

再看《登岳阳楼》:"昔闻洞庭水,今上岳阳楼。"一开头就虚实交错,今昔对照("昔闻"是"虚"、"今上"是"实")。昔年天下未乱时,听说洞庭湖雄奇壮丽,多么希望身历其境,一饱眼福!现在居然登上岳阳楼了,眼前就是神驰已久的洞庭湖,不是正好可以看个痛快,偿其宿愿吗?"吴楚东南坼,乾坤日夜浮。"耳闻不如目睹,洞庭湖的确很壮阔!然而"亲朋无一字,老病有孤舟"(与前两句大小对照),亲朋隔绝,以"老病"之身"孤舟"漂流于汪洋浩淼的洞庭湖中,但觉前途茫茫,哪里还有心情欣赏自然形胜!为什么会如此落寞?还不是由于战乱未平!于是,身在岳阳楼,心已飞到"戎马关山北"。那"关山北",

"昔"年天下未乱时诗人在那儿漫游过、居住过,而且作过种种努力,企图实现"致君尧舜上,再使风俗淳"的理想。也许,他就是在那儿听人说洞庭湖如何如何好,从而许下登临览胜的心愿的。可是如"今"呢?那儿却"戎马"纵横,人民受难。他自己既"老"且"病","孤舟"漂流,不知"关山北"哪一天才没有"戎马",不知自己哪一天才能回去……伤高念远,怎能不"凭轩涕泗流"啊!在五言八句中竟然能展现如此广阔的天地,真使人吃惊!

又如《蚕谷行》:"天下郡国向万城,无有一城无甲兵!焉得铸甲作农器,一寸荒田牛得耕?牛尽耕,蚕亦成。不劳烈士泪滂沱,男谷女丝行复歌。"不多几句,既写出了动乱的整个现实,又表达了人民群众的愿望。

以上提到的,不过是杜甫好诗中的个别篇章,但从这几篇中,已经可以看出:杜甫的纵横变化的章法,是和他的开阔的胸襟、宏大的抱负分不开的,是和他时时忧心国事、关怀人民的思想感情分不开的。惟其所想者宽、所见者大,才能忽正忽反、忽小忽大、忽近忽远,忽今忽昔,忽现实、忽理想……创造出阔大深远的艺术境界。那些只关心自己的诗人,"诗思不出二百里"①的诗人,不管他如何讲究章法,也是无法梦见这种艺术境界的。

四　充满激情的、活生生的生活图画

一幅地图,尽管可以包容几十万里,却显不出"万里之势"。这因为它是死的。在一篇诗中反映了典型的事物,而且有适当的夸张,字句章法又都没有问题,很可能是"尺幅万里"的好作品,但也可能不是。关键在于它有没有灵魂。有没有灵魂,又决定于诗人是不是把客观事物写活了,是不是在作品中贯注了自己的性格、自己的思想感情,以及贯注了什么样的性格、什么样的思想感情。

杜甫在青壮年时期是个英气勃发的人物。既有"再使风俗淳"的壮志,又有"呼鹰皂枥林,逐兽云雪冈,射飞曾纵鞚,引臂落鹙鸧"的豪情胜概,和"皓首穷经"、奄奄一息的书呆子毫无共同之处。涉世渐深,又时时由于目睹"朱门务倾夺,赤族迭罹殃"的阶级矛盾和"胡兵更陆梁"、"杀戮到鸡狗"的民族侵略而"忧愤心飞扬"、"叹息肠内热",百折不挠地要求改变血淋淋的现实。他"疾恶怀刚肠",深刻地理解到"泛爱不救沟壑辱","必若救疮痍,先应去蟊贼"。这

---

①　魏庆之《诗人玉屑》卷十引《北梦琐言》:"唐求《临池洗砚诗》云:'恰似有龙深处卧,被人惊起黑云生。'又:'渐寒沙上路,欲暝水边村。'《早行》云:'沙上鸟犹睡,渡头人已行。'诗思不出二百里间。"

样的性格,这样的思想感情,再加上丰富的生活体验和高深的艺术修养,就使得他的每一篇好诗都元气淋漓,峥嵘飞动,燃烧着火一样的忧时爱民、除恶扶善的激情。

杜甫曾说他自己"有情且赋诗","下笔如有神"。又用"意惬关飞动,篇终接混茫"、"笔落惊风雨,诗成泣鬼神",以及"诗兴不无神"、"凌云健笔意纵横"之类的诗句称赞其他诗人。这一切都可以说明他的创作态度和艺术特点。

杜甫写一切事物,都不仅穷形尽相,而且能表其情、达其意、传其神。试想《三吏》、《三别》、《羌村三首》等等,哪一篇不是这样!这里再举几个片断。写春光骀荡的,如《曲江》中的"穿花蛱蝶深深见,点水蜻蜓款款飞",写秋意萧飒的,如《登高》中的"风急天高猿啸哀,渚清沙白鸟飞迴。无边落木萧萧下,不尽长江滚滚来",写暴雨骤至的,如《对雨书怀走邀许主簿》中的"东岳云峰起,溶溶满太虚。震雷翻幕燕,骤雨落河鱼",写道路艰险的,如《石龛》中的"熊罴咆我东,虎豹号我西。我后鬼长啸,我前狨又啼。天寒昏无日,山远道路迷",写统治者驱赶人民进行侵略战争的,如《兵车行》的第一段:"车辚辚,马萧萧,行人弓箭各在腰。爷娘妻子走相送,尘埃不见咸阳桥。牵衣顿足拦道哭,哭声直上干云霄!"……都可以说极尽传神写照之能事。

在诗,特别是抒情诗中,不大可能像在戏曲小说中那样细致地刻画人物性格。但杜甫却往往只用几笔,就把人物写得活灵活现。《三吏》、《三别》、《羌村》、《遭田父泥饮美严中丞》、《负薪行》等篇中的劳动人民形象大家很熟悉。《北征》、《彭衙行》等篇写他的妻子儿女的部分及《百忧集行》中写他自己"忆年十五心尚孩,健如黄犊走复来。庭前八月梨枣熟,一日上树能千迴",大家也不陌生。除此之外,例子还不胜枚举。即如《送韦十六评事充同谷防御官》中的"子虽躯干小,老气横九州。挺身艰难际,张目视寇仇",《送从弟亚赴河西判官》中的"南风作秋声,杀气薄炎炽,盛夏鹰隼击,时危异人至。令弟草中来,苍然请论事。诏书引上殿,奋舌动天意。兵法五十家,尔腹为筐笥。应对如转丸,疏通略文字……"等等,都有"笔落惊风雨"之势。只用几十个字,就把义愤填胸、气吞强虏的忠愤之士写得有声有色。

谈到这里,不能不提一下杜甫的咏物诗。有些人咏物,如用"丹顶西施颊,霜毛四皓须"咏鹤,用"立当青草人先见,行近白莲鱼未知"咏白鹭之类,或者仅能形似,或者简直像谜语。杜甫则不然。咏鹤,则说"老鹤万里心";咏孤雁,则说"飞鸣心念群";咏鹰,则说"何当击凡鸟,毛血洒平芜";咏朱凤,则说"愿分竹食及蝼蚁,尽使鸥鹅相怒号"。写马的诗尤其不同凡响。如说:"哀鸣思战斗,迥立向苍苍。"又说:"竹批双耳峻,风入四蹄轻。所向无空阔,真堪托死生。骁腾有如此,万里可横行。"又说:"此马临阵久无敌,与人一心成大功……雄姿未受伏枥恩,猛气犹思战场利。腕促蹄高如踣铁,交河几蹴层冰裂!五花散作云满身,万里方看汗流血。长安壮儿不敢骑,走过掣电倾城知。青丝络头为君老,何由却出横门道?!"都不以形似为满足,而是或者写其"念群"的深情,或者写其志在万里、渴望战斗、渴望建立功勋,而又得不到"用武之地"的苦闷。一句话,写出了它们的品格、心愿和遭遇,从而也表现了诗人自己和其他爱国志士们的品格、心愿和遭遇,有其充实的社会内容。

我们说杜甫的优秀诗作具有"尺幅万里"的特点,不等于说每一篇都真的包容"万里",而是说诗人反映了典型性强、普遍性大的事物,表现了爱祖国、爱万民、反对侵略战争、反对"诛求""割剥"的思想感情,而又写得神完气足峥嵘飞动,从而使得他的那些诗篇光芒四射。谢榛说过:"诗无神气,犹绘日月而无光彩。"①假如没有光彩,在肉眼看来,日月不过像铜盘那么大。一有光彩,就给人以充塞宇内的感觉。"李杜文章在,光焰万丈长。"韩愈所说的"光焰",其内容和我们所说的未必完全相同,但他看出杜诗有万丈光焰,毕竟是有见地的。当然,"李杜诗篇万口传,至今已觉不新鲜。江山代有才人出,各领风骚数百年。"就一时代有一时代的文学说,赵翼的这首诗写得很不错。特别是处于社会主义新中国的革命诗人,应该、而且有充分的优越条件写出反映新时代、新思想的前无古人的新诗篇,不必拜倒在古人脚下。然而,为了写出前无古人的新诗篇,像杜甫这样"穷年忧黎元"的伟大诗人留给我们的诗歌遗产,还是应该批判地继承的。何况,在世界上还有"朱门酒肉臭,路有冻死骨"的现象的时候,还有"杀戮到鸡狗"的侵略战争的时候,杜甫的诗还不能说"已觉不新鲜"。全世界人民纪念杜甫,就说明他的诗的"光焰"已经照彻全世界,岂止"万丈"而已!

(原刊《文学遗产增刊》第13辑)

---

① 谢榛《四溟诗话》卷二。

杜甫与偃师

一、缅怀祖德　筑室偃师

　　杜甫的十三世祖杜预,既是晋代名将,又是对《左传》很有研究的学者。杜甫的祖父杜审言是初唐时期的著名诗人。杜甫以继承杜预、杜审言以来"奉儒守官"、兼擅文学的家庭传统自任,并以此自豪。杜预晚年"营洛阳城东首阳之南为将来兆域。……西瞻宫阙,南观伊洛,北望夷叔,旷然远览,情之所安也,故遂表树开道为一定之制。子孙一以遵之"。① 杜预死后即葬在这里,杜审言也葬在这里。"洛阳城东首阳之南"的杜预、杜审言墓,即在今偃师境内。

　　开元二十九年(741),杜甫漫游齐鲁之后回到洛阳,在洛阳东、偃师县西北的首阳山下,也就是杜预墓园附近,修建了陆浑庄新居,和司农少卿杨怡的女儿结了婚。新居落成后,即在杜预墓前恭祭。《祭远祖当阳君文》以"维开元二十九年岁次辛巳月日,十三叶孙甫,谨以寒食之奠,敢昭告于先祖晋驸马都尉镇南大将军当阳成侯之灵"开头,然后歌颂了杜预的谋略、功德、学问、文笔,从而归结到自己:"小子筑室首阳之下,不敢忘本,不敢违仁。庶刻丰石,树此大道,论次昭穆,载扬显号。……"② 很清楚,杜甫之所以筑室于杜预墓旁,是为了缅怀祖德,表现"不敢忘本,不敢违仁"的决心,勉励自己要像杜预那样建功立业。

　　读杜甫诗文集,《过宋员外之问旧庄》、《临邑舍弟书至苦雨……》、《夜宴左氏庄》等诗及《祭远祖当阳君文》、《唐故万年县君京兆杜氏墓志》、《唐故范阳太君卢氏墓志》等文,都作于居陆浑庄时期。从开元二十九年(741)春到天宝三载(744)这一段时间,杜甫居偃师陆浑庄。《杜诗详注》卷一《奉寄河南韦尹丈人》诗后引黄鹤注云:"诸杜庐与墓,多在河南偃师。……自开元二十九年

---

　　① 《晋书》卷三四《杜预传》。

　　② 《杜诗详注》卷二五。

酹远祖于洛之首阳,及天宝元年为姑万年县君制服作铭,三年为皇甫妃范阳太君卢氏作志,皆在河南也,所以公殁又归袝偃师。"

杜甫于天宝三载离开偃师之后,始终没有忘怀偃师的故居和祖墓。天宝七载(748),韦济任河南尹,自偃师县东山下开新道通孝义桥。杜甫在长安作《奉寄河南韦尹丈人》诗,题下自注云:"甫故庐在偃师,承韦公频有访问,故有下句。"全诗结尾云:"尸乡馀土室,谁话祝鸡翁?"尸乡土室,即指他的偃师故庐。乾元二年(759)春,他从华州回到洛阳探望亲友,在偃师故居小住。《忆弟二首》题下自注云:"时归在河南陆浑庄。"大历二年(767),杜甫流寓夔州,时常怀念故居,恰巧孟仓曹将赴东都,便托他访问。《凭孟仓曹将书觅土娄旧庄》云:"平居丧乱后,不到洛阳岑。为历云山问,无辞荆棘深。北风黄叶下,南浦白头吟。十载江湖客,茫茫迟暮心。"首联的"洛阳岑"点题中的"土娄旧庄",结句的"迟暮心"如《杜臆》所解,"盖有首丘之思"。杜甫在以上各诗中提到的"偃师故庐"、"尸乡土室"、"河南陆浑庄"、"土娄旧庄",都指一个地方,就是他在偃师的家园。至于历代传诵、家喻户晓的《闻官军收河南河北》七律,其中的"青春做伴好还乡","直下襄阳向洛阳",也都表现了"狐死首丘"之意。杜甫特意于"洛阳"下自注云:"余田园在东京。"这"田园",应该也指洛阳东偃师县西北的陆浑庄。如果他本来在洛阳就有田园,何必又于开元二十九年回洛阳后另于偃师建陆浑庄居住,而此后时常怀念的"故庐",又都指陆浑庄呢?

二、不敢忘本　归葬偃师

杜甫被尊为"诗圣"、"情圣"。早在中唐时期,大诗人元稹就在《唐故工部员外郎杜君墓系铭并序》里对他的诗歌创作作了高度评价:"至于子美,盖所谓上薄风骚,下该沈宋;言夺苏李,气吞曹刘;掩颜谢之孤高,杂徐庾之流丽;尽得古今之体势,而兼文人之所独专矣。"对于这样一位有世界影响的伟大诗人,举凡他到过的地方,那里的人民都以他为当地留下美好的诗章而骄傲,仰慕他,纪念他。正因为这样,全国不少地方就有了"杜公祠"、甚至"杜甫墓"。

现存杜甫墓约有八处:陕西有鄜州墓和华州墓,四川有成都墓,湖北有襄阳墓,湖南有耒阳墓和平江墓,河南有巩县墓和偃师墓。

鄜州、华州、成都都是杜甫居住过的地方,那里的墓是纪念性的。襄阳是杜甫的祖籍,那里的墓也是纪念性的。人死了才会埋葬,而死后归葬祖墓以示"不忘其本",乃是我国古代知识分子的共同心愿。杜甫在漂泊西南、流落湖湘期间一心盼望"直下襄阳向洛阳",却由于战乱和交通阻塞,于大历五年(770)冬病卒于湖南旅途。

杜甫死后,由于家人无法把灵柩运回河南,所以暂时就地安葬,这就有了耒阳墓、平江墓及"旅殡岳阳"之说。直到元和八年(813),杜甫的孙子杜嗣业才搬运灵柩归葬。路经江陵的时候,杜甫的崇拜者大诗人元稹在江陵贬所,便请他为杜甫作墓志铭。元稹在《唐故工部员外郎杜君墓系铭并序》中说:

> 适子美之孙嗣业,启子美之柩,襄祔事于偃师。途次于荆,雅知余爱言其大父之为文,拜余为志。……铭曰:"维元和之癸巳,粤某月某日,合窆我杜子美于首阳之山前。呜呼,千载而下,曰:此文先生之古坟。"①

这是关于杜甫终葬的最权威性的记载。"襄祔事于偃师"这个关键性的句子应该略作解释:"襄"是"完成"的意思。"祔"指合葬,亦指葬于祖茔之旁。全句大意是:杜嗣业完成了杜甫归葬偃师祖茔的大事。元稹在这篇墓志铭中还说:"嗣子曰宗武,病不克葬,殁,命其子嗣业。嗣业贫无以给葬,收拾乞丐,焦劳昼夜,去子美殁后馀四十年,然后卒先人之志,亦足为难矣。"这就是说:归葬偃师祖茔是杜甫的遗志,现在终于实现了。

中唐以后,有关记载大抵与元稹无异,认为杜甫归葬偃师。如《旧唐书》卷一九〇《杜甫传》云:"元和中,宗武子嗣业自耒阳迁甫之柩,归葬于偃师县西北首阳山之前。"

巩县杜甫墓不知始于何时,乾隆四十四年(1779)《河南府志》云:"按《偃志》据元微之《墓铭》,以工部墓在首阳山前当阳侯(杜预)之墓次。而巩县康家店邙山上有工部墓,《志》遂以为始葬偃师而复迁巩。今考微之作《墓志》时,乃途次荆楚,据谱谓当葬当阳侯之墓次,其实归葬于巩,不葬于偃也。""其实归葬于巩",说得很肯定,但未提出任何证据,也不近情理。归葬偃师祖茔,这是杜甫的"遗志",宗武以此命嗣业,嗣业"收拾乞丐,焦劳昼夜",好不容易把祖父的灵柩运回河南,却不遵照祖父的遗志葬于偃师而葬于近在咫尺的巩县,这能说通吗?清人钱泳(1759—1844)曾亲到河南做过调查,他在《履园丛话》(卷十九)中说:

---

① 《元氏长庆集》卷56。

> 按《河南通志》云:唐工部郎杜甫墓在河南府偃师县之土娄村,元和八年元微之志其墓。刘昫《旧唐书》载宗武子嗣业迁甫之柩归葬于偃师西首阳山之前。《墓志》亦云:"启子美之柩,襄祔事于偃师。"祔者,当阳侯墓也。是墓在偃师土娄无疑矣。自《河南府志》有巩人与事之语,遂沿《司马温公诗话》误载入巩县,反驳元微之"祔葬偃师"为江陵途次悬拟之词,岂《旧唐书》亦不可据耶?以嗣业数千里乞丐焦劳,迁柩归葬,岂不知其祖平时"不忘本"、"不违仁"之言,祔葬当阳以慰泉壤,礼也。乃去土娄咫尺,迁就巩,既违祖遗志,而又悖元公襄祔之言,断无是理。

钱泳的意见,是十分中肯的。

至于"始葬偃师而复迁巩"之说,《河南通志》给予否定,但今人仍有赞成的。萧涤非先生曾说:"巩县原是杜甫的故乡,从曾祖依艺就定居于此。他的后裔为了便于祭扫,再由偃师迁葬巩县,也是情理中的事。"①这种说法,既能照顾偃师,又能照顾巩县,不管是否符合事实,倒是可以化解矛盾,两全其美啊!

近年重要的几种学术论著如陈贻焮先生的《杜甫评传》,特别是《中国大百科全书》谈到杜甫的终葬,仍主偃师说。《中国大百科全书·中国文学卷·杜甫》云:"宪宗元和八年(813),才由他的孙子杜嗣业移葬于河南首阳山下。"②

杜甫爱国爱民,所以历代人民一直爱戴他。全国许多地方都有杜公祠,甚至杜甫墓,便是历代人民爱戴他的生动表现。因此,现在的八处杜甫墓,不管是初葬的,终葬的,还是纪念性的,都应该维修和保护,供人们凭吊和瞻仰。

---

① 《杜甫研究·再版前言》第13页。
② 《中国大百科全书》之《中国文学》(一)第126页。

杜甫论诗

文学创作家虽不必为文学批评家,然必自有其文学理论无疑也。故欲研究某文学家之作品,与其求诸他人之批评,固不如求诸其人自己之理论。杜甫之诗,雄伟宏丽,夐绝千古,历代论之者多矣。然而管窥蠡测,穿凿附会,于古人"以意逆志"之义,鲜有当也。杜集论诗之语,散见各篇,往往自道心得,残膏剩馥,沾溉后学。兹撷其尤要者而条贯之,不惟杜公之诗学理论昭然若揭,持此焉以治杜公之诗,亦事半而功倍矣。

一、论诗学源流

少陵崛起盛唐,绍承家学,其诗发源于三百篇,下及楚骚汉魏乐府,吸群书之芳润,撷百家之精英。抒写胸臆,熔铸伟辞,寄托遥深,酝酿醇厚,其味渊然而长,其光油然以深,气格超绝,成一家言。其蓄之者厚,养之者深,故能挥洒自如,左右逢源也。《偶题》一诗,论诗学源流及创作经验甚详。诗云:

> 文章千古事,得失寸心知。
> 作者皆殊列,名声岂浪垂?
> 骚人嗟不见,汉道盛于斯。
> 前辈飞腾入,余波绮丽为。
> 后贤兼旧制,历代各清规。
> 法自儒家有,心从弱岁疲。
> 永怀江左逸,多病邺中奇。
> 骕骦皆良马,麒麟带好儿。
> 车轮徒已斵,堂构惜仍亏。
> 漫作《潜夫论》,虚传幼妇辞。

《杜臆》云："少陵一生精力,用之文章,始成一部诗集。此篇乃一部杜诗总序,而起二句乃一部杜诗所脱胎者。'文章千古事',便须有千古识力。'得失寸心知',则寸心具有千古。此文章家秘藏,为古今立言之标准也。作者殊列,名不浪垂,此二句又千古文人之总括,谓其所就虽不同,然寸心皆有独知者在也。三百篇乃诗家鼻祖,而骚体则裔孙也。骚人不见,则雅颂可知。自苏李辈倡为五言,汉道于斯为盛,此又诗之大宗也。前辈如建安、黄初诸公,飞腾而入;至六朝尚绮靡,亦其余波,不可少也。"又云:"旧制清规,法也,儒家久已有之。而妙从心悟,自弱岁曾殚精于此。每永怀江左之逸,却负病于邺中之奇。江左诸公,犹之骡骥,无非良马。乃曹家父子,如麒麟又带好儿,此其独擅之奇也。今自信车轮已斳,而儿懒失学,堂构仍亏,能如曹家父子乎?虽潜夫有论,幼妇有辞,竟莫为继述矣。此所病于邺中奇也。"王氏之言,甚中此诗之意,文章奥秘,诗统源流,区区二十句中,已足尽底蕴矣。曰骚人,曰汉道,曰邺中,曰江左,言诗家历代各有体制可仿,后人兼采,原不宜过贬偏抑,议论正大。至于太白,则一味复古,"自从建安来,绮丽不足珍",自晋人以下,未免一概抹煞矣。

　　少陵论诗学源流,除《偶题》诗外,散见各篇,足与此诗参证,兹分论之。

（一）三百篇及骚体

　　《戏为六绝句》:"纵使卢王操翰墨,劣于汉魏近风骚"。又云:"别裁伪体亲风雅,转益多师是汝师。"其推崇三百篇及离骚之意可见。元结作《舂陵行》云:

军国多所需,切责在有司。
有司临郡县,刑法竞欲施。
供给岂不忧?征敛又可悲。
州小经乱亡,遗人实困疲。
大乡无十家,大族命单羸。
朝餐是草根,暮食乃木皮。
出言气欲绝,意速行步迟。
追呼尚不忍,况乃鞭扑之!
邮亭传急符,来往迹相追。
更无宽大恩,但有迫促期。
欲令鬻儿女,言发恐乱随。

悉使索其家,而又无生资。
听彼道路言,怨伤谁复知!
去冬山贼来,杀夺几无遗。
所愿见王官,抚养以惠慈。
奈何重驱逐,不使存活为!
安人天子命,符节我所持。
州县忽乱亡,得罪复是谁?
逋缓违诏令,蒙责固其宜。
前贤重守分,恶以祸福移。
亦云贵守官,不爱能适时。
顾惟孱弱者,正直当不亏。
何人采国风,吾欲献此辞。

其序云:

　　癸卯岁,漫叟授道州刺史。道州旧四万余户,经贼已来,不满四千,大半不胜赋税。到官未五十日,承诸使征求符牒二百余封,皆曰:"失其限者,罪至贬削。"呜呼! 若悉应其命,则州县破乱,刺史欲焉逃罪;若不应命,又即获罪戾,必不免也。吾将守官,静以安人,待罪而已。此州是舂陵故地,故作《舂陵行》,以达下情。

蔼然仁者之言! 观其诗结句,固以"国风"自比矣。杜公《同元使君舂陵行序》云:"览道州元使君结《舂陵行》,兼《贼退后示官吏作》二首,志之曰:当天子分忧之地,效汉朝良吏之目。今盗贼未息,知民疾苦,得结辈十数公,落落然参错天下为邦伯,万物吐气,天下少安可待矣。不意复见比兴体制,委婉顿挫之词,感而有诗,增诸卷轴。简知我者,不必寄元。"诗云:

遭乱发尽白,转衰病相婴。
沉绵盗贼际,狼狈江汉行。
叹时药力薄,为客羸瘵成。
吾人诗家秀,博采世上名。

> 粲粲元道州，前贤畏后生。
> 观乎舂陵作，欻见俊哲情。
> 复览贼退篇，结也实国桢。
> 贾谊昔流恸，匡衡尝引经。
> 道州忧黎庶，词气浩纵横。
> 两章对秋月，一字偕华星。
> 致君唐虞际，淳朴忆大庭。
> 何时降玺书，用尔为丹青。
> 狱讼永衰息，岂惟偃甲兵。
> 凄恻念诛求，薄敛近休明。
> 乃知正人意，不苟飞长缨。
> 凉飙振南岳，之子宠若惊。
> 色沮金印大，兴含沧浪清。
> 我多长卿病，日夕思朝廷。
> 肺枯渴太甚，漂泊公孙城。
> 呼儿具纸笔，隐几临轩楹。
> 作诗呻吟内，墨淡字欹倾。
> 感彼危苦词，庶几知者听。

于元结倾倒甚至。元诗言："何人采国风，吾欲献此辞。"杜序言："不意复见比兴体制，委婉顿挫之词。"杜公重视三百篇之意，于此可见矣。又如《陈拾遗故宅》云："有才继骚雅，哲匹不比肩。"《醉时歌》云："先生有道出羲皇，先生有才过屈宋。"《夜听许十一诵诗爱而有作》云："风骚共推激。"《秋日荆南述怀三十韵》云："不必伊周地，皆登屈宋才。"《秋日荆南送石首薛明府辞满告别，奉寄薛尚书，颂德叙怀，斐然之作三十韵》云："侍臣双宋玉。"《雨》云："兼催宋玉悲。"《咏怀古迹五首》云："摇落深知宋玉悲，风流儒雅亦吾师。怅望千秋一洒泪，萧条异代不同时。"《戏为六绝句》云："不薄今人爱古人，清词丽句必为邻。窃攀屈宋宜方驾，恐与齐梁作后尘。"其称颂风骚者尚多，不遍举。元稹云：

> 始尧舜时，君臣以赓歌相和。是后诗继作，历夏殷周千余年，仲尼缉拾选练，取其干预教化之尤者三百篇，其余无闻焉。骚人作而怨愤之态

繁,然犹去风雅日近,尚相比拟。

其言良是。少陵风骚并称,未加轩轾。至若太白"正声何微茫,哀怨起骚人"之论,则稍涉偏激矣。

(二) 汉魏晋六朝

秦汉以降,采诗之官既废,天下民谣歌诗,随时间作。苏李工为五言,自魏文帝《燕歌行》后,七言之体遂兴。建安诗健而不华,质而不俚,风调高雅,格律遒壮,其言畅达而少对偶,得风雅骚人之气骨,最为近古。一变而为晋宋,再变而为齐梁。元稹《唐故检校工部员外郎杜君墓系铭并序》云:"晋时风概稍存,宋齐之间,教失根本,士子以简慢、矫饰、翕习、舒徐相尚,文章以内容、色泽、放荡、精清为高,盖吟写性灵、流连光景之文也;意义格律,固无取焉。陵迟至于梁陈,淫艳、刻饰、佻巧、小碎之词剧,又宋齐之所不取也。"其言与太白"自从建安来,绮丽不足珍"之论相同,与少陵之意,固不合也。《解闷十二首》之五云:"李陵苏武是吾师,孟子论文更不疑。一饭未曾留俗客,数篇今见古人诗。"《奉汉中王手札》云:"枚乘文章老。"《苏大侍御访江浦赋八韵记异》云:'乾坤几反覆,扬马宜同时。"《奉酬恭十二丈判官见赠》云:"相如才调逸。"《别蔡十四著作》云:"贾生恸哭后,寥落无其人。"则不仅师法苏李之诗,而扬、马之赋,枚、贾之文,多所取裁,所谓转益多师者也。尤可注意者,杜老诗学会心之处,独在建安六朝间。故《宗武生日》云:"熟精文选理。"《水阁朝霁奉简云安严明府》云:"续儿读文选。"《别李义》云:"子建文章壮。"《奉赠韦左丞丈二十二韵》云:'诗看子建亲。"《奉寄高常侍》云:"方驾曹刘不啻过。"又曰:"文章曹植波澜阔。"《戏为六绝句》云:"庾信文章老更成,凌云健笔意纵横。今人嗤点流传赋,不觉前贤畏后生。"《解闷十二首》之七云:"陶冶性灵存底物,新诗改罢自长吟。孰知二谢将能事,颇学阴何苦用心。"之四云:"沈范早知何水部,曹刘不待薛郎中。独当省署开文苑,兼泛沧浪学钓翁。"《寄峡州刘伯华使君四十韵》云:"潘安云阁远。"《久客》云:"去国哀王粲。"《答郑十七郎一绝》云:"把文惊小陆。"《秋日题郑监湖亭三首》云:"官序潘生拙。"《咏怀古迹五首》云:"庾信平生最萧瑟,暮年诗赋动江关。"《陪裴使君登岳阳楼》云:"诗接谢宣城。"《夜听许十一诵诗爱而有作》云:"陶谢不枝梧。"《暮春江陵送马大卿公恩命追赴阙下》云:"潘陆应同调。"《秋日荆南送石首薛明府辞满告别,奉寄薛尚书,颂德叙怀,斐然之作三十韵》云:"曾是接应刘。"《重题》云:"还瞻魏太子,宾客减应刘。"《苏大侍御访江浦赋八韵记异》云:"再闻诵新作,突过黄初诗。"《和裴迪登蜀州东亭送客逢早梅相忆见寄》云:"东阁观梅动诗兴,还如何逊在扬州。"《早发射洪县南途中作》云:"茫然阮籍途,更洒杨朱泣。"以其寤寐向往者在是,故其揄扬时人,亦往往以六朝诗人方之。故《赠李白》,则曰:"清新庾开府,俊逸鲍参军。"《与李白同寻范十隐居》,则曰:"李侯有佳句,往往似阴铿。"《苏端薛复筵简薛华醉歌》云:"何刘沈谢力未工,才兼鲍照愁绝倒。"《遣兴五首》之五云"吾怜孟浩然,裋褐即长夜。赋诗何必多,往往凌鲍谢。"《故右仆射相国张公九龄》云:"绮丽玄晖拥,笺诔任昉骋。"《哭王彭州抡》云:"新文生沈谢。"《秋日夔府咏怀奉寄郑监李宾客一百韵》云:"阴何尚清省。"《赠毕曜》云:"同调嗟谁惜,论文笑自知。流传江鲍体,相顾免无儿。"其推尊六朝间诗人甚至,元稹独不见此,何也?

(三) 初唐

初唐诗人,首推四杰。然杨炯好用古人姓名,或讥之为"点鬼簿";骆宾王好用数对,或讥之为"算博士"。杜公则极尊仰,《戏为六绝句》云:"王杨卢骆当时体,轻薄为文哂未休。尔曹身与名俱灭,不废江河万古流。"诗言四公之文,当时杰出,今乃轻薄其为文而哂笑之,岂知尔辈不久销亡,四杰则万古长存,如江河之不废也。又云:"纵使卢王操翰墨,劣于汉魏近风骚。龙文虎脊皆君驭,历块过都见尔曹。"此言纵使卢王操笔不如汉魏近古,但似此龙文虎脊,皆足供王者之用。若尔曹薄劣之材试之长途,当自蹶耳,奈何轻议古人耶?钱谦益曰:"作诗以论文,而题曰《戏为六绝句》,盖寓言以自况也。韩退之诗:'李杜文章在,光焰万丈长。不知群儿愚,那用故谤伤。蚍蜉撼大树,可笑不自量。'然则,当公之世,群儿谤伤,亦不少矣。故借庾信及初唐四子以发其意,嗤点轻薄,皆指并时之人。一则曰'尔曹',再则曰'尔曹',正退之所谓'群儿'也。"末又呼之曰"汝",即所谓"尔曹"也。哀其身名俱灭,故谆谆然呼而悟之。杜老之论,或属有激,然于四杰之宗仰,固发自真心也。《寄峡州刘伯华使君四十韵》云:"学并卢王敏。"《寄彭州高三十五使君适、虢州岑二十七长史参三十韵》云:"举天悲富骆,近代惜卢王。"《赠秘书监江夏李公邕》云:"近伏盈川雄。"是皆称美四杰之可见者也。此外于沈佺期、宋之问、陈拾遗诸人,亦极推崇。《秋日夔府咏怀奉寄郑监李宾客一百韵》云:"沈宋数联翩。"《过宋员外之问旧庄》云:"宋公旧池馆,零落首阳阿。枉道只从入,吟诗许更过。淹留问耆老,寂寞向山河。更得将军树,悲风日暮多。"《陈拾遗故宅》云:"拾遗平昔居,大屋尚修椽。悠扬荒山日,惨澹故园烟。位下曷足伤?所贵者圣贤。有才继骚雅,哲匹不比肩。公生扬马后,名与日月悬。……终古立忠义,《感遇》有遗篇。"抑有进者,公之诗多得之于家学。《宗武生日》云:"诗是吾家事。"《赠秘书监江夏李公邕》云:"例及吾家诗。"《赠蜀僧闾邱师兄》云:"吾祖诗冠古。"盖公祖审言工为诗,与李峤、崔融、苏味道为文章四友,故少陵一则曰:"论文到崔苏。"再则曰:"未甘特进丽。"(特进即李峤也)又公祖与宋之问、沈佺期同在儒馆为交游,故老杜律诗布置法度,多从沈宋得来,更推广集大成耳。

杜公评论诗人,大抵如此。叶适《读杜诗绝句》云:"绝疑此老性坦率,无那评文太世情。若比乃翁增上慢,诸贤那得更垂名。"意谓少陵推奖他人,不无过分。实则皆出诚意,读"不薄今人爱古人,清辞丽句必为邻"及"别裁伪体亲风雅,转益多师是汝师",即可见此中消息矣。

二、论诗家标准

诗以道性情,六义既衰,始有伪饰,论诗者不可无标准也,故少陵之言曰:"别裁伪体亲风雅。"盖风骚有真风骚,汉魏有真汉魏,下而至于齐梁初唐,莫不自有其真面目。"未及前贤更勿疑,递相祖述复先谁。"循流溯源,以上追三百篇之旨,则皆吾师也,故曰:"转益多师是汝师。"苟徒放言高论,而不能虚心以集众益,亦终不离于"伪体"也。

《赠郑十八贲》云:"示我百篇文,诗家一标准。"《春日忆李白》云:"何时一杯酒,重与细论文。"《寄彭州高三十五使君适,虢州岑二十七长史参三十韵》云:"会待妖氛静,论文暂裹粮。"诗家标准,不得不自论文之语求之也。兹分述之。

(一)论阳刚之美

《赠李十五丈别》云:"扬论展寸心,壮笔过飞泉。"《题衡山县文宣王庙新学堂呈陆宰》云:"高歌激宇宙,凡百慎失坠。"《别李义》云:"子建文章壮。"《别唐十五诫因寄礼部贾侍郎》云:"雄笔映千古,见贤心靡他。"《寄彭州高三十五使君适,虢州岑二十七长史参三十韵》云:"意惬关飞动,篇终接混茫。"《寄峡州刘伯华使君四十韵》云:"神融蹑飞动,战胜洗侵凌。"《夜听许十一诵诗爱而有作》云:"飞动摧霹雳。"《曲江三章》第五句云:"长歌激越梢林莽。"《寄薛三郎中据》云:"赋诗宾客间,挥洒动八垠,乃知盖代手,才力老益神。"《醉时歌》云:"但知高歌有鬼神。"《上韦左相二十韵》云:"感激时将晚,苍茫兴有神。"

《逼侧行赠毕四曜》云:"忆君诵诗神凛然。"《游修觉寺》云:"诗应有神助。"《赠太子太师汝阳郡王琎》云:'挥翰绮绣扬,篇什若有神。"《独醉成诗》云:"诗成觉有神。"《寄张十二山人彪三十韵》云:"诗兴不无神。"《寄李十二白二十韵》云:"落笔惊风雨,诗成泣鬼神。"雄也,壮也,飞动也,激越也,有神也,皆阳与刚之美也。又《苏大侍御访江浦赋八韵记异序》云:"余请诵近诗,肯吟数首。才力素壮,辞句动人。接对明日,忆其涌思雷出,书箧几杖之外,殷殷留金石声。赋八韵记异,亦见老夫颠倒于苏至矣。"知杜老论诗,乃偏爱壮美者也。

(二)论阴柔之美

《题衡山县文宣王庙新学堂呈陆宰》云:"是以资雅才,涣然立新意。"《奉酬薛十二丈判官见赠》云:"相如才调逸。"《赠秘书监江夏李公邕》云:"声华当健笔,洒落富清制。"《故右仆射相国张公九龄》云:"诗罢地有余,篇终语清省。一阳发阴管,淑气含公鼎。"又云:'绮丽玄晖拥。"《秋日夔府咏怀奉寄郑监李宾客一百韵》云:"阴何尚清省。"《石砚》云:"平公今诗伯,秀发吾所羡。"《春日忆李白》云:"清新庾开府,俊逸鲍参军。"《戏为六绝句》云:"清词丽句必为邻。"秀发也,清新也,清省也,绮丽也,俊逸也,皆阴与柔之美也。《戏为六绝句》之四曰:"才力应难跨数公,凡今谁是出群雄。或看翡翠兰苕上,未掣鲸鱼碧海中。"其侧重阳刚之论益见,然固非轻视阴柔者也。阳刚之美,吾得举杜老诗句以明之:"大声吹地转,高浪蹴天浮"是也。阴柔之美,吾亦得举杜老诗句以明之:"竟将明媚色,偷眼艳阳天"是也。

三、论句法

篇者句之积,未有句不佳而诗能佳者,故杜老会心之处,尤在句法。《寄高三十五书记》云:"美名人不及,佳句法如何?"其意可见也。故杜诗中,言及句法者特多。《与李白同寻范十隐居》云:"李侯有佳句,往往似阴铿。"《长吟》云:"赋诗新句稳,不觉自长吟。"欲其稳也。《哭李尚书》云:"诗家秀句传。"《送韦十六评事充同谷郡防御判官》云:"题诗得秀句。"《解闷》十二首之六云:"复忆襄阳孟浩然,清诗句句尽甚传。"之八云:"最传秀句寰区满,未绝风流相国能。"欲其清,欲其秀也。《石砚》云:"当公赋佳句。"《秋日题郑监湖上亭三首》云:"赋诗分气象,佳句莫辞频。"《偶题》云:"不敢要佳句,愁来赋别离。"原始要终,欲其佳也。《故江上值水如海势聊短述》云:"为人性僻耽佳句,语不惊人死不休。老去诗篇浑漫与,春来花鸟莫深愁。新添水槛供垂钓,故著浮槎替入舟,焉得思如陶谢手,令渠述作与同游。"吴瞻泰云:"此公自负其平生有惊人句而伤老迈也,蓄意在未落笔之先,故值此奇景,不能长吟,聊为短述。"春来花鸟莫深愁句,言诗人形容刻画,即花鸟亦应愁怕,末句因自己偶无佳句,故思及陶谢也。杜老惟其耽于佳句,故佳句极多,尤好于起句惊人。如《赠王生》云:"麟角凤嘴世莫识,煎胶续弦奇自见。"《简薛华》云:"文章有神交有道,端复得之名誉早。"《山水障》云:"堂上不合生枫树,怪底江山起烟雾。"《哀王孙》云:"长安城头头白乌,夜飞延秋门上呼。"《送长孙侍御》云:"骢马新凿蹄,银鞍被来好。"俱极疏莽奇突之致,其显例也。吴齐贤《杜诗论文》论少陵句法甚详,其言曰:"句法有五字一句者,如'美名人不及,佳句法如何';有上一字,下四字者,如'青惜峰峦过,黄知橘柚来';有上二字,下三字者,如'晚凉看洗马,森木乱鸣蝉';有上三字,下二字者,如'夜郎溪日暖,白帝峡风寒';有一句作三折看者,如'尘中老尽力,岁晚病伤心,峡云笼树小,湖日荡船明';有七字一句者,如'岂有文章惊海内,慢劳车马驻江干';有上一字,下六字者,如'松浮欲尽不尽云,江动将崩未崩石';有上二字,下五字者,如'朝罢香烟携满袖,诗成珠玉在挥毫';有上三字,下四字者,如'渔人网集澄潭下,贾客船随返照来';有上四下三者,如'香飘合殿春风转,花覆千官淑景移';有上五字下二字者,如'五更鼓角声悲壮,三峡星河影动摇';有一句作三折者,如'盘飧市远无兼味,樽酒家贫只旧醅','含风翠竹孤云细,背日丹枫万木稠'是也。倒句如'翠深开断壁,红远结飞楼',极为奇秀。若曰'飞楼红远结,断壁翠深开',肤而浅矣。如'绿垂风折笋,红绽雨肥梅',体物深细。若曰'绿笋风垂折,红梅雨绽肥',鄙而俗矣。如'红豆啄残鹦鹉粒,碧梧栖老凤凰枝',盖言此红豆也,乃鹦鹉啄残之粒;此碧梧也,乃凤凰栖老之枝,何等感慨!若曰'鹦鹉啄馀红豆粒,凤凰栖老碧梧枝',直而率矣。叠句如'甚愧丈人厚,甚知丈人真',两句中徘徊感荷。如'人道我卿绝世无。既称绝世无,天子何不唤取守东都',两句中顿挫感叹。如'得不哀痛尘再蒙。呜呼!得不哀痛尘再蒙',哀伤迫切,击节淋漓,定少一句不得。反跌之句,如秋砧,为寄衣也,而曰'亦知戍不返',比怀人之感更深。'喜达行在所',喜生还也,而曰'死去凭谁报',觉痛定之痛更甚。借形之句,如'辛苦贼中来'也,而曰'所亲惊老瘦',借旁人眼中看出,而己不知。如'生还偶然遂'也,而曰'邻人满墙头',借邻家感叹写出,而悲愈甚。反形文句,极荒凉而以富丽语出之,如'野寺残僧少'也,而曰'麝香眠石竹,鹦鹉啄金桃',益见其荒凉。极贫穷事而以富贵语出之,如'乔木村墟古'也,而曰

'登俎黄柑重,支床锦石圆',愈见其贫窭。极悲伤事,而以欢喜语出之,如北征初归里'老夫情怀恶'也,而曰'瘦妻面复光,痴女头自栉,移时施朱铅,狼藉画眉阔',益见以前之悲伤。"句法为杜老会心所在,从可知矣。

四、论格律

杜老平生自负之处,尤在格律。律欲其细,格欲其老:《苏端薛复筵简薛华醉歌》云:"坐中薛华能醉歌,歌辞自作风格老。"《戏为六绝句》之一云:"庾信文章老更成,凌云健笔意纵横。"皆言格老也。杨慎曰:"庾信之诗,为梁之冠绝,启唐之先鞭,史评其诗曰'绮丽',杜子美称之曰'清新',又曰'老成'。绮丽清新,人皆知之,而其老成,独子美能发其妙。"杨氏之言是也。至言律者,尤不一而足。《又示宗武》云:"觅句新知律。"《秋日夔府咏怀》云:"律比昆仑竹。"《遣闷戏呈路十九曹长》云:"晚节渐于诗律细。"公尝言"老去诗篇浑漫与",此言"晚节渐于诗律细",何也?"律细"言用心精密,"漫与"言出手纯熟。熟从精处得来,两意未尝不合,即所谓"意惬关飞动"也。惟其细于诗律,故又曰"诗律群公问",其自负可见。《敝庐遣兴奉寄严公》云:"题诗好细论。"《春日忆李白》云:"重与细论文。"至其所谓细者何指,则无明证,未敢臆测也。

少陵论诗之旨,已粗见端倪。《赠毕曜》曰:"论文笑自知。"精于论文,固勇于自信也。其自道心得之语,如《寄峡州刘伯华使君四十韵》云:"雕刻初谁料,纤毫欲自矜,神融踾飞动,战胜洗侵凌。妙取筌蹄弃,高宜百万层。"朱注云:"此数句当与《文赋》参看:'雕刻初谁料',即'笼天地于形内,挫万物于笔端'也;'纤毫欲自矜',即'考殿最于锱铢,定去留于毫芒'也;'神融踾飞动',即'精骛八极,心游万仞'也;'战胜洗侵凌',即'方天机之骏利,夫何纷而不理'也;'妙取筌蹄弃,高宜百万层',即'形不可逐,响难为系,块孤立而特峙,非常音之所纬'也。"至其论诗不可无学以植其本,言尤警策。《奉赠韦左丞丈廿二韵》云:"读书破万卷,下笔如有神。"《赠左仆射郑国公严公武》云:"阅书百氏尽,落笔四座惊。"明乎此,然后知严沧浪"诗有别裁,非关书也"之言流于偏激也。

除此之外,尚有极可注意者一事,即作诗之动机是也。闭门寻诗,无病呻吟,其无佳作,自可断言。杜老则异于是。《西阁曝日》云:"即事会赋诗。"《曲江三章章五句》云:"即事非今亦非古。"此因事而发者也。《客居》云:"箧中有旧笔,情至时复援。"《四松》云:"有情且赋诗。"《哭韦大夫之晋》云:"情在强诗篇。"此因情而发者也。事感于外,情动于中,振笔直书,佳句辄来。加以删改,益以润色,至于"毫发无憾"而后已。《故右仆射相国张公九龄》云:"自我一家则,未缺只字警。"实杜公自道也。

(原载1947年1月17、18、19日南京《中央日报·泱泱》)

论杜甫的创体诗

文学之盛衰,辄视"创"与"变"之多寡优劣为转移。"变"者变前人之所有,"创"者创前人之所无,学古而不知变,不知创,则尘羹土饭,陈陈相因,必至腐朽枯竭而后已。建安之诗盛矣,相袭既久而流于衰,后之诗人,才大者大变,才小者小变。叶横山《原诗》云:"盛唐诸人,惟能不为建安之古诗,吾乃谓唐有古诗,若必摹汉魏之声调字句,此汉魏有诗,而唐无古诗矣。"变之不可以已也审矣。杜甫之诗,如汉魏之浑朴古雅,六朝之韶秀藻丽,无一不备,然亦无一句一篇蹈袭前人,纯然为杜甫之诗,知变故耳。变古不易,创新尤难,杜甫之创体诗,固自不多,然亦非他家可及也。兹分论之。

一、饮中八仙歌

知章骑马似乘船,眼花落井水底眠。汝阳三斗始朝天,道逢曲车口流涎,恨不移封向酒泉。左相日兴费万钱,饮如长鲸吸百川,衔杯乐圣且避贤。宗之潇洒美少年,举觞白眼望青天,皎如玉树临风前。苏晋长斋绣佛前,醉中往往爱逃禅。李白一斗诗百篇,长安市上酒家眠。天子呼来不上船,自称臣是酒中仙。张旭三杯草圣传,脱帽露顶王公前,挥毫落纸如云烟。焦遂五斗方卓然,高谈雄辩惊四筵。

此诗描写八公,各极平生醉趣,人自一段,或两句,或三句四句不等。同为一先韵,而前字三押,船字眠字天字再押,似铭似赞,忽长忽短,分之各成一章,合之共为一篇,古无所因,洵创体也。

二、曲江三章章五句

曲江萧条秋气高,菱荷枯折随风涛。游子空嗟垂二毛。白石素沙亦相荡,哀鸿独叫求其曹。

即事非今亦非古,长歌激越捎林莽。比屋豪华固难数。吾人甘作心似灰,弟侄何伤泪如雨!

自断此生休问天,杜曲幸有桑麻田。故将移住南山边。短衣匹马随李广,看射猛虎终残年。

此诗每章五句,一二三五四句同韵,而以第四句截上三句,急转直下,复以第五句陡结。塌翼惊呼,忽翔天际,前无古人,后无来者。王嗣奭谓公"此诗学三百篇,遗貌而存神者",此特就命题之拟三百篇而言,实则非是,观第二章首二句可知矣。《杜臆》云:"即事吟诗,体杂古今。其五句成章,有似古体;七言成句,又似今体。曰长歌者,连章叠歌也。"非今非古,自属创体,王湘绮谓此诗应为"七绝正格",惜无继武者,遂成绝响矣。

三、乾元中寓居同谷县作歌七首

有客有客字子美,白头乱发垂过耳。岁拾橡栗随狙公,天寒日暮山谷里。中原无书归不得,手脚冻皴皮肉死。呜呼一歌兮歌已哀,悲风为我从天来。

长镵长镵白木柄,我生托子以为命。黄独无苗山雪盛,短衣数挽不掩胫。此时与子空归来,男呻女吟四壁静。呜呼二歌兮歌始放,闾里为我色惆怅。

有弟有弟在远方,三人各瘦何人强。生别展转不相见,胡尘暗天道路长。东飞鴐鹅后鹙鸧,安得送我置汝旁。呜呼三歌兮歌三发,汝归何处收兄骨?

有妹有妹在钟离,良人早殁诸孤痴。长淮浪高蛟龙怒,十年不见来何时。扁舟欲往箭满眼,杳杳南国多旌旗。呜呼四歌兮歌四奏,林猿为我啼清昼。

四山多风溪水急,寒雨飒飒枯树湿。黄蒿古城云不开。白狐跳梁黄狐立。我生何为在穷谷,中夜起坐万感集。呜呼五歌兮歌正长,魂招不来归故乡。

南有龙兮在山湫,古木巄嵸枝相樛。木叶黄落龙正蛰,蝮蛇东来水上游。我行怪此安敢出,拔剑欲斩且复休。呜呼六歌兮思迟,溪壑为我回春姿。

男儿生不成名身已老,三年饥走荒山道。长安卿相多少年,富贵应须致身早。山中儒生旧相识,但话宿昔伤怀抱。呜呼七歌兮悄终曲,仰视皇天白日速。

此歌首章从自叙说起,二章自叹冻馁,并及妻孥,三章叹兄弟各天,四章叹兄妹异地,五章咏同谷冬景,六章咏同谷龙湫,七章仍以自叹作结,穷老流离之感深矣。七章中除末章首句为九字句外,其余字句多寡相同,大抵前六句隔句用韵,"呜呼"二字以后,以两句作结,同为一韵。如前六句为平韵者,则结二句必为仄韵,如前六句为仄韵者,则结二句必为平韵。朱子谓此七歌豪宕奇崛,兼取九歌四愁十八拍诸调而变化出之,遂成创体。历来论者备极推崇,胡应麟云:"杜《七歌》亦仿张衡《四愁》,然《七歌》奇崛雄深,《四愁》和平婉丽,汉唐短歌,各为绝唱,所谓异曲同工。"王嗣奭曰:"《七歌》创作,原不仿离骚,而哀实过之,读离骚未必坠泪,而读此不能终篇,则以节短而声促也。"董益曰:"李荇《师友记闻》谓太白《远别离》、《蜀道难》与子美《寓居同谷七歌》同为风骚极致,不在屈宋之下。愚谓一歌结句'悲风为我从天来',七歌云'仰视皇天白日速',其声慨然,其气浩然,殆又非宋玉太白辈所及。"申涵光曰:"《同谷七歌》,顿挫淋漓,有一唱三叹之致。"按宋元以后词人,作《同谷七歌》体者颇多,唯文天祥居先。

四、荆南兵马使太常卿赵公大食刀歌

太常楼船声嗷嘈,问兵刮寇趋下牢。牧出令奔飞百艘,猛蛟突兽纷腾逃。白帝寒城驻锦袍,玄冬示我胡国刀。壮士短衣头虎毛,凭轩拔鞘天为高。翻风转日木怒号,冰翼雪淡伤哀猱。镌错碧罂鸊鹈膏,铓锷已莹虚秋涛。鬼物撇捩辞坑壕,苍水使者扪赤绦。龙伯国人罢钓鳌,芮公回首颜色劳,分闻救世用贤豪。赵公玉立高歌起,揽环结佩相终始。万岁持之护天子,得君乱丝与君理。蜀江如线针如水,荆岑弹丸心未已。贼臣恶子休干纪,魑魅魍魉徒为耳。妖腰乱领敢欣喜!用之不高亦不卑,不似长剑须天倚。吁嗟光禄英雄弭,大食宝刀聊可比。丹青宛转麒麟里,光芒六合无泥滓。

此诗逐句用韵,是柏梁及燕歌行体;然柏梁及燕歌行皆一韵到底,此则前幅平韵,后幅仄韵,又自成一体矣。蒋弱六谓如百宝装成,光怪满纸,造字造句在昌黎长吉之间,又其馀事也。

五、短歌行赠王郎司直

王郎酒酣拔剑斫地歌莫哀,我能拔尔仰塞磊落之奇才。豫章翻风白日动,鲸鱼跋浪沧溟开。且脱佩剑休徘徊。西得诸侯棹锦水,欲向何门趿珠履?仲宣楼头春已深,青眼高歌望吾子,眼中之人吾老矣。

此诗上下各五句,俱用单句相间,截为两段,前段平韵,后段仄韵,亦为创格。至首二句各用十一字成句,亦前此少有,惟李白"紫皇乃赐白兔所捣之药方",足以媲美。后人效之者亦多,鲜能劲练,如东坡"山中故人应有招我归来篇",似可作两句读矣。《怀麓堂稿》言:国初人有作九言者,谓"昨夜西风摆落千林梢,渡头小舟卷入寒塘坳",以为可备一体。不知九言起于高贵乡公,鲍明远沈休文亦有此体,至于杜甫,则此例尤繁,如"炯如一段清冰出万壑,置在迎风露寒之玉壶",又如"何时眼前突兀见此屋,吾庐独破受冻死亦足",此九言之最妙者。若"昨夜西风"两句,则可去首二字作七言,又可上四下五作两句读,创新之难,从可知矣。

六、八哀诗

曹子建、王仲宣、张孟阳等人,皆有七哀诗。释者谓义而哀、痛而哀、感而哀、怨而哀、耳目闻见而哀、口叹而哀、鼻酸而哀也。盖子建之哀,在于独栖而思妇,仲宣之哀,在于弃子之妇人,孟阳之哀,在于已毁之园寝,是皆一哀而七者具也。少陵之八哀,则所哀者八人也。其序云:

伤时盗贼未息,兴起王公李公,叹旧怀贤,终于张相国,八公前后存殁,遂不铨次焉。

诗长不录,兹列其题如下:
　　赠司空王公思礼
　　故司徒李公光弼

赠左仆射郑国公严公武

　　赠太子太师汝阳郡王琎

　　赠秘书监江夏李公邕

　　故秘书少监武功苏公源明

　　故著作郎贬台州司户荥阳郑公虔

　　故右仆射相国张公九龄

　　按《八哀》为杜诗名篇，欲与太史公纪、传争奇。王嗣奭《杜臆》曰："此八公传也，而以韵记之，乃公创格。"郝敬曰："八哀诗雄富，是传记文字之用韵者，文史为诗，自子美始。"叶石林则谓"长篇最难，魏晋以前，无过十韵，常使人以意逆志，初不以叙事倾倒为工。此八篇本非集中高作，而世尊称不敢置议。"此言泥古而不知创新，未可律杜。以五言诗为人物立传，其创辟之功自不可没，惜后世无人发扬光大。

七、新题乐府

　　自齐梁以降，文士喜为乐府诗，往往失其命题本意，太白亦不能免；至少陵则因时因事，自立新题，不蹈前人陈迹，真豪杰也。兹列其新题乐府之尤善者，约有：

　　兵车行

　　悲青坂

　　新安吏

　　潼关吏

　　石壕吏

　　新婚别

　　垂老别

　　无家别

　　胡应麟云："少陵不效四言，不仿离骚，不用乐府旧题，是此老胸中壁立处，然风骚乐府遗意，杜往往得之。"如上列诸篇，述情陈事，恳恻若见。白居易《与元九书》云："诗之豪者，世称李杜，李之作，才矣奇矣，人不逮矣；索其风雅比兴，十无一焉。杜诗最多，可传者千余首，至於贯穿今古，觇缕格律，尽工尽善，又过於李。然撮其《新安吏》、《石壕吏》、《潼关吏》、《塞芦子》、《留花门》之章，'朱门酒肉臭，路有冻死骨'之句，亦不过十三四。杜尚如此，况不逮杜者

乎?"居易盖主张"文章合为时而著,歌诗合为事而作"者,故有斯言;然推重少陵之新乐府诸诗至矣。其自为新乐府序云:

> 凡九千二百五十二言,断为五十篇,篇无定句,句无定字,系於意,不系於文。首句标其目,卒章显其志,诗三百之意也。其辞质而径,欲见之者易谕也。其言直而切,欲闻之者深戒也。其事核而实,使采之者传信也。其体顺而律,可以播於乐章歌曲也。总而言之,为君为臣为民为物为事而作,不为文而作也。

虽自谓拟三百篇,然因事立题,自号新乐府,则源于少陵而光大其体耳。

八、连章律诗与长篇排律

少陵《宗武生日诗》有云:"诗是吾家事。"按公祖杜审言《过义阳公主山池》五首,乃少陵连章律诗之祖;《和李大夫嗣真奉使存抚河东四十韵》,乃少陵长篇排律之祖。然少陵为此体特繁,其连章律诗,多达十首至二十首(如《秦州杂诗》),而章法秩然。如《陪郑广文游何将军山林十首》,分明一篇游记,有首有尾,有呼有应,中间或赋景,或写情,经纬错综,奇正互用,不可方物,无一字落空,无一语犯复,极整严,极变化,为前此诸家所无。又如《秋兴八首》,蛛丝马迹,绪脉相承,分之如骇鸡之犀,四面皆见;合之如常山之阵,首尾互应。以第一起兴,而后章俱发隐衷,或启下,或承上,或互发,或遥应,总是一篇文字。诚如张涎所云:"卓哉一家之言,夐然百世之上,此杜子美所以为诗人之宗仰也。"

唐人排律,初惟六韵左右,少陵则长篇极多。如《秋日荆南述怀三十韵》、《桥陵诗三十韵因呈县内诸官》、《赠王二十四侍御契四十韵》、《夔府书怀四十韵》等数十韵者,不可遍举。至《秋日夔府咏怀奉寄郑监李宾客》,则多至百韵,为杜集第一首长诗,亦为后世百韵诗之祖。然少陵巨什,其中起伏转折顿挫承递若断若续,乍离乍合,极错综恣肆之奇,而按以纪律,却又结构完整,盖其才大而学足以副之,故能随意转合,曲折自如。元微之《唐故检校工部员外郎杜君墓系铭》有云:"……至若铺陈终始,排比声韵,大或千言,次犹数百,辞气豪迈,而风调清深,属对律切,而脱弃凡近,则李尚不能历其藩篱,况堂奥乎?……"则专指少陵长篇排律而言。元遗山《论诗绝句》讥之云:"排比铺张特一途,藩篱如此亦区区。少陵自有连城璧,争奈微之识砥砆。"然长篇排律究为子美创体,且多佳什,岂能一笔抹杀！元白极效此等,百韵排律,叠见迭出,不免夸多斗靡,气缓而脉弛矣。

　　昔王荆公选四家诗,首杜、次韩、次欧,而以太白居末。或叩其故,公谓白之歌诗,豪放飘逸,人固莫及;然其格止此,不知变也。至於少陵,则悲欢穷泰,发敛抑扬,疾徐纵横,无施不可。故其诗有平淡简易者,有绵丽精确者,有严重威武,若三军之帅者,有奋迅驰骤,若凌驾之马者,有淡泊闲静,若山谷隐士者,有风流蕴藉,若贵介公子者。盖其诗绪密而思深,观者苟不能臻其阃奥,未易识其妙处,岂浅近者所能窥哉！袁随园曰:"夫创天下之所无者,未有不为天下之所尊者也。"文学亦若此焉！自甫以后,在唐如韩愈李贺之奇险,刘禹锡杜牧之雄杰,刘长卿之流利,温庭筠李商隐之绮艳,以至宋金元明清诗家之称巨擘者,无虑数十百人,各自炫奇翻异,斗新竞巧,而少陵乃无一焉不开其端,岂非以其"创"乎！

（原载 1947 年 1 月 8 日南京《中央日报·泱泱》）

论杜诗中的诙诡之趣

西洋文学中,有所谓幽默(Humor)者,求之吾国,此格盖寡;曩之论文家,亦甚罕言;明言之,则自曾国藩始。曾氏《古文四象》,既以太阳少阳太阴少阴所谓四象者析古文,又分太阳气势为喷薄之势与跌宕之势,分少阳趣味为诙诡之趣与闲适之趣。所谓诙诡之趣,实与幽默类似。刘彦和《文心雕龙》体性篇分文章为典雅、远奥、精约、显隐、繁缛、壮丽、新奇、轻靡八体。其释新奇,则曰:"摈古竞今,危侧趣诡者也。"危侧趣诡,似与诙诡之趣相类,然刘氏特以此释新奇,非若曾氏之独揭。且危侧趣诡,恐未足尽新奇之全。司空图《诗品》中之清奇,实与刘氏之新奇同科,其释清奇,则与危侧趣诡有异。其言曰:"娟娟群松,下有漪流。晴雪满汀,隔溪渔舟。可人如玉,步履寻幽。载行载止,空碧悠悠。神出古异,淡不可收。如日之曙,如气之秋。"清与新固有别,而奇则一也,何释之不同如此!窃思新奇不必危侧趣诡;危侧趣诡,亦不必新奇也。故刘氏之说,未得为言幽默之始。曾氏则不仅以诙诡之趣属少阳,且极重视。《家训》有云:"余近年颇识古人文章门径,而在军鲜暇,未曾偶作,一吐胸中之奇。尔若能解《汉书》之训诂,参以《庄子》之诙诡,则余愿偿矣。"曾氏又尝言古文境之美者,约有八言:阳刚之美曰雄直怪丽,阴柔之美曰茹远浩适,并各作十六字以赞之。其赞"怪"字云:"奇趣横生,人骇鬼眩。易玄山经,张韩互见。"诙诡之趣,自当於"怪"字中求之。是则曾氏以为古籍有诙诡之趣者,为《易经》,为扬子《太玄经》,为张华《博物志》,为韩昌黎文,此则举其尤者耳。观《古文四象》少阳中入选之文有诙诡之趣者:经有《左传》大棘之战,师慧《过朝》等篇;史有司马迁《滑稽列传》,班固《东方朔列传》等篇;子有《庄子》多篇;而《易》、《玄》与《博物志》之文不收,想系零落不成片段之故。至于韩文,则选《毛颖传》、《答吕毉山人书》等篇。则吾国幽默之文,虽不能谓无,要亦不多耳。求之於诗,则杜诗中往往有之,而历代论诗者,既未标此一格,故亦鲜有称述也。

评杜诗者,大抵以"沉郁"二字尽之。然沉郁非少陵天性,特环境使然耳。吾人但见其为国是民瘼疾呼,为饥寒流离悲歌,故以之为严肃诗人;实则天性幽默,富于风趣。《旧唐书》载其祖审言:"恃才謇傲,甚为时辈所嫉。乾封中,苏味道为天官侍郎,审言预选试。判讫,谓人曰:'苏味道必死。'其人问故,审言曰:'见吾判,自当羞死矣。'又尝谓人曰:'吾之文章,合得屈宋作衙官,吾之书迹,合得王羲之北面。'"至临死之时,犹戏弄宋之问、武平一,其性情固夸诞而诙谐。少陵性格,实不无遗传影响,《进雕赋表》云:"明主倘使执先祖之故事,拔泥涂之久辱,则臣之述作,虽不能鼓吹六经,先鸣数子,至于沉郁顿挫,随时敏捷,而扬雄枚皋之徒,庶可跂及也。有臣如此,陛下其舍诸?"此与东方朔《自荐表》何异?惟其天性如此,故虽流离颠沛,"饥卧动辄向一旬"(《投简咸华两县诸子》),子女竟至饿死,而意兴不稍衰。其思想入世而非出世,其态度积极而非消极,实亦奠基於是也。诗中有诙诡之趣者殊多,约言之,则有讽谏当局者,调侃朋友者及自嘲者三类。兹分论之。

一、讽谏当局者

　　司马迁《滑稽列传》开首曰:"孔子曰:六艺於治一也,礼以节人,乐以发和,书以道事,诗以达意,易以神化,春秋以道义。太史公曰:天道恢恢,岂不大哉!谈言微中,亦可以解纷。"刘辰翁曰:"滑稽者至鄙亵,乃直从六艺庄语说来,此即太史公之滑稽也。"实则非太史公故为滑稽,滑稽可以解纷,故太史公重之。直言庄语,非惟不易入耳,且易滋反感,不如滑稽言之,易于收效也。如优孟谏楚庄王六畜葬所爱马,优旃谏始皇勿大苑囿,倘不出以滑稽,则必至见诛,况听之乎!杜诗中颇有以诙诡之言讽谏者,如《丽人行》首段置"态浓意远淑且真"一语,"真淑"乃妇人之美德,一若赞之者然。而其下则列举事实以证之:"绣罗衣裳照暮春,蹙金孔雀银麒麟。头上何所有?翠为荷叶垂鬓唇。背后何所见?珠压腰衱稳称身。就中云幕椒房亲,赐名大国虢与秦。紫驼之峰出翠釜,水精之盘行素鳞。犀筯厌饫久未下,鸾刀缕切空纷纶。黄门飞鞚不动尘,御厨络绎送八珍。箫管哀吟感鬼神,宾从杂遝实要津。后来鞍马何逡巡,当轩下马入锦茵。杨花雪落覆白萍,青鸟飞去衔红巾。炙手可热势绝伦,慎莫近前丞相嗔!"乃胡然而天,胡然而帝,其美人相、富贵相、妖淫相、罗刹相毕现,使人读后,有"如此真淑"之叹。细玩文法,不禁哑然失笑也。

　　《旧唐书》载:"上元初以吕谭为荆州刺史,谭请以荆州置南都,帝从之。"

按是时庙谟之失,无过此者。迁都洛阳,郭子仪尚坚持不可,况荆州愈趋而南,是直以宗庙陵寝为可弃矣。少陵作《建都十二韵》以讽之,有云:"建都分魏阙,下诏开荆门。恐失东人望,其如西极存?"虽意极严正,而语涉诙诡矣。《戏作花卿歌》曰:"成都猛将有花卿,学语小儿知姓名。用如快鹘风火生,见贼惟多身始轻。绵州副使著柘黄,我卿扫除即日平。子璋髑髅血模糊,手提掷远崔大夫。李侯重有此节度,人道我卿绝世无。既称绝世无,天子何不唤取守东都?"按花卿恣意剽掠,少陵先赞其猛,而曰"小儿知姓名",恐是谈其暴掠之行,并小儿亦知惧。末于"我卿绝世无"上加"人道"二字,继之以"既称绝世无,天子何不唤取守东都",若为花卿惜之者,实则讽之甚矣。又《赠花卿》云:"锦城丝管日纷纷,半入江风半入云。此曲只应天上有,人间能得几回闻?"阳若诙其丝管之名贵,实则不然,盖花卿在蜀,颇借用天子礼乐,少陵讥之,亦所以谏也。又《紧急》云:"才名旧楚将,妙略拥兵机。玉垒虽传檄,松州会解围。和亲知计拙,公主漫无归。青海今谁得,西戎实饱飞。"原注:"高公适领西川节度。"此诗盖讽高适不能御房也。首赞其才名楚将,妙略兵机,其下皆败北之事,则机略可见矣。

章留后待杜公特厚,而所为多不法,杜公《桃竹杖引赠章留后》一诗,以诙诡寓讽谏之意。其诗云:"江心蟠石生桃竹,苍波喷浸尺度足。斩根削皮如紫玉,江妃水仙惜不得。梓潼使君开一束,满堂宾客皆叹息。怜我老病赠两茎,出入抓甲铿有声。老夫复欲东南征,乘涛鼓枻白帝城。路幽必为鬼神夺,拔剑或与蛟龙争。重为告曰:杖兮杖兮,尔之生也甚正直,慎勿见水涌跃学变化为龙!使我不得尔之扶持,灭迹于君山湖上之青峰。噫!风尘澒洞兮,豺虎咬人。忽失双杖兮,吾将曷从?"朱鹤龄曰:"此诗盖借竹杖规章留后也,以涌跃为龙戒之,又以忽失双杖危之,其微旨可见。"而两支竹杖,便说得尔许珍重,落想非平常人所及,所谓"奇趣横生,人骇鬼眩"者非耶?

《覆舟》二首,意在讽谏,语出诙谐。浦注云:"此见采买丹药之使,舟覆峡江而作也。肃宗之季,从事斋房,时或尚沿其习,公故假此为讽也。"诗云:

巫峡盘涡晓。黔阳贡物秋。

丹砂同陨石,翠羽共沉舟。

羁使空斜影,龙宫闷积流。

篙工幸不溺,俄顷逐轻鸥。

> 竹宫时望拜,桂馆或求仙。
> 姹女凌波日,神光照夜年。
> 徒闻斩蛟剑,无复爨犀船。
> 使者随秋色,迢迢独上天!

姹女即真汞之异名,当姹女凌波之日,即神光照夜之年,求仙之无益可知矣,其求仙者未必升天,而采药之使先已上天。"使者随秋色,迢迢独上天。"可谓滑稽之雄。

二、调侃朋友者

杜公交游极广,聚散离合之间,梦之怀之,规谏之,调侃之,既见交情,复多风趣。诗中调侃朋友者极多,择其优者,如《李盐铁宅》二首结尾云:"盐车虽绊骥,名自汉廷来。"汉有盐铁使,故就李之官名而戏之。《饮中八仙歌》云:"知章骑马似乘船,眼花落井水底眠。"以知章吴人,故言以乘船之法骑马,眼花落井,即眠於水底,趣极。其写以下七人,亦极诙诡之能事。《病后过王倚饮赠歌》末云:"但使残年饱吃饭,只愿无事长相见。"语亦有趣。《陪李金吾花下饮》云:"胜地初相引,徐行得自娱。见轻吹鸟毳,随意数花须,细草偏称坐,香醪懒再沽……"写花下饮情况,而结语云:"醉归应犯夜,可怕李金吾?"盖金吾将军掌宫中及京城昼夜巡警之法,故以醉归犯夜调之,可谓妙谑。《徒步归行》原注:"赠李特进,自凤翔赴鄜州途径邠州作。"诗云:"明公壮年值时危,经济实藉英雄姿。国之社稷今若是,武定祸乱非公谁!凤翔千官且饱饭,衣马不复能轻肥。青袍朝士最困者,白头拾遗徒步归。人生交契无老少,论心何必先同调,妻子山中哭向天,须公枥上追风骠。"李特进即李嗣业,有宛马千匹,杜公苦於步行,故以此诗代借马帖,起首先恭维一番,末以"妻子山中哭向天"动之。费如许力气,乃不过为枥上追风骠打算耳。

《王十七侍御抡许携酒至草堂,奉寄此诗,便请邀高三十五使君同过》云:"老夫卧稳朝慵起,白屋寒多暖始开。江鹳巧当幽径浴,邻鸡还过短墙来。绣衣屡许携家酝,皂盖能忘折野梅?戏假霜威促山简,须成一醉习池回。"亦为代柬戏笔。《王竟携酒,高亦同过,共用寒字》云:"卧病荒郊远,通行小径难。故人能领客,携酒重相看。自愧无鲑菜,空烦卸马鞍。移樽劝山简,头白恐风寒。"山简盖指高适。原注:"高每云:'汝年几小,且不必小於我。'故尾联戏之。"言老易畏寒,故宜多饮。高以老戏公,公亦以老戏答也。《寄邛州崔录事》云:"邛州崔录事,闻在果园坊。久待无消息,终朝有底忙?应愁江树远,怯见野亭荒。浩荡风尘际,谁知酒熟香?"久待不至,故诘其有何忙事,更以愁远怯荒激之,以不知酒香嘲之,使必来相就也。《王录事许修草堂赀不到,聊小诘》云:"为嗔王录事,不寄草堂赀。昨属愁春雨,能忘欲漏时?"亦为代简戏作。《七月三日亭午以后,较热退,晚加小凉,稳睡有诗,因论壮年乐事,戏呈元二十一曹长》云:"……欻思红颜日,霜雪冻阶闼。胡马挟雕弓,鸣弦不虚发。长铍逐狡兔,突羽当满月。惆怅白头吟,萧条游侠窟。临轩望山阁,缥缈安可越?高人炼丹砂,未念将朽骨。少壮迹颇疏,欢乐曾倏忽。杖藜风尘际,老丑难翦拂。吾子得神仙,本是池中物。贱夫美一睡,烦促婴词笔。"《杜臆》云:"曹长喜烧炼,故末以此戏之,谓其虽得仙术,未能羽化,犹是池中物,而已之善睡,不减於仙游也。"亦是恶谑。《别李秘书始兴寺所居》云:"不见秘书心若失,及见秘书失心疾。安危动主理信然,我独觉子神充实。重闻西方观止经,老身古寺风泠泠。妻儿待米且归去,明日杖藜来细听。"细玩诗义,想是杜公来李秘书处乞米,而李见杜公,则大谈其《观止经》,刺刺不休,故杜公诗以告别,言不仅衣单风冷,不可久待,且妻儿待米甚急,尤宜早归,如欲谈经,则请移之明日,自当杖藜来听也。诙诡极矣。

《奉酬薛十二丈判官见赠》云:"忽忽峡中睡,悲风方一醒。西来有好鸟,为我下青冥。羽毛净白雪,惨淡飞云汀。既蒙主人顾,举翮唳孤亭。持以比佳士,及此慰扬舲。清文动哀玉,见道发新硎。欲学鸱夷子,待勒燕山铭。谁重斩蛇剑,致君君未听。志在麒麟阁,无心云母屏。卓氏近新寡,豪家朱门扃。相如才调逸,银汉会双星。客来洗粉黛,日暮拾流萤。不是无灯火,劝郎勤六经。老夫自汲涧,野水日泠泠。我叹黑头白,君看银印青。卧病识山鬼,为农知地形。谁矜坐锦帐,苦厌食鱼腥。东西两岸坼,横水注沧溟。碧色忽惆怅,风雷搜百灵。空中右白虎,赤节引娉婷。自云帝季女,嚙雨凤凰翎。襄王薄行迹,莫学令威丁。千秋一拭泪,梦觉有微馨。人生相感动,金石两青荧。丈人但安坐,休辨渭与泾……"冯班曰:"此诗初似不可解,再回读之,略得其旨。首言好鸟西来,言薛判官有赠诗之及也。'清文'以下,序薛来诗之意,言方欲学鸱夷,勒铭燕然,错利器如断蛇之剑,不为时君听知,然志在立功,岂溺情於云母屏之乐者哉!疑薛有临邛之遇,致诗於公以自明,故为序其意如此。下遂言薛有相如之逸才,得卓女於豪家,方洗粉黛,拾流萤,相勉以勤学,非风流放诞者比也。又言我在峡中,辛苦为农,犹不免结梦阳台,有襄王之遇,盖精灵感动,金石为开,人固能无情乎?特戏言以解之耳。……"《和江陵宋大少府暮春雨后同诸公及舍弟宴书斋》云:"渥洼汗血种,天上麒麟儿。才士得神秀,书斋闻尔为。棣华晴雨好,彩服暮春宜。朋酒日欢会,老夫今始知。"细玩诗意,少府开宴,似为其亲具庆而设,诸公及杜公之弟皆与宴,而杜公未与。遂于尾联戏之,言朋酒欢会,老夫今日始知,事前则不知也。

《戏赠友》二首云:"元年建巳月,郎有焦校书。自夸足膂力,能骑生马驹。一朝被马踏,唇裂板齿无。此心不肯已,欲得东擒胡。"其二云:"元年建巳月,官有王司直。马惊折左臂,骨折面如墨。驽骀漫深泥,何不避雨色。劝君休叹恨,未必不为福。"此则以友人跌马受伤,而调侃之也。《春日戏题恼郝使君兄》云:"使君意气凌青霄,忆昨欢娱常见招。细马时鸣金腰褭,佳人屡出董娇饶。东流江水西飞燕,可惜春光不相见。愿携王赵两红颜,再骋肌肤如雪练。通泉百里近梓州,请公一来开我愁。舞处重看花满面,樽前还有锦缠头。"所谓王赵两红颜者,必为郝使君家妓,去年冬在通泉时,尝出以侑觞,故作此以戏之也。《戏简郑广文兼呈苏司业》云:"广文到官舍,系马堂阶下。醉则骑马归,颇遭官长骂。才名三十年,做客寒无毡。赖有苏司业,时时乞酒钱。"才人不遇,使人恸哭,而仍以诙谐出之,不禁破涕为笑也。又如《戏题寄上汉中王三首》有云:"忍断杯中物,只看座右铭。不能随皂盖,自醉逐浮萍。"又云:"杖策时能出,王门异昔游。已知嗟不起,未许醉相留。蜀酒浓无敌,江鱼美可求。终思一酩酊,净扫雁池头。"原注云:"王时在梓州,断酒不饮,篇中戏述。"汉中王既断酒,而诗中皆索酒,亦是妙谑。《戏韦偃所为双松图歌》后段云:"……韦侯韦侯数相见,我有一匹好素绢,重之不减锦绣段。已令拂拭光凌乱,请公放笔为直干。"《杜臆》云:"韦之画松,以屈曲见奇,直便难工。匹绢幅长,汝能放笔为直干乎?戏之也。"他如《戏寄崔评事表侄苏五表弟韦大少府诸侄》、《戏作寄汉中王二首》等,皆此类也。

三、自嘲者

杜诗中具自嘲风味者殊多,固不止调侃朋友已也。如《北征》有云:"经年至茅屋,妻子衣百结。……平生所娇儿,颜色白胜雪。见耶背面啼,垢腻脚不袜。床前两小女,补绽才过膝。海图坼波涛,旧绣移曲折。天吴及紫凤,颠倒在短褐。"此已极见风趣,而"那无囊中帛,救汝寒凛栗。粉黛亦解包,衾裯稍罗列。瘦妻面复光，痴女头自栉。学母无不为，晓妆随手抹。移时施朱铅，狼籍画眉阔。生还对童稚，似欲忘饥渴。问事竞挽须，谁能即嗔喝。翻思在贼愁，甘受杂乱聒"，"恸哭松声迥，悲泉共幽咽"之后，见儿女之可悲可喜，随手写来，极情尽致，亦复诙谐可笑。至云："生还对童稚，似欲忘饥渴。"则寓无限酸楚於自嘲声中，见童稚而欲忘饥渴，然饥渴如故，不以见童稚之故而稍减。"似欲忘"，终不能忘也。又如《彭衙行》有云："痴女饥咬我，啼畏虎狼闻。怀中掩其口，反侧声愈嗔。小儿强解事，故索苦李餐。"张上若谓："能写人所不能写处，真极，朴极，亦趣极。"吴梅村《遣闷》之四："……其余灯下行差肩，见人悲叹殊无端，携手游戏盈床前。相思夜阑更鬎烛，严城鼓声振林木。众雏怖向床头伏，摇手禁之不敢哭。"似脱胎於此，然而沉痛有馀，风趣则不逮矣。

《空囊》云："翠柏苦犹食，明霞高可餐。世人共卤莽，吾道属艰难。不爨井晨冻，无衣床夜寒。囊空恐羞涩，留得一钱看。"食柏尚属可能，霞安可充饥乎？乃自嘲自解之词，言直欲学仙人辟谷也。恐囊空羞涩，留得一钱，写穷困之状，诙谐潇洒。《丈人山》云："自为青城客，不唾青城地。为爱丈人山，丹梯近幽意。丈人祠前佳气浓，绿云拟住最高峰。扫除白发黄精在，君看他时冰雪容。"结作游仙语，而以诙谐出之，趣甚。《遣闷奉呈严公二十韵》云："白水渔竿客，清秋鹤发翁。胡为来幕下？只合在舟中。黄卷真如律，青袍也自公。老妻忧坐痹，幼女问头风。平地专欹倒，分曹失异同。"状下僚生涯极有趣，而用"真"字"也"字，尤觉可笑。《狂歌行赠四兄》云："与兄行年较一岁，贤者是兄愚者弟。兄将富贵等浮云，弟窃功名好权势。长安秋雨十日泥，我曹鞴马听晨鸡。公卿朱门未开锁，我曹已到肩相齐。吾兄稳睡方舒膝，不袜不巾踏晓日。男啼女哭莫我知，身上须缯腹中实。今年思我来嘉州，嘉州酒香花满楼。楼头吃酒楼下卧，长歌短咏迭相酬。四时八节还拘礼，女拜弟妻男拜弟。幅巾鞶带不挂身，头脂足垢何曾洗？吾兄吾兄巢许伦，一生喜怒常任真。日斜枕肘寝已熟，啾啾唧唧为何人？"蒋弱六谓胸中无限牢骚，借乃兄发泄，题曰《狂歌行》，伤我羡人，一片郁勃，所出都是狂态也。实则并非狂态，亦何尝羡人，乃於无可奈何中，自解自嘲耳。"弟窃功名好权势"，岂其然哉？"公卿朱门未开锁，我曹已到肩相齐"，二句为宗臣报《刘一丈书》所本。又如《不离西阁二首》其一云："江柳非时发，江花冷色频。地偏应有瘴，腊近已含春。失学从愚子，无家任老身。不知西阁意，肯别定留人？"题曰《不离》，有厌居之意，厌居而不去，乃是不能去也，却问西阁：肯令我别乎？抑定留人乎？诙诡之极。其二云："西阁从人别,人今亦故亭。江云飘素练,石壁断空青。沧海先迎日,银河倒列星。平生耽胜事,吁骇始初经。"此盖答前首之问,言非西阁留人,人自留耳!厌居而终不能去,必有苦衷,却自嘲自解曰:"平生耽胜事。"乃自夸其江云石壁沧海银河之壮观,故自留耳。然则,既耽胜事,厌居之意,又何自来乎?

《醉为马坠,诸公携酒相看》云:"甫也诸侯老宾客,罢酒酣歌拓金戟。骑马忽忆少年时,散蹄迸落瞿塘石。白帝城门水云外,低身直下八千尺。粉堞电转紫游缰,东得平冈出天壁。江村野堂争入眼,垂鞭躲鞚凌紫陌。向来皓首惊万人,自倚红颜能骑射。安知决臆追风足,朱汗骖骦犹喷玉。不虞一蹶终损伤,人生快意多所辱。职当忧戚伏衾枕,况乃迟暮加烦促。朋知来问腆我颜,杖藜强起依僮仆。语尽还成开口笑,提携别扫清溪曲。酒肉如山又一时,初筵哀筝动豪竹。共指西日不相贷,喧呼且覆杯中渌。何必走马来为问,君不见嵇康养生被杀戮。"郝楚望谓此诗:"词藻风流,情兴感慨。"犹未能鞭辟近里,不如杨西河谓其"诙谐潇洒"之为得也。《复愁十二首》之十二云:"病减诗仍拙,吟多意有余。莫看梁江总,犹被赏时鱼。"公尝赐绯鱼袋,言我虽老若江总,而有银鱼之赏,则流落未足为恨也。《耳聋》云:"生年鹖冠子,叹世鹿皮翁。眼复几时暗?耳从前月聋。猿鸣秋泪缺,雀噪晚愁空。黄落惊山树,呼儿问朔风。"耳聋固非美事,偏偏寻出许多佳处。言向未耳聋之时,闻秋猿啼则洒泪,闻晚雀噪则添愁,今者俱不闻矣,复何愁何泪哉?所憾者眼犹未暗,尚见黄叶之落,想必朔风肆虐,故呼儿问之,是犹可牵愁引泪。"眼复几时暗?"居然有期望之心,固以自嘲为自解,谑亦甚矣。

《戏作俳谐体遣闷二首》云:"异俗吁可怪,斯人难并居。家家养乌鬼,顿顿食黄鱼。旧识能为态,新知已暗疏。治生且耕凿,只有不关渠。"其二云:"西历青羌坂,南留白帝城。於菟侵客恨,粔籹做人情。瓦卜传神语,畬田费火耕。是非何处定?高枕笑浮生。"按《史记》注:"滑稽犹俳谐也。"杜诗中标"戏"作题者极多,而此则明言"俳谐体"矣。又如《遣愁》有云:"养拙蓬为户,茫茫何所开。"《草阁》有云:"草阁临无地,柴扉永不关。"皆为自嘲之例。而《崔评事弟许相迎不到,应虑老夫见泥雨怯出,心恐佳期,走笔戏简》云:"江阁邀宾许马迎,午时起坐白天明。浮云不负青春色,细雨何孤白帝城。身过花间沾湿好,醉於马上往来轻,虚疑皓首冲泥怯,实少银鞍傍险行。"此则调侃朋友而兼自嘲耳。

论杜诗中的诙诡之趣,分讽谏当局、调侃朋友与自嘲三者,特为论述便利计耳,非谓杜诗有诙诡之趣者止是也。如《雷》云:"巫峡中宵动,沧江十月雷。龙蛇不成蛰,天地划争回。却碾空山过,深蟠绝壁来。何须妒云雨,霹雳楚王台。"则调侃雷声。《风雨看舟前落花戏为新句》云:"江上人家桃树枝,春寒细雨出疏篱。影遭碧水潜勾引,风妒红花却倒吹。吹花困懒傍舟楫,水光风力俱相怯。赤憎轻薄遮人怀,珍重分明不来接。湿久飞迟半欲高,萦沙惹草细于毛。蜜蜂蝴蝶生情性,偷眼蜻蜓避伯劳。"他如《绝句漫兴》、《江畔独步寻花》等诗,骂燕子,骂春风,骂桃花,花开既恨,花折又恨,一片奈何不得,极见风趣,亦极见诙诡。少陵一生,忧乱伤离而不消极,妻僵子饿而不悲观。欲致君尧舜而落拓不偶,胸中所蕴,皆写之於诗,而不觉板重。非以天性诙谐,而诙诡之趣,时露篇中也耶!

杜甫与李白

> 杜陵有客才名早,却与山东李白好。
> 短褐飘飘泗水春,登临落日同倾倒。
> 浮踪转盼各飞蓬,石门一别风烟渺。
> 同心之谊祛形骸,相期直在云霞表。
> 渭北江东日渺茫,王孙不见凄芳草。
> 由来造化踬英贤,奈尔风流天地老。
> ——华爱题李白送别杜子美发鲁郡图

唐朝是我国诗坛的春天,尤其是盛唐时代,诗的园地里群花怒放,万紫千红,在艳阳的闪耀下,摇漾着,像金碧的海,汇成空前的壮观。这无量数灿烂肥硕的花朵,当然是多数园丁辛勤灌溉的成果。而出乎其类拔乎其萃的园丁,无疑要数浪漫文学大师李白与写实文学领袖杜甫了。

在同一时代,在同一国度,又在同一艺术领域,崛起势均力敌、光焰万丈的两位大家,这不能不算是文学史上的奇迹。一位是集前此浪漫文学大成而推到极峰的大师,一位是开写实文学先河而汇为巨海的领袖。各人的性格不同,风格也极不相类,却终于是极好的朋友,这更是令人羡慕不已的奇迹。

他们的相识,最初是在东都。按《唐书》:"东都隋置,武德四年废,贞观二年号洛阳宫,显庆二年,诏改东都。"即是现在的洛阳。杜甫第一篇赠李白的诗即是作于东都的。是什么时候呢?按朱注:"天宝三载(744年),公在东都,太白以力士之谮,亦放还,游东都,此赠诗当在其时,故有脱身金闺之句。"可知他们的相识,是在天宝三载。《李太白年谱》:"开元二十八年庚辰,太白年四十。"则天宝三年,其年为四十四岁。又《杜工部年谱》:"天宝十载辛卯,公年四十。"则天宝三年,其年三十三岁(李白长杜甫十有一岁),大约不无相见恨晚的感觉吧！现在让我们看看赠李白诗的内容：

> 二年客东都，所历厌机巧。
> 野人对腥膻，蔬食常不饱。
> 岂无青精饭，使我颜色好？
> 苦乏大药资，山林迹如扫。
> 李侯金闺彦，脱身事幽讨。
> 亦有梁宋游，相期拾瑶草。

从煞尾两句可知杜甫有梁宋之游的计划，李白适欲游梁宋，故有"相期拾瑶草"之约了。按浦注："梁宋在今开封归德境。"他们究竟同游梁宋了没有，这在李杜的诗集里都没有专诗记载。《唐诗纪事》云："始，李白与杜甫相遇梁宋间，结交欢甚。久乃去客居鲁徂徕山。"又《新唐书》杜甫传云："甫少与李白齐名，尝从白及高适过汴州，酒酣登吹台，慷慨怀古，人莫测也。"可见他们不仅同游梁宋，还加上了另一位大诗人高适。"酒酣登吹台，慷慨怀古。"真是诗坛佳话，岂仅是他们的奇遇？他们在当时没有诗，大约是登高怀古，无暇属辞吧！诗是穷愁无聊，苦闷忧愤时的产物。其意有不得申，然后才发之于诗。他们酒酣登台，慷慨怀古，意气发舒，雄视一世，实无事于诗。但在彼此飘零之后，往事如梦，诗人将沉湎于梦的氛围里了。不是吗？杜甫流寓夔州的时候，不就在往事的回忆中唱出诗来了么？《昔游》云：

> 昔者与高李，晚登单父台。
> 寒芜际碣石，万里风云来。
> 桑柘叶如雨，飞藿去徘徊。
> 清霜大泽冻，禽兽有余哀。
> ……

这是从前同游梁宋的盛事，却重浮在诗人的记忆里来了，而现在呢？

> 隔河忆长眺，青岁已摧颓。
> 不及少年日，无复故人杯。

赋诗独流涕,乱世想贤才。
有能市骏骨,莫恨少龙媒。
……

少时的乐事是烟消云散了,他能不在回忆之余,流涕赋诗么?又《遣怀诗》云:"昔我游宋中,惟梁孝王都。……忆与高李辈,论交入酒垆。两公壮藻思,得我色敷腴。气酣登吹台,怀古视平芜。芒砀云一去,雁鹜空相呼。"这是回忆中的事情,酒垆论交之后,酒酣登吹台,慷慨怀古,是如何的不可一世。而现在呢?李白已经于宝应元年死了,高适也死于永泰元年,又是多么使人伤怀的事情。"乱离朋友尽,合沓岁月徂。吾衰将焉托,存殁再呜呼。萧条病益甚,独在天一隅。乘黄已去矣,凡马徒区区。不复见颜鲍,系舟卧荆巫。临餐吐更食,常恐违抚孤。"从末二句看,这是何等交谊?岂不使面朋面友们汗颜?诚如李子德所云:"宋中名地,李公伟人,配公此笔,俱堪千古"啊!

在《李太白诗集》中,并不是没有作于梁宋的篇章,只是未提到与杜甫同游罢了。如《鸣皋歌送岑徵君》,其原注云:"时梁园三尺雪,在清冷池作。"又有《梁园吟》(一名《梁园醉酒歌》),这都是在梁宋的作品。尤其是《梁园吟》一篇,很可能是与杜甫及高适同游后作的。我们先引后几句看吧!"我浮黄河去京阙,挂席欲进波连山。天长水阔厌远涉,访古始及平台间。平台为客忧思多,对酒遂作梁园歌。……昔人豪贵信陵君,今人耕种信陵坟。荒城虚照碧山月,古木尽入苍梧云。梁王宫阙今安在?枚马先归不相待。舞影歌声散渌池,空余汴水东流海。沉吟此事泪满衣,黄金买醉未能归。连呼五白投六博,分曹赌酒酣驰晖。"按《一统志》:"梁园在河南开封府城东南,一名梁苑。"杜诗云:"气酣登吹台。"《元和郡县志》云:"吹台在开封县东南六里。"又按《汉书·梁孝王传》称,王以功亲为大国,筑东苑方三百里,则吹台即在梁园之内无疑。再就《梁园吟》中的"连呼五白投六博,分曹赌酒酣驰晖"来看,显然是几个人在一块儿玩的,又是谁同他在一块儿玩的呢?杜甫《今夕行》云:"今夕何夕岁云徂,更长烛明不可孤。咸阳客舍一事无,相与博塞为欢娱。凭陵大叫呼五白,袒跣不肯成枭卢。英雄有时亦如此,邂逅岂即非良图。君莫笑刘毅从来布衣愿,家无儋石输百万。"则杜甫又是会赌而且主张英雄有时也不免一赌的人。既然是"相遇梁宋间,结交欢甚",同时他们都是过客,别无熟识的人,李白游梁园,能不邀杜甫同来么?所以李白所谓游梁园,与杜甫所谓登吹台,极有可能是一回事。因为他是属于浪漫派的作家,只凭空抒发他的幻想,不像写实大师杜甫的诗把时、地、人等,都弄得清清楚楚,所以使后人无从知道底细,这实在是一件憾事。

梁宋之游完毕以后,天宝四载,同在齐州,共游历下亭。杜甫有《陪李北海宴历下亭》、《同李太守登历下古城员外新亭》等诗,而高适、李白,均有赠邕诗,想必同游,但无诗可证罢了。杜甫赠李白诗:"秋来相顾尚飘蓬,未就丹砂愧葛洪。痛饮狂歌空度日,飞扬跋扈为谁雄。"正是作于此时的。蒋弱六谓"是白一生小像",诚然。如果相知不深,又何能于短短的四句诗中,描画得如此的眉目毕肖呢?除此之外,又有《与李白同寻范十隐居》,也是此时的作品。诗云:

> 李侯有佳句,往往似阴铿。
> 余亦东蒙客,怜君如弟兄。
> 醉眠秋共被,携手日同行。
> 更想幽期处,还寻北郭生。
> 入门高兴发,侍立小童清。
> 落景闻寒杵,屯云对古城。
> 向来吟《桔颂》,谁欲讨莼羹。
> 不愿论簪笏,悠悠沧海情。

彼此珍惜,如弟兄一样,"醉眠秋共被,携手日同行"十字之中,包含着多少笑语咏歌,包含着多少风月晴雨。杨西河谓可想见此中细论文之乐,其实又何止细论文之乐呢?

真是"由来造化赜英贤"。他们在一生之中,便只有这短短的欢聚而已。杜甫《壮游诗》云:"放荡齐赵间,裘马颇清狂。……快意八九年,西归到咸阳。"天宝五载,杜甫要回长安,李白有《鲁郡东石门送杜二甫》诗。诗云:

> 醉别复几日,登临遍池台。
> 何时石门路,重有金樽开。
> 秋波落泗水,海色明徂徕。
> 飞蓬各自远,且尽手中杯。

杜甫《题张氏隐居》："涧道余寒历冰雪，石门斜日到林邱。"正是这时送别的石门，风景如旧，而劳燕分飞。"何时石门路，重有金樽开"呢？这是谁也不能回答的问题。

杜甫回到长安，李白又游于吴越之间，杜甫《冬日有怀李白诗》云：

寂寞书斋里，终朝独尔思。
更寻嘉树传，不忘角弓诗。
短褐风霜入，还丹日月迟。
未因乘兴去，空有鹿门期。

"终朝独尔思"，是其他的朋友有时还可以忘怀，惟独李白，他却无时不在思念之中。"空有鹿门期"，大概他们有结庐隐居之约，然而亦止是约言罢了，如何能实现呢？寂寥的严冬消逝之后，接着是花香鸟语的春天，他们的离别，也延长到了春天。"终朝独尔思"的况味，当然要更为浓烈了。《春日忆李白》诗云："白也诗无敌，飘然思不群。清新庾开府，俊逸鲍参军。渭北春天树，江东日暮云。何时一樽酒，重与细论文。"杨西河云："首句自是阅尽甘苦，上下古今甘心让一头地。"这样一位清新俊逸的作家，同时是最好的朋友，却远在江东，暮云春树，能不倍起相思？如果说"醉眠秋共被，携手日同行"，可想见细论文之乐，那么"何时一樽酒，重与细论文"，又不胜"醉眠秋共被，携手日同行"之思了。接着有《送孔巢父谢病归游江东兼呈李白》诗，孔巢父与李白、韩准、裴政、张叔明、陶沔隐居徂徕山，号"竹溪六逸"，故亦与杜甫相识，其诗有"南寻禹穴见李白，道甫问讯今何如"之句。乾元元年（758年）六月，杜甫出为华州司功，李白于肃宗至德元载（756年）丙申，由宣城到溧阳，转入剡中，终于到了庐山，隐居高卧。永王璘迫他入幕，后来永王璘擅引舟师东下，胁以随行。次年兵败，李白坐系浔阳狱，经宣慰大使崔涣及御史中丞宋若思为之推覆清雪，乃得释放。到了乾元元年，终以从永王璘之故，长流夜郎。于是他跋涉于流放之途，泛洞庭，上三峡，饱尝着人世的艰辛与苦难。乾元二年，流寓秦州的杜甫才得到好友的坏消息，更增加了思念与担忧的情绪，连夜地梦见他的朋友颠沛困顿于蛮烟瘴雨之乡，他不得不写出使千载以后的读者犹不禁坠泪的诗来。《梦李白》二首云：

一

死别已吞声,生别常恻恻。
江南瘴疠地,逐客无消息。
故人入我梦,明我长相忆。
君今在罗网,何以有羽翼?
恐非平生魂,路远不可测。
魂来枫林青,魂返关塞黑。
落月满屋梁,犹疑照颜色。
水深波浪阔,无使蛟龙得。

二

浮云终日行,游子久不至。
三夜频梦君,情亲见君意。
告归常局促,苦道来不易。
江湖多风波,舟楫恐失坠。
出门搔白首,若负平生志。
冠盖满京华,斯人独憔悴。
孰云网恢恢,将老身反累。
千秋万岁名,寂寞身后事。

陆时雍曰:"是魂,是人,是真,是梦,都觉恍惚无定,亲情苦意,无不备极,真得屈骚之神。"仇兆鳌云:"次首因频梦而作,故诗语更进一层。前云明我相忆,是白知公;此云见君意,是公知白。前云波浪蛟龙,是公为白忧;此云江湖舟楫,是白又自为虑。前章说梦处多涉疑词,此章说梦处宛如目击。千古交情,惟此为至。然非公至性,不能有此至情;非公至文,不能传此至性。"虽然说非公至文,不能传此至性,究竟还是因为有此至性,才能写出如此动人的文章,每一字每一句,都是深厚真挚的情感的升华。假如他与李白的友谊未到极度,能写出这样激情洋溢的诗章么?杜甫在秦州,又有《天末怀李白》诗云:

凉风起天末,君子意如何?
鸿雁飞不到,江湖秋水多。

> 文章憎命达,魑魅喜人过。
>
> 应共冤魂语,投诗赠汨罗。

蒋弱六云:"向空遥望,喃喃作声,此等诗真得风骚之意。"邵子湘云:"如此诗可以怀李。"按《李太白年谱》:"乾元二年,己亥,未至夜郎,遇赦得释。"而杜甫到秦州,已是此年的秋天,李白遇赦后已有数月了。由于那时消息迟滞,他无从得知,还以为李白正奔走于汨罗一带,念念不忘。这样情感深厚的人,才会写出不朽的作品来。此外又有《寄李十二白二十韵》,也是此年秋冬之际的作品。诗云:

> 昔年有狂客,号尔谪仙人。
> 笔落惊风雨,诗成泣鬼神。
> 声名从此大,汨没一朝伸。
> 文彩承殊渥,流传必绝伦。
> 龙舟移棹晚,兽锦夺袍新。
> 白日来深殿,青云满后尘。
> 乞归忧诏许,遇我夙心亲。
> 未负幽栖志,兼全宠辱身。
> 剧谈怜野逸,嗜酒见天真。
> 醉舞梁园夜,行歌泗水春。
> 才高心不展,道屈善无邻。
> 处士祢衡俊,诸生原宪贫。
> 稻粱求未足,薏苡谤何频。
> 五岭炎蒸地,三危放逐臣。
> 几年遭鵩鸟,独泣向麟麒。
> 苏武元还汉,黄公岂事秦。
> 楚筵辞醴日,梁狱上书辰。
> 已用当时法,谁将此议陈。
> 老吟秋月下,病起暮江滨。
> 莫怪恩波隔,乘槎与问津。

金垒子云:"杜少陵平生,何独于太白数数然耶?至读《寄白二十韵》有云：'才高心不展，道屈善无邻……已用当时法，谁将此议陈'，予三复而深悲之。数语为太白洒谤，事具而情真，太白无濡迹于永王璘事，省然矣。白亦尝有《书怀赠江夏韦太守》诗云：'仆卧香炉顶，食霞饮瑶泉。门开九江转，枕下五湖连。半夜水军来，浔阳满旌旃。空名适自误，迫胁上楼船。徒赐五百金，弃之若浮烟。辞官不受赏，翻谪夜郎天。夜郎万里道，西上令人老。扫荡六合清，仍为负霜草。日月无偏照，何由诉苍昊'。甚详。然不若杜诗之可据，盖亲父不得为其子媒，其父誉之，不若他人誉之之为信也。"王嗣奭曰："此诗分明为李白作传，其生平履历备矣。白才高而狂，人或疑其乏保身之哲，公故为之剖白。如'未负幽栖志，兼全宠辱身'，及'楚筵辞醴'、'梁狱上书'数句，皆刻意辨明，与《赠王维诗》：'一病缘明主，三年独此心'相同，总不欲使才人含冤千载耳。卢世㴶谓是天壤间维持公道、保护元气文字。"

"老吟秋月下，病起暮江滨。"李白赦后还浔阳的消息，他大约知道了吧！所以他原原本本地写出传记一般翔实的诗来。在这篇诗中，除了为李白洒谤而外，还追忆到他们从前同游时代的往事："剧谈怜野逸，嗜酒见天真。醉舞梁园夜，行歌泗水春。"这里他明明提出了"醉舞梁园夜"的句子。这与李白《梁园吟》中的"黄金买醉未能归……歌且谣，意方远"不正是二而一的事情么？上元宝应间，杜甫居成都浣花草堂的时候，得不到李白的消息。《不见诗》云：

不见李生久，佯狂真可哀。
世人皆欲杀，吾意独怜才。
敏捷诗千首，飘零酒一杯。
匡山读书处，头白好归来。

说者或以匡山即指庐山，此时杜甫在蜀，如指庐山，显然与下句"好归来"之意不合。或以为系指彰明之大匡山，盖大匡山犹有李白之读书台，其青莲乡故居遗地尚在，废为寺，以李白之故，名陇西院。此说比较合理，此时李白尚飘零于金陵宣城溧阳之间，杜甫怜之，所以有"头白好归来"的句子，期望见面的情绪，不禁流露于字里行间了。

李白病卒于宝应元年十一月。此后杜甫曾在《昔游》与《遣怀》二诗中，述及李白，前面已引过了。其他如《饮中八仙歌》中的"李白一斗诗百篇，长安市上酒家眠"，《苏端薛复筵简薛华醉歌》中的"近来海内为长句，汝与山东李白好"等,言及李白处很多,都是与李白的友谊到达高度的证明。

《艺苑雌黄》云:"洪驹父诗话言子美集中赠太白诗最多,而李初无一篇与杜者。"这话显然是错误的,《鲁郡东石门送杜二甫》诗,前面已有征引,后人且有据以为送别图者,何谓初无一篇?此后又有《沙邱城下寄杜甫》一诗。诗云:

> 我来竟何事,高卧沙邱城。
> 城边有古树,日夕连秋声。
> 鲁酒不可醉,齐歌空复情。
> 思君若汶水,浩荡寄南征。

因不知此诗作于何时,所以前面未敢引用,他们石门别后,杜甫回到长安,李白不久亦往游吴越,或者是初别后的作品吧!此外尚有《赠杜补阙》一诗,《酉阳杂俎》以为杜补阙即是杜甫。《容斋四笔》以为杜甫但为左拾遗,不曾任补阙。既无证据,当然不敢武断即为杜甫。姑且钞出这篇诗来吧!诗云:"我觉秋兴逸,孰云秋兴悲。山将落日去,水与晴空宜。云归碧海夕,雁度晴天迟。相失各万里,茫然空尔思。"有关杜甫的诗,见于李集者,便止于此了。

像李杜这样旷代难逢的大诗人,何幸而生于同时,又何幸而相遇东都,同游梁宋,至于齐鲁。醉舞梁园,行歌泗水,无夜不醉眠共被,无日不携手同行。虽然相聚的时间太短,但他们并不曾辜负这短短的时间。他们了解"即今相见不尽欢,别后相思复何益"的道理。在别后虽然再不曾重见,但他们的友谊正因为别离时间的积久而越发深重。杜甫为李白而作的那些诗篇,尤其那些动人的句子,像"世人皆欲杀,吾意独怜才,""醉眠秋共被,携手日同行",像"落月满屋梁,犹疑照颜色",浓烈的情感直从字里跳动起来,谁能否认这是出于至诚的呢?即如李白的"思君若汶水,浩荡寄南征","何时石门路,重有金樽开",其中所表现的,谁能认为是泛泛的友谊呢?虽然李白为杜甫而作的诗并不多见,但并不能因此而有所怀疑。韩退之《调张籍》云:"李杜文章在,光焰万丈长。平生千万篇,金薤垂琳琅。仙官敕六丁,雷电下取将。流落人间者,泰山一毫芒。"事实上李白为杜甫而作的诗,绝不止现在所见的数篇而已,大多数恐怕都散失了。李阳冰《草堂集序》云:"自中原有事,公避地八年,当时著述,十丧其九。"这不是铁一般的的证据么?李白虽有天仙之才,亦未尝不热情洋溢,慷慨忠诚。推崔颢所作"昔人已乘黄鹤去"一诗,谓不啻己出。岂能对少陵有所轻视么？然而后世有许多文人，以小人之心度君子，持文人相轻之见，以为李杜二人，才名相逼，必不能不各怀妒忌之心，于是曲解捏造，以明己说，这又何必呢？《西溪丛话》云："杜甫《忆李白》诗云：'俊逸鲍参军'，亦有讥焉，鲍照《白纻辞》一篇，自用之。杜又云'李侯有佳句，往往似阴铿'，如'柳色黄金嫩，梨花白雪香'，乃阴铿诗也。"这是说：杜甫以鲍照、阴铿比李白不是推崇，而是讥讽李白抄袭前人的诗句。杜甫诗云："颇学阴何苦用心。"又云："庾信文章老更成。"又云："流传江鲍体，相顾免无儿。"可知阴庾鲍三人，皆杜甫所极崇拜者，用来比拟李白，当然是善意的推崇，何尝有讽刺的意味呢？《徐子能说诗》云："李白天才，甫虽称其敏捷，而于法律上有所未安，其视白如老先生见少年门生，恐其不肯进，故赞他极有分寸云云……"这更是瞎说，连李白长杜甫十余岁都弄不清楚，乃亦如此妄说，真可笑人。杜甫于人或称官阀，或称爵里，或曰丈人，或曰先生，所以常呼太白之名者，正是忘年之交的表现，如有丝毫隔膜的存在，能互相尔汝，如此亲昵么？如果认为这些句子有所轻视，那么"余亦东蒙客，怜君如弟兄"，"三夜频梦君，情亲见君意"等句称李白为"君"，也有所轻视么？况且杜甫一则曰："千秋万岁名，寂寞身后事。"再则曰："乘黄已去矣，凡马徒区区。"这实在是出于衷心的称赞，同时也是清楚地估计过李白作品之后的评价。少陵毫无轻视太白之意，不是很显然么？又有一些人，以为李白是轻视杜甫的。《唐诗本事》云："李白才逸气高，与陈拾遗齐名，先后合德，其论诗云：'陈梁已来，艳薄斯极，沈休文又尚以声律，将复古道，非我而谁？'故陈、李二集，律诗殊少。尝言'寄兴深微，五言不如四言，七言又其靡也。况使束于声调俳优哉？'故《戏杜》曰：'饭颗山头（一作长乐坡前）逢杜甫，头戴笠子日卓午。借问别来太瘦生，总为从前作诗苦。'盖讥其拘束也。"我们知道李杜自东都相识，至鲁郡分别，相聚仅这些时间，别后再不曾相见，那么"借问别来太瘦生"，与事实显然是驴头不对马嘴。何况长乐坡在京兆府万年县东北三十里，他们既未同到此地，又何由相逢呢？此诗不载《李太白集》，又俚俗粗鄙，为好事者所伪造，自可断言。不论是过去还是现在，文坛上总闹着文人相轻的悲喜剧，只有李杜两位震古烁今的大诗人是难得的例外。不是用牵强附会的办法质疑李杜的友谊以强调文人相轻的必然性，而是颂扬李杜的友谊使难得的例外变为普遍的现实，这是我写这篇文章的初衷和愿望。

（原载 1946 年 11 月 20、21 日南京《中央日报·泱泱》）

杜甫与严武

感情是诗的灵魂。感情跃动在作品里,像奇花的怒放,像好鸟的欢歌,像炎夏骄阳的光和热,像电闪,像雷鸣,像江河的奔流。惟其作家毫不吝惜地将浓烈的感情灌注于作品之中,所以那作品才不是由文字堆砌的躯壳,而含有活生生的呼之欲出的灵魂,惟其有灵魂,所以有生命。伟大的作品之所以能永垂不朽,正因为它保留了作者的情感,而作者的情感,经常与读者发生共鸣作用。反之,无情感灌注的作品,无疑地要淘汰于读者之前,又何恃而流传久远呢?

一个伟大的诗人,他必定拥有极深厚的感情。我们伟大的民族诗人杜甫,更是如此,因而被称为"情圣"。惟其是"情圣","诗圣"的王冠,才落到他的头上了。试通读他的诗集,便可看出他不仅对亲人,而且对国家、对民族、对受苦受难的百姓、乃至对鸟兽虫鱼等等,无不给予热爱,给予关注,给予伟大的同情。对朋友,当然也不例外。

杜甫的朋友极多,他和同时的诗人之间,差不多都维持着极浓厚的感情,如李白,如高适,如岑参,如贾至……其中最有关系的,无过严武。在杜诗中为严武而作的诗,将近三十首之多,这便是坚强的证明。

他和严武的友谊,是建立在两重关系之上的:第一,他和严武的父亲严挺之是好朋友;第二,严武也很擅长于诗。这样,不仅是旧交,而且具有相同的爱好,当然容易合得来了。至德乾元之间,严武官给事中,杜甫官左拾遗,加上同事的关系,相见日多,彼此的交谊,便日渐加深了。《奉赠严八阁老诗》云:"扈圣登黄阁,明公独妙年。蛟龙得云雨,雕鹗在秋天。客礼容疏放,官曹可接联。新诗句句好,应任老夫传。"从诗的正面可看出杜甫的疏放,俨然以老前辈自居;而严武对他的敬慕,显然是隐藏于诗的背面的。等到杜甫往鄜州去省家,他们经过第一度的离别。《留别贾严二阁老》诗:"田园须暂住,戎马惜离群。去远留诗别,愁多任酒醺……"已隐然有"黯然销魂"的情景,这不是感情已深的说明么?

此后严武坐房琯事贬为巴州刺史，杜甫也辗转流浪于秦州，暂别竟成了久别，彼此又各不称意，更容易撩动感情。杜甫在秦州的时候，曾作《寄岳州贾司马六丈巴州严八使君两阁老五十韵》排律："衡岳猿啼里，巴州鸟道边。故人俱不利，谪宦两悠然。"一起首便有无限的感慨。"恩荣同拜手，出入最随肩。晚着华堂醉，寒重绣被眠。礜齐兼秉烛，书杠满怀笺。"回想往日同事时的乐事，再寻思当前的离别，真是"旧好肠堪断，新愁眼欲穿"了。"地僻昏炎瘴，山稠隘石泉。且将棋度日，应用酒为年。"更叮嘱朋友避谗言而遣愁闷的方法，是如何的真情流露啊？

一面由于饥寒与兵乱的威胁，一面又由于耐不住"他乡饶梦寐，失侣自迍邅"的苦闷，杜甫由秦州经铁堂峡泥功山积草岭等地，到了同谷，又由同谷经木皮岭、剑门关等地，到了成都，在浣花溪建起草堂，植花种果，插李栽松，创造了极幽雅的环境。严武适拜成都尹兼御史大夫充剑南节度使，立刻作了《寄题杜二锦江野亭》的诗，末二句云："兴发会能骑骏马，终须直到使君滩。"杜甫知道严武要来，酬诗有"何日旌麾出城府，草茅无径欲教锄"的句子，便每日扫径以待了。

果然，严武立即实践了他的诺言。老杜《严中丞枉驾见过》

    元戎小队出郊坰，问柳寻花到野亭。
    川合东西瞻使节，地分南北任流萍。
    扁舟不独如张翰，皂帽应兼似管宁。
    寂寞江天云雾里，何人道有少微星？

这是他们久别之后的首次见面，其欢乐自可想见。此后杜甫有《遭田父泥美严中丞》，有《奉和严中丞西城晚眺十韵》，有《中丞严公雨中垂寄见忆一绝奉答二绝》，有《谢严中丞送青城山道士乳酒一瓶》，来往和诗送酒，过存很密。《中丞严公雨中垂寄见忆一绝奉答二绝》云：

    雨映行宫辱赠诗，元戎肯赴野人期。
    江边老人虽无力，强拟晴天理钓丝。

    何日雨晴云出溪，白沙青石洗无泥，

> 只须伐竹开荒径，倚杖穿花听马嘶。

"元戎肯赴野人期"，可知《严公雨中垂寄见忆一绝》中必定露出又将见过之意，所以他"强拟晴天理钓丝"，要钓些鱼回来，准备设馔款客了。一方面，又伐竹开径，"倚杖穿花听马嘶"，等待行将到临的朋友。

严武果然来了！大概是受了杜甫答诗的暗示，怕他"老病无力"，虽然强理钓丝，也未必能钓来什么鱼，于是干脆自携酒馔。《严公仲夏枉驾草堂兼携酒馔得寒字》云：

> 竹里行厨洗玉盘，花边立马簇金鞍。
> 非关使者征求急，自识将军礼数宽。
> 百年地僻柴门迥，五月江深草阁寒。
> 看弄渔舟移白日，老农何有罄交欢？

"非关使者征求急"，显然是严武要他入幕。因为他不愿意，便作罢论了。此后他又参与过严武的厅宴，《严公厅宴同咏蜀道地图诗》有"兴与烟霞会，清樽幸不空"的结句。老朋友在一块儿，吃酒作诗，也不能不说是流浪生涯中难能可贵的乐事啊！

但是"胜会不常，盛筵难再"。当人们正在欢聚的时候，总有黯然的离别悄悄地落在头上。古往今来多少诗章，河梁之咏，金谷之诗，远至崧高烝民，都是在惨痛的离别中唱出的。严武奉调入朝，他们又是一度离别。《奉送严公入朝十韵》云："空留玉帐术，愁杀锦城人。阁道通丹地，江潭隐白萍。此身那老蜀？不死会归秦。公若登台辅，临危莫爱身。"在离别的时候，还能以忠言相告："公若登台辅，临危莫爱身"，忠厚之心，溢于言外了。

严武要走，他依依不忍分手，直送到绵州，距成都已三百余里了！《送严侍郎到绵州同登杜使君江楼宴得心字》云：

> 野兴每难尽，江楼延赏心。
> 归朝送使节，落景惜登临。
> 稍稍烟集渚，微微风动襟。
> 重楼依浅濑，轻鸟渡层阴。

> 槛峻背幽谷，窗虚交茂林。
> 灯光散远近，日彩静高深。
> 城拥朝来客，天横醉后参。
> 穷途衰谢意，苦调短长吟。
> 此会共能几？诸孙贤至今。
> 不劳朱户闭，自待白河沉。

"此会共能几"，感觉到分手的即刻到来，而又不知道何时能重新见面，眼前一刹那的时间，实在太难得了。于是"不劳朱户闭，自待白河沉。"江楼宴会，直延到银河欲沉、天色将曙的时候，还不肯散啊！严武又有答他的诗，《酬别杜二》云：

> 独逢尧典日，再睹汉官仪。
> 未效风霜劲，空惭雨露私。
> 夜钟清万户，曙漏拂千旗。
> 并向殊庭谒，俱承别馆追。
> 斗城怜旧路，涪水惜归期。
> 峰树还相伴，江云更对谁？
> 试回沧海棹，莫妒敬亭诗。
> 只是书应寄，无忘酒共持。
> 但令心事在，未肯鬓毛衰。
> 最怅巴山里，清猿恼梦思。

在朋友分手的时候，再说不出什么来，所能说出来而又不惮重复地叮嘱的，总不过是"多写信"这一类的话。"只是书应寄"，也免不了"多写信"的叮嘱。不过他还想出一个别后浇愁的办法，那就是"无忘酒共持"了。然而举酒浇愁，只能在醒的时候，"最怅巴山里，清猿恼梦思"，梦中的相思，又有什么办法呢？

杜甫送朋友，不仅由成都到绵州，由绵州就道之时，他又送了三十余里。《奉济驿重送严公四韵》云：

> 远送从此别，青山空复情。
> 几时杯重把？昨夜月同行。
> 列郡讴歌惜，三朝出入荣。
> 江村独归处，寂寞养残生。

当我们读这首诗的时候，假如能设身处地地想想，或者是具有送别经验的读者，我想很可能流出酸楚的眼泪。即使不然，铅块般的阴暗，也将紧压在心头了。远送数百里，无非是不忍分手，但终于要分手了！要"从此"分手了！分手以手，何时能会面吃酒呢？想起来真是海一样的渺茫，梦一样的无从捉摸；然而近在昨夜，在昨夜的明月之中，不还在比肩同行么？不要说昨夜，在送行三十里的途中，不同样是在比肩同行么？而终于要别了，"从此"一别，便真的别了啊！归来的时候，踏着与行人共留的足迹，而伴着他的，只是寂寞的影子，不复是亲爱的朋友。传入他耳里的，是自己的足音，是鸟的歌声，是不熟识的人们的语言，不复是亲爱的朋友的说和笑了。在"江村独归处"的情境中，不仅是当时的他难以为怀，在千载后的读者，恐怕也不敢想象吧！

严武走后，因徐知道反，为兵所阻，至是年九月犹滞巴岭。杜甫也因为避乱，暂入梓州，未曾回成都草堂。他有《九日奉寄严大夫》的诗，诗云：

> 九日应愁思，经时冒险艰。
> 不眠持汉节，何路出巴山？
> 小驿香醪嫩，重岩细菊斑。
> 遥知簇鞍马，回首白云间。

严武接诗后有答诗，《巴岭答杜二见忆》云："卧向巴山落月时，两乡千里梦相思。可但步兵偏爱酒，也知光禄最能诗。江头赤叶枫愁客，篱外黄花菊对谁？跋马望君非一度，冷猿秋雁不胜悲。"

友谊到达最高度的时候，真能心心相印，由于自己的想念朋友，可以逆知朋友也在同样地想念自己。"遥知簇鞍马，回首白云间。"正是这种心情的流露。果然不出他的所料，枫叶愁客，菊花对谁，跋涉旅途的行人，一度又一度的回首遥望，云天迢递，江山寂寥，何能望见故人的身影？只有秋雁过顶，冷猿啼树，不愿看见的东西，又偏偏要逼人眼帘，能不令行人悲伤坠泪么？

此后他们分别了不到一年的样子。广德二年春,杜甫将有荆南之行,忽然得到严武二度镇蜀的消息,他喜出望外,留以待之。《奉待严大夫》云:

> 殊方又喜故人来,重镇还须济世才。
> 常怪偏裨终日待,不知旌节隔年回。
> 欲辞巴徼啼莺合,远下荆门去鹢催。
> 身老时危思会面,一生襟抱向谁开?

严武既到成都,于是他也从阆州领妻子赶回成都草堂。将赴成都草堂途中作《先寄严郑公五首》中有云:"得归茅屋赴成都,直为文翁再剖符。"可见所以回成都之故,全是为了严武。又云:"五马旧曾谙小径,几回书札待潜夫。"则在赴成都之前,严公已数次有书见招了。

到成都之后,作《归来诗》云:"凭谁给麴糵,细酌老江干。"是投老之计,不无望于严公。《草堂诗》有云:"旧犬喜我归,低徊入衣裾。邻里喜我归,沽酒携胡芦。大官喜我来,遣骑问所须。"所谓大官,即指严武。严武有《军城早秋七绝》云:"昨夜秋风入汉关,朔云边月满西山。更催飞将追骄虏,莫放沙场匹马还。"杜甫奉和云:"秋风袅袅动高旌,玉帐分弓射虏营。已收滴博云间戍,欲夺蓬婆雪外城。"杜甫又有《严郑公阶下新松得沾字》诗、《严郑公宅同咏竹得香字》诗,以及《晚秋陪严郑公摩诃池泛舟得溪字》诗,集外诗又有《陪郑公秋晚北池临眺》诗。按年谱,知是年六月,武表公为节度参谋检校工部员外郎赐绯鱼袋,故彼此作诗最多,《奉观严郑公厅事岷山沱江画图十韵得忘字》五言排律一首,宋人杨诚斋、清人王阮亭等均极推崇。诗云:

> 沱水流中座,岷山到北堂。
> 白波吹粉壁,青嶂插雕梁。
> 直讶松杉冷,兼疑菱荇香。
> 雪云虚点缀,沙草得微茫。
> 岭雁随毫末,川鲵饮练光。
> 霏红洲叶乱,拂黛石萝长。
> 暗谷非关雨,丹枫不为霜。
> 秋城元圃外,景物洞庭旁。

绘事功殊绝，幽襟兴激昂。
从来谢太傅，丘壑道难忘。

按年谱：杜甫于永泰元年（765年）正月辞幕府，归草堂。《正月三日归溪上有作简院内诸公》有"白头趋幕府，深觉负平生"之句。《旧唐书》本传有云："武与甫世旧，待遇甚隆。甫性褊躁无器度，恃恩放恣，尝凭醉登武之床，瞪视武曰：'严挺之乃有此儿！'武虽急暴，不以为忤。"《新唐书》本传云："……武再帅剑南，表为参谋检校工部员外郎。武以世旧，待甫甚善，亲至其家。甫见之，或时不巾，而性褊躁傲诞，尝登武床，瞪视曰：'严挺之乃有此儿！'武亦暴猛，然若不为忤，中衔之。一日欲杀甫及梓州刺史章彝，集吏于门。武将出，冠钩于帘三。左右白其母，奔救得止，独杀彝。"此说恐不足信，前人已有辩之者。如"武将出，冠钩于帘三……"等，尤类小说家言。朱注谓此说出《云溪友议》。总之，绝非事实，这从往还的诗中可以看得出来。不过他辞去幕府，也确有原因。《春日江村五首》有云："郊扉存晚计，幕府愧群才。"《遣闷奉呈严公二十韵》是初入幕府不久的作品，但已流露出终于要辞去的意思，诗云：

白水渔竿客，清秋鹤发翁。
胡为来幕下？只合在舟中。
黄卷真如律，青袍也自公。
老妻忧坐痹，幼女问头风。
平地专欹倒，分曹失异同。
礼甘衰力就，义忝上官通。
畴昔论诗早，光辉仗钺雄。
宽容存性拙，剪拂念途穷。
露裛思藤架，烟霏想桂丛。
信然龟触网，直作鸟窥笼。
西岭纡村北，南江绕舍东。
竹皮寒旧翠，椒实雨新红。
浪簸船应坼，杯乾瓮即空。
藩篱生野径，斧斤任樵童。
束缚酬知己，蹉跎效小忠。

> 周防期稍稍，太简遽匆匆。
> 晓入朱扉启，昏归画角终。
> 不成寻别业，未敢息微躬。
> 乌鹊愁银汉，驱驰怕锦幪。
> 会希全物色，时放倚梧桐。

他终于要辞去严武幕府的原因，在这里已有说明："黄卷真如律，青袍也自公。老妻忧坐痹，幼女问头风。"是他既怕礼数的束缚，又吃不消坐办公室的苦楚。"分曹失异同"，是他与同事们意见不合。因此，他便提出"会希全物色，时放倚梧桐"的请求了。至于《唐书》本传上的那一套说法，实在是"莫须有"的事。如果那套说法能成立，为什么他在辞去之后，还有一篇《敝庐遣兴奉寄严公》的诗呢？现在我们再来看看这首遣兴诗的内容吧？诗云：

> 野外平桥路，春沙映竹村。
> 风轻粉蝶喜，花暖蜜蜂喧。
> 把酒宜深酌，题诗好细论。
> 府中瞻暇日，江上忆词源。
> 迹忝朝廷旧，情依节制尊。
> 还思长者车，恐避席为门。

前四联说：草堂春光明丽，正好把酒论诗，我正在想念你，希望您能有闲暇时间欣然光临。后两联说：当年我们在朝廷同事，如今我更依恋您这位两川节度使大员。汉朝的陈平穷得以破席子做大门，可是门外多有长者车辙。我的柴门并不比陈平的好，您的高车大马，会不会避开呢？我还真有点担心啊！先正面邀请，后反言催促，真是绝妙招饮小简。假如严武真的要杀他，他在友谊决裂之后回来，而他又有"褊躁傲诞"的性情，能写出这样的诗么？

他辞出幕府的原因，已如《遣闷诗》所言。其近因呢？大概是与同僚们大闹意见。《莫相疑行》有云："晚将末契托年少，当面输心背面笑。寄谢悠悠世上儿，不争好恶莫相疑。"一则老不入时，再则主官相待独厚，不免见忌。但他不争好恶，悠悠世人，又何须相疑呢？《赤霄行》亦云："老翁慎莫怪少年，葛亮《贵和》书有篇。丈夫垂名动万年，记忆细故非高贤。"这是何等的旷达宽厚、光明磊落!《新唐书》却偏要说他"性褊躁傲诞",岂不冤哉枉也!

朋友相处,有时不免有小风波。他们之间的小风波,主要是同僚们掀起的。这样的小风波,肯定不至影响他们深远的友谊。他在回家之后所作的《奉寄严公》的招饮小简式的诗,就是坚强的证明。"把酒宜深酌,题诗好细论。"他还是期待着在风轻花暖、蝶喜蜂喧的草堂中,留恋诗酒之会的。在诗酒之会中,他们可能坦率地解释彼此的误会,弥补友谊的裂痕。但是严武不待来访,便死去了。这真是无可弥补的缺憾啊,《哭严仆射归榇》云:

　　素幔随流水,归舟返旧京。
　　老亲如宿昔,部曲异平生。
　　风送蛟龙匣,天长骠骑营。
　　一哀三峡暮,遗后见君情。

"一哀三峡暮,遗后见君情。"这是多么悲凉凄怆的心境的流露啊!太要好的朋友,在相处过久的时候,不觉得相聚的难得,于是彼此会忽略各人的好处,而相互吹求毛病;但当别离之后,见得他人的待我,究不如要好的朋友,于是只想到朋友的好处,而深憾已往吹求小毛病的错误了。尤其在朋友死去之后,见及世人的凉薄,更觉死者的可爱。"遗后见君情"不就是这种心情的说明吗?

人是往事的制造者,人之所以怀恋朋友,固然是怀恋朋友的本身,而重要的部分,却是怀恋与朋友共同制造的往事。一个记忆力绵薄的人,往事不会频频地寻找他。这种人诚然是上帝的幸运儿,因为在往事的回忆中,所给予人的几乎都是烦恼,都是苦闷。古今中外的大诗人,尤其是"情圣杜甫",记忆力偏偏是特别强,往事偏偏会频频地浮现在脑海里,他常常会在烦恼的回忆中写出诗来。由回忆而得的作品是最感人的。故人是死去了,但是与故人共同制造的往事还活着,何时能死去呢?伟大空前的《八哀诗》,就是产生于惨痛的回忆中的作品,尤其是《赠左仆射郑国公严公武》这一篇感人更深。我们不妨录出来看看,因为这是他俩友谊的结束,也作为本文的结束吧!

　　郑公瑚琏器,华岳金天晶。
　　昔在童子日,已闻老成名。
　　嶷然大贤后,复见秀骨清。

开口取将相,小心事友生。
阅书百氏尽,落笔四座惊。
历职非父任,嫉邪尝力争。
汉仪尚整肃,胡骑忽纵横。
飞传自河陇,逢人问公卿。
不知万乘出,雪涕风悲鸣。
受辞剑阁道,谒帝萧关城。
寂寞云台杖,飘飖沙塞旌。
江山少使者,笳鼓凝皇情。
壮士血相视,忠臣气不平。
密论贞观体,挥发歧阳征。
感激动四极,联翩收二京。
西郊牛酒再,原庙丹青明。
匡汲俄宠辱,卫霍竟哀荣。
四登会府地,三掌华阳兵。
京兆空柳色,尚书无履声。
群乌自朝夕,白马休横行。
诸葛蜀人爱,文翁儒化成。
公来雪山重,公去雪山轻。
记室得何逊,韬钤延子荆。
四郊失壁垒,虚馆开逢迎。
堂上指图画,军中吹玉笙。
岂无成都酒,忧国只细倾。
时观锦水钓,问俗终相并。
意待犬戎灭,人藏红粟盈。
以兹报主愿,庶或裨世程。
炯炯一心在,沉沉二竖婴。
颜回竟短折,贾谊徒忠贞。
飞旐出江汉,孤舟转荆衡。
虚无马融笛,怅望龙骧莹。
空余老宾客,身上愧簪缨。

在这篇诗里,他不是一面在怀恋朋友,一面在怀恋与朋友共同制造的往事么?"堂上指图画",我们不还记得从前《奉观严郑公厅事岷山沱江画图》的诗么?"沱水流中座,岷山到北堂"的情景,如今是涌现在他的回忆里了。同样,"岂无成都酒,忧国只细倾。"我们不还记得严公给他送乳酒及自携酒馔见过的事情么?但是现在呢?"空余老宾客,身上愧簪缨。"此外还有什么?

在形体上,他们的友谊是中绝了,而在杜老的回忆里,他们的友谊却永远活着。杜老死了,但他把回忆交给不可磨灭的诗篇,诗篇活到现在,他们的友谊也活到现在。深厚的情感灌注的友谊不会死亡,正像浓烈的感情灌注的作品不会死亡一样。

(原载 1946 年 10 月 22、23 日南京《中央日报·泱泱》)

杜甫与郑虔(附苏源明)

在杜甫的朋友之中,大多数是同时的诗人,唯独郑虔是一位彪炳当代的大儒。不仅道德文章,迥迈时流,而且博雅渊懿,自天文地理,书法丹青,兵农医药,以及蝌蚪奇字,无不贯串荟萃,并通兼赅,所以与杜甫为学术之交,最称莫逆。他俩的相识,大约是天宝中在京师的时候。《醉时歌》是此时的作品,原注"赠广文馆博士郑虔"。按天宝九载(750年),国子监置广文馆,以领词藻之士。郑虔于开元末年任协律郎,因私修国史被贬十年,是岁始回京师参选,除广文馆博士。诗云:

诸公衮衮登台省,广文先生官独冷。
甲第纷纷厌粱肉,广文先生饭不足。
先生有道出羲皇,先生有才过屈宋。
德尊一代常坎坷,名垂万古知何用。
杜陵野客人更嗤,被褐短窄鬓如丝。
日籴太仓五升米。时赴郑老同襟期。
得钱即相觅,沽酒不复疑。
忘形到尔汝,痛饮真吾师。
清夜沉沉动春酌,灯前细雨檐花落。
但觉高歌有鬼神,焉知饿死填沟壑!
相如逸才亲涤器,子云识字终投阁。
先生早赋归去来,石田茅屋荒苍苔。
儒术于我何有哉?孔丘盗跖俱尘埃。
不需闻此意惨怆,生前相遇且衔杯。

杨西河曰:"悲壮淋漓之至,两人即此自足千古。"王嗣奭曰:"此篇总属不平之鸣,无可奈何之辞,非真谓垂名无用,非真谓儒术可废,亦非真欲孔跖齐观,又非真欲同寻醉乡也。公《咏怀》诗云:'沉醉聊自遣,放歌破愁绝',即可移作此诗之解。"我们从此诗中,可以看出杜公对于郑虔的道德才名,是如何的倾倒,对于彼此的潦倒穷途,是如何的以哭当歌,而得钱相觅,沽酒不疑,痛饮高歌,忘形尔汝,其相契之深,也可想见了。自后又有《陪郑广文游何将军山林》十首,其第十首云:"幽意忽不惬,归期无奈何。出门流水住,回首白云多。自笑灯前舞,谁怜醉后歌。只应与朋好,风雨亦来过。"可知其后《重游何氏五首》,亦必与郑虔同游。这可算是他们过存最密的时候了。

又《戏简郑广文虔兼呈苏司业》云:"广文到官舍,系马堂阶下。醉则骑马归,颇遭官长骂。才名四十年,坐客寒无毡。赖有苏司业,时时乞酒钱。"蒋弱六云:"嬉笑之音,过于恸哭。"

天宝十五载六月,安史叛军陷长安,唐玄宗怆惶出逃。郑虔和王维等来不及逃避,被押到东都洛阳,授予水部郎中的伪职。郑虔诈称有疾,拒不就职,并且潜以密章送达灵武,向肃宗报告,表现了对唐王朝的忠诚。至德二年正月,安禄山为其子安庆绪所杀,郑虔乘机逃出洛阳,奔回长安。途中与杜甫相遇于郑潜曜家,杜甫作《郑驸马池台喜遇郑广文同饮》云:"不谓生戎马,何知共酒怀!燃脐眉坞败,握节汉臣回。白发千茎雪,丹心一寸灰。别离经死地,披写忽登台。重对秦箫发,俱过阮宅来。留恋春夜舞,目落强徘徊。"在诗中,杜甫以苏武"握汉节"称赞郑虔的一片"丹心",然而唐王朝还是把他贬了!

至德二年(757年)十二月,凡陷贼之官,以六等定罪,三等者流贬,郑虔列第三等,故贬为台州司户。《送郑十八虔贬台州司户,伤其临老陷贼之故,阙为面别,情见于诗》云:

> 郑公樗散鬓成丝,酒后常称老画师。
> 万里伤心严谴日,百年垂死中兴时。
> 仓皇已就长途往,邂逅无端出饯迟。
> 便与先生应永诀,九重泉路尽交期。

卢德水云:"此诗万转千回,清空一气,纯是泪点,都无墨痕,诗至此,直可使暑日飞霜,午时鬼泣,在七言律中尤难,末径作永诀之词,诗到真处,不嫌其直,不妨于尽也。"真是情见乎诗,血泪交迸,汇成一道呜咽的夜流,激动着读者的心弦。他好像有一种悲惨阴暗的预感,不自觉地写出了"便与先生应永诀,九重泉路尽交期"的不祥之语。果然,郑虔病卒于台州,这两句诗,遂成诗谶了。后来少陵经过郑虔的故居,睹物怀人,一阵阵的酸楚袭上心头,不禁写出《题郑十八著作丈故居》:

> 台州地阔海冥冥,云水长和岛屿青。
> 乱后故人双别泪,春深逐客一浮萍。
> 酒酣懒舞谁相拽,诗罢能吟不复听。
> 第五桥边流恨水,皇陂岸北结愁亭。
> 贾生对鵩伤王傅,苏武看羊陷贼庭。
> 可念此翁怀直道,也沾新国用轻刑。
> 祢衡实恐遭江夏,方朔虚传是岁星。
> 穷巷悄然车马绝,案头干死读书萤。

当他经过故人的故居之时,猛然想到故人是不在这里了。他被贬于台州,地阔海深,水远山遥,眼前是望不透的云水苍茫,能不抚今思昔,黯然销魂么!"第五桥边流恨水,皇陂岸北结愁亭。"他从前陪郑广文游何将军山林的时候,"不识南塘路,今知第五桥,名园依绿水,野竹上青霄";"百顷风潭上,千章夏木清,卑枝低结子,接叶暗巢莺";"剩水沧江破,残山碣石开,绿垂风折笋,红绽雨肥梅";"云薄翠微寺,天清皇子陂,向来幽兴极,步履过东篱"。那时第五桥边,水是那样的澄澈,亭是那样的玲珑,绿水波中,摇漾着名园的花月丽影,同时也影映着他们的面颜。皇陂亭畔,天清如水,他们步履相随,也不知留下了多少足迹。然而这一切的一切,都露一般的消失,烟一般的飘散了。人生是如此的不可捉摸啊!现在想起来,只有无限的酸楚,于是那桥、那水、那亭……非惟不能引起像以前一样的美感,而且触目伤情,都成"流恨""结愁"的东西了!"可念此翁怀直道,也沾新国用轻刑。"句下朱注云:"是时六等定罪,虔贬台州,于刑为轻矣。然虔以密章达灵武,不当议罪,故公于此深惜之。"实则此诗也是欲为郑虔洗雪其罪的。至其结尾:"祢衡实恐遭江夏,方朔虚传是岁星。穷巷悄然车马绝,案头干死读书萤",诚如蒋弱六所说:"是读书人最不幸结局,千古大家一哭。"

少陵流寓秦州的时候,穷愁寂寞,他怀念着过去的朋友,像李白、贾至、严

武、毕曜、薛据等等,郑虔当然是其中之一。有《怀台州郑十八司户》云:

> 天台隔三江,风浪无晨暮。
> 郑公纵得归,老病不识路。
> 昔如水上鸥,今为罝中兔。
> 性命由他人,悲辛但狂顾。
> 山鬼独一脚,蝮蛇长如树。
> 呼号傍孤城,岁月谁与度?
> 从来御魑魅,多为才名误。
> 夫子嵇阮流,更被时俗恶。
> 海隅微小吏,眼暗发垂素。
> 鸠杖近青袍,非供折腰具。
> 平生一杯酒,见我故人遇。
> 相望无所成,乾坤莽回互。

王嗣奭曰:"此诗想象郑公孤危之状如亲见,亦如身历,总从肺腑交情流露出来,几于一字一泪,与《梦李白》篇同一真切。"二人交情的深厚于此可见。后在秦州得虔消息,《所思》云:

> 郑老身仍窜,台州信始传。
> 为农山涧曲,卧病海云边。
> 世已疏儒素,人犹乞酒钱。
> 徒劳望牛斗,无计铩龙泉。

广德二年(764年),郑虔病卒台州,此时少陵在蜀,噩耗传来,哭之失声,《哭台州郑司户苏少监》云:

> 故旧谁怜我,平生郑与苏。
> 存亡不重见,丧乱独前途。
> 豪俊何人在,文章扫地无。

羁游万里阔，凶问一年俱。
白日中原上，清秋大海隅。
夜台当北斗，泉路寄东吴。
得罪台州去，时危弃硕儒。
移官蓬阁后，谷贵没潜夫。
流恸嗟何及，衔冤有是夫！
道消诗兴发，心息酒为徒。
许与才虽薄，追随迹未拘。
班扬名甚盛，嵇阮逸相须。
会取君臣合，宁诠品命殊。
贤良不必展，廊庙偶然趋。
胜决风尘际，功安造化炉。
从容询旧学，惨淡阅《阴符》。
摆落嫌疑久，哀伤志力输。
俗依绵谷异，客对雪山孤。
童稚思诸子，交朋列友于。
情乖清酒送，望绝抚坟呼。
疟疠餐巴水，疮痍老蜀都。
飘零迷哭处，天地日榛芜。

卢德水云："此诗泣下最多，缘二公与子美莫逆故也。'豪俊何人在'四句，抵一篇大祭文。结云：'飘零迷哭处，天地日榛芜'，苍苍茫茫，有何地置老夫之意。想诗成时热泪一涌而出，不复论行点矣，是以读之哭也。""苏少监"即苏源明。按源明先为国子司业，后为秘书少监，上面所引的《戏简郑广文兼呈苏司业》中的"赖有苏司业"，即是苏源明，可知他是杜甫和郑虔共同的朋友。"做客寒无毡"的广文先生，是依赖他的帮忙吃酒的，而他俩也恰恰同死于广德二年。少陵有《怀旧诗》云："地下苏司业，情亲独有君。那因丧乱后，便作死生分。老罢知明镜，悲来望白云。自从失词伯，不复更论文。"仇注云："此悼苏之亡而自伤失侣也。"

《存殁口号》二首之二云："郑公粉绘随长夜，曹霸丹青已白头。天下何曾有山水，人间不解重骅骝。"原注："高士荥阳郑虔，善画山水。曹霸，善画马。"

此时郑公已死,故第三句谓殁固可惜;曹霸则尚健,故第四句谓存亦可怜。郑公善画山水,自郑公之殁,天下已无复山水;曹霸善画马,则骅骝可得,奈人间不解重此何?

少陵《八哀诗序》中有"叹旧怀贤"句,实则以怀旧者占大多数,郑苏二公自然是怀旧的例子。《故秘书少监武功苏公源明》与《故著作郎贬台州司户荥阳郑公虔》二诗,都是《八哀诗》中的佳作。《故著作郎贬台州司户荥阳郑公虔》云:"鹦居至鲁门,不识钟鼓飨。孔翠望赤霄,愁思雕笼养。荥阳冠众儒,早闻名公赏。地崇士大夫,况乃气精爽。天然生知姿,学立游夏上。神农或阙漏,黄石愧师长。药纂西极名,兵流指诸掌。贯穿无遗恨,荟萃何技痒。圭臬星经奥,虫篆丹青广。子云窥未遍,方朔谐太柱。神翰顾不一,体变钟兼两。文传天下口,大字犹在牓。昔献书画图,新诗亦俱往。沧州动玉阶,寡鹤误一响。三绝自御题,四方尤所仰。……"起首四句,纯粹用比喻来象征郑虔的高逸洒脱,不愿受爵位的束缚。五六两句言郑虔早年即为众儒之冠,见赏于名公。此下叙述郑虔渊博的学问和宏富的著述。"药纂西极名",指《胡本草》;"兵流指诸掌",指《天宝军防录》;"荟萃何技痒",指《荟萃》。以下赞扬他擅长诗书画。《新唐书》本传云:"虔善图山水,好书,常无纸,闻慈恩寺贮柿叶数屋,遂日往取叶肄书,岁久殆遍。尝自写其诗并画以献,帝(按指唐玄宗)大署其尾曰:'郑虔三绝'""三绝自御题,四方尤所仰"两句,对郑虔的诗书画在当时产生的影响给予突出的表现。

嗜酒益疏放,弹琴视天壤。
形骸实土木,亲近惟几杖。
未曾寄官曹,突兀倚书幌。
晚就芸香阁,胡尘昏坱莽。
反覆归圣朝,点染无涤荡。
老蒙台州掾,遇泛浙江桨。
履穿四明雪,饥拾楢溪橡。
空闻紫芝歌,不见杏坛丈。
天长眺东南,秋色馀魍魉。
别离惨至今,斑白徒怀曩。

> 春深秦山秀，叶坠清渭朗。
> 剧谈王侯门，野税林下鞅。
> 操纸终夕酣，时物集遐想。
> 词场竟疏阔，平昔滥推奖。
> 百年见存殁，牢落吾安放？
> 萧条阮咸在，出处同世网。
> 他日访江楼，含凄述飘荡。

在这段诗里，叙述郑虔的落拓不得志，叙述其陷贼及贬于台州的险恶遭遇。"天长眺东南，秋色馀魍魉。别离惨至今，斑白徒怀曩。"设身处地读此诗，将不禁洒同情之泪。千载后的读者尚且如此，杜老的情怀，便可想而知了。"春深秦山秀，叶坠清渭朗。剧谈王侯门，野税林下鞅。操纸终夕酣，时物集遐想。"这许多美好的往事，如今都成梦幻了。"百年见存殁，牢落吾安放？"王阮亭云："十字悲甚。"真是一字一泪啊！结处带出其侄，原注云："著作与今秘监郑君审，篇翰齐价，谪江陵，故有阮咸江楼之句。"按郑审即郑虔之侄，为秘书少监，少陵有《秋日寄题郑监湖上亭三首》、《暮春陪李中丞过郑监湖亭泛舟得过字》、《宇文晁重泛郑监前湖》等诗。

人生最痛苦的事情，无过于失去最要好的朋友，何况在短短的一年之中，竟失去了两位。而苏源明呢？既与郑虔友善，复于少陵交深，所以简直交织成一片不可分割的友谊。少陵《八哀》中的《故秘书少监武功苏公源明》一诗，也述及郑虔。杨西河云："苏郑二公，乃公之密友，故带及之，亦效史公合传体。"诗云：

> 武功少也孤，徒步客徐兖。
> 读书东岳中，十载考坟典。
> 时下莱芜郭，忍饥浮云巘。
> 负米晚为身，每食脸必泫。
> 夜字照爇薪，垢衣生碧藓。
> 庶以勤苦志，报兹劬劳愿。
> 学蔚醇儒姿，文包旧史善。
> 洒落辞幽人，归来潜京辇。

射君东堂策,宗匠集精选。
制可题未乾,乙科已大阐。
文章日自负,吏禄亦累践。
晨趋闾阖内,足踏宿昔趼。
一麾出守还,黄屋朔风卷。
不暇陪八骏,虏廷悲所遣。
平生满樽酒,断此朋知展。
忧愤病二秋,有恨石可转。
肃宗复社稷,得毋顺逆辨!
范晔顾其儿,李斯忆黄犬。
秘书茂松色,再鼍祠坛墠。
前后百卷文,枕籍皆禁脔。
制作扬雄流,溟涨本末浅。
青荧芙蓉剑,犀兕岂独剸。
反为后辈褻,予实苦怀缅。
煌煌斋房芝,事绝万手搴。
垂之俟来者,正始征劝勉。
不要悬黄金,胡为投乳赞?
结交三十载,吾与谁游衍!
荥阳复冥冥,罪罟已横胃。
呜呼子逝日,始泰则终蹇。
长安米万钱,凋丧尽馀喘。
战伐何当解? 归帆阻清沔。
尚缠漳水疾,永负蒿里钱!

胡夏客曰:"武功少孤,忍饥为官,复以饥卒,读此不禁三叹。"杨西河曰:"此篇独用顺叙,大抵亦多说文字,而以忠孝二字作骨。首段叙其孤贫好学,次段叙其壮而出仕,三段言其不污伪命,四段叙文才兼表直节,末段言其穷老以死,而己复不得归奠以致哀也。"蒋弱六云:"慨然血洒,离骚之音。"李子德云:"苏郑深交,观其诗直泪溢行间,然非此诗雄伟排宕,二公岂遽与天壤并存!""结交三十载,吾谁与游衍!荥阳复冥冥,罪罟已横胃。"荥阳即指郑虔。读到这里,每一字,每一句,都敲击着我们的心,像铅块似地沉下去了。

(原载 1946 年 12 月 17、18 日南京《中央日报·泱泱》)

杜甫在秦州

无疑的,一个地方常会由于名人的足迹所至而声价十倍。如果这位名人是震古铄今的大文豪,并且用了他那生花之笔,予此地以宏丽的设色、精彩的描绘而谱入花团锦簇的诗章,则此地一山一水,一草一木,亦将打破空间与时间的限制而呈现于世人的眼前,而该地的名字,也自然因为诗章的长存而传播无穷。

秦州,这虽不见得是如何样陌生的地名,但由于杜甫的歌咏,使它更生色,更永远而普遍地刻画于人们的心灵深处了。

杜甫是何时到秦州的呢?

年谱上说:"乾元二年(759年),已亥春,自东都回华州,关辅饥。七月,弃官西去,度陇,客秦州。"

至于他为什么到秦州,除了政治的原因,便是由于"关辅饥",为生计所迫。《秦州杂诗》第一首:"满目悲生事,因人作远游。"受生事的逼迫而跋山涉水,万里投人,在诗人的内心是如何的痛苦,无怪有"迟迴度陇怯,浩荡及关愁"的慨叹啊!

度陇之后,大约先到了秦州城垣所在,附近的名胜古迹都低徊留恋,见诸吟咏,如咏城北寺、咏驿亭、咏南郭寺等。南郭寺至今犹为天水(秦州)的名胜,经他歌颂的那棵老树——南山古柏,还依旧虬枝凌空,默记着人世间的沧桑。至于城北寺与秦州的驿亭,则已不知其处了。

我在天水上国立五中高中部的时候,学校就在城北的玉泉观上。玉泉观的建筑极其宏丽,并且因为背城依山的原故,特具登临之美。每当白云浮空,皓月当天,萧条的秋意洋溢在心田的时候,我徜徉在古柏掩映、月影婆娑的殿阶之前,凝望着万山丛里的古城,总会想起杜甫的"莽莽万重山,孤城山谷间,无风云出塞,不夜月临关"这几句诗来。我觉得这几句诗的好处,不仅在前人评赞的"如雕鹗盘空,雄健自喜",而且真能把这古城的苍凉之概活画出来。较

"苔藓山门古,丹青野店空,月明垂叶露,云逐度溪风"的咏隗嚣宫与"老树空庭得,清渠一邑传,秋花危石底,晚景卧钟边"的咏南郭寺,更为生气淋漓,精神活现。这和范仲淹的"千嶂里,长烟落日孤城闭"实有异曲同工之妙,同为诗词中不可多得的境界。

在城区附近,恐怕他没有一定的居处,杂诗第四首"鼓角缘边郡,川原欲夜时。秋听殷地发,风散入云悲。抱叶寒蝉静,归山独鸟迟。万方声一概,吾道竟何之",深言日无宁处之概。至第十首"烟火军中幕,牛羊岭上村。所居秋草静,正闭小蓬门",似乎有了属于自己的居处了,但在当地的文献中,寻不出这座"小蓬门"究竟是在哪里。在南郭寺中,至今有蛛翳尘封的杜工部祠。据故老的流传,听说诗人曾居住在这里。但未能确定,从咏该寺诗的煞尾"俛仰悲身世,溪风为飒然"来看,或者这位潦倒的诗人曾经在这里寄居,也说不定。

不过诗人即使在这里住过,也是极短暂的,后来他羡慕东柯谷幽美的风景,便欣然有卜居之意了。《秦州杂诗》十三首:

传道东柯谷,深藏数十家。
对门藤盖瓦,映竹水穿沙。
瘦地翻宜粟,阳坡可种瓜。
船人近相报,但恐失桃花。

不仅风景清幽,并且宜粟宜瓜,生活条件会较城市低廉。这自然是乱世的桃花源,岂可交臂失之吗?

基于这些想法,他卜居东柯了。

他的居处怎样呢?这从杂诗第十七首中可以窥其大概。诗云:"边秋阴易夕,不复辨晨光。檐雨乱淋幔,山云低度墙。鸬鹚窥浅井,蚯蚓上深堂。车马何萧索,门前百草长。"有幔有墙有井有堂有门,可知还是一座颇合理想的院落呢!

卜居东柯之后,与赞公过存很密。赞公为长安大云寺主,谪此安置。杜公与房琯友善,"赞公亦房相客,公故与之款曲如此。"《宿赞公房》曰:"杖锡何来此,秋风已飒然。雨荒深院菊,霜倒半池莲。放逐宁违性,虚空不离禅。相逢成夜宿,陇月向人圆。"此后赞公称西枝村风景佳丽,又有于该处卜居的意思。《西枝村寻置草堂地夜宿赞公土室》云:"……赞公汤休徒,好静心迹素。昨枉霞上作,盛论岩中趣。怡然共携手,恣意同远步。扪萝涩先登,陟巘眩反顾。要求阳冈暖,苦涉阴岭沍。惆怅老大藤,沉吟屈蟠树,卜居意未展,杖策廻且暮。……"

《寄赞上人》云:"……近闻西枝西,有谷杉漆稠。亭午颇和暖,石田又足收。当期塞雨干,宿昔齿疾瘳。徘徊虎穴上,面势龙泓头。柴荆具茶茗,迳路通林丘。与子成二老,来往亦风流。"这种移居西枝的打算,一则是为了那里天气和暖,石田又有相当的收成,或者可以避免饥寒的威胁;二则是为了与赞上人卜邻,以免寂寞苍凉之感的侵入。但事实上不曾做到,读后此别赞诗可知。

"多病秋风落,君来慰眼前。"(《示侄佐》)除了赞公以外,这位侄子,便是在飘泊中慰藉他的绝无仅有的人了。

"山晚黄云合,归时恐路迷。"按《天水图经》,"佐居麦积山",故有《佐还山后寄》三首诗。

提起麦积山,这是颇足令人神往的地方。《方舆览胜》云:"麦积山在秦州东南百里,为秦地林泉之冠。凿山而修,千崖万象,转崖为关,又有隋时塔。"《天水图经》云:"麦积山形如积麦,佛龛刳石,阁道萦旋,上下千余丈,山下水纵横可涉。"而这些伟大的建筑,到现在还十之五六地存在着。山形恰似北方农家的积麦,上丰而下缩。山为紫色石质,环山石窟数百,有栈道相通,其中造像与壁画皆六朝时物,至今大部完好。惟栈道于明朝为野火焚烧,只东边犹存,西边星罗棋布的石窟,早就人迹不至了。庾子山的麦积佛龛铭原碑,相传在西边石窟之中,确否不可知,重刻者则存山脚寺中。杜甫有《山寺》一诗,即是他登麦积山所作的,不妨将它写出来:

野寺残僧少,山园细路高。
麝香眠石竹,鹦鹉啄金桃。
乱水通人过,悬崖置屋牢。
上方重阁晚,百里见秋毫。

何义门曰:"麝以香焚,逃遁无所,鹦以言累,囚闭不放。非此山高峻,人迹不至,安得适性如是!"而"上方重阁晚,百里见秋毫",亦足见此山的高峻了。

同时,不仅麦积山如此峻拔秀丽,附近数十里都是崇冈幽谷,茂林修竹,流水曲折。其中如东柯谷,如赤谷,如太平寺泉眼,如西枝村,凡是诗人所到之处,都曾经引起过他的赞美与留恋。见于诗中的,如"出郭眺细岑,披榛得微路,溪行一流水,曲折方屡渡",写山溪纡曲之状如在眼前。又如《野望》云:"清秋望不极,迢递起层阴,远水兼天净,孤城隐雾深",《寓目》云:"一县葡萄熟,秋山苜蓿多,关云常带雨,塞水不成河",描写这些地方的秋景亦可谓眉目毕肖。

杜甫之所以到秦州来,虽说是为了生活的压迫,而最重要的原因却还是避乱。既是避乱,那么像这些幽深曲折的地方岂不大好?所以《赤谷西崦人家》云:

> 跻险不自安,出郊已清目。
> 溪迴日气暖,径转山田熟。
> 鸟雀依茅茨,藩篱带松菊。
> 如行武陵暮,欲问桃源宿。

而《秦州杂诗》云:"……船人近相报,但恐失桃花。"无怪他以此地为桃花源了。

他既有了桃花源,便有了长久居住的企图,故《寄赞上人》云:"与子成二老,来往亦风流。"《秦州杂诗》第十六首亦云:"东柯好崖谷,不与众峰群。落日邀双鸟,晴天卷片云。野人矜险绝,水竹会平分。采药吾将老,儿童未遣闻。"便显然有终老之志了。这时候他兴致勃勃,《从人觅小胡孙许寄》云:"人说南州路,山猿树树悬。举家闻若咳,为寄小如拳。预晒愁胡面,初调见马鞭。许求聪慧者,童稚捧应癫。"他想玩小猴;《佐还山后寄》第三首云:"几道泉浇圃,交横落慢坡。葳蕤秋叶少,隐映野云多。隔沼连香芰,通林带女萝。甚闻霜薤白,重惠意如何?"他想吃霜薤。诗人满以为可以长此生活下去,不至于"常恐死道路,永为高人嗤"了。

但事实常会给理想以无情的打击。在这里,他仍没有安居的福气。匆匆地来,又匆匆地走了!

诗人为什么走呢?

秦州是通西域的驿道,而且降虏千帐,居人万家。《东楼》诗曰:"万里流沙道,西行过此门。但添新战骨,不返旧征魂。……"只见征人西去,而不见回来。并且,羌胡与汉人杂处,常思动乱。《日暮》诗云:"日落风亦起,城头乌尾讹。黄云高未动,白水已扬波。羌妇语还笑,胡儿行且歌。将军别换马,夜出拥雕戈。"日落风起,云屯波撼,使人懔然意识到敌人的入寇;而投降的羌胡们,语笑行歌,俨然欢忻于夷之将至。守军拥戈夜出,真是惊惶万分。诗人居住东柯,距秦州城垣,才区区六十余里,"夕烽来不尽",使人触目惊心。虽说是"每日报平安",但那只是无可奈何的自我安慰,万一突然报警,那又怎么办呢?

他在东柯谷的住处,尽管有堂有院,但那不属于自己。东柯谷一带,虽然"瘦地翻宜粟,阳坡可种瓜",但那瘦地与阳坡也不属于自己。《空囊》诗云:"翠柏苦犹食,明霞高可餐。世人共鲁莽,吾道属艰难。不爨井晨冻,无衣床夜寒。囊空恐羞涩,留得一钱看。"没有房地倒不要紧,只要有钱,还不至于无衣无食。而可叹的是他又没有钱。虽说是"留得一钱",而那数目也太渺小而接近于零了!何况,那是怕钱袋子由于不名一文而害羞,特意留下来看守它的,不能动!所以,他异想天开,"食柏"之外,又想"餐霞"了。

这样,他的去志便一天天滋长起来,终于又踏上了艰苦的征途。《别赞上人》曰:"百川日东流,客去亦不息。我生苦飘荡,何时有终极。………天长关塞寒,岁暮饥冻逼。野风吹征衣,欲别向曛黑。马嘶思故枥,归鸟尽敛翼。古来聚散地,宿昔长荆棘。……"读了这首诗,能不令人潸然泪下吗?

在《发秦州》一篇诗里,我们更可以寻出他要走的原因:"我衰更懒拙,生事不自谋。无食问乐土,无衣思南州。汉源十月交,天气凉如秋。草木未黄落,况闻山水幽。栗亭名更嘉,有下良田畴。充肠多薯蓣,崖蜜亦易求。密竹复冬笋,清池可方舟。虽伤旅寓远,庶遂平生游。此邦俯要冲,实恐人事稠。应接非本性,登临未销忧。溪谷无异名,塞田始微收。岂复慰老夫,惘然难久留。日色隐孤戍,乌啼满城头。中宵驱车去,饮马寒塘流。磊落星月高,苍茫云雾浮。大哉乾坤内,吾道长悠悠。"

据年谱:杜甫于乾元二年七月到秦州,十月往同谷。那么,在秦州,他只逗留了短短的三四月而已。是谁使他匆匆地来,又匆匆地去呢?"此身如浮云,安可限南北。"他的来与去,为什么又是这样的飘忽,飘忽到连他自己也不能捉摸呢?

这自然是诗人的不幸,却给秦州留下了美丽的诗篇。我常愿意徘徊于他曾经走过的地方,默诵着他的诗,油然发怀古之幽情。我和我的几位朋友,不消说数度的瞻仰过距城较近的杜公祠,还拜访过较远的麦积山与东柯谷。麦积山的"乱水通人过,悬崖置屋牢"至今依然;"野寺残僧"几经代谢,如今只一两人看管寺院。在僧室中,看见罗家伦先生的"行经千折水,来看六朝山"一联,很快就联想到杜甫"溪行一流水,曲折方屡渡"的诗句。东柯谷有东柯草堂,这当然是后人建筑的,但也零落不堪了。当我们经过的时候,那正是暮春季节,幽花芳草,铺遍了山巅水涯。在间关鸟语里,悠扬着漫长的笛声;笛声应和着山歌小调,怀乡恋土的气息真是太浓厚了!是谁在唱歌弄笛呢?那是一群瞎子,是残废了的"荣誉军人"。原来十三教养院的分处,就设立于草堂的东边。

"我生苦飘荡,何时有终极。"隐隐地,我又听见诗人的叹息了!

(原载1946年10月8日南京《中央日报·泱泱》)

关于白居易的写作方法

读了李嘉言先生的《谈白居易的写作方法》一文(载《文学遗产》第20期),有几点不成熟的意见,提出来讨论。

一

在《谈白居易的写作方法》这篇文章中,李嘉言先生的理论系统大致是这样的:

"卒章显其志"是《诗经》的写作方法。

《诗经》以后的现实主义诗歌也多用"卒章显其志"的写作方法,所以"卒章显其志"这一写作方法是我国现实主义诗歌的优良传统。

白居易继承《诗经》及其以后的现实主义诗歌的优良传统,主要就是继承"卒章显其志"的写作方法。

这个理论系统是错误的。

"卒章显其志"是不是《诗经》的"写作方法"呢?

李嘉言先生说:"凡是兴发于此而义归于彼的,就必然要'卒章显其志'",接着又说:"这并不等于说:凡不用比兴的就不能卒章显其志。《诗经》的作法,除比兴外,还有'赋','赋'也同样能卒章显其志。"归结起来,就是:"卒章显其志"是《诗经》的"写作方法"。所以,他把白居易在《新乐府序》中所说的"卒章显其志,诗三百之义也"这两句话提出来表扬道:"这是他(白居易)对于《诗经》写作方法的一个新的重大的发现。在他以前的人还没有这样说过。"其实,李先生这样表扬白居易还表扬得不全面,因为白居易原来是这样说的:"首句标其目,卒章显其志,诗三百之义也。"为什么只提出"卒章显其志"而削去"首句标其目"呢?我想:可能由于李先生也觉得"首句标其目"说不上是什么写作方法的缘故吧!

"首句标其目"说不上是《诗经》的写作方法,原是非常明显的。比如:在

《邶风》和《小雅》中,各有一篇《谷风》;在《齐风》和《小雅》中,各有一篇《甫田》;在《唐风》和《秦风》中,各有一篇《无衣》;在《邶风》和《鄘风》中,各有一篇《柏舟》;在《郑风》、《唐风》和《桧风》中,各有一篇《羔裘》;在《王风》、《郑风》和《唐风》中,各有一篇《扬之水》;在《小雅》、《白华之什》和《都人士之什》中,各有一篇《白华》:这都是所谓"首句标其目"的。但这些标目相同的诗各有不同的内容,也各有不同的思想水平和艺术水平。如果说这些诗的写作方法就是"首句标其目",后人学习它们的写作方法也就是学习"首句标其目",岂不荒谬绝伦!

"卒章显其志"和"首句标其目"一样,也说不上是《诗经》的写作方法,这因为"诗"的"志"必须通过全篇"显"出来。"卒章"是全篇的"卒章","首句"是全篇的"首句",它们必须是全篇诗的必不可少的有机的组成部分。而且只有当它们成为全篇诗的必不可少的有机的组成部分的时候,才能发挥它们的作用。如果不是全篇诗的必不可少的有机的组成部分,而只是随意安上去的"头"、接上去的"尾巴",那就是没有生命的东西。

正因为诗的"志"不是通过"卒章"而是通过全篇"显"出来的,所以,我们如果要读诗,就得读全篇,而不只读"卒章"。倘若只读"卒章",那是好笑的。比如《周南·关雎》篇的"卒章"是:"求之不得,寤寐思服,悠哉悠哉,辗转反侧。"《陈风·泽陂》篇的"卒章"是:"寤寐无为,辗转伏枕。"它们所"显"的"志"不是大致相同吗?但你如果不满足于只读"卒章"而读起全诗来,你就会知道这是两篇迥不相同的诗,它们会给你迥不相同的感受。在《诗经》中,"卒章"完全相同或大致相同的诗相当多,不妨举几个例子:

……驾言出游,以写我忧。

——《邶风·泉水》

……驾言出游,以写我忧。

——《卫风·竹竿》

……报以介福,万寿无疆。

——《小雅·信南山》

……报以介福,万寿无疆。

——《小雅·甫田》

……战战兢兢,如临深渊,如履薄冰。

——《小雅·小旻》

……惴惴小心,如临于谷;战战兢兢,如履薄冰。

——《小雅·小宛》

这些"卒章"完全相同或大致相同的诗,和"首句"完全相同或大致相同的诗一样,也各有不同的内容,各有不同的思想水平和艺术水平。

所以,正好像"首句标其目"不能算《诗经》的写作方法一样,"卒章显其志"也不能算《诗经》的写作方法。

"卒章显其志"这一"写作方法"是不是我国现实主义诗歌的优良传统呢?

李先生在表扬白居易提出"卒章显其志"是"他对于《诗经》写作方法的一个新的重大的发现"之后又补充说明:"他(白居易)在《新乐府序》里仅只提到'卒章显其志'是'诗三百之义',我们却莫误会三百篇以后就没有'卒章显其志'。三百篇以后的现实主义诗歌,不仅同样有'卒章显其志',而且很多。"于是举出"多谢后世人,戒之慎勿忘"、"传告后代人,以此为明规"等例子,即做出这样的总结:"由此可见'卒章显其志'这一写作方法不仅是我国现实主义诗歌文学的一个优良传统,而且这个传统主要表现在民歌及受民歌影响的乐府诗里。"

如在前面所说:"卒章显其志"说不上是《诗经》的写作方法,同样,也说不上是《诗经》以后的现实主义诗歌的写作方法,更说不上是"我国现实主义诗歌文学的一个优良传统"。就拿李先生所举的一些"显其志"的"卒章"来看,像"君子作歌,维以告哀"、"殷鉴不远,在夏后之世"、"多谢后世人,戒之慎勿忘"、"传告后代人,以此为明规"等等,不是都可以作为现成的尾巴,接在许多诗篇之后吗?李先生之所以把"卒章显其志"看作一种优越的写作方法,并把这种所谓"写作方法"看做中国现实主义诗歌的"优良传统",是和他的形式主义的美学观点分不开的。他把写作方法看成解决形式问题的公式。其实呢?写作方法并不是解决形式问题的公式,而是和作家的世界观相关联的认识并表现现实生活的原则和方法。作为我国现实主义诗歌的优良传统的写作方法,是以真实地反映现实生活为特征的现实主义写作方法,而不是"卒章显其志"的公式。诗歌和其他艺术一样,也是现实生活的反映。现实生活是非常复杂的,因而反映现实生活的诗歌也是极其多样的。我国晋代的文学家陆机在他的有名的《文赋》中早就指出了"体有万殊,物无一量"的真理。

白居易继承《诗经》及其以后的现实主义诗歌的优良传统,是不是主要就是继承"卒章显其志"的"写作方法"呢?

李先生在把"卒章显其志"规定为《诗经》及其以后的现实主义诗歌的"写作方法",并把这一"写作方法"规定为我国现实主义诗歌的"优良传统"之后,就让白居易来继承这个"传统"。他说:"白居易学习、继承《诗经》的写作方法,归结起来,主要是'卒章显其志'这一点。"又说:"白居易继承这一传统的具体例证,就是他多方地袭用了'殷鉴不远'、'戒之慎勿忘'一类的结束语。"

坦直地说,李先生的这些结论,是对于白居易的曲解,也是对于我国现实主义诗歌传统的曲解。必须着重指出:白居易学习《诗经》,主要是学习了它的人民性和现实主义精神,而不是主要学习了它的"卒章显其志"的"写作方法";白居易继承我国现实主义诗歌的优良传统的具体例证是他多方地表现了人民性和现实主义精神,而不是"多方地袭用(!)了'殷鉴不远'、'戒之慎勿忘'一类的结束语。"

二

应该肯定:白居易从《诗经》及其以后的现实主义诗歌传统继承过来的不是"卒章显其志"的"写作方法",而是现实主义的写作方法。现实主义的写作方法是和人民性的内容分不开的。所以,在谈白居易的现实主义的写作方法的时候,必须指出:他的现实主义的写作方法决定于他所要表现的人民性的内容,而又反转来服务于他所要表现的人民性的内容。

白居易学习、继承了中国现实主义诗歌的传统,激烈地反对了"嘲风雪、弄花草"的形式主义,提出了一套相当完整的现实主义的写作理论,并以自己的写作实践了它。他在《与元九书》中说:"文章合为时而著,歌诗合为事而作。"又在《寄唐生》诗中说:"非求宫律高,不务文字奇,惟歌生民苦,愿得天子知。"又在《新乐府序》中说:"为君、为臣、为民、为物、为事而作,不为文而作。"这不仅解决了文学的源泉问题,肯定了文学必须反映现实;而且也解决了文学的任务问题,肯定了文学必须改造现实。怎样改造现实呢?他看出在现实生活中,有荒淫无耻、残酷无情的剥削者、压迫者,也有喘息在残酷的剥削、压迫之下的劳动人民。要改造这种不合理的现实生活,必须尽可能地减轻对人民的剥削、压迫,使人民能够活下去,能够过人的生活。因而他从《诗经》那里、从以前的诗人那里接过了讽刺的武器,猛烈地抨击那些剥削者、压迫者以及借以实行剥削压迫的社会制度,这就是所谓"刺";他也从《诗经》那里、从以前的诗人那里学习了这样的原则:讽刺的目的是为了减轻对人民的剥削、压迫,因而也歌颂那些减轻对人民的剥削、压迫的人以及有助于减轻对人民的剥削、压迫的政治措施,这就是所谓"美"。他在《议文章》中说:"惩劝善恶之柄,执于文士褒贬之际焉;补察得失之端,操于诗人美刺之间焉。"又在《与元九书》中说:"自拾遗来,凡所遇所感,关于美刺兴比者,又自武德讫元和,因事立题,题为新乐府者,共一百五十首,谓之讽谕诗。"这里所说的"美刺",就是他从《诗经》及其以后的现实主义诗歌传统中继承过来的主要东西,也是他用以改造现实的主要武器。

"美刺"之说,见于《毛诗序》。对于《毛诗序》,有人拥护它,也有人反对它。有些反对它的人,即以它的"美刺"无一定标准为反对的主要理由。它所说的某诗"美"什么某诗"刺"什么并不一定准确,这是事实。但它提出"美刺"二字,作为文学写作和文学批评的依据,这是十分可贵的。《诗经》及其以后的古典现实主义诗歌之所以具有人民性,就由于它们讽刺了有害于人民的东西,歌颂了有利于人民的东西。

"美刺"二者虽然常常是一起提出来的,但在封建社会里,应该讽刺的东西总是那么多,而值得歌颂的东西总是那么少,所以在《诗经》及其以后的古典现实主义诗歌中,总是讽刺多于歌颂。而白居易呢?就更注重讽刺。在理论上如此,在创作上也如此。他在《与元九书》中说:

> 噫!风雪花草之物,三百篇中岂舍之乎!顾所用何如耳。设如"北风其凉",假风以刺威虐也;"雨雪霏霏",因雪以愍征役也;"棠棣之华",感华以讽兄弟也;……然则,"余霞散成绮,澄江净如练","归花先委露,别叶乍辞风"之什,丽则丽矣,吾不知其所讽焉。故仆所谓嘲风雪、弄花草而已。

他是如此地珍惜讽刺的武器,要求诗人不要用它去"嘲风雪、弄花草",而要用它去打击那些残暴不仁的统治者和一切不合理的现象。至于《新乐府》中的《采诗官》,更全面地阐明了他的讽刺理论:

> 采诗官,采诗听歌导人言。言者无罪闻者诫,下流上通上下泰。周灭秦兴至隋氏,十代采诗官不置。郊庙登歌赞君美,乐府艳词悦君意。若求兴讽规刺言,万句千章无一字。不是章句无规则,渐恐朝廷绝讽议。诤臣杜口为冗员,谏鼓高悬作虚器。一人负扆常端默,百辟入门皆自媚。夕郎所贺皆德音,春官每奏皆祥瑞。君之堂兮千里远,君之门兮九重閟。君耳唯闻堂上言,君眼不见门前事。贪吏害民无所忌,奸臣蔽君无所畏。君不见厉王胡亥之末年,群臣有利君无利。君兮君兮愿听此。欲开壅蔽达人情,先向歌诗求讽刺。

这样地看重讽刺,这就决定了他的诗歌创作的异常强烈的批判性。当然,他也在尽可能地寻找一些有利于人民的东西予以歌颂、予以支持,但在现实社会里有利于人民的东西是那样稀少,以致使他不得不在《新乐府》的开头作一首"美拨乱陈王业也"的《七德舞》,来歌颂已成陈迹了的唐太宗的功业。唐太宗的"贞观之治",是有利于人民并在一定程度上符合人民的愿望的,因而也是值得歌颂的。他决不歌颂不值得歌颂的东西,决不像那些无耻的文人一样作那些"赞君美"的"郊庙登歌"和"悦君意"的"乐府艳词"。相反,他"但伤民病痛,不识时忌讳"(《伤唐衢》),大胆地写出了许多使"执政柄者扼腕"、使"握军要者切齿"、使"权豪贵近者相目而变色"(《与元九书》)的出色的讽刺作品。我们且看看他的那篇使"握军要者切齿"的《宿紫阁北村》:

> 晨游紫阁峰,暮宿山下村,村老见予喜,为予开一尊。举杯未及饮,暴卒来入门,紫衣挟刀斧,草草十余人。夺我席上酒,掣我盘中飧,主人退后立,敛手反如宾。中庭有奇树,种来三十春,主人惜不得,持斧断其根。口称采造家,身属神策军。主人慎勿语,中尉正承恩!

中唐以后,宦官已变成皇帝的家奴,掌握着文武大权。这里所说的"神策军",就是保卫封建统治集团的所谓"禁军";这里所说的"中尉",就是掌握军权的得宠的宦官。在这篇诗中，诗人不仅呵斥了"暴卒"，而且讽刺了放纵暴卒毒害人民的"中尉"，不仅讽刺了中尉，而且也连带地讽刺了为"中尉"撑腰的皇帝。

　　你老人家千万不要作声，
　　中尉老爷是皇上的红人！
　　（主人慎勿语，中尉正承恩！）

他的讽刺的锋芒是如此尖锐，以致透过"中尉"，直刺入皇帝的骨髓。

　　不用说，白居易的猛烈的讽刺之火是人民的反抗情绪燃烧起来的。被剥削、被压迫的人民往往从他的诗中挺身而出，和剥削者、压迫者展开面对面的斗争："夺我身上暖，买尔眼前恩"（《重赋》），"剥我身上帛，夺我口中粟。虐人害物即豺狼，何必钩爪锯牙食人肉"（《杜陵叟》）。如果不是人民的反抗力量支持着他，他如何能写出这样充满着战斗精神的诗句。

　　揭露现实生活的矛盾，并讽刺、打击其有害于人民的一面，歌颂、支持其有利于人民的一面，这是从《诗经》开始的中国古典现实主义诗歌写作方法上的一个重要特征，也是白居易的写作方法上的一个重要特征。

　　反映现实并从而改造现实的这种企图本身就包含着崇高的理想。一个伟大的现实主义的诗人，即使不是在歌颂正面的东西而是在讽刺反面的东西的时候，也充满着理想。这就是说，他决不是为讽刺而讽刺，而是为了实现他的理想才尖锐地、辛辣地讽刺那些不合理的现象的。我们读白居易的诗，就不自觉地为他的崇高理想所鼓舞。比如说，当我们读完《卖炭翁》的时候，有谁不同情卖炭翁以及和他处于同样境遇的劳动人民；有谁不痛恨宫使以及住在宫中的一切剥削者、压迫者。而且，这篇诗的力量是如此强烈地震撼着我们，以致使我们对于卖炭翁以及和他处于同样境遇的劳动人民不可能停留在同情的阶段，而是想解救他们；使我们对于宫使以及住在宫中的一切剥削者、压迫者不可能停留在痛恨的阶段，而是想惩罚他们。而这，正就是诗人的理想。白居易的那些伟大的诗篇，都是在这种崇高的理想鼓舞之下写出来的，因而都充满着对于未来的憧憬，充满着积极的浪漫主义精神。他在《新制布裘》一诗中说："丈夫贵兼济，岂独善一身。安得万里裘，盖裹周四垠？稳暖皆如我，天下无寒人。"那里有可以盖裹四垠的万里之裘呢？他自己就有。他在《醉后狂言酬赠萧殷二协律》一诗中说："我有大裘君未见，宽广和暖如阳春。此裘非缯亦非圹，裁以法度絮以仁。刀尺钝拙制未毕，出亦不独裹一身。若令在郡得五考，与君展复杭州人。"但在那个黑暗的社会中，他的"裁以法度絮以仁"的万里之裘又如何能由他施展？"志未就而悔已生，言未闻而谤已成。"（《与元九书》）这就是他得到的结果。但他那种"无下无寒人"的崇高的理想，却赋予他的诗歌以积极的浪漫主义精神，并通过他的诗歌而鼓舞着世世代代的读者，使他们为争取美好的未来而斗争。

不用说，白居易的这种积极的浪漫主义精神的源泉，是劳动人民对于幸福与光明的热望与信心。我们的劳动人民从来是富有理想、勇于追求幸福与光明的。早在《诗经》的《硕鼠》篇中，我们的劳动人民就唱出了"逝将去汝，适彼乐土，乐土乐土，爱得我所"的诗句。

充满着积极的浪漫主义精神，这是从《诗经》开始的中国古典现实主义诗歌写作方法上的一个重要特征，也是白居易的写作方法上的一个重要特征。

反映现实并从而改造现实的这种企图本身也包含着一种真实地反映现实的要求，因为只有真实地反映现实才能使读者去改造现实，而典型化就是基于这种要求而形成的一种真实地反映现实的方法。毛主席在延安文艺座谈会上的讲话中指出："一方面是人们受饿、受冻、受压迫，一方面是人剥削人、人压迫人，这个事实到处存在着，人们也看得很平淡；文艺就把这种日常的现象集中起来，把其中的矛盾和斗争典型化，造成文学作品或艺术作品，就能使人民群众惊醒起来，感奋起来，推动人民群众走向团结和斗争，实行改造自己的环境。""把日常现象集中起来，把其中的矛盾和斗争典型化"，这是从《诗经》开始的中国古典现实主义诗歌写作方法上的一个主要特征，也是白居易的写作方法上的一个主要特征。

一个伟大的诗人之所以和普通人不同，首先在于他富有崇高的理想和由此而产生的敏锐的艺术感受力。因此，他能够从那些普通人"看得很平淡"的生活现象中发现特征的、典型的、具有深刻的社会意义的东西；而且，这些东西一被他发现，就会立刻激起他的强烈的情绪，使他如鲠在喉，不得不吐。白居易在《采诗以补察时政》中说："大凡人之感于事，则必动于情；然后兴于嗟叹，发于吟咏，而形于歌诗矣。"又在《与元九书》中说："诗者，根情、苗言、华声、实义。"这说明被生活事件激起的情绪是诗的根本；没有这个根本，也就没有诗。但光有情绪的根本是不够的，还必须从情绪的根本上长出语言的枝叶，开出声韵的花朵，结出思想的果实。从被生活事件激起的情绪的根本上长出语言的枝叶,开出声韵的花朵,结出思想的果实,这就是"构思"的过程,也就是"典型化"的过程。

白居易的那些"为时而著"、"为事而作"的诗歌,都不是从概念出发凭空捏造出来的,而是从被生活事件激起的情绪的根本上培养出来的。他在《新乐府序》中说:"其事核而实,使采之者传信也。"又在《秦中吟序》中说:"贞元元和之际,予在长安,闻见之间,有足悲者,因直歌其事,命为《秦中吟》。"又在《伤唐衢》一诗中说:"是时兵革后,生民正憔悴。但伤民病痛,不识时忌讳。遂作《秦中吟》,一吟悲一事。"这就是说,生活中的某些不合理的现象震撼了他的心灵,刺激了他的创造力。而这些生活现象之所以能震撼他、刺激他,一方面由于他具有改造现实的崇高理想和由此而产生的敏锐的艺术感受力,一方面也由于这些现象是特征的、典型的、具有深刻的社会意义的。直接写出这些现象,就已经可以感动读者。但一个伟大的现实主义诗人,为了更高度的反映生活的真实,决不会以单纯地记录个别的生活现象为满足,他要求广泛的概括与高度的集中,即要求生活现象的典型化。当特征的、典型的生活现象震撼了他的心灵,刺激了他的创造力的时候,他即利用有关的生活经验和有关的生活现象,进行典型化的工作。举例来说,比如那首有名的《重赋》吧,就决不是生活现象的摄影,而是生活现象的典型化。进城纳税的衣不蔽体的农民忽然窥见官库里山一样地堆积着缯、帛、丝、絮,这就是一个特征的、典型的、具有深刻的社会意义的生活现象。一个稍有良心的人看见这种现象都不能无动于衷,更何况是具有高度的正义感和人道主义精神的白居易!但白居易并不满足于这个现象的摄影,他利用他的生活经验和有关的生活现象:"贪吏"对农民的"敛索";"里胥"对农民的"逼迫";破败荒寒的农村景象;在大风大雪中农民们啼饥号寒的情形……这一系列的生活现象,不可能是诗人在看见农民窥看官库的同时看见的,而是从已有的生活经验中吸取来的,从有关的生活现象中选择出的。然后,作者把这许多生活现象典型化,写出了一篇这样动人的诗:

> 国家定两税,本意在爱人。厥初防其淫,明敕内外臣:税外加一物,皆以枉法论。奈何岁月久,贪吏得因循,浚我以求宠,敛索无冬春。织绢未成匹,缲丝未盈斤,里胥逼我纳,不许暂逡巡。岁暮天地闭,阴风生破村,夜深烟火尽,霰雪白纷纷。幼者形不蔽,老者体无温,悲喘与寒气,并入鼻

中辛。昨日输残税,因窥官库门,缯帛如山积,丝絮似云屯,号为羡余物,随月献至尊。夺我身上暖,买尔眼前恩,进入琼林库,岁久化为尘!"

这不过是随便举出的一个例子。他的一百七十二首"讽谕诗",都不是生活现象的摄影,而是生活现象的典型化。他自己在《新乐府序》中所说的"其事核而实",不仅仅是个别生活现象的真实,而是建筑在广泛的生活现象的概括之上的艺术的真实。这种艺术的真实是更高度的真实,所以,就更能够"使采之者传信"。

反映现实并从而改造现实的这种企图本身也包含着对于形式的明了性和创造性的要求:要真实地反映极其复杂的现实,就得创造极其多样的形式;要用真实地反映现实的诗歌去改造现实,就得采用易懂的语言和易唱的韵律。白居易在他的《新乐府序》中说:"其辞质而径,欲见之者易谕也。""其体顺而律,可以播于乐章歌曲也。"又在他的《寄唐生》一诗中说:"非求宫律高,不务文字奇。"这都是与形式的明了性有关的。既容易懂,又容易唱,就更易于传播,更有可能发挥巨大的宣传教育作用。又在《新乐府序》中说:"篇无定句,句无定字;系于意,不系于文。"这是与形式的创造性有关的。突破定句、定字的桎梏,自由地创造和内容相适应的形式,就决定了他的诗歌形式的创造性和多样性。法捷耶夫说:

> 进步的浪漫主义原则跟现实主义之结合,这是证明一个艺术家有崇高的理想,他为这些理想而斗争,批评那些妨碍实现这些理想的一切。由于这个原故,他的作品才能成为革新的作品,才能具有壮丽的、同时又是朴素的、自然的、不受拘束的形式。①

用这一段话来说明白居易的诗歌形式的明了性和创造性,是非常恰切的。

形式的明了性和创造性,这是从《诗经》开始的中国古典现实主义诗歌写作方法上的一个重要特征,也是白居易的写作方法上的一个重要特征。

---

① 法捷耶夫:《论文学批评的任务》,见刘辽逸等译:《苏联文学批评的任务》第220页,三联书店版。

三

当然,"首句标其目,卒章显其志。"这也是《新乐府序》中的话,但这不能算白居易的写作方法,只能算他的《新乐府》的体例。他的《新乐府》既继承了《诗经》的精神,也学习了《诗经》的体例。在体例方面:《新乐府》五十首有总序,这是学习《诗经》的《大序》的;每首诗又有"美……也"、"刺……也"之类的小序,这是学习《诗经》的《小序》的;"首句标其目",这是学习《诗经》的以首句为篇名的;"卒章显其志",这是学习《诗经》的在篇末揭出基本思想的。但这不过是体例。只学习了《诗经》的体例,是不能算学习了《诗经》的。白居易之所以伟大,不是由于他学习了《诗经》的体例,而是由于他学习了《诗经》的精神。而且,所谓"首句标其目,卒章显其志",也不过是大致如此。首先,《诗经》中的诗就不都是"首句标其目"的。《诗经》中的许多诗原来并没有篇名,它们的篇名是后人取的。其篇名的取法,也没有一定的义例。有取首章首句一字的;有取首章首句二字的;有取各章末句二字的;有取章中一字的;有取篇中一字的;有舍篇中字句而别立一名的……总之,所谓"首句标其目"的也很有限。至于"卒章显其志"的,那就更少了。《诗经》如此,白居易的《新乐府》也如此。

现在,我们不妨重点地谈一下"卒章显其志"。所谓"卒章显其志",大致是"在篇末揭出基本思想"的意思。

在《诗经》以及白居易的诗中,"卒章显其志"的作品之所以并不多,这是被诗的特性所决定的。如别林斯基所说:"哲学家用三段论法,诗人则用形象和图画说话。"诗的基本思想应该通过诗的形象表现出来。白居易的许多好诗,其基本思想都是从他在诗的形象——生活图画里揭露出来的矛盾中自然地流露出来的。例如《轻肥》:

意气骄满路,鞍马光照尘,借问何为者?人称是内臣。朱绂皆大夫,紫绶悉将军,夸赴军中宴,走马去如云。樽罍溢九酝,水陆罗八珍,果擘洞庭橘,脍切天池鳞。食饱心自若,酒酣气益振。

读这些诗句,就在你面前展开一幅大夫和将军们的荒淫无耻、腐化堕落的生活图画。再读下去:

> 是岁江南旱,衢州人食人!

虽然作者不忍多写,只写了这么两句,但"人食人"的惨不忍睹的景象,不是仍然展现在你的眼前了么?

这就是现实生活中的矛盾的两个方面。诗人用诗的形象揭露了这两个方面的尖锐的矛盾,而诗的基本思想,也就自然地流露了出来。看一看大夫和将军们的荒淫无耻的生活,也想一想"人食人"的景象,你就知道那些大夫和将军们喝的不是"九酝",而是人民的血泪;吃的不是"八珍",而是人民的脂膏。又如《歌舞》:

> 秦城岁云暮,大雪满皇州,雪中退朝者,朱紫尽公侯。贵有风雪兴,富无饥寒忧,所营唯第宅,所务在追游。朱门车马客,红烛歌舞楼,欢酣促密坐,醉暖脱重裘。秋官为主人,廷尉居上头,日中为乐饮,夜半不能休。

这又是一幅公侯们的荒淫无耻、腐化堕落的生活图画。再读下去:

> 岂知阌乡狱,中有冻死囚!

作者也不忍多写,只写了这么两句,但这两句是多么有力地刺激着你的想象:贪官污吏怎样向饥寒交迫的人民勒索租税;怎样把他们抓进城来,囚在狱中;他们怎样被冻死;他们的亲人又怎样焦急地等他们回去……然后,你再看看前面的那幅荒淫无耻、腐化堕落的生活图画,你将得出什么结论?(这结论,是包含在诗的形象之中的,当你正确地理解了诗的形象之后,你自己就会得出这个结论。)

又如大家熟悉的《卖炭翁》,也是通过鲜明的形象,强烈地感染着读者的。总之,白居易的许多好诗,其基本思想都是通过诗的形象表现出来的。归到本题:这些诗都不是"卒章显其志"的,而是全篇显其志的。

诗的基本思想应该通过诗的形象表现出来,这决不是说在任何场合都不允许用概念来表现思想。假如诗人已经创造出诗的形象,而这个形象又能把读者引向一定的结论,那么,在这种场合,诗人可以不必说出这个结论,也可以直截了当地说出这个结论。

前面所谈的《轻肥》、《歌舞》、《卖炭翁》,都是诗人用他所创造的形象把读者引向一定的结论却没有说出结论的例子。

在白居易的诗中,也可以找出说出结论的例子,这就是所谓"卒章显其志"的那些作品。

当诗人在他的诗的形象中真实有力地揭露了生活的矛盾与冲突,把读者引向一定的结论的时候,他自己也往往压制不住被那些矛盾与冲突激起的汹涌的情绪,直截了当地说出他的结论。在这种场合,就有可能产生所谓"警句"。而这种"警句",往往不只是某一篇诗所描写的生活现象的结论,同时也适用于更多的生活现象。例如《买花》一诗的结尾:

一丛深色花,十户中人赋。

这是作者通过诗中的人物——那个"偶来买花处"的"田舍翁"——说出的结论。又如《红线毯》一诗的结尾:

地不知寒人要暖,少夺人衣作地衣。

这是作者直接说出的结论。像这样的"警句"式的结论,不仅无损于诗的形象性,而且会加强诗的说服力。如陆机在他的《文赋》中所说:"立片言以居要,乃一篇之警策,虽众辞之有条,必待兹而效绩。"虽然作为"一篇之警策"的"片言"不一定放在结尾,但可以肯定:像"一丛深色花,十户中人赋"、"地不知寒人要暖,少夺人衣作地衣"一类的结束语,是具有"一篇之警策"的作用的。

但是白居易的诗中,有着"警句"式的结论,因而加强了诗的说服力的例子是举不出很多的。这因为诗人所要说出的结论往往非几句话所能概括,因而避难就易,甘于用一些无力的句子,来顶替"警句"。不必另找例子,就看一看李嘉言先生作为白居易继承现实主义诗歌传统的例证而举出的那几个"卒章":

欲令嗣位守文君,亡国子孙取为戒。《二王后》
寄言痴小人家女,慎勿将身轻许人。《井底引银瓶》
慎勿空将弹失仪,慎勿空将录制词。《紫毫笔》

> 后王何以鉴前王,请看隋堤亡国树。《隋堤柳》

这些并不会概括地、有力地"显"出全诗之"志"的"卒章",是可有可无的。又如那篇有名的《折臂翁》,读者从"新丰老翁八十八,头鬓眉须皆似雪"读到"应作云南望乡鬼,万人塚上哭呦呦",自然就会得出应得的结论,但作者却不惮烦地写出了他的结论——即企图"显其志"的"卒章":

> 老人言,君听取。君不闻开元宰相宋开府,不赏边功防黩武。又不闻天宝宰相杨国忠,欲求恩幸立边功;边功未立生民怨,请问新丰折臂翁。

这个"卒章",也是并不精彩的。

诗的结局是很难处理的。所以,"多谢后世人,戒之慎勿忘"一类的结束语,就变成了一种公式。而李嘉言先生偏要表扬这个公式,把它说成中国现实主义诗歌的"写作方法"。白居易在少数诗的结尾也袭用了这个公式,这自然是他的缺点。而李嘉言先生偏要表扬这个缺点,说这就是继承中国现实主义诗歌的优良传统的"例证"。

诗应该"显其志",应该具有高度的思想性,但诗的思想性必须通过诗的形象表现出来。白居易的《二王后》、《折臂翁》等诗的思想性都是通过"卒章"以前的诗的形象表现出来的,所以,它们的"卒章"虽没有提高诗的价值,也无损于诗的价值。但不论在过去或现在,都有这样作诗的"诗人":他们不去创造足以表现诗的思想性的形象,只在一大篇苍白无力的描写或枯燥乏味的叙述之后安上一个思想性的尾巴。而李嘉言先生就把这作为一种"写作方法",作为中国现实主义诗歌的"优良传统"肯定下来,加以赞扬,不知是什么意思?难道当我们在和公式化、概念化的倾向作斗争的时候,不应该鼓励我们的诗人去学习、继承《诗经》以其以后的中国古典现实主义诗歌的现实主义精神,倒应该鼓励他们去学习、继承这种"卒章显其志"的公式吗?

(原载 1954 年 1 月 9 日《光明日报·文学遗产》,收入《文学遗产选集》第一辑)

论白居易的田园诗

《与元九书》是白居易诗歌理论的纲领。在这篇纲领性的文章中,白居易讲过这样一些话:

> 以康乐之奥博,多溺于山水;以渊明之高古,偏放于田园。江鲍之流,又狭于此。……然则,"余霞散成绮,澄江净如练","离花先委露,别叶乍辞风"之什,丽则丽矣,吾不知其所讽焉。故仆所谓嘲风雪、弄花草而已。

这是不是否定陶渊明的田园诗和谢灵运的山水诗的艺术成就呢?这是不是否定所有田园山水诗在诗歌发展史上的地位乃至于否定诗歌题材的多样性呢?只要考察一下白居易的整个诗歌理论和创作,就只能做出否定性的回答。

首先,这是从"歌诗合为事而作","救济人病,裨补时缺"的高度,对陶、谢等人的创作作出的评价。所谓"多溺",所谓"偏放",所谓"狭",所谓"吾不知其所讽",分明是就题材不够广阔而言的,特别是就忽略了与"救济人病,裨补时缺"有关的重大题材而言的。看看他评论杜甫,尽管肯定其"贯串今古人,觑缕格律,尽工尽善",而高度赞扬、奉为楷模的却是"朱门酒肉臭,路有冻死骨"之句和《新安吏》、《石壕吏》、《潼关吏》、《塞芦子》、《留花门》之章,更足以说明这一点。

其次,白居易的诗歌创作,通常以他元和十年被贬到江州为界限,分为前期和后期。在前期,他写了大量以"救济人病,裨补时缺"为目的的"讽谕诗",奠定了他在诗歌发展史上的特殊地位,这一事实,白诗研究者都注意到了,论述过了。但是,在前期,白居易也并不是只写讽谕诗。他自称"惟歌生民病"、"但伤民病痛",显然出于有意识的夸张。他写于元和十年冬天的《与元九书》,其光彩照人之处,在于总结了"讽谕诗"的创作经验,但也并非只谈"讽谕诗",而是还涉及其他方面的创作。且看如下一段:

> 仆数月来，检讨囊帙中，得新旧诗，各以类分，分为卷目。自拾遗来，凡所遇所感，关于美、刺、兴、比者；又自武德讫元和，因事立题，题为新乐府者，共一百五十首，谓之"讽谕诗"。又或退公独处，或移病闲居，知足保和，吟玩情性者一百首，谓之"闲适诗"。又有事物牵于外，情理动于内，随感遇而形于叹咏者一百首，谓之"感伤诗"。又有五言、七言、长句、绝句，自一百韵至两韵者四百余首，谓之"杂律诗"。凡为十五卷，约八百首。

从数量上看，在他自己编选的这十五卷诗集中，"讽谕诗"所占的比例，也不过五分之一强。

在《与元九书》中，白居易还谈了他创作各类诗的指导思想：

> 古人云："穷则独善其身，达则兼济天下。"仆虽不肖，常师此语。大丈夫所守者道，所待者时。时之来也，为云龙，为风鹏，勃然突然，陈力以出；时之不来也，为雾豹，为冥鸿，寂兮寥兮，奉身而退，进退出处，何往而不自得哉！故仆志在兼济，行在独善，奉而始终之则为道，言而发明之则为诗。谓之"讽谕诗"，兼济之志也；谓之"闲适诗"，独善之义也。故览仆诗者，知仆之志焉。

关于"穷则独善其身，达则兼济天下"的实质及其在白居易身上的表现，我在50年代中期所写的《白居易诗选译·前言》中作过一些论述，不再重复。这里要说的是：早在被贬为江州司马之前，白居易已经有"时之不来"的感慨和"奉身而退"、"独善其身"的消极思想，从而写了不少"闲适诗"，并把那些"闲适诗"提到与"讽谕诗"并重的位置了。而在前期的"闲适诗"中，就有不少田园诗和山水诗。

白居易把他前期所写的诗分为四大类。所谓"讽谕诗"、"闲适诗"、"感伤诗"，是从内容上区分的；而所谓"杂律诗"，却是从体裁上区分的。这显然不很科学。至于他批评谢灵运"多溺于山水"和陶渊明"偏放于田园"，则又是从题材上着眼的。题材与作品的内容当然有联系，但也有区别。如果主要从题材着眼，则白居易前期的"讽谕诗"中显然有田园诗，其他三类诗中则既有田园诗，又有山水诗。至于后期，则由于"独善其身"、"知足保和"的思想占了上风，因而玩景适情，几乎成了他的重要生活内容，山水诗呢，自然也跟着连篇累牍地出现。

既然如此,要谈白居易的卓越贡献,当然不应该忽略他的"讽谕诗";但要全面地评价白居易的诗歌创作,就不应该无视"讽谕诗"以外的其他作品,包括田园诗和山水诗。

本文先谈白居易的田园诗。

西洋文学中的 pastoral,或译为牧歌,或译为田园诗。它起源于古希腊的一种描写牧人生活或农村生活的抒情小诗。其创始者古希腊诗人忒俄克里托斯(Theokritos,约前325—前267)的作品,以歌唱宁静悠闲的田园生活、美化农村、满足现状为特色,形成了西洋文学中田园诗的传统。因此,人们一谈到悠闲宁静、无忧无虑的生活,就喜欢加上"牧歌式的"、"田园诗般的"形容词。在我国,相传帝尧时有一位老人击壤而歌云:"日出而作,日入而息。凿井而饮,耕田而食。帝力何有于我哉?"①这首《击壤歌》,在满足现状这一点上与西洋的田园诗很相似,但这显然是后人的伪作。我国最早的田园诗,应该追溯到《诗经》中的《七月》。这首诗先从冬寒写到春耕,接着写妇女蚕桑、写冬猎、写农副业生产、写收完庄稼后服劳役……展现出一幅幅农村风俗画,使我们从中看到劳动者一年忙到头,仍然过着忍饥受寒的悲惨生活。原因何在呢?就在于统治者的剥削和压迫。《诗序》说这是周公"陈王业"之作,当然值得怀疑。方玉润在《诗经原始》里说:"《七月》所言皆农桑稼穑之事,非躬亲陇亩,久于其道,不能言之亲切有味也如是。"这是很有见地的。应该说,《七月》为我国田园诗开辟了现实主义的渠道,然而遗憾的是,在漫长的历史时期内,这条渠道却荒凉冷落,未见有千帆万橹,破浪乘风,掣鲸于汪洋大海。原因何在呢?这当然是个复杂的问题,需要做专题研究。但明显的事实是,从事于精神生产的诗人们多属于统治阶级的上层,席丰履厚,脱离农村,既没有田园生活的体验,更与农民们的命运漠不相关。即使宦途失意,也只会想到"买山而隐",或者像仲长统在《乐志论》里所说的那样"欲使居有良田广宅,在高山流水之畔",过富贵逸乐的生活罢了。到了陶渊明,这情况才有了改变。陶渊明的祖父陶侃虽以军功取得大司马的高官,但并非出身于门阀士族,因而被骂为"小人"和"溪狗"。陶渊明于家世没落之时怀抱"大济苍生"的壮志踏上仕途,自然更受人轻视;在壮志难酬与厌恶官场秽恶的情况下回到农村,"晨出肆微勤,

---

① 此见《群书治要》卷十一引《帝王世纪》。《论衡·艺增》第五句作"尧何等力"。

日入负未还"(见《于西田获早稻》诗),破天荒冲决了"士大夫耻涉农务"的剥削阶级意识,与农民们同样劳动,这就使得他成为我国文学史上第一个杰出的田园诗人,在世界文学史上也占有特殊的地位。

然而陶渊明的田园诗是不是《七月》传统的继承和发展呢?不全是。像《庚戌岁九月中于西田获早稻》、《丙辰岁八月中于下潠田舍获》等诗,写"躬耕"、"力作",表现了"田家岂不苦"的切身体验。这是《七月》传统的继承和发展,与西洋的田园牧歌迥不相同。但他的另一些诗,如《癸卯岁始春怀古田舍二首》、《归园田居五首》等等,则着重表现了田园生活的淳朴、宁静和闲适,用以对照上层社会的虚伪、污浊和倾轧,从而抒发"久在樊笼里,复得返自然"和"是以植杖翁,悠然不复返"的情志。从发现并赞颂农村的美以暴露并批判官场的丑这一点上说,其思想意义不容低估;而"平畴交远风,良苗亦怀新","暧暧远人村,依依墟里烟。狗吠深巷中,鸡鸣桑树巅"之类的名句,写田园风光,宛然在目,又天然凑泊,无斧凿痕迹,无怪其万口传诵,历久弥新。然而就描绘农村生活的幽美、宁静以及从中流露的闲适之趣和乐天知命的情怀这一点上说,却离开了《七月》的渠道,而在某种程度上和西洋的田园牧歌合流了。

北宋诗人梅尧臣写过一篇《田家语》,一开头就说:"谁道田家乐?春税秋未足!里胥扣我门,日夕苦煎促。"这是写出了封建社会广大农村的本质真实的。然而长时期以来,人们却把陶渊明表现"田家乐"的那些诗奉为田园诗的楷模。江淹《杂体》诗拟陶渊明,就拟的是这一类,可见他心目中的田园诗与表现"田家苦"无涉。而这又是很有代表性的,陈善就说:"要知渊明诗,须观江文通《杂体》诗中拟渊明作者,方是逼真。"① 盛唐时期的田园诗派,也与此一脉相承。其代表作如王维的《渭川田家》、《偶然作》、《春中田园作》、《淇上田园即事》,孟浩然的《过故人庄》、《游精思观回王白云在后》,储光羲的《同王十三维偶然作》、《田家即事》、《田家杂兴》等等,都是从某些侧面歌唱"田家乐"的。在这类诗里,关于田园风光的某些描写固然能够给读者以美感享受,但那里的"田家",有些并非农民,如《过故人庄》中的"故人",分明就是庄园主;有些也许是劳动者,但他们的"闲逸"或"高话羲皇年",显然是作者强加上去的。

---

① 陈善:《扪虱新语》下集卷四。江淹(文通)《杂体诗》中拟陶渊明作的那首诗,题为《陶征君》,诗如下:"种苗在东皋,苗生满阡陌。虽有荷锄倦,浊酒聊自适。日暮巾柴车,路暗光已夕。归人望烟火,稚子候檐隙。问君亦何为,百年会有役。但愿桑麻成,蚕月得纺绩。素心正如此,开径望三益。"

可不可以这样说,陶渊明和盛唐田园诗派的田园诗,自有其美学价值,在文学发展史上,各以独特的艺术成就占有不容动摇的地位;但都没有真实地描写广大农村中的大多数——贫苦农民,没有真实地反映他们受剥削受压迫的悲惨生活,没有真实地表现他们的劳动和斗争、要求和理想。

封建社会的广阔天地何在呢?在农村。封建社会里从事生产斗争和阶级斗争以推动历史前进的主力军是谁呢?是农民。封建社会的基本矛盾是什么呢?是农民阶级和地主阶级的矛盾。农村是广大农民从事生产斗争和阶级斗争以推动历史前进的天地,是基本矛盾纵横交错的所在。正因为这样,封建社会的文学要广阔地反映现实,就不能脱离农村。从这一意义上说,为数有限的田园诗就特别值得珍视,然而西洋牧歌式的田园诗,又远远不足以反映农村生活的本质真实;而农村生活的本质真实,却关系着历史的发展、人民的命运、国家的前途,有理由要求在文学上得到反映。在唐代,沿着《七月》开辟的渠道在一定程度上回答了这一要求的诗人也不算少,白居易就是杰出的代表者。

白居易(772—846)生于袁晁所领导的浙东农民起义(762)后十年,卒于王仙芝、黄巢等农民起义(874)前二十多年。这一时期,封建社会固有的各种矛盾、特别是地主阶级与农民的矛盾进一步激化。白居易由于"时难年荒世业空",从童年开始,就飘流四方,奔走衣食,看到了广大农民所受的苦难,预感到唐王朝的统治岌岌可危,这就使得他能够接受儒家思想中积极进取的一面,力图"致君泽民",实现"兼济之志",以稳定封建秩序,维护统治阶级的长远利益。从他的大量诗文,特别是《策林》里,可以清楚地看出:他的"劝农桑"、"薄赋敛"、"罢缗钱"、"节财用"、"除贪暴"、"苏民困"、"顺民意"等政治主张,都是围绕着如何缓和地主阶级与农民阶级的尖锐矛盾这一中心问题提出来的。这表现于诗歌创作,就不能不把他的艺术视野引向农民,引向阶级矛盾纵横交错的广大农村。

白居易涉及农民、农村的诗数量很可观。有一些,可以说是继承和发展了《七月》传统的田园诗。另一些,并非完全写农村题材,不能算田园诗,但对于理解他的田园诗却是很有帮助的,因而也把它们纳入我们讨论的范围之内。

翻开《白氏长庆集》一开始就是"讽谕诗",而"讽谕诗"的第一篇就是《贺雨》。从创作时期看,《贺雨》不应该排在卷首;作者用它来"压卷",显然是就其重要性考虑的。作者既然这样重视它,我们就不妨看看它写了些什么:

皇帝嗣宝历,元和三年冬。自冬及春暮,不雨旱爞爞。上心念下民,惧岁成灾凶。遂下罪己诏,殷勤告万邦。帝曰予一人,继天承祖宗。忧勤不遑宁,夙夜心忡忡。元年诛刘辟,一举靖巴邛。二年戮李锜,不战安江东。顾惟眇眇德,遽有巍巍功!或者天降沴,无乃儆予躬?上思答天戒,下思致时邕。莫如率其身,慈和与俭恭。乃令罢进献,乃命赈饥穷。宥死降五刑,已责宽三农。宫女出宣徽,厩马减飞龙。庶政靡不举,皆出自宸衷。奔腾道路人,伛偻田野翁,欢呼相告报,感泣涕沾胸。顺人人心悦,先天天意从。诏下才七日,和气生冲融。凝为悠悠云,散作习习风。昼夜三日雨,凄凄复濛濛。万心春熙熙,百谷青芃芃。人变愁为喜,岁易俭为丰。乃知王者心,忧乐与众同。皇天与后土,所感无不通。冠珮何锵锵,将相及王公,蹈舞呼万岁,列贺明庭中。小臣诚愚陋,职忝金銮宫。稽首再三拜,一言献天聪:君以明为圣,臣以直为忠;敢贺有其始,亦愿有其终。

全诗是通过"贺雨"歌颂皇帝的,不应该触怒统治者。然而白居易在《与元九书》里却说:"凡闻仆《贺雨》诗,而众口藉藉,已谓非宜矣。"这是为什么?就因为这不是一般的"颂圣诗",而是"讽谕诗"。元和三年冬到四年春,久旱不雨,而一系列暴政、聚敛,更逼得农民倾家荡产,无以为生。白居易此时任左拾遗,屡陈时政,唐宪宗采纳了他的意见,下诏"降天下系囚,蠲租税,出宫人,绝进奉,禁掠卖。"这就侵犯了权奸们的利益。而白居易在《贺雨》里,却说皇帝由于"心念下民"而下了"罪己诏",并把"罢进献"、"赈饥穷"、"降五刑"、"宽三农"、"出宫女"、"减厩马"等等,都说成"出自宸衷"——皇帝的本意,要求"君明"、"臣直",善始善终。这不仅寓贬于褒,而且给君臣们出下永远做不好、更做不完的难题,自然要"众口藉藉,已谓非宜"了。

诗中描绘了皇帝"下罪己诏"、"罢进献"、"赈饥穷"、"降五刑"、"宽三农"之后立刻出现的喜人景象:

奔腾道路人,伛偻田野翁,欢呼相告报,感泣涕沾胸。顺人人心悦,先天天意从。诏下才七日,和气生冲融,凝为悠悠云,散作习习风。昼夜三日雨,凄凄复濛濛,万心春熙熙,百谷青芃芃。人变愁为喜,岁易俭为丰,乃知王者心,忧乐与众同。

这当然不完全是客观现实,而是作者所追求的理想境界,只要看看作者写于同时或稍后的《杜陵叟》,就知道那"罪己诏"中所说的"蠲租税"不过是一句空话;其他诺言,也与此略同。这里之所以要谈这首诗,只是为了展示白居易所追求的理想境界,以便了解他是从怎样的正面理想的高度出发来面对严酷的现实,写出了别开生面的田园诗的。

白居易自谓"久处村间",但他从来没有目睹过"万心春熙熙,百谷青芃芃"的农村生活;而他的"救济人病,裨补时阙"的创作目的和"其言直而切"、"其事核而实"的创作态度又使他不至于美化现实。因此,他的田园诗的突出特点,就不是写"田家乐",而是写"田家苦"——"惟歌生民病";他笔下的"田家",也并非隐逸之士或"绿树村边合,青山郭外斜,开轩面场圃,把酒话桑麻"的庄园主,而是地地道道的农民。例如他在做周至县尉时所写的《观刈麦》:

田家少闲月,五月人倍忙。夜来南风起,小麦覆垄黄。妇姑荷箪食,童稚携壶浆。相随饷田去,丁壮在南冈。足蒸暑土气,背灼炎天光。力尽不知热,但惜夏日长。复有贫妇人,抱子在其旁。右手秉遗穗,左臂悬弊筐。听其相顾言,闻者为悲伤:"家田输税尽,拾此充饥肠。"今我何功德?曾不事农桑。吏禄三百石,岁晏有余粮。念此私自愧,尽日不能忘!

不是像陶渊明和盛唐的田园诗人那样着重写田园风光的幽美、宁静,而是在"小麦覆陇黄"的背景上以"足蒸暑土气,背灼炎天光"的"丁壮"为中心,大力描写连"妇姑"、"童稚"都卷了进去的紧张而艰苦的夏收劳动,歌颂与同情之意洋溢于字里行间。这已经是全新的田园诗,在转变传统田园诗的作风上值得重视。但还不仅如此,当作者把目光移向拾麦穗的"贫妇人"及其小孩,并且"听其相顾言"的时候,他和其他"闻者"一起"悲伤"起来了!"家田输税尽,拾此充饥肠",这是她的遭遇,也是那些正忙于夏收的农民们面临的遭遇。难道他们"力尽不知热"收回家的小麦就保证足以"输税"而有余吗?结尾的六句诗虽然有点概念化,但把"不事农桑"而坐享厚禄和"家田输税尽"这两个方面对照起来,又联系起来,就可以想到更多的东西,剥削制度下的社会图景,也就呼之欲出了。再看《宿紫阁山北村》:

晨游紫阁峰,暮宿山下村。村老见予喜,为予开一樽。举杯未及饮,

> 暴卒来入门，紫衣挟刀斧，草草十馀人。夺我席上酒，掣我盘中飧。主人退后立，敛手反如宾。中庭有奇树，种来三十春。主人惜不得，持斧断其根。口称采造家，身属神策军。主人慎勿语，中尉正承恩！

读了前四句，很容易令人联想到孟浩然《过故人庄》的开头："故人具鸡黍，邀我至田家。"满以为接下去，就要写"田家乐"了。然而出人意外，作者却为我们展开了农民遭掠夺的图画；而掠夺者又不是别人，乃是正受到皇帝宠信的神策军头领手下的鹰犬。鹰犬所至，农民遭殃，不要说看不到"绿树村边合"、"鸡鸣桑树巅"之类的田园美景，连院子里的好树都被砍掉了！这样的图画，在传统的田园诗里连影子也见不到，然而在封建社会的农村中，却是随时随处可见的现实。作者真实地反映了现实，并把讽刺的锋芒通过"中尉"刺向皇帝，难怪惹得"握军要者切齿"了。

作者在《贺雨》诗中讲到皇帝"罪己诏"中的内容之一是"已责宽三农"。"已责（债）"，就是停止索债，即豁免农民所欠的租税。因为免了税，还要"赈饥穷"，而老天又降了喜雨，所以广大农村"万心春熙熙，百谷青芃芃"，好一派喜人的景象！然而这不过是作者"讽谕"皇帝的一种艺术手法；实际上，那一切都未曾出现。且看他的名篇《杜陵叟》：

> 杜陵叟，杜陵居，岁种薄田一顷馀。三月无雨旱风起，麦苗不秀多黄死。九月降霜秋早寒，禾穗未熟皆青干。长吏明知不申破，急敛暴征求考课。典桑卖地纳官租，明年衣食将何如！剥我身上帛，夺我口中粟。虐人害物即豺狼，何必钩爪锯牙食人肉！不知何人奏皇帝，帝心恻隐知人弊。白麻纸上书德音：京畿尽放今年税。昨日里胥方到门，手持尺牒榜乡村。十家租税九家毕，虚受吾君蠲免恩！

"岁种薄田一顷馀"，田地很不少，也许"杜陵叟"是位富农吧！其实不然。《旧唐书·食货志》云："武德七年（624）始定律令：'丁男中男给一顷（一百亩），所授之田十分之二为世业、八为口分。世业之田，身死则承户者便授之；口分则收入官。'"可见"杜陵叟"实际上不过是拥有二十亩薄田的自耕农。"长吏"们明知小麦遭受自然灾害，颗粒无收，却为了追求在"考课"（考核政绩）时名列前茅，立功受赏，硬是"急敛暴征"，逼得农民们"典桑卖地纳官租"。可见那"考课"的实质,并不是考察官吏们为人民做了多少好事,而是考察在剥夺民脂民膏方面谁更心狠手辣罢了。对于封建政治的揭露何等深刻!桑典尽,地卖光,"明年衣食将何如?"读诗至此不禁联想到《观刈麦》中那个"家田输税尽"的"贫妇人"的悲惨命运。所不同的是作者写"贫妇人",只以"听其相顾言,闻者为悲伤"激起人们的同情心;在这里,他再也压抑不住火一样的愤懑情绪,对统治者进行控诉:"剥我身上帛,夺我口中粟;虐人害物即豺狼,何必钩爪锯牙食人肉!"这个"我"不仅是"杜陵叟",这里的"豺狼"也不仅是在杜陵一地"急敛暴征"的官吏,而具有高度概括性,高度概括了封建社会里地主阶级与农民阶级的尖锐矛盾。

钱锺书先生说过:"西洋文学里牧歌的传统老是形容草多么又绿又软,羊多么既肥且驯,天真快乐的牧童牧女怎样在尘世的干净土里谈情说爱;有人读得腻了,就说这种诗里漏掉了一件东西——狼。"(钱锺书《宋诗选注》,人民文学出版社1979年版第217页)中国传统的田园诗亦复如是。白居易却一反传统,没有让"豺狼"们从他的田园诗里溜出去,而是如实地写他们怎样在农村里横行无忌,"虐人害物",不过这并非"钩爪锯牙"的凶兽,而是"暴卒"、"里胥"、"长吏"和他们所代表的剥削阶级、剥削制度。当然,白居易在主观上不可能有这样的明确认识,但他实际上却透露了此中消息;在诗的结尾,连"豺狼"们的伪善也揭露无遗。而等到"十家租税九家毕"之后才宣布免税之类的"伪善"表演,正是"豺狼"们用以掩盖吃人本质的惯伎。和白居易同时的李绛就委婉含蓄地向皇帝说过:"昨正月所降德音,量放(豁免)去年租米,伏闻所放数内,已有纳者。"(李绛《论事集》四《论放旱损百姓租税》)到了宋代,苏轼明说"四方皆有'黄纸放而白纸收'之语"(《东坡集》卷二十八《应诏言四事状》)。所谓"黄纸放",和白居易所说的"白麻纸上书德音,京畿尽放今年税"原是一码事。唐朝有关任命将相、赦免、豁免等重要诏令,用白麻纸书写;一般诏令,用黄麻纸书写。宋朝则用黄纸写皇帝的诏令,用白纸写官府的公文。皇帝用免税邀美名,官府以逼税收实利,真所谓名利双收,又何乐而不为?试读此后诗人们感慨系之的诗句,诸如"自从乡官新上来,黄纸放尽白纸催"(范成大《石湖居士诗集》卷五《后催租行》),"一司日日下赈济,一司旦旦催租税"(米芾《宝晋英光集》卷三《催租》),"发粟通有无,宽逋已征索"(赵汝绩《无罪言》,《江湖后集》卷七),"淡黄竹纸说蠲逋,白纸仍科不稼租"(朱继芳《农桑》,《南宋群贤小集》第十二册)等等,就可见一般了。让我们再看看《资治通鉴·唐纪·德宗纪》里的有关记载：

> 上（德宗李适）畋于新店（在新店地方打猎），入民赵光奇家，问："百姓乐乎？"对曰："不乐。"上曰："今岁颇稔（丰收），何为不乐？"对曰："诏令不信（不兑现），前云：'两税之外，悉无他徭。'今非税而诛求者，殆过于税；每有诏书优恤，徒空文耳！"

皇帝打猎，看见庄稼长得好，满以为百姓都很快乐。一问老百姓，则说不快乐，原因是"两税"已经够重的，而正税之外的苛捐杂税，其数量又超过正税；尽管有时候下诏优恤，却都不过是一纸空文。白居易的《杜陵叟》是写正税虐民的；《重赋》则揭露了苛捐杂税的罪恶，所以又题作《无名税》。在诗的开头，诗人先说德宗李适在颁行"两税法"的时候明确提出："税外加一物，皆以枉法论。"可是紧接着就变卦了。接下去，诗人又让被勒索的农民以第一人称"我"的口气进行控诉，展开了"田家苦"的悲惨图景：

> ……奈何岁月久，贪吏得因循，浚我以求宠，勒索无冬春。织绢未成匹，缲丝未盈斤；里胥迫我纳，不得暂逡巡。岁暮天地闭，阴风生破村；夜深烟火尽，霰雪白纷纷。幼者形不蔽，老者体无温，悲喘与寒气，并入鼻中辛。……

对"田家苦"作如此真切的描写，已经难能可贵了；更可贵的是作者还让那个"我"于纳税之时看到了另一世界，发现了"苦根"所在：

> 昨日输残税，因窥官库门：缯帛如山积，丝絮似云屯；号为"羡馀物"，随月献至尊。夺我身上暖，买尔眼前恩；进入琼林库，岁久化为尘！

琼林库和大盈库，是当时皇帝的私库，库存的来源，是所谓"进奉"。《旧唐书·食货志》记载："常赋之外，进奉不息。韦皋剑南有日进，李兼江西有月进，杜亚扬州、刘赞宣州、王纬、李锜浙西，皆竞为进奉，以固恩泽。贡入之奏，皆曰：臣于正税外'方圆'，亦曰'羡馀'。"所谓"羡馀物"，就是"剩余物资"，把从老百姓身上压榨出来的膏血叫做"羡馀物"进奉给皇帝，就为的是"求宠"、

"买恩",升官发财。原为荆南节度使的裴均依靠进奉,升为宰相,白居易曾上《论裴均进奉银器状》加以揭露。做淮南节度使的王锷又依靠进奉得到宪宗李纯的欢心,要升为宰相,白居易在《论王锷欲除官事宜状》里说:"闻王锷在镇日,不恤凋残,惟务差税;淮南百姓,日夜无憀。五年诛求,百计侵削,钱物既足,部领入朝,号为'羡馀',亲自进奉;凡有耳者,无不知之。今若授同平章事,臣恐四方闻之,皆谓陛下得王锷进奉而与宰相也。臣又恐诸道节度使今日以后,皆割剥生人,营求宰相,私相谓曰:'谁不如王锷耶?'……"讲得何等剀切!又多么大胆!《重赋》诗就是对这类历史事实的艺术概括。它和《杜陵叟》从不同的角度描绘了农村的苦难,塑造了受剥削受压迫的农民形象,并通过农民的血泪控诉,不仅鞭挞了横征暴敛的滥官污吏,而且指斥了以高官厚禄鼓励臣子们"惟务差税"、"百计侵削"的最高统治者。

白居易由于了解并同情农村疾苦,还看出了农村疾苦的根源在于统治者的诛求不已,以满足其骄奢淫逸的生活享受,因而即使不写农村,也往往用农民的困苦对照统治阶级的荒淫,从而揭示二者的因果关系。《轻肥》写"内臣"们"樽罍溢九酝,水陆罗八珍"的军中饮宴,而以"是岁江南旱,衢州人食人"作结;《歌舞》写"廷尉"、"秋官"们酒池肉林、"红烛歌舞",而以"岂知阌乡狱,中有冻死囚"作结;《买花》写"帝城"中的达官贵人们车马若狂,以高价买牡丹,却从啼饥号寒的农村引来一位"田舍翁",让他发出一声"长叹";并且解释说:那"长叹"的内容是"一丛深色花,十户中人赋!"甚至写《羸骏》那样的寓言诗,也在用吃得脑满肠肥的"驽骀"与"寒草不满腹"的"骅骝"作对比之后要说穿"驽骀"饲料的来源:

村中何扰扰,有吏征刍粟,沦彼军厩中,化作驽骀肉!

以上是白居易任周至县尉和左拾遗时期的作品。元和六年(811),白居易罢官,回到下邽(今陕西省渭南县)渭村,为母亲守孝,直到元和九年(814)的冬天才重返长安。这几年住在农村,生计艰难,有时自营农耕,与农民们交往,写了不少反映农村生活的诗。由于政治上受打击,这些诗不像《宿紫阁山北村》、《杜陵叟》那样措词激烈,但和传统的田园诗相比,仍然属于新的类型。

五言排律《渭村退居,寄礼部崔侍郎、翰林钱舍人诗一百韵》的前半篇,对他的农村生活作了概括而全面的叙写:

圣代元和岁,闲居渭水阳。不才甘命舛,多幸遇时康。朝野分伦序,贤愚定否臧。重文疏卜式,尚少弃冯唐。由是推天运,从兹乐性场。笼禽放高薋,雾豹得深藏。世虑休相扰,身谋且自强。犹须务衣食,未免事农桑。薙草通三径,开田占一坊。昼扉扃白版,夜碓扫黄粱。隙地治场圃,闲时粪土疆。枳篱编刺夹,薤垄擘科秧。穑力嫌身病,农心愿岁穰。朝衣典杯酒,佩剑博牛羊。困倚栽松锸,饥提采蕨筐。引泉来后涧,移竹下前岗。生计虽勤苦,家资甚渺茫。尘埃常满甑,钱帛少盈囊。弟病仍扶杖,妻愁不出房。传衣念缦缕,举案笑糟糠。犬吠村胥闹,蝉鸣织妇忙。纳租看县帖,输粟问军仓。夕歌攀村树,秋行绕野塘。云容阴惨淡,月色冷悠扬。荞麦铺花白,棠梨间叶黄。早寒风槭槭,新霁月苍苍。园菜迎霜死,庭芜过雨荒。檐空愁宿燕,壁暗思啼螀。眼为看书损,肱因运甓伤。病骸浑似木,老鬓欲成霜。少睡知年长,端忧觉夜长。……

这里写了如下几个侧面:一、"务衣食"、"事农桑"的生产劳动;二、缺粮少钱、弟病妻愁的凄苦生活;三、月冷霜寒、螀啼燕愁的自然景物;四、"犬吠村胥闹,蝉鸣织妇忙,纳租看县帖,输粟问军仓"诸句,则告诉我们这里依然有"豺狼"横行,不仅耕夫织妇们受到威逼,连作者也感到威胁。这种威胁,在《纳粟》诗里就反映得很充分:

有吏夜扣门,高声催纳粟;家人不待晓,场上张灯烛。扬簸净如珠,一车三十斛;犹忧纳不中,鞭责及童仆。……

对于一个做过左拾遗的罢职官员来说,催租官吏的威风,尚且如此咄咄逼人,农民们的处境如何,也就不难想见了!

白居易在做左拾遗时所上的《论和籴状》里说过:"臣久处村间,曾为和籴之户,亲被迫蹙,实不堪命!"如今又一次"亲被迫蹙",感到"实不堪命"了。正因为他有这样的切身经历,所以能够和被剥削压迫的农民心灵相通,从同情农民的角度写出揭露阶级矛盾的田园诗。请看《采地黄者》:

麦死春不雨,禾损秋早霜,岁晏无口食,田中采地黄。采之将何用,持以易糇粮。凌晨荷锄去,薄暮不盈筐。携来朱门家,卖与白面郎:"与君啖肥马,可使照地光。愿易马残粟,救此苦饥肠。"

在同一农村,同样是"麦死春不雨,禾损秋早霜",而贫与富、苦与乐的悬殊,却令人吃惊:农民冒着严寒采地黄,从凌晨到薄暮,饥肠百转,还吃不上饭;朱门家的马闲在那里,已经吃得很肥,还槽有"残粟"。——这究竟是什么原因呢?作者艺术构思的深刻之处,还在于他以"地黄"为焦点,集中了这一矛盾:农民拿"地黄"换"马残粟",用以充饥;白面郎拿"马残粟"换"地黄",为肥马滋补。马尚如此,马主人的物质享受多么豪华,也就不言可知了。马的补品来自农民,马主人豪华的物质享受,又凭的是什么呢?

农村生活的长期体验和观察,使白居易看清了一个严酷事实:"嗷嗷万族中,惟农最辛苦。"他的一部分田园诗,如《村居苦寒》、《夏旱》、《观稼》等等,都是这一类生活体验和观察的艺术反映。

八年十二月,五日雪纷纷。竹柏皆冻死,况彼无衣民!回观村闾间,十室八九贫。北风利如剑,布絮不蔽身。唯烧蒿棘火,愁坐夜待晨。乃知大寒岁,农者尤苦辛。顾我当此日,草堂深掩门。褐裘覆绝被,坐卧有馀温。幸免饥冻苦,又无垄亩勤。念彼深可愧,自问是何人!

——《村居苦寒》

太阴不离毕,太岁仍在午。旱日与炎风,枯焦我田亩。金石欲销铄,况兹禾与黍!嗷嗷万族中,惟农最辛苦。悯然望岁者,出门何所睹?但见刺与茨,罗生遍场圃。恶苗承渗气,欣然得其所。感此因问天,可能长不雨?

——《夏旱》

世役不我牵,身心常自若;晚出看田亩,闲行傍村落。累累绕场稼,喷喷群飞雀;年丰岂独人,禽鸟声亦乐。田翁逢我喜,默起具樽杓;敛手笑相迎,社酒有残酌。愧兹勤且敬,藤杖为淹泊。言动任天真,未觉农人恶。停杯问生事,夫种妻儿获;筋力苦疲劳,衣食常单薄。自惭禄仕者,曾不营农作;饱食无所劳,何殊卫人鹤?

——《观稼》

这三首诗都写"田家苦",但题材不同,艺术表现也各有特点。《村居苦寒》从"五日雪纷纷"的眼前景入手,重点写农民,最后写自己。大雪连日,连竹柏都冻死了,这真是"奇寒"!作者于是产生了联想,由竹柏联想到"无衣民"。竹柏素以耐寒著称,如今竟然全都冻死,那么没有衣穿的农民们又怎样呢?于是乎"回视村间间,十室八九贫",用"北风利如剑,布絮不蔽身,唯烧蒿棘火,愁坐夜待晨"等句,描绘了农民们的"苦寒"景象。这景象,使作者农村生活的体验升华为明确的认识:"乃知大寒岁,农者尤苦辛!""乃"者,才也。"才知"如此,可见以前是并不知道的。而对于养尊处优的统治者来说,难得有这样的"乃知"。例如晋惠帝,当人家告诉他"天下荒乱,百姓饿死"的时候,就感到不可思议,反问道:"何不食肉糜?"(《晋书·惠帝纪》)当时的唐德宗也并不比这高明多少,当人家告诉他田家"不乐"的时候,也感到不可理解,反问道:"今岁颇稔,何为不乐?"白居易之所以"惟歌生民病",其目的不过是"愿得天子知",幻想天子大发慈悲,设法"疗救",但这类诗的客观意义,却远远超出了这样的范围。

由"回视村间"转到"顾我",在艺术构思上这是进一层的联想,而"顾我"的内容,则在艺术表现上又与农民"苦寒"景象既相互对照、又相互补充。农民们"布絮不蔽身",自己则"褐裘覆紬被",这是对照。自己"幸免饥冻苦,又无垅亩勤";农民呢,当然是既受饥冻苦,又有垅亩勤,这既是对照,又有补充。"念彼"、"顾我",诗人深深地感到"可愧"了。"愧"什么呢?就"愧"的是未能实现"兼济"之志。写于同一时期的《新制布裘》诗,以"丈夫贵兼济,岂独善一身。安得万里裘,盖裹周四垠?稳暖皆如我,天下无寒人"结尾,就明确地表现了这一点。应该说,这是一种人道主义精神。这种人道主义尽管有超阶级的性质,在阶级社会里无法实现,然而联系《观刈麦》的结尾,就知道它不单纯是儒家"兼善"、"推爱"思想的继承,而主要植根于农村生活的土壤,来自对农民疾苦的深刻了解和深厚同情。正因为有这种人道主义精神的闪光,才把白居易的田园诗和传统的田园诗区别了开来。

《夏旱》诗从写旱象入手,以金石销铄陪衬禾黍枯焦,归结到"嗷嗷万族中,惟农最辛苦"。"悯然望岁者,出门何所睹"以下,是写实;又带比兴意味,使人从自然现象联想到社会问题。望岁者本来是希望田禾丰收的,而出门一望,却"但见棘与茨,罗生遍场圃";禾黍都被"旱日与炎风"弄得枯焦了,而"恶苗承沴气,欣然得其所"!于是以"感此因问天,可能长不雨"结束全诗,真可谓象外有象，言外有意，引人深思，发人深省。在白诗中别具一格。

《观稼》写丰收景象，为我们展开了可爱的田园风景画和田家风俗画。好容易遇上个丰年，连鸟儿的声音里都饱含着喜悦，农民们的脸上，自然也就有了笑容。读"田翁逢我喜，默起具樽杓，敛手笑相迎，社酒有残酌"诸句，令人想起陶渊明的"过门更相呼，有酒斟酌之"，"田父有好怀，壶浆远见候"之类的诗章，然而读着读着，读到"停杯问生事"以下，调子又变了。夫种妻获，筋疲力尽，幸而遇上丰年，仍然是"衣食常单薄"，这就是农民们的"生事"啊！作为"饱食无所劳"的"禄仕者"，作者又感到"自惭"了。

剥削阶级认为"农人恶"，白居易在与农民的亲切交往中得出了相反的结论："言动任天真，未觉农人恶。"孔丘因樊迟请学稼而骂他是"小人"，白居易却说"学农未为鄙"，亲自耕田种地。且看反映"躬耕"生活的田园诗：

> 种田计已决，决意复何如？卖马买犊使，徒步归田庐。迎春治耒耜，候雨辟菑畲。策杖田头立，躬亲课仆夫。吾闻老农言："为稼慎在初；所施不卤莽，其报必有馀。"上求奉王税，下望备家储。安得放慵惰，拱手而曳裾？学农未为鄙，亲友勿笑予。更等明年后，自拟执犁锄。
>
> ——《归田》三首其二

果然，此后就自执犁锄了。"三十为近臣，腰间鸣佩玉。四十为野夫，田中学锄谷。"这的确是巨大的变化！再看七绝《得袁相书》：

> 谷苗深处一农夫，面黑头斑手把锄。
> 何意使人犹识我，就田来送相公书！

在前面，我们提到白居易在他创作生活的前期，就写了不少"闲适"诗。这些"闲适"诗的写作，主要和"奉身而退"、"独善其身"的消极思想有关；但从诗歌传统的继承上说，则显然受陶渊明的影响。早在做盩厔县尉的时候，就写过这么一首《官舍小亭闲望》：

> 风竹散清韵，烟槐凝绿姿。日高人吏去，闲坐在茅茨。葛衣御时暑，蔬饭疗朝饥。持此聊自足，心力少营为。亭上独吟罢，眼前无事时。数峰

太白雪,一卷陶潜诗。人心各自是,我是良在兹。回谢争名客,甘从君所嗤!

这里不仅把他"眼前无事时"的生活概括为"数峰太白雪,一卷陶潜诗",而且整篇诗的风格韵味,都和陶诗很接近。退居渭村之后,就进一步学习陶诗。前面谈到的反映"躬耕"生活的诗,就属于陶潜《西田获早稻》一类田园诗的系统。《效陶潜体诗十六首》中的某些篇章和《秋游原上》等等,则和陶潜《归园田居》一类的田园诗一脉相承:

家醞饮已尽,村中无酒赍。坐愁今夜醒,其奈秋怀何?有客忽叩门,言语一何佳!云是南村叟,挈榼来相过。且喜樽不燥,安问少与多?重阳虽已过,篱菊有残花。欢来苦昼短,不觉夕阳斜。老人勿遽起,且待新月华。客去有馀趣。竟夕独酣歌。

——《效陶潜体诗》其八

原生衣百结,颜子食一箪。欢然乐其志,有以忘饥寒。今我何人哉?德不及先贤;衣食幸相属,胡为不自安?况兹清渭曲,居处安且闲。榆柳百馀树,茅茨十数间。寒负檐下日,热濯涧底泉。日出犹未起,日入已复眠。西风满村巷,清凉八月天。但有鸡犬声,不闻车马喧。时倾一樽酒,坐望东南山。稚侄初学步,牵衣戏我前。即此自可乐,庶几颜与原。

——《效陶潜体诗》其九

七月行已半,早凉天气清。清晨起巾栉,徐步出紫荆。露杖筇竹冷,风襟越蕉轻。闲携弟侄辈,同上秋原行。新枣未全赤,晚瓜有馀馨。依依田家叟,设此相逢迎。自我到此村,往来白发生;村中相识久,老幼皆有情。流连向暮归,树树风蝉声。是时新雨足,禾黍夹道青。见此令人饱,何必待西成?

——《秋游原上》

这类作品,虽不像陶诗那样省净婉悗,渊深朴茂,但生活气息却更加浓厚。读这首《秋游原上》,就把你引向农村,和"田家叟"亲切交谈,分享新枣晚瓜的美味了。

白居易还用五律、五绝、七绝、五排等各种近体诗的形式表现农村题材,在诗体方面扩大了田园诗的领域。五排如《渭村退居……一百韵》已见前引;其他各体,举例如下:

二月村园暖,桑间戴胜飞。农夫春旧谷,蚕妾捣新衣。
牛马因风远,鸡豚过社稀。黄昏林下路,鼓笛赛神归。
——《春村》

南窗背灯坐,风霰暗纷纷。寂寞深村夜,残雁雪中闻。
——《村雪夜坐》

门闭仍逢雪,厨寒未起烟。贫家重寥落,半为日高眠。
——《村居》

霜草苍苍虫切切,村南村北行人绝。
独出前门望野田,月明荞麦花如雪。
——《村夜》

田园莽苍经春早,篱落萧条尽日风。
若问经过谈笑者,不过田舍白头翁。
——《村居》

故乡渭村的田园生活,给白居易留下了深刻的记忆。元和九年冬天回到京城,第二年就因上疏言事获罪,被贬为江州司马。在江州,他不禁触景生情,思念渭村,写了一首《孟夏思渭村旧居寄舍弟》:

喷喷雀引雏,梢梢笋成竹。时物感人情,忆我故乡曲。故园渭水上,十载事樵牧。手种榆柳成,阴阴覆墙屋。兔隐豆苗大,鸟鸣桑葚熟。前年当此时,与尔同游瞩。诗书课弟侄,农圃资僮仆。日暮麦登场,天晴蚕拆簇。弄泉南涧坐,待月东亭宿。兴发饮数杯,闷来棋一局。一朝忽分散,万里仍羁束。井鲋思返泉,笼莺悔出谷。九江地卑湿,四月天炎燠。苦雨初入梅,瘴云稍含毒。泥秧水畦稻,灰种畲田粟。已讶殊岁时,仍嗟异风俗。闲登郡楼望,日落江山绿。归雁拂乡心,平湖断人目。殊方我漂泊,旧里君幽独。何时同一瓢?饮水心亦足。

"兔隐豆苗大,鸟鸣桑葚熟","日暮麦登场,天晴蚕拆簇"等句,写田园风物,宛然可恋,从而激起了"井鲋思返泉,笼莺悔出谷"的感情波涛,渴望冲决仕途的牢宠,重返渭村。然而实际上,他从此以后,再也没有回到农村。

白居易反映"田家乐"的作品如果说和传统的田园诗不无联系的话,那么他的反映"田家苦"的田园诗,也是前有所承的。《七月》就是远源。近源呢?我们可以追溯到杜甫。白居易推崇杜甫,特别赞赏"朱门酒肉臭,路有冻死骨"之句,可见他向杜甫学习的正是这一类反映社会矛盾、同情民间疾苦的作品。杜甫早在写于天宝中年的《兵车行》中,就为"汉家山东二百州,千村万落生荆杞"的惨象焦心,为"县官急索租,租税从何出"的农民诉苦。安史乱后,"朱门务倾夺,赤族迭罹殃"[1],"乱世诛求急,黎民糠籺窄"[2],"伤时苦军乏,一物官尽取"[3],"高马达官厌酒肉,此辈杼柚茅茨空。……况闻处处鬻男女,割慈忍爱还租庸"[4],"哀哀寡妇诛求尽,恸哭郊原何处村"[5]之类的诗句就经常出现,反映了被租税逼到死亡线上的农民们的悲惨处境。然而集中地描写农村题材、可以称之为田园诗的作品,在杜甫全集中还是不多的。尽管不多,却很值得注意。例如《甘林》:

舍舟越西岗,入林解我衣。青刍适马性,好鸟知人归。晨光映远岫,夕露见日稀。迟暮少寝食,清旷喜荆扉。经过倦俗态,在野无所违。试问甘藜藿,未肯羡轻肥。喧静不同科,出处各天机。勿矜朱门是,陋此白屋非。明朝步邻里,长老可以依。时危赋敛数,脱粟为尔挥。相携行豆田,

---

[1] 《壮游》。

[2] 《驱竖子摘苍耳》。

[3] 《枯棕》。

[4] 《岁宴行》。

[5] 《白帝》。

秋花霭菲菲。子实不得吃,货市送王畿。尽添军旅用,迫此公家威。主人长跪问:"戎马何时稀?"我衰易悲伤,屈指数贼围。劝其死王命,慎莫远奋飞。

又如《宿花石戍》:

午辞空灵岑,夕得花石戍。岸流开辟水,木杂古今树。地蒸南风盛,春热西日暮。四序本平分,气候何回互?茫茫天地间,理乱岂恒数?系舟盘藤轮,杖策古樵路。罢(疲)人不在村,野圊泉自注。柴扉虽芜没,农器尚牢固。山东残逆气,吴楚守王度。谁能叩君门,下令减征赋?

《甘林》表现了频繁的赋敛给农民带来的苦难。从结句看,农民不堪忍受"公家威"的逼迫,眼看就要"远奋飞"了!而《宿花石戍》所写的那个村子,则是泉水自流,农器徒存,而柴扉已经芜没,田园寥落,空无一人。从结句看,村民们不堪忍受"征赋"的重压,都已经"远奋飞"——逃亡、乃至铤而走险了!杜甫不赞成农民们揭竿而起,因而面对即将"奋飞"的农民,就"劝其死王命,慎莫远奋飞";面对村民们全都"奋飞"的"柴扉"、"野圊",就自言自语:"谁能叩君门,下令减征赋?"反对农民起义,这当然是杜甫的历史局限性和阶级局限性;而这种局限性,在当时又无法超越。杜甫的伟大之处在于他尽管劝告农民们"慎莫远奋飞",却把"远奋飞"的罪责归之于"公家威"、"赋敛数"、"诛求急",而没有归之于农民本身。对于农民们受剥削受压迫的处境,他是高度同情的;对于农民们勤劳、节俭、朴厚、真诚的品质,他是高度评价的。"经过倦俗态,在野无所违"——对于上层社会随处可遇的"俗态",他深感厌倦,而一到村野,就与农民们水乳交融。这种情感是可贵的。"勿矜朱门是,陋此白屋非"——不要夸耀"朱门",认为那里的什么都"是",不要鄙视"白屋",认为这里的什么都"非"。这种不同于剥削阶级的是非观念更是可贵的。

可以看出,白居易对待农民的态度,与杜甫一致。白居易以揭露横征暴敛为中心的田园诗,也继承了杜甫田园诗的传统。

唐代宗广德元年(763),做道州刺史的元结写了《舂陵行》和《贼退示官吏》以反映道州人民的苦况。《舂陵行》有云:"州小经乱亡,遗人实困疲。大乡无十家,大族命单羸。朝餐是草根,暮食仍木皮。出言气欲绝,意速行步迟。

追呼尚不忍,况乃鞭扑之!邮亭传急符,来往迹相追。更无宽大恩,但有迫促期。欲令鬻儿女,言发恐乱随。悉使索其家,而又无生资。"《贼退示官吏》有云:"城小贼不屠,人贫伤可怜。是以陷邻境,此州独得全。使臣将王命,岂不如贼焉!今彼征敛者,迫之如火煎。谁能绝人命,以作时世贤?"大历二年(767)杜甫在夔州的时候读到这两篇诗,特意写了《同元使君〈舂陵行〉并序》给予热情的赞扬。在诗里说:"道州(指元结)忧黎庶,词气浩纵横。两章对秋月,一字偕华星。……凄恻念诛求,薄敛近休明。……感彼危苦词,庶几知者听。"在序里,则说"不意复见比兴体制"。杜甫在这里以后辈诗人元结的两篇作品为例,提出了一个创作目标,即希望"知者"们效法元结,多写以"忧黎庶"为中心的"比兴体制",而白居易正是朝着这个目标前进的。他一再强调的"兴讽"、"风雅比兴"、"美刺兴比",正就是杜甫所说的"比兴体制";他在前期的创作中"但伤民病痛"、"惟歌生民病",也正是杜甫所说的"忧黎庶"的具体表现。而白居易的田园诗,特别是"讽谕"诗中的一些田园诗,显然从元结的《舂陵行》之类的诗作中受到启迪、吸取了营养。

在中唐前期的诗人中,白居易特别肯定韦应物。他在《与元九书》中说:"近岁韦苏州歌行,才丽之外,颇近兴讽。其五言诗又高雅闲淡,自成一家之体。今之秉笔者谁能及之!"而在韦应物揭露社会矛盾、关怀民间疾苦的作品中,就有"颇近兴讽"的田园诗。例如《采玉行》:

官府征白丁,言采蓝田玉。绝岭夜无家,深榛雨中宿。独妇饷粮还,哀哀舍南哭。

又如《观田家》:

微雨众卉新,一雷惊蛰始。田家几日闲,耕种从此起。丁壮俱在野,场圃亦就理。归来景常晏,饮犊西涧水。饥劬不自苦,膏泽且为喜。仓廪无宿储,徭役犹未已。方惭不耕者,禄食出闾里。

这些诗,在"歌民病"方面,显然为白居易所取法,而"方惭不耕者,禄食出闾里"这样的结句,又很容易使人联想到白居易《观刈麦》、《观稼》、《村居苦寒》等诗的结尾。其创作思想上的渊源关系,是清晰可见的。

贞元、元和之际，白居易、元稹、李绅、张籍、王建等继承《国风》、乐府民歌和杜甫诗作的现实主义传统，把主要的艺术力量用于反映社会生活中的重大问题，创作了不少光辉的现实主义诗章，包括以"忧黎庶"为中心的田园诗。这些诗人，是互相学习、互相促进的；但白居易却既有多方面的创作实践，又有相当系统的理论总结，居于倡导者的地位，对其他诗人有更大的影响。在田园诗的创作方面，他的倡导作用也是不容低估的。元稹的《田家词》，李绅的《悯农二首》，张籍的《野老歌》(一作《山农词》)、《牧童词》、《山头鹿》、《江村行》和王建的《田家行》等等，尽管角度不同、风格各异，却都揭露了官府的横暴和赋税的繁重，以同情的笔触勾画出多灾多难的农村图景，与白居易的田园诗同属于新的流派。

白居易的田园诗对后代的影响也相当深远。晚唐诗人皮日休的《橡媪叹》，杜荀鹤的《山中寡妇》、《题所居村舍》，聂夷中的《咏田家》，唐彦谦的《宿田家》，宋代诗人梅尧臣的《田家语》，李觏的《获稻》，张舜民的《打麦》，刘攽的《江南田家》，范成大的《四时田园杂兴》，章甫的《田家苦》等等，都与白居易的田园诗精神相通，前后的传承关系是值得注意的。

前人论田园诗，所着眼的只是陶渊明的《怀古田舍》、《归园田居》一类的作品和盛唐诗人王维、孟浩然、储光羲的部分作品。其特点是表现农村生活的宁静、幽美与闲适，而这宁静、幽美与闲适，主要是诗人自己的感受，与真正的贫苦农民无涉。正因为与真正的贫苦农民无涉，所以那里尽管有农村中常见的榆柳桑麻禾黍麦苗鸡犬和各种禽鸟，却见不到"豺狼"的影子。而实际上，在封建社会的农村中，"豺狼"们是经常出现，决定着农民们的命运的。在我们看来，反映农村生活而把农民与"豺狼"的矛盾放到一定地位的作品，才是更真实的田园诗。然而历来的诗评家，却不这样看。截至目前为止，论述唐代田园诗的人都只讲王维、孟浩然和储光羲的那些历来被公认为田园诗的作品，并不曾提及杜甫、白居易等人写过田园诗，就是证明。

白居易在退居渭村期间所写的《效陶潜体诗十六首》的最后一首中就现实生活中的所见所感提出了一系列问题，其中的两个问题是：

谓天不爱民，胡为生稻粱？谓天果爱民，胡为生豺狼？

什么是"豺狼"？白居易早在《杜陵叟》里就通过被"急敛暴征"逼得"典桑

卖地"的"杜陵叟"的口作了解释：

> 剥我身上帛，夺我口中粟；虐人害物即豺狼，何必钩爪锯牙食人肉！

　　白居易的田园诗，特别是"讽谕"诗中的田园诗，正是以这样的生活体验和思想认识为前提，继承了《七月》和杜甫等前辈诗人表现"田家苦"的传统创作出来的新的田园诗。其本身的现实意义及其对当时和以后诗歌创作的影响，值得认真探讨，充分估价。

　　白居易离开渭村之后，再没有回到农村；反映农村生活的田园诗，也几乎全部被模山范水的山水诗所取代。

（原刊《陕西师大学报》1982年第3期）

白居易诗歌理论的再认识

三十多年来,对于白居易诗歌理论的评价颇有变化,也颇有争论。这当然是正常的。变化的原因,有一些是由于认识的深化,这更是正常的。我自己的认识也有变化,但谈不上深化。简单地说,我过去偏重"救济人病,裨补时阙"等方面,而忽略了其他方面。事实上,在白居易的著作中有关诗歌理论的资料相当多,只偏重某一方面,自然会导致以偏概全的谬误。这篇文章,当然还做不到全面的论述和评价,只想多引一些白居易论诗的诗文,谈一点肤浅的看法,以就正于专家们。

《与元九书》,通常认为"是白居易论诗的纲领"。我觉得,白居易在贬官之后写给好友元稹的这封信,一开头就谈到他写信的心情,很值得注意。他说:他很早就想"粗论歌诗大端,并自述为文之意,总为一书,致足下前",但因种种原因,却拖了下来。"今俟罪浔阳……愤悱之气,思有所泄,遂追就前志,勉为此书"。就是说,在这封信里,论诗歌和泄愤悱是结合一起的。既然如此,当我们评论他在这封信里提出某些诗歌理论的时候,不能不考虑夹杂其中的泄愤悱的成分。

在声明写信时的心情之后即"粗论歌诗大端"。他说:

三才各有文:天之文,三光首之;地之文,五材首之;人之文,六经首之。就六经言,《诗》又首之。何者?圣人感人心而天下和平。感人心者,莫先乎情,莫始乎言,莫切乎声,莫深乎义。诗者:根情、苗言、华声、实义。上自圣贤,下至愚骏,微及豚鱼,幽及鬼神,群分而气同,形异而情一,未有声入而不应,情交而不感者。圣人知其然,因其言,经之以六义;缘其声,纬之以五音。音有韵,义有类。韵协则言顺,言顺则声易入;类举则情见,情见则感易交。于是乎孕大含深,贯微洞密,上下通而一气泰,忧乐合而百志熙。

在这里,我们如果不去死抠"圣人"、"鬼神"之类的字眼,而主要着眼于精神实质的话,就可以看出:在对于诗歌特质的认识方面,白居易既继承了《荀子·乐论》、《礼记·乐记》以及《毛诗序》等前人的有关论述,又有明显的发展。

首先是"根情"。

白居易认为"情"是诗歌的"根"。没有"情"这个"根",就没有诗。把"情"强调到"诗根"的程度,应该说是"诗言志"、"诗缘情"说的发展。

其次是"苗言"、"华声"、"实义"。

有了"情"这个"诗根",就可以长"苗"、开"花"、结"实"。但作为诗"苗"、诗"花"、诗"实",又有其特殊性。"因其言,经之以六义;缘其声,纬之以五音。音有韵,义有类。韵协则言顺,言顺则声易入;类举则情见,情见则感易交。"这一段话,对诗歌的语言、声韵乃至"六义"(风、雅、颂、赋、比、兴)的运用,都提出了特殊要求。

那么,诗歌为什么具有这些特质呢?白居易指出:"大凡人之感于事,则必动于情,然后兴于嗟叹,发于吟咏,而形于歌诗矣。"[①]"感人心者,莫先乎情,莫始乎言,莫切乎声,莫深乎义。"正是因为他有这样一些认识,才能高度概括地提出关于诗歌的定义:诗者,根情、苗言、华声、实义。他认为,"根情、苗言、华声、实义"的诗歌,必然具有"感人心"的艺术魅力。而用诗歌"感人心而天下和平",乃是他的美学理想。

诗歌的功用是和诗歌的特质分不开的。白居易在谈诗歌特质的时候,已经涉及诗歌的功用:"感人心"。关于这一点,他在别的地方还作了发挥和补充。

白居易对诗歌的功能有多方面的认识。他既强调"神教化",又不忽视"理情性";既突出功利性,又没有忘记娱悦性("销忧懑"、"悦性情"、"以诗相娱")。有人指摘道:"孔夫子还懂得'兴'、'观'、'群'、'怨',他白居易只承认'观',对诗歌社会功能的认识比孔夫子更狭隘。"[②]这显然不符合实际。

前面已经提到,白居易特意声明,他在《与元九书》里,既"粗论歌诗大端",又"自述为文之意";而这,又是与"愤悱之气"的宣泄相结合的。且看他如何"自述为文之意":

[①] 《策林·采诗以补察时政》。

[②] 《光明日报·文学遗产》第666期。

>自登朝来,年齿渐长,阅事渐多,每与人言,多询时务,每读书史,多求理道,始知文章合为时而著,歌诗合为事而作。是时皇帝初即位,宰府有正人,屡降玺书,访人急病。仆当此日,擢在翰林,身是谏官,手请谏纸,启奏之外,有可以救济人病,裨补时阙,而难于指言者,辄咏歌之,欲稍稍进闻于上。上以广宸聪,副忧勤;次以酬恩奖,塞言责;下以复吾平生之志。……

在这里,他把他创作讽谕诗的主观认识和客观条件都谈得很清楚。那时候,宦官专权、藩镇割据,"均田制"遭到破坏,"两税法"加剧了对农民的残酷剥削,巧立名目的苛捐杂税无异公开掠夺,农村经济凋敝,官贪吏污,民不聊生。白居易"每与人言,多询时务",加上他多年的切身经历,对这一切有相当深刻的了解,因而迫切地希望实行政治改革,也希望文学创作有助于这种改革。这在他的七十五条《策林》里,已经有充分的表现。这里提出的"文章合为时而著,歌诗合为事而作","救济人病,裨补时阙",其具体内容已见于《策林》中的《议文章碑碣词赋》、《采诗以补察时政》和《复乐古器古曲》诸条。

从这些文章可以看出,在朝政那么腐败,统治者那么贪暴,社会问题那么严重的时代里,却流行着"诬善恶"、"混真伪",通过"雕章镂句"阿谀逢迎、歌功颂德、粉饰升平的文风。白居易要求改革这种文风,"尚质抑淫,存诚去伪"。至于他希望皇帝用行政命令手段,对"含炯戒讽谕"的作品"虽质虽野,采而奖之",对"有虚美愧辞"的作品"虽华虽丽,禁而绝之",就有点"矫枉过正"的味道。更何况,皇帝喜欢的正是白居易要求禁绝的东西。作为最高统治者,怎能听任别人干预政治、揭露阴暗面呢?且看白居易在《新乐府·采诗官》里,又是怎么描写的:

>……郊庙登歌赞君美,乐府艳词悦君意。若求兴谕规刺言,万句千言无一字。自始章句无规刺,渐及朝廷绝讽议。诤臣杜口为冗员,谏鼓高悬作虚器。一人负扆常端默,百辟入门两自媚。夕郎所贺皆德音,春官每奏唯祥瑞。君之堂兮千里远,君之门兮九重閟。君耳惟闻堂上言,君眼不见门前事。贪官害民无所忌,奸臣蔽君无所畏。……

正是针对这些情况,白居易主张"采诗以补察时政",并大声疾呼:"欲开壅蔽达人情,先向歌诗求讽刺。"

然而统治者自己既然是人民苦难的制造者,又怎么会乐于看到表达"人(民)情"、揭露暴政、鞭挞统治者的罪行的作品呢?他们提倡的,正是那些"赞君美"、"悦君意"、掩盖社会真实、伪造大好形势,把暴政吹成美政的作品。《策林·复乐古器古曲》所讲的情况是值得注意的:

> 时议者或云:"乐者,声与器迁,音随曲变。若废今器用古器,则哀淫之音息矣;若舍今曲奏古曲,则正始之音兴矣。"

这种"时议",看来是针对当时民间歌曲、或者某些反映了"民情"的歌曲而发的。那些歌曲,多少有点"哀以思"、乃至"怨以怒"的味道,统治者便企图用废今器今曲、用古器古曲的办法来对付。白居易对这种"时议"进行了驳斥:

> 乐者本于声,声者发于情,情者系于政。盖政和则情和,情和则声和,而安乐之音,由是作焉。政失则情失,情失则声失,而哀淫之音,由是作焉。斯所谓声音之道与政通矣。……若君政骄而荒,人心困而急,则虽舍今器用古器,而哀淫之声不散矣,若君政善而美,人心和而平,则虽奏今曲废古曲,而安乐之音不流矣。

接下去,白居易提出了一个重要原则:"乐不可以伪"。那么,要区分真、伪,有什么标准呢?白居易没有直接回答这个问题,而作了如下推论:

> 和平之代,虽闻桑间濮上之音,人情不淫也,不伤也;乱亡之代,虽闻咸、濩、韶、武之音,人心不和也,不乐也。
> 若君政和而平,人心安而乐,则虽援黄桴、击野壤,闻之者必融融泄泄矣。若君政骄而荒,人心困而怨,则虽撞大钟、伐鸣鼓,闻之者适足惨惨戚戚矣。

这就是说,当"君政骄而荒,人心困而怨"的时候,硬要违背"人心"、美化现实、歌颂"善政"、赞扬"美好生活",这就是"伪"。与此相反,如实地揭露君骄政荒、反映民困人怨,这就是"真"。

基于上述认识,白居易强调"文章合为时而著,歌诗合为事而作"。"为时"、"为事",就是要表达民情,如实地反映时代的重大问题,"美"其所当"美","刺"其所当"刺","褒"其所当"褒","贬"其所当"贬",从而有助于"救济人病,裨补时阙"。而当他"擢在翰林,身居谏官",又对初即位的宪宗皇帝抱有幻想的时候,便将这些认识付诸实践,创作了以《秦中吟》、《新乐府》为代表的"讽谕诗"。

关于"讽谕诗"在形式方面的要求,总的说来,就是与"存诚去伪"相关联的"尚质抑淫"。至于"讽谕诗"中的《新乐府》,还有其他要求,《新乐府序》中说:

> 篇无定句,句无定字,系于意不系于文。首句标其目,卒章显其志,《诗三百》之意也。其辞质而径,欲见之者易谕也。其言直而切,欲闻之者深诫也。其事核而实,欲采之者传信也。其体顺而肆,可以播于乐章歌曲也。

除了"其事核而实"一条而外,都是就表现形式说的。每篇都"首句标其目",未免单调;有意识地在"卒章"说明作诗主旨,发抽象议论,难免导致概念化倾向。幸而《新乐府》五十首,并非每篇"卒章显其志",如《卖炭翁》、《杜陵叟》等名篇,并无概念化缺点,极富艺术感染力。至于其他各条,则是和"惟歌生民病"的特定内容相适应的,和乐府诗适于歌唱的特定要求相适应的。从"见之者易谕"可以看出,白居易在把诗歌创作的笔触伸向民间疾苦、伸向严重社会问题的时候,为了使他的作品得到更多人的理解、发挥更广泛的作用,在诗的形式方面,已经朝通俗化、群众化的方向努力了。

以上谈了白居易关于"讽谕诗"的理论。这些理论,从白居易自己的阐述看,主要产生于他对"时政"、对"民病痛",对当时以"虚美"为特征的文风的深切了解及其改革要求。如果前有所承的话,则主要继承了《毛诗序》"下以风刺上"的精神并加以发展,而丢掉了"上以风化下"的内容。"惟歌生民病"而"愿得天子知",希望天子"先向歌诗求讽刺",从而"救济人病,裨补时阙",其终极目的是维护封建统治,使之长治久安。这是白居易无法逾越的历史局限。但就当时来说,他的这些理论及其创作实践,其"刺上"的倾向是显而易见的。就是说,对于"骄而荒"的"君政"进行了揭露和鞭挞,而不是美化和歌颂。

这里应该提到,党的三中全会以后,否定了"文艺为政治服务"的口号,这是十分正确、十分必要的。但有人把白居易的讽谕诗及其创作理论与"文艺为政治服务"等同起来加以否定和嘲讽,却是不合实际的。回想一下我们鼓吹"文艺为政治服务"的那些年代吧!那时候所谓的"文艺为政治服务",就是"写中心","演中心","唱中心",紧密地"配合"一切政治任务和政治运动。对"反右",对"大跃进",甚至对"文化大革命",只能唱赞歌,只能说"就是好!就是好",谁敢说"救济人病,裨补时阙"?谁敢写《卖炭翁》、《杜陵叟》、《轻肥》、《重赋》、《观刈麦》、《宿紫阁山北村》那样的诗?万一说了,写了,其后果又如何?不说"文革",即就"大跃进"而言,那种"浮夸风"、"共产风"和一系列违反客观规律的极端做法所造成的严重灾难,真是怵目惊心,但诗人和作家,不但不敢如实反映,还不得不在强令"配合"的情况下在创作上也大放"卫星",违心地编造谎言。仅有的例外是彭德怀同志根据他在一九五八年十二月访问故乡时的所见所闻所感所写的《故乡行》:

谷撒地,薯叶枯,青壮炼铁去,收禾童与姑。来年日子怎么过,我为人民鼓与呼……

但这篇作品,那时候是无处发表的;彭老总受到的与此有关的待遇,也是众所周知的。不难看出,彭总的这首《故乡行》很像白居易的某些讽谕诗。其艺术质量,还不一定比白居易的某些讽谕诗高,但无疑具有强大的艺术生命力。如果有谁写当代文学史,在"大跃进"年代里要找一篇反映生活真实、忧心祖国前途、传达人民呼声的真诗的话,就不能不找到这一首。时代不同,对文艺的要求自然也有所不同。但不论任何时代,文艺家对社会、对政治、对人民,都应该怀有强烈的责任感,而不应该漠不关心。白居易的讽谕的诗歌理论有什么缺点是应该讨论的,但其对社会、对政治、对人民所体现的强烈的责任感,却是值得肯定的。不伦不类地与"文艺为政治服务"挂钩而加以贬斥,进而阐扬一种淡化现实、淡化政治的理论,虽然很时髦,却未必是有益的。

评价白居易关于讽谕诗的理论及其创作实践,还要看社会效果。白居易本人曾满怀"愤悱之气"谈到那些社会效果。近来人们喜欢引用的是这么几句:

> 今仆之诗,人所爱者,悉不过杂律诗与《长恨歌》已下耳,时之所重,仆之所轻。至于讽谕诗,意激而言质……宜人之不爱也。
>
> 《与元九书》

引用者说:你看吧!连白居易自己都供认他所爱的讽谕诗人家都"不爱",而且已认识到像那样"意激而言质"的东西,人家"不爱"是应该的。既然如此,那还有什么价值呢?

其实,白居易的那些话是带着"愤悱之气"说的。那"愤悱",来自某些人对讽谕诗的攻击、诽谤以及由此导致的后果。他在讲了为什么写讽谕诗之后对元稹说:

> 岂图志未就而悔已生,言未闻而谤已成矣!……凡闻仆《贺雨诗》,而众口籍籍,已谓非宜矣。闻仆《哭孔戡诗》,众面脉脉,尽不悦矣。闻《秦中吟》,则权豪贵近者相目而变色矣。闻乐游园寄足下诗,则执政柄者扼腕矣。闻《宿紫阁村诗》,则握军要者切齿矣。大率如此,不可遍举。不相与者号为沽名,号为诋讦,号为讪谤。苟相与者,则如牛僧儒之戒焉。乃至骨肉妻孥,皆以我为非也。
>
> 《与元九书》

在《寄唐生》中不仅抒发他自己的愤慨,还对《新乐府》作了自我评价,并以此回击了权豪的攻讦,回答了亲朋的非难。(应该指出:"惟歌生民病"是白居易就他的《新乐府》说的,并且是相对于"宫律"、"文字"说的,既不是泛指他的一切作品,更不曾要求别人不管写什么诗都得"惟歌生民病"。)

关于《秦中吟》,在《伤唐衢》里也慨乎言之:"忆昨元和初,忝备谏官位。是时兵革后,生民正憔悴。但伤民病痛,不识时忌讳。遂作《秦中吟》,一吟悲一事。贵人皆怪怒,闲人亦非訾。天高未及闻,荆棘生满地。"

从白居易自己的诉述看,"讽谕诗"揭露、批判的矛头指向哪里,哪里就一片喊打声。那些"权豪贵近",那些"执政柄者",那些"握军要者",那些"贵人",一个个"变色"、"扼腕"、"切齿","号为诋讦","号为讪谤",在作者周围布满"荆棘",这正说明白居易关于"讽谕诗"的理论及其创作实践,就客观效果而言,是有利于人民而不利于统治者推行暴政的。怎能由于统治者"不爱",

就断言"讽谕诗"的艺术质量低！

　　白居易的"讽谕诗"，是不是"时人"都"不爱"呢？回答是否定的。元稹在《白氏长庆集序》里就说过："《贺雨》、《秦中吟》等数十章，指言天下事，时人比之《风》、《骚》焉。"白居易自己也讲过当时有人"爱"讽谕诗："有邓鲂者，见仆诗而喜，无何而鲂死；有唐衢者，见仆诗而泣，未几而衢死；其馀则足下(元稹)，足下又十年来困踬若此。"这里只提到三个人，也是带着"愤悱之气"讲的，极言知音之少而知音又"不利若此"，从而发出"岂六义四始之风天将破坏不可支持耶？抑又不知天之意不欲使下人之病苦闻于上耶"的诘问。其实，就在同一篇《与元九书》里，当他得意洋洋地讲到"自长安抵江西，三四千里，凡乡校、佛寺、逆旅、行舟之中往往有题仆诗者，士庶、僧徒、孀妇、处女之口每每有咏仆诗者"的时候，特意举出："又昨过汉南日……诸妓见仆来，指而相顾曰：'此是《秦中吟》、《长恨歌》主耳！'"可见元和五年前后写于长安的《秦中吟》，几年以后，就已经在汉南广泛流传，并为作者赢得了"《秦中吟》主"的荣誉。

　　关于《新乐府》当时流传的情况，白居易没有明确地讲过。1959年在新疆婼羌县米兰古城，发现了回纥族民间诗人坎尔曼于元和十五年抄录的《卖炭翁》和他自己写于元和十年的《诉豺狼》等等。《诉豺狼》一诗，显然是效法白居易《新乐府》中的《杜陵叟》等篇的。这说明白居易元和四年写于长安的《新乐府》中的一些佳作，几年以后，已流传到西北少数民族地区，并且影响到民间诗人的创作。

　　白居易明明讲过《秦中吟》传诵的情况，又说"讽谕诗""意激而言质"，"宜人之不爱"，显得自相矛盾。白居易在《编集拙诗成一十五卷，因题卷末，戏赠元九李二十》诗中把《长恨歌》与《秦中吟》并提，作为那十五卷诗的代表，预言"身后文章合有名"，在与此同时写的《与元九书》里对他的"新艳小律"也自夸自赞，却又说什么"今仆之诗，人所爱者，悉不过杂律诗与《长恨歌》已下耳，时之所重，仆之所轻"，也显得自相矛盾。这矛盾，产生于"讽谕诗"被攻击、被诽谤以及由此引起的"荆棘生满地"的后果。白居易对此极愤慨，因而突出强调"讽谕诗"的重要性。在《与元九书》中，对《诗三百》以后许多诗人的评论显得偏激，也和他要突出地强调"讽谕诗"的重要性有关。那段评论的中心意思是：李白的诗作，"才矣奇矣，人不逮矣"，但像"讽谕诗"那样的作品，却"十无一焉"；杜甫的诗，"可传者千馀首，至于贯串今古，觑缕格律，尽工尽善，又过于李"，但《新安吏》、《石壕吏》等像"讽谕诗"那样的作品，"亦不过三四十首"；

其他如陶渊明,其诗极"高古",却偏于写田园诗;谢灵运呢,其诗很"奥博",却多半是山水诗,像"讽谕诗"那样的作品是少见的。总而言之,那段评论,不过是在追溯"讽谕诗"传统之时,强调那类诗在《诗三百》之后为数不多,因而弥足珍贵,应该提倡而已,并没有否定那些诗人。相反,对那些诗人在其他方面的成就,还是高度评价的。有人指摘,在白居易眼中,"大有'删后无诗'之慨",事实又何尝如此。

白居易的诗歌理论远远超出"讽谕诗"的理论。谈白氏诗论而只局限于"讽谕诗"的理论,自然难免片面性。

白居易既然认识到"情"为诗"根",就必然肯定诗歌题材、风格、功能的多样性。"大凡人之感于事,则必动于情",就会"形于诗歌",而在纷纭复杂的社会生活和自然环境中,可以使人"动情"的"事"是多种多样的。他在任左拾遗的那段时间,"闻见之间",深感政荒民困,有许多事"可悲",便"一吟悲一事",写了《秦中吟》;又感到有许多事"可哭",而又"不能发声哭",便"转作《乐府诗》"。他的"讽谕诗",就是这样写出的。当然,使他"动情"的"事"并不限于这方面。早在做盩厔县尉的时候,就有"数峰太白雪,一卷陶潜诗"的句子。后来退居渭村,又写了《效陶潜体诗十六首》及其他一些被归入"闲适诗"里的田园诗。至于山水诗,他写得更多。

白居易贬官江州,把他在此以前的诗作编为十五卷,分为四类。《与元九书》云:

> 自拾遗来,凡所适所感,关于美刺兴比者,又自武德讫元和,因事立题,题为新乐府。
> 又或退公独处,或移病闲居,知足保和,吟玩情性者一百首,谓之闲适诗。
> 又有事物牵于外,情理动于内,随感遇而形于咏叹者一百首,谓之感伤诗。
> 又有五言、七言长句、绝句,自一百韵至两韵者四百余首,谓之杂律诗。

《与元九书》又云:"谓之'讽谕诗',兼济之志也;谓之'闲适诗',独善之义也。……其余杂律诗,或诱于一时一物,发于一笑一吟……取其释恨佐欢。"

上面这些话,也都属于他"自述为文之意"的范围。白居易结合自己的创作实践,对诗歌题材、体裁、风格、功用的多样性,都有所阐明。

《新乐府序》里所讲的"其辞质而径","其言直而切"等等,那是就他的《新乐府》说的。对不同性质的诗,在形式、风格等方面又有不同要求。《与元九书》追忆他与元稹"各诵新艳小律",知音者以为"诗仙"。这些诗是"新艳"的,而不是"质直"的。《江楼夜吟元九律诗成三十韵》,则对元稹律诗的特点从多方面进行概括,认为其诗精思入玄,清音谐律,截金为句,雕玉作联,丽似白雪,妍胜碧云,五彩相宣,八风间发。对元稹的这些律诗,白居易简直赞不绝口,可见他并不是不论什么诗,都要求"意激而言质"。前人作诗,首先讲究"得体"。以不可压抑的激情写"卖炭翁"、"杜陵叟"的遭遇,"意激而言质"是"得体"的;如果写得像元稹的这些律诗一样,那将是什么情景!元稹在《白氏长庆集序》里讲到白居易诗歌的长处时说:"讽谕之诗长于激;闲适之诗长于遣;感伤之诗长于切;五字律诗,百言而上长于赡;五字、七字,百言而下长于情。"把"激"作为"讽谕诗"的长处,无愧知音。

白居易论诗的材料比较多。例如在赞美刘禹锡"沉舟侧畔千帆过,病树前头万木春"等句"真谓神妙"的时候,提出了"文之神妙莫先于诗"的见解。他创作了《禽虫十二章》,被元稹、刘禹锡称赞为"九奏中新声,八珍中异味",我们认为那可以称为寓言诗。而他在《序》里所讲的"《庄》、《列》寓言,《风》、《骚》比兴,多假虫鸟以为筌蹄",则是他写寓言诗的理论。

对画、对赋等等,白居易也发表过可取的意见。《记画》中说:"画无常工,以似为工;学无常师,以真为师。"画家必须"得于心,传于手","措一意,状一物,往往运思,中与神会",其绘画才能达到"形真而圆,神和而全"的境界。《赋赋》则主张作赋既须"立意为先",又以"能文为主"。而总的要求是:"逸思飘飘","雅音浏亮","华而不艳,美而有度"。这虽然不是直接论诗的,也可以和他的诗歌理论结合起来研究。"赋者,古诗之流也",而"诗画一理",原是历来公认的。

这篇稿子收尾之后,中州古籍出版社赠我一册美籍华人刘若愚教授所著的《中国的文学理论》。匆匆翻阅,看到在《玄学成分为实用论所吸收》一节里,他引了白居易《与元九书》中"三才各有文"那一段,评论道:

白氏从玄学的前提出发,最后得出了他关于诗的定义:诗包涵表现、审美以及实用的成分,和情、声、义丝丝相扣。在该书的下文中,他更进一步强调了文学的实际功能。

刘若愚教授虽然还没有涉及《与元九书》以外的有关材料,却已经看出白居易"关于诗的定义:诗包涵表现、审美以及实用的成分,和情、声、义丝丝相扣"。而我们的专家在《白居易诗歌理论与实践之再认识》这样大的题目下作文章,却断言:"按照白氏上述观点,诗歌并不是一种艺术,而仅仅是为政治服务的工具,其价值亦仅仅取决于此"(《光明日报·文学遗产》第 666 期)。孰是孰非,明眼人是不难辨别的。

(原刊《河南社联》1988 年第 2 期)

韩文阐释献疑

韩愈作为卓越的散文家,有一整套创作理论。他的门人李翱在《答朱载言书》中说:"天下之语文章,有六说焉:其尚异者,则曰文章辞句奇险而已;其好理者,则曰文章叙意苟通而已;其溺于时者,则曰文章必当对;其病于时者,则曰文章不当对;其爱难者,则曰文章宜深不宜易;其爱易者,则曰文章宜通不当难。此皆情有所偏滞而不流,未识文章之所主也。"①从韩愈的"古文"理论和创作实践看,在李翱概括的当时文坛争论的六大热点中,他是"尚异"爱"奇"的,但不排除"理",即在主"理"的前提下尚异、好奇;他是倡导"古文"(散文),反对"时文"(骈文)的,但不排除"对",如《进学解》等篇,对偶句层出不穷,却以散御骈,具有散文浑灏流转的气势;他是"爱难"的,但不片面追求"难",而是"惟其是"。所谓"是",包含"恰当"、"正确"、"合理"、"恰到好处"之类的意思,根据体裁、内容、对象的不同而处理难易深浅的问题,比"文章宜深不宜易"的简单化提法高明得多。

更重要的是:韩愈在强调文学修养的同时还强调思想文化、道德品质的修养,提出了著名的"养气"论:"行之乎仁义之途,游之乎《诗》、《书》之源","根之茂者其实遂,膏之沃者其光晔"。善养"浩然之气",则"气盛";"气盛,则言之短长与声之高下都皆宜"(《答李翊书》)。他深刻地认识到:"夫所谓文者,必有诸其中,是故君子慎其实。实之美恶,其发也不掩,本深而末茂,形大而声宏,行峻而言厉,心醇而气和,昭晰者无疑,优游者有余。"(《答尉迟生书》)他还中肯地指出:创作必须有感而发,"有不得已者而后言,其歌也有思,其哭也有怀",提出了著名的"不平则鸣"说(《送孟东野序》)。

韩愈为文之所以"尚异",在《答刘正夫书》中做了比较集中的论述,其要点是"师古圣贤人"而"师其意,不师其辞","能自树立,不因循"。"夫百物,朝

---

① 《全唐文》卷六三五,中华书局1982年影印,第6411页。

夕所见者人皆不注视也,及睹其异者,则共视而言之。夫文,岂异于是乎? 汉朝人莫不能为文,独司马相如、太史公、刘向、扬雄为之最。然则,用功深者其收名也远;若皆与世浮沉,不自树立,虽不为当时所怪,亦必无后世之传也。"不作时下流行的、人云亦云的、公式化的文章,而要深造自得,发挥远见卓识,进行独创性的艺术构思,写出的文章既"异"于古人、时人的作品,也"异"于自己的其他作品,这就是韩愈所"尚"的"异",颇相当于我们所说的艺术独创性。由此可见,把韩愈追求的"异"等同于"险怪"、"奇诡",是并不全面的;当然,那"异"里也的确包含了"险怪"与"奇诡"。然而即使对于韩文中的那些的确"险怪"、"奇诡"的篇章,如果不探究其"有不得已者而后言"的独特感受、独特命意,而仅仅从遣词造句、艺术表现方面去阐释其"险怪"、"奇诡",也是搔不着痒处的。从古到今,对于韩文的阐释、品评可谓多矣! 鞭辟入里者不胜枚举;然而搔不着痒处的,也还不是绝无仅有。

《送杨少尹序》是古今各种韩文选本、古文选本入选的名篇,全文如下:

昔疏广、受二子,以年老一朝辞位而去。于时公卿设供张,祖道都门外,车数百两,道路观者多叹息泣下,共言其贤。汉史既传其事,而后世工画者又图其迹。至今照人耳目,赫赫若前日事。国子司业杨君巨源方以能诗训后进,一旦以年满七十,亦白丞相去归其乡。世常说古今人不相及,今杨与二疏其意岂异也?

予忝在公卿后,遇病不能出。不知杨侯去时,城门外送者几人? 车几两? 马几匹? 道边观者,亦有叹息知其为贤与否? 而太史氏又能张大其事,为传继二疏踪迹否? 不落莫否? 见今世无工画者,而画与不画,故不论也。

然吾闻杨侯之去,丞相有爱而惜之者,白以为其都少尹,不绝其禄。又为歌诗以劝之,京师之长于诗者,亦属而和之。又不知当时二疏之去有是事否? 古今人同不同未可知也。中世士大夫以官为家,罢则无所于归。杨侯始冠,举于其乡,歌《鹿鸣》而来也。今之归,指其树曰:"某树,吾先人之所种也;某水某丘,吾童子时所钓游也。"乡人莫不加敬,诫子孙以杨侯不去其乡为法。古之所谓"乡先生没而可祭于社"者,其在斯人欤,其在斯人欤!

题中的"杨少尹"就是中唐著名诗人杨巨源。长庆元年为国子司业,四年(824),以年满七十,自请致仕(退休)回乡。"宰相爱其才,奏授河中少尹,不绝其俸"。韩愈作了这篇"序"送他。前人品评,多从艺术表现方面说它如何"奇",如何"妙",如林云铭《韩文起》云:"七十,致仕之年也,杨侯原不得为高;增秩而不夺其俸,亦国家优老之典也,杨侯又不得为奇。至于赠行唱和,乃古今之通套;而不去其乡,尤属本等之常事。看来无一可着笔处,昌黎偏寻出汉朝绝好的故事来,与他辞位、增秩及歌诗数事有同有不同处,彼此相形,作了许多曲折。末复把中世绝不好的事作反衬语。逼出他归乡之贤,便觉件件出色。皆从无可着笔处着笔也。坊评只赞其故作波澜,而不知非得此波澜,即不能成一字。故能作古文者方能读古文,俗眼评来,自然可笑。"①今人的品评亦与此类似,如《韩愈诗文评注》云:"写序送行属一般时文,极易流于一般应酬文字的老套。序中所写二疏之事,七十致仕,不去俸禄,唱和饯行等俱属常人惯熟之事,看来无一可着笔处。然韩愈能从无可着笔处着笔,从平凡的事迹中翻出许多波澜,又使人读了以后不觉其雕琢,百读不厌,就是这篇序文剪裁构制的高明处。于无奇之处而使之奇,于僵死之地使其生,于板滞之处使其活,这就是一般散文家不及韩愈的地方……"②这就是说:杨巨源七十致仕是大家都按规章照办的老套子,本身并不值得写,只是由于韩愈在写作技巧上玩了些花样,才写出了波澜起伏的奇文。这一类自以为并非"俗眼"的评论,其实都未搔着痒处,请先看韩愈的好友白居易所作的《不致仕》:

七十而致仕,礼法有明文。何乃贪荣者,斯言如不闻。可怜八九十,齿堕双眸昏。朝露贪名利,夕阳忧子孙。挂冠顾翠緌,悬车惜朱轮。金章腰不胜,伛偻入君门。谁不爱富贵,谁不恋君恩。年高须请老,名遂合退身。少时共嗤诮,晚岁多因循。贤哉汉二疏,彼独是何人!寂寞东门路,无人继去尘。③

这首诗,先写当时的京官们贪恋富贵,年逾七十、甚至到了"八九十",牙落

---

① 《韩文起》,上海会文堂1915年版,第1页。
② 《韩愈诗文评注》,中州古籍出版社1991年版,第390页。
③ 《白氏长庆集》卷二,四部丛刊本,第10页。

眼花，还"伛偻入君门"，赖着不致仕。接尾用"汉二疏"作反衬，来羞辱那些京官，并且慨叹道："寂寞东门路，无人继去尘！""汉二疏"，就是汉代的疏广、疏受叔侄。《汉书》卷七十一《疏广传》里说：汉宣帝立太子，任疏广为太子太傅、疏受为太子少傅，"太子每朝因进见，太傅在前，少傅在后，父子（按受乃广兄之子，实为叔侄——引者）并为师傅，朝廷以为荣。"但"在位五岁"，便托病告老回乡。"公卿大夫故人邑子设祖道供张东都门外（东都门，乃长安东郭门——引者），送者车数百辆。辞决而去。及道路观者皆曰：'贤哉！二大夫！'或叹息为之下泣。"

《不致仕》是《秦中吟》十首之一，作于"贞元、元和之际"，白居易在这诗的结尾慨叹长安的"东门路"如今很"寂寞"，没有一个京官肯"继"二疏的"后尘"。过了将近二十年，韩愈好像是回应白居易的慨叹：你别叹息，如今总算有"继"二疏'去尘'的人了。'他就是杨少君。于是别出心裁地写了这篇序。

序文先写二疏告老还乡的送行场面及《汉书》传其事、画工图其像，然后引出杨巨源也主动致仕还乡，用"今杨与二疏其意岂异也"的反诘语气强调杨巨源与二疏在主动退休这一点上并没有什么"异"，是同样值得赞赏的。

那么，杨巨源出长安东门时是不是也有那么壮观、那么感人的送行场面呢？恐怕未必有。但作者不说没有，而用他"遇病不能出"引出一连串疑问："不知杨侯去时，城门外送者几人？车几两？马几匹？道边观者，亦有叹息知其为贤与否……"须知饯送二疏的场面那样壮观、感人，乃是公卿大夫、乃至路人赞扬主动致仕者的生动表现。如果杨侯去时无人饯行或饯行的场面很冷落，那就表明当时的公卿大夫们对到了退休年龄便主动退休的人很反感，连路人也有点麻木了。写散文而有如此丰富、深刻的言外之意，使写诗的人也会感到惭愧。

还有，写二疏时特意写了"汉史既传其事，而后世工画者又图其迹"，那么，杨侯在这一点上是不是也与二疏无"异"呢？作者对此也提出疑问。其言外之意，同样引人深思。

第三段用"然"字扳转，用"吾闻"领起，写了增秩、给俸等事，却不说二疏无此特殊待遇，而用"又不知当时二疏之去有是事否？古今人同不同未可知也"引发读者的思考。《公羊传·宣公元年》："退而致仕。"何休注："致仕，还禄位于君。"这就是说，一旦"致仕"，职位、俸禄就都全部让出，二疏当然并不例外。而杨侯在这一点上却得到了与二疏不同的待遇，该如何理解呢？以下则以"中世士大夫"即当时的官僚作反衬,说明那些官僚"以官为家",罢了官也不肯离开京城;而杨侯则真的告老还乡,东指西点,亲切地说:"某树,吾先人之所种也;某水某丘,吾童子时所钓游也。"不难设想,这是作者根据所有热爱家乡者的共同生活体验虚拟出来的,意在赞美杨巨源不仅主动告老,而且告老后真正还乡。

弄清了这篇序的针对性和作者的创作意图,才可以把握艺术表现方面的独创性,不会从"无可着笔处着笔"的角度品评,故弄玄虚了。

七十乃至八九十还不肯致仕,这是当时官场的普遍现象,也是官僚们害怕被人揭露的疮疤。韩愈的这篇序和白居易的那首诗,都是从这里"着笔"的。勇于面对现实、面对政治,比有意淡化现实、淡化政治者富有责任感。所不同的是:白诗就负面批评,慨慷直陈,不留余地;韩文从正面褒扬,寓贬于褒,褒贬并用,却避免直陈,而从杨与二疏的"异"与"无异"、"同"与"不同"的前后映衬中提出一连串疑问与反诘,从而引发读者的思考,含而不露,余味无穷。可不可以这样说:白以文为诗,韩以诗为文?

《全唐诗》载张籍《送杨少尹赴满(一作蒲)城》七律。题中的"杨少尹"正就是杨巨源,他是河中(今山西永济)人。唐开元时的河中府,一度改为蒲州,乾元后又升为河中府。可证题中的"满"应作"蒲","蒲城"即"河中"。这首诗,与韩愈的《送杨少尹序》写同一题材,请看是怎样写的:

> 官为本府当身荣,因得还乡任野情。
> 自废田园今作主,每逢耆老不呼名。
> 旧游寺里僧应识,新别桥边树已成。
> 公事多闲诗更好,将谁相逐上山行。①

被白居易在《读张籍古乐府》中赞为"风雅比兴外,未尝著空文"的张籍的确写过许多现实性很强的好诗,但这一首却相当平庸,与韩愈的同时同题之作《送杨少尹序》相比,更见逊色。

在历代传诵的韩文中,有三篇序是送人到藩镇那里去求官或作官的,这就是《送董邵南游河北序》、《送石处士序》和《送温处士赴河阳军序》。五十年代

---

① 《全唐诗》卷三八五,中华书局 1960 年版第 6 册,第 4336 页。

我和几位教师在不同班级讲授古典文学,都选了《送董邵南游河北序》。一位姓朱的教授根据茅鹿门"若与燕赵豪俊之士相为叱咤呜咽"的评赞发挥,我感到不得要领,因而参阅多种选本的评论,从韩愈反对藩镇割据、维护王朝统一的角度逐字逐句体会原作,写了一篇讲稿,发表于我校学报,后来又收入拙著《唐宋诗文鉴赏举隅》。① 这篇短文的要点是:第一段"燕赵古称多感慨悲歌之士。董生举进士,连不得志于有司,怀抱利器,郁郁适兹土,吾知其必有合也。董生勉乎哉!"很有点为董生祝贺的味道,而且还好像劝勉董生努力争取。有些人也正是这样讲的。第二段开头又进一步说:"夫以子之不遇时,苟慕义强仁者皆爱惜焉!矧燕赵之士,仁义出乎其性者哉!"这又把"河北"赞美了一通,为董生贺。仿佛是说:你的出路的确瞅对了,好好去干吧!然而这都是反话,所谓"心否而词唯"。全文首句埋伏了一个"古"字,又用"称"字放了些烟幕,使"古"字不很显眼。如果不用"称"字而写成"燕赵古多感慨悲歌之士",就等于说"燕赵今无感慨悲歌之士",下面的文章就不好作。"古称"云云,即"历史上说"如何如何,历史上说"燕赵多感慨悲歌之士",则现在可能还是那样,所以断言董生到那里去"必有合",而且祝贺他,勉励他。然而"古称"毕竟不同于"今称",燕赵如今是什么样子的问题终究要提出来,于是用"然"字扳转,提出疑问:"然吾尝闻风俗与化移易,吾恶知其今不异于古所云邪?聊以吾子之行卜之也,董生勉乎哉!"既然"风俗与化移易",则燕赵(河北)已被反叛朝廷的藩镇化了好多年,是不是还有"感慨悲歌之士"呢? 只提疑问而"聊以吾子之行卜之",神妙匪夷所思。河北藩镇为了壮大自己的声势,"竞引豪杰之士为谋主",董生游河北,肯定"必有合"。如果"合"了,岂不是证明今之燕赵"不异于古所云"吗? 但作者已经说过:"感慨悲歌"的"燕赵之士"是"仁义出乎其性"的,而对于当时的河北藩镇,恐怕连董生也不好说他们"仁义出乎其性"吧! 既然如此,那么与藩镇"合",就等于丧失仁义。"聊以吾子之行卜之"的"卜",与其说是"卜"燕赵,毋宁说是"卜"董生。"勉乎哉"云者,勉其不可从贼也。第三段委托董生到河北后"为我吊望诸君之墓而观于其市,复有昔时屠狗者乎? 为我谢曰:'明天子在上,可以出而仕矣!'"连河北的"屠狗者"都劝其入朝,那么对董生投奔河北藩镇抱什么态度,也就不言而喻了。全文表面上都是送董生游河北,但送之正所以留之,微情妙旨,令人回味无穷。从"鉴赏

---

① 霍松林著:《唐宋诗文鉴赏举隅》,人民文学出版社1984年版。

热"兴起以来。我写于五十年代的这篇文章被收入多种鉴赏集。别人谈《送董邵南游河北序》的文章也见过好几篇，尽管繁、简、浅、深各不相同，要点却基本一致。似乎别无异议。

韩愈有一篇题为《嗟哉董生行》的诗，对"隐居行义"、"孝且慈"而"刺史不能荐，天子不闻名声"的董邵南表示同情。① 董邵南要去河北，不是应聘去做官，而是谋出路，所以韩愈不便公然阻止，只好写了这篇委婉含蓄的序让他看。而石处士和温处士，则是应藩镇之聘去作官的，想留也留不住，因而送他们的序完全是另一种写法。先看《送石处士序》：

> 河阳军节度御史大夫乌公为节度之三月，求士于从事之贤者。有荐石先生者，公曰："先生何如？"曰："先生居嵩、邙、瀍、谷之间，冬一裘，夏一葛。食，朝夕饭一盂，蔬一盘。人与之钱则辞，请与出游，未尝以事辞，劝之仕不应。坐一室，左右图书。与之语道理、辨古今事当否、论人高下、事后当成败，若河决下流而东注，若驷马驾轻车、就熟路，而王良、造父为之先后也，若烛照、数计而龟卜也。"大夫曰："先生有以自老，无求于人，其肯为某来耶？"从事曰："大夫文武忠孝，求士为国，不私于家。方今寇聚于恒，师环其疆，农不耕收，财粟殚亡。吾所处地，归输之途，治法征谋，宜有所出。先生仁且勇，若以义请而强委重焉，其何说之辞？"于是撰书词，具马币，卜日以授使者，求先生之庐而请焉。
>
> 先生不告于妻子，不谋于朋友，冠带出见客，拜受书礼于门内。宵则沐浴戒行李，载书册，问道所由，告行于常所来往。晨则毕至，张上东门外。酒三行，且起，有执爵而言者曰："大夫真能以义取人，先生真能以道自任，决去就。为先生别。"又酌而祝曰："凡去就出处何常，惟义之归。遂以为先生寿。"又酌而祝曰："使大夫恒无变其初，无务富其家而饥其师，无甘受佞人而外敬正士，无味于谄言，惟先生是听，以能有成功，保天子之宠命。"又祝曰："使先生无图利于大夫而私便其身。"先生起拜祝辞曰："敢不敬早夜以求从祝规。"于是东都之人士咸知大夫与先生果能相与以有成也。遂各为歌诗六韵，退，愈为之序云。

---

① 《韩昌黎诗系年集释》卷一，上海古籍出版社 1984 年版，第 79～80 页。

再看《送温处士赴河阳军序》：

"伯乐一过冀北之野，而马群遂空。"夫冀北马多天下，伯乐虽善知马，安能空其群邪？解之者曰："吾所谓空，非无马也，无良马也。伯乐知马，遇其良辄取之，群无留良焉。苟无良，虽谓无马，不为虚语矣。"

东都，固士大夫之冀北也。恃才能深藏而不市者，洛之北涯曰石生，其南涯曰温生。大夫乌公以鈇钺镇河阳之三月，以石生为才，以礼为罗，罗而致之幕下；未数月也，以温生为才，于是以石生为媒，以礼为罗，又罗而致之幕下。东都虽信多才士，朝取一人焉，拔其尤，暮取一人焉，拔其尤，自居守、河南尹，以及百司之执事，与吾辈二县之大夫，政有所不通，事有所可疑，奚所咨而处焉？士大夫之去位而巷处者，谁与嬉游？小子后生，于何考德而问业焉？缙绅之东西行过是都者，无所礼于其庐。若是而称曰："大夫乌公一镇河阳，而东都处士之庐无人焉！"岂不可也？

夫南面而听天下，其所托重而恃力者，唯相与将耳。相为天子得人于朝廷，将为天子得文武士于幕下，求内外无治，不可得也。愈縻于兹，不能自引去，资二生以待老。今皆为有力者夺之，其何能无介然于怀邪？生既至，拜公于军门，其为吾以前所称，为天下贺；以后所称，为吾致私怨于尽取也。

留守相公首为四韵诗歌其事，愈因推其意而序之。

今人对这两篇序，大抵就表面的意思阐释、品评，对乌公与石、温同样肯定，不曾触及深层意蕴与微情妙旨。对《送石处士序》，或认为"前段通过求士与纳士，具体称颂了石洪与乌的可贵品德：一个非贤者不求，一个一般求士不应。在大敌当前，求士为国的'忠'与'义'，出仕为国的'仁'且'勇'的道德规范下结合起来了。"①或认为"乌重胤任河阳节度使而求贤，人们对他寄寓希望；石洪以处士身分而应聘，人们寄寓厚爱，这体现了当时知识分子渴望平抑藩镇，维护唐王朝权威的心态。韩愈序以成文，表现了他正确的政治见解和积极的人生态度……不谋私利，不谋自身，一心为道义，一心为国家，始终将石洪

---

① 《韩愈诗文评注》，中州古籍出版社1991年版，第237页。

置于高层次的精神世界。"① 对于《送温处士赴河阳军序》,今人则引《旧唐书》本传对乌重胤大力肯定:"重胤出自行间,及为长帅,赤心奉上,能与下同甘苦,所至立功,未尝矜伐。而善待宾僚,礼分同至,当时名士,咸愿依之。"接着用"韩愈的这篇文章就说明了当时洛阳一带的名士依附这位大帅的情况"一句引出以下的赏析文字,对乌与温同样肯定。②

石处士、温处士投靠的乌重胤,原为昭义节度使卢从史的牙将。承德节度使王承宗叛,从史窃献诛讨之谋以讨好宪宗,暗中又与承宗勾结。在讨平卢从史之乱的关键时刻,乌重胤立了功,宪宗嘉其功,想提拔他任昭义节度使,由于李绛提出多种理由反对,乃改授河阳节度使。安史乱后,节度使之设遍国内。一节度使统管一道或数州,总揽军政大权,故称藩镇,往往拥兵自重,割据一方。因而用什么人任节度使,关系甚大。按《旧唐书》本传,乌重胤始终忠于唐王朝,表现很好;但在由牙将而初任河阳节度使之时,对他以后会怎样做,韩愈不能不持怀疑态度。卢从史窃献诛王承宗之谋而受奖励,接着就勾结王承宗谋反,可谓殷鉴不远。李绛就说由乌重胤任昭义节度使,会比由卢从史任昭义节度使更糟。乌重胤初任河阳节度后就礼聘石处士与温处士,而石、温都欣然应聘。一贯反对藩镇割据、维护唐王朝统一的韩愈作序为石、温送行,怎会简单地既赞扬乌,又歌颂石、温两处士呢?

那么,这两篇序该怎么写?

《送石处士序》分两大段。第一大段,主要写了"乌公"与其"从事"为招聘石洪而展开的两次问答。第一次,由"乌公"求士、"从事"荐石洪而引出"乌公"的询问。又由乌公"先生如何"的询问引出"从事"对石洪的全面介绍:"与之语道理、辨古今事当否、论人高下、事后当成败,若河决下流而东注,若驷马驾轻车、就熟路,而王良、造父为之先后也,若烛照、数计而龟卜也。"这是一个五六六字长句,连用五个比喻赞誉石洪富谋略、有干才,真可谓气盛言宜,显示了作者驾驭语言的卓越才能。由于"从事"先介绍了石洪自甘淡泊的隐居生活,所以第二次问答,是由乌公"其肯为某来耶"的一问开始的。"从事"的回答分两层:其一是抬高乌公,说他"文武忠孝,求士为国",而当前承德节度使王承宗起兵反唐,正需要有谋略的人谋划征讨;其二是抬高石洪,说他"仁且勇",

---

① 《古文鉴赏辞典》上册,上海辞书出版社 1997 年版,第 928~930 页。
② 《古文鉴赏辞典》上册,上海辞书出版社 1997 年版,第 931 页。

堪负谋划征讨的重任。把这两层意思相对接,便得出倘委以这样的重任,石洪便没有理由推辞的结论。很清楚,即使"乌公"与"从事"真有这两次问答,韩愈也不在现场,怎能逐句记录?事实上,这完全是艺术虚构,并非真心颂赞乌、石,而是借"从事"之口,既抬高乌,又抬高石,用意很明显:从正面说,是对他们的期许;从反面说,是对他们的劝勉。总而言之,是希望他们这样做,而不是相反。

第二大段,写石洪一见使者捧聘书、带马币,登门恭请,便一反隐居不仕的常态欣然应命。"先生(石洪)不告于妻子,不谋于朋友,冠带出见客,拜受书礼于门内。宵则沐浴戒行李,载书册,问道所由,告行于常所来往"一段的着意渲染,与前面所写的隐居生活相映成趣,令人想起《北山移文》①中处士出山的丑态,其奚落嘲讽之意是灼然可见的。

韩愈不赞许石洪出任节度使的参谋,但人家不与朋友商量,一意孤行,坚决要去,而且那么情急,就只能在"临别赠言"上作文章。关于饯行场面的描写,真可谓别开生面!一则曰:"有执爵而言者曰……",再则曰:"又酌而祝曰……",三再曰:"又酌而祝曰……",四则曰:"又祝曰……"。这四次祝酒词,诸如"以义取人","以道自任",'惟义之归","使大夫(乌公)恒无变其初,无务富其家而饥其师……保天子之宠命","使先生无图利于大夫而私便其身"等等,真可谓谆谆劝勉,语重心长。而第一段中抬高乌、石的"从事"是谁,第二段中四次致祝酒词对乌、石进行警戒、劝勉者是谁,都无姓名,不过是作者借以发表意见的"乌有先生"。连石洪的"起拜祝辞","敢不敬早夜以求从祝规",不用说也是作者代拟的。然而从全篇文章看,作者却只是客观叙述,无一语发抒己见。两番问答,四次祝酒,创作意图尽借他人之口说出,使读者浑然不觉。而参差历落,曲折变化,笔笔皆活,言外有意,委婉不尽。真所谓"能自树立,不因循",表现了高度的艺术独创性,值得仔细玩味,不宜从表面上滑过。

与这篇序同时,韩愈还作了《送石处士赴河阳幕》诗:

长把种树书,人云避世士。忽骑将军马,自号报恩子。风云入壮怀,泉石别幽耳。钜鹿师欲老,常山险犹恃。岂惟彼相忧,固是吾徒耻!去去

---

① 孔稚圭《北山移文》是嘲讽假隐士的著名骈文,见《文选》卷四十三。

事方急,酒行可以起。①

前六句嘲讽之意甚明。自己"长把种树书",装出隐士的样子;旁人信以为真,说他是"避世士"。其实他不过是借隐居以盗虚声,等待高价出卖。果然,忽见"将军"(乌重胤)厚礼招聘,就骑上人家送来的马去"报恩"。"人云避世士"与"自号报恩子"形成的巨大落差,引人发笑。"风云入壮怀,泉石别幽耳"两句,清人马位在《秋窗随笔》里说"包括《北山移文》一篇",②可谓一针见血。后六句,则是对石洪的劝勉。"钜鹿师欲老"指唐军讨承德节度使王承宗久而无功;"常山险犹恃"指王承宗据险顽抗。石洪赴河阳幕,本来是为"报"个人之"恩";韩愈则劝他去为国平叛,六句诗写得那么慷慨激昂。诗与序互相参照,必能加深对于序文的领悟。

石洪、温造同为洛阳处士,同应乌重胤之聘相继出山,几乎找不到什么异点,而韩愈的《送温处士赴河阳军序》却与不久前写的《送石处士序》全不相犯,各极其妙,令人叹服。

对于《送温处士赴河阳军序》,前人也多认为"极写温生之贤";但别具慧眼的评论也是有的。如姚鼐云:"意含滑稽,而文特嫖姚。"③林纾云:"送石文,庄而姝;若再为庄论,絮絮作警戒语,便成老生常谈矣! 故一变而为滑稽,谑而不虐,在在皆寓风趣。"④吴闿生云:"此文含谐讽,词特屈曲盘旋。"⑤细读全文,由第一段的"伯乐一过冀北之野而马群遂空"引出第二段的"乌公一镇河阳而东都处士之庐无人焉",以冀北之马譬喻洛阳处士,不无滑稽之感。"处士之庐无人"的结论是层层推演出来的。先说"恃才能深藏而不市者,洛之北涯曰石生,其南涯曰温生",见得这两位是真"处士"。接着说"大夫乌公以铁钺镇河阳之三月,以石生为才,以礼为罗,罗而致之幕下;未数月也,以温生为才,于是以石生为媒,以礼为罗,又罗而致之幕下"。对照前面的"深藏",就感到滑稽;不用"不仕"而用"不市(卖)",后面又来了个"以礼(就是《送石处士序》中

---

① 《韩昌黎诗系年集释》卷七,上海古籍出版社1984年版,第738页。
② 《昭代丛书》辛集卷三十二,道光癸巳年刊,第13页。
③ 王文濡:《评校音注古文辞类纂》卷三十一,上海文明书局1936年版,第14页引。
④ 林纾:《古文辞类纂选本》卷六,上海商务印书馆1926年版,第25页。
⑤ 高步瀛:《唐宋文举要》甲编卷二,上海古籍出版社1982年版,第232页引。

的"马币")为罗,罗而致之幕下",更不无嘲讽。由于乌公把石、温两处士弄走了,所以"自居守、河南尹以及百司之执事与吾辈二县之大夫,政有所不通,事有所可疑,奚所咨而处焉？士大夫之去位而巷处者,谁与嬉游？小子后生,于何考德而问业焉？缙绅之东西行过是都者,无所礼于其庐。"有人认为由此可见"温处士受重于名卿巨公",其实,石、温对于"居守"、"河南尹"、"百司之执事"、"二县之大夫"、"士大夫之去位而巷处者"、"小子后生"以及韩愈本人,哪有这样重要！这不过是从反面落墨,对本来"深藏不市"的"处士"一见厚礼就轻率地应藩镇之聘深表遗憾罢了。如果联想《北山移文》写因周处士出山而"使我高霞孤映,明月独举,青松落阴,白云谁侣？涧户摧绝无与归,石径荒凉徒延伫……蕙帐空兮夜鹤怨,山人去兮晓猿惊"诸句,①再来读韩愈写得如怨如慕、如泣如诉的这段妙文,就不禁哑然失笑。

送石、温两处士的序写法迥异而主旨不殊,送温序的第三段把乌重胤聘处士入幕提到"为天子得文武士于幕下"的高度,并且"为天下贺",这就是送石序两番问答、四次祝酒所要阐明的要义,也就是全文的主旨。

唐宪宗元和五年(810)四月以乌重胤为河阳节度使。乌镇河阳之三月聘石生,未数月又聘温生。韩愈在作于元和六年春的《寄卢仝》诗里先称赞卢仝"劝参留守谒大尹,言语才及辄掩耳"之后写道:

水北山人得名声,去年去作幕下士。
水南山人又继往,鞍马仆从塞闾里。
少室山人索价高,两以谏官征不起。
彼皆刺口论世事,有力未免遭驱使。②

对处士(山人)出任节度使的官,明确地表示不满。而所谓"水北山人",就是隐于"洛之北涯"的石洪;所谓"水南山人",就是隐于"洛之南涯"的温造。

---

① 《文选》卷四十三,中华书局1977年影印胡刻本,第613~614页。
② 《韩昌黎诗系年集释》卷七,上海古籍出版社1984年版,第782页。

从《雁门太守行》看李贺诗的艺术独创性

李贺诗中的名篇历来受到诗评家的赞赏,但要从句到篇作出合理的解释,却相当困难。这和李贺诗的艺术独创性有关。本文以其代表作《雁门太守行》为例,试作从句到篇的解释,从而探究李贺诗的艺术独创性。原诗如下:

黑云压城城欲摧,甲光向日(一作"月")金鳞开。
角声满天秋色里,塞上燕脂凝夜紫。
半卷红旗临易水,霜重鼓寒声不起。
报君黄金台上意,提携玉龙为君死。

从题目看,应该是写雁门太守的。姚文燮《昌谷集注》云:"元和九年冬,振武军乱,诏以张煦为节度使,将夏州兵二千趣镇讨之。振武即雁门郡,贺当拟此送之。"①很显然,这是企图紧扣题目解释全诗的。

但是实际上,《雁门太守行》是个乐府旧题,属《相和歌·瑟调曲》。《乐府诗集》所载此题古辞,是赞美东汉和帝时洛阳令王涣政绩的。六朝人的拟作,则泛写边城征战;李贺的这一首亦然,不必实指"雁门太守"。古雁门郡占有今山西省西北部边地,而诗中明说"半卷红旗临易水",易水在今河北易县境,与雁门相去辽远。

那么,此诗所写,是否与"易水"有关呢?有些人正是从这一点着眼的。例如说:"中唐以后,藩镇飞扬跋扈,盘踞在河北易水一带的承德节度使王承宗祖孙三代,拥兵割据了三十九年。李贺的这首诗,就是从削平藩镇、维护国家的统一出发,赞颂了将士誓死平叛的决心。"(武汉大学中文系编《新选唐诗三百首》)有的还举出了"王承宗的叛军攻打易州(因易水而得名),爱国将领李光

---

① 《三家评注李长吉歌诗》,上海古籍出版社1998年版,第212页。

颜率兵驰救"①的事实。但从艺术构思的角度考虑,"易水"只指一条水,不一定实指其地,而是以此引起联想。荆轲刺秦的故事是人们熟悉的,一提到"易水",就会想到荆轲辞别燕丹时的悲壮场景和他所唱的《易水歌》。

文艺创作,需要有素材。张煦讨振武军,李光颜救易州,以及其他类似的战役,都可以作为《雁门太守行》的素材,但李贺的这首诗,显然不是任何一次战役的简单模写,而是在提炼素材的基础上通过艺术想象创造的一种杀敌报国、浴血奋战的典型情境。

一首好诗,从句到篇,应该是秩然有序的整体,从而完美地体现诗人的完整构思。有句无篇,杂乱无章,就不可能成为脍炙人口的佳作。因此,对于任何一首好诗的艺术鉴赏,离不开从句到篇、从句法到章法的充分理解和审美评价。不从整体上把握全诗而抓取一鳞半爪作随心所欲的发挥,是谈不上真正的艺术鉴赏的。李贺的这首《雁门太守行》除王安石有所指责而外,历来都给予很高的评价,当然体现了作者的完美构思,但要从整体上把握,却颇难措手。因而学者们的解释,也多有分歧。

姚文燮《昌谷集注》认为这是李贺送张煦出兵讨振武军的诗,因而对全诗的理解是:"言宜兼程而进,故诗皆言师旅晓征也。宿云崩颓,旭日初上。甲光赫耀,角声肃杀。遥望塞外,犹然夜气未开。红旗半卷,疾驰夺水上军。而谓鼓声不扬,乃晨起霜重耳。所以激励将士之意,当感金台隆遇,此宜以骏骨报君恩矣。"②就是说,首句中的"城"乃出发之地,从出发之地到"临易水"之前,只是急行军,既无敌人,自无战斗。

王琦《李长吉歌诗汇解》则认为"此篇盖咏中夜出兵,乘间捣敌之事",因而对全诗作了这样的解释:"'黑云压城城欲摧',甚言寒云浓密,至云开处逗露月光与甲光相射,有似'金鳞'。此言初出兵之时,语气甚雄壮。'角声满天',写军中之所闻;'塞上燕脂',写军中之所见;'半卷红旗',见轻兵夜进之捷;'霜重鼓咽',写冒寒将战之景。末复设为誓死之词,以答君上恩礼之隆,所以明封疆臣子之志也。旧解以'黑云压城'为孤城将破之兆;'鼓声不起'为士气衰败之征,吴正子谓其颇似败后之作,皆非也。"③

---

① 《唐诗鉴赏辞典》,上海辞书出版社 1983 年版,第 996 页。
② 《三家评注李长吉歌诗》,上海古籍出版社 1998 年版,第 212 页。
③ 《三家评注李长吉歌诗》,上海古籍出版社 1998 年版,第 45 页。

除把时间定为"中夜"，与姚文燮定为"破晓"不同而外，其他大致相同。

以上是前人的理解。今人的解释，有代表性的可举出以下四种。

中国社会科学院文学研究所编《唐诗选》（下）云："本篇写将士边城苦战，抱为国捐躯的壮志。"林庚、冯沅君主编《中国历代诗歌选》（上编二）云："本诗写危城守将誓死报国的决心。"朱东润主编《中国历代文学作品选》（中编第一册）云："这诗描写并歌颂了危城守将誓死报国的决心。"

武汉大学中文系编《新选唐诗三百首》云："黑云"句"形容敌军围城的严重局势"，"甲光"句"写前去解救围城、讨伐敌军的战士的武勇"。"全诗短短八句，有声有色地描写了从急行军到战斗的全过程。"

《唐诗鉴赏辞典》996—997 页云：首句"渲染了敌军兵临城下的紧张气氛和危急形势"；"次句写城内的守军，以与城外的敌军相对比"；"三四句分别从听觉和视觉两方面铺写阴寒惨切的战地气氛"；"后四句写驰援部队的活动。"

吴熊和等《唐宋诗词探胜》："全诗短短八句，却出色地描绘了一场激烈战斗的全过程：敌军压境，孤城无援，奋勇反击，号角震天，急速挺进，星夜奇袭，众寡不敌，为国捐躯。"

看看前面所引的这些材料，就知道对这首短诗的理解，真可说是"众说纷纭，莫衷一是"！

由于原文有"向日"、"向月"的差异，所以对全诗所写的时间有不同的规定，这里且不去管他。其对实质性问题的理解分歧，主要表现在以下几点。

一、全诗写"城"中将士出城行军，兵临易水，将战未战。

二、全诗写边城守将苦战。

三、首句写敌军围城，以下七句写援军活动。

四、前四句写危城守军与围城敌军激烈战斗，后四句写援军驰救。

五、将士有"誓死报国的决心"，尚未战死。

六、将士已经"为国捐躯"。

李贺作诗，务去陈言，离绝凡近，造句谋篇，必新必奇，方拱乾《〈昌谷集注〉序》说他"直欲穷人以所不能言，并欲穷人以所不能解"①，对他的一首短诗的理解竟出现那么多分歧，其原因正在这里。

这短短八句诗，从后面的兵临易水、提剑誓死看。其主题自然与战斗有

---

① 《三家评注李长吉歌诗》，上海古籍出版社 1998 年版第 185 页。

关。那么，从楚辞里吸收了艺术营养的李贺，当然会想到屈原的《国殇》。而《国殇》一开始就写"操吴戈兮被犀甲，车错毂兮短兵接"，战斗场面清晰地展现在读者面前，不会有歧解。李贺的这八句诗，却独辟蹊径，前四句着重写景；除其中的"甲光"、"角声"表明此处有军士而外，什么敌军围城呀，守军突围呀，激烈战斗呀，援军驰救呀，急行军呀……这一切，全无明确的描写。因此，所有纷纭众说，在很大程度上出于对"言外之意"的不同体会。

继承并发展了比兴传统的唐诗，有不少名篇佳作，的确有"言外之意"，李贺的这一篇亦然。问题只在于那"言外之意"究竟是什么？如何领会？

"'言'外之意"虽在"言"外，但归根到底，仍然来自"言"。一首诗积字成句、积句成篇，成为有内在联系的整体。因此，要领会其言外之意，既不能忽视有关的字句，又不能不考虑字、句、篇的内在联系以及由此体现的意象序列和完整情境。李贺的这首诗，前四句颇难确解，后四句意义却比较显豁，不妨先从后四句谈起。"半卷红旗临易水"一句，形象鲜明地表现出一支以"红旗"为先导的部队在"临易水"之前有一段行军的过程。"红旗半卷"，为的是减少阻力，这是部队行进的特征（如"红旗半卷出辕门"之类）；而"临易水"的"临"字，又分明表现出部队行进的动态。那么，部队"临易水"之后，是否遇到敌军？如果遇到的话，敌我力量对比如何？形势对谁有利？这一切，后三句都没有正面描绘，然而"言外之意"是明确的。第一，"临易水"既表现前进遇阻，又令人联想到《易水歌》："风萧萧兮易水寒，壮士一去兮不复还！"第二，击鼓为了进军，而"霜重鼓寒声不起"一句，则通过自然条件的不利暗示战争形势的严峻；第三，末尾两句，写主将提剑上阵，誓作殊死战斗以报君恩，则强敌就在眼前，已不言可知。

弄懂了作为全篇有机整体的后四句，就可以联系后四句来体会前四句。

这篇诗，前两句"摧"、"开"押平声"十灰"韵；后六句"里"、"紫"、"水"、"起"、"死"，押上声"四纸"韵。从理论上说，"换意"和"换韵"必须统一。历代名家、大家的古体诗，也都是在需要"换意"的时候才"换韵"。因此，打乱由两组韵脚构成的两个意义单位，说什么首句写敌军围城，以下七句写友军驰援；或说什么前四句写守城军与围城军相持，后四句写援军活动，都是缺乏根据，值得重新考虑的。

姚文燮和王琦没有过多地探求"言外之意"，但其解释也未必符合诗意。第一，他们都认为此诗写"城"中部队出城行军，至"临易水"战斗结束，一意到底。既然如此,又何必从第三句起换仄声韵呢?第二,如果那座"城"只是出征的起点,首句又何必着意渲染,写得那样景象险恶呢?

按照一般的艺术构思,如果"黑云压城城欲摧"只是描写自然景象,那么接下去还得继续写气象变化。不妨看看苏轼的名作《有美堂暴雨》:"游人脚底一声雷,满座顽云拨不开。天外黑风吹海立,浙东飞雨过江来。……"这样写,谁都认为只是生动的写景,不会去挖掘什么寓意。可是李贺的这首《雁门太守行》在写了"黑云"之后,就转而写"甲光",可见并不是单纯写景。联系全篇来看,所有写景的句子都有所象征、有所暗示、有所烘托,从而引起读者的想象和联想,不得不去寻绎那若明若暗的"言外之意"。对于这样的诗只就言内之意作平实的解释,虽然可免主观臆猜之讥,却谈不上艺术鉴赏。用形象思维创作的艺术作品,也需要通过形象思维去领会,去进行艺术的再创造。

在解释头两句之前,先看看《升庵外集》中的这条材料:

李贺《雁门太守行》首句云:"黑云压城城欲摧,甲光向日金鳞开。"《摭言》谓:"贺以诗卷谒韩退之,韩暑卧方倦,欲使阍人辞之。开其诗卷,首乃《雁门太守行》,读而奇之,乃束带出见。"宋王介甫云:"此儿误矣!方黑云压城时,岂有向日之甲光也?"或问:"此诗韩、王二公去取不同,谁是?"予曰:"宋老头巾不知诗。凡兵围城,必有怪云变气。昔人赋鸿门,有'东龙白日西龙雨'之句,解此意矣。予在滇,值安凤之变,居围城中,见日晕两重,黑云如蛟在其侧,始信贺之诗善状物也。"[①]

杨慎(升庵)"凡兵围城,必有怪云变气"之说虽不可信,但认为李贺此诗首句非一般写景而写围城景象,则确有见地。"阵云"乃写战阵常用之词。此处于"云"上着一"黑"字,已感气氛沉重。而这种沉重气氛,又恰恰落到"城"上,于是继之以"压城",又继之以"城欲摧",说这是单纯写景而无比喻、象征意义,是不符合实际的。黑云"压"城,以至"压"得城欲"摧",既象征敌军围城的凶猛,又暗示守军只有杀出重围,才有出路。以"黑云"比敌军、甚至比围城军的用例并不罕见,即如《北史》卷五二《齐宗室诸王传·安德王延宗传》云:

---

① 《升庵外集》卷七五《诗品》,道光甲辰影明板重刊。

"周军围晋阳,望之如黑云四合。"①用"黑云四合"写无数敌军从四面八方汹涌而至,已极生动传神,但和李贺的"黑云压城城欲摧"相比,未免黯然失色。

在色彩和形态上,下句与上句形成强烈的对照。"甲光向日金鳞开",色彩明丽,形势喜人,显然含有赞美之意。这当然不会是用以写敌军,正像"黑云"句不会是用以写我军一样。既然如此,那么这开头两句的层次就很清晰。始而黑云压城,敌军围逼;继而黑云崩溃,红日当空,我军将士的金甲在日光照射下犹如片片金鳞,耀人眼目。就是说,已经杀出孤城,击败敌兵。王安石"方黑云压城时岂有向日之甲光"的指责和今人"太阳透过云隙照在金甲上"的解释,都执着于自然景象的实际情况,而忽视了象征、对照的艺术特点和诗人流露的感情色调。

一、二两句写围城与反围城的战斗,构成一个完整的意义单位。以下六句写乘胜追杀,直至兵临易水,誓与敌军决一死战,又是一个完整的意义单位。角,古代军中的一种乐器。吹角,可用以报时,如"晓角"、"暮角"之类;但也可用于作战,如前面提到的《北史》卷五二《齐宗室诸王传·安德王延宗传》云:"周武帝乃驻马,鸣角收兵。"②联系上下文,"角声满天秋色里"一句,正是以虚写实,在读者想象中展现敌军败退,我军追杀的壮阔场景。"角声满天",见得吹角者众,四野皆兵;"秋色"不仅点季节,而且以肃杀凄厉的氛围烘托战斗的惨烈。一句之中,有声有色,声色结合。"塞上燕脂凝夜紫"一句,以"夜"字照应第二句的"日"字,表明从突围至此,时间已过了很久。"塞上燕脂",旧注引《古今注》"秦筑长城,土色皆紫,故曰紫塞"为解,大致不错。紧承"角声"、"秋色",描写塞土赤紫,犹如燕脂,已令人想见战血;于"紫"前着一"凝"字,更强化了这种联想。

后四句,前面已作了分析,这里略作补充。由"日"到"夜",以至夜深"霜重",追兵已临"易水",敌兵自然先到"易水"。追兵尾随,敌兵倘要渡水,很可能全军覆没。因此,只能背水一战,"陷之死地而后生"。想想韩信的背水阵,就知道追兵面对的形势何等严峻!鼓声不起,主将誓死,正是这种严峻形势的反映。至于决战的结果如何,则只字未写,让读者去想象。前人以"悲壮"评此诗。读至结尾,想象主将率兵死战的情景及其结局,最突出的感受,的确是"悲

---

① 《二十五史·北史》,上海古籍出版社 1986 年版第四册第 202 页
② 《二十五史·北史》,上海古籍出版社 1986 年版第四册第 202 页

壮"。

意象新奇，色彩浓艳，想象力丰富，是李贺诗歌的突出特点。"飞香走红满天春"，"酒酣喝月使倒行"，"踏天磨刀割紫云"，"古竹老梢惹碧云"，"杨花扑帐春云热"，"桃花乱落如红雨"，随便举一些他的诗句，就可以看出他不是简单地再现景物或模写生活，而是通过大胆想象创造独特的艺术境界。他在《高轩过》里称赞韩愈、皇甫湜"笔补造化天无功"，其实用这句话讲他自己，更切合实际。

《雁门太守行》一诗，是体现了李贺的创作特点的。

比喻是古今中外文学艺术家惯用的修辞手法。《礼记·学记》所说的"不学博依（后来叫博喻），不能安诗"，更是《诗经》以来诗人们的信条。李贺既不例外，又有独创性的运用。前引《北史》中的"周军围晋阳，望之如黑云四合"，那是明喻，很好懂。李贺《雁门太守行》的首句也用比喻：然而第一，不用明喻而用隐喻，又用在一首诗的开头，突如其来；第二，不单纯用隐喻，还结合了拟人化和移情作用，又有象征意味。不说围城军"如黑云"而直说"黑云压城"，一个"压"字，把"黑云"拟人化。"黑"的着色和"压"的着力，使"城"出现"欲摧"的危机，从而构成了一个独创的意象。自然界中的"云"是不会有意"压"城、并使它"欲摧"的，因而诗人创造的这个包含了主观情愫的意象，自然显示出象征意义。联系下文，就会联想到敌兵围城。自然界阴晴变化无常，时而阴云密布，时而云散日出，所以下句写日光并不违反实际。但更重要的是诗人的用意本不在于模写自然界的阴晴变化，而是借用这种变化比拟人事。这种比拟，本来是很常见的；李贺的独创性，则在于舍弃云散日出之类的常见语，以写"甲"带出"日光"。未写"日光"，先写"甲"本身有"光"，然后把"甲光"提到主语的位置，用"向"字引出"日"字，从而突出了"甲光"，又以金色的鱼鳞作比，从而展现出"甲光向日金鳞开"的明丽形象，诗人的感情色彩也得到了完美的体现。

以部分代全体，这是古已有之的写作技法；但李贺运用这种技法也独具特色。将士在出战的时候才披"甲"，因而不写将士本身而写将士身上的金甲，不仅会使读者想见将士，还会想象战斗场面，使意象具有极大的容量。下面的"角声满天秋色里"，让读者从满天的"角声"、"秋色"想象无数的吹角者以及与之相关的一切，也与此相类似。

这首短诗，几乎每一句都构成一个鲜明而新奇的意象；每一个意象，又都是从自然、人事的不同方面筛选有特征性的景物、事物融炼而成的。将士的金甲、云散后的红日、日光中的金鳞,本来风马牛不相及,诗人却匠心独运,用来创造出耐人寻味的意象。角声、天空、秋色,亦复如此。在这里,炼字、炼句、炼意所起的作用很值得重视。炼字,炼句,应服从于炼意。突出"甲光",突出"角声",就是明证。就炼字说,强调声高,通常用"震天"之类的词语。李贺不用"震"而用"满",不单纯是避熟求新,主要决定于他要炼的"意"。"震"天,表现声音强烈;"满"天,则显示声响波及的空间十分广阔。"角声满天",炼一"满"字,就令人想见吹角者散布四野;这景象,是大军溃退时才有的,诗人要暗示的,也正是这种景象。与"鸣角收兵"相对的是"击鼓进军","霜重鼓寒声不起"一句,把繁霜和战鼓联系起来。"霜重",说明夜深天冷;"鼓寒",烘托经过长时间战斗、行军的将士更寒。"寒"是一种感觉。"鼓"由于"霜重",会变得潮湿,但不会感到"寒"。诗人炼一"寒"字,通过移情作用,用"鼓寒声不起"表现夜深霜重、疲兵再战的严峻形势,令读者也感到心寒。

　　李贺的诗句,以设色鲜明、造型新颖见长;但更重要的是设什么色、造什么型,都从属于他要抒发的感情色调。至少,他的比较成功的诗句是这样的。以此诗的最后两句为例。这两句,是写主将为报君主的知遇之恩,誓死决战。但李贺不用这类概念化的语言,却着意造型、设色,突现主将的外在形象和内心活动。战国时燕昭王曾筑台置千金于其上以延揽人才,因称此台为"黄金台"。据雷次宗《豫章记》记载:雷焕于丰城得玉厘,内藏二剑,其一名龙泉,后入水变为龙。李贺在这里于"龙"前加"玉",以"玉龙"指剑。黄金白玉,其质地和色泽,都为世人所重。"龙",是古代传说中的高贵动物;"黄金台",更是求贤若渴的象征。诗人选用"玉龙"和"黄金台"造型设色,创造出"报君黄金台上意,提携玉龙为君死"的诗句,一位神采奕奕的主将形象便跃然纸上。其不惜为国捐躯的崇高精神,以及君主重用贤才的美德,都给读者以强烈而美好的感受。

　　李贺诗的名篇都有出人意表的起头和结尾。例如《李凭箜篌引》以"吴丝蜀桐张高秋"起,以"露脚斜飞湿寒兔"结;《梦天》以"老兔寒蟾泣天色"起,以"一泓海水杯中泻"结;《秦王饮酒》以"秦王骑虎游八极"起,以"青琴醉眼泪泓泓"结;《苏小小墓》以"幽兰露,如啼眼"起,以"西陵下,风吹雨"结;等等。《雁门太守行》起句"黑云压城城欲摧"恍如天外飞来,令读者惊疑不已,急于探求究竟。"半卷红旗临易水"之后必有一场决定胜负的激战,而作者只写"报君黄金台上意,提携玉龙为君死"两句,便戛然而止,给读者留下了无穷无尽的想像空间,而且,要不想也不可能。一首寥寥八句的小诗要收到如此奇妙的审美效果,戛戛乎其难哉!

综上所述,可以看出《雁门太守行》在很大程度上体现了李贺诗的艺术独创性。

近三十年来,随着改革开放的春风吹拂兴起的"诗词热"不断升温,诗词创作已得到了空前的普及。展望未来,在普及的基础上提高,在继承的前提下创新,实为当务之急。如何提高,如何创新,当然要从许多方面解决,然而读读李贺的诗,在艺术独创性方面多下功夫,肯定有好处。

论唐人小赋

唐代文学创作高度繁荣,诗歌、散文、传奇的辉煌成就,久为世人所公认;赋的成就也很有特色,但是长期以来却被忽视了。

唐赋被忽视的原因,主要有如下几点:

一、从"一代有一代之所胜"的观点出发,于汉则取赋,于唐则取诗。清人焦循《易馀籥录》卷十五云:"夫一代有一代之所胜,舍其所胜以就其不胜,皆寄人篱下者耳。余尝欲自楚骚以下至明八股撰为一集,汉则专取其赋……唐则专录其律诗。"王国维《宋元戏曲考·自序》云:"夫一代有一代之文学:楚之骚,汉之赋,六代之骈语,唐之诗,宋之词,元之曲,皆所谓一代之文学,而后世莫能继焉者也。"

二、不仅认为赋的代表作是汉赋,而且认为汉赋的正宗是枚乘、司马相如、扬雄、班固等铺写宫苑、田猎、都邑的大赋。以汉大赋作标尺,因而明人李梦阳说"唐无赋"(《李空同全集·潜虬山人记》),清人程廷祚说"唐以后无赋"(《青溪集·骚赋论(中)》)。章炳麟云:"李白赋《明堂》,杜甫赋《三大礼》,诚欲为扬雄台隶,犹几弗及;世无作者,二家亦足以殿。自是,赋遂泯绝"(《国故论衡·辨诗》),这显然也是以汉大赋为标准来衡量唐赋的。

三、以偏概全,将唐赋等同于律赋而痛加贬斥。元人祝尧《古赋辨体》云:"唐人之赋,大抵律多而古少。夫雕虫道丧,颓波横流,风骚不古,声律大盛。句中拘对偶以趋时好,字中揣声病以避时忌,孰有学古!或就有为古赋者,率以徐、庾为宗,亦不过少异于律尔。"明人徐师曾《文体明辨序说》更进一步,认为"唐人又再变而为律",然后对律赋全盘否定。他说:"至于律赋,其变愈下。始于沈约'四声八病'之拘,中于徐、庾'隔句作对'之陋,终于隋、唐、宋'取士限韵'之制,但以音律谐协、对偶精切为工,而情与辞皆置弗论。呜呼,极矣!"

上述种种看法,显然都有片面性。文学创作繁荣的标帜之一是体裁、题材、风格的多样化。就汉代文学而论,除了赋,还有成就很高的史传文学、乐府诗和五言古诗等等,赋也不止大赋,还有骚赋和四言诗体赋。就唐代文学而论,除了诗,还有很多文学品种争妍斗丽。只取其一而忽视其他,怎能准确地描述文学繁荣的全貌？更何况,人类社会日新月异。文学创作自不能墨守成规。任何时代的优秀作家,都与社会发展同步,在继承文学遗产的前提下求变求新,力争后来居上,别开生面,怎能用汉大赋的标准衡量唐赋而肆意贬低、甚至全盘否定呢？

在中国历史上,唐代是政治相对开明,经济、文化高度发展,文人的创作才华得以充分发挥的黄金时期。唐代文人有一个突出的优点,那就是文化素养深厚、博学多能。其中的杰出之士,一般都诗、赋、文(骈文、散文)并重兼长,相辅相成,交融互补,勇于创新。同时,唐代是文学更加自觉的时代,文人们对于文学特点的认识有了明显的提高。对于赋,逐渐减轻"铺陈"的比重而追求赋比兴并用;逐渐避免简单地"体物"、"形似"而追求借景抒情、以形传神。这一切,当然都有助于提高唐赋的审美素质。

纵观唐赋(仅见于《文苑英华》、《唐文粹》的,已有一千多篇),铺写宫苑、田猎、都邑等等的大赋所占的比例极小,而且成就不高。主要原因在于很难跳出汉大赋的窠臼,缺乏艺术独创性。真正能够体现唐赋特色的,则是各种各样的小赋。

唐人小赋有许多特点,试作初步的探索,抛砖引玉。

一、赋的诗化

唐代优秀的赋作家几乎全是杰出的诗人,以杰出的诗人而做赋,自然会导致赋的诗化。赋的诗化,当然首先体现在内容方面,即有诗情诗意;但在形式方面也有所体现,即运用四言诗、五言诗、七言诗的句式。

(一)四言诗句式

用《诗经》中的四言诗体作赋,始于屈原的《天问》和荀况的《赋篇》。汉人继承、发展而为四言诗体赋,扬雄的《逐贫赋》便是很著名的篇章。唐人的四言诗体赋数量多,质量高,抒怀刺时,具有强烈的时代色彩。

柳宗元的讽刺小赋《宥蝮蛇文》、《骂尸虫文》、《起废答》、《乞巧文》等,都以四言句为主体;《斩曲几文》、《瓶赋》、《牛赋》等,则通篇皆四言句。其中《瓶赋》以鸱夷作反衬,赞颂了从深井中为人们汲水的瓶。鸱夷是盛酒的革囊,容量颇大,作者先以"昔有智人,善学鸱夷"领起,然后写鸱夷:

鸱夷蒙鸿,罍莹相追。谄诱吉士,喜悦依随。开喙倒腹,斟酌更持。味不苦口,昏至莫知。颓然纵傲,与乱为期。视白成黑,颠倒妍媸。己虽自售,人或以危。败众亡国,流连不归。谁主斯罪?鸱夷之为。

鸱夷用它味美可口的酒"谄诱"、麻醉人,使那些人"视白成黑,颠倒妍媸",以至于"败众亡国",其"罪"甚大,而有些"智人"却"善学鸱夷"以"自售",人们却乐于喝他们的"酒",其"败众亡国"的后果还能避免吗?接下去,便转而写瓶:

　　不如为瓶,居井之眉。钩深挹洁,淡泊是师。和齐五味,宁除渴饥。不甘不坏,人而莫遗。清白可鉴,终不媚私。利泽广大,孰能去之?绠绝身破,何足怨咨!功成事遂,复于土泥。归根反初,无虑无思。何必巧曲,徼觊一时。子无我愚,我智如斯。

瓶从深井中汲出清洁的水,利民泽物。即使"绠绝身破",也不"怨咨"。可以看出,作者运用比拟、象征手法,赞颂了贤人志士的无私奉献精神,而作者的高尚人格也得到完美的体现。

再看《牛赋》:

　　若知牛乎?牛之为物,魁形巨首。垂耳抱角,毛革疏厚。牟然而鸣,黄钟满脰。抵触隆曦,日耕百亩。往来修直,植乃禾黍。自种自敛,服箱以走。输入官仓,已不适口。富穷饱饥,功用不有。陷泥蹶块,常在草野。人不惭愧,利满天下。皮角见用,肩尻莫保。或穿缄縢,或实俎豆。由是观之,物无逾者。不如羸驴,服逐驽马。曲意随势,不择处所。不耕不驾,藿菽自与。腾踏康庄,出入轻举。喜则齐鼻,怒则奋踯。当道长鸣,闻者惊辟。善识门户,终身不惕。牛虽有功,于己何益!命有好丑,非若能力。慎勿怨尤,以受多福。

以"若知牛乎(你知道牛吗)"领起,偶句用韵,先写牛的状貌、勤劳、品质、功绩和死后被砍角、剥皮、煮肉的不公正待遇,然后以"曲意随势"、"不耕不驾"、逍遥自在的羸驴作反衬,又转写牛的功高命丑,以无限感慨结尾。全文字句不多,却写得波澜起伏,寓意深广。从全文看,所谓"命有好丑"的实际内容是:人品好则命丑,人品丑则命好。很明显,作者在这里并非宣扬宿命论,而是通过"好"与"丑"的鲜明对比,以不可遏制的愤激之情揭露了不合理的社会现象,抒发了自己的辛酸与不平。结句"慎勿怨尤,以受多福"的含意是:尽管受了不公正待遇,却不能"怨尤"。如果敢于"怨尤",那就要惹出大祸了!

李商隐的《虱赋》《蝎赋》是四韵八句的四言诗。《虱赋》云:

亦气而孕,亦卵而成。晨鹜露鹄,不知其生。
汝职惟啮,而不善啮:回臭而多,跖香而绝。

"回臭而多"的"回",指孔子的高足颜回,孔子称赞他:"贤哉,回也!一箪食,一瓢饮,在陋巷,人不堪忧,回也不改其乐。贤哉,回也。""跖香而绝"的"跖",指盗跖,孟子说他"孳孳为利"(《孟子·尽心上》),司马迁说他"日杀不辜,肝人之肉,暴戾恣睢"(《史记·伯夷列传》)。《虱赋》的后四句说虱子的天职是咬人,却不善咬:像颜回那样的贤人吃住条件极恶劣,其肉既瘦又臭,你们却聚集在他那里,只管咬;像盗跖那样的恶人吃住条件极优越,其肉既肥又香,你们却不敢去咬,都躲得远远的。寥寥十六字,以少总多,寓意何等深广!

再读《蝎赋》:

夜风索索,缘隙凭壁。弗声弗鸣,潜此毒螫。
厥虎不翅,厥牛不齿。尔兮何功,既角而尾!

前四句写蝎子乘夜风索索之际从墙壁缝隙中爬到了人的卧处,不声不响,暗暗地螫人,颇生动传神。后四句,则突发奇想,提出疑问:那老虎牙齿凶猛,却没长翅膀;那牛双角厉害,却没长牙齿。你这蝎子啊,究竟有什么功德,却让你既长双角(指最前面的一对钳肢),又长毒尾? 就是说,那像蝎子一样暗中害人的家伙都有许多害人的本领,凭什么给他们那么多本领,让他们暗中害人呢?

陆龟蒙的《杞菊赋》《后虱赋》《蚕赋》都是四言诗体赋。《蚕赋》是一篇翻案文章,其序云:"荀卿子有《蚕赋》,杨泉亦为之,皆言蚕有功于世,不斥其祸于民也。余激而赋之,极言其不可,能无意乎? 诗人《硕鼠》之刺,于是乎在。"赋云：

> 古民之衣，或羽或皮。无得无丧，其游熙熙。艺麻缉纻，官初喜窥。十夺四五，民心乃离。逮蚕之生，茧厚丝美。机杼经纬，龙鸾葩卉。官涎益馋，尽取后已。呜呼！既蓁而烹，蚕实病此。伐桑灭蚕，民不冻死。

唐末吏治极端腐败，横征暴敛，民不堪命。聂夷中的《咏田家》、皮日休的《橡媪叹》、杜荀鹤的《山中寡妇》等诗都作过深刻的反映。陆龟蒙也写过一首七绝《新沙》："渤澥声中涨小堤，官家知后海鸥知。蓬莱有路教人到，应亦年年税紫芝。"前两句是写实，后两句是推想。海涛声中涨出一条沙堤，海鸥还未发现，官家却已经知道了。知道后干什么，没有说，称得上含蓄。读到结句"税紫芝"，才明白是这么回事：海边一出现沙堤，逃亡的农民就赶来开荒，"官家"就赶来收税。由此推想：海中的蓬莱岛如果有路可通，大约神仙们种的紫芝也免不了年年纳税吧！《蚕赋》与《新沙》同样鞭挞官府无微不至的掠夺，所不同的是在层层铺叙之后以"伐桑灭蚕"收尾，向统治者提出警告，言词激烈。以蚕桑为生的农民"伐桑灭蚕"，其出路便是逃亡或铤而走险。而这种现象，在唐末是普遍存在的。

（二）五、七言诗句式

上二下三的五言诗句式和上四下三的七言诗句式用于赋，先秦及汉代已发其端，但只是个别的。其用例逐渐增多，实与五、七言诗逐渐成熟同步，庾信的《春赋》便是最集中的表现。初唐四杰中的王勃、骆宾王继武庾信而踵事增华，王勃的《春思赋》和骆宾王的《荡子从军赋》，便是这方面的代表作。

王勃的《春思赋》作于唐高宗咸亨二年（671），当时作者二十二岁，"旅寓巴蜀"。序中说他作赋的动机是："抚穷贱而惜光阴，怀功名而悲岁月。"当大唐兴盛之际，这是青年知识分子的典型情绪。王勃面对无边春色而感慨功名未就，发而为赋，情景交融，充满诗情画意。在形式上，虽则沿用了骚体赋和骈赋的一些句式，却以七言诗句和五言诗句为主体，七言诗句尤多，频频换韵，浑灏流转，具有初唐诗中歌行体的特色。如：

> 蜀川风候隔秦川，今年节物异常年。霜前柳叶衔霜翠，雪里梅花犯雪妍。霜前雪里知春早，看柳看梅觉春好。……忽逢边候改，遥忆帝乡春。

> 帝乡迢递关河里,神皋欲暮风烟起。黄山半入上林园,玄灞斜分曲江水。

接下去,极写长安之繁华、闺妇之春思、征夫之远戍,又转而写洛阳之富丽、江南之春光。真如序中所说:"极春之所至,析心之去就。"最后照应开头,回笔写他自己:

> 比来作客住临邛,春风春日自相逢。石镜岩前花屡密,玉轮江上叶频浓。高平灞岸三千里,少道梁山一万重。自有春光煎别思,无劳春镜照愁容。盛年耿耿辞乡国,长路遥遥不可极。形随朗月骤东西,思逐浮云几南北。春蝶参差命俦侣,春莺绵蛮思羽翼。余复何为此,方春长叹息。会当一举绝风尘,翠盖珠轩临上春。朝升玉署调天地,夕憩金闺奉帝纶。长卿未达终希达,曲逆长贫岂剩贫!年年送春应未尽,一旦逢春自有人。

如果从全篇中去掉非七言诗句的各种句子,那就是比前此所有七言诗都流畅、完美、成熟的七言古诗。如果删减与五、七言诗句不甚协调的赋句,如"解宇宙之严气,起亭皋之春色","入金市而乘羊,出铜街而试马"等等,那就是相当优秀的唐人歌行。极有意思的是:王勃的歌行名篇《临高台》由"临高台"三字句领起,以下全由五言诗句和七言诗句组成,七言句所占比例较大。而这篇歌行,当做于《春思赋》之后。《采莲曲》也以七言句为主而辅以五言句,杂以少数三字句。

骆宾王的《荡子从军赋》首尾皆五、七言诗句;中间虽杂以赋句,而比例极小。其首段云:

> 胡兵十万起妖氛,汉骑三千扫阵云。隐隐地中鸣战鼓,迢迢天上出将军。边沙远离风尘气,塞草长萎霜露文。荡子辛苦十年行,回首关山万里情。远天横剑气,边地聚笳声。铁骑朝常警,铜焦夜不鸣。……

接下去写边地冰雪苦寒之景及冒寒拒敌、挑战,极生动传神。然后以写闺妇收尾:

> 荡子别来年月久,贱妾闺中更难守。凤凰楼上罢吹箫,鹦鹉杯中宁劝

酒？闻道书来一雁飞，此时缄怨下鸣机。裁鸳帖夜被，熏麝染春衣。屏风宛转莲花帐，窗月玲珑翡翠帷。个日新妆如复罢，只应含笑待君归。

这是一篇气势豪宕、诗情浓烈的边塞赋，可与初、盛唐边塞诗共读。从形式上看，如果删去为数不多的赋句，便与作者的歌行名作《帝京篇》毫无二致。明代前七子领袖李梦阳保留这篇《荡子从军赋》的七言句、而将非七言句略作修改，便成为一首完美的七言古风，题为《荡子从军行》。

敦煌写本唐人赋中，有刘希移（夷）的《死马赋》（见敦煌文献丛书《敦煌赋校注》），长达三十二句，全是七言。虽题为赋，实际上已是成熟的七言古风，与作者的歌行名篇《代悲白头翁》风格类似。

初唐歌行，开盛唐高、岑、李、杜先河，产生了很多光辉篇章。而初唐歌行虽然前有所承，但在较大程度上是在初唐赋作中孕育出来的，至少是相互影响的。

（三）骚体赋与歌行融合

我国讲诗歌传统，向来《诗经》、《楚辞》并举，或称"风骚"，或称"诗骚"，或称"骚雅"。以伟大的爱国诗篇《离骚》为代表的楚辞，本来就是诗。尽管后来辞、赋合一，总称"辞赋"，屈原的作品也被称为"屈原赋"，但自贾谊的《吊屈原赋》以来，骚体赋与以"散体"为特征的汉大赋相比，仍具有更多的诗的情韵。唐代是诗的时代，许多诗人兼赋家转益多师，更注意从楚辞中吸取营养，从而创作出新骚体赋。

李白的《惜馀春赋》、《愁阳春赋》、《悲清秋赋》和《剑阁赋》，可视为新骚体赋的代表作。如《惜馀春赋》的中段：

汉之曲兮江之潭，把瑶草兮思何堪。想游女于岘北，愁帝子于湘南。恨无极兮心氲氲，目眇眇兮忧纷纷。披卫情于淇水，结楚梦于阳云。

如《愁阳春赋》的结尾：

若有一人兮湘水滨，隔云霓而见无因。洒别泪于尺波，寄东流于情亲。若使春光可揽而不灭兮，吾欲赠天涯之佳人。

如《悲清秋赋》的开头：

> 登九疑兮望清川，见三湘之潺湲。水流寒以归海，云横秋而蔽天。

如《剑阁赋》全篇：

> 咸阳之南，直望五千里，见云峰之崔嵬。前有剑阁横断，倚青天而中开。上则松风萧飒瑟飓，有巴猿兮相哀。旁则飞湍走壑，洒石喷阁，汹涌而惊雷。送佳人兮此去，复何时兮归来。望夫君兮安极，我沉吟兮叹息。视沧波之东注，悲白日之西匿。鸿别燕兮秋声，云愁秦而暝色。若明月出于剑阁兮，与君两乡对酒而相忆。

这些小赋的特点是：简短、精练、明畅，情景交融，诗意盎然；以骚句为主而杂以其他多种句式，兼有对偶句，韵律和谐，有鲜明的节奏感和音乐性。

这是在唐诗氛围中孳生的新的骚体赋，也可说是唐诗中的新品种。这四篇作品《李太白全集》编入赋，但试读编入诗的《远别离》、《鸣皋歌送岑征君》，通篇都是骚体，与这四篇赋并无差别。朱熹看出了这一点，故把《鸣皋歌》列入《楚辞后语目录》。至于《梦游天姥吟留别》，前段虽用五、七言诗句，而"熊咆龙吟殷岩泉，栗深林兮惊层巅。云青青兮欲雨，水淡淡兮生烟"，则连用骚句，亦与新骚体赋类似。其他诗人也有这类诗作，如王维的《山中人》。这类诗，作为唐诗百花园中的一个独特品种，管它叫骚体诗，也许更确切。而骚体诗可与新骚体赋相混，正说明唐人的新骚体赋具有诗的品质，也是诗。

二 主体意识的高扬

唐代南北文化交融，中外文化交流，思想开放，终唐之世无文字狱，体现于辞赋创作，便是主体意识高扬，敢于吐露情怀，抒发愤懑，针砭时弊，臧否人物，表现作者的个性。和"劝百而讽一"、"主文而谲谏"的汉赋相比，这便是可贵的新特点。这个新特点，在比较优秀的唐人小赋中是普遍存在的，其例不胜枚举，以下只举几个比较特殊的例子。

（一）咏物赋的例子

咏物赋在汉代多侧重于"体物"，魏晋以来朝托物言志的方面发展，至唐代而通过咏物抒发情感、体现人品、批判现实,可谓唯意所适,极大地扩展了咏物赋的创作天地。魏征的《道观内柏树赋》,以"冰凝"、"雪飞"之际"万类飒然",烘托柏树"亭亭孤峙"的气概,表现他自己的处境和抱负。王勃的《青苔赋》,借青苔的"措形不用之境,托迹无人之路","违喧处静","无华无影"来赞颂不慕荣利、洁身自好的人格。李邕的《石赋》,借石可以补天、可以布阵、"贞者不黩、坚者可久",象征自己的雄才和志节。李白的《大鹏赋》,以渺小卑微的黄鹄、玄凤、斥鷃反衬遨游寥廓的大鹏,用以表现他蔑视权贵、追求自由的叛逆精神。杜甫的《雕赋》,赞美雕"以雄材为己任","奋威逐北",可以擒"孽狐"、攫"狡兔",然而终不见用,"将老于岩扃",对统治者未能选拔真才表示愤慨。高适的《鹘赋》,则通过"比玄豹之潜形,同幽人之在野","心倏忽于万里,思超遥于九霄"的描写,展现了怀才未遇,壮志欲酬的心态。这一类赋,大抵将所咏之物描绘为正面形象以自喻,其例甚繁。也有将所咏之物描绘为正面形象、但非为自喻,而是联系其他有关事物用以抨击黑暗现象的,如前面所引的《蚕赋》。总之,高扬主体意识而赋予较丰富的社会内涵,则是唐人咏物小赋的主要特色;而以所咏之物象征反面事物的各种小赋,这种特色表现得更突出。前面已讲过《虱赋》、《蝎赋》,这里再看看萧颖士的《伐樱桃赋》:

  古人有言:"芳兰当门,不得不锄。"眷兹樱之攸止,亦在物而宜除。观其体异修直,材非栋干。外阴森以茂密,中纷错而交乱。先群卉以效诣,望严霜而凋换。缀繁英兮霞集,骈朱实以星灿。故当小鸟之所啄食,妖姬之所攀玩也。
  赫赫闳宇,玄之又玄。长廊霞截,高殿云骞。实吾君聿修祖德,论道设教之筵,宜乎莳以芬馥,树以贞坚。莫非夫松筱桂桧,芷若兰荃。狨具美其在兹,尔何德而居焉?擢无用之琐质,蒙本枝而自庇。汨群林而非据,专庙庭之右地。虽先寝之或荐,岂和羹之正味?每俯临乎萧墙,奸回得而窥觊。谅何恶之能为,终物情之所畏。
  于是命寻斧,伐盘根。密叶剥,攒柯焚。朝光无阴,夕鸟不喧。肃肃明明,旷荡乎阶轩。……

据《新唐书·萧颖士传》,《伐樱桃赋》为指斥奸相李林甫而做。唐玄宗后期,李林甫任宰相十九年,柔佞狡诈,"口蜜腹剑",与宦官勾结,妒贤忌能,擅权乱政。作者于樱桃树的描绘中突出了这些特点而痛加鞭笞,直至伐根焚柯而后快。这还不够,结尾更"譬诸人事",历举篡权窃位的史实为最高统治者提供历史教训。中间写君主论道设教之地宜树"贞坚"的松桧,而今却培植"效谄"的樱桃,也是对唐玄宗晚年远贤臣、亲奸佞的写照。

这篇赋虽为李林甫而发,却有普遍意义。白居易看出这一点,特概括为一首五言诗:

> 有木名樱桃,得地早滋茂。叶密独承日,花繁偏受露。迎风暗动摇,引鸟潜来去。鸟啄子难成,风来枝莫住。低软易攀玩,佳人屡回顾。色求桃李饶,心向松筠妒。好是映墙花,本非当轩树。所以姓萧人,曾为《伐樱赋》。

《有木诗八首》之一

(二) 宫殿赋的例子

汉大赋中的宫殿赋,如王延寿的《鲁灵光殿赋》、何平叔的《景福殿赋》,都以详尽地描写宫殿的宏丽为特征。而杜牧的《阿房宫赋》与孙樵的《大明宫赋》,却打破汉代宫殿赋的框架,变铺陈大赋为抒情、讽刺小赋,显示了唐赋主体意识昂扬的特点。

杜牧作《阿房宫赋》,是有现实针对性的。当时朝政腐败,藩镇跋扈,吐蕃、南诏、回鹘等纷纷入侵,大唐帝国已面临崩溃的危机。杜牧欲挽危局,主张内平藩镇,加强统一;外御侵凌,巩固国防。为了实现这些理想,他渴望统治者励精图治,富民强兵。而穆宗以沉溺声色送命,接替他的敬宗荒淫更甚,"游戏无度,狎昵群小","好治宫室,欲营别殿,制度甚广",又"修东都宫阙及道中行宫",以备游幸(《通鉴》卷二四三)。杜牧对此十分愤慨,在《上知己文章》中明白地说:"宝历(敬宗的年号)大起宫室,故作《阿房宫赋》。"

前半篇固然也写宫殿,但不是从局部到总体作详尽的描绘,而是通过艺术想象和夸张,综揽全局,用以揭露君主的骄奢淫佚及其对人民的横征暴敛,从而引出后半篇的抒情和议论。由"嗟呼"领起的后半篇,从"一人之心,千万人之心也"的论点出发,总结秦与六国族灭的历史教训:虐用其民则亡,爱惜民力则昌。感慨、叹惋,寓议论于抒情,有震撼人心的艺术魅力。

孙樵的《大明宫赋》构思更新奇。对于宏丽的建筑不作任何描状,却说早晨"见大明宫前庭",夜间梦见大明宫神对作者讲话。讲话从太宗"永求帝宅,诏吾司其宫"开始,夸耀他作为宫神,"翼圣护艰,十有六君,荡妖斩氛"。以下把灭周复唐、平安史之乱、平朱泚之乱等等,都作为自己的功劳。最后慨叹今不如昔,民生凋敝,良田荒芜,国防空虚,国土日削……。就这样,通过宫神的叙述,概括了大唐帝国由盛转衰的历史。接着写道:

  言未及阕,樵迎斩其舌,且曰:"余闻宰获其哲,得是赫烈。老魅迹结,尔曾何伐?宰获其愿,得是昏蚀。魅怪横惑,尔曾何力?今者日白风清,忠简盈庭。阆南俟霈?阆北俟霁?矧帝城阗阗,何赖穷边?帑廪加封,何赖疲农?禁甲饱狞,尚何用天下兵?神曾何知,孰愧往时?

不等宫神说完,孙樵便痛加驳斥:"我听说选拔贤哲做宰相,唐朝就兴旺,奸邪就敛迹,你宫神有什么功劳?相反,重用大奸大恶,朝政就昏暗,妖魔鬼怪就兴风作浪,你宫神又有什么力量拨乱反正?如今日白风清,忠良满朝,哪里是南方等待下雨、北方等待天晴?更何况京城里十分繁荣,哪里需要穷困的边疆?钱库粮仓都十分充实,哪里需要疲惫的农民?禁卫军吃得饱、长得壮,异常凶猛,哪里需要天下兵?"

宫神虽讲出了唐朝兴衰的历史,但自居其功,却是欺人之谈。孙樵用得贤相则兴,用奸相则衰进行驳斥,当然是正确的。而宫神慨叹今不如昔,显然符合实际,孙樵却不从用人失当等方面说明原因,而是正话反说,歌颂现实,还横蛮地对宫神提出一连串质问。构思之妙,真是匪夷所思。

结尾数句,尤妙不可言:

  宫神不能对,退而笑曰:"孙樵谁欺乎?欺古乎?欺今乎?吁!"

写宫殿赋而别辟蹊径,通过与宫神的对话抨击朝政,嬉笑怒骂,皆成文章。其主体意识之高扬,唐以前的所有赋作家都望尘莫及。

三　体裁的多样与创新

唐人小赋,体裁多样,求变求新。百卉争妍,蔚为大观。

(一) 骈赋

初唐时期，赋作家直接继承六朝传统，其创作以骈体抒情小赋为主。但由于全国统一，南北文学交融，赋作家"各去所短"而"合其两长"，追求"文质彬彬"的境界，故其骈体赋已出现有异于六朝的新特点：形象鲜明，语言生动，气机流畅，风格刚健清新。读王勃的《涧底寒松赋》、卢照邻的《对蜀父老问》和《秋霖赋》、杨炯的《青苔赋》、徐彦伯的《登长城赋》、东方虬的《蟾蜍赋》、陈子昂的《尘尾赋》等篇，便可感受到这种新特点。试以《登长城赋》为例，略作说明。

《登长城赋》立意高远，气势磅礴。且看关于秦筑长城的描写：

……神告箓图，亡秦者胡。实憯萧墙之璧，滥行高阙之诛。凿临洮之西徼，穿负海之东隅。猛将虎视，焉存纲纪；谪戍勃兴，钩绳乱起。连连坞壁，岌岌亭垒。飞刍而挽粟者十有二年，堑山而堙谷者三千余里。黔首之死亡之日，白骨之悲哀不已。犹欲张伯翳之绝胤，驰撑犁之骄子。曾不知失全者易倾，逆用者无成。陈涉以间左奔亡之师，项梁以全吴骄悍之兵，梦骖征其败德，斩蛇验其鸿名。板筑未艾，君臣颠沛。六郡沙漠，五原旌旆。运历金火，地分中外。因虐主之淫愬，成后王之要害，则知作之者劳而居之者泰。

对偶极工，而大气包举。且用"犹欲"、"曾不知"等词统领偶句，转折灵动。至于"因虐主之淫愬，成后王之要害"，以表示因果关系的"因"、"成"二字分冠于两句之首，遂使"虐主之淫愬"与"后王之要害"词虽骈俪而气则单行。"则知作之者劳而居之者泰"，以"则知"承上启下，以"而"字转折，故能化偶为散。尤应注意者是："虐主之淫愬"与"后王之要害"、"作之者劳"与"居之者泰"，都是对偶法中的所谓"反对"，表现对立的双方。从害与利两个方面对秦筑长城作出切合实际的评价，求诸古人，也是难能可贵的。

盛唐及其以后，愈益求变求新，或吸取骚体情韵，或向新文赋过渡，出现了许多优秀作品。

（二）四言诗体赋

唐代诗坛，四言诗已基本上被五、七言诗所取代，除韩愈的《元和圣德诗》和柳宗元的《平淮夷雅》而外，佳作寥寥；而其艺术生命，却转向辞赋园地飘香吐艳，大放光芒。唐人四言诗体赋的主要特点是：题材广，角度新，能以极短的篇幅反映社会人生,表现深刻主题。前面在论"赋的诗化"时已谈过若干作品,但那是举例性的,有价值的作品远不止此。如司空图的《诗赋》以赋论诗,描状了壮阔、奔放、奇险、雄健等艺术风格,可与他的《诗品》相补充。《共命鸟赋》曲折地反映了晚唐统治阶层的权力争夺,而以"一胜一负,终婴祸罗。乘危逞怨,积世不磨"诸句深致叹惋,尤有现实意义。

(三)骚体赋

唐人小赋中的骚体赋佳作多,诗意浓。如卢照邻的《狱中学骚体》、张说的《江上愁心赋》、元结的《闵岭中》、刘禹锡的《秋声赋》、白居易的《伤远行赋》、韩愈的《复志赋》等,都写实感,抒真情,语言清新,形象鲜明,而作者的遭际与时代氛围,亦跃然纸上。柳宗元的《解崇赋》、《惩咎赋》、《闵生赋》、《梦归赋》、《囚山赋》五篇作于永州,抒发因实行永贞革新而遭贬谪的愤慨与痛苦,感情沉郁激荡;其写景文字,亦隐喻着现实的黑暗与世路的艰险,是骚体赋的名篇,林纾称为"唐文巨擘","当与宋玉争席"(《韩柳文研究法》)。刘蜕的《哀湘竹》、《下清江》、《招帝子》、《悯祷辞》等,王夫之誉为"左徒谪系"(《姜斋文集·刘孝尼诗序》),刘熙载以为"学《楚辞》尤有深致","颇得《九歌》遗意"(《艺概·赋概》)。当然,唐人的骚体赋,都上承《楚辞》传统;但都刻意创新,不落前人窠臼,有明显的个性特征和时代色彩。其中有不少佳作,可以称为新骚体赋,这在论"赋的诗化"时已略抒浅见。

(四)文赋

以《子虚》、《上林》为代表的汉大赋,韵散结合,或称散体赋,或称文赋。唐人取其散文句式和散文气势,而去其罗列名物、堆垛双声叠韵形容词及喜用生僻字词的缺点,用明畅生动的语言写景叙事,抒情达意,遂形成一种有时代特色的文赋,可称为新文赋。

唐代开国,文人受时代精神的感召,都怀有昂扬奋进的激情。与此同时,从魏征到陈子昂,都"质"、"文"并重,提倡有"骨气"、"风骨"的刚健文风。因此,初唐的骈赋和骚体赋,已在不同程度上御以散文的气势。到了盛唐时代,古文运动的先驱者李华、萧颖士、独孤及等人,首先在新文赋的创立方面作出了贡献,其代表作是李华的《吊古战场文》。

《吊古战场文》作于玄宗天宝末年。开元天宝间迭启边衅,而李华曾奉使朔方,目睹耳闻了北方古战场的惨象;当天宝十载唐军伐南诏败绩,死者六万,而"杨国忠遣御史分道捕人",准备再行征伐之时,李华又在伊阙县尉任上亲见

"父母妻子送之,所在哭声振野"(《通鉴》卷二一六)的情景,故能写得真切感人。全文起得突兀:

> 浩浩乎平沙无垠,夐不见人。河水萦带,群山纠纷。黯兮惨悴,风悲日曛。蓬断草枯,凛若霜晨。鸟飞不下,兽铤亡群。亭长告余曰:"此古战场也,尝覆三军。往往鬼哭,天阴则闻。"伤心哉!秦欤?汉欤?将近代欤?

劈空画出一幅古战场图,景中含情。以下以"吾闻夫"、"吾想夫"、"至若"分别领起三段文字,绘声绘色,铺写战争的惨烈。又以"吾闻之"领起一段,历举边防得失,而归结为"任人而已,其在多乎?"又以一组疑问句带出关于战死者家属的描写,然后陡然收尾:

> 呜呼噫嘻!时耶?命耶?从古如斯,为之奈何!守在四夷。

极写杀伤之惨和战死者家属之苦而结穴于任人得当,"守在四夷",在当时有强烈的现实意义。

全文骈句、骚句、散文句并用,逐段换韵。大致以骈句铺写,以骚句抒情,以散文句议论,奇峰迭起,变化无端,奔腾前进,如大河滚滚,具有散文汪洋恣肆的气势,开后代文赋无数法门。

唐赋大家都兼擅多种赋体。韩愈作为古文运动的主将,不论写骈赋还是写骚体赋,都能运以散文的气势,刻意创新。当然,他对辞赋的主要贡献,还在于新文赋的创立。其《进学解》、《送穷文》历代传诵,从体格看,乃是新文赋。而古今不少选本是作为散文入选的,其有异于前此各体赋的新特点之鲜明突出,于此可见。但也有看出问题的,如宋人黄震云:"《进学解》类赋体,逐段布置,各有韵。"(《黄氏日钞》卷五九)近人钱基博云:"《进学解》虽抒愤慨,亦道功力,圆亮出以俪体,骨力仍是散文。浓郁而不伤缛雕,沉浸而能为流转,参汉赋之句法,而运以当日之唐格。跌宕昭彰,乃开宋文爽朗之意。"(《韩愈志·韩集籀读录》)这都讲出了《进学解》作为新文赋的特点。再看《祭田横墓文》:

> 事有旷百世而相感者,余不自知其何心。非今世之所稀,孰为使余觑

欷而不可禁？余既博观乎天下，曷有庶几乎夫子之所为？死者不复生，嗟余此去其从谁？当秦氏之败乱，得一士而可王。何五百人之扰扰，而不能脱夫子于剑铓？抑所宝之非贤，亦天命之有常？昔阙里之多士，孔圣亦云其遑遑。苟余行之不迷，虽颠沛其何伤！自古死者非一，夫子至今有耿光。跽陈辞而荐酒，魂仿佛而来享。

祝尧《古赋辨体》提到这篇赋，却未辨其体而只谈内容。从体格上看，《进学解》骈俪语层出不穷，其特点是以散御骈；而这篇《祭田横墓文》，则通篇散行，无一骈语，跌宕起伏，一气旋转，实质上是一篇抒情性极强的押韵的散文诗。

此后如杜牧的《阿房宫赋》，是典型的新文赋。

（五）律赋

律赋就是讲格律的赋。所谓格律，就是音韵和谐，对偶精切。

单音节的汉字每个字都有形有音有义。就字音说，尽管在南齐永明时沈约等人提出"四声"以前并没有平仄的说法，但实际上音分平仄。《诗经》《楚辞》中的许多作品读起来之所以有抑扬抗坠的音乐美，除了押韵之外，还由于许多句子大致平仄协调。就字义说，"天"与"地"、"男"与"女"、"高"与"下"、"多"与"少"，以此类推，每一个字都可以找到一个乃至几个字与它对偶；更妙的是其平仄也往往是相对的。因此，对偶句在先秦古籍中已屡见不鲜。这就是说，诗、文的有意识的律化，是在符合汉语特性的前提下进行的。诗的律化，由永明新体诗促进，至初唐基本完成，包括五七言绝句、五七言律诗、五七言排律在内的一整套格律诗，为唐诗百花园增加了光艳夺目的新品种。文的律化与诗的律化同步，并受其影响，其结果便产生了介乎诗歌、散文之间的两种体裁：骈文、骈赋。唐代以诗赋取士，用于考试的试贴诗，其实就是五言排律，所不同的是限定六韵十二句，由试官命题、限韵。用于考试的律赋，其实就是骈赋，所不同的是由试官命题限韵、开头必须"破题"；在用于取士之后，更讲究平仄协调，又增多了四六句式。

值得注意的是：唐人律赋，在用于考试时也允许求变求新。李调元在《赋话·新话三》中指出：元稹、白居易的律赋"驰骋才情，不拘绳尺"，"句长而气甚流走"，"踔厉发扬，有凌轹一世之概"。又指出："律赋多有四六，鲜有作长句者。破其拘挛，自元、白始。乐天清雄绝世，妙悟天然，投之所向，无不如志。

微之则多典硕之作，高冠长剑，璀璨陆离，使人不敢逼视。"骈赋、律赋，由于通篇用骈偶句，在写作中很容易出现繁缛、堆垛、板滞的缺点。元、白突破四六句式而善用长句，"气甚流走"，使律赋有散文气势，便矫正了那些缺点。白居易应试的《性习相近远赋》、《求玄珠赋》、《斩白蛇赋》等"新进士竞相传于京师"（元稹《白氏长庆集序》），并非偶然。

律赋用于科举考试，风檐寸晷，命题限韵，当然很难产生佳作。如果不参加考试而用以抒发真情实感，则限制虽严，仍能写出较好的作品。晚唐时期，不为参加考试而写的律赋极多，而社会千态、人生百感，亦随之进入律赋创作领域。王棨的《贫赋》、《江南春赋》、《秋夜七里滩闻渔歌赋》，黄滔的《馆娃宫赋》、《明皇回驾经马嵬赋》、《以不贪为宝赋》，徐寅的《寒赋》、《口不言钱赋》、《人生几何赋》、《过骊山赋》等，都有感而发，从不同角度反映了晚唐士人的心态和社会面影。如徐寅的《寒赋》（以"色悴颜愁，臣同役也"为韵），设为问答，写"大雪濛濛"之时，"安处王"以兽炭、狐裘御寒，犹说"今日之寒斯甚。""凭虚侯"便说："下民将欲冻死，王未有寒色。"接下去描绘了戍边将士、农夫、儒者三种人的寒状。写农夫云：

> 荷锸田里，劳乎农事。草荒而耒耕无力，地冷而身心将悴。赋役斯迫，锄耰何利！冻体斯露，疏衰莫庇。东皋孰悯其耕耘！北阙但争其禄位。今则元律将结，元冬已继。此农者之寒焉，王曷知其忧愧？

《口不言钱赋》借歌颂王衍鞭笞了古代的"拜金主义"现象：

> 恨朝野以争侈，竞缗钱而纵欲。化为粪土，填巨壑以难盈；涌作波澜，灌漏卮而不足。

类似的作品，在晚唐律赋中并不鲜见。

诗与文，各有特性。诗的律化产生了被唐人称为"近体诗"的若干新品种，成绩辉煌。而文的律化，其成绩则相形见绌。看来文虽然也有声调问题，但不宜过分律化。骈赋、律赋的革新，都是吸取散文舒畅、流走的气势以化骈偶的繁缛、板滞，其原因正在于此；韩、柳古文运动功不可没，其原因也在于此。但唐人律赋作为一种文学现象，仍需研究、总结，不宜笼统否定。

(六)俗赋

敦煌遗书中有唐人赋二十二篇,其中有用通俗语言写成、无作者姓名的《燕子赋》二篇(其一残)、《晏子赋》、《韩朋赋》、《㜪䶍新妇文》各一篇,通称俗赋。这表明曾经是庙堂文学的赋,到唐代已深入民间,被民间艺人用来塑造人物、叙说故事。这些俗赋,都具有滑稽调笑、幽默讽刺、寓庄于谐的特色,鲜活、泼辣,富有民间生活气息,与文人赋形成明显的对照;也正好与文人赋相互补充,使唐赋蔚为大观。

以上从赋的诗化、主体意识的高扬、体裁的多样与创新三方面论述了唐人小赋的特点,虽然未必中肯,但由此已可看出:在唐代文学的百花园里,各体小赋与诗、文交融互补,共酿春色。如果对唐赋不屑一顾或视而不见,那就既不利于对唐代文学作全面把握,也白白丧失了许多审美享受。

(原刊《文学遗产》1997年第1期)

驳关于李商隐《夜雨寄北》的臆说
——答丘汝腾先生

"疑义相与析",原是我国古代文朋诗友之间的乐事,也有利于促进学术研究的深入开展,是值得提倡的。广东丘先生写了一篇《何当共剪西窗烛,却话巴山夜雨时——是思妻,还是怀友?与霍松林先生商榷》的文章,因此,我就丘先生所提问题谈些浅见,互相商榷。

一、丘先生的文章(下称"丘文")一开头便说:"西窗剪烛"是"怀友的典故","明清大家"都这样用。而近年出版的唐诗选本都"注着李诗是寄给妻子的。"最后阅读《唐诗鉴赏辞典》,"才知道书店新出版唐诗注释,很可能本此霍文而来"。现分两点,略作答复。

(一)把《夜雨寄北》理解为"寄内"之作,不自我始,这里略举数例。沈德潜《唐诗别裁集》卷二十:"此寄闺中之诗。"姚培谦《李义山诗集笺注》卷十四:"(白居易《邯郸冬至夜思家》)'料得家中夜深坐,还应说着远行人',是魂飞到家里去;此诗(指《夜雨寄北》)则又预飞到归家(明说'归家',显然作'寄内'理解)后也。奇绝。"冯浩《玉溪生诗集笺注》卷三:"语浅情深,是寄内也。然集中寄内诗皆不明标题,仍当作'寄北'。"宋顾乐《唐人万首绝句选》评《夜雨寄北》:"婉转缠绵,荡漾生姿。"("婉转缠绵",自是就"寄内"说的)《千首唐人绝句》卷下刘拜山评《夜雨寄北》:"思家之作,或直抒悲慨,如岑参《逢入京使》;或从对方落笔,如王维《九日忆山东兄弟》。然总不如此诗之曲折缠绵,循环往复,别开境界。"当代名家如马茂元之《唐诗选》,程千帆、沈祖棻之《古诗今选》等论《夜雨寄北》,皆持"寄内"说,都比我提出得早。中国社会科学院文学研究所编、人民文学出版社 1978 年出版的《唐诗选》,列入《中国古典文学读本丛书》,流传极广,影响极大。于《夜雨寄内》诗后注云:"题一作《夜雨寄北》。冯浩《玉溪生年谱》将此诗系在大中二年(848),本年的另一首寄内诗

《摇落》也描写了秋景,两首诗写作时间挨近。"又云:"末两句是说不晓得哪一天能够回家相对夜谈,追述今夜的客中情况。"这显然也是赞同冯浩"是寄内诗也"的理解的。总之,早在我为《唐诗鉴赏辞典》撰稿之前好几年至几百年,认为《夜雨寄北》是"寄内"诗者不胜枚举,而丘文却指责我首倡此说,为"新出版唐诗注释"所"本",这未免目无前人而过高地评估了我的作用和影响。

(二)丘文认定"西窗剪烛"是"怀友典故",举了他熟悉的《秋水轩尺牍》等书中的例证。又在全文第六段中说:"西窗、窗友、同窗、同学,这几个词都有紧密联系的地方……可见西窗是舍房西侧之书室。夫妻久别,自应在深闺中细叙,大堂上细叙,何故要去书房剪烛,并先定话题,要诉说'巴山夜雨时'呢?如在闺中偎依畅叙,则息烛反比点烛胜也。"我认为:这些高论都不能成立。

先谈"剪烛"。烛光燃久了便结烛花(烬),剪掉它烛光才亮。屡烬屡剪,表明已到深夜。所以《汉语大辞典》第二册 725 页对"剪烛"的解释是:"语出唐李商隐《夜雨寄北》诗'何当共剪西窗烛,却话巴山夜雨时'。后以'剪烛'为促膝夜谈之典。"也就是说,"剪烛"非朋友所专有,朋友可用,妻子和任何关系亲密的人都可用。元人杨载的诗句"翡翠帘深剪烛频",显然相对夜话的并非朋友而是妻子。

再谈"西窗"。丘文把"西窗"与"同窗"等联系起来,说什么"西窗是舍房西侧之书室",虽令人耳目一新,诧为"创见",但未免过于牵强。不违背常识的理解是:西窗,就是向西的窗子;以部分代全体,便指窗户朝西的房子。这房子,可以是卧室,也可以是书室;可以与朋友夜话,也可以与妻子夜话。而按照古诗的用法,西窗又多指女性的居室。台湾中国文化学院和中国文化研究所出版发行的《中文大辞典》第 31 册"西窗"条云:"西窗,妇人之居室。"下引例句云:戎昱《长安秋夕》诗"昨宵西窗梦,梦入荆南道",李商隐《夜雨寄北》诗"何当共剪西窗烛,却话巴山夜雨时",赵德麟《妻》诗"晚云带雨归飞急,去作西窗一夜愁"。戎昱、赵德麟两诗中的"西窗"都指妻子居室,是毫无疑问的。值得注意的是:辞典编者把李商隐《夜雨寄北》诗中的"西窗"也解为"妇人之居室",很值得丘先生参考。

二、丘文云:"若说此诗是寄其妻而言,则首句'君'字之称谓无着落。……'君'很少称女者,在商隐时,则是对男者称,对妻则称为卿。"这真是奇谈!从丘文看,丘先生起码是六十岁以上的诗人,"老师启蒙时"就读过《夜雨寄北》,却为什么连起码的启蒙读物《唐诗三百首》也没有读过?《唐诗三百首》选了元稹悼念亡妻的《遣悲怀》三首,第一首尾联云:"今日俸钱过十万,与君营奠复营斋。"第三首首联云:"闲坐悲君亦自悲,百年都是几多时!"两个"君"字都指亡妻。元稹(779—831)与李商隐(813—858)同时略早,按照丘文的规定,是只能称妻为"卿"的,却偏偏称"君",岂非有意与丘先生为难?

三、丘文说:"'寄内'是洪迈著的《万首唐人绝句》的题目,但到《全唐诗》面世,便改为'寄北'了。……其《万首唐人绝句》之'寄内'二字,明显是经过'精鉴、精审'有误而更正为'寄北',收入《全唐诗》中。"把"想当然"的臆说加"明显"二字说得这样肯定,态度也不够严肃。李商隐诗集各版本中只有明人姜道生刻《唐三家集》中之《李商隐诗集》作《夜雨寄内》,其他各本皆作《夜雨寄北》。《万首唐人绝句》也并非只有一种版本,如"文革"前文学古籍刊行社影印的明嘉靖本作《夜雨寄北》,而北京图书馆所藏赵宧光、黄习远的明万历刊本,则作《夜雨寄内》。作《夜雨寄内》或《夜雨寄北》,都有版本根据,不能说哪一种"有误"。《全唐诗》只是根据某种版本标题,不存在什么"明显"的"更正"问题。"寄内"当然是寄妻,"寄北"也不排除寄妻。前引冯浩的话说得很好,他既认为此诗"语浅情深,是寄内也",又考虑到李商隐诗集中的"寄内"诗都不明标"寄内",故仍采取多种版本"寄北"的题目。李商隐的"寄内"诗,的确都不以"寄内"标题,如《凤》:"万里峰峦归路迷,未判容彩借山鸡。新春定有将雏乐,阿阁华池两处栖。"这分明是"寄妇之词也",题目却只标一个"凤"字。又如《摇落》,亦是怀念妻子之作,题目却不明确标出。因此,这首诗究竟是寄谁的,须从内容看。如果仅从题目看,那么"寄北"的范围就很宽泛,北方的妻子、朋友或别的什么人,都在范围之内。所以唐汝询便说:"题曰《寄北》,此必私昵之人。"(《唐诗选脉笺释会通评林》引)而从内容看,则所表现的是夫妻之间的纯洁感情,故沈德潜批评道:"此寄闺中之诗。云间唐氏谓寄私昵之人,诗中有何私昵意耶?"

至于丘文对此诗的译释,竟凭空加入一段,说什么作者曾在"巴山夜雨时"与那位朋友异乡共聚,后来朋友回到北方,因而希望自己回到北方后与那位朋友"西窗剪烛","再叙'巴山夜雨时'的情景。"想象力固然很丰富,却实在是节外生枝,画蛇添足。黄叔灿《唐诗笺注》释此诗:"滞迹巴山,又当夜雨,却思剪烛西窗,将此夜之愁细诉,更觉愁绪缠绵,倍为沉挚。"这是符合诗意的。

从内容看,这首诗是"寄内"的。但要解决一个疑点,就是作者何时旅居"巴山",当时他的妻子王氏是否健在。我为《唐诗鉴赏辞典》撰稿,重点是鉴赏,不是考证,简短的篇幅不容许用很多文字解决这个疑点,故一笔带过。现在不妨就这个问题谈一点看法。

　　李商隐于大中五年(851)七月随东川节度使柳仲郢至巴蜀,先后任书记、判官,大中九年(855)始返京。《夜雨寄北》如作于此时,则作为"寄内"诗理解,情景俱合。但李商隐的妻子王氏却于大中五年春夏之间去世了。持"寄内"说的冯浩、张采田有见于此,便将此诗系于大中二年(848),提出此时李商隐有"巴蜀之游"。而岑仲勉撰《玉溪生年谱会笺平质》,力辨李商隐并无"巴蜀之游",于是"寄内"说又成了问题。为此,杨柳撰《如何确解李商隐诗》一文,提出新说:"大中二年,义山北返途次淹留荆巴,其入蜀地区未超越长江沿岸夔、峡一带,时间为夏秋之交,不出两月。除《夜雨寄北》外,尚有《凤》、《摇落》、《因书》、《过楚宫》等诗,均为此际产物。……商隐淹留荆巴,恰置孟秋苦雨季节,长江流域涨水,与诗中情景正合。"我认为此说有根有据,可以成立。按李商隐于大中元年被桂管观察使郑亚辟为支使兼掌书记,五月初抵桂。大中二年三、四月间离桂北返,到江陵后,溯江至夔州,时当七月中旬前后,羁留月余。《夜雨寄北》、《摇落》等诗,皆作于此时。此时作者离京已一年又两个月,极思念妻子。《摇落》云:"摇落伤年日,羁留念远心。水亭吟断续,月幌梦飞沉。古木含风久,疏萤怯露深。人闲始遥夜,地迥更清砧。结爱曾伤晚,端忧复至今。未谙沧海路,何入玉山岑?滩激黄牛暮、云屯白帝阴。遥知沾洒意,不减欲分襟。"伤羁留,念妻子,情景交融,感人至深,与《夜雨寄北》情境契合。《摇落》与《夜雨寄北》这两首"寄内"诗,正是同一时地、同一情境、同一心态下创作的姊妹篇。

　　当然,对这个问题还可以有不同意见,继续研讨。但像丘先生那样不去大量掌握有关资料,仅凭《幼学琼林》、《秋水轩尺牍》之类的启蒙读物和"想当然"的臆说(如不能称妻为"君"、"西窗剪烛是怀友典故"、"西窗是舍房西侧之书室",以及指责我是"寄内"说的首倡者等),是无助于问题的解决的。

(原载《宝鸡文理学院学报》1998年第3期)

司马迁的家学与《史记》体现的王道观、士道观
——《史记注译》序

自传说中的炎帝、黄帝经夏、商而至西周,经济文化已相当发达。周室衰微,五霸争雄,七雄竞起,战乱频仍,民不聊生。秦始皇"续六世之馀烈,振长策而御宇内,吞二周而亡诸侯,履至尊而制六合"①,废分封诸侯之制,分天下为三十六郡,收兵器,定币制,书同文,车同轨,一法度衡石丈尺,在我国历史上第一次实现了真正的统一,经济文化高潮眼看就要到来。可惜秦始皇不顾客观形势已经发生了巨变,依然坚持暴政,焚书坑儒,虐用其民,民不堪命,于是"斩木为兵,揭竿为旗"②,并起而亡秦,空前强大的秦王朝便迅速瓦解于全国农民大起义的熊熊烈火之中。

西汉是继秦王朝之后建立的又一个中央集权的大一统国家。"汉承秦制",却吸取秦王朝"仁义不施"的教训,针对战争给社会带来的创伤,实行了轻徭薄赋,与民休息的善政,从而出现了中国封建史上有名的"文景之治"。据《史记·平准书》所述,从汉兴至武帝初即位的七十余年间,"国家无事。非遇水旱之灾,民则人给家足,都鄙廪庾皆满;而府库余货财,京师之钱累巨万,贯朽而不可校;太仓之粟,陈陈相因,充溢露积于外,至腐败不可食;众庶街巷有马,阡陌之间成群"。汉武帝在此基础上兴修水利,移民西北屯田,实行"代田法",有利于农业的进一步发展;派张骞通西域,加强了对西域的统治,发展了经济文化交流;又派唐蒙至夜郎,在西南先后建立了七个郡;用卫青、霍去病为将,解除匈奴威胁,保障了北方经济文化的发展。经济的繁荣,国力的雄厚,疆域的拓展,社会秩序的稳定,各民族文化的交流与融合,为东方巨人的崛起创

---

① 贾谊《过秦论》,《昭明文选》卷五一。
② 贾谊《过秦论》,《昭明文选》卷五一。

造了条件,中华民族第一次文化高潮以空前磅礴的气势奔腾而至,要求人们对炎黄以来数千年的文化进行总结。而及时肩负起这一伟大历史使命的,便是世界文化巨人司马迁;对炎黄以来数千年文化作出全面总结的,便是司马迁以数十年心血凝聚而成的宏伟巨著《史记》。

司马迁,字子长,左冯翊夏阳龙门(今陕西省韩城县南)人。出身于史官世家,其远祖在周朝累世任史官。其父司马谈曾"学天官于唐都,受《易》于杨何,习道论于黄子"①,博学多闻,精通先秦古籍及诸子百家之学,在汉武帝时长期任太史令。其《论六家要指》对儒、道、法、墨、名、阴阳各家提出了自己的看法。司马迁童年"耕牧河山之阳"②。十岁赴长安,在父亲指导下博览群书。在上古三代时期,史官由于掌管天文术数、备知天地古今万物而成为文化学术之宗,带有皇家学术顾问的意味,是当时最博学的百科全书式的人。司马谈因其先祖"世典周史"③,渴望克绍箕裘,重建史官家世,自然以史官的标准培养儿子。从《史记》看,司马迁所接受的,不仅是作为一个史官应首先具备的天文星历等天官知识,还有上古三代的王官学和战国时代的百家学以及其他文献,包括了从上古至当时的所有文化学术成果。他"二十而南游江、淮,上会稽,探禹穴,窥九疑,浮于沅、湘,北涉汶、泗,讲业齐、鲁之都,观孔子之遗风,乡射邹、峄,厄困鄱、薛、彭城,过梁、楚以归"④。从这次壮游的路线看。他是先从文献中了解了大禹、孔子、屈原等伟大人物和楚汉战争的风云变化,心灵为之震荡,然后才沿着留下的闪光足迹进行实地考察和审美体验。在《史记》的有关篇章中,可与此相印证的记述屡见不鲜,例如:

禹之功大矣,渐九川,定九州,至于今,诸夏艾安。及苗裔勾践,苦身焦思,终灭强吴,北观兵中国以尊周室,号称霸主,勾践可不谓贤哉:盖有禹之遗烈焉!

——《越王勾践世家》

---

① 《太史公自序》。
② 《太史公自序》。
③ 《太史公自序》。
④ 《太史公自序》。

> 余读孔子书，想见其为人。适鲁，观仲尼庙堂、车服、礼器，诸生以时习礼其家，余低回留之，不能去云。
>
> ——《孔子世家》

> 适长沙，观屈原所自沉渊，未尝不垂涕，想见其为人。
>
> ——《屈原贾生列传》

> 吾过大梁之墟，求问其所谓夷门。夷门者，城之东门也。天下诸公子亦有喜士者矣，然信陵君之接岩穴隐者，不耻下问，有以也；名冠诸侯，不虚耳！
>
> ——《魏公子列传》

> 吾适丰、沛间，问其遗老，观故萧、曹、樊哙、滕公之家及其素，异哉所闻！方其鼓刀屠狗卖缯之时，岂自知附骥之尾、垂名汉庭，德流子孙哉！
>
> ——《樊郦滕灌列传》

在对历史遗迹、遗闻的考察、访问、凭吊、向往中受其感发，驰骋想象，视通八极，神游百代，从而开拓心胸，砥砺人品，激扬英风浩气，培养壮志豪情。这与遍览群籍，博古通今相辅相成，为《史记》的撰写准备了重要条件。宋人苏辙说："太史公行天下，周览四海名山大川，与燕赵间豪俊交游，为其文疏荡颇有奇气，岂尝执笔学为如此之文哉？其气充乎其中而溢乎其貌、动乎其言、见乎其文而不自知也。"①宋人马存说："子长平生喜游，方少年自负之时，足迹不肯一日休，非直为景物役也，将以尽天下大观以助吾气，然后吐而为书。今于其书观之，则其平生所尝游者皆在焉。"②明清之际的顾炎武云："秦汉之际，兵所出入之途，曲折变化，唯太史公序之如指掌。山川郡国不易明，故曰东曰西曰南曰北，一言之下，而形势了然。盖自古史书兵事地形之详，未有过此者。太史公胸中固有一天下大势，非后代书生之所能讥也。"③

---

① 苏辙《栾城集·上枢密韩太尉书》。
② 凌雅隆《史记评林》卷首引。
③ 顾炎武《日知录·史记、通鉴兵事》。

司马迁于元朔三年(前126)回到长安。不久,任郎中。汉制:二千石高级官员的子弟得以恩荫为郎官。司马谈为太史令,秩六百石,其子被提拔为郎中,可算特殊待遇。郎中"掌守门户,出充车骑"①,得随侍皇帝。故司马迁自谓"主上幸以先人之故,使得奉薄技,出入周卫之中"②。因此,他于元鼎五元(前112)跟随汉武帝西到崆峒。次年,又"奉使西征巴、蜀以南,南略邛、笮、昆明"③。元封元年(前110),司马迁又追随武帝东封泰山,游览了山东半岛,北向至碣石,经辽西一带,北达九原,自直道返回长安。他在《史记》中有多次提到这次东部、北部之行的经历和感受:

吾适齐,自泰山属之琅邪,北被于海,膏壤二千里,其民阔达多匿知,其天性也。以太公之圣建国本、桓公之盛修善政,以为诸侯会盟称伯,不亦宜乎?洋洋哉,固大国之风也!

——《齐太公世家》

吾适北边,自直道归,行观蒙恬所为秦筑长城亭障,堑山堙谷,通直道,固轻百姓力矣!

——《蒙恬列传》

此后,司马迁还跟随武帝到过不少地方,其足迹几乎遍及全中国。所到之处,观察山川形势,了解民情风俗,印证历史文献,补史料之不足,正传闻之讹误,对于完成《史记》的浩大工程起了奠基作用。

司马谈跟随武帝东封泰山,行至洛阳时忽患重病,危在旦夕。司马迁出使西南回来,追赶封禅大军,当追到洛阳时得悉父亲病危,急往探视,司马谈"执迁手而泣曰:'予先,周室之太史也。自上世尝显功名于虞夏,典天官事。后世中衰,绝于予乎?汝复为太史,则续吾祖矣。今天子接千岁之统,封泰山,而予不得从行,是命也夫!命也夫!予死,汝必为太史;为太史,无忘吾所欲著矣。且夫孝,始于事亲,中于事君,终于立身。扬名于后世,以显父母,此孝之大者。

---

① 班固《汉书·百官公卿表》。
② 《报任少卿书》,《昭明文选》卷四十一。
③ 《太史公自序》。

夫天下称颂周公,言其能论歌文、武之德,宣周、召之风,达太王、王季之思虑,爰及公刘,以尊后稷也。幽厉之后,王道缺,礼乐衰,孔子修旧起废,论《诗》、《书》,作《春秋》,则学者至今则之。自获麟以来四百有余岁,而诸侯相兼,史记放绝。今汉兴,海内一统,明主、贤君、忠臣死义之士,予为太史而弗论载,废天下之史文,予甚惧焉!汝其念哉!'迁俯首流涕曰:'小子不敏,请悉论先人所次旧闻。弗敢阙!①'"父亲涕泣嘱咐和儿子涕泣受命的情景跃然纸上,至今读之,犹令人感动不已。

元封三年(前108),司马迁任太史令,阅读"石室金匮"(国家图书馆)之书,整理历史资料,为实现他父亲著述史书的遗愿而倾注全部心力。太初元年(前104),在主持改革历法,制定《太初历》之后,便正式着手撰写《史记》。

天汉二年(前99),司马迁由于为投降匈奴的李陵辩护而触怒武帝,被处以宫刑。事件的经过及对司马迁生理,特别是心理上的严酷摧残,详见《报任少卿书》中。"李陵提步卒不满五千,深践戎马之地,足历王庭,垂饵虎口,横挑强胡,仰亿万之师,与单于连战十有余日,所杀过半当。虏救死扶伤不给。旃裘之君长咸震怖,乃悉征其左右贤王,举引弓之人,一国共攻而围之。转斗千里,矢尽道穷,救兵不至,士卒死伤如积。然陵一呼劳,军士无不起,躬自流涕,沫血饮泣,更张空拳,冒白刃,北向争死敌。"②这的确是值得赞扬和同情的。然而最后未能杀身成仁,却是不值得辩护的。司马迁与李陵并无私交,只是出于爱惜这位"事亲孝,与士信,临财廉,取与义,分别有让,恭俭下人,常思奋不顾身以殉国家之急"的名将,并认为他虽然暂时降敌,但其用意在于"欲得其当而报汉",这才"欲以广主上之意",效"拳拳之忠",③岂料所得到的却是惨绝人寰的处罚!被赦出狱后,司马迁虽然被升任中书令,秩位高于太史令,但这是通常由宦官担任的官职,更使司马迁时时想到受宫刑的奇耻大辱,心情不能平静。

受宫刑这种奇耻大辱曾使司马迁痛不欲生,但在经历了激烈的思想斗争之后,终于认识到"人固有一死,或重于泰山,,或轻于鸿毛,用之所趋异也。"④

---

① 《太史公自序》。

② 《报任少卿书》,《昭明文选》卷四十一。

③ 《报任少卿书》,《昭明文选》卷四十一。

④ 《报任少卿书》,《昭明文选》卷四十一。

他选择了忍辱著书的道路,完成了总结数千年民族文化的辉煌巨著,使生命的最后火花燃烧得无比壮丽。

《史记》中"史记"之名凡十二见,或泛指古史,或专指某一史书,都不是司马迁用以指自己的著作。至于他完成的巨著,则自称《太史公书》①。其《报任少卿书》云:"仆窃不逊,近自托无能之辞,网罗天下放失旧闻,略考其行事,综其终始,稽其成败兴坏之纪,上计轩辕,下至于兹,为十表、本纪十二、书八章、世家三十、列传七十,凡百三十篇,亦欲以究天人之际,通古今之变,成一家之言。"自定书名为《太史公书》,也许寓有"成一家之言"的意思。此后汉人著述如班固《汉书》、王充《论衡》、应邵《风俗通》等,都称为《太史公书》或《太史公记》。称《太史公书》为《史记》,始见于东汉桓、灵之时的碑刻,范晔《后汉书·班彪传》亦有司马迁著《史记》之说。至《隋书·经籍志》,则正式以《史记》为《太史公书》的专名,且以一篇为一卷,沿用至今。

司马迁在《太史公自序》中,或称其父为太史公,或自称为太史公。从这篇《自序》看,司马迁能完成"成一家之言"的《太史公书》,其"家学"起了不可低估的作用,这表现在以下两方面:

第一、史料准备方面

《自序》:"小子不敏,请悉论先人所次旧闻,弗敢阙。""先人所次旧闻"即指司马谈已经编排的史料长编。《自序》又说"太史公仍父子相继纂其职",可参证。

第二、指导思想方面

《自序》中有关撰写《太史公书》的指导思想的论述极详备,这里只引几段:

> 先人有言:"自周公卒五百岁而有孔子。孔子卒后至于今五百岁,有能绍明世,正《易传》,继《春秋》,本《诗》、《书》、《礼》、《乐》之际?"意在斯乎!意在斯乎!小子何敢让焉!
>
> 余闻之先人曰:"伏羲至纯厚,作《易》八卦;尧舜之盛,《尚书》载之,礼乐作焉;汤武之隆,诗人歌之;《春秋》采善贬恶,推三代之德,褒周室,非独刺讥而已也。"汉兴以来,至明天子,获符瑞,封禅,改正朔,易服色,受命

---

① 《太史公自序》:"凡百三十篇,五十二万六千五百字,为《太史公书》"。

于穆清,泽流罔极,海外殊俗,重译款塞,请来献见者不可道。臣下百官力诵盛德,犹不能宣尽其意。且士贤能而不用,有国者之耻;主上明圣而德不布闻,有司之过也。且余尝掌其官,废明圣盛德不载,灭功臣世家贤大夫之业不述,堕先人所言,罪莫大焉。

太史公执迁手而泣曰:"余死,汝必为太史;为太史,无忘吾所欲论著矣。……幽、厉之后,五道缺,礼乐衰,孔子修旧起废,论《诗》、《书》,作《春秋》,则学者至今则之。自获麟以来四百余岁而诸侯相兼,史记放绝。今汉兴,海内一统。明主贤君忠臣死义之士,余为太史而弗论载,废天下之史文,余甚惧焉,汝其念哉!"

以上三段,都阐明司马谈的著书宗旨而为司马迁所接受,其宗旨的核心,是效法孔子,上继《春秋》,褒善贬恶,崇尚德治,歌颂一统,弘扬王道传统。

关于"汉兴以来"的历史,特别强调要论载"明主贤君忠臣死义之士"的事迹,布闻"主上"的"明圣盛德",宣扬"功臣世家贤大夫"的业绩,并非装饰门面的违心之语。汉兴以来经历"文景之治"而至武帝前期,的确是"海内一统"的盛世,在司马氏父子看来,这已意味着王道理想的实现,因而要对前此数千年的文化进行总结,以体现王道文化传统由衰微、断层而至复振的历程。正因为司马氏父子惊喜于王道的复振,故对汉兴以来的历史著述强调了《春秋》褒扬的一面。然而当汉家盛世达到顶峰之时,社会已隐伏着许多矛盾。到了武帝后期,社会矛盾激化而引起朝野的失望、不满乃至愤怒,司马迁又受了宫刑,因而以王道德治的标准进一步审视现实政治,从而发现了许多弊端,改以在褒其所当褒的同时又发扬了《春秋》"贬天子,退诸侯,讨大夫"的批判精神。司马迁在《自序》中称赞"《春秋》上明三王之道,下辨人事之纪,别嫌疑,明是非,定犹豫,善善恶恶,贤贤贱不肖,存亡国,继绝世,补敝起废,王道之大者也。"司马迁在他的巨著里,正体现了他阐发的这种王道精神。

"一家之言",当然意味着与各家之言不相雷同的独创性。司马迁所说的"一家之言"指他的全部《史记》,而不仅指其中的某些言论或旨义。就全部《史记》而言,其独创性首先表现在通过中华民族几千年的记述、评论,弘扬了经他继承、发展的以德治为核心的王道精神。以德治为核心的王道,可以说是中国古代的人道主义。孔子及其后学阐发并理想化了的"三王之道"的精蕴,其实质便是这种人道主义,体现了封建社会的正义与良心。司马迁"网罗天下的旧闻,考之行事,稽其成败兴坏之纪",从而"明三王之道……善善恶恶,贤贤贱不肖",颂扬圣君贤相的仁政,而对昏君暴政给予揭露和鞭笞,为处于水深火热中的黎民百姓争取生存权。这种人道主义精神,对中华文化发展的积极影响是不言而喻的。

孔子在"王道缺,礼乐衰"的历史条件下"论《诗》、《书》,作《春秋》"以阐发王道,进而以王道为准绳批判现实政治,由此而文化道术系统与政治系统相区分,极大地激发了战国士林建功立业,平治天下的热情,形成了百家争鸣、学术繁荣的局面。司马迁实现他父亲上继孔子的遗愿,在以德治为核心的王道观中融汇了战国士林及时建功立业的士道观,并贯彻于《史记》,对及时立德、立功、立言的人不以贵贱分等级,而就其成就高低给予公允的评价。这与压抑、摧残人才的封建制度形成强烈对照,使《史记》大放异彩。

贯彻于《史记》的当然还有司马迁的天道观。《史记》研究者或认为司马迁具有天道自然、天人相分的天人宇宙观和发展进化的社会史观,或认为《史记》的天道观以天人合一、天人感应为基本特征,由此推演出以终始循环为内容的历史循环论。尚须进一步研究,姑不具论。仅就"善善恶恶,贤贤贱不肖",将帝王们的"成败兴坏"归因于人心向背和鼓励及时建功立业以实现人生价值这两点而言,直至现在乃至将来,都有极大的示范作用和鼓舞作用。

《史记》以前,《尚书》是一部历史文献汇编,《春秋》、《左传》、《竹书纪年》以编年记事,《国语》、《国策》记言记事,局限于诸侯国别,《五帝系牒》、《世本》仅为世系谱表。直到《史记》才改变了以往分国割据的概念,建构了我国历史的统一观和正统观。全书分为十二"本纪"、十"表"、八"书"、三十"世家"、七十"列传",上起五帝,下至秦、汉,绳绳继继,一脉相传,形成了我国第一部内容广阔、体制完善、规模宏伟的通史。

本纪

仿效《春秋》按年月纪大事的体例,而以历代帝王为历史事件的中心人物,纪述自黄帝至汉武帝历朝、历代帝王的兴替及其重大的政治事件,并以其前后继承关系显示历史的发展,作为全书的总纲,用以统率整个历史的论述。

表

分"世表"、"年表"、"月表"三种,按朝代顺序,把历史分成若干阶段,再按世代、年、月写成简明的大事记,既扩大纪、传的记事范围,又与纪、传互为经纬,起着联系纪、传的桥梁作用。

书

其《礼书》、《乐书》、《律书》、《历书》、《天官书》、《封禅书》、《河渠书》、《平准书》，分别叙述了礼仪、音乐、军事、历数、天文、宗教、地理、经济等方面的历史、现代和发展，类似后世的各门学科发展史，是科学体系的雏形。其后班固著《汉书》，扩展"八书"的内容为"十志"。

世家

记叙春秋战国以来各主要诸侯国和汉代所封诸侯、勋贵的历史，是纪、传结合的国别史。

列传

除《匈奴列传》、《大宛列传》、《西南夷列传》、《南越列传》、《东越列传》、《朝鲜列传》等记叙当时中国境内非汉族君长和外国君长统治的历史外，其他许多列传记述的人物非常广泛，包括贵族、官吏、学者、政治家、军事家、文学家、刺客、游侠、商人等不同阶层，不同职业的各种人物。可分为四种类型：一、专传，如《李将军列传》；二、合传，如《孟子荀卿列传》；三、附传，如《魏其武安侯列传》中插入灌夫的传记；四、类传，如《仲尼弟子列传》、《儒林列传》、《循吏列传》、《酷吏列传》、《货殖列传》等。列传所论述的，除了"酷吏"等被鞭打的对象而外，多数是能最大限度地发挥自己的聪明才智，及时建功立业以实现人生价值的人物。《太史公自序》明确地说："扶义俶傥，不令已失时，立功名于天下，作七十列传。"

本纪、表、书、世家、列传各有体例，但有破例的情况。例如"世家"，其体例是"记诸侯本系"，而孔子、陈涉以及汉初萧何、曹参、张良、陈平、周勃等功臣，都非诸侯而立世家，其寓意在于显扬他们的历史功绩。就陈涉说，他出身下层，反秦又告失败，而司马迁却为他立世家，详细地叙述了他与吴广发动起义的经过和他们振臂一呼，群雄响应的情况，并在《太史公自序》里赞扬说："秦失其政而陈涉发迹，诸侯作难，风起云蒸，卒亡秦族。天下之端，自涉发难。""本纪"记帝王事迹，项羽未为帝王而立本纪，寓意与此相似。

在中国传统的经、史、子、集四分法中《史记》被列入史部。但其百科全书式的内容却远远超出现代意义上的史学范围；不论从政治、经济、军事、法律、教育、宗教、学术、民俗、科技、医学、民族、天文、地理、文学等哪一方面进行研究，都可取得丰硕成果，从而也可以看出《史记》在总结中华民族三千年文化传统方面做出的伟大贡献。即就用本纪、表、书、世家、列传五种体制相互补充而

形成完整体系的编纂方式而言,也成为封建时代各朝修史的范本。如顾颉刚先生所评:

> 窃谓《史记》一书,"厥协六经异传,整齐百家杂语",实为吾国史事第一次有系统之整理,司马氏既自道之矣。后世史家,或仰兹高荫,或化厥成规,支流纵极伙颐,道源则靡不在此。是书固亦有其甚多之误漏在,然其误后人可得而正,其漏后人可得而补,独其创定义例,兼包钜细,会合天人,贯串今古,奠史学万祀之基,炜然有其永存之辉光,自古迄今,未有能与之抗颜而行者矣。①

六朝以来,学者多从史学、文学两方面评价《史记》。至鲁迅先生,则概括为两句话:

> 史家之绝唱,无韵之《离骚》。②

"史家之绝唱",与顾颉刚先生的评价不谋而合。"无韵之《离骚》",则就《史记》的文学成就而言。屈原的著名爱国杰作《离骚》是押韵的长篇抒情诗,说《史记》是"无韵之《离骚》",意味着《史记》虽不押韵,却是堪与《离骚》比美的抒情性较强的长诗,即今人所说的散文诗。这种评价,十分准确,也非常深刻。

司马迁在《屈原贾生列传》里对屈原疾恶如仇、正直不阿、廉洁不污、忠贞敢谏、舍身为国的人格美热情赞颂,达到了精神相通、情感共鸣的高度。而屈原的这种人格美,即体现于《离骚》中。司马迁上继《离骚》,以充沛的激情扬善贬恶,贤贤贱不肖,歌颂了许多及时建功立业的志士仁人、英雄豪杰的人格美,而对暴君酷吏之流进行了深刻的揭露和抨击。《离骚》反映了战国后期楚国历史上忠与奸、善与恶、美与丑的斗争,富于悲剧的崇高美。《史记》反映了古代三千年间光明与黑暗、忠直与奸佞、仁德与暴虐、善良与邪恶、文明与野蛮相对抗、相更替的漫长过程,同样富于悲剧的崇高美。《史记》中的许多人物传

---

① 顾颉刚、徐文珊标点本《史记》序,1936年北平研究院排印本。

② 鲁迅《汉文学史纲要》第十篇《司马相如与司马迁》。

记都洋溢着诗情,《项羽本纪》《魏公子列传》《李将军列传》等不都是饱含悲壮叹惋之情的英雄史诗吗?

当然,《史记》是史,而《离骚》则是诗。史毕竟与诗有异,司马迁是从史的角度吸取了《离骚》的审美理想和抒情特色的。

《史记》中的本纪、世家、列传都以人物为中心展现历史画卷,从而塑造了许许多多既具有时代特征,又具有鲜明个性的人物形象,开创了我国的传记文学,其选择、剪裁、集中材料和表现人物心理、性格的各种手法、技巧,对此后传记、小说、戏剧乃至叙事诗的创作有深远影响。《史记》中的人物、事件,有不少也成为后代小说、戏剧的题材。

《史记》集先秦散文之大成,又是我国古代散文的典范。唐宋散文八大家及其同时和以后的散文家,无一不从《史记》中吸取营养。

自《史记》传布以来,历代都有人注释、研究、评论。据最近的不完全统计,"《史记》研究的专门著作共 236 部,论文(及评述)3300 余篇(不包括非专门著作中的论文)①"。

《史记》的成就之卓越与影响之深广,于此可见。在深化改革、扩大开放、建设两个文明的新时期,弘扬中华优秀文化传统以提高全国人民的文化素质和爱国主义精神,乃是当务之急。自 1978 年以来大陆学者对《史记》的研究日益广泛深入,迈向高峰,其原因正在这里。

《史记》的语言生动传神,简洁流畅,甚至有口语化的特点。历史上每当繁缛、怪僻、艰涩的文风出现时,杰出的文学家便以《史记》为典范提倡新文风,韩愈、柳宗元以复古为革新的古文运动,便是有名的例证。然而时隔两千多年,祖国语言已发生了很大的变化。因此,不仅中等文化程度的广大读者要通读《史记》原文会感到困难,而且即使是古代史专业和古代文学语言专业以外的各种专业的学者要研究《史记》(比如经济学家研究《史记》的经济思想、地理学家研究《史记》的地学文化,等等),也难免遇到文字障碍。三秦出版社有鉴于此,组织人力编写了这部《史记注译》。原文以中华书局校点本为底本,不加新注而用三家注,便于专业研究者使用;每篇后附以今译,又便于一般读者在今译的帮助下阅读原文和旧注,从而逐渐提高接受文化遗产的能力。

三秦是司马迁的故乡,长安是司马迁生活和创作的基地,但愿由三秦出版

---

① 徐兴海主编《司马迁与〈史记〉研究论著专题索引》,陕西人民教育出版社 1995 年出版。

社出版的这部《史记注译》,能为《史记》的全方位研究和进一步普及发挥积极作用。

《燕丹子》成书的时代及在我国小说发展史上的地位

《燕丹子》一书,《隋书》、《旧唐书》的《经籍志》及《新唐书》、《宋史》的《艺文志》俱列入小说家;惟《隋书》著录一卷,新、旧《唐书》及《宋史》,则分为上中下三卷。明初宋濂所见,仍为三卷本①。此后罕见流传。纪昀从《永乐大典》录出,授孙星衍,由孙冯翼刻入《问经堂丛书》②。孙星衍重加校订,刻入《平津馆丛书》、《岱南阁丛书》;《百子全书》又据以重刻。

从文艺创作的角度看,《燕丹子》在真人真事的基础上汲取有关传说,进行艺术虚构,情节曲折而完整,人物性格的刻画细致而生动,可以说具备了小说的基本特征,而篇幅之宏大,更在唐人传奇以上。然而研究我国小说史的人却还没有着重论述,这也许是由于它的写作时代颇有争论的缘故吧!

我国小说发展,一般认为:先秦两汉是准备时期,六朝初具梗概,到了唐人传奇,才进入比较成熟的阶段。我觉得,如果能够确定《燕丹子》的写作时代,并对它给予足够重视的话,这样的认识就值得重新考虑了。

对于《燕丹子》的写作时代,历来有各种说法。马端临、宋濂,都认为做于

---

① 《宋学士文集·杂著·诸子辩》:"《燕丹子》三卷。丹,燕王喜太子。此书载其事为最详。"

② 《四库提要·小说家存目·一》:"《燕丹子》三卷……《隋书·经籍志》始著录于小说家,至明遂佚。今检《永乐大典》载有全文。……"孙星衍《问经堂丛书》本《〈燕丹子〉叙》:"《燕丹子》三卷,世无传本。余初入词馆,纪大宗伯昀以此相授,云录自《永乐大典》。"孙星衍《平津馆丛书》本《〈燕丹子〉叙》又云:"《燕丹子》三篇,世无传本,惟见《永乐大典》。纪相国昀既录入《四库书·子部·小说类》存目中,乃之抄本见付。阅十数年……刊入《问经堂丛书》。""至明遂佚"、"世无传本"的说法不可靠。明初人宋濂读过三卷本,明中期人陈第《世善堂书目》卷上亦著录,明末清初人马骕所看到的"尤多讹脱"的"《燕丹子》书",也是单行本,怎能说"至明遂佚"、"世无传本"、"惟见《永乐大典》"呢?1979年版新编《辞海》"燕丹子"条"原书明初尚存,后散佚,有孙星衍辑校本"的说法,也不太确凿。

秦汉之间①。孙星衍断为"先秦古书"②。谭献也说它"文古而丽蜜，非由伪造"③。鲁迅在《中国小说史略》里两处提到《燕丹子》。一处说：《隋书·经籍志》小说类所著录，"《燕丹子》而外，无晋以前书"④。另一处："他如汉前之《燕丹子》，汉扬雄之《蜀王本纪》……虽本史实，并含异闻。"⑤看来鲁迅是把《燕丹子》看成西汉以前的作品的，可惜的是他只用"虽本史实，并含异闻"两句话准确地概括了《燕丹子》在取材方面的特点，而没有评价它在小说发展史上的地位。

与此针锋相对，由于《燕丹子》始著录于《隋书·经籍志》，因而不少人怀疑、乃至断言它是伪作。例如清初学者马骕就说："《燕丹子》书，伪作也，尤多讹脱。"⑥纪昀不仅断定《燕丹子》是"割裂诸书燕丹、荆轲事杂缀而成"的伪作，而且说"其可信者已见《史记》，其他多鄙诞不可信，殊无足采"⑦。这无异于判处了《燕丹子》的死刑，其影响不容低估。直到现在，谈论小说发展史而忽略《燕丹子》，未尝不是由于"伪作"、"鄙诞"、"殊无足采"之类的判词在起作用。

《燕丹子》本来是一部小说。而小说，它所要求的是艺术真实，容许而且需要艺术虚构和艺术夸张，怎能拿评价历史著作的标准一成不变地去评价它呢？因《燕丹子》中有某些"不可信"的东西而作出"无足采"的结论，这是不值一驳的。剩下的问题是：《燕丹子》究竟是不是"割裂诸书燕丹、荆轲事杂缀而成"的伪作？笔者认为并非如此。

第一，关于"燕丹、荆轲事"的记述，以《国策》、《史记》最早、最完整、最有权威，如果《燕丹子》是"割裂诸书燕丹、荆轲事杂缀而成"的伪作，那么它首先应该充分采取《国策》、《史记》中的材料，但实际情况又不是这样。例如《史

---

① 马端临《文献通考·经籍考·子部·小说家》"燕丹子"条引《周氏涉笔》云："今观《燕丹子》三篇，与《史记》所载皆相合，似是《史记》事本也。"宋濂《诸子辩》："《燕丹子》三卷。……其辞气颇类《吴越春秋》、《越绝书》，决为秦汉间人所作无疑。"

② 孙星衍《平津馆丛书》本《〈燕丹子〉叙》："其书长于叙事，娴于词令，审是先秦古书。亦略与《左氏》、《国策》相似，学在纵横、小说两家之间。"

③ 《复堂日记》卷五。

④ 《中国小说史略》第一篇《史家对于小说之著录及论述》。

⑤ 《中国小说史略》第二篇《神话与传说》。

⑥ 《绎史》卷一四八。

⑦ 《四库全书总目提要·子部·小说类存目》。

记·刺客列传》荆轲传的开头,用了将近四百字的文章追叙荆轲的出身、经历,而这一大段文章的内容,却不见于《燕丹子》。在荆轲被杀之后,司马迁又用了近六百字的篇幅写秦王灭燕及高渐离举筑击秦始皇被杀的经过,而秦王灭燕的内容,却不见于《燕丹子》。今本《燕丹子》无高渐离击秦王的情节,从《太平御览·服用部》的引文看,古本是有的,但文字也与《史记》不同①。其他如《史记》中说:

> 燕太子丹者,故尝质于赵,而秦王政生于赵,其少时与丹欢。及政立为秦王,而丹质于秦。秦王之遇燕太子不善,故丹怨而亡归。

追述燕丹与秦政少时相处欢好的往事,用以反衬燕丹质于秦而秦王遇之不善的现实,有力地揭示了"丹怨而亡归"、力图报复的原因。这样的情节是十分重要的,然而《燕丹子》却没有往事的追述,只是说:"燕太子丹质于秦,秦王遇之无礼,不得意欲求归。"

又如《史记》在燕丹遣荆轲刺秦之前写道:

> 于是太子豫求天下之利匕首,得赵人徐夫人匕首,取之百金,使工以药淬之,以试人,血濡缕,人无不立死者。乃装为遣荆卿。

这样的细节描写也是很重要的,而《燕丹子》在荆轲刺秦王之前,却压根儿没有提到匕首。类似的例子还有许多,就不必一一列举了。

至于彼此都写到的情节,也是同中有异、小同大异的。

第二,如果《燕丹子》是"割裂诸书燕丹、荆轲事杂缀而成"的伪作,而西汉以来诸书所载的"燕丹、荆轲事"超出《国策》、《史记》范围的又很有限,那么《燕丹子》的基本情节和重要人物,也就很难在较大的程度上超出《国策》、《史记》的范围。然而《燕丹子》中有许多情节,却是《史记》所没有的。就比较重要的而言,如:

> 田光见太子,太子侧阶而迎,迎而再拜。坐定,太子丹曰:"傅不以蛮

---

① 《太平御览·服用部·帐》:"《燕丹太子》曰:秦始皇置高渐离于帐中,击筑。"

域而丹不肖,乃使先生来降弊邑。今燕国僻在北陲,比于蛮域,而先生不羞之,丹得侍左右,睹见玉颜,斯乃上世神灵保佑燕国,令先生设降辱焉。"田光曰:"结发立身,以至于今,徒慕太子之高行,美太子之令名耳。太子将何以教之?"太子膝行而前,涕泪横流曰:"丹尝质于秦,秦遇丹无礼,日夜焦心,思欲复之。论众则秦多,计强则燕弱,欲曰合从,心复不能。常食不识味,寝不安席,纵令燕秦同日而亡,则为死灰复燃,白骨更生,愿先生图之。"田光曰:"此国事也,请得思之。"于是舍光上馆。太子三时进食,存问不绝。如是三月,太子怪其无说,就光辟左右问曰:"先生既垂哀恤,许惠嘉谋,侧身倾听,三月于斯,先生岂有意欤?"田光曰:"微太子,固当竭之。……然窃观太子客,无可用者。夏扶血勇之人,怒而面赤;宋意脉勇之人,怒而面青;武阳骨勇之人,怒而面白。光所知荆轲,神勇之人,怒而色不变。……

和《国策》、《史记》相较,这里不但多出了燕丹礼遇田光的情节,而且多出了夏扶、宋意两个人物。而这两个人物,在以后还多次出现。当"太子置酒请轲"的时候,夏扶对荆轲说:"闻士无乡曲之誉,则未可与论行;马无服舆之伎,则未可与决良。今荆君远至,将何以教太子?"从而引出了荆轲的一大段议论,构成事件发展的重要契机。更值得注意的是:易水饯别,是荆轲刺秦故事的枢纽,关于饯别场面的描写,各家容有不同,但如果《燕丹子》本于《国策》、《史记》的话,则在这个场面上出现的人物,不应有异,然而实际情况又并非如此。

《国策·燕策》:

……"今太子迟之,请辞诀矣!"遂发。太子宾客知其事者,皆白衣冠以送之。至易水上,既祖取道,高渐离击筑,荆轲和而歌,为变徵之声,士皆垂泪涕泣。又前而为歌曰:"风萧萧兮易水寒,壮士一去兮不复还!"复为羽声慷慨,士皆瞋目,发尽上冲冠。于是荆轲遂就车而去。

《史记·刺客列传》中的记载,除"发尽上冲冠"作"发尽上指冠"一字之异而外,其余文字,完全相同。而《燕丹子》卷下里却是这样写的:

……武阳为副。荆轲入秦,不择日而发。太子与知谋者,皆素衣冠送之于易水之上。荆轲起为寿,歌曰:"风萧萧兮易水寒,壮士一去兮不复还!"高渐离击筑,宋意和之。为壮声,则发怒冲冠;为哀声,则士皆流涕。二人皆升车,终已不顾也。二人行过,夏扶当车前刎颈,以送二子。……

第三,汉初以来诸书中关于燕丹、荆轲的部分记载,则可以从另一方面说明问题。邹阳《狱中上梁孝王书》云:

> 昔者荆轲慕燕丹之义,白虹贯日,太子畏之。

《文选》李善注引《烈士传》云:

> 荆轲发后,太子相气,见白虹贯日不彻,曰:"吾事不成矣!"后闻轲死,太子曰:"吾知其然也。"

王充《论衡·感虚篇》云:

> 传书言:荆轲为燕太子丹谋刺秦王,白虹贯日。

《论衡·语增篇》云:

> 传语曰:町町若荆轲之闾。言荆轲为燕太子丹刺秦王,后诛轲九族,其后憨恨不已,复夷轲之一里。一里皆灭,故曰町町。

《论衡·感虚篇》云:

> 传书言:太子丹朝于秦,不得去,从秦王求归。秦王执留之,与之誓曰:"使日再中、天雨粟,令乌白头、马生角、厨门木象生肉足,乃得归。"当此之时,天地祐之,日为再中、天雨粟、乌白头、马生角、厨门木象生肉足。秦王以为圣,乃归之。

应劭《风俗通义·正失篇》里还多了一个条件:"井上柣木跳度淓。"

司马迁在写完荆轲传之后说："世言荆轲，其称太子丹之命，'天雨粟，马生角'也，太过。"正由于他认为"太过"，所以像"天雨粟，马生角"以及类似的传说，他都没有写进传里。《燕丹子》与此不同，作为"小说"，它尽可能地利用了这样的传说，纪昀也因而说它"鄙诞不可信"。那么，如果它是"割裂诸书燕丹、荆轲事杂缀而成"的伪作，对上引诸书中"白虹贯日"等许多材料就不可能摒弃不用。然而事实上，除"乌白头、马生角"而外，其他都不见于《燕丹子》。

再看另一些记载。《淮南子·泰族训》云：

> 荆轲西刺秦王，高渐离、宋意为击筑而歌于易水之上，闻者莫不瞋目裂眦，发植穿冠。

张华《博物志·史补》云：

> 燕太子丹质于秦，秦王遇之无礼。不得意，思欲归，请于秦王，王不听，谬言曰："令乌头白，马生角，乃可。"丹仰而叹，乌即头白；俯而嗟，马生角。秦王不得已而遣之。为机发之桥，欲陷丹；丹驱驰过之，而桥不发。遁到关，关门不开；丹为鸡鸣，于是众鸡悉鸣，遂归。

陶渊明《咏荆轲》云：

> ……饮饯易水上，四座列群英。渐离击悲筑，宋意唱高声。……

《文选》卷二八"杂歌"类《荆轲歌》前面的《序》：

> 燕太子丹使荆轲刺秦王，丹祖送于易水上，高渐离击筑，荆轲歌，宋意和之。……

上引从汉初至六朝的各条材料，其内容或为《国策》、《史记》所无，或与《国策》、《史记》甚异，却与《燕丹子》略同。倘说《燕丹子》系"割裂诸书燕丹、荆轲事杂缀而成"，那么诸书所据，又系何书？

《燕丹子》一书，《隋书》以前何以不见著录，现在还难于做出圆满的答案；

但从有关材料看,它却是早已存在的。前引不见于《国策》、《史记》,却见于《燕丹子》的材料,以及与《国策》、《史记》甚异,而与《燕丹子》略同的材料,其来源就是《燕丹子》。例如张华《博物志·史补》所载"燕太子丹质于秦……"的那段文字,与今本《燕丹子》首段相同,显然抄自《燕丹子》;因见《史记·刺客列传》没有这样的内容,故编入《史补》篇。"史补"者,补旧史之缺也。

《史记》和《燕丹子》关于易水饯别的描写,激越飞动,悲壮淋漓,每为后代诗文所取材。然而凡提到宋意的,只能来自《燕丹子》,足以说明这本书的流传,既久且远。有人会怀疑:"既然《淮南子》里已提到宋意其人,那么《史记·刺客列传》里也许本来是有宋意的,后来因有脱文,才不见宋意了吧!"看来并非如此。汉代学者应劭在《风俗通义·声音》里写道:

> 谨按《太史公记》(即《史记》):燕太子丹遣荆轲欲西刺秦王,与客送之易水而设祖道:高渐离击筑,荆轲和歌,为濮上音,士皆垂发涕泣。

这可以证明《史记》里本来就没有宋意,并非由于有脱文。

正式提到《燕丹子》、并引用其中文字的,是郦道元的《水经注》。《水经注》卷十九"渭水又东过长安县北"条有云:

> 《燕丹子》曰:"燕太子丹质于秦,秦王遇之无礼,乃求归。秦王为机发之桥,欲以陷丹;丹过之,桥不为发。"

这说明在北魏时代,《燕丹子》是比较流行的。

《燕丹子》一书,唐代学者极重视。李善注《文选》,司马贞、张守节注《史记》,都大量征引。《艺文类聚》、《北堂书钞》、《初学记》、《意林》等书,引用尤多。这里有两点不容忽视:一、《文选》中有不少作品用典隶事,只出于《燕丹子》而不见于其他书籍,故李善引《燕丹子》加以注释。这可以看出《燕丹子》在六朝及其以前流传的情况。二、诸家所引,或作《燕丹子》,或作《燕太子》,名异而文同。古代往往用第一句中的文字作篇名,《燕丹子》第一句是"燕太子丹质于秦",故后人根据这一句,或称《燕太子》,或称《燕丹子》①。至于《旧唐书》题作"燕丹子撰",那当然是荒谬的。

按《史记·六国年表》:秦始皇十五年(前232),燕太子丹质于秦,逃归。秦始皇二十年(前227),燕太子丹使荆轲刺秦王。秦始皇二十五年(前222),秦灭燕。又按《史记·刺客列传》:"秦卒灭燕……其明年,秦并天下,立号为皇帝。……高渐离变名姓……闻于秦始皇……"今本《燕丹子》结束于荆轲刺秦被杀,而《太平御览·服用部》引《燕丹子》,却有"秦始皇置高渐离于帐中击筑"的话,说明今本有缺文,也说明《燕丹子》的成书,必在燕国被灭,秦并天下以后。秦始皇统一六国,在历史上起了进步作用。但在统一六国的过程中,必然给六国的统治阶层乃至其他阶层带来屈辱和痛苦,因而荆轲为燕太子刺秦的行动及结局,也必然会得到广泛的同情。秦并天下之后,政治压迫和经济掠夺都异常残酷,因而在短短的十几年内就激起了席卷全国的农民大起义,顷刻覆亡。当全国为暴秦所苦之时,本来因刺秦而得到广泛同情的燕丹、荆轲乃至高渐离等人的事迹,就在日益广阔的范围内流传开来,街谈巷语,因事增繁,有一些已远离事实,带有民间传说的色彩②。《燕丹子》一书,就是在取材历史事实的基础上汲取民间传说写成的。从对秦王"虎狼其行"的揭露看,从对燕丹、荆轲刺秦及其失败所流露的赞颂、同情和惋惜的强烈情绪看,它应该是秦并天下以后至覆亡以前十馀年间的产物。其风格接近《左传》、《国策》,而与西汉以后的作品不同,也足以说明问题。

司马迁在荆轲传后写道:"公孙季功、董生与夏无且游,具知其事,为余道之如是。"而在《刺客列传》里,夏无且正是在荆轲刺秦的关键时刻出现的人物。他是秦王的"侍医",由于"以药囊提荆轲",事后得到了秦王"黄金二百镒"的重赏和"无且爱我"的好评。正因为司马迁的材料来自夏无且,所以关于荆轲刺秦的场面及细节,写得详细而具体。《燕丹子》刚好相反,它写燕丹、荆轲等在燕国方面的活动及易水饯别的场面,既详细,又具体,许多内容乃至人物(如宋意),为《刺客列传》所无;而荆轲入秦以后的事迹,则写得很简略,

---

① 《全唐诗》卷五一九李远《读〈田光传〉》云:"秦灭燕丹怨正深,古来豪客尽霑襟。荆卿不了真闲事,辜负田光一片心。"看来这本书有人又根据其中的部分内容,称《田光传》。
② 《风俗通义·正失》就已经指出:燕太子丹不可能使"天雨粟","原其所以有兹者,丹实好士,无所惓也。故闾阎小论,饰成之耳"。

还不得不借助于秦王听琴的传说或虚构。这说明《燕丹子》的作者,很可能是燕国人,甚至就是燕太子的宾客。孙星衍"古之爱士者率有传书,由身没之后,宾客记录遗事,报其知遇"①的说法,是很有道理的。

以下就《燕丹子》作为"古小说"的特点及其在我国小说发展史上的地位谈几点意见。

一、在真人真事的基础上汲取民间传说,进行艺术虚构,这是《燕丹子》属于古小说而不属于历史著作的主要特点。它是这样开头的:

> 燕太子丹质于秦,秦王遇之无礼,不得意,欲求归。秦王不听,谬言"令乌白头、马生角,乃可许耳"。丹仰天叹,乌即白头、马生角。秦王不得已而遣之,为机发之桥,欲陷丹。丹过之,桥为不发。夜到关,关门未开;丹为鸡鸣,众鸡皆鸣,遂得逃归。

燕丹质于秦,因受到秦王无礼的待遇而逃回燕国,设法报复,这是历史事实。至于"乌白头、马生角",《史记·刺客列传》"世言荆轲,其称太子丹之命,'天雨粟、马生角'也"中的"世言"两字,已证明是民间传说。"为机发之桥"呢?别无记载,也许是传说,也许是作者的虚构。而由门客学鸡鸣引得众鸡齐鸣,因而逃出函谷关,这本来是孟尝君的故事,作者把这个故事也借了过来,概括在燕丹身上了。在历史事实的基础上利用了这些传说和虚构,就有助于刻画人物、发展情节、突现主题。为了逃出秦国,燕丹能使"乌白头、马生角",能使"机发之桥"不发,还能学鸡鸣,使"众鸡皆鸣";而秦王为了扣留人质,则百计刁难、陷害。通过这样的描写,两个主要人物的不同处境、不同性格以及作者对他们的不同态度,都表现出来了。而这,又是燕丹"深怨于秦",力图报复的主要原因,为此后的情节发展确定了方向。这一切,都体现了小说创作的基本特征,而"仰天而叹,乌即白头",过"机发之桥","桥为不发"等感天动地的幻想,又体现了古代民间传说的浪漫主义色彩,给《燕丹子》打上了特定历史时代的印记,使人们一望而知它是古小说。

关于荆轲刺秦王,司马迁根据目击者夏无且告诉公孙季功和董生的材料,断言秦王未受伤。他是这样描写的:

---

① 《平津馆丛书》本《〈燕丹子〉叙》。

> 秦王发图，图穷而匕首见。因左手把秦王之袖，而右手持匕首揕之。未至身，秦王惊，身引而起，袖绝。拔剑，剑长，操其室。时惶急，剑坚，故不可立拔。荆轲逐秦王，秦王环柱而走。群臣皆愕，卒起不意，尽失其度。而秦法，群臣侍殿上者不得持尺寸之兵；诸郎中执兵皆陈殿下，非有诏召不得上。方急时，不及召下兵，以故荆轲乃逐秦王。而卒惶急，无以击轲，而以手共搏之。是时侍医夏无且以其所奉药囊提荆轲也。……

很明显，荆轲一开始就没有抓住秦王，取得优势。而《燕丹子》却作了与此大不相同的描写：

> 秦王发图，图穷而匕首出。轲左手把秦王袖，右手揕其胸，数之曰："足下负燕日久，贪暴海内，不知厌足；於期无罪而夷其族。轲将（为）海内报仇……从吾计则生，不从则死。"秦王曰："今日之事，从子计耳！乞听琴声而死。"……

在这里，荆轲一上来就抓住了秦王，掌握了他的命运，并且义正辞严地数说他的罪行，逼他接受条件。就实际经过说，这也许是"不可信"的。如果不是已经有了这样的民间传说作为作者构思的根据，那就完全出于虚构。然而不论是出于民间传说或作者的虚构，其实质是把荆轲塑造成足以制秦王于死命的英雄，用以寄托"为海内报仇"的理想。从艺术真实的角度看，这样的虚构并不"虚"，在苦于暴秦统治的历史时代里，它所反映的是更高的真实：时代的特征，群众的意愿。

《史记·刺客列传》里继续写道：

> 秦王方环柱走，卒惶急，不知所为，左右乃曰："王负剑！"负剑，遂拔以击荆轲，断其左股。荆轲废，乃引其匕首以擿秦王，不中，中铜柱。秦王复击轲，轲被八创。……

在这里，荆轲完全处于被动挨打的地位。他不及早使用武器，直等到被"断其左股"之后才"引其匕首以擿秦王"，其"不中"自然是意料中的事。至于"秦王复击轲"，轲不是连被七创或九创，恰恰是"八创"，真亏夏无且于紧急关头还

数得这样清,在长时间之后还记得这样准!再看《燕丹子》里是怎样写的:

> 召姬人鼓琴,琴声曰:"罗縠单衣,可掣而绝;八尺屏风,可超而越;鹿卢之剑,可负而拔。"轲不解音,秦王从琴声,负剑拔之,于是奋袖超屏风而走。轲拔匕首擿之,决秦王耳,入铜柱,火出燃。秦王还断轲两手,轲因倚柱而笑,箕踞而骂曰:"吾坐轻易,为竖子所欺。……"

关于听琴的描写,不可能是事实,无疑采自传说或出于虚构。而这样的描写,意在表明荆轲刺秦之所以失败,并非由于他像《史记》所写的那样本来是个脓包,而是由于他当胜利在握之时放松了警惕,以致受了秦王的欺骗。至于掷匕首刺伤秦王,司马迁就说那是"世言",即民间传说;这样的传说,是反映了人民的爱憎的。作者借助民间传说,为正面形象的描绘补足了最后一笔:"轲拔匕首擿之,决秦王耳,入铜柱,火出燃。"——何等神威!

荆轲刺秦,失败被杀,这是基本的历史事实。《燕丹子》在并不违背历史事实的前提下汲取民间传说、进行艺术虚构,完成了正面人物的创造,突出了除暴扶弱,"为海内报仇"的主题。

二、从特定的历史环境里、从人与人的关系中描写人物;不仅写出了人物的言行,而且通过不同人物的不同言行,表现了各有特点的精神面貌;而这各有特点的精神面貌,又都体现着时代特征。这是《燕丹子》作为古小说所取得的最突出的艺术成就。

《史记·刺客列传》里的荆轲传,以写荆轲为主。《燕丹子》则以写燕丹为主。作者一开始就把燕丹置于"秦王虎狼其行","贪暴海内","陵雪燕国"的历史环境之中,写他在秦国做人质的时候受到虐待,在请求回国的时候受到刁难,在归国的路上又受到陷害,因而在内心深处"深怨于秦",形成了以报仇雪耻为特征的坚强性格。作为燕王喜的太子,在燕国,燕丹是很有权力的人物。他深怨于秦而力图报仇雪耻,这就确定了情节发展的必然趋势。麹武、田光、荆轲、夏扶、宋意等许多人物,都是伴随着燕丹复仇的情节发展而出现的。在今天,遵循现实主义原则的作家都懂得小说的情节不是随意安排的,它是"人物性格的发展史"。可以说《燕丹子》在一定程度上暗合这一原则。

作者从燕丹与麹武的关系中描写了燕丹,也描写了麹武。麹武是太子的太傅,燕丹要复仇,首先和太傅商量。他对麹武说:

……丹闻丈夫所耻，耻受辱以生于世也，贞女所羞，羞见劫以亏其节也。故有刎喉不顾，据鼎不避者，斯岂乐死而忘生哉？其心有所守也。今秦王反戾天常，虎狼其行，遇丹无礼，为诸侯最；丹每念之，痛入骨髓。计燕国之众，不能敌之，旷年相守，力固不足。欲收天下之勇士，集海内之英雄，破国空藏，以奉养之。重币甘辞，以市于秦。秦贪我赂而信我辞，则一剑之任，可当百万之师，须臾之间，可解丹万世之耻。若不然，令丹生无面目于天下，死怀恨于九泉。……

可以看出，燕丹是衡量了敌我力量的对比之后，不得已而做出了"刺秦"的决策的。其冒死复仇的决心和客观的历史条件所形成的悲剧性格，都跃然纸上。

作为太子的太傅，麹武的原则是："智者不冀侥倖以要功，明者不苟从志以顺心，事必成然后举，身心安而后行；故发无失举之尤，动无蹉跌之愧也。"因而不同意"刺秦"的冒险行动，提出了六国联合抗秦的老办法："合纵"。他分析说："韩、魏与秦，外亲内疏，若有倡兵，楚乃来应。"这样做，"虽引岁月，其事必成"。而这种尽管难得实现，却比较稳妥的主张，很不合燕丹的心意，当他讲到这里的时候，燕丹竟然"睡卧不听"，他只好自己引退，给燕丹推荐了田光。在这里，这两个人物的不同性格、不同心理活动，都于鲜明对比中得到了表现。

《史记》所写的麹武，则是另一种模样。当燕丹向他求教的时候，他讲了这样一些话："秦地遍天下，威胁韩、魏、赵氏，北有甘泉谷口之固，南有泾渭之沃，擅巴汉之饶，右陇蜀之山，左关殽之险，民众而士厉，兵革有徐。意有所出，则长城之南，易水以北，未有所定也。奈何以见陵之怨，欲批其逆鳞哉！"这样说来，唯一的办法，岂不就是忍辱负屈，坐等亡国？两书所写的麹武同样反对燕丹"贵匹夫之勇，当一剑之任"；但《史记》中的麹武一味渲染秦国的强大，企图以此压服燕丹，使他向秦王屈膝，而《燕丹子》中的麹武，则劝说燕丹联合韩、魏、赵、楚以抗秦。两相比较，其精神境界之高下，判若天壤。如果《史记》所写完全根据历史事实的话，那么《燕丹子》的作者则通过艺术概括，在麹武身上反映了战国时期六国统治阶层中某些爱国之士的正确意见和秦并天下以后广大群众企图推翻暴虐统治的正义要求。

田光受到燕丹的礼遇，馆于上舍，三时进食，存问不绝。然而"如是三月"，还没有拿出什么办法来。这因为他感到事情很难办："欲为太子良谋，则太子不能；欲奋筋力，则臣不能。"他的"良谋"是什么，没有说，但从"太子不能"看，那其实就是麴武已经提出过的"合纵"。他所说的"欲奋筋力",即当刺客去刺秦王;这是燕丹所希望的,但"臣不能",因为他已经老了!他既已知道"合纵"的"良谋"燕丹不能用,就只好按照燕丹的决策想办法,仔细地观察燕丹的宾客,想从中物色一个适于当刺客的人。而观察的结果是:"夏扶血勇之人",不能用;"宋意脉勇之人",不能用;"武阳骨勇之人",也不足以当大任。不得已,只好给燕丹推荐了荆轲;而他自己,由于燕丹曾经嘱咐他不要泄露国事,就在说服荆轲去见燕丹之后自杀了。这也是作者所塑造的一个正面人物,着墨不多,形象却很鲜明。

《史记·刺客列传》荆轲传的开头,用追叙的手法写了几件事:一、"荆轲好读书击剑,以术说卫元君,卫元君不用";二、"荆轲尝游过榆次,与盖聂论剑。盖聂怒而目之,荆轲出";三、"荆轲游于邯郸,鲁勾践与荆轲博,争道,鲁勾践怒而叱之,荆轲嘿而逃去";四、"荆轲既至燕,爱燕之狗屠及善击筑者高渐离。荆轲嗜酒,日与狗屠及高渐离饮于燕市,酒酣以往,高渐离击筑,荆轲和而歌于市中,相乐也,已而相泣,旁若无人者"。《燕丹子》写荆轲,却先由田光当着燕丹的面作了概括性的介绍:

> 光所知荆轲,神勇之人,怒而色不变。为人博闻强记,体烈骨壮,不拘小节,欲立大功。尝家于卫,脱贤士大夫之急十有馀人。……太子欲图事,非此人莫可。

接下去,在燕丹亲自驾车把荆轲接到燕国,置酒为寿的场合,夏扶一再发问:"何以教太子?"荆轲回答说:

> 将令燕继召公之迹,追甘棠之化。高欲令四三王,下欲令六五霸。

把田光的介绍和荆轲的自白结合起来看,荆轲是"神勇之人",在必要的时候可以去做刺客,但他有宏伟的政治目标和远大的政治抱负,实际上是一位政治家。与《史记》所写的荆轲相比,判若两人。看起来,作者是把他自己的政治理想寄托于荆轲这个艺术形象的创造之中了。

至于进金掷蛙、脍千里马肝、特别是截美人手的描写,颇为人们所诟病;在今天看来,那的确有损于荆轲的形象。但那固然是写荆轲,更重要的还是写燕丹——写燕丹为了达到报仇雪耻的目的,"奉养勇士,无所不至"。同时,樊於期得罪于秦,秦求之急,逃到了燕国,燕丹不顾激怒秦王,不但留他居住,还待以宾客之礼。当荆轲提出"以於期首及督亢地图献秦王"、乘机行刺的计策时,燕丹说:"若事可成,举燕国而献之,丹甘心焉。樊将军以穷归我,而丹卖之,心不忍也。"作者突出地写出这些事实,意在表明燕丹是一位非常仁厚的太子。对樊於期如此仁厚,而对弹琴的美人又为什么那样残酷呢?就因为樊於期是位将军,而弹琴者却是个女奴。在先秦时期,统治者截掉奴隶的手,一般认为那无损于他的"仁厚",因而作者把那作为燕丹爱士的表现写进了自己的作品。这是不是也可以证明《燕丹子》并非后人的伪作呢?

三、综上所述,《燕丹子》是一部艺术上接近成熟的小说。

有人会提出这样的疑问:直到魏晋南北朝时期,小说还那么简单,而早在西汉以前,哪有可能产生像《燕丹子》那样接近成熟的作品呢?

有这种可能。

文学的发展历史并不是直线上升的。比如在先秦时期,散文的发展出现了一个高峰。此后的有些朝代并没跨越这个高峰,有时还明显地下降了,即如魏晋南北朝时期,就很难找出可与先秦比美的散文作品。我国小说,一般是用散文形式写作的。在先秦时期,历史散文和诸子散文既然已经取得了那么光辉的成就,在叙事、记言、写景、抒情、议论乃至描写人物的行动,刻画人物的性格等方面积累了那么丰富的创作经验和那么卓越的表现技巧,为什么就不能用之于小说创作呢?事实上,是确曾用之于小说创作的。《汉书·艺文志》著录"小说十五家,千三百八十篇",那里面应该有先秦时期的作品。例如其中的"《伊尹说》二十七篇",鲁迅就认为"殆战国之士之所为"。可惜的是,这些以百篇千篇计的小说作品早已失传了。就现在所能看到的说:晋代汲郡人从魏襄王墓里发掘出来的《穆天子传》,就有人称为小说;而《燕丹子》,则可能是现存西汉以前小说中的代表作,在我国小说发展史上所占的地位,应该得到公允的评价。至于我国小说早在周秦时代就已经达到了相当可观的水平,而在西汉以来、直到唐人传奇出现以前的漫长历史时期里却在这个水平线以下徘徊,这究竟是什么原因?有什么规律性的东西?正是研究文学发展史的人应该研究的。

(原刊《文学遗产》1982年第4期)

略谈《三国演义》

一

如高尔基所指出:在过去,最艺术地处理出来的英雄典型,都是人民口头创作或在人民口头创作的基础上创造出来的。《三国演义》中的许多典型人物,其最初的创造者是人民大众。李商隐在《骄儿》诗中说:"或谑张飞胡,或笑邓艾吃。"可见晚唐就有了张飞、邓艾等三国人物的口头创作。宋、元两代,由于城市经济的繁荣和市民阶层的扩大,"说话"和演戏等市民文艺非常发达;而人民口头创作中的三国人物就由民间艺人带上了讲台或舞台。在说话方面,据宋人孟元老的《东京梦华录》所记,"说三分"(即说三国)是当时说话的专题之一,霍四究就是"说三分"专家。《东坡志林》、《梦粱录》、《都城纪胜》、《醉翁谈录》、《武林旧事》等书中也有许多说三国的记载。元代至治年间(1321 – 1323)虞氏新刊的《新全相三国志平话》就是多少代的民间艺人在长时期的"说话"过程中创造出来的伟大的艺术成果。在演戏方面,据宋人张耒的《明道杂志》所记,在当时的皮影戏中,已表演着三国故事。在金代的院本中,三国故事的剧目有《襄阳会》、《骂吕布》、《大刘备》、《赤壁鏖兵》等。元代的三国戏更多,除大部分已经散失的以外,现在能看到全书的还有《连环计》、《隔江斗智》①、《关大王单刀会》、《诸葛亮博望烧屯》、《关张双赴西蜀梦》②等。

从晚唐到元代末年的将近五百年的长时期中,人民(包括民间艺人)用自己的艺术才能和美学理想创造了三国时代的琳琅满目的人物画廊,为罗贯中的《三国演义》奠定了人民性和艺术性的基础。

《三国演义》是罗贯中在人民创作的基础上参照陈寿的《三国志》和裴松之的注写成的(后来又经过毛宗岗修改)。罗贯中的生存期间是元末明初(约

---

① 两剧都见《元曲选》。
② 三剧都见《元刊古今杂剧三十种》。

1330—1400)。他与领导反元起义的领袖之一张士诚有过相当的关系。明人王圻称他为"绝世轶才"。除《三国演义》以外,著有《隋唐志传》、《赵太祖龙虎风云会》等小说、杂剧数十种。

总括起来,《三国演义》是一个具有人民立场的有才能的作家根据人民自己的创作写出来的文学作品。而这,正就是它具有一定的人民性和艺术性的主要原因。

二

《三国演义》的全部内容是表现当时几个不同的统治集团的斗争的。作者对农民起义并不见得同情,但是这部小说真实地描写了封建统治者的罪恶和人马群众的痛苦生活,而这就是农民起义的真实原因。这样的描写是表现了人民性的。

一开始,作者就指出由于桓、灵二帝"禁锢善类,崇信宦官",由于宦官"卖官害民,非亲不用,非仇不诛",致使"朝政愈坏,人民怨嗟","天下人民欲食十常侍之肉","四方百姓裹黄巾从张角反者四五十万",声势浩大,"官军望风而靡",于是刘汉王朝乃动员一切地主阶级的武装力量,镇压农民起义。接着,描写在镇压农民起义的过程中产生并成长了无数的大小军阀,各据一方,互相攻伐,掠夺并残杀人民,把人民推入水深火热之中。这一切,都是符合历史的真实的。

《三国演义》真实地揭露了当时的统治者掠夺、屠杀人民的滔天罪行。让我们举几个例子:

> 董卓……尝引军出城,行到阳城地方,时当二月,村民社赛,男女皆集。卓命军士围住,尽皆杀之,掠妇女、财物装载车上,悬头千余颗于车下,连轸还都,扬言杀贼大胜而回。(第4回)

> 李傕、郭汜,尽驱洛阳之民数百万口,前赴长安。每百姓一队,间军一队,互相拖押;死于沟壑者,不可胜数。又纵军士淫人妻女,夺人粮食;啼哭之声震动天地。如有行得迟者,背后三千军催督,军手执白刃,于路杀人。卓(董卓)临行,教诸门放火,焚烧居民房屋。(第6回)

> 适北地招安降卒数百人到。卓即命于座前,或断其手足,或凿其眼睛,或割其舌,或以大锅煮之。哀号之声震天。(第8回)

操（曹操）令但得城池，将城中百姓，尽行屠戮……大军所到之处，杀戮人民，发掘坟墓。（第10回）

其时李催、郭汜但到之处，劫掠百姓，老弱者杀之，强壮者充军；临敌则驱民兵在前，名曰"敢死军"。（第13回）

从这几个例子中，我们已可以想象到那种"出门无所见，白骨蔽平原"①的凄惨景象。而那些幸免于屠刀之下的人民，也由于统治者的掠夺和生产的荒废，或冻饿而死，或匍匐于死亡的边缘。如第十三回写"百姓皆食枣菜，饿莩遍野"；十四回写"洛阳居民仅有数百家，无可为食，尽出城去剥树皮掘草根食之。"

我们读《三国演义》，在同情人民的同时，常常压不住心头的怒火，痛恨那些残民以逞的统治者。

三

《三国演义》的人民性也表现在它创造了不少的活生生的艺术形象，通过各个形象的相互关系及其逻辑发展，在一定程度上反映了人民的思想情感和愿望。

如果认为《三国演义》的基本思想是"拥刘反曹"的"正统"思想，那是片面的看法。封建社会的人民固然有正统思想，但他们的正统思想并没妨碍他们去憎恨、甚至去打倒残暴的统治者（我国历史上的无数次农民起义就说明了这个问题）。人民有自己的爱憎，有自己的理想；这爱憎，这理想，往往是和正统思想冲突的。在《三国演义》中就表现了这个冲突，而且在许多重大问题上，由于人民的爱憎和理想表现得那么强烈，以至压倒了正统思想。《三国演义》一开始，就把"人心思乱"的原因归于"朝政日非"，并抨击了"禁锢善类，崇信宦官"的桓、灵二帝。此后，对"暗弱"的刘璋和"徒有虚名"的刘表等刘汉王朝的宗室，也是贬多于褒的。徐庶对司马徽说："久闻刘景升（刘表）善善恶恶，特往谒之。及至相见，徒有虚名，盖善善而不能用，恶恶而不能去者也。故遗书别之。"（第35回）在这些根本性的问题上，《三国演义》表现的不是正统思想，而是人民的爱憎，人民的理想。人民喜欢善，痛恨恶，因而对禁锢善类崇信恶

---

① 王粲：《七哀》。

人的桓、灵二帝则鞭挞之,对"善善而不能用,恶恶而不能去"的刘表(也有刘璋)则鄙弃之。人民希望于统治者的是善善而能用,恶恶而能去。《三国演义》之所以肯定刘备,拥护刘备,并不只是因为刘备是"帝室之胄",主要是因为他善善而能用,恶恶而能去。这也表现在周仓说的一句话里,就是:"天下土地,惟有德者居之。岂独是汝东吴当有耶?"

作者对魏、蜀、吴及其他各方面的善人,是同样歌颂的;对各方面的恶人,也是同样鞭挞的。如曹魏方面的孔融、荀彧、荀攸、张辽、徐晃……孙吴方面的鲁肃、太史慈、黄盖、阚泽、甘宁……袁绍方面的田丰、沮授、辛评……作者并没有由于他们处于刘备的敌对方面而否定他们。对孙策、孙权,和对刘备一样,在比较地能引用善人这一点上也给了应有的肯定,而对阿斗,也和对孙皓一样,在崇信恶人这一点上给了应有的批判。

当然,《三国演义》主要的肯定对象是刘备方面。在当时的群雄当中,作者把刘备写成一个虽然比较平庸,但比较爱民的人。而只有爱民的人才能引用善人,排除恶人。因为引用善人,排除恶人的目的是使政治清明,人民安居乐业。如前所说,人民决不盲目地拥护"帝室之胄";而且"帝室之胄"也不过是刘备集团用来号召的,实际上在当时的群雄之中,刘备是一个出身微贱的人;关羽、张飞、诸葛亮等也是一样。在那个等级森严的社会中,他们由于出身微贱,处处受到敌对方面的鄙视。比如袁术和曹操就三番两次地揭刘备的短,骂他是"卖履小儿"、"织席小儿"或"织席编屦小辈"。东吴的陆绩更干脆说:"刘豫州虽云中山靖王苗裔,却无可稽考,眼见只是织席贩屦之夫耳。"至于张飞被骂为"村野匹夫",诸葛亮被骂为"村夫",也是不止一见的。但是给那些显赫的群雄以打击的正是这些出身微贱的英雄。在这一点上也反映了人民的情感。

如果认为刘、关、张的"义气"是《三国演义》的人民性的主要内容,那也是不妥当的。不错,在中国封建社会的人民群众中,"结义"是一种团结自己的组织形式。《隋唐志传》中的瓦岗英雄,《水浒》中的梁山英雄,都是用"结义"的方式组织起来的。他们相互之间都崇尚义气;但他们的义气必须和他们的为民除害的正义行动结合起来,才能表现出人民性的内容。李逵在误信了宋江抢夺民女的时候,就不认宋江是他的"哥哥",这正表现了他具有英雄的高贵品质。刘、关、张的义气之所以具有人民性,也在于那种义气把他们牢固地团结起来,使他们更好地从事有利于人民的事业。但当这种义气变成"小义",即仅仅为了他们的兄弟关系而违反了人民利益的时候,人民也就反对它。关羽死于东吴之手,刘备、张飞为徇小义,丢开曹魏这个强大的敌人,兴兵伐吴。诸葛亮、赵云、秦宓等竭力劝谏,只是不听。到了"仇人尽戮",东吴遣使"欲还荆州,送回夫人,永结盟好,共图灭魏",刘备还是一意孤行,必欲灭吴,终于惨遭失败,断送了无数将士、无数人民的生命。这种小义,《三国演义》的作者给了应有的批判。赵云劝刘备说:"汉贼之仇,公也;兄弟之仇,私也。愿以天下为重。"诸葛亮说:"若欲北讨汉贼,以伸大义于天下,方可亲统六师。"秦宓也说:"陛下舍万乘之躯而徇小义,古人所不取也。"诸葛瑾也指出刘备是"舍大义而就小义"。这不是对于小义的批判吗?

历史上的刘备本来有一些宽仁爱民、知人善任的优点,而这正是符合人民的愿望的。所以当北宋时代,统治阶级正否认刘备的正统的时候①,人民仍歌颂刘备,抨击当时的统治者给以正统地位的曹操②。在长期的人民创作中,人民更以自己的理想、自己的品质,补充了、丰富了刘备的品质,也补充了、丰富了辅佐刘备的许多正面人物如诸葛亮、关羽、张飞、赵云等的品质,使他们成为人民理想中的英雄。在这些英雄之中,最符合人民的理想的英雄是诸葛亮。作者用最大的力量创造的、用最高的热情歌颂的正面形象也是诸葛亮。诸葛亮虽是在第三十八回才正式登场的,但把他登场以前的三十多回看成为他的登场作准备条件,也是符合实际的。在前三十多回中,作者着重地写刘备怎样爱民,怎样受人民爱戴,写关、张、赵云怎样英勇,怎样崇尚义气,但一直"落魄不偶",无容身之地。当曹操要"洗荡徐州",陶谦想把徐州让给刘备,刘备固辞不受的时候,"徐州百姓拥挤府前拜哭曰:'刘使君若不领此郡,我等皆不能安生矣!'"(第12回)人民希望于刘备的是固守徐州,使他们"安生",他却没有固守徐州的力量,东逃西奔,连自己也不能"安生"。什么原因呢?司马徽指出这是由于他"左右不得其人"。"关、张、赵云皆万人敌,惜无善用之人。若孙乾、糜竺辈,乃白面书生,非经纶济世之才也。"(第35回)接着写刘备任用徐庶,而当徐庶由于母亲被曹操囚禁,必须奔赴许昌的时候,作者大力地描写了刘备的恋恋不舍之情,因而感动了徐庶,荐诸葛亮以自代。此后便以无比的艺

---

① 参看《资治通鉴》卷69《魏纪》黄初二年"汉中王即皇帝位"下司马光的话。
② 《东坡志林》:"王彭尝云:'涂巷中小儿薄劣,其家所厌苦,辄与钱,令聚坐听说古话。至说三国事,闻刘玄德败,频蹙眉,有出涕者;闻曹操败,即喜唱快。'以是知君子小人之泽,百世不斩。"

术力量描写了刘备怎样求贤若渴,"三顾草庐"。诸葛亮出草庐之后,便在博望坡大败曹军。"新野百姓望尘遮道而拜曰:'吾属生全,皆使君得贤人之力也!'"从这以后,直到一百四回"陨大星汉丞相归天",诸葛亮这位能使百姓生全的贤人,一直是故事发展的主要动力。而在诸葛亮死后的十多回中,作者也并没有忘记诸葛亮。如在一百四回的结尾写"死诸葛能走生仲达",写姜维等按照诸葛亮的策略,全师而退,然后发丧,"蜀军皆撞跌而哭,至有哭死者"。一百五回写孔明灵柩到了成都,"上至公卿大夫,下及山林百姓,男女老幼,无不痛哭,哀声震地"。一百十三回写吴使薛珝"自蜀中归,吴主孙休问蜀中近日作何举动。珝奏曰:'近日中常侍黄皓用事,公卿多阿附之。入其朝,不闻直言;经其野,民有菜色……'休叹曰:'若诸葛武侯在时,何至如此乎!'"更重要的是写姜维也是写诸葛亮,魏将邓艾曾赞叹道:"姜维深得孔明之法……"甚至写敌人也是写诸葛亮,邓艾曾说:"武侯真神人也!艾不能以师事之,惜哉!"固然这样的写法把贤人的作用过分夸大了,但是就突出诸葛亮这个人物说,就表现刘备的任用贤人说,《三国演义》的描写是成功的。

历史上的诸葛亮本来是一个具有人民性的人物,陈寿在《三国志》的《诸葛亮传》中写他"立法施度,整理戎旅,工械技巧,物究其极;科教严明,赏罚必信,无恶不惩,无善不显;至于吏不容奸,人怀自厉,道不拾遗,强不侵弱,风化肃然"。经过长时期的人民创造,在《三国演义》中,他是以最符合人民的理想的英雄人物出现的。

人民是厌恶书呆子,喜欢"经纶济世之才"的,而诸葛亮就是一个"泽及当时,名留后世"的"济世之才"。他"舌战群儒"的时候,针对程德枢,痛骂过"青春作赋,皓首穷经,笔下虽有千言,胸中实无一策"的"小人之儒";针对严畯,痛骂过"寻章摘句"的"腐儒"。为了和孔明相对照,作者还刻画了一个自诩"熟读兵书,颇知兵法",但完全脱离实际的教条主义者马谡。在马谡失掉街亭,"即正军法"之后,诸葛亮追想刘备所嘱"马谡言过其实,不可大用"的话,"乃深恨己之不明"。

人民是痛恨狡猾、奸诈、心胸狭隘、妒贤忌能等属于剥削阶级的恶劣品质,喜爱真诚、勤恳、气度恢廓、知人善任等高尚品质的,而诸葛亮就是一个真诚、勤恳、气度恢廓、知人善任的典型人物。在赤壁破曹的过程中,那个心胸狭隘、妒贤忌能的周瑜三番五次地想杀害他,但他为了"同心破曹",从不计较这些小事,并尽可能地献出自己的智慧和力量帮助周瑜,最后并借来了决定战争胜负关键的东风。而且他甘愿把一切功劳都算在周瑜账上,他布置好了一切之后,对刘备说:"主公可于樊口屯兵,凭高而望,坐看今夜周郎成大功也。"其实如果没有他,周瑜只有装病而已。

人民是鄙薄愚蠢、热爱智慧的,而诸葛亮就是智慧的化身。《三国演义》的作者创造这个形象,把人民的一切智慧集中表现在他身上。他不仅对当前的大局了如指掌,而且能够预见未来;不仅能够指挥千军万马,稳操胜算,而且能够呼风唤雨。这是不应该简单地用"迷信"来解释的。在这一切中,作者反映了中国古代人民企图改造现实,征服自然的健康幻想和英雄气概。在这里,浪漫主义的精神是和现实主义的精神有机地结合在一起的。

诸葛亮这个人物的这许多好品质都是从属于爱民这一基本精神的。他之所以是符合人民理想的英雄人物,是因为他能够"惜军爱民"。关于这,《三国演义》中写得很多。他治理下的"两川之民,忻乐太平,夜不闭户,路不拾遗。又幸连年大熟,老幼鼓腹讴歌"。他甚至被写成一个在死后犹不忘记人民、并且能保护人民的人:当钟会入蜀的时候,作者写诸葛亮显灵,对钟会说:"两川生灵横罹兵革,诚可怜悯。汝入境之后,万勿妄杀生灵。"钟会于是"传令前军,立一白旗,上书'保国安民'四字,所到之处,如妄杀一人者偿命"。(第116回)

从处于水深火热之中,过着朝不保夕的生活的封建社会的人民和人民作家所创造的诸葛亮的形象,可以看出他们多么渴望出现一个能为自己谋福利的贤明的政治家兼军事家啊!

《三国演义》中的诸葛亮之所以能有旋转乾坤的力量,除了他的主观条件而外,由于他深得军心和民心,另一方面也由于他深得刘备的信任(中国历史上有许多贤明的能为人民谋福利并深受人民拥护的人物,由于受统治者排挤、迫害而不得施展才能,甚且不得善终)。作者正是在推心置腹地信任诸葛亮这一点上肯定刘备的。而当关羽因骄横自满,自取败亡,刘备舍大义而徇小义,不听诸葛亮及众官劝谏,一意孤行的时候,作者是以沉痛的心情批判了刘备,以血的事实教训了刘备的。刘备伐吴的时候,是颇为专横、颇为骄矜的。马良(作者肯定的正面人物之一)劝他"将各营移居之地,画成图本,问于丞相",他说:"朕亦颇知兵法,何必又问丞相?"至大败之后,才悔悟过来。一则曰:"朕早听丞相之言,不至今日之败。今有何面目复回成都见群臣乎?"再则曰:"朕自得丞相,幸成帝业,何期智识浅陋,不纳丞相之言,自取其败。悔恨成疾,死在旦夕。嗣子孱弱,不得不以大事相托。"在这里,作者一方面指出不用贤人之言,必遭失败,一方面指出贤人不得信任,也无能为力。

周扬同志说:"人民以自己的眼光观察周围的现实生活,同时根据自己的生活经验,把历史和传说的故事加上自己的想象和判断,就……创造了他们所向往,所喜爱的人物。"①《三国演义》中的诸葛亮和其他正面人物,正是这样创造出来的。这些人物当然也包含着某些封建因素,但他们仍然是有人民性的,对于今天的读者也还是有教育意义的。

《三国演义》还创造了许多反面典型,那是人民鞭挞的对象(所谓"恶恶而能去",就是要"去"这些家伙)。对于今天的读者,这也是有积极的意义的。

当然,一部作品的人民性或思想性并不是只通过某一个或某几个人物形象表现出来的,而是通过全部形象的相互关系及其逻辑发展表现出来的。《三国演义》的人民性主要表现在它通过全部形象的相互关系及其逻辑发展,表现了古代人民的"善善而能用,恶恶而能去"的政治要求。具体地说,也就是希望有贤明的君主任用贤人,惩罚恶人,为人民除祸害、谋福利。当然这种政治要求并没超出封建制度的范围,但这主要是由于受历史的局限。

四

《三国演义》的人民性也表现在它普及了历史知识。封建统治阶级把历史知识垄断在自己手里,这是愚民政策的一个重要方面。但人民是要求掌握历史知识,要求主宰历史的。宋代说话的四家之中,有"讲史书"一家。现在所能看到的讲史书的话本,虽以《五代史平话》为最早,而元至治本的《全相平话五种》之中,除《三国志平话》外,有《武王伐纣》、《七国春秋后集·乐毅图齐》、《秦并六国·秦始皇传》、《前汉书续集·吕后斩韩信》。这些作品在普及历史知识方面当然都起过作用,但都不能和《三国演义》相比。《三国演义》由于艺术上的成功,拥有最广大的读者。它通过艺术形象,把历史知识——主要是把统治阶级的一些政治策略、军事技术在人民面前公开了,使人民对于三国时代的历史的轮廓和重大事件得到比较生动、比较完整的认识,而且知道了一些对统治阶级作斗争的策略和技术。太平天国有些首领也往往运用《三国演义》、《水浒传》描写的战例来判断军情②。《三国演义》在普及历史知识方面是起过

---

① 周扬:《改革和发展民族戏曲艺术》。

② 参看清人张德坚《贼情汇纂》。

有利于人民的积极作用的。

五

胡适认为《三国演义》"只可算是一部很有势力的通俗历史讲义,不能算是一部有文学价值的书"[1],这原是他贬低中国古典文学的惯技。五六百年来,《三国演义》之所以一直为人民群众所欢迎,除了它具有一定的人民性之外,还由于它具有一定的艺术性。

《三国演义》的艺术性主要表现在它创造了无数个那么生动而真实的典型人物,以至使我们把生活中的某些具有奸诈性格的人叫奸曹操,把某些勇猛的人叫猛张飞,把某些足智多谋的人叫诸葛亮,把某些"言过其实"的人叫马谡,把某些昏庸、麻木的人叫阿斗,把某些自逞其能、却误了旁人的大事的人叫蒋干……

《三国演义》中的许多典型人物的典型性格往往是借助于特征的细节描写凸现出来,丰富起来的。

例如曹操一出场,就通过他假装中风的细节,表现了他的权谋和机变。此后更用杀吕伯奢、杀仓官王垕、梦中杀人等特征的细节描写,凸现了、丰富了他的"宁教我负天下人,休教天下人负我"的"奸雄"性格。

刘备的宽仁爱民的性格,也是通过许多特征的细节描写丰富起来的。比如第三十五回写他"跃马过檀溪"之后,单福(徐庶)指出他所骑的"的卢马"终必妨一主人,并说:

"某有一计可禳。"玄德曰:"愿闻禳法。"福曰:"公意中有仇怨之人,可将此马赐之;待妨过了此人,然后乘之,自然无事。"玄德闻言变色曰:"公初至此,不教吾以正道,便教作利己妨人之事,备不敢闻教。"福笑谢曰:"向闻使君仁德,未敢便信,故以此言相试耳。"玄德亦改容起谢曰:"备安能有仁德及人,惟先生教之。"

又如"裸衣骂贼"的细节,多么有助于表现祢衡的"嫉恶若仇"的性格;"刮骨疗毒"的细节,多么有助于表现关羽的坚强勇敢的性格。

---

[1] 胡适:《三国志演义序》。

关于阿斗，也有许多特征的细节描写。诸葛亮"出了祁山，欲取长安"，阿斗听信谗言，将诸葛亮召回，诸葛亮问他"有何大事？"他想了良久，才说"朕久不见丞相之面，心甚思慕，故特召回，别无他事"的呆话，这是谁都记得的。而最具特征的还是阿斗投降司马昭以后的一段描写：

> 后主（阿斗）亲诣司马昭府下拜谢。昭设宴款待，先以魏乐舞戏于前，蜀官感伤，独后主有喜色。昭令蜀人扮蜀乐于前，蜀官尽皆堕泪，后主嬉笑自若。酒至半酣，昭谓贾充曰："人之无情，乃至于此！虽使诸葛孔明在，亦不能辅之久全，何况姜维乎？"乃问后主曰："颇思蜀否？"后主曰："此间乐，不思蜀也。"须臾，后主起身更衣，郤正跟至厢下曰："陛下如何答应不思蜀也？倘彼再问，可泣而答曰：'先人坟墓，远在蜀地，乃心西悲，无日不思。'晋公必放陛下归蜀矣。"后主牢记入席。酒将微醉，昭又问曰："颇思蜀否？"后主如郤正之言以对，欲哭无泪，遂闭其目。昭曰："何乃似郤正语耶？"后主开目惊视曰："诚如尊命。"昭及左右皆笑之。（第119回）

从这些例子可以看出《三国演义》在用特征的细节描写凸现和丰富人物的典型性格这一点上有多大的成就！

当然，仅靠细节描写是不可能创造出伟大的现实主义作品的，如恩格斯所说："现实主义是除了细节的真实之外，还要正确地表现出典型环境中的典型性格。"① 《三国演义》的作者是很善于"正确地表现出典型环境中的典型性格"的。那些真实的细节描写也不是孤立的，而是从属并统一于典型环境中的典型性格的正确表现的。

所谓典型环境，是最充分、最尖锐地表现一定社会力量本质的环境，也就是社会矛盾的主要情势。《三国演义》是最大规模地描写封建统治阶级内部矛盾（也描写了统治阶级和人民的矛盾）的古典现实主义作品。它的现实主义精神就表现在善于从矛盾斗争的主要情势中描写人物，展开情节。

一开始，作者即由刘汉王朝和人民群众的矛盾中引出人物，展开情节：由于宦官弄权，"朝政日非"，引起了黄巾暴动；刘汉王朝发动地方武装和州郡武

---

① 恩格斯：《给哈克纳斯的信》。

装,镇压黄巾,遂产生了并成长了很多大小军阀;而把持朝廷的宦官又"非亲不用",并差黄门到处索取贿赂,遂引起了朝廷与地方武装和州郡武装之间的矛盾。又从朝廷与地方武装和州郡武装的矛盾中进一步地描写人物,发展情节:由于宦官"非亲不用",并遣使到处索取贿赂,遂引出召董卓杀宦官的事件。此后,通过十七镇诸侯讨董卓的事件,把各种矛盾集中起来,并在这种矛盾中描写人物:如写袁术怕孙坚打破洛阳杀了董卓,不发粮,致使孙坚败绩;刘、关、张由于出身微贱,势力单薄,横受袁术等人的凌辱,但斩华雄、战吕布,却表现出了他们的惊人的才能;董卓赴长安,曹操主张乘势追袭,袁绍等怕曹操立功,按兵不动,致使曹操大败……在这种复杂的矛盾冲突中,作者着重地表现了未来的蜀、魏、吴三方面的人物。这种矛盾冲突发展的结果是:十七镇诸侯之间的矛盾表面化,故不仅未能扑灭董卓,而且从此开始了互相杀伐、互相吞并的局面,终成三国鼎立之势。而三国之间的矛盾斗争,又一直发展到司马氏统一为止。《三国演义》的作者始终是从诸侯之间、三国之间的矛盾斗争的主要情势中描写人物,发展情节的。为了说明问题,不妨简单地谈一下赤壁之战。

在赤壁之战这一尖锐的矛盾斗争中,作者表现了许多人物的典型性格,更突出地刻画了周瑜、曹操,特别是诸葛亮的典型性格。赤壁之战是诸葛亮的联吴抗曹政策的第一次执行,第一次胜利。首先,作者真实地描写了在曹操的八十三万大军压境的情况之下孙权在文武大臣主降主战的争执中的心理矛盾,并写出真正了解孙权的心理矛盾的只有诸葛亮,从而提示了诸葛亮的联吴的可能性。其次,作者大力地描写了诸葛亮为联吴成功而作的各种斗争,在舌战群儒、说服孙权、说服周瑜的过程中,表现了他的机智、勇敢和为了破曹而不惜付出一切力量的可贵品质。联吴成功以后,当时的主要矛盾是孙刘与曹操的矛盾,作者把这一矛盾作为结构作品的主要线索;而在孙刘方面,有联合也有矛盾,作者把这一矛盾作为结构作品的次要线索:从这两条线索的纠结中,即从复杂的矛盾斗争中表现几个主要人物的性格和心理活动。

沿着次要线索,作者从孙刘两方既联合又矛盾的复杂情况中描写了诸葛亮和周瑜。周瑜三番五次地想杀诸葛亮,固然是由于他气量狭小,但主要的还是由于怕诸葛亮"久必为江东之患"。诸葛亮一再忍让,争取团结,固然是由于他气度恢宏,但主要的还是为了破曹。周瑜使诸葛亮劫粮,欲借曹操之手杀害他,却被他激怒,反欲自去劫粮。这时候,诸葛亮对鲁肃说:"目今用人之际,只愿吴侯与刘使君同心,则功可成;如各相谋害,大事休矣。操贼多谋,他平生惯断人粮道,今如何不以重兵提备？公瑾若去,必为所擒。"这正是从斗争的客观形势上说明团结的重要性。诸葛亮是最了解斗争的客观形势的,他看出不团结东吴就无法破曹。周瑜却以为东吴兵精粮足,自己又谋勇兼备,不必和刘备方面联合也可以破曹;所以为了防患未然,他不仅想杀诸葛亮,而且想杀刘备。但作者明白指出,没有诸葛亮,周瑜是不能必胜的。通过反间计、苦肉计、连环计等斗争,作者突出地描写了周瑜的精明能干,曹操、蒋干都不是他的对手,但事事都瞒不过诸葛亮,赢不了诸葛亮。当反间计、苦肉计、连环计等成功之后,周瑜趾高气扬,以为一用火攻,就可以大获全胜;却不料一阵西北风惊醒了他,也惊倒了他,使这个好胜的将军在不可能取胜的情况下只好装病。

次要线索是紧紧地和主要线索相联系的。曹操命蒋干第一次过江,中了周瑜的计,结果误杀了蔡瑁、张允,这是周瑜的一个大胜利。而知道周瑜的妙计的只有诸葛亮,于是周瑜又一次地想杀诸葛亮。从这里引出了诸葛亮的草船借箭,使曹操受到又一次的损失。曹操为了弥补这种损失,又使蔡中、蔡和诈降,而周瑜将计就计,要蔡中、蔡和给曹操通报消息;果然,蔡中、蔡和便把黄盖的苦肉计当作真情报告曹操。这些妙计都瞒过了曹操,却没瞒过诸葛亮,这正表现了诸葛亮的过人的智慧。但曹操也是不好对付的,作者并没有把曹操写成阿斗。阚泽替黄盖献诈降书,"曹操于几案上反复将书看了十余次,忽然拍案张目大怒曰:'黄盖用苦肉计,令汝下诈降书,就中取事,却敢来戏侮我耶!'便教左右推出斩之。"阚泽以"仰天大笑"回答他的杀人令之后,他指出"吾自幼熟读兵书,深知奸伪之道。汝这条计只好瞒别人,如何瞒得我？""我说出你那破绽,教你死而无怨！你既是真心献书投降,如何不明约几时？"如果不是阚泽善辩和曹操又接到蔡中、蔡和报告黄盖受刑的书信,则苦肉计必归失败。至于曹操采用庞统的连环计,也是颇有理由,而且是根据斗争的客观形势决定的。当程昱指出船皆连锁,须防火攻时,曹操大笑道:"凡用火攻,必借风力。方今隆冬之际,但有西风北风,安有东风南风耶？吾居于西北之上,彼兵皆在南岸,彼若用火,是烧自己之兵也,吾何惧哉？"又说:"青、徐、燕、代之众不惯乘舟。今非此计,安能涉大江之险？"这都表现出曹操的确是一个聪明自负,有军事经验的人物。在连环计问题上,他的考虑是比周瑜精细的。周瑜费了许多心血用苦肉计和连环计,却没考虑到有没有东风,所以当西北风刮起旗角从他脸上拂过的时候,他只好"大叫一声,往后便倒"。

如前所说,《三国演义》的作者是把诸葛亮作为符合人民理想的英雄来描写、歌颂的。在赤壁之战的矛盾斗争中,作者大力地描写了曹操和周瑜,正是为了大力地描写诸葛亮,歌颂诸葛亮。作者沿着主要线索和次要线索,写了许多"斗智"的场面,从而把解决主要矛盾的关键归结为要有东风,而能借东风的只有诸葛亮。周瑜装病,诸葛亮问病的一段对话是异常精彩的:

> 孔明曰:"连日不晤君颜,何期贵体不安!"瑜曰:"'人有旦夕祸福',岂能自保?"孔明笑曰:"'天有不测风云',人又岂能料乎?"瑜闻失色,乃作呻吟之声。孔明曰:"都督心中似觉烦积否?"瑜曰:"然。"孔明曰:"必须用凉药以解之。"瑜曰:"已服凉药,全然无效。"孔明曰:"须先理其气;气若顺,即呼吸之间,自然痊可。"瑜料孔明必知其意,乃以言挑之曰:"欲得顺气,当服何药?"孔明笑曰:"亮有一方,便教都督气顺。"(第49回)

于是诸葛亮不仅开了药方,而且自愿取药:"借东风"。东风一起,苦肉计、连环计一齐奏效,曹操的八十三万人马被烧得七零八落,曹操本人也几乎送了性命。

孙刘和曹操之间的矛盾暂时解决,孙刘之间的矛盾立刻变成了主要矛盾,于是作者又从这一新的矛盾中去描写他的人物了。

可以看出,《三国演义》的作者是很善于从矛盾斗争的主要情势中描写人物,又通过人物的描写来反映矛盾斗争的真实面貌的。

(原载《语文学习》1954年11期,收入
作家出版社《〈三国演义〉研究论文集》)

略谈《西游记》

一

和《水浒》、《三国演义》不同,吴承恩的《西游记》是一部"神魔小说",其中的重要的、大多数的艺术形象不是人,而是"神"和"魔";但和《水浒》、《三国演义》相同,《西游记》也是一部由伟大的作家在人民口头创作的基础上创造出来的优秀的古典作品。

《西游记》中的主要人物唐僧本来是个历史人物,他赴天竺求经的经过,见于《唐书·方伎传》和他的学生慧立的《大唐慈恩寺三藏法师传》,其中并没有神异的事情。唐僧取经的神话式的故事,是人民群众在从唐末到宋元的长时期中创造出来的。宋元话本中的《西游记》①和《大唐三藏取经诗话》就是长时期人民口头创作的初步总结。宋元戏文中的《陈光蕊江流和尚》、金院本中的《唐三藏》、元杂剧中的《唐三藏西天取经》②和《西游记》③等,也都是写取经故事的。这给吴承恩的《西游记》的创作提供了有利条件。

吴承恩,字汝忠,号射阳山人,明淮安府山阳县(现在的江苏省淮安县)人。约于明孝宗弘治十三年(1500)生于一个贫苦的家庭。他博极群书,为诗文下笔立成,名震一时。但在那个政治黑暗的封建社会中,真正的天才是被压抑的。他屡困场屋,仅以岁贡生做长兴县丞,不久,因为和长官的关系处得不好,弃官回去。他曾经因为生活困难,流寓南京,靠朋友接济和卖文章为生。死于明神宗万历十年(1582)左右。他的著作很多,只因贫困,又没有儿子,多散佚失传了,现存的只有《西游记》和《射阳先生存稿》四卷。

---

① 宋元话本中的《西游记》现在仅存《梦斩泾河龙》一段,是《永乐大典》第13169卷"送"字韵中"梦"字类。

② 元人吴昌龄作。

③ 元末明初人杨景言作。

从上面的简单介绍中可以看到：第一，吴承恩是博极群书的；第二，他有很高的文学修养；第三，他出身贫苦，又受统治者的压抑，在生活和思想感情上都接近人民。这些条件，对《西游记》的创作都起着重大的作用。

他不仅能吸取《大唐三藏取经诗话》以来取经故事的材料，而且能从《异闻集》、《酉阳杂俎》、《真武传》、《华光传》等传奇小说和其他著作中吸取有用的材料。更由于在生活和思想感情上都接近人民，他能从丰富的人民语言的宝藏中提炼精美的文学语言；能从广阔的现实生活中吸取用之不竭的创作材料，并能用进步的看法处理从书本上和现实生活中得来的材料。又由于有很高的文学修养，他能塑造出那么多生动的艺术形象，并根据形象与形象之间的关系和它们的逻辑发展，写出很多丰富多彩的场面，结构成完整的艺术作品。

所以，吴承恩的《西游记》是反映现实生活的艺术水平相当高的文学创作。作者能使旧有的材料为他反映现实的创作意图服务。

《西游记》中，不仅人间生活和人的形象是作者根据现实生活和现实人物描写出来、塑造出来的，就是神魔的生活和神魔的形象也是根据现实生活和现实人物描写出来、塑造出来的①。作者主要拿他在现实生活中所见所闻所感受的东西做原料，根据自己的看法、希望等等，加以改造制作，创造成各种各样的神、魔和人的形象②。《西游记》之所以基本上是一部现实主义和积极的浪漫主义相结合的作品，就是由于它创造了许多生动的神、魔和人的形象，并通过这些形象和他们的相互关系，相当正确地反映了当时现实生活的某些方面。

二

《西游记》的主要题材是唐僧取经，所以过去一些学者认为是谈禅讲道的书。当然，这部小说，特别是它里面的诗、偈、颂、赞之类，也表现了一定的宗教思想，但就总的倾向看，它并不是宣扬宗教的书。

明代初年，统治者对佛、道二教是同样提倡的，英宗正统十二年（1447），并曾颁佛道两藏于全国。天顺、成化间，佛教逐渐取得优势。宪宗曾封西番僧为大宝法王（成化四年），僧人继晓、方士李孜省都以祈祷及献淫邪方术得到宠

---

① 纪昀《阅微草堂笔记》、丁宴《石亭记事续编》都曾指出祭赛国的锦衣卫，朱紫国的司礼监，灭法国的东城兵马司，唐太宗的大学士、翰林院、中书科等都是明代官制。

② 参照张天翼《〈西游记〉札记》，《人民文学》，1954年2月号。

信,与宦官梁芳等表里为奸,干预政事,擅作威福,无耻的执政大臣及士大夫多附丽之。武宗特别喜欢佛教,和西番僧一起唱呗,自号大庆法王。世宗则崇信道教,在皇宫西苑乃至各州县广建雷坛,长期设醮。供建坛用的人力,压干了人民的血汗,供设醮用的金钱,剥尽了人民的脂膏。而被奉为真人并且做了尚书等大官的道士邵元节、陶仲文等又与宦官(如崔文)奸臣(如严嵩)同恶相济,荼毒生灵①。当时有正义感的士大夫往往不顾性命,上书进谏。给事中郑一鹏上言:"祷祀繁兴……一斋醮蔬食之费,为钱万有八千。……况今天灾频降,京师道殣相望,边境戍卒日夜荷戈,不得饱食,而为僧道糜费至此,此臣所未解。"②此后杨爵指陈"以一方士之故,朘民膏血,而不知恤",被"榜掠","血肉狼籍"。主事周天佐、御史浦鋐因营救杨爵,"先后棰死狱中"③。吴承恩生活于武宗、世宗时代,当然是熟悉这些情况的。

  以唐僧取经为主要题材的《西游记》写于明世宗佞道的时代或稍后,当然不能不反映上述的那些情况。我们可以从《西游记》窥测作者对统治者崇信僧道、朘民膏血所抱的态度。在大闹天宫部分,作者对道教的组织,对道教的祖师太上老君以及天尊、真君之类,极尽讽刺揶揄之能事。就是在取经故事的许多场面中,作者讽刺的利剑也没忘记指向道教。例如三十七回至三十九回写由钟南山来的"全真",因求雨有效,骗得乌鸡国王的信任,终于害死了国王;四十四回至四十七回写车迟国王尊奉虎力大仙、鹿力大仙和羊力大仙,残酷地迫害僧人;七十八回至七十九回写比丘国王宠幸道士所进的美女(其实是狐狸精),弄得身体尪羸,便听信那道人(被封为国丈)的妖术,从民间勒索一千一百一十一个小儿,准备取小儿的心肝配药。在这些情节中,作者都揭露了道士的罪恶,并通过孙悟空收服道士的结局,给那些国王指出崇信道教、宠用道士,只能"伤太平之业,失天下之望",甚至会丢掉自己的性命。

  这些描写是曲折地反映了当时的现实的。世宗在佞道的同时,采取了一系列灭佛的措施。他接受侍郎赵璜的建议,刮武宗所铸佛像上的镀金一千三百两,又下诏没收大能仁寺僧人的资材,毁掉玄明宫、文华殿及大善佛殿的佛像……(《西游记》八十四回所写的灭法国也就是这种现实的反映)在这个时

---

① 详见《明史》卷307《邵元节传》、《陶仲文传》。

② 《明史》卷206《郑一鹏传》。参照《明史纪事本末》卷25《世宗崇道教》。

③ 《明史》卷209《杨爵传》。

代,帮助统治者苦害人民的主要是道教。《西游记》主要是记唐僧等西游取经的,而取经故事本身就带有"弘扬佛法"的意味。所以作者对佛教的态度和对道教的态度不同。但应该辨明,《西游记》写取经的故事是和统治者的"弘扬佛法"有区别的。唐僧在听到乌鸡国王(乌鸡国王的鬼魂)说到"天年干旱……民皆饥死"时所说的一段话,就可以说明这个问题的一部分:

> 古人云:"国正天心顺。"想必是你不慈恤万民。既遭荒歉,怎么就躲离城郭?且去开了仓库,赈济黎民;悔过前非,重兴今善,放赦了那枉法冤人;自然天心和合,雨顺风调。①

还有,猪八戒在被观世音收服之后说:"常言道:'依着官法打杀,依着佛法饿杀。'"这也反映着对佛法不满的思想情感。

封建统治者用佛家"六道轮回"之说恫吓人民,使人民为避免入"地狱道"、"饿鬼道"、"畜生道"而"积善业",也就是无限度地忍受统治者的剥削压迫而不敢反抗。《西游记》的作者却在一定程度上反对了六道轮回的谬说。例如在根据旧说②写成的唐太宗游地府的章节中,虽然仍旧描写了六道轮回的情况(在这里当然散布了迷信思想),但也指出地狱中也讲人情:酆都掌案判官崔珏由于和魏征相好,又曾在唐朝作官,居然徇私枉法,给唐太宗添上二十年阳寿。至于孙悟空大闹地狱,"打死九幽鬼使……惊伤十代慈王",强销了猴类的死籍,再不伏阎罗管辖,更有力地反映了当时人民对六道轮回说的抵触情绪。

统治者还利用佛家所谓的"不杀"、"不盗"、"不妄语"等戒律束缚人民,使人民不敢暴动,甚至不敢议论统治者的罪恶行为。但《西游记》的作者却愤怒地抨击了这种戒律。唐僧是作者塑造的一个好和尚的形象,他的确不作恶,而且有"慈恤万民"的善念,却迷信"不杀"的戒律,在八十一难中,常常盼望孙悟空救他,又常常责备孙悟空打死了妖魔或恶人。孙悟空则不然,他懂得要使"慈恤万民"的善念成为事实,必须通过战斗,消灭一切害民的妖魔和恶人。作者对"不杀"的戒律的攻击,就是通过孙悟空与唐僧之间的这种矛盾和由这种

---

① 第三十七回。
② 唐太宗入冥故事早见于唐朝人张鷟(死于天宝以前)的《朝野佥载》。晚近敦煌发现的文物也有《唐太宗入冥记》。

矛盾所引起的许多次激烈的斗争及其结果体现出来的。至于"不盗"、"不妄语"的戒律,更被作者通过孙悟空的战斗形象捣成齑粉。在大闹天宫的情节中,孙悟空"先偷桃,后偷酒,搅乱了蟠桃大会,又窃了老君仙丹"。在大闹五庄观的情节中,孙悟空又偷窃了镇元大仙的人参果。"不盗"的戒律,对于"皈依正果"以前和以后的孙悟空,都是没有约束性的。而散见于各个章节中的孙悟空对于诸天神佛的讽刺揶揄,如责备弥勒佛"家法不谨"、奚落如来佛"是妖精的外甥"之类,更是对"不妄语"的戒律所作的毁灭性的判决。

三

吴承恩在他的另一部神魔小说《禹鼎志》的序中说:"不专纪鬼,明纪人间变异,亦微有戒鉴寓焉。"《西游记》也是一样。鲁迅说《西游记》"讽刺揶揄则取当时世态,加以铺张描写",因而能"使神魔皆有人情,精魅亦通世故"[①]。《西游记》通过有人情的神魔和通世故的精魅的形象及其他形象,反映了"人间变异","讽刺揶揄"了"当时世态",它所展示的生活图画是广阔的,它所"寓"的"戒鉴"之意是丰富、深刻的。

《西游记》中最强烈的发射出现实主义和积极的浪漫主义光辉的是孙悟空大闹天宫的故事。作者通过这个神话式的故事,反映了中国封建社会人民反抗统治阶级的斗争的勇敢和智慧。

"英敏博洽"而又"屡困场屋"、奔走衣食、备尝世味的吴承恩,对于历史上的和当时的人民起义,不仅是了解的,而且是关心的、同情的。历史上多次发生的人民起义,给他提供了形象思维的素材,这是不用说的。应该着重指出的是他生存的那个时代——明孝宗至神宗初年,政治黑暗,曾激起许多次人民起义[②]。这许多次人民起义,可以说是吴承恩创造大闹天宫故事的现实基础[③]。

现在让我们看吴承恩是怎样描写孙悟空大闹天宫的。一开始,他就以肯定的语气描述了孙悟空的出身和得道(所谓得道,就是学会了大闹天宫、斩妖

---

① 《中国小说史略》第17篇。

② 参看《中国历史纲要》,尚钺主编,人民出版社出版,343页;《简明中国通史》,吕振羽著,人民出版社出版,604—608页。

③ 参看何其芳《胡适文学史观点批判》,《胡适思想批判论文汇编》第六辑,三联书店出版,300页。

除邪的本领)。得道归来,就打杀了强占花果山的混世魔王,解除了花果山群猴的痛苦。然后安营下寨,准备武器,教小猴操演武艺,以防人王或禽王、兽王兴师侵犯。这表明孙悟空的行动,一起头就是带有正义性的。这种正义行动的发展(向东海龙王借兵器和反抗冥府的拘唤,强销死籍),引起了他和诸天神佛的矛盾,大闹天宫的场面就这样自然地展开了。孙悟空的出于自卫的正义行动稍稍触犯了诸天神佛的利益和尊严,玉皇大帝就要"遣将擒拿",而老谋深算的太白金星又建议先用笼络的办法,"降旨招安"。招安之后,又仅仅给他一个未入流的官儿,叫做什么"弼马温"。孙悟空因嫌官小而"造反",玉皇大帝即遣天兵天将收服。收服不了,又听用太白金星的奸计,二度招安,给孙悟空一个有官无禄的空衔,目的是"收他的邪心,使不生狂妄,庶乾坤安靖,海宇得以清宁"。但要收孙悟空的"邪心",使他"不生狂妄",是很不容易的。孙悟空偷吃了蟠桃、仙酒、仙肴以及太上老君的金丹,搅乱了天宫,"玉帝大恼",发动所有的力量"剿除妖猴",但仍不能正面取胜,最后依靠老君暗中投下的金刚琢和二郎的细犬,才捉住了孙悟空。而捉住之后,刀砍不入,火烧不着,雷打不伤,放入老君的八卦炉中锻炼了七七四十九日,反把孙悟空炼成铜筋铁骨、火眼金睛。开炉后又大闹一通,把所有的天兵天将打得落花流水。玉帝只得依靠外援,请如来救驾。这些生动的描写不正是概括地反映了农民起义的翻天倒海的力量(也反映了农民起义的弱点)及统治阶级对付农民起义的卑鄙阴谋和残酷手段吗? 大闹天宫的故事之所以一直为人民所喜爱,原因就在这里。

如果说孙悟空大闹天宫的情节主要反映了人民起义,那么孙悟空"皈依正果"之后保护唐僧,在取经途中扫荡群魔的情节是不是反映镇压人民起义呢? 不是的。取经途中的群魔大都是与神佛联系着的,甚至是一体的,作者并没有借他们反映人民起义。例如黄风岭的黄风怪是如来所住的灵山脚下的老鼠精;波月洞的黄袍怪是上界的奎星;平顶山的金角大王和银角大王是太上老君的看金炉的童子,所使的武器是老君盛丹的葫芦、盛水的净瓶、炼魔的宝剑、搧火的扇子和勒袍的绳子;侵占乌鸡国王位的妖魔是"佛旨差来"的文殊菩萨坐下的青毛狮子;黑水河中的鼍怪是西海龙王的外甥;通天河的魔头是观音菩萨莲花池里养的金鱼,所使的九瓣铜锤是莲花池中的一枝未开的菡萏,金峴洞的兕大王是太上老君的青牛,所用的武器是老君的金刚琢;盗窃金光寺塔中的佛宝的妖魔是万圣龙王和他的九头驸马;小雷音寺的黄眉大王是弥勒佛祖面前司磬的黄眉童儿,所使的包搭儿和狼牙棒是弥勒佛祖的"人种袋"和敲磬的槌儿;獬豸洞的赛太岁是观音菩萨胯下的金毛犼;狮驼山的老怪、二怪是文殊、普贤的青狮、白象,三怪大鹏金翅雕则与如来有亲;清华洞的妖怪是寿星的白鹿,所用的蟠龙拐是寿星的拐杖;陷空山无底洞的金鼻白毛老鼠精是托塔李天王的义女,哪吒三太子的义妹;九曲盘桓洞的九头狮怪是太乙救苦天尊坐下的九头狮子;摄藏天竺国公主的妖邪是太阴星君的捣药的玉兔……这些魔军是诸天神佛的爪牙或亲眷,他们都依仗诸天神佛的权势和法器,荼毒生灵,无恶不作。例如清华洞的鹿精(寿星的白鹿)作了比丘国的国丈,要取一千一百一十一个小儿的心肝配药。黑水河的鼍怪(西海龙王的外甥)赶走了黑水河神,伤害了许多水族,强夺了黑水神府,黑水河神往海内告状,西海龙王庇护外甥,不准他的状子,反教他让神府给鼍怪居住;鼍怪捉了唐僧和猪八戒,"不敢自用",特"具柬去请二舅爷(龙王)来与他暖寿"……其他与神佛没有直接关系的一些魔头,神佛也纵容他们为非作歹,残害人民。例如陈家庄的灵感大王强迫人民每年祭献一对童男童女;玄英洞的犀牛精冒充佛爷,强迫人民每年贡献值银五万余两的金灯;隐雾山的豹子精捉食贫苦的樵夫;解阳山的如意真仙"护住落胎泉水,不肯善赐于人"……所有这些妖魔,都是与人民为敌的,而与诸天神佛则或者是有直接关系的,或者是在客观上处在同一方面的。

孙悟空则不然,虽说是"皈依正果",但一直是关怀着人民的。他的性格、行为的人民性和正义性,作者在第四十四回中曾作了概括的说明:"他(唐僧)手下有个徒弟,乃齐天大圣,神通广大,专秉忠良之心,与人间报不平之事,济困扶危,恤孤念寡。"事实的确是这样的。在车迟国,他消灭了虎力大仙、鹿力大仙和羊力大仙三个妖魔,解救了数百名和尚的苦难;在陈家庄,他和猪八戒代替陈澄、陈清的孩子去祭赛灵感大王,最后请来了观音菩萨收服了妖魔,使陈家庄人民"免得年年祭赛,全了多少人家儿女";在祭赛国,他剿除了万圣老龙和九头妖怪,洗雪了金光寺僧人的冤仇;在比丘国,他降服了清华洞的鹿精,救了一千一百一十一个小儿的性命;在隐雾山,他打死了艾叶花皮豹子精,救出了贫苦的樵夫;在驼罗庄,他歼灭了吞食人和牲畜的蛇精,给全庄五百多户人家除了祸害……他每扫荡一洞妖魔,都为人民解除了痛苦,因而也受到人民的热爱。陈家庄、比丘国、祭赛国、驼罗庄等处的人民热诚地招待和欢送孙悟空等的场面是非常动人的。

为了扫荡毒害生灵的妖魔,孙悟空常常调查妖魔的来历,责问放纵妖魔的诸天神佛。例如他抓住了鼍怪请西海龙王同吃唐僧的简帖,就去质问西海龙王,"欲将简帖为证,上奏天庭,问你个通同作怪,抢夺人口之罪";在无底洞搜出金鼻白毛老鼠精供奉的"尊父李天王之位"和"尊兄哪吒三太子之位"的金字牌位,就将牌位为证,径到玉帝面前告状,状告李天王"父子不仁,故纵女氏成精害众";他知道了小雷音寺的黄眉大王是弥勒佛祖的黄眉童儿,便责问弥勒:"好个和尚!你走了这个童儿,教他诳称佛祖,陷害老孙,未免有个家法不谨之过。"甚至对如来佛也毫不客气,当如来说他认得狮驼山的妖精时,孙悟空便说:"如来!我听见人讲说,那妖精与你有亲哩。"当如来承认与三怪大鹏金翅雕有些亲处时,他问:"亲是父党?母党?"如来说明与三怪的关系之后,他又奚落道:"如来,若这般比论,你还是妖精的外甥哩。"

取经途中的妖魔,绝大多数是神佛的爪牙、亲眷,作者并没借他们描写人民,恰恰相反,是借他们描写了那些残害人民的皇亲国戚、贪官污吏和妖道恶僧,借他们与神佛的关系暴露了统治阶级的罪恶。

孙悟空虽说是皈依了"正果",但不是神佛的爪牙,而是人民的卫士。他扫荡妖魔的行动具有强烈的人民性。取经故事之所以能吸引读者,并得到人民的喜爱,不仅由于描写的生动,主要由于它是以孙悟空扫荡妖魔、为民除害的正义行动为中心内容的。

四

在简单地谈了《西游记》的现实内容之后,可以进而探求它的基本思想。

根据前面的分析,可以肯定,作者虽然着重地抨击了道教,但决不是为了拥护佛教而反对道教。作者同时是以否定的态度对待佛教的。他不仅鞭挞了佛教的"六道轮回"之说和"不杀"、"不盗"、"不妄语"的戒律,而且揭露了如来佛、观音菩萨、弥勒佛祖、文殊、普贤等放纵他们的爪牙、亲眷为非作歹的罪恶以及西天尊者勒索"人事"的丑态。所以,如果认为《西游记》的基本思想是拥佛反道,那是不合实际的。

《西游记》的作者是从批判封建统治者的基础出发批判佛教和道教的。对于神权的批判,实际上正意味着对于王权的批判。读者从诸天神佛及其爪牙、亲眷的罪恶中,可以看到封建统治阶级的罪恶,从孙悟空大闹天宫和扫除邪魔的战斗及其对诸天神佛的讽刺挪揄中,可以看到人民群众反抗封建统治阶级的英勇斗争。

当然,产生《西游记》的那个时代的人民,由于生产规模的狭小限制了他们的眼界,对于社会历史的发展不可能作全面的了解,因而他们虽然反对神权和王权的压迫,却不可能完全摆脱神权思想和王权思想的束缚。这就决定了《西游记》的基本思想的历史局限性。作者虽然批判了神权和王权(实际上只是批判了宗教中的、统治阶级中的某些不良分子和不良倾向),但并没有从根本上否定神权和王权。一开始,作者就描写了孙悟空远访"佛与仙与神圣"三者,"学一个不老长生"的理想和追求这个理想的过程,同时还创造了一个"三教归一"的偶像菩提祖师。在以后的许多地方,作者也表现了"三教归一"的思想。例如在四十七回中,写孙悟空在治死了虎力大仙、鹿力大仙和羊力大仙之后对车迟国王说:"望你把三教归一;也敬僧,也敬道,也养育人才。我保你江山永固。"和这种思想相一致,作者写出了天宫和西天的密切联系。在大闹天宫的时候,如来佛不但帮助玉帝收服了孙悟空,而且还对孙悟空说:"你那厮乃是猴子成精,焉敢欺心,要夺玉皇上帝尊位?"在取经故事中,天宫与西天两方面是共同赞助唐僧等人的。在写到"人王"的时候,也只是教他们不要佞道灭僧,教他们抚恤百姓,以求"国泰民安",并没有否定王权的意味。

那么,《西游记》的基本思想究竟是什么呢?

概括地说:《西游记》的基本思想是通过神魔活动的描写,暴露统治阶级的黑暗,通过孙悟空大闹天宫的描写,指出人民暴动可以打击统治者,迫使统治者让步,通过孙悟空"皈依正果"之后扫荡妖魔、为民除害的英勇斗争,指出在人民暴动迫使统治者让步之后,人民中的英雄人物应该用自己的力量铲除所有毒害人民的皇亲国戚、滥官污吏以及佛、道二教中的不良分子,使政治清明,人民安居乐业。

作者表现于《西游记》中的这种思想,也表现于他的其他作品中。例如他的《二郎搜山图歌》:

> 李在惟闻画山水,不谓兼能貌神鬼。
> 笔端变幻真骇人,意态如生状奇诡。
> 少年都美清源公,指挥部从扬灵风,
> 星飞电掣各奉命,搜罗要使山林空。
> 名鹰搏拿犬腾啮,大剑长刀莹霜雪。
> 猴老难延欲断魂,狐娘空洒娇啼血。
> 江翻海搅走六丁,纷纷水怪无留踪。

青锋一下断狂虺,金锁交缠擒毒龙。
神兵猎妖犹猎兽,探穴捣巢无逸寇。
平生气焰安在哉,牙爪虽存敢驰骤?
我闻古圣开鸿蒙,命官绝地天之通。
轩辕铸镜禹铸鼎①,四方民物俱昭融。
后来群魔出孔窍,白昼搏人繁聚啸。
终南进士老钟馗,空向宫闱嗒虚耗。
民灾翻出衣冠中,不为猿鹤为沙虫。
坐观宋室用五鬼②,不见虞廷诛四凶③。
野夫有怀多感激,抚事临风三叹息。
胸中磨损斩邪刀,欲起平之恨无力。
救月有矢救日弓,世间岂谓无英雄?
谁能为我致麟凤,长令万年保合清宁功?

这篇诗对于我们理解《西游记》的基本思想是有帮助的。其中对于二郎猎妖的描写和赞美,和《西游记》中对于孙悟空扫荡群魔的描写和赞美是一致的。而"民灾翻出衣冠中,不为猿鹤为沙虫,坐观宋室用五鬼,不见虞廷诛四凶"等句,分明把残害人民的五鬼、四凶比为妖魔,并指出他们是在朝廷的宠用和纵容之下残害人民的,这和《西游记》中所写的神魔的关系也相合。最后叹息"胸中磨损斩邪刀,欲起平之恨无力",而希望出现能够斩邪的英雄,更可以帮助我们理解《西游记》中的孙悟空这一正面形象的思想意义。

明代以前的所有封建王朝都有残害人民的"五鬼"、"四凶",明代也是一样。而且明代的许多残害人民的家伙有一些是更像妖魔鬼怪的,前面谈到的道士邵元节、陶仲文以及与他们狼狈为奸的宦官、奸臣等等,就是很突出的典型。《二郎搜山图歌》中说的"坐观宋室用五鬼,不见虞廷诛四凶",《西游记》

---

① 作者另一部神魔小说《禹鼎志》虽然没流传下来,但我们可以从他的《禹鼎志序》和这首诗推知它的基本思想是和《西游记》的基本思想一致的。

② 宋朝的王钦若、丁谓、林特、陈彭年、刘承珪,奸邪险伪,残害人民,当时的人民称他们为"五鬼"。见《宋史·王钦若传》。

③ "四凶"相传是尧舜时的四个恶人。

六十二回说的"文也不贤,武也不良,国君也不是有道",正是作者对于当时腐朽政治的无情的鞭挞。作者对于腐朽政治是痛恨的,对于人民的痛苦生活是同情的,因而希望出现一个扫除贪官污吏、大奸元恶,为人民解除痛苦的英雄,《西游记》中的孙悟空就反映了这种希望,这种希望也是当时人民的希望。

《二郎搜山图歌》也可以帮助我们理解《西游记》的基本思想的局限性。从"我闻古圣开鸿蒙,命官绝地天之通,轩辕铸镜禹铸鼎,四方民物俱昭融"等句看,作者理想中的社会只是一个文贤武良,国君有道,没有五鬼四凶的社会。所以他虽然讽刺那些不贤不良的诸天神佛,却又不否认他们的统治地位;虽然使孙悟空大闹天宫,却又使他逃不出如来佛的掌心和紧箍咒的控制;虽然使孙悟空斩妖荡魔,却又使他"皈依正果"(《二郎搜山图歌》中的"谁能为我致麟凤",意思是希望统治者起用英雄人物,如来佛让孙悟空"皈依正果",正反映了这种希望),服从妖魔的主人;而斩妖荡魔的斗争竟成了他"皈依正果"的功绩,使他最后也成了统治集团中的一员——斗战胜佛。

这种局限性是历史的局限性,在吴承恩的时代,是不可能产生完全超出封建思想体系的民主思想的。

略谈《儒林外史》

《儒林外史》是以写知识分子群为中心的古典小说。当时统治者通过用八股文取士的科举制度,拿功名富贵笼络知识分子,给他们充当爪牙;因而对待功名富贵的态度,决定知识分子的道德品质。《儒林外史》的作者从这一点出发,栩栩如生地描写了各种知识分子和与他们相关的其他人物,展示了一幅色彩鲜明的生活图画。旧本《儒林外史》有闲斋老人序,序中中肯地指出:

> 其书以功名富贵为一篇之骨:……篇中所载之人不可枚举,而其人之性情、心术一一活现纸上。读之者,无论是何人品,无不可取以自镜。《传》云:"善者感发人之善心,恶者惩创人之逸志。"是书有焉。

一位生活于 18 世纪的古典作家,有这样高超的艺术见解,能写出这样优秀的现实主义小说,决不是偶然的。因而在谈作品之前,有必要先谈一下作者的文化教养和生活道路。

吴敬梓是安徽全椒人,字文木,又字敏轩。生于清康熙四十年(1701),死于乾隆十九年(1754)。他出生在一个典型的以八股文起家的官僚地主家庭。但这个家庭到了吴敬梓的父亲一代已经衰落了,特别是吴敬梓这一支衰落得比较早。他的祖父一辈中有榜眼,有进士,有举人,唯独他的"贤而有文"的祖父吴旦是监生,而且死得很早。他的很有实学的父亲吴霖起也只是一个拔贡。吴霖起"时矩世范,律物正身"①,轻视功名富贵,讲究"文行出处",显然受了顾炎武、黄宗羲、王夫之、颜元诸大师的影响。他只做过江苏赣榆县教谕;却在做教谕的时候,为了兴建学宫,捐出了他的大部分家产。吴敬梓生在这样一个由盛到衰的家庭里,十三岁死了母亲,十四岁就跟父亲到离家千里的赣榆学习。

---

① 吴敬梓《移家赋》,见《文木山房集》。

到二十三岁,父亲死了。祖上留下一些田庐,但他"急朋友之急,不琐琐于周闭藏积"①,不几年就变卖一空。那些趋炎附势的宗族邻里还嘲笑他,轻侮他,甚至把他当作"败家子"的典型,用以告诫子弟②。他不得不离开乡土,移家南京。奔走衣食,先后到过淮安、扬州、芜湖、宁国、宣城、溧水、苏州、杭州等许多地方。这就更丰富了他的人生阅历。他常常靠卖文章、卖旧书过活,有时几天吃不上饭③。冬夜耐不住寒冷,便和朋友"绕城堞行数十里……谓之暖足"④。直到他五十四岁死在扬州,一直过着穷困的生活。就这样,他还在四十岁左右卖掉江北的老屋,捐资修复了雨花台的先贤祠。

吴敬梓受父亲的熏陶,在思想作风上与一般知识分子不同。当时的一般知识分子只知学八股文,他却"好学诗古文辞杂体"⑤;当时的一般知识分子只知求功名富贵,他却"攻经史",讲究"文行出处"。虽然吴敬梓在一般知识分子只知学八股文、求功名富贵的时代,不可能一开始就仇视八股文,就鄙视功名富贵,但由于生活实践的不断启示和思想认识的逐渐提高,终于不仅仇视八股文,而且那样尖锐地讽刺用八股文取士的科举制度,不仅鄙视功名富贵,而且那样辛辣地嘲笑那些热衷功名富贵的卑鄙无耻的人物。在这方面,吴敬梓是经过一段痛苦而复杂的道路的。他二十岁考得了秀才。后来考过举人,没中,他发过些牢骚。例如他在三十岁时作的《减字木兰花》中说:"文澜学海,落笔千言徒洒洒。家世科名,康了惟闻觱篥声。"⑥又如他在三十四岁时作的《乳燕飞》中说:"家声科第从来美。叹颠狂,齐竽难合,胡琴空碎。"可见他已认识到科举制度并不能拔取真才。他三十六岁时也曾到安徽省应博学鸿词的考试,录取了;当要入京廷试的时候,他却因思想上发生矛盾,托病没去。后来看到一些应廷试的熟人或病死京城,或落第狼狈而归,更觉得还是没去的好。他的这些亲身体验和广泛阅历,结合上从他父亲那里所受的影响和自己不断

---

① 吴湘皋:《文木山房集序》。
② 吴敬梓在庚戌(1730)除夕客中所作《减字木兰花》中说:"田庐尽卖,乡里传为子弟戒。"
③ 参看程晋芳:《文木先生传》及《怀人》诗,见《春帆集》。
④ 程晋芳:《文木先生传》。
⑤ 吴湘皋:《文木山房集序》。
⑥ "康了"是落榜的意思。《遁斋闲览》里说:有个叫柳冕的去应试,忌讳不吉利语,因"乐"音和"落榜"的"落"同,把安乐说成安康。仆人看榜回来说:"秀才康了。""觱篥"见李肇《唐国史补》。凡考取者列姓名于慈恩寺塔,叫做"题名会";落第者也管待酒食,任他们醉饱,叫做"打觱篥"。

"攻经治史"的心得("攻经治史"是顾、黄、王、颜诸大师的主张之一。这里所说的"攻经治史"的心得,主要指他对顾、黄、王、颜诸大师反礼教、反科举制度思想的继承),使他深刻地认识到用八股文取士的科举制度的不合理性。他在三十九岁时作的《内家娇》中说:"壮不如人,难求富贵;老之将至,羞梦公卿。"这时候,他完全断绝了功名富贵的念头。他的朋友程晋芳说他"嫉时文(八股文)士如仇,其尤工者,则尤嫉之"①。他晚年的诗作也提出了"如何父师训,专储制举材"的质问。可见他终于有意识地抨击科举制度了。

作为富贵人家的"败家子",作为八股王国的叛徒,吴敬梓处于利欲熏心、庸俗卑鄙的知识分子群中,看够了冷眼,受尽了奚落,使他在物质生活上、精神生活上接近了被侮辱被损害的劳动人民。这就是他的杰作《儒林外史》的人民性和现实主义精神的源泉。

《儒林外史》的内容非常广阔。作者通过二百来个个性鲜明的人物,反映了现实生活的许多本质的方面,勾画了18世纪中国封建社会的一幅缩影。它主要的内容是对科举制度的抨击。

在当时,清朝统治者严酷地统治着文化思想。一触忌讳,就会有大祸临头,许多惨绝人寰的文字狱就是例子。因此,作者不得不费尽苦心,把所抨击的当时现实用历史上的一些人物事件装点成明代的社会。而这样做又显得十分自然,因为八股取士的科举制度本来是从明初开始的,从明初到清,这方面的基本情况大致相同。这些情况经过作者的提炼,就成为表现在小说中的典型情况了。

第一回写洪武四年,王冕看见邸抄载礼部议定的用《五经》、《四书》、八股文取士之法,便对秦老说:"这个法却定的不好。将来读书人既然有此一条荣身之路,把那文行出处都看得轻了。"这正是对始作俑者的抨击。明代科举是洪武三年开始的。朱元璋下诏说:"使中朝文武皆由科举而进,非科举无得与官。"洪武十七年又制定了科举的规式。

八股文是以《四书》、《五经》命题的②,所以又叫"四书文"、"经义文";而"制义"、"制艺"、"时文"等等又都是它的别称。它的特点是:(1)"代古人语

---

① 程晋芳:《文木先生传》。
② 《明史·选举志》。

气为之"①,即所谓"代圣贤立言";(2)体用排偶,有一定的程式②。这种文章真是统治者桎梏人们思想的最毒辣的工具。封建时代的知识分子总是想做官的;要做官就得"由科举而进";要"由科举而进"就得做死硬的八股文,在一定的程式内代圣贤立言,不许独抒己见,结果是人云亦云,养成没有自己的思想的应声虫。何况应试的时候又有一套严密的挫折士子的锐气、消磨士子的廉耻的"场规"。这方面,明末散文家艾南英在《应试文自序》中描写得很详细。士子经受许多难堪的困辱,"面目不可以语妻孥",但仍循规蹈矩,"噤不敢发声"。经过这样的训练,还有什么廉耻,什么气骨?侥幸中选,做了官,当然是俯首帖耳了。

  清朝统治者入关,继承了这一分"遗产",用来笼络汉族的知识分子。吴敬梓的时代,清朝的统治权稳固了,用八股取士的办法在其他办法(如兴文字狱)的协助下收到了很大的效果。一般知识分子丢开了从顾、黄、王、颜诸大师手里传递下来的斗争火炬,投入八股文中,从那里寻找荣身之路,从而一步步地爬上去。章学诚《答沈枫墀论学书》说:

  仆年十五六时,犹闻老生宿儒自尊所业,至目通经服古谓之杂学,诗古文辞谓之杂作。士不工四书文不得为通——又成不可药之蛊矣!

章学诚十五六岁的时候(1752—1753),正当吴敬梓的晚年。那时的知识界是那样,科举制度毒害的严重就可想而知了。吴敬梓在这样的社会里,向科举制度投出锋利的匕首,应该说是勇敢的,有进步性的。

  吴敬梓大力地从科举制度对一般知识分子的支配力和诱惑力这一点上揭露科举制度的反动性。通过八股文选家马二先生的口,反映了一般知识分子对科举制度的看法。第十三回,蘧駪夫对马二先生说不曾致力于"举业"(做八股文),马二先生说:

  你这就差了。举业二字是从古及今人人必要做的。……到本朝用文

---

  ① 《明史·选举志》。

  ② "八股"这名称始于明成化以后。通常认为八股是指破题、承题、起讲、起股、虚股、中股、后股、大结。清人崔学古《少学》篇说是起股、虚股、中股、后股,每项二股,所以说八股。见《檀几丛书》二集。

章取士,这是极好的法则。就是夫子在而今,也要念文章,做举业,断不讲那"言寡尤,行寡悔"的话。何也?就日日讲究"言寡尤,行寡悔",那个给你官做?孔子的道也就不行了。

第十五回,马二先生在给匡超人饯行时说:

你如今回去,奉事父母,总以文章举业为主。人生世上,除了这事就没有第二件可以出头。不要说算命拆字是下等,就是教馆、作幕,都不是个了局。只是有本事进了学,中了举人、进士,即刻就荣宗耀祖。

这两段话充分地说明了科举制度的支配力和诱惑力。作者通过许多人物故事,生动地表现了这种支配力和诱惑力怎样控制着一般知识分子。例如周进,考到六十岁还连一个秀才也捞不到。不仅在物质生活上受压迫,而且在精神生活上受屈辱。秀才梅玖是那样轻薄地嘲笑他,举人王惠是那样盛气凌人地欺压他。夏总甲嫌他呆头呆脑,薛家集的人都不喜欢他,以致连一年只挣十二两银子的馆也坐不牢,不得不跟着他的到省城去做生意的姐夫混饭吃。就是在这时候,他也没绝望于科举。他一看见几十年梦想着的贡院,就要求进去看看。一进了贡院的天字号,看见两块号板,就"不觉眼睛里一阵酸酸的,长叹一声,一头撞在号板上,直僵僵不醒人事"。才救活过来,又"伏着号板哭个不住;一号哭过,又哭二号,三号,满地打滚,哭了又哭,哭得众人心里都凄惨起来"。直到众客人答应帮他凑钱捐监进场,参加考试,这才"爬到地下,磕了几个头……再不哭了,同众人说说笑笑,回到行里"。又如五十四岁的老童生范进,考了二十多次,一直没考取。忍饥受冻,还要受丈人胡屠户的气。好容易遇到周进做学道,才做了秀才。但当他要参加乡试(考举人),请求丈人帮助的时候,又被胡屠户骂了一个狗血喷头。但一顿臭骂也阻止不住他的奔驰着的希望之马,终于瞒着丈人,参加了考试。"出了场,即便回家,家里已饿了两三天。被胡屠户知道,又骂了一顿。"谁想当他把一只生蛋的母鸡抱到集上去换米的时候,竟来了报子,说他中了举人。中举人,这是他几十年来的梦想,也是一个不料竟会实现的梦想。如今竟实现了,惊喜交集,以致发了疯。

科举制度的魔力甚至控制了没有资格参加考试的妇女。鲁编修的女儿从小受她父亲熏陶,竟成了八股文专家。她嫁给蘧公孙,门户相称,才貌相当,料想公孙举业已成,不日就是个少年进士,因此十分满意。后来知道蘧公孙只爱吟诗,不会做八股文,就愁眉苦脸,长吁短叹,说是误了她的终身。她母亲劝解说:"我儿,你不要恁般呆气,我看新姑爷人物已是十分了,况你爹原爱他是个少年名士。"她回答说:"母亲,自古及今,几曾看见不会中进士的人可以叫做个名士的?"说着,就越发恼怒起来。想来想去,只好把希望寄托在儿子身上。儿子到了四岁,就亲自拘着他在房里"讲《四书》,读文章",常常熬到深夜。蘧公孙受了她的影响,也学起八股文来,和马二先生交朋友了。

科举制度为什么有这么大的支配力和诱惑力呢?因为从这里可以得到功名富贵。周进发达之后,原先侮辱他的梅玖恬不知耻地在别人面前冒充他的学生,把他先前写的对联也小心地揭下,像宝贝一样藏起来。汶上县的人,不是亲的也来认亲,不相与的也来认相与。轻视他、辞掉他的馆的薛家集的人也敛了分子,买礼物前来贺喜;后来竟供起他的长生禄位牌。又如范进,中了举人之后,不说旁人,就是才臭骂过他的胡屠户,马上就换了一副嘴脸。乡绅张静斋也马上来贺喜,恭维了一通之后,还送银子,送房子。

作者在从科举制度对一般知识分子的支配力和诱惑力这点上揭露它的反动性的同时,也揭露它的腐朽性。统治者用八股文取士,本来是一种愚民政策。八股文既然能够博取功名富贵,知识分子自然就会专心学习它;而况统治者还嫌不够,竟公开地反对做学问,只提倡作八股文。周进做学道,有一个童生要求面试诗词歌赋,他变了脸道:"当今天子重文章(专指八股文),足下何必讲汉唐?……那些杂览,学他做甚么?"于是命令"如狼似虎的公人,把那童生叉着膊子,一路跟头,叉到大门外面"。这样,准备应试的人就只知道,而且只能够做八股文了。

虽然统治者制订了所谓场规,但那种考试实际上是弊窦百出的。八股文做得好也不一定能考取,考取的不一定做得好八股文。我们看,周进连一个秀才都捞不到,在捐了监之后,却马上考取举人、进士,扶摇直上。他做了学道,不等试卷交齐,就可以先取范进为第一名,魏好古为第二十名。更有甚者,巡抚衙门的潘三可以设法用匡超人做替身,替金跃考秀才。这样的考试制度,怎么能拔取真才?所以已经做了学道的范进,为了报答老师的恩,要照应考生荀玫;而当幕客开他的玩笑的时候,他竟连大诗人苏轼都不知道,还皱着眉道:"苏轼既然文章不好,查不着也罢了;这荀玫是老师要提拔的人,查不着不好意思的。"进士出身的汤知县和两个举人谈刘基的事情,连起码的历史常识都没有,还装腔作势,显示学问很渊博。庄先生把马纯上比作《易经》上所说的"亢龙",高翰林竟认为"把一个现活着的秀才拿来解圣人的经";武正字反问他如果活着的人不能引用的话,文王、周公为甚么就引用微子、箕子,孔子为什么就引用颜子,这位翰林只好承认自己"未曾考核得清"。

作者所反映的这种情况是完全真实的。顾炎武在《日知录》中曾指出明朝的秀才举人之流"不知史册名目、朝代先后、字书偏旁";并且愤怒地指斥八股文之祸甚于秦始皇的焚书坑儒。清朝的情况当然更坏。王渔洋《香祖笔记》卷八中记载一位"老科甲"不知《史记》为何书,司马迁为何人;卷五中记载一位"太学生"不知《昭明文选》。这都是典型的例子。

统治者用八股文取士,本来是为自己选拔百依百顺的臣仆,并不是要培养有学问的人才。这种反动的腐朽的科举制度不仅把一般知识分子培养成庸妄无知而不自知的人,更把他们培养成堕落无耻而不自觉的人。范进本来很老实,中举后死了母亲,就听了张乡绅的话,换掉孝服,到汤知县那里去打秋风,现出种种丑态。荀玫中进士后做了工部员外郎,听到母亲病故的消息,怕丁忧耽误做官,就打算匿丧不报;身为人伦师表的周司业、范通政也居然赞成,愿意想办法替他"夺情"。严贡生口里说"从不晓得占人寸丝半粟的便宜",可是实际上竟讹诈船家,关王大的猪。……所有这些知识分子,为了功名富贵,什么事都做得出来,还不以为耻,反而认为应该如此。偶然有真正讲究品德的人,就会受到冷嘲热讽,被看作呆子。高翰林嘲讽杜少卿的父亲道:"……逐日讲那'敦孝弟,劝农桑'的呆话。这些都是教养题目里的词藻,他竟拿着当了真。"这正说穿了科举中人的秘密:什么"孝弟忠信礼义廉耻"都不过是八股文中的词藻,用以骗取功名富贵而已。如果"竟拿着当了真",那么,如马二先生所说:"日日讲究'言寡尤,行寡悔',那个给你官做?"就这样,伴随着科举制度的功名富贵观念,通过科举中人,逐渐腐蚀了整个的社会风习。从第二回的薛家集到第四十七回的五河县,几乎每一个地区都成了利欲熏心的世界。在这样的世界里,一个没有权势的知识分子,即使有渊博的学问、卓越的文才、优良的品行,也不免于受人轻视。五河县的虞华轩,文章如班、马,诗赋追李、杜,而且是名门之后;只是现在势衰,所以五河县人总不许他开口。作者愤激地写道:

五河的风俗:说起那人有品行,他就歪着嘴笑;说起前几十年的世家大族,他就鼻子里笑;说那个人会做诗赋古文,他就眉毛都会笑。问五河县有什么山川风景,是有个彭乡绅;问五河县有什么出产稀奇之物,是有个彭乡绅;问五河县那个有品望,是奉承彭乡绅;问那个有德行,是奉承彭乡绅;问那个有才情,是专会奉承彭乡绅。却另外有一件事,人也还怕,是同徽州方家做亲家;还有一件事,人也还亲热,就是大捧的银子拿出来买田。

彭家中了几个进士,点了两个翰林,方家是大盐商,又开着典当铺,五河县人就那样奉承他们。第四十七回里的这个情节是令人痛心的:虞、余两家有几位叔祖母"节孝入祠",虞华轩和余氏兄弟各传合族人公祭,但他们两家的族人不肯来,原因是要去陪祭候送方家的老太太入祠。作者用对照的手法描下一幅世态炎凉的图画。"节孝"是封建统治者及进士举人等所提倡所歌颂的封建礼教的一个核心部分,然而就在"节孝入祠"这样的大典上暴露了那些"圣贤之徒"的丑恶面目。正如余大先生所说,"礼义廉耻一总都灭绝了"。

作者抨击科举制度,是从它给社会、给人民带来了严重的灾害这一点出发的。范进考得了秀才,胡屠户就教训他说:"你如今既中了相公,凡事要立起个体统来。……若是家门口这些做田的、扒粪的,不过是平头百姓,你若同他拱手作揖,平起平坐,这就坏了学校规矩,连我脸上都无光了。你是个烂忠厚没用的人,所以这些话我不得不教导你。"本来淳厚的匡超人,考得了秀才,补了廪,就越变越坏。他告诉他哥哥:"就是那年我做了家去与娘的那件补服。若本家亲戚们家请酒,叫娘也穿起来,显得与众不同。哥将来在家,也要叫人称呼'老爷'。凡事立起体统来,不可自己倒了架子。"做了个秀才就要骑在人民头上,中了举人、进士,当了乡绅或作了官,就更了不得了。严贡生讹诈船家,关王大的猪,短黄梦统的驴、米和稍袋,动不动拿帖子送人;张静斋霸占人家的田产;刘知府的家人在河里乱打人……这还是些小事。严重的是科举制度培养出来的这些庸妄无知、堕落无耻的人作为皇帝的爪牙掌握着政权,操纵着人民的命运。汤知县为回民卖牛肉的事,听了张静斋的话闹出人命。王太守用板子、戥子和算盘治理南昌,"衙役百姓一个个被他打得魂飞魄散……睡梦里也是怕的"。因为这,"各上司访闻,都道是江西第一个能员",很快就升上去了。"灭门的知县";"三年清知府,十万雪花银",可见当时的政治是怎样黑暗,人民是怎样痛苦。虞博士在常熟县看到一个农民因为父亲死了没有钱买棺材,愤而投河,那难道是个别的现象?

《儒林外史》在鞭挞科举制度培养出来的这些庸妄无知,堕落无耻的人物的同时,也鞭挞了和这些人物相关联的其他人物。有和官府、乡绅相结合的盐商、地主,如万雪斋、宋为富和五河县的方家、彭家等等;有倚仗官府、毒害百姓的衙役、里胥,如潘三、夏总甲等等;有因走不通科举这一条荣身之路而冒充名士,奔走于官吏、乡绅和盐商之间的,如杨执中、牛玉圃、景兰江、浦墨卿、支剑峰、牛浦郎、辛东之、金寓刘等等……作者对这些人物的讽刺也是彻骨地深刻的。

和所有这些所鞭挞的人物对照,作者也创造了许多正面人物。这可以分为三类:一类是个别的好官,如乐清知县李瑛、安东知县向鼎,作者以热情的笔触描写他们求贤爱士、笃于交谊的品质。一类是鄙视功名富贵、讲究文行出处的高人,如王冕、虞育德、庄绍光、杜少卿、迟衡山、武正字等,作者以钦敬的心情歌颂他们的坚贞的志节和不凡的抱负。另一类是无数被侮辱被损害的下层小民,如鲍文卿、沈琼枝、倪老爹、卜老爹、季遐年、王太、盖宽、荆元等,作者以无限的同情赞扬他们的笃厚的人情和高尚的品质。

鲁迅在《中国小说史略》中说:"迨吴敬梓《儒林外史》出,乃秉持公心,指摘时弊,机锋所向,尤在士林;其文又戚而能谐,婉而多讽:于是说部中乃始有足称讽刺之书。"又说:"敬梓之所描写者……既多据闻见[①],而笔又足以达之,故能烛幽索隐,物无遁形,凡官师、儒者、名士、山人,间亦有市井细民,皆现身纸上,声态并作,使彼世相,如在目前。"这对《儒林外史》的思想和艺术的评价是十分中肯的。为了具体地了解《儒林外史》的思想和艺术,不妨选择"王冕"、"范进中举"、"严贡生和严监生"三个篇章分析一下。

先分析"王冕"。

作者把写王冕的这一回书称为全书的"楔子",用以"敷陈"全书的"大义",其意义是非常深刻的。

作者的分明的爱憎决定了创作方法上的一个显著的特点:用正面形象否

[①] 根据金和《儒林外史》跋及其他材料,《儒林外史》中的许多人物,是作者以他所熟悉的人为模特儿创造出来的。杜少卿的模特儿是作者自己,杜慎卿的模特儿是作者的从兄吴青然,马二先生的模特儿是冯粹中。其他如虞博士、庄征君、迟衡山、武正字、凤四老爹、牛布衣、权勿用等,也是分别以吴蒙泉、程绵庄、樊南仲、程文、甘凤池、朱草衣、吴镜等为模特儿的。

定反面形象。例如沈琼枝这个被侮辱的弱女子的形象,不仅鞭挞了下流无耻的盐商,而且讽刺了趋炎附势的知识分子。杜少卿说得好:"盐商富贵奢华,多少士大夫见了就销魂夺魄;你一个弱女子视如土芥,这就可敬的极了。"又如鲍文卿这个被人轻视的戏子的形象,也同样鞭挞了许多上层人物。向鼎让他和季守备同席,季守备知道他是个戏子,脸上就显出些怪物相。向鼎看出季守备的表情,故意说:"而今的人可谓江河日下。这些中进士、做翰林的,和他说到传道穷经,他便说迂而无当;和他说到通今博古,他便说杂而不精。究竟事君交友的所在,全然看不得。不如我这鲍朋友,他虽生意是贱业,倒颇多君子之行。"这样,在这些正面人物的对照下,那些反面人物就显得更加可憎了。王冕这个"隐括全文"的"名流"就是作者所创造的用以否定全书中所有反面人物的正面形象。

王冕是历史人物,《明史》有他的传。最早给王冕写传的是宋濂①。但作者笔下的王冕显然和历史上的王冕大不相同,是用典型化的方法创造出来的艺术典型。作者创造这个典型,固然采取了王冕的一些事迹,但是以他最熟悉的现实人物——他的朋友王溯山和前辈王宓草等为模特儿,改造了王冕的性格特征。从王冕这个人物的性格特征的改造中可以看出作者的创作思想。作者通过他的性格、他的生活道路的描写,反映了社会生活的某些本质的方面。

作者首先改变了王冕的家庭环境。他七岁上死了父亲,母亲靠做针指供给他在村学堂里读书,终于读不下去了,没奈何让他受雇在间壁秦老家放牛。母亲嘱咐王冕的话是十分动人的。在"年岁不好,柴米又贵"的情况下,一个穷苦的"寡妇人家",受生活的压迫,不得不停了儿子的学,让他给人家做牧童,她的内心多么痛苦!而王冕,正因为生活于这样穷苦的家庭,才形成了朴实的、善良的性格。当他看到"母亲含着两眼眼泪去了"的时候,他对母亲的痛苦心情的体会是深刻的,因此,他才能那样孝敬母亲,努力学习。

王冕的母亲是个性格坚强的劳动妇女,她的阶级本性和生活阅历使她憎恨为非作歹、虐害小民的统治者。她支持王冕不和统治者合作的高洁行为,临死还告诫不要作官。她对王冕的性格形成是很有影响的。

秦老是个比较富裕的农民,但他的性情是淳厚的,心地是善良的。他对王

---

① 《明史》及朱彝尊《曝书亭集》中都有王冕的传。宋濂的《王冕传》见《宋学士文集·芝园后集》卷十。有四部丛刊本。

冕照顾得很好,使王冕能够学画读书。王冕离开他家的时候,他还在精神上支持王冕,使王冕高洁的人格得以完成。

影响王冕的性格的形成和发展的,还有另一种社会力量。当王冕十三四岁,放牛,看书,"心下也着实明白了"的时候,在他面前出现了三个势利的乡绅。一个穿宝蓝直裰的胖子首先开口:"危老先生①回来了。新买了住宅,比京里钟楼街的房子还大些,值得二千两银子。……前月初十搬家,太尊(知府)、县父母(知县)都亲自来贺。"另一个穿玄色直裰的瘦子接口说:"县尊(知县)是壬午举人,乃危老先生门生,这是该来贺的。"胖子又说:"敝亲家也是危老先生门生,而今在河南做知县。前日小婿来家,带二斤干鹿肉来见惠,这一盘就是了。这一回小婿再去,托敝亲家写一封字来,去晋谒危老先生;他若肯下乡回拜,也免得这些乡户人家放了驴和猪在你我田里吃粮食。"那瘦子又称赞危老先生是一个学者。而另一个胡子赶快捕风捉影地说:"听见前日出京时,皇上亲自送出城外,携着手走了几十步,危老先生再三打躬辞了,方才上轿回去。看这光景,莫不是就要做官?"这寥寥两三百字的对话充分暴露了三个乡绅的丑恶的精神世界,也暴露了从乡绅通到知县、知府、皇帝宠信的学者以至皇帝本人的整个的反动势力。王冕对这种反动势力是由衷地憎恨的。然而不多久,这种反动势力就压到王冕的头上了。

时知县(就是瘦子所说的"乃危老先生门生"的那位县尊)为了巴结危素,吩咐翟买办找人画二十四幅花卉册页送礼;翟买办找到了王冕。王冕本不想画,但由于秦老在旁撺掇,屈不过他的情,只得应诺了。翟买办一来就干没了他一半的笔资。危素赏识王冕的画,要时知县约他相会。时知县即刻差翟买办拿帖子来请,不料王冕却不肯去。这时候,翟买办的狐假虎威的狗腿子相完全暴露出来。但不管怎样威吓,王冕终于没屈服。最后由秦老设法,送了些差钱,告了病,才把那个狗腿子打发走了。紧接着,作者描写了时知县听到王冕因病不来以后的卑污的心理活动。他想到叫不来王冕,怕老师笑他"做事疲软",打算自己下乡,带王冕来见老师,"却不是办事勤敏?"回头一想:"一个堂堂县令屈尊去拜一个乡民,惹得衙役们笑话。"又一转念:"老师前日口气,甚是

---

① 危素也是个历史人物,《明史·儒林传》有他的传。但《儒林外史》中的危素是一个艺术典型。本来危素是江西金溪人,作者却把他写成浙江诸暨人,和王冕做同乡。《明史》对危素是褒扬的,作者却把他写成个反面人物。这都是和作者的创作思想有关的。

敬他;老师敬他十分,我就该敬他一百分。"为了讨好老师,他终于下乡去了,可是倔强的王冕却老早躲开了。他十分恼怒,本要即刻差人拿王冕来责惩,又怕老师说他暴躁,只得忍口气回去,再设法处置。但他还没来得及处置,王冕已经逃走了。

王冕执意不肯和时知县、危素结交,并不是故作清高,而是看出了"时知县倚着危素的势,要在这时酷虐小民,无所不为"。他是不愿意助纣为虐的。

王冕逃亡在外,既受够了济南府里几个俗财主的气,又看见"逃荒的百姓,官府又不管,只得四散觅食"的惨状,进一步认识了政治的黑暗和统治阶级的罪恶,预料"天下自此将大乱了"。果然不出他所料,一年以后,农民起义的风暴就席卷了全国。

作了吴王的朱元璋拜访他,他忠告朱元璋"以仁义服人",那完全是从人民的利益出发的。朱元璋做了皇帝,他听到酷虐小民的危素已问了罪,当然高兴;但看到礼部议定的取士之法,又大为不满,因为那种取士之法将会培养出一批新的不讲"文行出处"的人去做统治者的爪牙,危素、时知县之流的人物将充斥天下。这样,他听到朝廷要征聘他做官的消息,就连夜逃往会稽山中,至死没出山。

作者通过王冕对统治者的斗争,画出了一幅社会生活的略图,在知识分子面前提出了极尖锐的问题:在政治黑暗的社会中,知识分子应该像危素、时知县一样去做统治者的帮凶,酷虐小民呢,还是应该像王冕一样讲究"文行出处",不和统治者同流合污?

《儒林外史》的序幕就这样揭开了。当读者正在思考这样的问题的时候,知识分子纷纷登场:周进、范进、张静斋、严贡生……这许多否定性的形象,杜少卿、迟衡山、庄绍光、虞博士……这许多肯定性的形象,明确地回答了这个问题。

再谈"范进中举"。

这也是《儒林外史》中最精彩的篇章之一。它通过范进中举前后主观客观方面的各种变化的描写,批判了反动的科举制度,讽刺了浮薄的人情世态。

作者对范进中举以前的描写是非常概括、非常富于暗示力的。那个吃了几十年苦头、忽然平步青云、做了广东学道的周进主持县试,看见一个面黄肌瘦、花白胡须、头戴破毡帽、在十二月里还穿着麻布直裰、冻得乞乞缩缩的童生领了卷子,就记在心里。等到这个童生来交卷,又看见那麻布直裰因为朽烂了,在号里又扯破了几块,就勾起了他的记忆,打动了他的同情心。于是和那个童生谈起来了。童生告诉他叫范进,实年五十四岁,二十岁应考,已考过二十多次。

就这么寥寥几笔,已经暗示出范进几十年的痛苦经历。和他一样有过几十年痛苦经历的周进看一看自己身上"绯衣金带,何等辉煌",就决心要提拔他。初看他的文章,看不懂说的是什么话;但天晓得是什么神差鬼使,再看一遍,就觉得有些意思;看第三遍,竟发现是天地间之至文! 于是取他为第一名。

读者必须联系周进以前的遭遇,才能想象到他看到范进以后的心理活动;而这种心理活动是决定范进的命运的。

在范进考取秀才回来的时候,作者写了他的简陋的房子,写了丈人胡屠户怎样教训他;在他要去参加乡试的时候,写了胡屠户又怎样辱骂他;在他瞒着丈人去应试回来的时候,写了他家里已饿了两三天,他母亲已饿得老眼昏花,只得让他把仅有的一只生蛋母鸡拿到集上去卖。

这就是范进中举以前的生活。这生活是浸透着眼泪的。他忍饥、受冻、挨骂,考了二十多次,才捞到个秀才;他不知又要考多少次才能捞个举人。"穷秀才,富举人。"做了秀才,只能坐个馆;中了举人,那就大不相同,会完全改变现状。然而正如他的丈人所说:举人是天上的"文曲星","尖嘴猴腮"的他就敢妄想"天鹅屁吃"吗? 这一切都是他"抱着鸡,手里插个草标,一步一踱的东张西望,在那里寻人买"的时候想到的。就在这样想的时候,竟然听到说:"你中了举了!"这突如其来的喜报使他又惊又喜,以至神经失常,发了疯。

中举以后,果然一切都改变了,这是范进预料到的,所以他毫不惊异。但他母亲是预料不到的。他母亲,那个不曾见过世面的乡村妇女,不懂得中举有多大的意义。当范进发疯的时候,他哭着说:"怎生这样命苦的事! 中了一个甚么举人,就得了这个拙病!"所以后来看到一切都起了变化,还不明白底细,对那些洗碗盏杯箸的家人、媳妇、丫环说:"你们嫂嫂、姑娘们要仔细些,这都是别人家的东西,不要弄坏了。"家人、媳妇、丫环回答道:"老太太,那里是别人的? 都是你老人家的。"她不相信,笑道:"我家怎的有这些东西?"大家一齐说:"怎么不是? 岂但这个东西是,连我们这些人和这些房子都是你老太太家的。"她听了,把细磁碗盏和银镶的杯盘逐件看了一遍,笑道:"这都是我的了!"大笑一声,往后跌倒,不醒人事。

一个受尽挫折的知识分子因中举而发疯,一个受尽困苦的乡村妇女因暴富而送命,这都是不普遍不常见的事件,然而是典型的事件,通过这个事件,暴露了科举制度的反动本质。

作者通过许多人,特别是胡屠户的不同表现,暴露了被功名富贵的毒液腐蚀的薄劣的人情世态。

胡屠户因为常和"一年就是无事,肉也要用上四五千斤"的乡绅们打交道,严重地受到那种趋炎附势、吹牛拍马、唯利是图的恶浊风气的侵染。作者"无一贬词",只描述了他在不同场合的不同言行,就把他的丑恶的嘴脸乃至卑污的灵魂完全暴露出来了。

范进做了秀才,他来贺喜的时候说,他悔不该把女儿嫁给范进这个"现世宝"、"穷鬼",历年累够了他。还说什么因他积了德,才带挈范进中了个相公。范进想参加乡试,求他帮些盘费,被他骂了个狗血喷头:"这些中老爷的都是天上的'文曲星',你不看见城里张府上那些老爷,都有万贯家私,一个个方面大耳。像你这尖嘴猴腮,也该撒抛尿自己照照! 不三不四,就想天鹅屁吃!"可是范进一中举,他就马上换了一副面孔,恬不知耻地说:"我每常说,我的这个贤婿才学又高,品貌又好,就是城里头那张府、周府这些老爷,也没有女婿这样一个体面的相貌。你们不知道,得罪你们说,我小老这一双眼睛却是认得人的。想着先年,我小女在家里长到三十多岁,多少有钱的富户要和我结亲,我自己觉得女儿像有些福气的,毕竟要嫁与个老爷,今日果然不错。"他跟在才发过疯的女婿后面,"看女婿衣裳后襟滚皱了许多,一路低着头替他扯了几十回"。到了家门,竟高声叫道:"老爷回府了!"

前后对照一下吧,这是个什么人?

范进做了秀才,他拿来了一付大肠、一瓶酒,让范进母子尝了些油水;他自己呢,在辱骂、教训范进之后,吃得醉醺醺的。范进母子"千恩万谢",他没理会,"横披了衣服,腆着肚子去了"。

范进中举了,他送来七八斤肉、四五千钱。范进回送他六两多银子,他"把银子攥在手里紧紧的,把拳头舒过来,道:'这个,你且收着'"。范进还是让他带走,他"连忙把拳头缩了回去,往腰里揣","千恩万谢,低着头,笑眯眯的去了"。

前后对照一下吧,这是个什么人?

范进的母亲死了,合城绅衿都来吊唁。胡屠户"上不得台盘,只好在厨房里或女儿房里,帮着量白布,秤肉,乱窜"。可是当他去请和尚念经,和尚问他

"这几十天想总是在那里忙"的时候,他却大吹大擂道:"可不是么?自从亲家母不幸去世,合城乡绅那一个不到他家来?就是我主顾张老爷、周老爷,在那里司宾,大长日子,坐着无聊,只拉着我说闲说,陪着吃酒吃饭;见了客来,又要打躬作揖,累个不了。我是个闲散惯了的人,不耐烦作这些事。欲待躲着些——难道是怕小婿怪?惹绅衿老爷们看乔了,说道:'要至亲做甚么呢?'"这样一吹,把和尚吓得"屁滚尿流,慌忙烧茶,下面"。

前后对照一下吧,这是个什么人?

作者所创造的胡屠户这个小市民的形象,真是活现纸上,声态并作!

围绕着范进中举,作者创造了张静斋这个乡绅的形象。张静斋不惜送银子、送房子结交范进,拉世兄弟的关系,那是为了助长自己的声势,更便于为非作歹,欺压小民。他为了得到一块田而设计陷害僧官。约范进一同到汤知县那里去打秋风,竟发出"你我做官的人,只知有皇上,那知有教亲"的"谠论",撮弄得汤知县害死回民,激起回民暴动。就通过这么几个细节,这位乡绅的反动本质已经暴露无遗了。

再谈"严贡生与严监生"。

在这个篇章中,以严监生的财产问题为核心创造了严贡生、严监生、王德、王仁、王氏、赵氏等许多人物,通过对这些人物的精神世界的无比深刻的揭露,描绘了封建社会骨肉亲戚之间尔虞我诈、勾心斗角、倚强凌弱的真实情况,暴露了宗法制度和科举制度的罪恶。

严氏兄弟两个本质上有相同之处:都爱财、吝啬。但他们的个性大不相同,通过不同的个性表现出来的爱财、吝啬的情况也大不相同。

严监生有十多万银子的家产,但无才无能,在科举路上爬不上去,只出钱捐了个监。同时,已经四十多岁了,他的妻王氏还没生个儿子,他的妾赵氏生了儿子,但只有三岁。而在他的身旁,站立着好几个强横的骨肉亲戚,觊觎他的家产。这样,本来很懦弱的他就越来越胆小怕事了。他是个十分吝啬的守财奴;但他看得清楚,要守住财产是很困难的。于是,一方面,为了做许多有利于守住财产的工作(如为乃兄息讼事,立赵氏为正室,讨好王德、王仁等等),硬着心拿出一大封一大封的银子;另一方面,更加刻苦,拚着命料理家务,舍不得吃,舍不得穿,到了病得饮食不进,骨瘦如柴,也舍不得银子吃人参。终于忧劳而死。临死还因为灯盏里点了两根灯草多费了油而不肯断气。孤立地看,这个灯草的细节描写是令人发笑的;然而联系前面的情节,我们就会深刻地体会到一个这样吝啬的人竟好像很大方地拿出银子来的痛苦心情,就会恍然大悟他致死的原因,就会在刚觉得他可笑的时候,立刻感到他也可悲。请想一想吧,是什么决定了他的悲惨的结局呢?

严贡生是下流无耻的恶棍。他自奉甚厚,对别人呢,可真是一毛不拔,而且用各种无赖手段讹诈人,乃至于在弟弟死后,想霸占他的家产。

严贡生登场的描写是耐人寻味的。范进和张静斋坐在关帝庙里准备见汤知县的时候,忽然走进一个"方巾阔服,粗底皂靴,蜜蜂眼,高鼻梁,落腮胡子"的人,自我介绍了一通,接着他的家人就送来了酒食,他便和范、张谈起来了。这个人就是严贡生。

他对范、张谈了许多话,反复地表白他为人率真,从不晓得占人寸丝半粟的便宜,所以历来的父母官都很爱他。现在的汤知县和他更有缘法。虽然很少相会,但凡事心照,着实关切。他这样表白的动机就是希望范、张在汤知县面前称赞他几句,以便改变汤知县对他的看法,从而掩盖他的种种恶劣行为。然而无情的现实却使他当场出丑。他刚说过从不占人寸丝半粟便宜,家里的小厮就跑来说:"早上关的那口猪,那人来讨了,在家里吵哩。"而当王小二和黄梦统对汤知县陈诉了他的劣迹之后,汤知县对他的态度也和他所表白的完全相反。汤知县说:"一个做贡生的人,悉列衣冠,不在乡里间做些好事,只管如此骗人,其实可恶!"于是批准了告他的状子。他只好逃走了,他惹的祸却落在胆小怕事的弟弟严监生头上。

这以后,描写了他给儿子招亲,装病吃药(其实是云片糕)来讹诈船家,霸占弟弟的遗产,以及到京城里冒认周学台的亲戚,妄想到部里告状等无耻行为,用讽刺之火把他烧毁了。

王德、王仁是严监生的小舅子,因为都是廪生,又都做着极兴头的馆,铮铮有名,所以严监生处处想倚仗他们。严贡生因汤知县要审断他诈骗人的案子逃走了,差人找严监生。严监生慌了,找两位舅爷商议,由他们两个出面,用十几两银子了结了案件,官司已了,严监生整治酒席请他们酬谢,他们还拿班做势,请了好几回才肯来。

妹子王氏病危,主张在她死后把赵氏扶正。严监生即请他们来,告诉了王氏的意见,他们走在妹子床前,妹子已不能言语了,把手指着孩子,点了点头。既然妹子愿意,他们应该是同意的,却"把脸本丧着,不则一声"。请他们到屋里用饭,也不肯表示态度。严监生没法,只得把他们请到密室里,给每人送了一百两银子,还声明明日拿轿子接两位舅奶奶来,给她们送些首饰,还声明将要修岳父岳母的坟。过后,严监生有事出去了;转来的时候,情况大有变化:两位舅爷已经把眼都哭红了。弟兄两个争先恐后地讲了许多大道理,坚决主张把赵氏扶正。王仁甚至义形于色,拍着桌子说:"我们念书的人全在纲常上做工夫。就是做文章,代孔子说话,也不过是这个理。你若不依,我们就不上门了。"严监生是巴不得这样做的,怎会"不依"? 于是在王氏活着的时候就举行婚礼,把赵氏立为正室。还逼着妹妹立了遗嘱,他两个都画了字。

赵氏扶正是他两个主持的,赵氏因为感恩,也因为想继续倚仗他们,给他们许多好处。但是当赵氏死了丈夫又死了孩子,严贡生仍把她当作严监生的妾"叫媒人来领出发嫁",以便霸占家产的时候,他们两个却像泥塑木雕一般,连一句公道话也不肯说。

赵氏,特别是王氏,这两个人物,虽然着墨不多,但都写得活灵活现。

王氏是在严监生由于了结了乃兄的官司而酬谢王德、王仁的时候出场的。出场之前,严监生曾说她"这些时心里有些不好"。心里为什么不好,没说明;但读者明白,她拥有那么多财产,在丈夫四十多岁的时候,还没生个儿子。这回出场,作者只写了几笔:"面黄肌瘦怯生生的;路也走不全,还在那里自己装瓜子,削栗子,办围碟。见他哥哥进来,丢了过来拜见。"多么可怜的形象呀!

后来病重了,看见赵氏侍奉殷勤,又累次听赵氏说怕她死后,连孩子都将死于再娶来的大娘之手,因而对赵氏说:"何不向你爷说,明日我若死了,就把你扶正做个填房?"赵氏一听,急忙把严监生请来。严监生也听不得这一声,连忙说:"既然如此,明日清早就要请两位舅爷说定此事,才有凭据。"她摇手道:"这个也随你们怎样做去。"可以想见,严监生竟那样情急,那样热心,她是并不高兴的。但终于在见钱眼开的两位哥哥的主持下,不等她死,就把赵氏扶正了。读者可以想到她在断气之前是什么心情。

严监生和王氏的感情很好,他急于把赵氏扶正,不过是为了赵氏有个儿子,便于继承家产。王氏死后,在除夕的家宴上,忽然看见王氏历年积累的银子,想到哥哥和几个"生狼一般"的侄子常有侵夺之心,想到王德、王仁的欲壑难填,想到儿子又小,家务无人可托,他就十分怀念他的勤俭持家的王氏前妻了。

赵氏是个很有心计的女人。不难看出,让她扶正的话是她做了许多工作从王氏口里掏出来的。王氏死后,她哭得也极不自然。但她没有罪过。在封建社会里,一个做妾的人是十分可怜的,她不能不为她和儿子的前途着想。扶正以后,她一点也不照顾"上不得台盘"的娘家兄弟和侄子,却极力巴结有势的王德、王仁和严贡生父子。这虽然势利,但也是从维持家产的目的出发的,可以说用心良苦。但不幸儿子一死,严贡生就要侵夺她的家产,王德,王仁袖手旁观。要不是封建制度本身的矛盾救了她——妾生的知县和有妾的知府同情她,准了她的状子,她就不免于被严贡生"揪着头发臭打一顿,登时叫媒人来领出发嫁"。

看一看吧,封建社会骨肉亲戚之间的关系就是这样的!然而这不光是人的道德品质问题。赵氏扶正,严贡生霸占弟弟的遗产,这和宗法社会的嫡庶问题、财产继承问题有关;而严贡生、王德、王仁则是科举制度培养出来的"全在纲常上做工夫"的"念书人"!王德、王仁者,忘德、忘仁也!

从上面谈到的几个篇章里,已经可以看出《儒林外史》多么生动、多么真实地反映了当时的社会生活,多么热情地歌颂了生活中应该肯定的东西,多么尖锐地讽刺了生活中应该否定的东西。对于我们来说,还未尝没有认识意义、乃至教育意义。

(原刊《语文学习》1957年10月号)

试论《红楼梦》的人民性

一

曹雪芹的《红楼梦》是一部具有高度人民性和现实主义精神的文学巨著。《红楼梦》的人民性所达到的高度是和曹雪芹所站立的思想高度分不开的,不了解曹雪芹所站立的思想高度,就不可能了解《红楼梦》的人民性所达到的高度。过去的进步作家之所以是进步的,不仅由于他们掌握了现实主义的创作方法,也由于他们具有比较进步的世界观。他们敢于面对现实,敢于而且能够揭露生活中的矛盾与冲突,就是具有进步思想的证明。法捷耶夫在《论文学批评的任务》一文中说过:

> 巴尔扎克的现实主义中有着前进的浪漫主义原则,所以他的现实主义才发挥了非凡的力量。……
>
> 作为艺术家的巴尔扎克之所以具有这一特点的原因,乃在于他的世界观实际上比表面的、外在的正统王朝主义要宽广得多,这一点是已经被我们文学理论所证明了的。①

和巴尔扎克相似,曹雪芹的世界观实际上比他表面的、外在的、某些人所肯定的"老庄思想"要宽广得多;我们在分析《红楼梦》的时候可以看出,在某些地方,曹雪芹是流露了当时先进的反映着萌芽状态中的资本主义关系的发生和发展的新兴市民思想的。

---

① 刘辽逸译:《苏联文学批评的任务》第11-12页,三联版。

二

有些同志不管毛主席所说的"如果没有外国资本主义的影响,中国也将缓慢地发展到资本主义社会"这句话所包含的历史事实,断然地把"中国封建社会内的商品经济的发展已经孕育着资本主义的萌芽"的时间移到鸦片战争以后,从而得出了《红楼梦》所反映的仅仅是农民与地主的矛盾的结论。这样,就一笔勾销了《红楼梦》所反映的近代民主思想及其赖以产生的新兴的市民社会力量,把《红楼梦》和以前的许多反映农民与地主矛盾的作品等同起来。但事实告诉我们,在《红楼梦》所反映的历史时代,的确有和封建统治阶级相对立的新兴市民社会力量,而这种对立的关系,已超出了封建社会中农民和地主对立的范畴,而带有新的社会意义。同时,这种新兴的社会力量及其思想也的确在文学上得到了反映,而这种反映新兴的社会力量及其思想的文学,也已超出了仅仅反映农民与地主矛盾的作品的范畴,而赋有新的性质。这不仅《红楼梦》如此,《儒林外史》、《桃花扇》、《镜花缘》、《聊斋志异》等作品也无不如此。

《红楼梦》反映了反对科举、反对礼教、反对等级、主张男女平等、主张婚姻自由和要求个性解放等进步思想。这些思想正是作为新兴的市民社会力量之反映的近代民主思想的主要内容,在以前的中国古典现实主义文学作品中,这些思想是薄弱的,或者没有的。例如《水浒》,虽然也描写了像顾大嫂那样令人敬佩的女英雄,但一般地说,它所反映的妇女观依然是封建的妇女观,杨雄和石秀在翠屏山杀潘巧云的残酷行为,正突出地反映了当时人们的夫权主义和礼教思想。《西厢记》反映了反对礼教、要求婚姻自由的进步思想,但其中的男主人公还热衷于功名利禄,女主人公听到男主人公得官之后,也高兴得不得了,说什么"从今后晚妆楼改做了至公楼",反科举、反等级的思想是没有的。《水浒》和《西厢记》,都是辉煌的文学名著,都具有高度的人民性和现实主义精神。但由于在明代中叶以后才开始有资本主义的萌芽,在《红楼梦》所反映的康熙、雍正、乾隆时代,代表萌芽状态的资本主义关系的市民社会力量才有了进一步的发展,因而作为这种萌芽状态的资本主义关系之反映的近代民主思想,不可能在明代中叶以前的文学作品中反映出来,只能在明代中叶以后的文学的作品中反映出来。在和《红楼梦》大致同时的现实主义文学作品中,差不多都表现了这种思想:比如在《儒林外史》中,反科举、反礼教的思想就很强烈,同时也表现了男女平等的观念和个性解放的要求;《桃花扇》着重地歌颂了妓女、书估、民间艺人等下层人物,反等级的倾向是明显的;《聊斋志异》也反映了反对科举、要求婚姻自由的理想;至于《镜花缘》所反映的妇女观(如反对裹足、反对纳妾、反对合婚、主张妇女应受教育、主张应注意女科医疗等等),更是非常进步的。

三

当然,我们指出《红楼梦》所反映的社会力量和思想实质具有新的特点,并不等于否认当时占支配地位的、决定社会性质的还是封建经济,也不等于否认当时的主要矛盾还是农民和封建统治阶级的矛盾。有些同志把当时新兴的代表萌芽状态的资本主义关系的市民社会力量和封建统治阶级的矛盾看成唯一的矛盾,从而把"封建统治者必然死亡"的原因归结为"国内外的工商业资本……动摇着封建统治者的经济基础",也是片面的,不正确的。谁都知道,《红楼梦》在揭露农民和封建统治阶级的矛盾这一点上,正表现了惊人的现实主义力量。

我们既然说《红楼梦》反映了新兴的市民社会力量及其民主思想,为什么又说它反映了农民和封建统治阶级之间的矛盾呢?道理很简单。当时的新兴的市民阶级是具有一定程度的进步性和革命性的。如马克思所说:"进行革命的阶级——单就它与别一阶级的对立而言——从最初起,就不是作为一个阶级而出现的,而是作为整个的社会底代表者而出现的;它以社会的全体群众底资格,去对抗唯一的统治的阶级。这是由于它的利益,最初的确是与一切其余的未占统治地位的阶级底公共利益更加联系着的,是由于它的利益,在以前存在的关系底压迫下还没有顺利地发展为一个特殊阶级底特殊利益。"[①]新兴的市民阶级正是如此,它的利益的确是与农民阶级的利益联系着的。王夫之、黄宗羲、顾炎武、唐甄、刘继庄、戴震等人,都在表达市民阶级的利益的同时也表达了农民阶级的利益,他们的确是"作为整个的社会底代表者而出现的"。曹雪芹也是一样。

四

正因为曹雪芹是站在新兴的市民阶级方面,并以先进的民主思想为指南认识现实、反映现实的,所以他能够无比深刻地揭露当时社会的各种矛盾。

---

① 马克思、恩格斯:《德国意识形态》转引自周扬编《马克思主义与文艺》第 16—17 页。

有的同志认为《红楼梦》所反映的社会生活是"属于人民的范围之外的""封建官僚地主阶级的生活",认为《红楼梦》所反映的阶级矛盾是"封建阶级内部的矛盾",这应该说是形而上学的观点。与形而上学相反,辩证唯物主义不是把阶级社会的生活看作"彼此隔离、彼此孤立、彼此不相依赖"的各个阶级生活的"偶然堆积",而是把它看作"有内在联系的统一整体",其中各个阶级的生活是"互相密切联系的、互相依赖着、互相制约着"的。正因为如此,所以文学家能够通过局部社会生活的真实描写,反映出全部社会生活的基本矛盾、基本特征。曹雪芹的杰作《红楼梦》就是通过局部社会生活的真实描写,反映了全部社会生活的基本矛盾、基本特征的典范。

首先,《红楼梦》所反映的生活并不是某一个阶级的生活。荣宁二府的主子不过三十来人(亲戚除外),而奴仆却在十倍以上。这就是说,在贾府中有统治者,也有被统治者。统治者的骄奢淫泆的生活和被统治者的困苦屈辱的生活形成一种非常鲜明的对比。作者就从这种对比中暴露了统治者的罪恶,并揭露了存在于统治者和被统治者之间的矛盾与斗争。

贾府的主子迫害、虐杀奴仆的事实不胜枚举。而奴仆对主子,也并不是俯首贴耳,唯命是从的。在奴仆中,斗争性最强的是鸳鸯、司棋、晴雯、芳官等等,即一般的奴仆,也决不放过和主子斗争的机会。例如探春、李纨、宝钗三人代王熙凤理家,一开始就受到奴婢们的反对,她们抱怨说:"刚刚的倒了一个'巡海夜叉'(指王熙凤),又添了三个'镇山太岁'。"又如平儿曾对"众媳妇"说:"……你们素日那眼里没人,心术利害,我这几年难道还不知道?二奶奶(指王熙凤)要是略差一点儿的,早叫你们这些奶奶们治倒了。饶这么着,得一点空儿,还要难他一难!"奴仆们的反抗、斗争连"恃强羞说病"的王熙凤本人也感到难于应付,她曾对贾琏说:"咱们家所有的这些管家奶奶,那一个是好缠的?错一点儿,他们就笑话打趣;偏一点儿,他们就'指桑骂槐'的抱怨。'坐山看虎斗'、'借刀杀人'、'引风吹火'、'站干岸儿'、'推倒了油瓶儿不扶',都是全挂子的本事,况且我又年轻,不压人,怨不得不把我搁在眼里。"又如龄官对贾蔷说的两段话,有力地反映了那些被贾府买来学戏的女孩子们的反抗精神和解放要求。贾蔷给龄官买来一个会衔旗串戏的鸟儿,龄官道:"你们家把好好儿的人弄了来关在这牢坑里学这个还不算,你这会儿又弄个雀儿来,也干这个浪事。你分明弄了来打趣形容我们。"又说:"那雀儿虽不如人,他也有个老雀儿在窝里,你拿了他来弄这个劳什子也忍得?"

作者不仅揭露了贾府的统治者与被统治者之间的矛盾与斗争,而且也揭露了统治者内部的矛盾与斗争:母子之间(贾母与贾赦)、父子之间(贾政与宝玉)、母女之间(赵姨娘与探春)、婆媳之间(邢夫人与凤姐)、妻妾之间(王夫人与赵姨娘)、姑嫂之间(惜春与尤氏)、嫡庶之间(宝玉与贾环)、夫妻之间(贾琏与凤姐),都存在着或明或暗的矛盾与斗争。探春曾说:"咱们倒是一家子亲骨肉呢?一个个不像乌鸡眼似的,恨不得你吃了我,我吃了你!"

统治者内部的矛盾与斗争也扩展到被统治者内部。在奴仆中不仅有各种等级,而且也有各种派别。例如有以王善保家的(邢夫人的陪房)为首的一派,这是邢夫人的心腹,有以周瑞家的(王夫人的陪房)为首的一派,这是王夫人的心腹,其余可以类推(甚至贾琏夫妇,在奴仆中也各有自己的心腹)。

总之,存在于贾府的各种矛盾,应该说是当时整个封建社会的各种矛盾的反映。

其次,作者也并没有孤立地描写贾府生活。读过《红楼梦》的人都可以看出贾府的统治者是构成当时整个统治阶级的巨大基石。"自国朝定鼎以来,功名奕世,富贵流传,已历百载"。皇帝、王侯、官僚、吏胥、豪商、巨富……都和他们有密切的联系。从这种联系中,我们可以辨认出当时整个统治阶级的丑恶面貌和腐朽本质。贾府的被统治者,也不是孤立的,他们是当时整个被统治阶层的一部分。这样,作者就以贾府为中心,展开了整个社会生活的图画,并揭露了统治阶级与人民群众(农民和市民)的矛盾(也揭露了统治阶级内部的矛盾)。

《红楼梦》所反映的统治阶级的豪华侈靡的生活是惊人的。贾府"预备接驾一次,把银子花的像淌海水似的",甄家接驾四次,"别让银子成了粪土,凭是世上有的,没有不是堆山积海的"。"贾不假,白玉为堂金为马;阿房宫,三百里,住不下金陵一个史;东海缺少白玉床,龙王来请金陵王;丰年好大雪(薛),珍珠如土金如铁"。这个"俗谚"概括地说明了当时统治阶级的豪华生活的一般情形。作者以贾府为典型,通过日常生活和元妃省亲、秦氏出殡、做寿、过年、过中秋等典型事例,将这种豪华生活作了集中的、突出的描写。

统治阶级的生活是那样豪华侈靡,那么人民群众的生活怎样呢?作者为了把统治阶级的生活和劳动人民的生活作一种鲜明的对比,有意地从一个"芥豆之微"的"小小人家"把刘姥姥两度地引进贾府(贾府衰败以后的一次未算)。刘姥姥两次到贾府的主要表现是"少见多怪":见自鸣钟、吃螃蟹、用象牙筷子、吃鸽子蛋、吃茄鲞、用黄杨木套杯、见八哥、过大观园的牌坊、进怡红院……作者生动逼真地写出这许多细节的主要目的并不是为了制造笑料，也不是如有的同志所说的为了表现刘姥姥的"土气"、"愚蠢"，而是为了指出统治阶级的生活和劳动人民的生活是如此的悬殊，以致劳动人民对统治阶级的生活竟无法理解。

作者对人民的无限关怀往往把他的如椽之笔带出贾府的围墙。比如写宝玉等因送秦可卿之殡到一村庄的情形。又如写宝玉到袭人家中，到晴雯家中所见所闻，都是作者有意地（虽然是一鳞半爪地）描写从宝玉眼中看出的农民和市民的生活，正和有意地描写从刘姥姥眼中看出的统治阶级的生活一样，是有着巨大的揭露阶级矛盾的作用的。

作者不仅描写了统治阶级的生活和人民群众的生活是那样悬殊，而且也指出了之所以悬殊的原因。统治阶级的豪华生活的来源主要是剥削人民。有人认为贾府的生活除依靠剥削人民之外，还依靠皇帝的"恩赐"，这是不正确的。因为作者就预驳了这种说法。《红楼梦》指出统治阶级剥削人民的主要方式是收租和放高利贷。拿放高利货说，宁府抄家时光王熙凤的"借票"就抄出了"一箱子"。拿收租说，黑山村庄头乌进孝送给宁府的数目惊人的粮食和各种东西不算，光银子就有二千五百两。但这还是由于歉收，不然，是至少要送五千两的。而黑山村还只是宁府的"八九个庄子"中的一个。又从乌进孝的话中知道荣府的庄地比宁府的"多着几倍"。那么，荣宁二府每年应收租银的数量就大得惊人了。荣府的老管家周瑞曾说："奴才在这里经营地租庄子，银钱收入，每年也有三十万往来。"但这还不够他们挥霍，说什么"黄柏木作了磬捶子，外头体面里头苦"。

人民不仅被剥削，而且被掠夺。当时统治者掠夺人民的方式很多，其一便是所谓"采办"，《红楼梦》所写的金陵薛家和桂花夏家，就都是"户部挂名"的"皇商"。他们借给宫廷"采办"物品的名义，对工商业者进行掠夺，积财百万。桂花夏家光种桂花的地就有几十顷。当时统治者掠夺人民的另一种方式是通过层层关卡，征收税款。乾隆十八年，全国关税（其时海关税此重极小）已达四百三十三万两。贪官污吏更额外重征，以饱私囊。关于这一点，《红楼梦》中虽没有正面的描写，但也透露了这个消息。当王狗儿因为"家中冬事未办"而"心中烦躁"的时候，他的岳母刘姥姥劝他"想个方法"，他冷笑道："有法儿还等到这会子呢！我又没有收税的亲戚，做官的朋友，有什么法子可想的？"可见

"收税的"和"做官的"一样,荷包中装满着民脂民膏。

人民不仅被掠夺,而且还被迫害、被勒索。《红楼梦》通过许多典型事件,暴露了当时吏治的黑暗。九十三回写郝家庄给荣府送租子的车被衙门中的差役拉走了,那送租子的人给贾政叙述拉车的情况道:"更可怜的是那买卖车,客商的东西全不顾,掀下来赶着就走。那些赶车的但说句话,打的头破血出的。"此外如贾雨村贪赃枉法,让打死人的薛蟠逍遥法外;为了巴结贾赦,用卑鄙无耻的手段勒索石呆子的扇子。又如平安州节度使受了贾府的嘱托,强迫张金哥退婚,逼死了两条人命……《红楼梦》不仅暴露了当时吏治的黑暗,而且指出了所以黑暗的根本原因:第一,官吏是统治阶级的爪牙,必须无条件地维护统治阶级的特权。"凡作地方官的,都有一个私单,上面写的是本省最有权势极富贵的大乡绅名姓,各省皆然。倘若不知,一时触犯了这样的人家,不但官爵,只怕连性命也难保呢。——所以叫做'护官符'"。第二,官吏不仅要给上司送礼,而且也要让下级发财。不然,上下交攻,不但会丢了官,而且也会丢了性命。皇妃元春的父亲,忠实而顽强的封建宗法礼教的维护者"政老前辈"(贾政),在做江西粮道时拿着家里的钱去补贴,想做清官,但迫于客观形势,也只好做了贪官。

统治阶级对人民加紧剥削、掠夺、迫害和勒索的结果是统治阶级的生活日益荒淫奢侈,人民群众的生活日益悲惨穷困。康熙时的思想家唐甄曾说:"王公之家一宴之味,费上农一岁之获,犹食之不甘。吴西之民,弗凶岁,为麸菽粥杂以秆之灰,无食者见之,以为天下之美味也。"这和《红楼梦》所反映的情况多么相合!在贾府的食单上,螃蟹并不算珍贵的东西,但刘姥姥对贾府的一小部分人吃螃蟹的花费已不胜惊讶。

由于统治阶级加紧对人民群众的剥削、迫害、勒索和掠夺,一直没有被完全扑灭下去的中国人民(农民和市民)反抗斗争的烈火又延烧起来。三点会、哥老会、白莲教等秘密组织,已展开积极的活动,零星的农民暴动和市民暴动,也不断的发生。如康熙五十一年,江宁、镇江、扬州的商民举行罢市,拒绝新任督抚到任,要求减轻税额。乾隆十一年,福建上杭佃农在罗日光等领导下要求四六减租,聚众械殴地主,抗拒官厅镇压。乾隆十三年,苏州有"市井贩夫顾尧年者倡议平抑米价,和者纷如蚁聚,势愈汹涌"(有的同志举乾隆三十九年王伦在临清暴动、乾隆五十一年林爽文在台湾起义的事实,但曹雪芹卒于乾隆二十八年,举他死后的事实,不能说明问题)。这些情况也在《红楼梦》中得到了反映。如第一回写甄士隐家遭了火灾,"与妻子商议,且到田庄上去住。偏值近年水旱不收,盗贼蜂起,官兵剿捕,田庄上又难以安身"。第六十六回写薛蟠经商,"到了平安州地面,遇见一伙强盗,已将东西劫去"。第一百十一回写贾府被"盗",一伙"强人"将贾母遗留的金银珠宝席卷一空,"归入海洋大盗一处去"了。可见《红楼梦》所反映的历史时期,并不是"太平盛世",相反,农民和市民的斗争力量,已开始摇撼着封建统治阶级的基石。

五

现实主义文学的根子从来是扎在人民群众的深处的。《红楼梦》的震撼人心的现实主义力量正是人民斗争力量的反映。曹家一败涂地之后流落在北京西郊,住着破房子,过着终年吃粥生活的曹雪芹,不能不在一定程度上体验到处于水深火热之中的人民群众(市民和农民)的思想和感情、愿望和要求。而那种由人民的思想和感情、愿望和要求所组织、动员起来的斗争力量,也不能不渗进他的血液。

《红楼梦》的人民性不仅在于它以贾府的生活为中心,反映了整个封建社会的矛盾与危机,而且在于它在反映中渗透着人民的思想和感情、愿望和要求。而它的那种巨大的对正面人物的肯定力量和对反面人物的否定力量,也是人民的反抗情绪和斗争力量的反映。

众所周知,所有现实主义文学作品的人民性和历史具体性都是通过艺术形象的真实性体现出来的。《红楼梦》也是一样。曹雪芹在《红楼梦》中创造了琳琅满目的人物画廊,其中男性235人,女性213人,共计448人。通过不同性格的人物表现了不同的社会力量的本质;通过人物与人物的错综复杂的关系表现了社会关系、阶级关系。作者对于贾政、贾赦、贾珍、贾琏、贾蓉、王熙凤、薛宝钗、花袭人、夏金桂、薛蟠、贾雨村等表现腐朽的社会力量本质的反面人物的批判是彻骨的深刻的。对于这些反面人物,许多同志已作了中肯的分析,故不再重复。对于正面人物的估价,目前还有几种不同的意见,因而有必要提供一些不成熟的看法,请大家指教。

有的同志认为贾宝玉是"新人",是"反对封建主义的英雄和主将",他代表"最进步的思想";有的同志则不同意,认为贾宝玉仅仅是"封建地主阶级的叛逆者"。我们觉得说贾宝玉是"叛逆者",当然也可以,但应该承认,这个"叛逆者"和以前的"叛逆者"不同。例如《水浒》中的李应、卢俊义等,都可以说是

"封建地主阶级的叛逆者",但他们并没有显著的和封建地主阶级对立的新性格、新思想,而贾宝玉这个"叛逆者"却与此相反,他的反映着新的社会力量本质的新性格、新思想是相当鲜明的。根据这个特点,说他是"新人"也未尝不可。

一、读书应举,讲"仕途经济",终于做"忠臣孝子","显亲扬名",这是封建社会一般青年的奋斗历程和奋斗目标。在明代以前的文学作品中,公然全盘否定它的人物是不多的,而贾宝玉却予以全盘否定。他反对功名利禄、反对纲常伦理、反对一切束缚,追求个性解放的行动和议论是多么激烈,多么大胆!

二、中国封建社会(特别是宋代以后)对于妇女的压迫非常残酷。对于"三从四德"之类的束缚妇女的封建礼教,在明代以前的作品中,找不出比较彻底地否定它的人物。相反,许多作品中的男主人公大抵是夫权主义者,像杨雄、石秀之类的英雄人物也不能免。但从宝玉的行动和议论中可以看出,他是反对三从四德、反对夫权主义的。对于那些被侮辱与被损害的"清净洁白"、没有"学的沽名钓誉,入了国贼禄蠹之流"的妇女,不分贵贱,他都寄予深厚的同情。

三、在以前的文学作品(特别是宋代以后的市民文学作品)中,争取婚姻自由的人物并不罕见,他们在为争取婚姻自由而作的斗争中,反对了封建宗法礼教,这是应该歌颂的。但争取婚姻自由并不等于有比较进步的妇女观和婚姻观。一般地说,那些作品中的男主人公,大抵是由于"爱色"而追求女方;女主人公也大抵是由于"怜才"而接受男方的爱情。即《西厢记》的主人公也不过如此。宝玉则不然,他和黛玉的恋爱并不是由于"怜才爱色",而是由于"志同道合"。史湘云和薛宝钗都很美,但由于她们说什么"仕途经济","学的沽名钓誉,入了国贼禄蠹之流",所以就和她们"生分了"。他之所以爱黛玉,是由于黛玉从不像宝钗、湘云一样讲"仕途经济"之类的"混账话"。她在性格、思想等方面都和他有相同的地方,所以才爱她、才敬重她。以思想、性格的相一致作为爱情的基础,这不能不说是一种新的、进步的婚姻观。同时,宝玉并不仅仅关怀自己的婚姻、自己的幸福,而是更多地关怀着别人。他对迎春"误嫁中山狼"的不幸遭遇,表示了由衷的不平。他建议王夫人"回明了老太太,把二姐姐(指迎春)接回来,省得受孙家那混账行子的气。等他来接,咱们硬不叫他去。由他接一百回,咱留他一百回"。但王夫人却笑他呆气。教导他说:"嫁出去的女孩儿泼出去的水","嫁到人家去,娘家那里顾得?⋯你难道没听见人说

'嫁鸡随鸡,嫁狗随狗'?"他听了之后"别着一肚子闷气,无处可泄……径往潇湘馆来。刚进了门,便放声大哭起来"。同时,他也反对婢妾制度,这从他对平儿和香菱的同情中可以看得出来。为了金桂虐待香菱而向胡道士求疗妒的方子,虽不免有些呆气,但也表现了他的人道主义精神。

恩格斯说:"在每一社会中,妇女解放的程度,是一般解放底天然尺度。"我们从贾宝玉的妇女观和婚姻观的进步性上,也可以看出他的思想的进步性。他的一些反映着当时新兴的市民社会力量的本质的新思想、新性格,是非常可贵的,是属于全体人民的。

当然,宝玉和黛玉的性格也有弱点,有局限性。现实主义文学中的典型是在概括一定历史时期的阶级特征、民族特性和个性特征的基础之上创造出来的,宝、黛的性格有其历史的和阶级的局限性,正说明曹雪芹的创作态度是何等的严肃!他并没有凭自己的主观捏造人物的性格,只根据人物所处的环境创造人物的性格。但具有先进的思想和丰富的生活经验的曹雪芹,并不以创造宝、黛这两个正面人物为满足。为了弥补宝、黛二人性格中的缺陷,也为了更广泛地揭露封建社会的罪恶并反映人民的斗争力量,便从下层人物中概括了若干具有进步要求的正面人物,如尤三姐、晴雯、司棋、鸳鸯、芳官、龄官、潘又安等等。这些人物在反抗封建势力、争取婚姻自主、追求个性解放等方面,是和宝、黛二人相同的,但他们的性格明朗得多,他们的反抗精神也强烈得多。

六

总起来说,从对于社会矛盾的深刻的揭露上,从对于反面人物的无情的批判上,从对正面人物的新的思想、新的性格的热烈歌颂上,都可以看出《红楼梦》的人民性具有新的特点,它应该属于新的范畴。

不容讳言,《红楼梦》的人民性也是有局限性的。但有些同志对于这个问题的答案还有商榷的余地,不妨提几点意见。

第一,有些同志认为"当作者从生活中观察到每个人物悲惨的命运时,他是悲观的,流露着虚无命定的色彩"。"在其他一些人物的结局上也或多或少地存在着无可奈何的虚无感和悲观情调,这一切都给《红楼梦》蒙上了一层灰暗的色彩"。这个论断是可以商榷的。我们认为《红楼梦》所反映的近代民主思想是跟"命定论"和"虚无主义"对立的。宝玉和黛玉就以他们的全部生命和"命定论"的"金玉姻缘"进行了不调和的斗争(宝玉不但几度地想毁掉他那块玉,而且在梦中也忘不了和"金玉姻缘"作斗争。他在梦中骂道:"和尚道士的话如何信得!什么金玉姻缘,我偏说木石姻缘。")。至于尤三姐、鸳鸯、司棋等人,都是由于不安"命",都是由于想把自己命运掌握在自己手中,才起而反抗封建势力的。肯定的说,《红楼梦》的具有民主思想的正面人物,没有一个是相信"命"的。就拿以懦弱出名的迎春来说,她也不是一个"嫁鸡随鸡,嫁狗随狗"的"命定论"者。她由贾赦包办,嫁给无恶不作的孙绍祖,受尽了凌辱。王夫人安慰她说:"……我的儿,这也是你的命。"迎春断然地反驳说:"我不信我的命就这么苦!"我们在读《红楼梦》的时候可以看出曹雪芹把"年轻一代的人物"的悲惨结局并没有归因于什么"命",而是归因于残酷的封建统治者和反动的封建制度。正因为如此,《红楼梦》才具有组织、动员人民去反抗封建统治者和封建制度的力量。如果认为作者把"青年一代的人物"的悲惨结局归因于"命",那就抹杀了(至少是削弱了)《红楼梦》反封建的进步内容,从而也抹杀了它的人民性。

其次,作者在写许多正面人物的结局时,并不是一般地流露着"无可奈何的虚无感和悲观情调",比如在写尤三姐等人的壮烈牺牲时,就洋溢着歌颂式的激昂慷慨的情调。

第二,有些同志认为"在《红楼梦》中所以有这种现象(即'流露着虚无命定的色彩'和'存在着无可奈何的虚无感和悲观情调'),作者佛老思想起着不可忽视的影响"。这也是应该更进一步地加以分析的。具有近代民主思想的曹雪芹,在某些重大问题上都表现了反对佛老思想的精神。

作者通过他所创造的形象贾敬,揭露了道教的妄诞。贾敬的长孙媳妇秦可卿死了,但贾敬在元真观修道,"因自己早晚就要飞升,如何肯又回家染了红尘,将前功尽弃呢?故此并不在意,只凭着贾珍料理"。后来因"吞金服砂"竟送了老命。作者是以辛辣的讽刺之笔描写了他"虔心修道"的可笑结局的。

此外,如写馒头庵的老尼静虚求王熙凤胁迫张家退婚,逼死人命。写贾芹在水月庵的胡作非为,写水月庵的智通与地藏庵的圆信"想拐两个女孩子去做活使唤",花言巧语地求王夫人舍芳官、蕊官、藕官等给她们做徒弟……这都具有暴露佛教罪恶的重大意义。

同时,作者并不是单纯地批判"佛老",而是通过对于"佛老"的批判,更深刻地批判了封建统治阶级。作者所描写的许多青年男女都热爱并追求美好的生活,没有谁是自愿"出家"的。但封建统治者不容许他们得到美好的生活,而且千方百计地迫害他们,给他们撒下天罗地网。这样,如果他们不安于"命",不愿向统治者投降,就只能有两条出路:一条是自杀;另一条是"出家"。《红楼梦》中的许多不愿向统治者投降的男女青年,就都被迫而走上自杀或"出家"的道路。

更严重的是统治者可以买许多小尼姑和小道姑作为自己的豪华生活的点缀品。贾府的大观园中,就有"幽尼佛寺"和"女道丹房",其中的"修行者",就是买来的十几个小尼姑和小道姑。这些可怜的女孩子,分明被统治者剥夺了生活的权利,投入"苦海"之中,而元妃省亲时却给她们"恩赐"了"苦海慈航"的匾额。

作者通过对于妙玉的精神世界的揭露,更有力地批判了佛家的"色空观念"。在《红楼梦》中的许多女尼、女道之中,妙玉仿佛是一个最有"道行"的女子。但作者指示我们,就是像妙玉一样最有"道行"的女子,也并不能"因色悟空"。相反,她的"人欲"时常苦恼着她,使她无法安坐在禅榻之上。当宝玉过生日的时候,她竟偷偷地送去了一张上面写着"槛外人妙玉恭肃,遥叩芳辰"的红笺。而"贾宝玉品茶栊翠庵"一回,更深刻地描写了她当着黛玉和宝钗的面故意表示冷落宝玉但仍掩盖不住热爱宝玉的那种复杂的心情。这一切都有力地揭露了所谓"色"、"空"的虚妄,并指出人应该有人的情感,人的生活。

结合着对于封建伦理、封建道德等等的批判,深刻地批判了"命定论",批判了"佛老思想",批判了"色空观念",正是《红楼梦》所表现的近代民主思想的内容之一,也是它的人民性的内容之一。

有些同志认为《红楼梦》的人民性之所以有那么许多局限性,是"由于受作者的阶级出身和落后的世界观的影响"。这个提法是比较笼统的。如在前面所说,我们认为曹雪芹虽然出身于官僚地主阶级,但他在写《红楼梦》的时候,基本上是站在市民阶级方面的,他的世界观也并不是落后的,而是基本上进步的(他具有近代民主思想):正因为如此,他才能写出具有丰富的人民性的作品。当然,我们并不否认他还没有完全割断和官僚地主之间的联系(所以说"基本上"是站在人民方面的),也不否认他的世界观中还有某些落后的因素(所以说"基本上"是进步的):正因为如此,他的作品的人民性就不能不有一定程度的局限性。但把"命定论"、"虚无主义"、"老庄思想"等等都安在《红楼梦》的头上,就意味着《红楼梦》并没有人民性,而不是意味着它的人民性有其局限性。

在封建社会中,由于统治阶级垄断并控制文学事业,伟大的古典作家几乎全部是出身于统治阶级的人,他们的思想不能不是统治阶级的思想,而且,他们要完全挣脱统治阶级的思想的束缚,几乎是不可能的。这就是说,决定他们的阶级性的,是他们和统治阶级的联系。但人民是历史的主人,人民的生活、斗争、思想、情绪、愿望、要求……有力地影响着他们。特别在统治阶级非常残酷的剥削、压迫人民,人民处在水深之热之中的时候,他们往往从人民的痛苦生活中意识到政治的黑暗和阶级的矛盾,从而不可能不在某些重要的方面突破他们原有的思想的限制,产生一种带有革命因素的同情人民的思想倾向。这就是说,决定他们的人民性的,是他们和人民的联系。和统治阶级联系,又和人民联系,就造成了他们思想上的矛盾性。曹雪芹的思想自然也有这样的矛盾性,但可以看出,在矛盾的两方面中,人民性的一方面是主要的,起主导作用的。他表现在《红楼梦》中的同情人民的思想倾向是异常明显的,我们要强调的、要吸收的正是这一方面,而不是相反的方面。列宁在有名的论托尔斯泰的文章中早就抨击过那些想把托尔斯泰的"最弱的一方面变成一种教条的俄国的和外国的'托尔斯泰主义者'"[①]。反动的资产阶级的代言人总想把伟大的古典作家的最弱的一方面(与统治阶级联系的一面)变成教条。例如由于在巴尔扎克的作品中,资本主义受到极尖锐的批判,因而现在法国的资产阶级批评家极力强调他的作品中的保守成分和阶级偏见,说他是一个"旧政体"和财产私有制、君主和僧侣的热烈的拥护者。我们在分析《红楼梦》的人民性的局限性时,不能再让他们牵着鼻子走。

---

① 《马克思、恩格斯、列宁、斯大林论文艺》,人民文学出版社版,第89页。

元杂剧漫议

元代是中国历史上第一个少数民族在全国范围内居于统治地位的封建王朝,也是杂剧艺术繁荣发达的黄金时代。元代历时不到一百年,涌现出杂剧作家二百多人,创作杂剧六百多本,流传下来的约一百六十本左右。

元代杂剧的繁荣,是社会各方面因素综合作用的结果。其中有政治、经济、思想文化、社会心理、文学本身及作家境遇等多方面的原因。从政治方面看,元代统治者的统治方式、礼仪制度、机构设施等,多用汉法,但对汉民族却实行民族歧视和民族压迫政策,所谓人分四类,民为九等,就是这种政策的具体表现。人分四类:第一类是蒙古人;第二类是色目人,还包括西夏人、维吾尔人及中亚的西域人或回人;第三类是汉人,主要是金统治下的汉人,以及契丹人、女真人、高丽人等;第四类是南人,即南宋统治下的汉人和西南各族人民。这四类人在政治待遇上很不平等,蒙古人地位最高(居于宝塔顶端),色目人次之,主要帮助元代统治者监视和统治汉人、南人。元法律规定,蒙古人打汉人,汉人不得还手;蒙古人打死汉人,只罚凶手出征,给死者家属"烧埋银",而汉人、南人打死人,除判死刑外,另付五十两"烧埋银"。蒙古人、色目人犯罪由大宗正府审治,汉人官吏不得审理;汉人、南人犯法则由刑部审治。汉人、南人犯盗案在臂上刺字;蒙古人、色目人则免刺。法律还严禁汉人拥有武器、马匹,不准汉人习武、田猎、祈神赛社、夜间点灯等,蒙古人、色目人则无此类限制。当然,这些民族歧视政策主要是针对汉族广大劳动人民的,汉族地主,尤其是效忠于元代统治者的汉族地主则不在此限。蒙古人的许多特权也只是少数上层分子享有,一般蒙古人民的生活则困苦不堪,有的蒙古人子女被卖给色目人、汉人做奴隶,有的被贩到海外做奴隶贸易,有的蒙古军人被迫卖掉田产和妻子,等等。因此,元代民族矛盾和阶级矛盾呈现出一种异常错综复杂的状况。当时,不但有反对元代统治者的民族斗争,还有蒙汉各族人民共同反对元代封建统治阶级的阶级斗争,如 1312 年蒙古阿失歹儿就领导人民反元。正是这种连年战乱和错综复杂的民族斗争和阶级斗争,给作家提供了极为丰富的创作素材,许多作家身临其境,深有所感,创作出大量富有生活内容的杂剧。"乱世出英雄"、"乱世出天才",元代许多"燕赵才人",正是在这种环境中被时代这个大学校培养出来了。在各少数民族进入中原以后,与汉民族互相矛盾,又互相融合,取长补短,少数民族学习和吸收汉民族传统文化中有用的东西,汉民族也在与少数民族交往中,扩大眼界,充实自己。这种各族人民又矛盾又融合的现实生活,促成了元杂剧那种不同于汉族正统文学的丰富内容和独特形式。

由于宋以后连年战争,北方农业遭到严重破坏。蒙古人入主中原后,又把许多农田开辟为牧场,对农业发展极为不利。南方战争破坏较小,但江南富户,侵占民田,以致贫者流离转徙。农民如此,手工业工人的日子也不好过。蒙古族在战争中把工匠俘虏后集中在一起,供政府和贵族使用。他们地位世袭,子孙不得改业,婚姻更无自由,实为工奴,但因元代疆土辽阔,"北逾阴山,西极流沙,东尽辽左,南越海表",各族人民交往的机会增多,商业空前繁荣,当时的大都、杭州、泉州成为闻名中外的商业都市,交换粮、茶、盐、酒、绸缎和珠宝等。蒙古贵族、寺院僧侣、汉族官僚地主,尤其是回回商人,利用特权地位,做大买卖,放高利贷,横行无忌。商业的发展,城市的繁荣,吸引了大量因战争而流离、因贫寒而弃家、因失地而转徙的下层人民群众,他们成了元杂剧观众和演员的来源,他们把杂剧作家当作发抒自己思想感情的代言人,杂剧作家则把他们看做衣食来源和表现对象尽量适应之。所以元代的许多名作家和演员都集中于繁华喧闹的城市。大都就是当时杂剧创作和演出的中心。《录鬼簿》所载大都籍的杂剧作家有十九人之多,其中包括关汉卿、王实甫、马致远、纪君祥这样一些一流作家。许多杂剧创作团体亦活跃于此,如玉京书会等。《青楼集》所载杂剧著名演员珠帘秀、天然秀、司燕奴、顺时秀等二十多人,都以大都为演出基地。

元代统治者主张用"汉法"治汉,任用过一些名儒如许衡、刘因、吴澄等人,让其鼓吹封建伦理。但因为他们疏于此道,又没有像清代的康熙皇帝那样认真学习,所以推行起来很不得力。再加之南宋以后的社会大动荡,大变化,贫富相易,贵贱互移,汉族人民长期形成的封建传统观念受到致命的冲击,汉族统治阶级构筑多年的封建思想防线难保其固,元代统治者用"汉法"治汉亦难奏效。相反,这一时期许多宗教却很盛行。元世祖本人就尊西藏大喇嘛为帝师,让帝师给皇帝后妃传授佛戒、充当宗教文化咨询等。除了佛教,道教势力也很大。成吉思汗西征时,曾让全真教(道教之一派)主到中亚传道,问其长生之术,给道士以优惠待遇。基督教这时也从西方大量传入中国,意大利教士约翰·孟德高维努1292年到北京后,连住三十多年,宣传天主教,成了第一任天主教总主教。各种宗教的空前活跃,是元代统治者不加禁止甚至加以提倡的结果,也是汉族人民在变乱中失去儒家思想支柱后寻求精神寄托的结果。由于儒、道、佛等同时并存,相互牵制,便给人们思想以空前活跃的机会。元代有个诗文作家邓牧,自称"三教(儒、道、佛)外人",在其所著《伯牙琴》的《君道》、《吏道》中,对封建君主专制及封建官吏进行了猛烈的抨击,提出了"废有司、去县令,听天下自为治乱安危"的主张。正统诗文作家邓牧尚且如此,平民杂剧作家就可想而知了。元剧不少作家思想解放,不受传统封建思想束缚,在自己的作品中提出了许多尖锐问题,正是统治思想多元化的必然结果。

元代统治者把不同民族分为四类,有明文规定,而全国各族人民因职业不同区分为九个高低不同的等级,则是不成文的约定俗成。这就是所谓一官二吏三僧四道五医六工七猎八娼九儒十丐,其中知识分子地位仅高于乞丐。元代统治者,"只识弯弓射大雕",不懂或不重视知识和知识分子对于治理国家的作用。灭金以后,仅于太宗元年举行过一次科举考试,在七八十年的时间里,把自唐以来的科举取士制度废而不用,中下层官吏由上司委派爪牙充任,大多数地主阶级知识分子绝了仕途之路,成了"天涯断肠人",元曲中有许多作品都反映了知识分子的悲苦生活、对功名的追求及绝望心情。我们这样说并不是肯定科举制度会给广大知识分子带来什么好处,事实上在科举制度下,真正飞黄腾达的仅是少数人,多数人还是很不得意的。不过有了科举制度,知识分子便有了终生为之不倦追求的目标,虽贫苦而甘受其贫苦,虽潦倒而乐意其潦倒,这样一来,许多有才能的作家便被埋没了。元代废弃科举制度多年,使有才能的作家为生计而尽量充分地发挥自己的才能,再不为科举应试而"分心"。更重要的是,科举制度的废弃,使知识分子绝了升官发财之望,不得不放弃"两耳不闻窗外事,一心只读圣贤书"的封闭生活,走向社会谋生,到下层人民中"厮混",从而创作出许多有真情实感的杂剧。名列《录鬼簿》之首的伟大作家关汉卿,就是个"郎君领袖"、"浪子班头","半生来弄柳拈花,一世里眠花卧柳";王实甫也是个出入于"风月营"、"莺花寨"、"翠红乡"的士林之辈。这就难怪他们的作品总是为"下人"立言,为庶民所欢迎了。司马迁在《报任少卿书》中写道:"盖西伯拘而演《周易》;仲尼厄而作《春秋》;屈原放逐,乃赋《离骚》；左丘失明，厥有《国语》；孙子膑脚，《兵法》修列；不韦迁蜀，世传《吕览》；韩非囚秦，《说难》、《孤愤》。《诗》三百篇，大抵圣贤发愤之所为作也。此人皆意有所郁结，不得通其道，故述往事，思来者。及如左丘无目，孙子断足，终不可用，退论书策，以舒其愤，思垂空文以自见。"以这段话为据，整知识分子，当然是徒劳的，也是违背司马迁的本意的。但是我们也不能因为有人可能以此为借口整知识分子而否定这段话的真理性，它至少揭示了一个在文学史上反复出现的不以人的主观意志为转移的普遍现象。司马迁以前的许多事实说明了这一点，司马迁以后尤其是元代以后的大量事实更加证明了这一点。元代绝大多数有成就的作家都是社会地位低下、生活穷困的知识分子。他们创作不拿稿费，也无人给他们发奖金，更没有因为有才能而被提拔重用，然而正是这些人写出了流传于世的不朽之作。相反，明代一些杂剧作家，政治上比较得意，却未写出诸如《窦娥冤》、《西厢记》等一流名作来。"忧愤出诗人"，这句话同样可以用来说明元杂剧繁荣的一个重要原因。

  元杂剧的繁荣，也是戏曲艺术自身发展的一个必然结果。我国的戏曲艺术，其发展大体经历了三个阶段。唐以前为乳育期，主要标志是南北朝时的"踏摇娘"等表演艺术。唐宋金为形成期，主要标志是唐"参军戏"、宋"杂剧"、金"院本"和"诸宫调"。参军戏有点像化妆相声。宋杂剧内容比参军戏丰富，并吸收了歌舞艺术。所谓院本，即金元时供行院所居倡优演唱的本子。宋杂剧、金院本都是说、唱、舞轮番做戏。诸宫调则是一种综合性整体性很强的说唱艺术，它是元杂剧的先声，但还不是严格意义上的戏曲。因为诸宫调是叙事体，而戏曲则必须是代言体。把叙事体的说唱艺术改革而为代言体的杂剧，首建其功的是关汉卿。杂剧的出现标志着戏曲艺术已经成熟。

  元杂剧首先在中国北方兴起，这说明它的繁荣既是汉族文学史上戏曲艺术发展的结果，同时也与少数民族入主中原有关。蒙古族以能歌善舞而著名，元杂剧中就有不少这方面的场景。南宋孟珙《蒙鞑备录》就有金末蒙古国王出师以女乐随行的记载。入主中原后，他们仍然保持着对戏曲、歌舞、优伶、娼妓喜好的传统习俗，这就为杂剧艺术的繁荣提供了有利条件。

  杂剧本来是唐代杂耍技艺的名称。宋杂剧指歌舞戏、滑稽戏、清唱。元杂剧和唐宋杂剧有继承关系，名称也一样，但形式不同。元杂剧是一种把歌曲、宾白、舞蹈等结合起来的综合性舞台艺术，它有一套严格的艺术体制。

  从结构上看，元杂剧一个剧本一般都是四折，一折相当于现代戏剧中一幕。一本四折与宋金院本由艳段、正杂剧(前后两段)、杂扮四段组成的结构很相似,也与诗的"起承转合"结构相仿。杂剧第一折是故事开端,第二折是故事的发展,第三折是故事的高潮,第四折是故事的结束。如果四折不够用,则可插入"楔子"。楔子如放在杂剧开始,一般是说明剧情,介绍人物,交待背景或埋伏线索,相当于现代剧中之序幕;楔子如放于折与折之间,多半为穿插,以加紧折与折间的联系,相当于现代剧中的过场。元杂剧也有一个剧超过四折的,这是因为故事情节比较复杂,四折容纳不下,于是多续几本或几折,如《西厢记》就是五本二十折。从这一点可看出,元杂剧一本四折的结构形式可能与诗及前代艺术传统有关,但主要的还是由所表现的生活内容决定的,由剧情结构本身的逻辑规律所规定的。此外,杂剧的结尾有"题目正名",其作用多是总结全剧内容,点出剧本名称。

从角色方面看,杂剧有末、旦、净、丑四种,其主角只能是末或旦。末有正末、副末、冲末、外末、小末等。正末,大多扮演正派男人。旦有正旦、副旦、贴旦、外旦、小旦、大旦、老旦、花旦、色旦、搭旦等,扮演各式各样的女人。净有净、副净、中净(冲净),扮演反派或很威武的人。丑多扮演滑稽角色,一名钮元子。除末、旦、净、丑之外,还有以剧中人物的职务、身份、性别等为名的,如"驾"是皇帝,"驾旦"是后妃,"孤"是官,"孛老"是老头儿,"卜儿"是老太太,"曳剌"是兵勇,"酸"是书生,"俫儿"、"俫旦"是男孩、女孩,"邦老"即蒙语的贼。在所有角色中,正末、正旦都扮演主要角色,其余都是副角色或补充角色。杂剧中,末、旦分出很多种类,扮演不同身份不同性格的男女人物,表明元杂剧较之前代文学门类,表现的生活内容更为丰富,题材范围更为广泛,人物形象更为多样,矛盾冲突更为复杂。形式由内容所决定,而非人力所能勉强。

元杂剧的舞台演出,由"唱"、"科"、"白"三部分组成。"唱"是歌曲,一折里的歌曲实际上是由一套散曲(套曲)组成。元杂剧在一般情况下由主要演员一人唱到底,其他人有白无唱,所以有"末本"、"旦本"之分。"旦本"由正旦一人唱,"末本"由正末一人唱。一人独唱,可能是受了诸宫调的影响,也可能是元剧初创阶段受角色条件限制,亦或二者兼而有之。元杂剧中也有末、旦分唱或者几个末分折唱或者末、旦对唱的情况,但较为少见。一人独唱的长处是主线明晰,头绪清楚,缺点是易引起观众厌倦,不能充分表现其他剧中人物的情绪和心理,且易使演员过劳。

"科"是动作、手势和表情,包括行、坐、打诨、舞蹈、哭、笑、惊、喜等。科在剧本中常常只是几个字,但在舞台演出中,却是深刻揭示人物性格、心理和行为的必不可少的组成部分。元杂剧中常常出现许多插科打诨的动作,一方面表现人物性格,另一方面活跃舞台气氛,同时使观众不生倦怠之情,不可等闲视之,乃"引人入道之方便法门耳"(李渔《闲情偶寄》)。

"白"是说白。杂剧一般都是先白后唱。说白一般有以下几种情况:定场诗,多用于人物刚刚出场;独白,人物作自我介绍,叙说自己的籍贯、姓名、家境、经历、心情;背云(旁白),是一种不使剧中其他人物知道、只让观众听到的独白,多半叙述所扮人物的心理活动;带云,即唱中夹白,可使舞台气氛活跃、不呆板;说关子介,是有的剧本省略了宾白内容,表明人物说了话了,一般多用于复述前面的内容;对白,是两个以上人物相互对话,在剧本中一般不用特殊字样标出,但却是道白的主要形式,所占比重极大;下场诗,用作角色下场时的结束语。元杂剧中唱词占的比重特别大,因此一般称杂剧为歌诗剧;但是说白也是杂剧不可缺少的重要组成部分,对交代剧情、反映矛盾、说明事件、表现性格,有着非常重要的作用。

元杂剧按乐曲歌唱。杂剧一折里的乐曲是连缀同一宫调的若干曲子组成,"一出用一韵到底,半字不容出入,此为定格"(李渔《闲情偶寄》)。如果需要用到其他宫调的曲子,叫做"借宫",必须在所借宫调曲名下加"借"字。元杂剧中一般用所谓"五宫"(正宫、中吕宫、南吕宫、仙吕宫、黄钟宫)、"四调"(大石调、双调、越调、商调)。杂剧第一折多用仙吕宫和正宫,第二折多用正宫、南吕宫、中吕宫、越调,第三折不定,第四折多用双调。元《燕南芝庵先生唱论》中写道:"仙吕调唱,清新绵邈。南吕宫唱,感叹悲伤。中吕宫唱,高下闪赚。黄钟宫唱,富贵缠绵。正宫唱,惆怅雄壮。……大石唱,风流蕴籍。……双调唱,健捷激袅。商调唱,凄怆怨哀。……越调唱,陶写冷笑。"从这里可看出,不同宫调表现不同的音律,表现不同的感情。元杂剧中共有曲牌五百多个,常用曲牌二百四十多个。这些曲牌有的来源于大曲、词、诸宫调,有的出于宋金以来的民歌,还有的从契丹、女真等少数民族中吸收而来。元杂剧中每折前几支曲子一般都有较为固定的次序,如"仙宫点绛唇"、"混江龙"、"正宫端正好"、"滚绣球"等。最后通常为"尾"或"煞"。

关于元杂剧的分期,有的分前后两期,有的分三期。王国维《宋元戏曲考》按照时代先后和杂剧盛、衰、微的不同发展过程,分为三期,较为准确客观。第一期从元太宗灭金到灭宋统一,元杂剧呈现出繁荣昌盛的黄金时代,关汉卿、马致远、白朴、王实甫、康进之、张文秀、张国宾等名家皆活跃于此时期,他们以大都为中心,开展创作演出活动,许多一流佳作都是这一时期产生的。第二期为灭宋之后至元顺帝至元年间(公元1335年—1340年)。此时期比较活跃的剧作家是郑光祖、乔吉、宫天挺等,他们以杭州为中心进行创作演出。元杂剧由北方转向南方,呈现出由盛而衰的变化趋势。第三期即元末时期,比较有影响的作家是秦简夫、罗贯中等人。元杂剧在此时期已成尾声。

综观元杂剧,题材非常广泛,内容极为丰富。从其选材角度讲,大体可以分为三种类型,第一类是直接取材于现实生活的,如《窦娥冤》、《鲁斋郎》、《陈州粜米》、《救风尘》、《望江亭》等。为避免招惹麻烦,作者往往把故事发生的时间推到北宋或金朝,让包拯等清官出场理案,但实际上作品中反映的却是当时的现实。第二类是取材于历史事实或传说,如《单刀会》、《李逵负荆》、《霍光鬼谏》、《汉宫秋》、《梧桐雨》等。这些剧写的是历史上实有的或传说的人物和事件,有的颂扬英雄主义,有的颂扬扶弱锄强,有的表现宫廷生活……但都能给身处元代统治下的广大人民以极大的启发和教育。第三类是取材于传奇、志怪、话本、笔记,如《西厢记》出于《莺莺传》,《黄粱梦》出于《枕中记》等。因为作者根据现实生活进行了再创造,从而使这些题材获得了新的生命。

从思想内容方面看,大体上也可分为三类,第一类是反映社会矛盾的,如《窦娥冤》等剧,其中有的表现官贪吏虐、草菅人命,有的表现人民的穷困和不幸,有的表现英雄御侮,有的表现忠奸之争,有的表现读书人的不幸遭遇等等。第二类是反映男女婚姻爱情和家庭问题的,其中有的表现男女青年对封建礼教的反叛,有的表现社会混乱造成的分离聚合,有的表现夫义妇贤,有的反映一夫多妻制的危害,有的反映父子、兄弟之间的矛盾纠葛等等。第三类是表现作者的人生态度的,有的主张清官治世,有的主张用封建伦理调节人与人之间的关系,有的鼓吹功名仕进,有的宣扬隐居成仙,有的主张积极用世,有的主张消极避世等等。

总之,元杂剧的创作视野非常宽阔,上至皇帝嫔妃、文官武将,下至文人学士、差役皂隶、地痞流氓、医卜星相、市民商贩、嫖客妓女,三教九流,几乎都涉及到了。既有政治斗争,也有军事冲突,还有家庭纠纷、夫妻口角、无赖行凶,社会生活的各个侧面都有反映,整个元杂剧给我们勾画的是一幅元代社会的总体图画。

从语言风格上看,元杂剧作家及其作品历来有所谓"本色"派和"文采"派之分,"本色"派以关汉卿为代表,"文采"派以马致远、王实甫为代表。这种习惯区分只是相对而言,不能绝对化。譬如关汉卿剧作总的来看,属"本色"一派,但具体到各个剧本,语言风格又不尽相同:社会悲剧《窦娥冤》语言风格沉郁,喜剧《望江亭》语言风格幽默,历史剧《单刀会》语言风格豪迈等等。成熟的作家,其语言风格都是多样化的,绝不会千篇一律,而是因剧情不同、人物不同,采用最适合于表现特定内容的语言风格,关汉卿、王实甫等正是如此。

元代从大德末年以后,杂剧中心由大都移向杭州,由兴盛转向衰微。元杂剧衰微的原因是多方面的,如民族矛盾的相对缓和,民族情绪不如元初那么激烈了;许多元剧作家缺乏必要的生活经历,把注意力放在表现个人情怀、褊狭的家庭生活上,对大多数人关注的社会问题缺少兴趣;元代后期出现了一些元曲方面的学术著作,这对了解和研究元曲作家是很有意义的,但一些总结元曲创作规律的书却助长了僵化的形式主义倾向,形成一种模式,让当时和后来人仿效,结果不但没有促进元杂剧繁荣,反而加速了元杂剧的衰微;杂剧的一本四折和一人独唱到底,也不易表现更为复杂的生活和人物,不得不逐渐被新的戏曲形式所代替;元统治阶级禁止那些不利于自己统治的杂剧,提倡那些宣扬对统治者效忠的杂剧,影响了杂剧的创作倾向;再加上杂剧南移后,受南方民风、文风的影响,讲究纤巧、华美和典丽,使杂剧失去了原有的风貌。所有这些,都是元杂剧衰微的原因。

中国过去有所谓"唐诗宋词元曲"的说法,可见元杂剧的成就和地位是世所公认的。元杂剧的出现,不但是戏曲这种独立的艺术形式已经成熟的标志,而且是中国文学发展史上的一次伟大革命。我们知道,宋以前的中国文学史,正统文学居于主导地位,通俗文学入不了大雅之堂。可是杂剧艺术的繁荣彻底改变了这种局面,通俗文学(或曰市民文学、平民文学)取代正统文学而居于统治地位。正统文学就是古文诗词,通俗文学就是戏曲小说。元代以后,这两种文学泾渭鲜明,双水分流,正统文学日渐衰落,虽然一些有识之士提出改革主张,并努力实践之,也确有不少名作传世,但总的来说,成就不大,难收韩柳古文运动之功,未有元白新乐府运动之效。与此相反,通俗文学却不以任何人的意志为转移地不断发展。虽因时代不同,通俗文学的各个具体门类在其生命的进程中难免兴衰更替,但作为不同于正统文学的通俗文学本身,却一直在一浪高过一浪的发展着,元杂剧就是通俗文学繁荣的第一个浪头,是压倒正统文学的元勋,元代杂剧对后世影响极大,许多小说戏曲的创作都从元杂剧中吸取经验和借鉴,直到今天,《窦娥冤》、《西厢记》、《陈州粜米》等剧目仍为广大观众喜闻乐见,这就足以证明其生命力是多么的健旺。

论《西厢记》的戏剧冲突

一切优秀的文学艺术作品,都是建立在深刻地反映社会性矛盾的冲突之上的,优秀的戏剧作品更其如此。没有冲突,就没有戏剧。

有了深刻的、真实的戏剧冲突,才有可能全面而深刻地刻画人物性格;反过来说,只有全面而深刻地刻画出人物性格,才能生动有力地表现戏剧冲突。有些在思想上和艺术上还缺乏足够修养的剧作家,虽然从生活中发掘到具有典型意义的戏剧冲突,但由于没有能力全面而深刻地刻画出人物的典型性格,以致不能把那些冲突生动有力地表现出来。《西厢记》杂剧之所以具有那么巨大的艺术魅力,是由于它的作者不仅抓住了生活中的典型冲突,而且通过对于人物的典型性格的全面而深刻的刻画,生动有力地表现了那些冲突。

剧本一开始,作者就令人信服地揭露了两个重要人物在特定情势中的性格特征。丈夫弃世,与弱女幼子扶柩往博陵安葬,因路途有阻,暂时寄居在普救寺内的相国夫人,所"想"的是"先夫在日,食前方丈,从者数百",所"伤感"的是"今日至亲则这三四口儿",是"子母孤孀途路穷……盼不到博陵旧冢"。在这样感伤的时候,她就更爱惜她的"针黹女工,诗词书算,无不能者"的亲女莺莺,因而命令红娘陪莺莺到佛殿上去"闲散心耍一回",这是合情合理的。她以为她所"想"的、所"感伤"的事情也同样占据着莺莺的心胸,但出乎她的意料之外,占据莺莺心胸的却是另外一些事情。莺莺所想的是自己的前程,所感伤的是"人值残春蒲郡东,门掩重关萧寺中"的处境。一个少女在"残春"的时候,被关在萧寺里,看见"花落水流红",就引起了无限愁思。"闲愁万种,无语怨东风",这两句唱词多么感人!

老夫人既然爱惜莺莺,那么莺莺还"愁"什么、"怨"什么呢?问题很简单:老夫人爱莺莺,但要求莺莺遵守"三从四德"之类的封建礼法,而教育莺莺遵守"三从四德"之类的封建礼法,正就是她的爱女之道。在第一本第二折中,红娘警告张生:"俺夫人治家严肃,有冰霜之操。内无应门五尺之童,年至十二三者,非召呼不敢辄入中堂。向日莺莺潜出闺房,夫人窥之,召立莺莺于庭下,责之曰:'汝为女子,不告而出闺门,倘遇游客小僧私窥,岂不自耻。'……"这几句话告诉我们莺莺和老夫人之间的冲突,是由来已久的。老夫人不准莺莺出闺门,莺莺偏要"潜出";莺莺一"潜出",老夫人就立刻"窥"见,而且立刻予以严厉的训斥。在这个冲突中,莺莺的"愁"和"怨"就日益加强,而日益加强的"愁"和"怨",又反转来加强了这个冲突。

老夫人在自己"感伤"的时候大发慈悲,着红娘陪莺莺去"散心",但仍提出了一个条件:"看佛殿上没有人。""谨依严命"的红娘是"看佛殿上没有人"才请莺莺去"散心"的,但当她们去"散心"的时候,本来没有人的佛殿上忽然有了人,而且那个人就是"外像儿风流,青春年少,内性儿聪明,冠世才学"的张生。

佛殿相逢,不仅张生"透骨髓相思病染",而且积"愁"积"怨"已久的莺莺,即使在红娘的监视下,也大胆地表示了对于张生的爱恋。在老夫人看来,被"游客私窥",已是耻辱,而莺莺在这里竟"私窥"了"游客"。"临去秋波那一转",是她对于老夫人的挑战,也就是对于整个封建礼教的挑战。

佛殿相逢以后,戏剧冲突就以丰富多彩的姿态,曲折地、复杂地向前发展,像巨大的磁石一样吸引着读者的注意力。

这个戏剧冲突主要存在于老夫人和莺莺、张生、红娘之间,但也存在于莺莺、张生、红娘相互之间。莺莺、张生、红娘相互之间的冲突是被他们和老夫人之间的冲突所规定的。

作者一开始就揭露了莺莺和老夫人之间的由来已久的冲突,佛殿相逢时莺莺敢于表示对张生的爱恋,正是这个冲突的发展,而佛殿相逢,又加强了这个冲突的发展,又决定了这个冲突继续发展的性质和方向。张生被卷入这个冲突之中,当然完全是站在莺莺一面的,但处于老夫人和红娘管教、监视之下的莺莺,不可能用坦白的、直率的行动回答张生的爱情,这就决定了她和张生之间的冲突;红娘被卷入这个冲突之中,当然基本上而且终于完全是站在莺莺一面的,但老夫人却交给她"行监坐守"的任务,这就决定了她和莺莺之间的冲突。

老夫人出面的场合虽然并不多,但她的势力——也就是封建势力却笼罩着全书,压制着莺莺、红娘、张生甚至法本。当我们在第一本第二折的开头看到法本所说的"老夫人处事温俭,治家有方,是是非非,人莫敢犯"的几句话时,就为张生和莺莺的前程捏一把汗;但张生还不知道这一点,他完全沉醉在"临去秋波那一转"中,以为得到莺莺的爱情是很容易的。法本告诉他"老夫人治家严肃,内外并无一个男子出入",他还不相信,因而敢于在红娘面前说出"小生姓张名珙……"的那段傻话。直到红娘说明老夫人如何管教莺莺,并警告他"早是妾身,可以容恕,若夫人知其事呵,决无干休……"之后,才知道问题的严重性。而他和老夫人的冲突,也就跟着展开了。"夫人怕女孩儿春心荡,怪黄莺儿作对,怨粉蝶儿成双!"这对老夫人是多么辛辣的讽刺,多么有力的抗议!

执着于爱情的张生,并没有知难而退。他不仅以"温习经史"为名,向法本借了一间房子,创造了和莺莺"墙角联吟"的条件;而且以"追荐父母"为名,带了一份儿斋,抓住了和莺莺在道场见面的机会,使他们的爱情得到进一步的发展。在这个发展中,红娘是起了推进作用的。佛殿相逢,莺莺就爱上了张生,但张生对她的态度如何,她并不知道,而这是需要知道的。红娘就恰好把张生的态度告诉了她:

姐姐,你不知,我对你说一件好笑的勾当。咱前日寺里见的那秀才,今日也在方丈里。他先出门儿外等着红娘,深深唱个喏道:"小生姓张名珙,字君瑞,本贯西洛人也,年二十三岁,正月十七日子时建生,并不曾娶妻。"姐姐,却是谁问他来?他又问:"那壁小娘子莫非莺莺小姐的侍妾乎?小姐常出来么?"被红娘抢白了一顿呵回来了。姐姐,我不知他想什么哩,世上有这等傻角!

莺莺听了之后,当然满心欢喜,但也十分担忧,因笑云:

红娘,休对夫人说。

又要依靠红娘,又怕红娘对夫人说,这种矛盾心理是她和红娘的关系的复杂性所决定的。

在张生和莺莺的爱情发展中,红娘也是起着干涉作用的。莺莺知道张生对她的热烈追求之后,就更进一步地表达了她对张生的爱情。她用"兰闺久寂寞,无计度芳春;料得行吟者,应怜长叹人"酬答了张生的"月色溶溶夜,花阴寂寂春;如何临皓魄,不见月中人"的诗句,这样,他俩就心心相印了。张生进一

步想"撞出去"和莺莺相见,莺莺也"陪着笑脸儿相迎",但红娘是负有使命的,老夫人的势力通过红娘而起了干涉作用。红娘说:

  姐姐,有人,咱家去来,怕夫人嗔着。

  在这里,不仅张生痛恨红娘,骂道:"不做美的红娘忒浅情……"莺莺也一样地痛恨红娘,当她"回顾下"的时候,她的心情如何,是不难想见的。所以在"闹斋"之前,张生焚香祷告的三件事是"红娘休劣,夫人休焦,犬儿休恶";在"寺警"之前,莺莺对红娘的不满更表现得强烈:"红娘啊,我则索搭伏定鲛绡枕头儿上盹,但出闺门,影儿般不离身。"但这对红娘来说是天大的冤枉。红娘辩解道:"不干红娘事,老夫人着我跟着姐姐来。"这一点,莺莺自己是知道的,因而她当着红娘,公然责怪老夫人:

  [天下乐]俺娘也好没意思!这些时直恁般堤防着人!小梅香伏侍的勤,老夫人拘系的紧,则怕俺女孩儿折了气分。

  她对张生的爱情越强烈,和红娘(也就是间接地和老夫人)的矛盾也就越尖锐。但如前所说,她和红娘的关系是复杂的,她对张生的爱情越强烈,她对红娘的希望也就越殷切。因而在责怪红娘(和老夫人)之后,又不得不唱出如下的词句:

  [鹊踏枝]……谁肯把针儿将线引,向东邻通个殷勤。

  张生和莺莺的爱情发展到"寺警"之前,大有"山穷水尽"之势。因为"把针儿将线引"的只能是红娘,而红娘却是忠于老夫人交给她的任务的。谁知在"山穷水尽"之时,忽然跑来了个"穿针引线"的孙飞虎。孙飞虎兵围普救寺,使原来的冲突起了极大的变化:这时的主要冲突是全普救寺僧俗(包括老夫人、莺莺、红娘、张生)和孙飞虎之间的冲突。在这个冲突中,莺莺表现了坚强、崇高的精神。当她听到孙飞虎要掳她做压寨夫人,并扬言"三日之后如不送出,伽蓝尽皆焚烧,僧俗寸斩,不留一个"的时候,她先后说出了"五便"和"三计":

> 不如将我与贼人,其便有五:
>
> [后庭花]第一来免摧残老太君;第二来免堂殿作灰烬;第三来诸僧无事得安存;第四来先君灵柩稳;第五来欢郎年小未成人……须是崔家后代孙。

为了五便,不惜将自己献于贼人,这是她首先想到的计策——第一计。但老夫人却反对实行这条计策,她说:"俺家无犯法之男,再婚之女,怎舍得你献与贼人,却不辱没了俺家谱!"于是莺莺又想到第二计:

> [柳叶儿]……我不如白练套头儿寻个自尽;将我尸榇,献于贼人,也须得个远害全身。

老夫人仍没有赞成,于是她又想到第三计:

> [青歌儿]……不拣何人,建立功勋,杀退贼军,扫荡妖氛;倒陪家门,情愿与英雄结婚姻,成秦晋。

有人怀疑两廊下多是僧人,一个相国小姐怎么能说出这样的话呢?其实,我们觉得莺莺说出这样的话是符合她的性格的:第一、她具有舍己为人的崇高精神,为了"五便",宁愿委屈自己;第二、她对"于家为国无忠信,恣情的掳掠人民"的贼军是恨入骨髓的,不管何人,只要能"杀退贼军,扫荡妖氛",那就是"英雄",她是"情愿与英雄结婚姻"的;第三、她一直是敢于反抗封建礼教的,从她前面的表现看来,在这时敢于提出婚姻问题,正是那种反抗性格的必然发展。

在这个冲突中,作者也大力地刻画了张生的勇敢、机智的性格。为了和莺莺的美满结合,也为了保护全普救寺的生命财产,他敢于订出并执行那个具有冒险性的计策,并且执行得那么沉着。而当退贼之后,当着老夫人的面对杜将军说:"……今见夫人受困,所言退得贼兵者,以小姐妻之,因此愚弟作书请吾兄。"从而引出杜将军的"既然有此姻缘,可贺,可贺!"的回答,把老夫人的诺言坐实,也不能不说是非常聪明的措施。

孙飞虎的出现,有人认为具有很大的偶然性,因而说这是《西厢记》的缺点。不错,是具有偶然性的,但这却是统一于必然性之中的偶然性。一开始,老夫人就说"先夫弃世之后,老身与女孩儿扶柩至博陵安葬,因路途有阻……将灵柩寄在普救寺内",可见莺莺一家之所以暂寓普救寺,本来是和"天下扰攘"有关的。"闹斋"一折:"诸檀越尽来到","老的小的,村的俏的,没颠没倒,胜似闹元宵",则道场完毕之后,莺莺的名字,必然传播出去,被孙飞虎听到,也是非常自然的。更重要的是孙飞虎的行动和他所说的"方今上德宗即位,天下扰攘……当今用武之际,主将尚然不正,我独廉何为?"是符合历史真实的。孙飞虎的出现,不仅巧妙地发展了情节,突出地刻画了几个重要人物的性格,而且反映了动荡不安的封建社会的典型情势。

孙飞虎兵围普救寺,好像是突然袭来的暴风雨;而在这一场暴风雨之后,出现的是明朗的晴天。在这明朗的晴天里,张生所想的是:"我比及到得夫人那里,夫人道:'张生,你来了也,饮几杯酒,在卧房内和莺莺做亲去!'"莺莺所想的是:"我相思为他,他相思为我,从今后两下里相思都较可,酬贺间礼当酬贺,俺母亲也好心多。"红娘所想的是:"乐奏合欢令……新婚燕尔安排定,你明博得跨凤乘鸾客,我到晚来卧看牵牛织女星。"谁料正当他们喜气洋溢地等待着举行婚礼的时候,又袭来了一阵暴风雨——赖婚:

夫人云:"小姐近前拜了哥哥者!"末(张生)背云:"呀,声息不好了也!"旦(莺莺)云:"呀,俺娘变了卦也!"红(红娘)云:"这相思又索害也!"

平地一声霹雳,把大家都震晕了。当大家清醒过来之后,才都清楚地看到了老夫人的真面目。

其实,老夫人的真面目,在"寺警"一折中就已经暴露得相当明显。她不愿实行莺莺的第一计和第二计,并不是舍不得莺莺,而是怕辱没了相国的家谱。她觉得莺莺的第三计较可,理由是"虽然不是门当户对,也强如陷于贼中"。这就是说,"不是门当户对",仍然有辱相国的家谱。聪明的读者从这里已经可以看出退贼后的赖婚,将是不可避免的,因为"家谱"第一。

但不仅张生、莺莺、红娘乃至杜确、法本等人都相信老夫人会实践她的诺言,读者也是一样。因为在人们的印象中,老夫人是一个多么确守封建道德的相国夫人,她怎么能背"信"弃"义",食言自肥呢?何况她亲口说的"但有退兵之策的,倒陪房奁,断送莺莺与他为妻",乃是两廊下几百僧俗都听到的?所以当杜将军说"张生建退贼之策,夫人面许结亲;若不违前言,淑女可配君子也"的时候,她答以"恐小女有辱君子",虽然已微露赖婚之意,但大家还以为她在说客气话;她对张生说"到明日略备小酌,着红娘来请,你是必一会,别有商议",虽然更耐人寻味,但大家也很少留意;直到红娘发出"怎生不做大筵席,会亲戚朋友"的疑问时,莺莺还以为老夫人"怕我是赔钱货……恐怕张罗",并不曾想到赖婚。

在生活中常常遇到这样的情形:当反面人物没有和正面人物发生冲突的时候,他显得是一个很不坏的、甚至很可亲的角色;直到在某一事件上和正面人物发生激烈的冲突,他的否定性格才会清楚地暴露出来。在"寺警"以前,老夫人给人的印象只是确守封建道德,在"寺警"及其以后,由于在她面前出现了关系相国家谱的严重问题,她的否定性格才表现得鲜明突出。人们可以看到:封建道德只不过是她装饰相国门第的东西。在紧急关头,她可以当众说出"但有退兵之策的……断送莺莺与他为妻",在退贼之后,因为张生是个"白衣",为了相国门第,她可以背"信"弃"义",公然赖婚。

在《赖婚》一折中,戏剧冲突表现得非常尖锐。老夫人命莺莺与"哥哥"把盏,张生拒绝了,说是"小生量窄",莺莺也附和张生,教"红娘接了台盏者!"红娘也完全站在张生和莺莺方面,对莺莺说:"姐姐,这烦恼怎生是了!"

莺莺的唱词,毫无保留地表达了对于老夫人的抗议:

[得胜令]谁承望这即即世世老婆婆,着莺莺做妹妹拜哥哥。白茫茫溢起蓝桥水,不邓邓点着祆庙火。碧澄澄清波,扑剌剌将比目鱼分破。……

[甜水令]……颠窨不过,这席面儿畅好是乌合!

[殿前欢]……老夫人谎到天来大:当日成也是恁个母亲,今日败也是恁个萧何。

[离亭宴带歇指煞]从今后玉容寂寞梨花朵,胭脂浅淡樱桃颗,这相思何时是可?昏邓邓黑海来深,白茫茫陆地来厚,碧悠悠青天来阔;太行山般高仰望,东洋海般深思渴:毒害的怎么!

俺娘呵,将颤巍巍双头花蕊搓,香馥馥同心缕带割,长挽挽连理琼枝挫。白头娘不负荷,青春女成担阁,将俺那锦片也似前程蹬脱。俺娘把甜句儿落空了他,虚名儿误赚了我。

张生更正面地质问:"前者贼寇相迫,夫人所言,能退贼者,以莺莺妻之。小生挺身而出,作书与杜将军,庶几得免夫人之祸。今日命小生赴宴,将谓有喜庆之期;不知夫人何见,以兄妹之礼相待?小生非图哺啜而来,此事若果不谐,小生即当告退。"

张生"告退",这是老夫人最喜欢的;但一方面她想博"慈惠"的美名,另一方面也慑于张生的朋友杜确的权势,所以还不愿也不敢立刻得罪他。她既不把莺莺与他为妻,又要使他欢喜,因而说:"……莫若多以金帛相酬……"但她想错了,张生回答说:"小生何慕金帛之色?却不道'书中有女颜如玉'?则今日便索告辞。"这就把她难住了,只好说:"你且住者……到明日咱别有话说。"从这些话中可以看出她的窘态。退贼之后的"别有商议"是有内容的,她之所以那样说,是为了赖婚;这里的"别有话说"是空虚的,她之所以这么说,是由于别无话说。

张生在老夫人面前说"则今日便索告辞",是激于一时的气愤;实际上,执着于爱情的他是不可能割舍莺莺,而在"书"中别求什么"颜如玉"去的。所以一离开老夫人,就跑到红娘面前,要求"……将此意申与小姐,知小生之心"。然后即"解下腰间之带",准备悬梁自尽。公正的、热诚的红娘非常同情他,而且愿意帮助他:"你休慌,妾当与君谋之。"她即刻建议张生在晚上用琴声打动莺莺。

在"赖婚"之后,张生、莺莺、红娘显然都处于矛盾的同一方面了;但由于性格和处境的不同,他们之间仍存在着复杂的矛盾。红娘愿意帮助张生,但对于莺莺的态度却没有十分把握:莺莺热爱张生,这是她知道的,但莺莺究竟是相国小姐,这位相国小姐是否会公然冲破封建礼教的堤防,和张生自由结合呢?是否会坦然接受她的帮助而不去告诉老夫人呢?所以当张生要她传送简帖的时候,她说:"只恐他(指莺莺)番了面皮。"她不敢将简帖交给莺莺,却偷偷地放在妆盒儿上。莺莺发现之后,果然发怒了:"小贱人,这东西那里将来的?我是相国的小姐,谁敢将这简帖来戏弄我?我几曾惯看这等东西?告过夫人,打下你个小贱人下截来。"红娘是机智勇敢的,她回答说:"小姐使我将去,他着我将来。我不识字,知他写着什么?……姐姐休闹,比及你对夫人说呵,我将这简帖儿去夫人行出首去来。"莺莺被出乎意料之外的回答吓坏了,急忙揪住红娘:"我逗你耍来。"而红娘却逼进一步:"放手,看打下下截来!"

莺莺之所以说"告过夫人",不过是"先发制人",其原因正是怕红娘到夫人前"出首";因为她对红娘的态度,也没有十分把握。她知道红娘同情她和张生,但红娘究竟负有"行监坐守"的使命,这位负有"行监坐守"的使命的侍婢,是否会同意她冲破封建礼教的堤防而不去告诉老夫人呢?在"听琴"之时,她正埋怨老夫人,忽然听见红娘喊道:"夫人寻小姐哩,咱家去来。"她大吃一惊,唱道:

[拙鲁速]则见他走将来气冲冲,怎不教人恨匆匆!唬得人来怕恐。……索将他拦纵,则恐怕夫人行把我来厮葬送。

恐怕红娘在老夫人面前"葬送"她,这是构成她和红娘之间的矛盾的主要契机。

莺莺、红娘相互间的矛盾,一直是被她们和老夫人之间的矛盾所规定的。

张生和莺莺之间也存在着矛盾:第一、就处境方面说,张生不像莺莺那样惧怕老夫人;第二、就性格方面说,张生是天真的,不善于像莺莺那样精细地考虑问题。莺莺和红娘之间、和张生之间的这种矛盾交织起来,就构成了尖锐的戏剧冲突。莺莺用"待月西厢下……"的诗约张生幽会,却告诉红娘说:"红娘,你将去说:'小姐看望先生,相待兄妹之礼,如此非有他意。再一遭儿是这般呵,必告夫人知道。'和你个小贱人都有说话。"这意思是很明白的,她无非是暗示张生,不要透漏消息。但张生这个"傻角"在看了诗后却得意忘形,当着红娘的面把什么都说出来了。本来就埋怨着莺莺的红娘,这一下更气坏了:"你看我姐姐,在我行也使这般道儿!"

[耍孩儿]几曾见寄书的颠倒瞒着鱼雁!小则小心肠儿转关。写着道"西厢待月"等得更阑,着你跳东墙"女"字边"干"。元来那诗句儿里包笼着三更枣,简帖儿里埋伏着九里山。他着紧处将人慢,恁会云雨闹中取静,我寄音书忙里偷闲。

[三煞]他人行别样亲,俺根前取次看,更做道孟光接了梁鸿案。别人行甜言美语三冬暖,我根前恶语伤人六月寒。我为头儿看:看你个离魂倩女,怎发付掷果潘安!

红娘等着看莺莺怎样"发付"赴约的张生,这就逼得莺莺不得不"赖简"了。《赖简》一折(第三本第三折),是极富戏剧性的。

"赖简"之后,张生病重,莺莺、红娘是知道他病重的原因的,所以都很不安,都很想救他,她们之间的矛盾也由于互相了解的加深而消失了。于是接下去就是"酬简"(第四本第一折),莺莺在红娘的鼓励下终于背着老夫人,和张生私自结合了。

但这种结合当然是不会长久的,因为他们和老夫人之间的矛盾并没有克服。果然,他们的结合很快就被老夫人知道了,唤红娘拷问。戏剧冲突,在这里发展到了顶点。红娘和老夫人展开了面对面的斗争,指出事情弄成这样的结局,"非是张生、小姐、红娘之罪,乃夫人之过也"。她在历数老夫人的罪过之后,警告老夫人:"目下老夫人若不息其事,一来辱没相国家谱;二来张生日后名重天下,施恩于人,忍令反受其辱哉?使至官司,夫人亦得治家不严之罪。官司若推其详,亦知老夫人背义而忘恩,岂得为贤哉?"并提醒老夫人:"莫若恕其小过,成就大事,掩之以去其污,岂不为长便乎?"

红娘的这些话像沉重的铁锤一样打中了老夫人的要害。老夫人是以"治家严肃"出名的;现在呢,若告到官司,就会得到"治家不严"之罪。老夫人是以"相国家谱"自豪的;现在呢,"若不息其事",就会辱没"相国家谱"。因此,她只好听红娘的话,把莺莺许给张生。但把女儿嫁给一个"白衣",她到底不甘心,所以告诉张生:"……我如今将莺莺与你为妻,则是俺三辈儿不招白衣女婿。你明日便上朝取应去,我与你养着媳妇。得官呵,来见我;驳落呵,休来见我!"

在"拷红"的激烈斗争中,老夫人虽然被迫而不得不承认既成的事实,但张生也被迫而不得不接受妥协的条件——"上朝取应"。所以,张生、莺莺和老夫人之间的冲突还没有完全解决。《送别》、《惊梦》两折戏之所以那样动人,就是由于作者非常真实地从张生、特别是莺莺的内心深处揭露了这种冲突。而这种冲突,也是构成第五本戏的基础之一。在第五本中,张生、莺莺都经受着离愁别恨的折磨。张生甚至在中了状元之后还因相思成病,不能起身。病好之后,好容易赶回来和莺莺结婚;但当他赶回来的时候,在以前已经显露过的他和莺莺跟郑恒的冲突又爆发了。依靠杜将军和红娘的帮助,这个冲突才以郑恒"触树身死",张生、莺莺这一对有情人终成眷属而告解决。

总览全剧,作者以惊人的艺术洞察力发掘、提炼了社会生活中普遍存在的矛盾冲突,又以高超的艺术技巧和表现手法反映了这种矛盾冲突,构成了扣人心弦的戏剧冲突。这戏剧冲突之所以扣人心弦,是由于它体现了人物性格、人物心理活动以及他们之间的复杂关系,从而体现了社会力量的冲突,关系着主人公的命运与前途。崔、张一见钟情,这是在封建礼教束缚下男女青年很难接近的历史条件造成的。一见而钟情,完全出于彼此相慕悦,看中的是人,而没有考虑门第与财产。但这种由本人自由选择,重人而不重门第财产的纯洁爱情,却为封建礼教和封建婚姻制度所不容;戏剧冲突,便由此开始。"墙角联吟"加深了爱情,但客观障碍无法突破,大有山穷水尽之势。"寺警"之后,矛盾似乎得到了解决,接踵而来的却不是成亲、而是"赖婚"。由"赖简"而"酬简",刚进入柳暗花明又一村,又爆发了"拷红"的惊雷。"拷红"化险为夷,导致了许婚;而才许婚便"逼试"、"哭宴"、"送别"、"惊梦"的情景,又触目伤怀。到了第五本,张生总算考中状元,只等"乐奏合欢令",郑恒又跑来破坏。戏剧冲突的发展,真如长江出峡,一波未平,一波又起,张生和莺莺就在这惊涛骇浪中为爱情而斗争、而痛苦、而欢乐。读者的心潮,也随着主人公的离合悲欢而起伏跌宕,无法平静。

　　戏剧冲突尽管波澜起伏、异态横生,却未溢入曲池别港,始终沿着爱情发展的主线前进。因此,情节集中而单纯。全剧长达二十几折,每一折都是一个整体的有机组成部分,场次洗练,结构谨严,显示了作者卓越的艺术才能。在戏剧文学发展的早期就取得如此杰出的艺术成就,的确是难能可贵的。

　　　　　　　　　　　　　(原载《西厢记简说》,中华书局 1962 年版)

评新版《西厢记》的版本和注释

随着经济建设和文化建设高潮的不断出现，广大人民群众学习并继承文学遗产的要求也不断增强。适应这种情况，国家出版机关已整理出版了《水浒》、《红楼梦》等几部古典小说，受到了热烈的欢迎。但这还不能满足群众的需要，群众希望整理出版更多的古典文学名著，特别是古典戏曲。由于所谓"善本"的难于觅购和习用语言（主要是方言俗语）的难于索解，更希望赶快整理出版一些有详细注释的重要作品。最近，新文艺出版社出版了王季思先生校注的《西厢记》，并声明将陆续地、系统地整理印行饶有价值的古典戏曲和小说，这应该说是我们文化生活中的一件喜事。

这个新版的《西厢记》，版本和注释都比较好，比较适合群众的需要。

《西厢记》的版本很多，但所谓"名本"或"善本"，如徐渭（文长）的《虚受斋重刻订正元本批点画意北西厢》、王骥德（伯良）的《校注古本西厢记》（方诸生本）、徐逢吉（士范）的《重刻元本题评音释西厢记》、陈继儒（眉公）的《批评音释西厢记》、罗懋登的《全像注释重校北西厢记》、凌濛初（即空观主人）的《西厢五剧》、毛奇龄（西河）的《论定参释西厢记》、张深之的《正北西厢秘本》、闵遇五的《会真六幻》本和毛晋的《汲古阁六十种曲》本（已改成传奇体裁）等等，流传未广，很难觅购；容易得到的，还是大业堂、怀永堂、芥子园等各家所刻的《圣叹外书第六才子》、此宜阁所刻的《增订金批西厢》和文盛堂所刻的《增补第六才子书释解》之类。王季思先生在"后记"中说："金圣叹对于元代的社会情况和当时戏曲中习用的语言知道的不多，遇有他自己不懂的地方，便任意改动，因此使好些地方失去了原意。"所以，金批本不适于一般读者阅读。新文艺出版社出版的《西厢记》，是以暖红室翻刻明末凌濛初的刻本为主，并根据其它刻本加以校正的。而凌濛初的刻本，又依据明初朱有燉（周宪王）的元本，在《西厢记》的各种版本中，它本来是最好的一种。因而可以肯定，新文艺出版社出版的这个本子，是比较完美、比较适合读者需要的。

《西厢记》中的方言俗语很多，因而需要详细的注解。明清以来，注《西厢记》的有徐文长、王伯良、徐士范、凌濛初、闵遇五、毛西河、金圣叹等诸家。王季思先生继他们之后，引证元人杂剧、散曲，唐宋以来的笔记、小说，以及《方言录》、《恒言录》、《新方言》等书，一方面纠正并补充了旧有的注解，一方面又加入了一大部分必要的新的注解。而且，从 1944 年出版的《西厢五剧注》、1949 年出版的《集评校注西厢记》到最近出版的这个本子，已作了三次的修改；在修改中，并吸收了钱南扬、叶德均、任心叔、夏瞿禅诸先生的意见。所以，在注解方面，这个本子也是比较完善、比较适合读者需要的。

和"集评校注"本相比，现在的这个本子在注释方面是有些进步的。第一，对有些错误的注释，作了修正。如第一本第二折"我亲自写与从良"中的"从良"一词，"集评校注"本是这样解释的："妓女脱籍入于良家曰从良。盖杂剧本勾阑所演，其扮红娘者即亦勾阑中色妓，故即以当时演者身分为谑。此例元明剧中常见。如《汉宫秋》第一折'情取棘针门里除了差法'数语（勾阑乐棚，用棘刺围绕，见《东京梦华录》）……并是。闵遇五曰：'古法放出奴婢等齐民为从良。'失之。"这种解释是很牵强的。"妓女脱籍入于良家"叫"从良"，放出"奴婢等齐民"也叫"从良"。此处用后一义。《来生债》第二折："咱家中奴仆使数的，每人与他一纸儿从良文书，再与他二十两银子，着他各自还家。"正是"放出奴婢等齐民"也叫"从良"的例子。此处"……他不令许放，我亲自写与从良"，承上文"若共他多情的小姐同鸳帐，怎舍得他叠被铺床"而来，正是亲自写一纸从良文书，放他还家的意思。与《来生债》中的用法正同。所以闵遇五的解释并没有错。现在的这个本子，只引用了闵遇五的话，删去了"杂剧本勾阑所演，其扮演红娘者即亦勾阑中色妓，故即以当时演者身分为谑……"的牵强的解释。这是正确的。附带一提：童斐在他选注的《元曲》（商务版）中引《晋书·顾恺之传》中的"尝悦一邻女，挑之弗从，乃图其形于壁，以棘针钉其心"等语以注《汉宫秋》第一折的"棘针门"，固然是错误的；但王季思先生以"勾阑乐棚，用棘刺围绕"为据，解释"情取棘针门里除了差法"数语，也是"以当时演者身分（妓女）为谑"，仍然是很牵强的。"情取棘针门里除了差法"数语，是元帝对昭君所提出的"妾父母在成都，见隶民籍，望陛下息典宽免，量与恩荣"的请求的答复，"棘针门"即指昭君父母的"柴门"。昭君父母"见隶民籍"，原很穷苦。穷民以荆棘为门，也是常见的事。

第二，对有些不甚圆满的注解，作了补充。如第三本第三折注释[一七]，即补充了如下的一段:"《新华月报》二卷三期谷峪《强扭的瓜不甜》篇:'从前这孩子多撑达,如今三言换不出一语来'。自注:'撑达,活泼。'盖今日北方尚有此语。"

第三,也增加了一些新的注释,如第一本第三折中的注释[二七],就是"集评校注"本所没有的。

总之,王季思先生在《西厢记》的注释上,是花费了很大的劳力的,他的成绩也是可以肯定的。但这并不等于说他的注释已经很完备,已经没有任何缺点了。如他自己在"后记"中所说:"现在这个本子虽已作了第三次的修正,但仍有不能令人满意的地方。"现在提几点不成熟的意见,请王季思先生及读者指正。

第一,有些注释,还不很恰当。如:

第一本第一折注释[五]解释"蓬转"一词说:"陈长方《步里客谈》:'古人多用转蓬,竟不知为何物。外祖林公使辽,见蓬花枝叶相属,团圞在地,遇风即转。问之,云转蓬也。'"这个解释不恰当。"蓬"是指"蓬草",不是指"蓬花。"《埤雅》:"蓬,末大于本,遇风辄拔而旋。"蓬遇风而拔,叫"断蓬";"断蓬"随风飞旋,叫"转蓬"。在以蓬的随风旋转比喻人的到处飘流的许多例句中,可以看出:其中的"蓬"都是无根(离了地)的"断蓬",而不是有根(未离地)的"蓬花"。如此处的"游艺中原,脚根无线如蓬转";《谇范叔》第三折的"昨日周,今日秦,可着我有家难奔,恰便似断蓬般移转无根"。很显然,其中的"蓬"都是"断蓬"。正因为是"断蓬",那种比喻才恰当。

第一本第二折注释[四六]解释"这相思索是害也"说:"……害谓害病。"不顾句法而孤立地解释一个字,当然不能解决问题,甚至会犯错误。"害"的宾词是上面的"相思"。把"害"解释成"害病",如果遇到程度较差的读者,便有把这句读成"这相思索是害病也"的危险。

第一本第三折注释[二〇]:"凌濛初曰:'便做道谨依来命,言何不便依了我们意也。'按此处语意未完,盖被红娘隔断。"这个解释既不明确,又不恰当,使读者摸不着头脑。要了解"便做道谨依来命"一句,必须先看一看上下文:

我撞出去,看他说什么。

[麻郎儿]我拽起罗衫欲行。[旦做见科]他陪着笑脸儿相迎。不做美的红娘忒浅情,便做道谨依来命。

[红云]姐姐,有人,咱家去来,怕夫人嗔着。[莺回顾下]

在张生吟诗,莺莺酬和之后,张生想"撞出去"和莺莺相会,当他"拽起罗衫欲行"的时候,莺莺已远远地看见他,并"陪着笑脸儿相迎"。而在这个紧要关头,红娘却从中阻挠(在她讲"姐姐,有人……"之前,一定有招呼莺莺或牵引莺莺之类的动作),张生因唱"不做美的红娘忒浅情,便做道谨依来命",在唱的时候,也一定配合着气愤、懊恼的表情。这一个小小的情节,是很富于动作性和戏剧性的。"便做道"一词,元曲中常用,如《西厢记》第二本第四折:"便做道十二巫峰,他也曾赋高唐来梦中。"《灰阑记》第二折:"便做道男儿无显迹,可难道天理不昭昭。"《竹叶舟》第一折:"端的个枉受苦,便做道佩苏秦相印待如何。"其中的"便做道",都可作"即使"解。"谨依来命",是红娘谨依夫人的命令。这命令即是第四本第二折所说的"但去处行监坐守"。丫环对小姐,原负有"行监坐守"的任务,下文的"咱家去来,怕夫人嗔着",即是红娘执行"任务"的具体表现。结合上下文看,这句的意思是张生责怪红娘:你即使谨依夫人的命令,也不该忒浅情、忒不做美,来破坏我们的好事。

第二本第一折注释[三三]解释"兀的不送了他三百僧人……"等数句说:"……意谓如真的城可倾,国可倾,则不但三百僧人要送命,即半万贼军,亦将倾刻可剪除矣。"这样解释也是很牵强的。"兀的不送了他三百僧人",应该和上文"僧俗寸斩"、下文"诸僧众污血痕"合看。莺莺唱这句的意思是:孙飞虎"道我眉黛青颦,莲脸生春,恰便似倾国倾城的太真",要掳我做压寨夫人;并声言"三日之后不送出去",便要把"僧俗寸斩","这岂不断送了他三百僧人么?"因为这句是疑问语气,所以用下句"半万贼军,半霎儿敢剪草除根"来予以肯定。王季思先生在"……剪草除根"下打问号是错误的,应该打句号。"敢"字本来有很多解释,在这里作"准"、"定"、"管"之类的意思解。《对玉梳》第一折:"和他笑一笑,敢忽的软了四肢;将他靠一靠,管烘的走了三魂。"关汉卿《拜月亭》第四折:"你的管梦回酒醒诵诗篇;俺的敢灯昏人静夸征战。"其中的"敢"字都与"管"字并举,也与"管"字同义,作"准"、"定"之类的意思解。"剪草除根",与第一本第四折结尾的"则以你闭月羞花相貌,少不得剪草除根大小"相应,也与本折的"僧俗寸斩,不留一个"相应。这句的意思不是"半万贼军,亦将倾刻可剪除矣",而是"三百僧人,半霎儿管(敢)被半万贼军'剪草除根','不留一个'也"。"兀的……"一句,是莺莺自问,"半万……"一句,是莺莺自答。

第三本第三折注释[一一]解释"一弄儿"一词说:"闵遇五曰:'犹言一段。'《渔樵记》第三折一煞曲:'一弄儿多豪俊,摆列着骨朵衙仗,水礶银盆。'"把"一弄儿"解作"一段",不恰当。"一弄儿"是概括之词,相当于"一切"或"一齐儿"。此处"今夜这一弄儿助你两个成亲"中的"一弄儿",是指下面的"……淡云笼月华,似红纸护银蜡;柳丝花朵垂帘下;绿莎茵铺着绣榻……"王季思先生所引《渔樵记》中的"一弄儿",也是指下面的"骨朵衙仗,水礶银盆"。最明显的例子是《百花亭》第二折中的一段:"小二云:'……将小人头至下,脚至上,浑身衣服,并这个查梨条篮儿,都借与官人,打扮做卖查梨条的……'正末云:'高见高见,多承见爱,将你这一弄儿都借与我。'"其中的"一弄儿"是指"……浑身衣服,并这个查梨条篮儿"。所以把"一弄儿"解成"一切"或"一齐儿",是比较恰当的。

第五本第一折注释[一七]:"挡,弹也,'当日向西厢月底潜,今日向琼林宴上挡':盖就月下听琴情事言,徐闵旧解失之。""挡"本来有"弹"的意思,但此处却不该作弹解。因为第一,在琼林宴上弹琴,不合事实;第二,这是两个对称的句子,如果说"挡"是弹琴,那么,"潜"又是"潜"什么呢？第三,如果"就月下听琴情事言",为什么不说"当日向西厢月底挡",而说"今日向琼林宴上挡"呢？我觉得毛西河"论定音释"本中的解释是可以参考的:"挡,挡搜乔样也,与'佾'同。"用"挡"或"佾"形容人的相貌体态的出众,元曲中例子很多。《单鞭夺槊》第二折:"凭着他相貌挡,武艺熟,上阵处只显得他家驰骤。"《扬州梦》第一折:"打迭起翰林中猛性子挺,拽扎起太学内体样儿佾。"其中的"挡"或"佾"有英俊、挺拔、出众之类的意思。我以为"当日向西厢月底潜",不是指"琴心挑引",而是指"乘夜逾墙"。"乘夜逾墙"一折(第三本第三折)中"沉醉东风"曲里的"一个潜身在曲槛边",正是"当日向西厢月底潜"的具体内容。莺莺唱这两句的意思是:想不到当日在西厢月底潜身蹑脚的人今日竟向琼林宴上出头露脸了,所以下句说:"谁承望跳东墙脚步儿占了鳌头!"

第二,有些注释,还不很圆满。如:

第一本第一折注释[二一]解释"撒和"一词说:"友人张燕庭曰:'撒和,谓去驴马之羁勒,任其徐行自适,即俗之所谓蹓跶。'按《山居新语》:'凡人有远行者,至巳午时,以草料饲驴马,谓之撒和。'盖惯例驴马食后,须略蹓跶,以防停食,因亦谓饲牲口为撒和耳。《辞海》引此文,解为洒脱意。失之。"《辞海》

把"撒和"解释为"洒脱",当然是错误的,但这里把"撒和"解为"蹓跶",也同样不正确。"撒和"的本意是"撒料和(拌)草"。据我所知,农民们在耕作回家之后(一般在巳午时),给耕作疲乏了的牲口撒料和草(又叫拌草),这是一次特殊的喂养(平常只喂草,不撒料,不和麦麸),等于四川人所说的"打牙祭"。《山居新语》所说的"以草料饲驴马,谓之撒和",是正确的。不过不必只限于"远行者",也不必只限于"巳午时",凡农民、车夫等在牲口疲乏时或将有繁重工作时为它"撒料和草",都叫"撒和"。这可以从元曲中找到证明。如《来生债》第一折:"洗了麸,又要撒和头口。"《争报恩》第一折:"这里又无那盛料盆,又无那喂马槽,妹子也,你可甚空房中来和草。"《诤范叔》第二折:"放下那一盘家剉草半青黄,拌上些粗糠。"第三折:"则不要槽中拌和草,便是那桑间一饭恩。"《㑳梅香》第四折:"山人云:'将五谷寸草来!'官媒云:'要做甚么?'山人云:'先把新女婿撒和撒和,不认生。'官媒云:'你正是精驴,休要胡说!'"从这些例子中,可以看出"撒和"的本意是给牲口"撒料和草",有的地方,干脆用"和草"或"拌和草",其意更为明显。因为"撒料和草"是比较特殊的喂养,所以"撒和"一词,又引申为"打牙祭"。《山居新语》又说:"都城豪民,每遇假日,必以酒食招致省宪僚吏翘杰出众者款之,名曰撒和。"这里的"撒和"正是"打牙祭"的意思。

第一本第二折注释[二二]解释"大师行"一词说:"……按词曲中凡称'我行'、'伊行'、'娘行'、'大师行'之行,读如杭。……伊行犹云伊那里,我行犹云我这里。大师行亦即云大师这里。……"在有些句子中,"伊行"、"我行"等词中的"行"可以作"这里"、"那里"解,但不如解作"根前",更为明确。如第三本第二折:"别人行甜言美语三冬暖,我根前恶语伤人六月寒。""行"与"根前"并举。但不能认为词曲中"我行"、"伊行"等词中的"行"都可以作"这里"、"那里"解。因为在更多的例子中,"行"字并没有任何意义。如第四本第一折的"夫人行料应难离侧",既用了"侧"字,则"行"仍作"那里"解,就很勉强。"夫人行料应难离侧",就是"料应难离夫人侧","行"字没有意义。又如《琵琶记》第五出:"做孩儿节孝怎全,做爹行不从几谏。""爹行"上既冠以"做"字,又与上句中的"孩儿"对举,可以看出这个"行"字和"孩儿"一词中的"儿"字作用类似,并没有"这里"、"那里"之类的意义。

同折注释[二九]解释"既不沙"说:"沙,助词,犹今呵字。既不沙,犹今云若不是这样呵。……"这是正确的。第五本第二折:"写时管情泪如丝,既不呵,怎生泪点儿封皮上渍。"其中的"既不呵"一本作"既不沙",即可证明。但如果指出"既不沙"又写作"既不吵"(见《灰阑记》第四折、《竹叶舟》第三折),则"沙"字犹今"呵"字,就更为明显。

第三,有些注释,还不很明确。如:

第一本第二折注释[一六],既说"王伯良曰:'格古要论谓金品:七青、八黄、九紫、十赤。'与此处义尚合";又引了许多例证,得出结论说:"疑或以指子女也。"从文义看,此处的"七青八黄"正是指金子而不是指子女,王伯良的解释是正确的,应该完全肯定。

第二本第二折注释[一〇],既引了许多例证,说明"挣"与"撑"同义,作"美好"解;又说"惟本句用作动词,或当如王伯良说,解为擦拭也"。其实在"下工夫将额颅十分挣"这一句中,"挣"作"擦拭"解,是非常明显的。何况下面的"迟和疾擦倒苍蝇,光油油耀花人眼睛,酸溜溜螫得人牙疼",正是"十分挣(擦拭)"的结果。《董西厢》:"把脸儿挣得光莹",是这几句的出处,也是这几句的注脚。

第二本第三折注释[三五],既说"阁落,助辞,与支剌、兀剌等辞同例";又说"王伯良曰:'黑阁落,北人乡语,谓屋角暗处,今犹以屋角为阁落子,'是以阁落为实字矣。"王伯良的解释是正确的。"阁落"即"角落",是"实字",不是"助辞"。《玉镜台》第四折:"你在黑阁落里欺你男儿。""阁落"下加"里"字,其为"实字"甚明。"黑阁落里",犹言"暗处"或"暗地里"。

以上就意义方面,指出了一些注释的缺点,请王季思先生考虑。其次,在体例方面,也有需要改进的地方。如"压寨夫人"一词,第二本第一折和第五本第三折中都有,但在第二本第一折中未加注,却在第五本第三折中加了注,这是不大合适的。另外,注释用文言,一般读者不容易看懂,如果改用白话,就会更适合广大群众的需要。

(1953 年 8 月脱稿,原刊《文学遗产增刊》第 1 辑》)

论莫泊桑短篇小说的艺术特色

莫泊桑(1850—1893)是法国杰出的批判现实主义作家。他出身于没落的贵族家庭,在农村度过了他的童年。二十岁应征入伍,参加过普法战争。战后在海军部、教育部当了十年小职员。他母亲是一位文学爱好者,与法国著名作家福楼拜是童年时代的好友。莫泊桑以丰富的社会阅历,在母亲的启蒙和福楼拜的指导下学习写作,经过整整七年的刻苦钻研,创作才华终于显露出来。1880 年,他的第一个短篇《羊脂球》一问世,立即轰动了巴黎文坛。这进一步加强了他从事小说创作的决心。在此后短短的十年中,他夜以继日,写出了近三百篇中短篇小说,六部长篇小说,三本旅行记和大量论文。

莫泊桑由于长期紧张的创作活动损害了他的健康以及其他原因,不幸于 1893 年 7 月 6 日逝世,仅仅活了四十三岁。在他短促的一生里,虽然只有十来年的创作生涯,但由于他的惊人的勤奋,给人类留下了一笔宝贵的文学遗产。

莫泊桑的短篇小说在世界文学史上占有重要地位。

一个多世纪以来,莫泊桑的作品,包括短篇小说选集、长篇小说等,曾以多种文字出版,在世界范围里流传着。特别是他的短篇小说,影响更大。茅盾称莫泊桑是"短篇小说大师",他的确是当之无愧的。

莫泊桑创作的短篇小说有二百六十多篇,其中的绝大部分,以暴露资产阶级精神上、道德上的堕落和资本主义社会的丑恶风尚为基本主题。另一部分,歌颂了法国人民的爱国思想。还有一部分,反映了劳苦人民的悲惨生活,表现了作家的同情心。这都是有积极意义的。当然,也应该看到,在这些短篇小说中,有的由于受自然主义"纯客观"主张的影响,对所描写的对象缺乏明确的倾向,因而不同程度地限制了作品的思想深度;后期的某些作品,还流露出悲观主义情绪。这是我们应该批判地对待的。

写短篇小说,是莫泊桑的绝招。他善于选取富有典型意义的生活片断,以一斑见全豹,揭示社会的真相。在艺术构思和描写手法上,常有新颖独到之处。下面我想从几个方面谈谈莫泊桑短篇小说的艺术特色,和读者交换意见,共同提高。

一 题材丰富多样,主题鲜明深刻

19世纪70年代前后法国的整个社会生活,都是莫泊桑选材的范围。从偏僻的农村到繁华的都市,从阴暗的社会底层到豪奢的上流社会,从小人物到大人物,从小商小贩到富商巨贾,从民间团体到政府机构……各个阶级、阶层的各种人物,以及这些人物的各种生活环境,他都作了细致的观察,精心的提炼,深入的开掘。

诚然,在题材方面,选择什么,舍弃什么,集中和突出什么,不能不受世界观的支配,但对于一个伟大的有独创性的艺术家来说,这也不能不受艺术构思的制约。例如在莫泊桑的短篇小说中,有不少关于妓女生活的题材,这是作者根据真实地反映生活的需要而选取的。在《菲菲小姐》中,为什么要选择妓女乐石儿来惩罚侵略军呢?这因为妓女可以接触社会上的三教九流。普鲁士的军营戒备森严,一般人难以接近,更无法了解其内幕,而妓女却有这种机会。在花天酒地的昏乱气氛中,妓女乐石儿趁敌人忘乎所以之时,用餐刀刺死了一个军官,越窗逃脱。这样的选材和安排,是合情合理的,既揭露了敌人的残暴荒淫,又表现了法国人民的爱国心。仅就这个例子就可以看出作家在选材方面的艺术匠心。

道德、宗教和法律等方面的教条并不能阻止资本主义制度的腐烂和瓦解,这一主题,在莫泊桑的作品中所占的比例相当大。资本和金钱所产生的种种罪孽都是作家所暴露、所鞭笞的对象,而许多被侮辱、被损害的弱者,又常常是他笔下的正面人物——心灵高贵、勇气超众、心地善良的优美形象。

莫泊桑很擅长通过塑造个性鲜明的各种典型人物来体现作品的主题思想。

那些个性不同的爱国者形象,使作品闪耀着爱国主义思想的光辉。其中有智勇双全、至死不屈的民间游击英雄米龙老爹(《米龙老爹》);有机智勇敢、生擒六个敌人而不计名利的女英雄贝尔丁(《俘虏》);有不愿受侵略者侮辱人格而击毙一个德国军官的杜步伊(《一场决斗》);有急中生智,用餐刀刺死敌军中尉的妓女乐石儿;有放火烧死四个侵略军士兵而英勇就义的老大妈(《蛮子大妈》)。

作者创造了许多感人肺腑的受苦人的形象：有因为打死一只鸡而被老板打成重伤、死在监牢的乞讨者（《乞丐》）；有勤劳俭朴、心地善良而失去了爱情幸福的劳动妇女（《修理椅子靠垫的妇人》、《铃子大妈》）；有被社会黑暗逼上了吊索的小公务员（《散步》）；有被生活所迫而不得不以卖笑来维持自己和孩子生活的妓女（《壁厨》）；还有那些不幸的私生子、流浪汉，以及受欺骗的女子等等。

主题是从作家的生活实践中产生的，当它要求用形象来体现时，它就在作家心中唤起一种欲望，赋予它一种恰当的艺术形式。莫泊桑就是以短篇小说的形式来完成反映生活、体现主题的使命的。

二　情节集中完整，剪裁精当得体

莫泊桑的短篇以情节集中凝炼著称。他善于从富有典型性的生活片断中，鲜明地揭示出它的重要的思想意义，深刻地反映出社会生活的本质。《我的茹尔叔》将矛盾冲突集中在某个星期天的一次短途散步中，让世界的黑暗投影到轮船上；当茹尔突然在轮船上出现，各种人物就纷纷出场亮相。这个情节将沉醉于美妙的幻想中的人物，一下子拉到严酷的现实生活面前，收到了出人意外的艺术效果。《海港》通过同胞兄妹在妓院相遇的情节，显出了人世间的可怕与可恨。

作者根据人物刻画的需要，常常把生活中分散的东西集中起来，加以典型化。例如遗产问题以及由此引起的种种纠纷、弊病，在资本主义社会中，原是司空见惯的寻常事，莫泊桑却能从这类寻常事中发现本质性的东西。《遗产》通过一个家庭围绕遗产承袭权问题，抓住金钱、财产这个要害，揭开了温情脉脉的面纱，将资产阶级在精神上、道德上的堕落赤裸裸地暴露在大庭广众之中。《遗产》描写的这个小家庭发生的事情很典型，作者通过精心安排的情节，高度概括了资产阶级的"道德病"。它使读者看到，在这样的社会环境中，要消灭罪恶，要医治"道德病"，永远是空洞的口号。《苡威荻》是篇成功之作，它通过奥柏蒂的家庭交际活动，表现了整个社会的道德风气。常来这儿的，"都是外国人，都是贵族，都有头衔"，这儿简直是个"充满了身挂各色勋章的骗子式人物的交际场"。透过这个社会的缩影，可以看到当时资产阶级的所谓"精神文明"。

作者善于抓住事物的特征，根据人物性格发展的需要来提炼情节，从而揭示事物的普遍意义。《勋章到手了!》首先抓住勋章象征荣誉这个特征,通过罗士兰设计调开主人公,然后主人公得到了勋章,罗士兰得到了主人公的老婆(通奸)等情节,揭露了资产阶级的肮脏交易。由此可见,当时达官贵人胸前挂着的各色勋章是怎样得来的,它们到底象征什么,不是很引人深思吗?

作者善于在故事的开端、中间或结尾,运用巧合、奇遇、出人意外的情节来达到加强艺术效果和深化主题的目的。《旅途上》一开头就扣人心弦。当火车经过某地时,有位旅客突然说:"暗杀的地方就在这里。"大家一听,顿时毛骨悚然。正在这种紧张气氛的渲染下,作者把读者的注意力引向一节车厢:一个伯爵夫人正在数她的金币,突然从车仓吹来一股冷风,她抬头一看,一个双手带着血迹的陌生人不声不响地走进来。她吓了一跳,将金币撒落到地上,以为陌生人要来抢钱,甚至把她杀死。读者也捏着一把冷汗,不知将会发生什么可怕的事。等到陌生人声明来意,恭恭敬敬地将金币全部拾起来交给她,读者这才松了一口气。这样安排情节,造成了动人的效果。《首饰》采用"倒置破题"手法安排情节。玛蒂尔德向女友借来的项链本来是赝品,但物主借出时并未声明,借者归还真项链时物主也没有看它。从项链的借、失、还,直到失主还清债务,整整十年时间,借者一直不知道借来的项链是假的,物主也一直不知道还来的项链是真的,双方都蒙在鼓里。直到小说将要结束时,作者才一笔点破,使事情的真相大白,因而产生了异常强烈的艺术效果。

场景集中,常常在较小的具体环境中展开人物性格和故事情节的这个艺术特点也很突出。《斐洛姆老板身上的怪物》将一辆马车作为生动的舞台,让各种人物登台表演。各个人物的身份,由赶车人点名上车时很自然地介绍出来。各个人物的生活状况,则通过行车途中的互相闲谈让读者略知一二。故事从斐洛姆上车到下车结束,当中主要通过斐洛姆两次下车"动手术"的场面来展开人物的性格。高潮放在旁的旅客(商人、堂长)敲榨斐洛姆这个情节上。通篇结构紧凑,经纬分明。在《萨波的忏悔》中,木材商萨波与神父一向是政敌,明争暗斗了十年。后来神父抓住萨波贪财的弱点,制服了这个唯一没有加入教会的"前进分子"。小说将人物放在"忏悔的审判台"前,通过问答形式,展示了人物性格特征,写得妙趣横生。技巧之高超,令人叹服。《海面上》把尖锐的矛盾冲突集中在处理事故的态度上。当渔船老板的弟弟小若阿韦尔的一只胳膊被夹在船舷与缆子之间的紧急关头,老板宁愿牺牲弟弟的胳膊,而不肯斩断缆子:因为斩断缆子,就立刻损失价值一千五百法郎的渔网。作者就是通过这个惊心动魄的场面来刻画人物性格、深化主题思想的。

三　语言简洁明快,风格朴实优美

莫泊桑是语言艺术的大师。他擅长用简洁、明快、准确、生动的语言塑造典型、刻画性格、反映社会生活、描写自然景物。尤其擅长用简炼而确切的句子,描绘出人物的主要特点,让读者很快就能牢牢记住人物的声音笑貌、神态语气、性格特征。这样的技巧,只有拥有全民语言的财富、非常熟悉描写对象的全部奥秘的时候才能掌握。如果莫泊桑没有童年时代的农村生活给他积累丰富的感性材料,他就不可能写出那些乡土气息十分浓郁的作品。《绳子的故事》对农村集市场面的生动描绘中有这么一段:"乡下人考查那些出卖的母牛,疑惑不定地去了又回来,始终害怕上当,永远不敢下决心,却反而窥探卖主们的眼色,无止境地搜索人的诡诈和牲口的毛病。"对农民的心理和神态表现得多么逼真,使读者如临其境。对于渔民的悲惨生活,《洗礼》(第二篇)是这样描写的:"男的都到那种使人害怕的海面上去,它用惨绿的波浪的动荡使得渔人小船旋转,并且如同吞服丸药似地吞噬那些船。"当有人问某个妇女,她的丈夫到哪儿去了时,"她总伸起胳膊指着那片忧郁的大海……她的丈夫在某一个喝得过多的晚上就留在那里没有回来了。"语言朴实、准确,饶有抒情性和感染力。

莫泊桑的短篇小说之所以具有强烈的艺术魅力,重要原因之一就是作者能够用精炼的语言,使作品的主人公尽量"少说话,多做事"。在《乞丐》中,主人公(乞丐)自始至终没有说一句话,他的性格,完全是通过他的行动和侧面烘托突现出来的。合起书,这个苦命的乞丐形象异常鲜明地浮现在我们的脑海中,激起深深的同情心。

"少说话",并不等于在刻画人物时避免用对话。对话,在生活中是不可避免的,当然需要写,问题只在于如何写。《鄢瓦代尔》这个短篇不论在叙述方面,还是在对话方面,都显示出作者驾驭语言的能力多么高强。当一个受种族歧视思想影响很深的老大妈得知儿子安端爱上了一个黑人姑娘时,十分震惊,问安端:"黑的? 黑到什么样儿? 全身可满是黑的?""可是黑得像锅底一样?"这些提问很简短,却表现出老大妈的焦急、惊疑和落后无知。她带着这种心情看待黑人姑娘,必然流露出异样的神情。作者是这样描写的:"不时溜动黄鼠狼式的眼光,从旁瞅着那个黑种女人,发现她的额头和两颊在日光下面亮得像是擦得很好的黑皮鞋一样。"通过接触,她觉得黑人姑娘为人很好。但心中始终排除不了一个"黑"字。加上舆论的压力,她还是不准儿子娶那个姑娘。作者运用一系列个性化的语言,使人物立了起来,变成了可以触摸的实体。

幽默而有风趣的语言,给小说人物增添了生命的活力。《小酒桶》中的马格洛瓦有一片土地,汲可老板想买过来。买的方式很特别:每年给她五十块大洋,直到她死了为止。这时,她七十三岁,要活到九十三岁,才能收够这片土地的价钱;活到九十三岁以后,才能白白赚钱。在这笔交易中,双方都想占便宜。买者希望卖者早死,卖者希望自己永远健康;但当面又都口是心非。马格洛瓦说:"顶多,我确实不能再活到五六年以上。"汲可说:"哪儿的话,老江湖,您的身体结实得像一座钟楼,至少可以活到一百一十岁。将来您一定还得送我下葬呐!"短短的对话,把人物各自的特点画龙点睛似地描绘出来了。作者运用语言纯熟自如,当然是长期刻苦学习的结果。他曾宣传过福楼拜的"一字"说。福楼拜十分讲求用语的精当。他要求表现某一事物,只有唯一的名词;对某一事物赋予运动,只有唯一的动词;对某一事物赋予性质,只有唯一的形容词。莫泊桑就是在这种严格的要求下从事写作的。由于他的刻苦努力和独创精神,在语言的锤炼上达到了炉火纯青的境界。福楼拜对他期望甚殷,他也确实没有辜负福楼拜的期望。

四 构思新颖独特,角度选择得当

莫泊桑有自己的独特的生活经历和艺术风格。他的作品,在艺术构思上新颖独创,严谨周密,不落俗套。《珠宝》把情节发展的内在联系融合在高超的结构技巧中。郎丹的妻子美貌而又十分"贤惠",对丈夫关怀备至,家庭生活安排得井井有条,称心如意。她的嗜好,只是爱买假珠宝、喜欢看看戏而已。她一死,郎丹的生活立刻陷入困境。当他把妻子积累起来的假珠宝拿去拍卖时,才发现这些东西全是价值昂贵的真珠宝。原来这些东西是妻子生前因有外遇而得来的,一直瞒着他。作者先给她那卑污的灵魂披上美丽的外衣,等她一死,才揭穿真相。接着,笔锋一转,重点刻画郎丹的性格特征:他万万没想到妻子瞒着自己去干丑事,让他戴了六年多"绿帽子",因而一旦真相大白,简直气昏了。但在清醒过来时,看见价值二十万金法郎的珠宝在眼前闪闪发光,全身的细胞全都活跃起来,名誉观终于敌不过金钱的威力,欣然接受了妻子牺牲色相的代价,而且恬不知耻地到处炫耀自己是个大富豪。就这样,作者用新颖的构思，精湛的艺术描写，对资本主义制度腐蚀下某些人的精神堕落作了深刻的揭露与批判。《遗嘱》通过死者的遗嘱突现主题，别具匠心。遗嘱，在当时法国社会中既十分平常，又十分重要。作者抓住这一点，通过女主人公的遗嘱，诉说自己的不幸和不平。采取这种艺术手法，有效地揭示了人物的内心世界，给读者留下了深刻的印象。《幸福》一开头就吸引住读者。傍晚人们聚集在地中海观景，当话题转入什么样的爱情才是真正的幸福时，海面上露出一个模糊的岛屿——哥尔斯岛。正当大家惊疑不解时，一个老人讲了序萨因夫妇离家逃到这个岛屿上的经过。当这个岛屿消失在夜色中时，故事也随之结束。布局自然而精巧，扣人心扉。《壁厨》的构思也独具匠心。作品通过一个嫖客某天晚上的亲身经历，把一个妓女的悲惨身世与孩子的遭遇展现出来，从而揭发了生活深处的隐秘。

　　莫泊桑的许多短篇小说之所以吸引人，还因为善于选取角度。《曼律舞》中的一对老演员，在路易十五世时红极一时，曼律舞是他们的拿手好戏；但是，"自从法国没有了国王，也就没有曼律舞了"。为了表现他们的怀旧之情，作者把幽静古雅的苗圃，作为再现生活的场所，让这对老演员在这里悄悄地跳起舞，在回顾往日生活时得到感情的满足。而这种情景，则是通过一个躲在树林后面偷看的旁观者的视线展示出来的。故事完了，谜底揭出来了，教育意义也就自然体现出来了。如果角度不是这样选择，那就不仅不能引人入胜，而且这个好奇者的追踪、巧遇、相识、看曼律舞等神秘诱人的地方就不可能出现。

五　反映生活以小见大，艺术形式短小精悍

　　从描写小人物的平凡生活中体现出时代风貌、社会侧影，揭示出事物的本质，这是莫泊桑短篇小说的基本特点。莫泊桑不像巴尔扎克、左拉那样明白宣称要对资本主义社会进行全面系统的研究（从整体到部分），而是以另一种态度对待生活，要"反映微不足道的现实"（从部分到整体）。他在二百六十多个短篇小说里所描写的环境和塑造的典型，几乎触及社会上的各个阶级和阶层。从问题看，有政治、经济、道德、文化、宗教、战争等等；从人物看，有工人、农民、乞丐、小职员、选民、小市民、小业主、妓女、流浪汉、教师、学者、新闻记者、神甫、退伍军人、没落贵族、新兴资本家、议员、官吏、普通士兵等等。

　　莫泊桑通过各种人物描写，表达了自己的爱憎态度、思想观点和社会理想。在《两个朋友》中，刻画了普法战争巴黎被围时期两个爱国公民的形象。

这类平凡的小市民,在巴黎市区到处都可以看到,人们也不甚注意;而莫泊桑,却能从这类小人物的平凡生活中发掘出法国人民的高贵心灵——爱国主义思想。作者以较大篇幅,描写了这两个小市民的平凡生活。可是就是这么十分平凡的人物,在生死关头却大义凛然,宁愿被敌人丢进河里淹死,决不向敌人透露法军哨卡的口令内容。这两个在严峻考验面前显示了民族骨气和爱国精神的小人物,正是作者讴歌的英雄,而作者自己的爱国激情,也就从这里得到了有力的表现。《绳子的故事》描写一个诚实的乡下人因遭诬陷而备受精神折磨,以至背着黑锅进入坟墓,鞭挞了在资本主义社会中只相信欺诈而不相信事实的变态心理,表现了作者的是非感。《我的茹尔叔》通过一对夫妇对至亲兄弟前后截然不同的态度,暴露了唯金钱是重的家庭关系和资本主义社会的世态炎凉,引起读者的联想与深思。

六　寓倾向于艺术描写之中,在情节发展中展示思想

读莫泊桑的短篇小说,突出的感觉是:作者对人物的爱憎、褒贬,从来不作主观的说明。在《首饰》中,作者对一个女子的虚荣心的批评,是通过一个美满小家庭顿时陷入困境、并以十年辛苦的高昂代价偿还债务的情节展现出来的。《羊脂球》则通过羊脂球在马车上和旅馆内这两个场面的生动描写,体现出作家对羊脂球的深切同情,和对富商、权贵、侵略者的无比愤恨。在《西孟的爸爸》中,作者先描写了一个失足女子的被歧视和一个私生子的被欺侮,然后表现了五个打铁工人对此事的看法,并且要其中的菲利普挺身而出,排除世俗的非议和轻蔑,同那个勤俭朴实的女子(私生子西孟的妈妈)结婚。在这里,作者并没有抽象地发表任何意见,但读者从故事的安排、人物的塑造中,却可以看出作者对私生子及其母亲的同情心,对工人们正直性格的赞美,对农村落后习俗的批判。《流浪人》中的木匠郎兑勒年轻力壮,吃苦耐劳,却在本地找不到活干,在家吃闲饭。他跑遍了半个法国,也没有找到工作,饥寒交迫,面临死亡的边缘。为了活命,他不得不偷别人的食品充饥,醉中又犯了强奸罪。这时,政府来管他了——抓进监牢判刑二十年。显然,这篇小说是揭露黑暗社会如何一步步逼着郎兑勒进入监牢的,但作者并没有出面说明他的创作意图。这样的例子很多,不必一一列举。总之,莫泊桑短篇小说的特点和优点之一,就在于具有一定进步意义的思想倾向不是直接说出来的,而是"从场面和情节中自然而然地流露出来"的。

莫泊桑短篇小说的艺术特色，除以上各点而外，传神的细节描写也值得一提。例如在《我的茹尔叔》中，当茹尔接过"我"给的小费后："上帝保佑您，少爷！"一听就知道这是穷人接受布施时常说的话，表明茹尔在美洲时，的确讨过饭。当茹尔的哥哥接过茹尔的牡蛎做吃的"示范"动作时，突然失手将牡蛎汁泼了满身。这说明他认出了卖牡蛎的人正是弟弟茹尔，以致惊慌失措。在《戴家楼》中，当乐骚（妓女）在舞会上对前任市长布兰说了一声"我们走"时，作者是这样描写布兰的："于是乎这个老头儿立起来了，整理过自己的坎肩，就跟在乐骚后面走，一面摸索自己的衣袋里的钱。"这种简练的，有概括性和特征性的细节描写，能够揭示这个伪君子的丑恶嘴脸和肮脏灵魂。

19世纪的批判现实主义，是资本主义社会内部矛盾尖锐化在文艺上的反映。莫泊桑在创作上忠实地继承了批判现实主义的传统，真实地反映了19世纪70年代前后法国的社会生活，揭发、批判了当时社会中的各种丑行恶习，具有很高的认识价值和艺术价值。正如高尔基所指出："这一派欧洲文学家的著作对于我们有着双重的、无可争辩的价值：第一，在技巧上是典范的文学作品；第二，是说明资产阶级的发展和瓦解的文献，是这个阶级的叛逆者创造的，然而又批判地阐明它的生活、传统和行为的文献。"我们阅读和研究莫泊桑的短篇小说，既可以了解法国的社会历史，开阔视野，增长知识，又可以批判地吸取创作经验和艺术技巧，提高我们的创作水平。

（原刊《山西师院学报》1981年第1期）

评王锺陵著《中国中古诗歌史》

这是一部规模宏大的著作,有着史诗般的深闳伟美。"四百年民族心灵的展示"这一副标题,清楚地揭示了此书雄阔恢远的旨向。本书作者王锺陵是一位在学科建设上锐意开拓的青年学者,他不仅以此种大大突过前人的立意,显著提高了写作的难度,而且更困难的还在于,他想写的乃是一部具有理论形态的中国文学史著作。所谓具有理论形态的文学史著作,依王锺陵自己的理解,是要对文学史作内在逻辑的流贯而完整的把握,它要求以民族思维的发展为内核,以民族文化——生活方式的展开为表现,对与文学相关的一切因素作出一个大的综合。这种综合又必须以对历史运动有着恰当反映的逻辑结构表现出来,而历史运动又有着文学史的辩证前进和民族审美心理的动态建构这样互为表里的两个层面。

无疑,这必然要求一系列全新的开拓。

一

王锺陵对于文学史运动的把握大约有这样四个层次:最高层次是因种种经济、政治的条件而产生的民族思维发展的走向,其次便是在这一走向导引下所产生的由社会风习、哲学思潮、人们的感受方式等种种因素交织而成的巨大变动,第三个层次是因了这种变动而来的新旧文体的交替、文学流派的斗争以及某一时代文学发展的总体特征,第四个层次是在上述整体格局中来把握具体诗人作品的思想内容、艺术风格及其在文学发展中的作用、地位、传承影响。这四个层次层层相生。王锺陵有时是由大而小地步步写来,更多的时候则是先从时代的审美情趣、诗人的艺术风格切入,然后在论述中展开相应的时代情况和文化内容。既注目于时代、社会的内容怎样经过文学特质的规范和诗人艺术个性的过滤而进入作品,更着意于作品的种种艺术特点是如何为时代、社会、文化、诗人个性等种种因素所导引。在他的著作中,上述四层不仅贯穿始终地存在着,而且是相互交融地凝结在一起。因此,一方面文学的进程乃上升为一种文化的进程、民族发展的进程,从而极大地拓宽、加深了文学史的内容;另一方面文学史发展中各个阶段的转换,各种题材、表现手法的兴衰,每个诗人艺术风格之形成等等,又都得到了更为深入而细密的说明。

王锺陵自己说过:"我多年来的学术研究,其路径可以用一句话加以概括:即在理解民族思维发展的基础上来把握文学的进程。我以为这是一条前人所未曾走过,而今人也还未曾注意到的学术路径。"①由这一路径出发,王锺陵把整体性原则上升到民族思维发展这一最高层次,从而使古代文学作为长时段研究本身所固有的优势,最为充分地展示了出来,大大超越了建国以来个体研究、群体研究、流派时代研究和文学史纵向研究的路数。王锺陵著作中所体现的整体性原则,是他给予文学史界的极有分量的贡献。从民族思维发展这一远远突过以前各种文学史著作的思想制高点出发,王锺陵对中古诗歌史的进程作出了整体性的全新阐发:上卷对中古审美情趣、原则、理想及其转换推移的论述和对于中古文学特征的阐述;下卷中对魏代诗歌发端意义的概括,对西晋诗歌发展总体特征的说明,对玄言诗这个历时百年的文学史环节的复现,对永明体概念的宽狭划分,关于南朝诗派冲突的揭示,关于梁陈存在两种新体诗的见解,用通变派沟通南朝与唐代文学发展的主张,对山水文学所体现的审美心理的分析,以及对北朝迄隋文学发展三个阶段的划分,等等,都可以说发前人之所未发。吴调公先生认为王著"气象非凡。从思想体系说,给读者以整体感。亦纵亦横,不但体现了描述逻辑的条理性,更显示了现实、作家、作品、反馈诸种因素通过相互作用而形成的运动感。中古诗歌特征能上升到美学高度,作为功能质的抽象概括中,渗透了自然质的具象。特征抓得准。触及作家心灵处往往闪烁着文化折光、时代折光。《后记》虽非尽扣合本书,但把作为创作一本书的思想律动写出来却也有其必要,更何况写得很深切,很动情,也有文采。"以前多部文学史所勾勒的、人们心目中长期形成的中古文学面貌,自王锺陵的著作出来后便大大地改观了。因此,有的学者认为,无论是在中古文学史、诗歌史,还是在研究的方法论上,王著都是一部具有里程碑意义的著作。这一评价对于王著的开拓性及其所取得的一系列突破,是一个很好的肯定。

---

① 《我写〈中国中古诗歌史〉》。

二

透过复杂的历史运动,抓住一个中介性环节以振起全局,这是王锺陵这部书所表现出来的独特思路。

文学研究中容易有两种偏向:一种是就文学谈文学,文学被从意识形态的整体中游离了出来,显得单薄而苍白,这叫文学的孤立化;另一种是就文学谈社会、谈思想,文学本体反而被漠视,这可以称为文学的泛意识形态化。这两种偏向时有发生,为了补偏救弊,有些学者便致力于同时注意文学的内外两方面及其联结,以为这样做就可以臻于完美了。

但是王锺陵的做法却不是这样,他不去同时注意两者,而是以其思维的透彻和简洁,干脆把两者结合起来。王锺陵在书中自我总结说:"本书上下卷十二编七十万字,一言以蔽之,可以说即是在揭示这一特定历史时期中我们民族审美心理建构中的各种因素是如何更替、萌生、组合的"(第832、833页)。他是将社会文化的进程与文学本身的进程统一交融为民族审美心理的建构过程,分离的二终于成为浑然的一。审美心理的建构过程是一个中介,它联结融贯了民族思维发展、社会文化进程和文艺自身变化这样三个方面,前面所述四个层次都尽在其中了。这样的一种把握方式,确是一个重要的创获。反映到逻辑结构的建立上(王著着力贯彻列宁所说的从矛盾的细胞形态中揭示出一切矛盾的胚芽的阐述方法,用对逻辑规定性相互联系、相互矛盾及其转化的途径、形式的说明来展开历史),他所说的逻辑规定性,也是综合文学发展的内外因素的,是由种种社会条件所转化而成的文学自身的内部要素,因而是文学内部因素与外部因素的一种凝定,这是《中国中古诗歌史》理论构架的一个基点,是其不同于其他文学史著作的又一个重要方面。由这样的逻辑起点出发所描述的文学运动,当然是内外相融为一的了。由此可见,善于挖掘并把握中介,是王锺陵思维方法的一个特征。

从逻辑要素这种高度抽象的因素到最为实在的诗人及其作品之间,王锺陵又是以一种特定的历史进程加以联系融贯的,这也是一种中介,民族审美心理的建构过程因此而一个时代、一个时代地落实了下来。王锺陵认为逻辑要素之转换推移隐入深处,体现为一种实质,浮在表面的则是一个个具体的往往自有其面目的历史进程,历史进程的往往自有其面目,同历史发展中的随机性是密切联系着的,整部文学史的发展正是在每一段都有其具体的进程,而在这一进程中完成着某一种规定性和要素的转换推移,一个又一个进程的连接,便正是逻辑之链的向前延伸,王著用以组织全书的便正是这一思路。王锺陵以文人化、玄言化的兴衰、平俗化、融合南北这样四个历史进程,来概括魏代及西晋、东晋、南朝、北朝迄隋这样四个历史时期的文学发展。这样的一个递次前进的四过程的联结,不仅是逻辑规定性之推移的产物,而且也是历史发展随机性以至转换性的结果,或者更确切地说,是前者借助于后者的展开。中古时期全部被论列的诗人都被综合到上述四个进程中,各有其特定的位置。全书由此凝成了一个十分严密的整体,大大地改变了建国以来文学史著作块状堆积、零散孤立、缺少贯通脉络的状况。这样的一种文学史观既避免了贫乏的历史决定论,又避免了盲目的偶然论。必然性和偶然性的关系问题,一直是治史者的一大困惑,王锺陵成功地摆脱了这一困惑的上述思路十分新颖而深刻。它对于文学史研究与写作的意义,将是十分深远的。吸取了黑格尔很多思想精华的王锺陵,正是在这一点以及在对丰博的感性所在的执着的把握上,则又明显地超越了贬斥直接性和随机性的黑格尔。

三

历史的研究,乃是对于一个因藉于历史材料的文化——意义世界的占有。这种占有的本质无疑是一种建构,是现代的个体心灵对于封闭的、复合的、没有指称意义的历史遗存的契入,因此,文学史家应以其心灵之光将历史固有的意义映照出来,而作为文学史家对象性存在的文学史著作同时也就十分清晰地展示着文学史家的心灵结构。这种心灵之光与历史固有意义的交互为体,要求文学史家对于研究对象全身心的投入,而过去的文学史家一般都未认识到这一点。

王锺陵的这部文学史著作,正是因其心灵之光对于历史遗存的契入,而表现了极为鲜明的个性色彩。论者们称赞此书将哲思、史识、诗才三者萃集于一身,我以为这并非溢美之词,而是对王锺陵学术个性的一个较为全面的概括。就从王锺陵首次将玄言诗这一缺失已久的文学史环节比较周到而有深度地钩沉出来,便可以看出他融贯文史哲的学术功力。人们曾称,玄学、佛学、理学与文学的关系是文学史研究中三个难度极高的问题。玄学与文学的关系问题最初为汤用彤提出,但汤用彤仅仅只是提出了问题,在汤用彤以后这一问题更是几无进展。而令人高兴的是,这一问题在王锺陵的著作中则获得了系统的论述。王著勾画了从玄风之进入直至其退出诗歌的全过程,所论列者大至玄学对于新的审美原则、审美理想和一系列审美情趣的孳乳,小至具体诗人在表现手法以至用语上所受玄风的影响,既宏阔超迈,又精深入微。仅凭上述两项成就,王著的高度价值已是不言而喻的了。

由于文史哲的融贯,王锺陵观察问题往往史感深沉。他对于历史的苦难、人生的艰辛了解很深,这一点在他对陆机、左思、刘琨、吴均等人的分析中表现得特别明显。他对于历史的论述不采取浅薄的乐观主义方式,而是透过对诗人的心态的揭示和历史前进曲折的说明,将历史发展中那沉重的苦涩充分地传达了出来。因此,他不喜欢线性的、单向度的描述方式,主张"史的写作在总体结构和行文上,都应追求一种磅礴的气势和浑厚的意蕴,要融万象于一炉,全景式地展示历史。"①他阐述历史的笔触清醒而凝重,但他又从不对历史的发展采取灰色的态度。他在书中说:"一种进步倾向的发展,往往也伴随着相应缺点的萌生,一种缺点的滋长,常常又会导致相应的某种进步的胎孕壮大。"即使是一场灾难,历史"也能从中分解出许多营养来。不过,进步和退步的复杂交织,使得历史需要相当的时间来进行剔除和消化的工作"(第761页)。正是这种对历史发展宏通的眼光和深沉的期信,使得王锺陵喜欢沉到历史长河的底层去观察那浪花下的种种潜流,以说明历史的走向是如何为一种合力所造成的。比如,他认为永明之际自觉的意境诗的产生,就是由当时艺术发展中的进步倾向与退步倾向相交汇而致。王著史诗般的深闳伟美,正是由对于历史的这种浑厚丰博、凝重宏通的阐释而展现出来的。

历史感深沉,必然导向哲思,因为历史发展中充满了辩证法。王锺陵爱作哲学的思考,他往往从一个很高的视点去剖析诗人及其作品。比如,他将陶渊明放置到两股社会思潮的交织中去分析,从而对陶诗的意义就有了新的开掘。他善于作概括引申,在勾勒解析中往往以几句以至一、二段精采的议论点出神理之"睛",一下子就使前后的文字站到了一个新的高度,从而使文势有破壁飞去之趣。这种写法运用的极致,使得他在对作家与时代的分析中往往多有艺术哲学的阐发。比如,谢朓章在比较了大小谢山水刻划的不同特色后,从阐发文艺史上往往有艺术之光返照的现象出发,升华出了文艺发展突过和不及双向并存的运动规律。这一规律的揭示,突破并统一了文论史上经久不歇的关于文学发展到底是今胜于古还是今不如古的激烈争论,极富创见。

---

① 《我写〈中国中古诗歌史〉》。

王锺陵会写诗词,而且写得不错。他在《后记》中曾说:"是诗伴随了我生涯中最多的时光,给了我时时寂寞的心灵以最多的慰藉",所以,我颇怀疑他少年的理想之梦大约是当一个诗人。现实的生活道路尽管使他成了一名学者,但他的诗情诗才对于他准确地把握诗歌史却成了一个得天独厚的优越条件,因而他对于诗在风格韵味、格律形式上才有那么多精妙细致的辨析。并且最为重要的,正是因为有着敏锐的艺术感染力,他才第一次将揭示民族审美心理建构的课题引入了文学史。山水文学的研究历时久远,又有谁揭示过其所体现的静态、清趣、光感三者相兼的审美心理建构的呢?只是当王锺陵将其诗人的心灵投入了对象以后,上述的奥秘才被照亮了。读过这部书的许多人都一致地称赞王锺陵的语言好:雅丽、深沉,行文畅达而又气势远宕。此又有得于诗情诗才之裨益。建国以来的文学史著作中那种眼界窄、文笔平、格式板、感情枯的状态,被王著大大地打破了。本来中国古代文论的传统就是文理兼美的,特别是《文心雕龙》以华丽的骈文写入微的文心,更为后世树立了难以企及的高标。王锺陵的语言美,是在发皇一种失落了的久远传统。人们不难发现,这同他的书在内容上寻求民族特色的努力是一致的。

王锺陵以其哲思、史识、诗才兼备的心灵之光去映照丰博的历史遗存,他阐发了历史所固有、但尚未为人所发现的许多意蕴,由此他建构了一个文化——意义的世界,其中有着历史所昭示的深沉智慧,也充溢着为诗意感受所浸染了的种种骀荡情怀。中华民族一个重要历史阶段中的一些重要的方面,被他的心灵之光照亮了。现在,他的这部书本身又已成为了一个文化——意义的客体,它又需要别人的心灵之光的契入。正是在这种不断契入的过程中,心灵之光与心灵之光相互照彻,相互融汇,我们所生存的文化——意义世界便会愈益丰博深永起来。而王锺陵本人则将在对文化——意义世界的新的构建和学科建设的前沿突破中,取得更大的发展。对此,我们理所当然地期待着。

(原刊《学术月刊》1990 年 10 期)

评吴功正著《六朝美学史》

吴功正撰著的六十万言《六朝美学史》(江苏美术出版社出版)通过对六朝这一复杂多变而又丰富多彩的美学史时期的突破性研究,提供了撰写美学史,特别是断代美学史的学术经验。

本书顾名思义是一部断代美学史,但它取得的突出成就是在美学通史中写断代美学史,对于断代史断而不联的传统史学结构作了重大突破。作者对"史"所确定的涵义是现象、过程和联系——现象与现象之间形成过程、构成联系。断代史的前后勾连具有十分重要的意义,只有在"史"的过程和联系中才能真正确定某一具体的审美范畴、形态、现象的价值。历史和逻辑的统一是对史著的基本要求,但它决非是一个空泛性的概念规范,而是要具体渗透在观念、视域、阐解之中。本书作者确立了过程、联系就是逻辑的命题,便把历史和逻辑统一了起来。这样,过程和联系就具备了通史性质,在这样一个基本点上,也就为作者在通史中写断代史确立了理论依据。

本书第一章开宗明义,设立了《在前代美学史的延伸下》,在末章即第七章设立了《在延伸下的美学史中》的专章,形成了首尾相衔、前呼后应之势,更重要的是,体现了作者的断代美学史观。作者在研究了汉代文化、美学思想形态的基础上,发现了它与六朝之间的联系和变异现象。其总趋向是:从经学到玄学、神学到人学,从汉代审美观念的宏放到六朝审美观念的内敛,从先秦两汉的铺扬风貌到六朝的精巧机制。演变在遗传与变异中进行,其演变轨迹正构成美学史的图像。"从经学到玄学、神学到人学",作者视其为中国美学史的一次重大转折。汉末的人物品评,最终形成了魏晋六朝的人物品藻。重视人的任情所为,人的才性、情感、气质、风貌、格调、风度为人们所关注,效法的不是两汉的立业、功名,而是魏晋六朝人的思辨、自适、自我满足。风度、才性远胜于伦理、节操。这是对人的肯定,成为人学主题。在从汉代的审美观念到六朝的审美意识演变中,本书从以下几个方面作了具体的分析:从汉代云气画到六朝墓壁装饰画,铺垫了绘画的审美基础,从汉代大赋到六朝小赋,经过了一个敛缩过程,它改革并取代了汉代大赋的宏大体制,结为小赋,改变汉大赋的体物特征,转入抒情。作者以园林美学为例细致考察了从前代到六朝所存在的从铺扬风貌到精约机制的转换状况:由汉代的神异化到六朝的山林化,汉代的斗富思想到六朝的观赏情趣,汉代的广垒厚积到六朝的随应自然,汉代的粗放型到六朝的精约型。作者特别描述了美学在从汉代神学、经学到六朝自然主义哲学流变的思想背景下所完成的自身演化历史。作者认为,风气变化在审美格调上反映出来。汉人是唯大为美,非写实因素浓重,汉人把人的自信力推到一个高峰,充满着和洋溢着乐观向上、蓬勃旺盛的情调,创造出美的"巨丽"形态。而六朝人的心态趋于内敛,没有雄气和魄力,津津乐道周围的生活空间和咀嚼回味心灵的欢乐悲伤,他们不再神驰于汉人的雄大气象和境域,而是以小为美。这一审美理想确定以后,就表现在许多方面,园林是"小园",连文学样式也尚"小"。汉是大赋,六朝则为小赋。六朝还出现了"小诗","小诗"流变为唐人绝句。这在文学样式上是一次重大的变化。通过详尽切实的考察,作者对这段美学史的演变作出了如下的结论:"两汉是繁富,六朝是精约;两汉雄放,六朝精致。虽无汉之阔大,却玲珑剔透。它塑造了自己所特有的美学形象和品格。它似乎突然冷却了两汉,敛缩起来,两汉的关中大汉骤变为六朝的秀骨清像。由此,一幅美学史的演变轨迹图便昭现出来了。"

"在延伸下的美学史中",作者首先用专节论述了紧接着六朝之后的隋、唐二代对六朝美学的态度,并从纵向性的视角,多方位地描述了六朝美学对后代之深广影响。六朝沉淀在后人心灵世界中的是金粉掩盖下的衰败萧索的形象,所唤起的是沉痛的历史伤感。这种伤感情绪不断被后人所提起,并被他们的现实感受所同化,赋予了新的内涵,从而产生为悲怆的美感情绪形式。六朝塑造了中国名士的基本形象,其"旷达"、"风流"精神泽披后代。在具体的诗人影响轨迹方式,以陶潜、鲍照等人为例,描述了他们对后代大批诗人在审美传达手段特别是审美感觉方面所产生的作用。作者着重指出六朝所创造出来的《诗品》、《画品》、《书品》的点评形式,开风气之先,成为中国美学特别是诗美学理论的主要形式。六朝的"神游"论、"气韵"论、"畅神"论等,规范了中国美学众多理论范畴的内涵和特征。作者在书中提出了一个相当深刻的美学史观点,即美学影响最根本的是精神影响、观念影响。六朝美学在理论上的最大贡献是使中国美学走向纯美学,创造了独特的思维方式和机制。它对文学、艺术第一次作出了审美本体性的阐解,文学审美改变了前代的比拟性的描述手段,不是拟物、比德,从而走向了美学自觉的时代。

以上是运用上溯、下延的手段,来揭示断代美学史所具有的美学通史的意义与性质。其次,是把六朝美学这一"段"置于中国美学史的长卷中来考察,看其对中国美学的贡献,从而使"断"与"通"对接,"断"便纳入"通"中。作者从声律美学、清水芙蓉的审美形态、时空审美方式、"若无新变,不能代雄"的美学发展观等方面详细论述了六朝美学的成就以及对中国美学史所提供的财富,这样,便确定了它在中国美学史上的地位。作者在通史中透视断代,又在断代中显示通史,在方法论上也是相当杰出的。

再次,本书不仅在宏观上体现了上述的特征,而且通过微观世界的考察,细致地描述了它们的演变轨迹,这一轨迹正成为美学史的发展图像。作者通过具有一定审美涵值的审美范畴及其演化去展现美学史的演变历程,颇为独到。例如就六朝的一个具体的审美范畴"丽",描述了它从"丽则"→"丽而不浮"→"丽而不淫"的美学历程,这一范畴演化历程又恰恰体现了东晋南朝的美学史进展状况。

美学门类最早齐备在六朝,有绘画、书法、音乐、舞蹈、雕刻、园林、文学、建筑等。通过美学门类去显示美学实迹,一般的美学史著也能做到,本书的可贵或者说它具有突破意义的是在美学门类中展示出"史"的运行轨迹,揭示出它与前代的联系,如"六朝绘画美学与前代之关系";描述出它与后代的联系,如"六朝绘画美学之影响";显示出某一具体美学门类在六朝的演变情形,如"六朝乐舞美学演变之概况"。紧扣"史"的特征,赋予美学门类以"史"的涵义,是作者的重要史识,为全书的史感奠定了深厚的认识基础。

在通史中描述断代史的过程里,作者还提出了史的历程的"中介"论。作者认为,前代美学史不可能笔直地通入当代,需要通过中介。作者把西晋确定为前代美学史之中介,以著名的西晋金谷诗会和东晋兰亭诗会为例,详尽说明了通过中介形成美学史转型的情形。作者从总体上作了这样的确定:以西晋为中介、转型,在东晋形成沉淀,转而伸向南朝。其特征是从外部世界的拓展到内心世界的体味,从发扬蹈厉到潇洒文雅,从大而化之到小巧玲珑,从伦理性的文学到审美性的文学。

从前代及于当代,看其演变历程;从当代及于后代,看其影响情形;从前代及于当代中确立中介期,一幅宏观式的史的图景出现了,断代美学史便因之具备了美学通史的意义和性质。

本书在说明美的形成原因和美学史现象时坚持了社会、历史、实践的观点,立论显得扎实、可靠和宏放。在外部环境上寻绎内在基因,作者把美学史和物质运动史、精神意识史,把美学和文化结合起来。既是背景显示,又是为着揭示美学的文化、精神内蕴,更有说服力地说明美的历程。作者从"庄园经济"、"哲学思潮"、"名士风流"、"隐逸情调"、"佛学世界"、"社会风习"等六大角度描述了六朝美学形成的社会实践原因。六大视角又正切合六朝的物质环境和精神环境,增添了论述的准确性。在作具体说明时又形成了两个显著特点:一是特别重视社会风习、文化意识等精神现象对美学的孕育功能。例如作者全面考察、把握了六朝的社会风习、豪奢生活、民俗习尚、士庶之分,进而揭示出它们各自所对应的美学状态:金粉美学、通俗美学、贵族美学。作者对六朝的三种美学状态逐一作了论述。"金粉美学是六朝特别是南朝美学的基本特征,这一概念本身就包含着浓烈的香气和刺激性,最能引发人们体认六朝美学的浮艳感觉。它的形成,最终还是要从社会环境和社会风习中去寻找,因为金粉世界孕育了金粉美学。"作者比较系统地从地理文化环境、穿着、衣饰、节令、民俗等方面考察了地处江南的六朝民俗文化和文化通俗化及其进而所产生的审美通俗化进程,指出,"在通俗化的审美进程中,产生出佻达、轻盈、活泼的审美品格,形成了吴楚文化色泽,涂刷了六朝的文化、美学基色,从而也就最终完成了通俗美学的定型化。"作者还从六朝独特而森严的门阀制度、观念、士庶悬隔、谱牒之学等方面考察了贵族文化现象,指出六朝士族"在优裕的养尊处优的生活环境中过着雍容闲止的精神生活。他们已没有先前士族裸袒箕踞、对弄婢妾的放荡,他们追求一种风度,这种风度就是贵族风度;他们品尝一种情调,这种情调就是贵族情调。这是由六朝士族土壤所孕生出来的贵族审美情调。"在此基础上,作者作了这样的概括:"金粉美学、通俗美学、贵族美学构成了六朝美学的'三色环'。"作者认为,"三色环"才是六朝美学的完整图像。这是一个全面而准确的概括,改变了以往对六朝美学的单一性提法。

二是在对六朝美学形成原因所作的社会、历史、实践说明时,有一个科学的论述机制。作者把美学史的现象置诸时代的宏大背景前,借助于社会历史的通道,具体而微地揭示出六朝美学的诸多形态和特征,例如"庄园经济与美学之间的关系"、"六朝哲学思潮中涌发的美学范畴"、"六朝士风之特征及其与美学之复合关系"、"隐逸生活与美学之间的多重关系组合"、"佛学和美学形态"等。在这里,论述的落脚点是美学,其论述程序是:社会实践因素→社会文化心理→美学心态→美学形态、晶体。这样的说明机制,既避免了美学精神因素脱离物质环境的孤立化倾向,又避免了物质环境与美学精神直接对应的简单化倾向,达到了科学的观点和正确的方法的完整统一。

建构立体式的美学史体例是作者的成功尝试。无论是美学史著或文学史著,都存在着体例形式的问题,体例应该有突破和新的建树,它不仅仅是一种形式机制或操作程序,而且表现了美学和美学史观念。本书在总体框架上改变了单一型的结构,采取理论成果与创作实践的并重型结构,即总结、概括美学理论著作中的美学思想,提炼、发露审美创作现象中的审美理想、原则、手段等。前者较易解决,后者却易被忽略,因为它不是以直接的思想形式出现。作家在创作时总有自己的审美理想、原则、手段和渗透审美全程的感受,它显得更为灵动、鲜活,例如陶渊明的诗、王羲之的书、顾恺之的画等,都有着异常生动的美和美学思想。它们跟理论形态如刘勰的《文心雕龙》、钟嵘的《诗品》等一起,并存于六朝美学史中。作者依据这样的美学观念和美学史观念所建构的并重型总体框架结构是一项重要的学术成就。

在具体体式安排上,本书改变了线性体例,建构了立体式体例,在史学体例建设上具有特别意义。首先,如前所述,"在前代美学史的延伸下",出现上溯性的结构,纵深感顷刻产生,以前代美学史为瞭望台,看到那股美学之势如何蜿蜒曲折地延展到六朝当中。这是第一个史感性的镜头。把前代和当代的联系梳理明晰后,即进入对六朝美学史本身的描述。作者所着手的,不是进行逐朝或逐年的美学状貌展示,而是先行把六朝美学所赖以存在的时代屏幕展现出来。这张屏幕是巨大的,也是多彩的。具体的时代因素通过各种途径、渠道透入美学,成为美的现象的现实基础。在书的逻辑结构上,一、二两章之间也具有内在联系,前章是说前代延伸,后章是说现实孕育,纵横交错,体现了历时性与共时性相结合的史学原理。

接着,作者便顺理成章从内部特征上探讨,这是美学史的内容主体。在逻辑上存在着由外部进入内部结构的程序。在分类描述之前,别具一格地设"历史坐标"一章,独立成体。用坐标图去显示美学史,是作者的一个创造。它确立了内部特征探讨的总出发点,也给了读者从总体上把握六朝美学史一把总尺度。作者对坐标图的设置还有深层次的考察,既有助于对六朝美学的描述,又具有史的涵义。从坐标的纵轴上考察,六朝人的文化——审美心理结构经过了东汉以来二百余年的多次变迁才得以形成,由汉末的处士横议,正始的宅心玄远,竹林的愤激悲壮,西晋的纵情放任,至东晋一转为高雅潇洒。这种文化——审美心理的历程正具有"史"的意义。

坐标图在逻辑上提挈下文,然后分范畴、分门类细致描述。在审美范畴描述中,本书确定"妙"是六朝美学的第一范畴和核心范畴,深刻而独到,从审美功能和思维机制等方面解决了六朝美学的许多问题。"妙"的出现提高了六朝美学的品位,审美不再限于表层现象和感性外观,而是超越形相,审美的内涵便趋于精深,富于精神深度和意味。由"妙"这一审美范畴在阐释和运用中所派生出的"悟入"、"微妙"、"象外"三个子范畴就沾溉着中国美学史,成为一个稳定性较强的审美范畴系统,再次体现了历时性与共时性的结合特征。

美学各门类是美学现象具体的存在形式。在这一部分,本书更体现了多视角、多侧面、多层级展示美学史状貌的立体式特征,涵括了六朝所出现的诸如绘画、书法、乐舞、雕刻、园林、文学等美学大门类及其所派生的众多子门类。作者还勾勒出各门类美学之间的互为影响之状况,体现了结构体例的网络性特征。

各门类美学虽然头绪纷繁,但繁而不杂、纷而不乱,这是因为作者在布局结构、具体论述时,始终扣住了一个中心——审美主体。一方面扣住中心,另一方面则撒开笔墨,以南朝为主的同时,伸向北朝,南北朝比较对照,如"南北朝书法之分股与合流"、"南北朝乐舞之比较及影响"、"南北园林之异同"等,这样便增强了本书史感的立体色彩。

分门别类的描述、梳理、揭示,条分缕析,眉目清晰,到第六章设《六朝美学史的总体描述》,把前面浩荡而下的九派支流加以综合、提炼、概括,凝化为专章。可以说是兜起前面诸章,束起上文。在此基础上,把论述结构加以开拓,第七章《在延伸下的美学史中》,与上一章在逻辑结构上可以说是一收一放、一敛一纵,又与第一章首尾相衔、遥成呼应,将六朝美学"承前启后"的史的格局运用特定的框架结构固定下来。

要之,作者在浩长的篇幅中始终把美学史视为动态结构,把多门类的美学现象视为动态性现象,处处在动态演变中说明史的现象及其历程,在多门类、多范畴的分解与综合中显示史的状貌,突破了纯编年体和作品自然性排列的作法,从而建构起了具有立体特征的断代美学史框架。

作为填补空白性的学术著作,首先,要有一个全新的研究对象和领域,对六朝美学史进行全景全幅全程式的研究,本书是第一部;其次,要确立新的研究意识和方法,使得研究目标得以具体实现,并能因之为学术界提供一些新的经验;再次,在具体研究过程或曰操作过程中要精心构想、精心撰述,从大框架到小部件,从总构思到各章节,以致各章节之间的内在勾引联系,都要精心投入,使之成为学术精品。最后,要产生学术精品还需有出版者的支持。江苏美术出版社为该书作出了大量投入,采用了当今先进的印制材料,精心设计护封、封面、环衬、版芯等,并采用了先进的装帧工艺。经过出版社的精心"包装",该书显得精美、精致,更有精神,其本身就有很高的审美价值和品位,与书之内容珠联璧合、交相辉映。在今天,我通过评介这本书,特别强调这一点,其意义显得更为重要。

(原载《文学评论》1996年3期)

评吴功正《唐代美学史》

吴功正最近推出了又一部断代美学史著作《唐代美学史》(陕西师范大学出版社出版)。全书8编45章,72万多字,为全方位、纵深型研究辉煌的唐代美学的专著,填补了一项空白。它阐解分析、总结论述了隋唐五代美学思想、美学理论以及审美创作实践成果的基本形态和发展历史,展现了唐代美学的全景、全程图像。

现在已经有了中国美学史、中国美学思想史一类的美学通史,但吴功正没有蹈循他人熟路,而是另辟蹊径,专治断代美学史,建立新的研究项目,开拓了美学史研究的新天地,形成了新的研究领域,从而积累了新鲜而扎实的学术经验。

吴功正1985年出版了《小说美学》(江苏文艺出版社),1990年出版了《中国文学美学》(江苏教育出版社),他是在对美学理论、经验、现象充分掌握和构筑了比较雄厚的研究基础上,进入断代美学史研究的。就断代美学史而言,前此出版了《六朝美学史》(江苏美术出版社1995年版),先开其例,《唐代美学史》则又在它的基础上有新的提高,呈铺垫与发展之格局。这条学术研究的演进线路体现了作者治断代美学史前期准备的充分性和深入之势。

作者根据不同的"断代"对象的特点设置不同的体例,绝非一概而论,这就避免了"一顶帽子通用"的弊病。在作者看来,体例就是思想,没有思想的学术是苍白的。而体例又是根据对象所确定的,这就保证了每部断代美学史著体例的独特性。翻看《六朝美学史》和《唐代美学史》,可以看出两书的体例有着显著的差别。《六朝美学史》重在观念、范畴,这是因为随着六朝美学的觉醒、发现,观念、范畴大量涌现;《唐代美学史》重在思潮,这又是因为唐代社会、美学思潮的演变特点较为显著。

"断代"有独特性,然而与别的"断代"又有联系性,于是在美学通史中写断代美学史,突破治断代史断而不联的作法,便是作者的另一项重要创造。

《六朝美学史》就已确立了"在前代美学史的延伸下"、"在延伸下的美学史中",上溯下延式联系性纵向结构,在《唐代美学史》中进一步加强和体现了这一认识。隋与六朝美学之关系,唐与隋代、六朝美学之关系,唐与五代及其后代之关系,在本书中均作了清晰而细致的梳理。值得注意的是,本书在揭示前后代的审美联系时用了"同化"和"异化"相结合的概念。"同化"就是对美学思想的认同,"异化"就是变异。作者认为,"异化"更能体现出美学史的变动情形,表现出曲线式的运行轨迹。在"同化"和"异化"结合中描述美学史演变图像,遂产生了深邃的历史感。

该著成功地处理和解决了美学史具体撰写中所涉及到的几对范畴关系:一是出入。"入"即实现文本复原,"出"则为解读的主体能动性体现,重建新的阐释空间。既尊重客体对象,又有研究主体的体认和理解。二是死活。把"史"的过去时态所沉淀下来的存在现象和事实复活起来,通俗地说,就是把死人变成活人,把美的创造者和美的阐释者的诗人、作家、画家、雕塑家、书法家和美学理论家真正复原成为生机饱满、生气盎然的活人。与之作相似的生活与审美体验,感同身受,始终进行活的描述,使美学史成为活史,具有鲜灵的生命和性质。三是彼时现时。以现时的美学史家主体心态、观念、视域、方法对待彼时的美学史存在现象。这样便在撰述时有了较高的立足点和时代特征。四是个体群体。当作者以个体作为研究对象时却没有将其孤立和封闭起来。在作者看来,个人的行为在本质上是历史行为。作者在书中处处展示出个体如何受群体影响之情形,其中包括社会、经济、文化等外部因素的渗透影响,民族文化、美学传统的结构遗传,现时事件的牵引作用等。对于作者来说,他颇为重视群体心理现象、特征以及对于审美个体的作用力。由于正确地处理和体现了上述几对范畴关系,便使全书既有扎实的根基,又有生动的气韵;既有历史感,又有当代学术精神。

以美学理论与审美实践成果相并重、相揉合作为全书的基本学术框架,这是作者的另一个重要的学术建树。既不同于只触及具体的实践成果——感性作品的倾向,也不同于只关涉理论著作,把美学史写成美学理论史的偏颇,而是把两者融通有机地结合起来,互相发明、印证,形成对于审美对象的全面、整体观照与把握。例如对李白,既把握其"清水出芙蓉"所体现的盛唐审美理想,又描述出体现这一审美理想的具体审美实践表现。某一时代的美学究竟是孤立化地存在于理论形态或单体化地存在于实践创作成果中,还是体现于两者结合机体中?《唐代美学史》提供了成功的实践,第一次作出了圆满的回答。框架结构的根本突破,则是从根本上体现了认知方式的突破,同时也体现了作者对于美的具体存在、表现形态的理解。特别是披露了大量生动感性的经验现象,并由此去发掘美和美的元素,源于作者对美是感性存在的基本体认,从而保证了美学史所应具有的来自原生态的鲜活性质。书中对唐代多门类的审美感性经验现象的描述生动有致,由此生发出丰富多彩、灵机活泼的美学思想以及不同时段的审美理想,给人以生趣活香的感受。这是因为作者所创设的基本框架——双峰并脉、二水合流作了奠基式保证,摆脱了僵直、凝滞的叙述系统。这是作者所寻找到的美学史撰著的正确切入点,对美学史体例建构带有方法论意义的根本突破。

以审美心理结构为中心,确立美学史就是审美心理结构演化史的命题。只有从心理上才能把握和体认唐代美的历程,在这方面作者运用了多种视域和方法。例如从文化和审美心理的独特视角观照白居易,把他定位为士大夫文化—审美心理的典型体现者。通过心理结构组合比例的分析,提出了白居易心理二元化结构的崭新命题,从而确定其美学理论的二元化形态和审美创作的二元化倾向。由此便迎刃而解了白居易身上所存在的心理矛盾、创作审美矛盾的现象,成为解析白居易的一条新思路。从哲学思想和美学思想的结合上分析研究柳宗元、刘禹锡,从心理结构之于审美方式的作用力上透视李贺,通过对唐人大量审美现象的抽绎,通过对六朝、宋代与之所作的比较,对唐人的一系列心理表现和特征作了确定和生动描述。书中写道:"唐人脑筋灵、思维活,其思潮变化则迅速多变。""唐人感性意识强,理性思辨则稍弱,前不如六朝深刻的思辨。后逊于宋人理学。唐人是诗人,宋人是学人;唐人重感性,宋人富知性。唐代诗美获得巨大成功其心理原因正在于此。""唐人气度大,善于集大成,如诗美学之杜甫。"书中作了具体评述:中唐诗人没有在"诸体俱备"的盛唐高峰前俯首低头,而是另辟疆土,创造了新的诗美,不同于盛唐诗美,亦相异于传统诗美,在其他美学门类中亦有相似体现。作者认为:"这种心理特征形成了唐人的创造性。不断翻新,不断超越,形成了美的多样和创意。"这样便为唐代美学的诸多特征找到了心理依据。审美心理结构外化成唐代美学的风貌,而在审美心理结构沉淀、转换的过程中便出现了唐代美学的演进图像。这便是该著作把审美心理史具体运用于唐代美学史所作的建构。

把握审美思潮的变化动向,确立审美思潮的描述方式。具体而言,一是在社会变动与美学变化的联系中,在美学思潮的演化历程中加以描述和展现,例如对唐代几个时期美学思潮的概括。同时善于把社会心态与个人心态、生活经历与审美经验联系起来阐解。例如对初唐"四杰"的评价。感应着时代、社会理想,"四杰"的美学风格富于初唐时代、社会所赋予的气势和壮美。同时,又结合着他们的个人特点:少年意气、才华横溢、才情外露,便烙上了个人审美特征。对于"四杰"的心理矛盾现象,既看到个人与社会之间冲突的情形,又准确地根据时代社会心态的特点对个人心态加以解阐。书中写道:"社会毕竟处于上升时期,'四杰'虽然命运不济,却没有对社会产生绝望,这与晚唐时人多有不同,这正是一种社会心态。个人心态跟社会走向相关,而独特的社会心态又影响了审美心态,意气飞扬却不颓唐,有时甚或有点悲壮感。"本书对人生经历与审美经验关系描述和揭示得最充分的是杜甫。清狂齐赵、旅食京华、潼关动乱、暂憩草堂、漂泊荆湘,在诗的审美风貌上便有不同的表现。如果不联系杜甫波澜浑灏的人生经历,就无法对他的审美经验及其审美阶段性特征作出切实的解释和说明。然而,作者在处理社会学与审美学的关系时,做到了既有联系又有区别。引入社会学,只是用于探寻审美学形成的原因和社会基础,而不是落脚到社会学上,因而它最终的结果还是审美学。这就保证了美学史的源初性质。二是以美学思潮的变动为背景,展示出具体美学门类的发展情景。例如初、盛、中、晚唐诗美学的不同形态,雕塑美学上从秀骨清像到丰腴富泰。三是在总体扫描基础上加以综合把握。例如把握中唐美学思潮既看到诗歌审美出现怪诞,又看到服饰审美"尤剧怪艳"的倾向。这样便体现了思潮的总体性特征。四是在美学思潮演变中,考察和评价人物,给以恰当的美学史定位。例如对皎然美学思想的评价。在盛中唐之交复古已成思潮的情况下,皎然强调"变"、"创",就显示出了美学史观的进步性。五是以美学思潮为依据,对某一区段的美学史评价,就会形成新的结论。从美学思潮出发,该著认为,唐代美学史上最值得注意的倒不是盛唐,而是中唐。中唐之"中"的意义不仅是指分期,也不仅是指唐代,而且指整个中国美学史。中唐改变了唐代和整个中国美学史的方向和轨道。它在审美理想方面更显示出艺术转向主体内心的特征,更具有世俗化的内涵。中唐的社会风气进一步促进了唐代美学俗丽化的进程,使得审美主体走向官能感受的世界,捕捉情感的色彩。它也诱惑审美主体走进珠帘绣幕、深闺幽阁之中,从而走向感性化和色彩化。六是确立美学思潮演化的中介人物。这些人物站在美学史的中介地带,既承受着过去,又引领着未来,这是作者对唐代美学史的重要发现。在浩浩荡荡、旌旗蔽空的美学大军中总是站立着某一、二个领伍型人物。于是,作者确立了刘希夷、张若虚在唐诗美学上的路标意义,从初唐到盛唐的转捩人物——张说,盛中唐间交替嬗变期的伟大人物——杜甫,指向中唐美学方向的顾况等,这是基于作者对中国美学史发展是渐进而非突变的基本认识。思潮与思潮之间虽是潮起潮落,更迭起伏,但并非刀砍斧劈,它总有一个中间过渡时期,以一、二个旗帜性人物代表着思潮的基本特征,并领导着思潮的发展方向,这样的中介人物具有美学思潮的转型意义。作者如此确定使得唐代美学思潮史的描述更趋合理和准确,这在美学史研究上是重要的创构。

该著尤为注重把思想史现象与美学史现象联系起来考察。在中国思想史上有所谓先秦诸子、两汉经学、魏晋玄学、隋唐佛学、宋明理学。该著着重研究了隋唐佛学与美学的深刻联系。佛教东渐,至唐大成。唐代把佛学与美学、外来艺术与本土艺术融为一体,形成了富于时代特征的艺术。例如唐代的建筑审美、雕塑审美,以及文学审美中的禅意诗等。而审美所需要的心境与释的禅定心理相仿佛,于是便被利用来说明审美心理。唐代美学的重要范畴:境界,就采自佛学。作者认为,禅宗对唐代美学的最大影响在思维方式上,其禅定方式的修炼路线给审美心理意识进程的另一个重要启示是"顿悟"的产生。这是禅宗修炼向审美观照转化的新定格。它跟儒家高悬理想主义不同,也跟道家归返自然的追寻有区别。它重悟性,瞬时领略达于深刻。禅花遍地,禅影闪烁,唐代美学精神受到了它的滋养和润泽。这样,该著便形成了社会史、思想史、思潮史、美学史的有机结合。

扣合作者所体认的美学就是人学的命题,本书重视对个体和群体的唐人的描述和刻画。第二十二章《盛唐美学精神》其切入点是"人",由"人"之特点才导入"美"之特点,体现了美学史的逻辑结构。该章辟有专节:"盛唐人作为'人'的特点"。该节写道:"人,他所组合成的庞大群体,营造了一定社会历史氛围,而单个人便在这样的氛围内寻求自身的精神角色、存在和发展。盛唐所营造的社会氛围是宽松、自由、积极、热烈、昂扬、向上,盛唐人也具备了与其相适应的性格、风度、气质。'倚马见雄笔,随身推宝刀'。可以说是盛唐人的形象写照,能文又能武,儒雅且勇敢。'功名只向马上取',时代精神在马上而不是在闺阁中。这就带来了他们的阳刚之气和积极性质。"书中列举许多人物的特征,指出:"这些虽以个体形象出现,却体现了盛唐群体的共同特征。""这只会在盛唐这一特定历史和美学史区段才具有的。"作者认为:"这是跟魏晋风度不同的盛唐风采。"由盛唐"人"的"风采"便逻辑地推衍到"美"的"气象"的论述。例如对"清水出芙蓉,天然去雕饰"的盛唐审美理想的解释,作者就是运用了人学原理。作者说:"由于从'天性'出发,自己的真实面貌已'去雕饰',与别人交往所构成的人际关系亦'去雕饰'。"书中列举了许多例证来说明这种朴实的人情美以及唐诗人所表现出来的"天然"率真的个性。作者指出:"这是盛唐美学'天然去雕饰'的人格美学涵义。"于是,历史和美学、历史和逻辑便出现了统一。

以评价与描述、史实与史论、判断与感悟、思辨与体验、个案分析与整体把握、实地考察与资料辨析相结合作为基本撰述方法,这是该书为中国美学史撰著所提供的重要的方法论。既体现出了扎实的根基,又具有鲜明的学术思想特征。通过实地考察,以相近似的审美感受来体认对象,便形成了亲切的认同感。特别要提出的是,作者有良好的感悟力和艺术感,能用富于美感的文词描述审美对象,书中对李白、杜甫、韩愈、李贺、李商隐等人,所用词色、格调均不相同,达到史著的话语系统与所研究的审美对象之间的有机统一,读者阅读时便获得二度审美享受。在历史与美学结合的基础上实现了撰述主体智性与灵性的结合。评述对象时,不是面孔冷峻,而是感同身受,抑扬褒贬时见作者情感的起伏节奏。书中对"王维的审美心理经验"描述相当精彩。从王维的众多审美经验现象中提炼出审美心理经验,对其最微妙、最细腻的心理表现作了动人的描述,真正实现了美学史应该是"美"的根本要求。

本书在结构上又显得很严谨,编、章、节,层次分明,分述后再综论,于每章结尾处设一总结,挽起上文,概括前述内容并加以深化,颇富章法。由外部规律引入内在特征,揉合理论与实际,观念与材料,纲举目张,结体严密,宏观舒放,微观细密,笔法潇洒,符合规范。

以精品意识铸造精品力作,除了要有精深的内容,还要有精美的外在形式。该书图文并茂,装帧高雅。在得到傅抱石亲属授权后,作为封面所用傅氏绘画稀世珍品——《丽人行》长卷图为全书增添了光彩。全书配有多幅插图,制作精致,帮助读者从感性上体认唐代美学史的缤纷多姿。

(原载《文学评论》2000年第4期)

评陈文新主编十八卷本《中国文学编年史》

由武汉大学陈文新教授主编的十八卷本《中国文学编年史》,涵盖古今,规模宏大。其翔实而丰富的文学史信息,使这部著述具有极高的学术价值,并有可能为中国文学史学科开拓新的研究领域,提出新的研究课题。

20世纪的中国文学研究,有两种倾向值得注意。一种是王瑶等学者所强调的,一种是董乃斌等学者所强调的。王瑶先生对中国文学研究的现代化进程给予热情洋溢的肯定,他从著述方式和研究对象的选择等方面描述了现代学者的成就。就研究对象的选择而言,"小说、戏曲等在封建社会没有地位,研究的人很少",至现代,我们才有了第一本戏曲史专著即王国维的《宋元戏曲史》和第一本小说史专著即鲁迅的《中国小说史略》。就著述方式而言,"叙述和论证都比较条理化和逻辑化","以中国文学史为例,过去只有诗文评或选本式的东西,第一本《中国文学简史》是外国人写的;林传甲、谢无量等早期中国人写的文学史,文学的概念及范围都十分复杂;从王国维、梁启超,直至胡适、陈寅恪、鲁迅以至钱钟书先生,近代在研究工作方面有创新和开辟局面的大学者,都是从不同方面、不同程度地引进和吸取了外国的文学观念和文学方法的。他们的根本经验就是既有十分坚实的古典文学的根底和修养,又用新的眼光、新的时代精神、新的学术思想和治学方法照亮了他们所从事的具体研究对象。"(引自陈平原为《中国文学研究现代化进程》一书所写的小引。王瑶主编:《中国文学研究现代化进程》,北京大学出版社1996年版,第2页)与王瑶先生的视角有所不同,董乃斌先生则较多强调中国文学研究的现代化进程所带来的负面后果,他认为:20世纪的趋势是"西方纯文学观影响日大,文学的范围日益集于诗歌、散文、小说、戏剧四大文体,这种文学观对一般中国文学史著作的面貌有很明显的影响。但现已发现,要讲清楚中国文学,特别是古典文学,不能不顾及中国古人的文学观,不能不注重文学观念在历史中的变迁,不能简单地用今人文学观去裁剪史料(说严重些,是削足适履)。如讲秦汉文学,不应略去碑铭和策论;讲唐代文学,不但应重视赋,而且不可舍弃诏策论判诸体;讲明清文学,也应适当提及八股时艺。"(董乃斌《近世名家与古典文学研究》第九章,上海大学出版社 2005 年版,第 249 页)"在《诗经》、楚辞、汉魏乐府、唐诗宋词、元杂剧、明清小说等被突出的同时,形成了其他部分在文学史上无足轻重的误解。受到最大压抑的是古代的文章。中国古代文学和文学观的'杂',大半就是由于这一文体。"(同上,第 267 页)中国文学研究中的这种状况,无论是将其定性为"现代化",还是指述为"削足适履",所显示的是同一个事实:如何准确地辨别或呈现中国文学的历史面目,仍是一个需要解决的问题。

令人感到欣慰的是,在中国文学史的撰写中,编年史在最近几年势头颇为强劲。如曹道衡、刘跃进著的《南北朝文学编年史》、傅璇琮主编的《唐五代文学编年史》、刘跃进著的《秦汉文学编年史》,相继出版问世。而陈文新主编的十八卷本《中国文学编年史》,上至周秦,下迄当代,将数千年丰富多彩的中国文学以立体的方式呈现于一编之中,则代表了这一领域中最重要的建树。编年史之所以在近年受到重视,其中的一个原因是,它以中国文学为本位,以史料为基础,便于完整地呈现其真实面貌。编年史可以有效地阻止西方观念对中国文学事实的简单阉割。它的大规模采用,标志着中国文学研究经由螺旋式上升的历程进入了一个新的境界。从这个角度考察十八卷本《中国文学编年史》,对它所蕴含的方法论意义就会有足够的认识,对它在中国文学史著述中的学术地位也会有更准确的界定。

这里试以明世宗嘉靖五年(1526 年)为例,对《中国文学编年史》在这方面的长处略加分析。从正月到十二月,共列纲十五条;另有十条,虽在本年而月份不明。合计二十五条,依次是:道士邵元节被命为真人;赵时春年十八,为今年会元;龚用卿等进士及第;同榜进士有陆绑、吕希周、石文睿、江以达、闻人铨、田汝成、樊鹏、袁袠、范言、王慎中等;王畿、钱德洪不与廷试而归;许谷应进士试不第,卒业南雍;张治道作《嘉靖丙戌六月五日京兆驿观进贡狮子歌》;崔铣作《与何太常粹天书》,尊朱抑陆,与阳明宗旨不合;世宗召大学士费宏、杨一清、石珤、贾咏入见,各作一诗相勖;《恭穆献皇帝实录》奉世宗命纂成;王世贞生;刘玉作《志怪》诗;董沄从王守仁越中守岁;祝允明卒;朱应登卒;张邦奇为倪复《钟律通考》作序;毛凤韶《浦江志略》成书;李濂以大计免归,年才三十有八;韩文卒;苏州知府胡缵宗刊行张凤翔诗集;戴钦卒;郑祚别李梦阳南归,殁于舟中;王讴卒;张璁转兵部右侍郎;潘府卒。嘉靖五年是文学史上较为平淡的一年,而编年史写进了近40位与文学有关的人物,叙述了20余件与文学有关的事实;除李梦阳、祝允明、王慎中、王世贞、王阳明、王畿、钱德洪外,大都是通行文学史教材不予论述甚至根本不提及的。在一种以中国文学为本位的文学观念指导下,在编年史这样一种体例中,这些人物和这些事实都获得了存在空间;而正是因为叙述了这些人物和这些事件,嘉靖五年的文学世界才是立体的、富于生气的。比如,我们从世宗对诗的浓厚兴趣,看出了这位帝王对诗坛的影响;而郑祚与李梦阳的离别,则昭示出前七子淡出诗坛的情形。尤其是董沄从王守仁越中守岁一事,包含了更为丰富的文化信息。据《钦定续文献通考·经籍考》,董沄(1458—1534)仅有《存吾稿》一卷传世,就著述数量而言,并非重要人物。但他的人生历程颇能显示那个时代的丰富色调。他早年迷恋于写诗,废寝忘食,以为"天下之至乐在是";68岁时,闻阳明之学,欣然从游,从此视诗如敝屣;几年后,又究心佛典,以"空有"为心灵归宿。将董沄与王阳明的交往写进编年史,对于读者了解当时的人文生态,大有裨益。

十八卷本《中国文学编年史》与通行的中国文学史教材面貌迥异,与已出的几部断代文学编年史或断代分体文学编年史相比,亦后出转精,尤其是在体例的设计方面,更为周密、完善。陈文新教授注意到一个事实:与纪传体相比,编年史在展现文学历程的复杂性、多元性方面获得了极大的自由,但在时代风会的描述和大局的判断上,则远不如纪传体来得明快和简洁。作为尝试,《中国文学编年史》在体例的设计、史料的确认和选择方面采用了若干与一般编年史不同的做法,以期在充分发挥编年史长处的同时,又能尽量弥补其短处。其尝试主要在三个方面。其一,关于时间段的设计。编年史通常以年为基本单位,年下辖月,月下辖日。这种向下的时间序列,可以有效发挥编年史的长处。《中国文学编年史》在采用这一时间序列的同时,另外设计了一个向上的时间序列,即:以年为基本单位,年上设阶段,阶段上设时代。这种向上的时间序列,旨在克服一般编年史的不足。具体做法是:阶段与章相对应,时代与卷相对应,分别设立引言和绪论,以重点揭示文学发展的阶段性特征和时代特征。其二,历史人物的活动包括"言"和"行"两个方面,"行"(人物活动、生平)往往得到足够重视,"言"则通常被忽略。而陈文新教授认为,在文学史进程中,"言"的重要性可以与"行"相提并论,特殊情况下,其重要性甚至超过"行"。比如,考察初唐的文学,不读陈子昂的诗论,对初唐的文学史进程就不可能有真正的了解；考察嘉靖年间的文学，不读唐宋派、后七子的文论，对这一时期的文学景观就不可能有准确的把握。鉴于这一事实，若干作品序跋、友朋信函等，由于透露了重要的文学流变信息，《中国文学编年史》也酌情收入。其三，较之政治、经济、军事史料，思想文化活动是《中国文学编年史》更加关注的对象。中国文学进程是在中国历史的背景下展开的，与政治、经济、军事、思想文化等均有显著联系，而与思想文化的联系往往更为内在，更具有全局性。考虑到这点，《中国文学编年史》有意加强了下述三方面材料的收录：重要文化政策；对知识阶层有显著影响的文化生活（如结社、讲学、重大文化工程的进展、相关艺术活动等）；思想文化经典的撰写、出版和评论。这样处理，目的是用编年的方式将中国文学进程及与之密切相关的中国思想文化变迁一并展现在读者面前。

《中国文学编年史》是一个基础性的学术工程，任务艰巨，需要付出艰辛的劳动。令人钦佩的是，在总主编、分卷主编和所有参与编纂的学者的共同努力下，这一工程终于圆满竣工。他们不仅认真考察大量传世文献，还注意吸收学术界的最新研究成果，保证了这部著述的学术质量。可以举一个小例子以飨读者。清代中叶的史震林，以写有《西青散记》八卷传名后世。在《西青散记》卷三中，作者记述了一位名叫贺双卿的苦命才女，遭遇悲惨，却在农事劳作之余，写得一手好词，如《凤凰台上忆吹箫》一词，连用叠字二十多个，自然流畅，不露斧凿之迹，堪与宋代李清照的《声声慢》一词媲美。贺双卿是否实有其人？学界多有争议。其词或为史震林伪作，但的确生动感人，所以文学编年史应对史震林有所记载。然而长期以来，人们对史震林的生卒茫然无知，只知他活了八十七岁。如钱仲联主编《中国文学家大辞典·清代卷》（中华书局1996年出版），即以"生卒年不详"著录。其实有关史震林之生卒年，陈敏杰《史震林生卒年小考》一文早在1987年就已解决，即史震林（1693—1779）。只不过刊于《文教资料》中，不为人所注意。上海古籍出版社1997年出版邓长风《明清戏曲家考略续编》也考订了史震林的生卒年，同上。《中国文学编年史》即据以著录（也有人认为史氏生卒年是1692—1778）。这类例证甚多，正可从一个层面显示出《中国文学编年史》的学术价值。

按照《中国文学编年史》的体例，纪年概以公历置前，而以帝王年号纪年为括注，年下之月份则从农历，两种时间标志稍有龃龉之处，盖农历岁尾或已入公元之下一年。一般书籍括注古人公历生卒年，对此多不注意，而编年史则当力求准确。如明末清初施闰章、王士祜、纳兰性德之生年,陈与郊、函可、张尔岐、赵进美、陆陇其之卒年,皆属此种情形,稍不留意,括注公历生卒年就会相差一年。这一类细节问题,《中国文学编年史》从头至尾认真加以处理,足以见出各位学者用功之勤和治学态度之严谨。

《中国文学编年史》的编纂出版,必将对中国文学研究产生深远而巨大的影响。

(原载《文学评论》2007年第1期)

评徐宗文著《三馀论草》

2004年岁末,我忽然收到徐宗文同志寄来的新著《三馀论草》(江苏人民出版社2004年11月出版),非常高兴。宗文同志能有这本古代文学论文集出版,我一点都不觉得意外。他是出版界的资深编辑,从事编辑职业已近三十年,我和他交往亦已十多年。他刻苦钻研、勤奋治学的精神一直给我以深刻印象,特别是前几年,我们携手合作主编《辞赋大辞典》,他谦虚好学、兢兢业业做事的态度更令我记忆犹新。由于他的职业,使得他的交往和兴趣都比较广泛,学术界的朋友也相当多,一部150余万字的大书在辞赋研究界新老学人的共同支持和努力下,不到三年就顺利完成了。他有了这些主、客观条件,加上二十多年来的孜孜以求,出书自然是情理之中的事情。我仔细通读他的这部26万字的《三馀论草》,不仅感到宗文同志做学问的认真态度在本书中有着生动的反映,而且感到无论是研究的广度还是深度都有大幅度的突破,鲜明地显示了宗文同志长期从事编辑工作而又有志于治学的独特风貌。在我看来,这无疑是他不懈努力、勇于创新、坚持走自己的学术研究道路的一大收获。具体地说,本书有如下四点特别引人注目:

一、视野开阔,研究的课题比较广泛。这本《三馀论草》研究的主要时段限于两汉魏晋南北朝。举凡此一时期重要的文学体裁、文学现象、作家作品都已注意到并加以充分论述。据我所知,宗文同志的学术专业比较偏重于辞赋,这也是他比较擅长的研究领域,这一点,从我们当年合作主编《辞赋大辞典》的时候就已显示出来。本书所收30篇论文就有17篇属于此一内容,重点突出。但全书又不限于辞赋,比如两汉时代贾谊、晁错的政论文、司马迁与《史记》、乐府诗、魏晋六朝时代的山水诗与诗论。另外还有前四史中的《汉书》和《三国志》等等,都有精当的论述。可以说,上述各点,均属于汉魏六朝时期最重要的文学研究课题。毫无疑问,这一情况既与此一时期研究的实际需要相适应,同时也与宗文同志所从事的号称"杂家"的编辑工作有关。既为杂家,必然视野开阔,涉猎广泛,而这正是本书的第一个特点。

二、避同趋异,选择全新的研究课题或领域。如果说视野开阔、涉猎面广与编辑工作的需要有关,多少带有某种客观性和必然性,即刘勰所谓的"势自不可异也",那么在此基础上根据自己的研究兴趣和特长,更主要的根据学界研究的具体情况有所选择地加以研究,尽可能避免与别人雷同,则是刘勰所说的"理自不可同也"。总之,他坚持走自己的治学道路,终于形成了自己的研究特色。比如辞赋研究,从全书来看,举凡两汉的主要赋家赋作都已论述无遗,已经构成一个整体,说明作者是有计划、有步骤地在从事辞赋的系统研究,但是如果仔细斟酌,就会发现这其中显然还有宗文同志的自我选择。比如西汉王褒及其赋作,向来不为人所重视,国内研究者甚少,迄今发表的文章不过一二篇而已,这一研究状况与王褒的辞赋创作成就是远远不相称的,很需要继续开拓。于是作者选择了这一课题加以系统论述,并且在赋史上给王褒重新定位,还其上承相如、下启扬雄的汉赋大家的本来面目。由于选择了新课题,同时也就展现了新见解。比如扬雄,研究他的赋作的文章汗牛充栋,甚至外国学者都有专著出版,然而对于他的辞赋理论却缺乏足够研究。于是作者虽然选择扬雄,却做到避同趋异,在扬雄文学思想和审美观念上狠下功夫、大做文章,就显得很有意义。又如东汉班氏、崔氏家族,学界论者已不乏对其中某一个人的研究,但从家族文学集团方面对其进行整体研究还显得不够。宗文同志则从这一角度选择课题,其价值自然非选择单个作家作品研究者所能比拟。再如汉末党锢之祸对辞赋作家及其创作的影响十分深刻,遗憾的是由于资料缺乏,向来少有人问津。作者在梳理相关资料的基础上,对此一课题进行了认真探索,虽然深度还可以继续开掘,但从课题选择的角度看,可以说是披荆斩棘,前所未有。除此而外,即使是某些表面似乎相同的课题,但实际上选择的研究角度和侧重点也不一样。如庄子与汉赋,前人说过汉赋的"假设对问,《庄》、《列》之遗也"(清章学诚《文史通义》),作者则另辟蹊径,从庄子的哲学思想、美学观念以及创作方法等方面对汉赋发生的影响进行了系统的论述,从而使这一课题的研究广度和深度都有所推进。又如关于司马迁思想基本倾向的研究,前人也做过相当多的文章,作者在做这一课题时,同样注意避免雷同,选择前人没有涉及或涉及不够的方面进行探讨。比如他在《略论司马迁思想的基本倾向——兼驳班固的道家说》的注释里这样写道:"关于时代背景对司马迁的影响,请参阅吴汝煜先生《〈史记〉与公羊学》、《司马迁的儒道思想辨析》

二文……"这就说明他自己的文章是有意避开了同一角度而从其他方面展开研究的事实,从而将此一课题的研究引向了深入。本文可以说是他的一篇"少作",但是一出手就显得比较有特色。

三、观点新颖,力争提出新见解,篇篇都有新收获。此点又可分两个层次来分析:一是与避同趋异的选择有关。一般地说,只要选择的是新课题,或者是选择的角度与侧重点不同,自然就会产生新的成果,例如第二点所举各篇,大致都属此种情况。二是虽属同一课题,也能在原有研究成果的基础上有新的开拓、新的发现,提出新的观点和见解。例如《〈七发〉三问》所提三个问题,都有新的见解;《史迁肯定大赋说献疑》的四点"疑问",亦能使人耳目一新。又如《也论山水诗兴盛的原因》,除了通常所见的文章从政治、经济等方面立论外,本文提出四点新见解,认为"审美思想从实用观到欣赏观的发展变化"、"'尚丽'、'贵似'的文学批评思潮"、"诗坛领袖的表率引导作用"、"山水赋等其他文学样式的影响"等因素,也是六朝山水诗兴盛的原因。应该说作者揭示的这些原因确是新颖独特、言之成理的,并且是完全符合实际的。再如研究钟嵘《诗品》的文章多如牛毛,但诸家所论,往往就《诗品》"品第"之准确与否进行探讨,多有限于一隅、就事论事之嫌,故长期争论不休,迄无共识。而宗文的《钟嵘〈诗品〉"准的"蠡测》一文,则摒弃既往只见树木、不见森林的研究方法,从时代和钟嵘的全部文学思想出发,从揭示《诗品》"准的"的制高点上着眼,一改以往琐屑繁细的研究现象,此正所谓高屋建瓴、纲举目张者也。正因为如此,此文揭开的关于《诗品》"准的"的新观点,必将有利于深入开展《诗品》的研究,其学术意义和价值非同一般,值得特别称道。

四、考论谨严,立论坚确,有充分的科学性和说服力。全书以考证或考释为主的专文如《东方朔作品小考》、《"小康"考释》等都显得考证谨严、考释精确,给人以启示。其他文章虽不以"考"名篇,但其中涉及考证的内容也所在多有,比如《〈七发〉三问》中对三个问题的论述,都是建立在一定的考证资料基础之上的,故而都有一定的科学性。《当断不断反受其乱——昌邑王被废之因揭秘》的结论也是建立在众多资料考证基础之上得出的,也有相当的说服力。尤其值得一提的是,本书的注释部分不限于一般的引证资料和注明出处,而是多含有大量的考证内容,因此显得比较一般论著的注释更有意义和价值。例如《班氏赋作与班固赋论》在注释《后汉书·班固列传》"性宽和容众,不以才能高人"时说:"此话未必当真。曹丕《典论·论文》:'文人相轻,自古而然。

傅毅之于班固,伯仲之间尔,而固小之,与弟超书曰:"武仲以能属文为兰台令史,下笔不能自休。'此以才能高人之证也。"此一注释就显得很有价值,能够帮助读者纠正读史时可能引起的偏见和误解。又如郭维森、许结的《中国辞赋发展史》在分析班固的《幽通赋》时谓"'纷屯邅与蹇连兮,何艰多而智寡'二句,似言其因修史而贾祸……谨慎小心,不敢触及当时。言已因私修国史,被捕系狱事,只用笼统语言一笔带过。"如此,则是以为《幽通赋》作于班固撰修《汉书》之后。本文则先据《汉书·叙传》载"有子曰固,弱冠而孤,作《幽通之赋》,以致命遂志",说明弱冠而作是赋;继又以《后汉书·班固列传》载"永平初,东平王苍以至戚为骠骑将军辅政,开东阁,延英雄。时固始弱冠,奏记说苍曰……苍纳之",由此知班固弱冠之年,当在永平初,而《幽通赋》亦应推知作于永平初年。《班固列传》在"苍纳之"后又记曰:"父彪卒,归乡里。固以彪所续前史未详。乃潜精研思,欲就其业。既而有人上书显宗,告固私改作国史者,有诏下郡,收固系京兆狱,尽取其家书。"由此可见,《幽通赋》似应作于班固修撰《汉书》之前,内容当不涉及修史问题。经过这一考证,立论就显得坚确可信。

"三馀",是东汉末年业馀自学成材的学者董遇提出的(见《三国志》卷十三《钟繇华歆王朗传》注引《魏略》)。董遇劝乡人读书,人家说太忙顾不上。他即提出:"当以'三馀'。"所谓"三馀",即"冬者岁之馀,夜者日之馀,阴雨者时之馀也"。宗文同志既做编辑,又担任行政工作,够忙的,却能利用一切业馀时间刻苦钻研,做出了如此优异的成绩,实属难能可贵。

《三馀论草》值得称道之处甚多,远非前述四点所能涵盖,然而仅从这四点来看,其学术质量之高已不言而喻。我完全相信:它的出版,必将受到学术界的高度重视和欢迎。

(原载《文学评论》2005年第6期)

图书代号：ZH10N0960

图书在版编目（CIP）数据

霍松林选集. 第五卷，论文集 / 霍松林著. —西安：陕西师范大学出版总社有限公司，2010.10
ISBN 978-7-5613-5259-5

Ⅰ. ①霍… Ⅱ. ①霍… Ⅲ. ①霍松林—选集②文学评论—文集 Ⅳ. ①I217.2

中国版本图书馆 CIP 数据核字（2010）第 175122 号

霍松林选集　第五卷　论文集
霍松林　著

出版统筹	刘东风　冯晓立
责任编辑	耿明奇　刘兴成
封面设计	安宁书装
版式设计	朱　雨
出版发行	陕西师范大学出版总社有限公司
	（西安市长安南路199号　邮编　710062）
网　　址	www.snupg.com
印　　刷	万裕文化产业有限公司
开　　本	710mm×1020mm　1/16
印　　张	326
插　　页	4
字　　数	6135 千
版　　次	2010 年 10 月第 1 版
印　　次	2010 年 10 月第 1 次印刷
书　　号	ISBN 978-7-5613-5259-5
定　　价	2980.00 元（全十册）

读者购书、书店添货或发现印刷装订问题，请与营销部联系、调换。
电话：(029)85307864　　传真：(029)85251046